CARROSSEL SOMBRIO
E OUTRAS HISTÓRIAS

JOE HILL

CARROSSEL SOMBRIO
E OUTRAS HISTÓRIAS

Tradução
André Gordirro

Rio de Janeiro, 2021

Copyright © 2019 por Joe Hill
All rights reserved.
Título original: Full Throttle

Todos os direitos desta publicação são reservados à Casa dos Livros Editora LTDA.

Nenhuma parte desta obra pode ser apropriada e estocada em sistema de banco de dados ou processo similar, em qualquer forma ou meio, seja eletrônico, de fotocópia, gravação etc., sem a permissão do detentor do copyright.

Diretora editorial: *Raquel Cozer*

Gerente editorial: *Alice Mello*

Editor: *Victor Almeida*

Copidesque: *Marcela Isensee*

Liberação de original: *André Marinho*

Revisão: *Flora Pinheiro e Midori Hatai*

Diagramação: *Abreu's System*

Ilustração de capa: *Rafael Coutinho*

Capa: *Julio Moreira | Equatorium Design*

Projeto gráfico:
Bruno Miguell Mesquita
Gabriela Heberle
Paula Hentges

CIP-Brasil. Catalogação na Publicação
Sindicato Nacional dos Editores de Livros, RJ

Hill, Joe
  Carrossel sombrio e outras histórias / Joe Hill; tradução André Gordirro. – Rio de Janeiro: HarperCollins Brasil, 2021.
  480 p.

  Tradução de: Full throttle
  ISBN 978-65-5511-169-9

  1. Contos de terror - Literatura norte-americana 2. Contos norte-americanos I. Título.

21-72532   CDD – 813

Cibele Maria Dias – Bibliotecária CRB-8/9427

Os pontos de vista desta obra são de responsabilidade de seu autor, não refletindo necessariamente a posição da HarperCollins Brasil, da HarperCollins Publishers ou de sua equipe editorial.

HarperCollins Brasil é uma marca licenciada à Casa dos Livros Editora LTDA.
Todos os direitos reservados à Casa dos Livros Editora LTDA.
Rua da Quitanda, 86, sala 218 — Centro
Rio de Janeiro, RJ — CEP 20091-005
Tel.: (21) 3175-1030
www.harpercollins.com.br

Para Ryan King, o sonhador. Te amo.

SUMÁRIO

Introdução: Quem é o seu pai?	9
Alta velocidade (com Stephen King)	24
Carrossel sombrio	63
Estação Wolverton	97
Às margens prateadas do lago Champlain	119
Fauno	144
Devoluções atrasadas	186
Tudo que me importa é você	236
Impressão digital	267
O diabo na escadaria	293
Twittando no Circo dos Mortos	321
Mães	346
Campo do medo (com Stephen King)	390
Você está liberado	434
Comentários sobre os contos e agradecimentos	463
Sobre o autor	477

INTRODUÇÃO

QUEM É O SEU PAI?

A GENTE TINHA UM MONSTRO novo toda noite.

Havia um livro que eu adorava, *Bring on the Bad Guys*. Era uma grande edição encadernada de histórias em quadrinhos e, como dá para imaginar pelo título, não era exatamente sobre os heróis. Na verdade, tratava-se de uma antologia de contos sobre gente da pior espécie, psicopatas desprezíveis que atendiam por alcunhas como "o Abominável" e rostos que combinavam com esses nomes.

Meu pai era obrigado a ler aquele livro para mim toda noite. Ele não tinha escolha. Foi um daqueles acordos como o pacto feito por Xerazade. Se não lesse, eu não ficaria na cama. Escaparia por baixo da colcha de *O império contra-ataca* e vagaria pela casa na minha cuequinha do Homem-Aranha, com o polegar babado na boca e o cobertor de estimação sobre o ombro. Ficaria andando a esmo a noite toda se estivesse a fim. Meu pai precisava continuar lendo até que meus olhos quase não se abrissem e, mesmo assim, ele só conseguia escapar se dissesse que sairia para fumar e que voltaria logo.

(Minha mãe diz que desenvolvi insônia infantil por causa de um trauma. Levei um golpe de uma pá de neve na cara aos 5 anos e passei uma noite no hospital. Naquela era de luminárias de lava, tapetes felpudos e fumo liberado em aviões, não era permitido que os pais passassem a noite com filhos feridos no hospital. Segundo me contaram, acordei sozinho no meio da noite, não consegui encontrá-los e tentei escapar. As enfermeiras me pegaram vagando com a bunda de fora pelos corredores e me colocaram em um berço coberto por uma rede para me manter lá dentro. Gritei até perder a voz. A história é tão maravilhosamente horrível e gótica que acho que devemos presumir que seja verdadeira. Meu único desejo é que o berço fosse preto e enferrujado e que uma das enfermeiras tivesse sussurrado: "É tudo para você, Damien!")

Eu amava os seres subumanos em *Bring on the Bad Guys*: criaturas dementes que faziam exigências irracionais aos gritos, que se enfureciam quando não conseguiam o que queriam, que comiam sem usar talheres e ansiavam por morder os inimigos. Claro que eu os amava. Eu tinha 6 anos de idade. A gente tinha muita coisa em comum.

Meu pai leu essas histórias para mim, com a ponta dos dedos passando de quadro em quadro para que o meu olhar cansado pudesse acompanhar a ação. Se me perguntassem como era a voz do Capitão América, eu poderia dizer: ele falava que nem o meu pai. O Dormammu também. Sue Richards, a Mulher Invisível, também — ela parecia com meu pai fazendo a voz de uma garota.

Todos eram o meu pai, cada um deles.

A MAIORIA DOS FILHOS se encaixa em um de dois grupos.

Tem o garoto que olha para o pai e pensa: *Eu odeio esse filho da puta e juro por Deus que não vou ser nem um pouco parecido com ele.*

E tem o garoto que quer ser como o pai: livre, afetuoso e de bem consigo mesmo. Um moleque assim não tem medo de se parecer com o seu velho nas palavras e ações. Ele tem medo é de não estar à altura.

Para mim, o primeiro tipo é o que realmente está mais perdido à sombra do pai. A princípio, isso talvez pareça um absurdo. Afinal, lá está um cara que olhou para o pai e decidiu correr o mais longe e mais rápido possível na direção oposta. O quanto é preciso se distanciar do próprio pai para que a pessoa esteja enfim livre?

E, no entanto, em todas as encruzilhadas da vida, nosso amigo encontra o pai bem atrás dele: no primeiro encontro, no casamento, na entrevista de emprego. Toda escolha deve ser avaliada em relação ao exemplo do pai, para que o nosso amigo possa fazer o contrário... e, assim, um relacionamento ruim perdura, mesmo que pai e filho não se falem por anos. Toda aquela corrida e o sujeito nunca chega a lugar nenhum.

O segundo moleque ouve aquela citação de John Donne — "Somos escassos perante as sombras dos nossos pais ao meio-dia" —, concorda com a cabeça e pensa: *Ah, merda, e não é que é assim mesmo?* Ele teve sorte — uma sorte terrível, injusta e sem sentido. É livre para ser dono de si, porque o pai era assim. O pai, na verdade, não causa sombra. Em vez disso, ele se torna uma fonte de luz, uma forma de ver o território adiante um pouco mais claramente e de encontrar o próprio caminho.

Tento me lembrar de como tive sorte.

HOJE EM DIA, A GENTE nem se dá conta de que, quando amamos um filme, podemos vê-lo de novo sem grandes dificuldades. É possível assisti-lo na Netflix, alugá-lo no iTunes ou gastar uma grana para comprar o DVD com todo o material bônus. Mas, até 1980, se uma pessoa assistia a um filme no cinema, provavelmente nunca mais ia vê-lo, a não ser que passasse na TV. Em geral, essa pessoa revia aquelas imagens apenas na memória — um formato traiçoeiro e insubstancial, embora não lhe faltem virtudes. Muitos filmes ficam melhores quando vistos na memória difusa.

Quando eu tinha 10 anos, meu pai comprou um tocador de Laserdisc, o precursor do DVD moderno. Ele também tinha adquirido três filmes: *Tubarão, Encurralado* e *Contatos imediatos do terceiro grau.* Os filmes vinham em enormes pratos cintilantes — pareciam um pouco com os *frisbees* mortíferos que Jeff Bridges manejava em *Tron.* Cada prato brilhante e iridescente continha vinte minutos de vídeo de cada lado. Quando um segmento de vinte minutos terminava, meu pai tinha que se levantar e virar o disco.

Durante todo o verão, assistimos a *Tubarão, Encurralado* e *Contatos imediatos do terceiro grau,* uma vez atrás da outra. Os discos se misturavam: víamos vinte minutos de Richard Dreyfuss subindo as encostas poeirentas da Torre do Diabo para chegar mais perto das luzes alienígenas no céu, depois vinte minutos de Robert Shaw lutando contra um tubarão-branco e sendo mordido ao meio. No fim das contas, os filmes se tornaram menos narrativas distintas e mais uma única colcha de retalhos desconcertante, uma costura de cenas de homens de olhos desesperados tentando escapar de predadores implacáveis, olhando para um céu cheio de estrelas esperando pelo resgate.

Quando fui nadar naquele verão, ao mergulhar no lago e abrir os olhos, tive a certeza de que veria um tubarão-branco gigantesco vindo da escuridão para cima de mim. Mais de uma vez me ouvi gritando debaixo d'água. Quando entrava no meu quarto, meio que esperava que os brinquedos ganhassem uma vida sobrenatural e grotesca, alimentada pela energia irradiada pelos óvnis que passavam por perto.

E toda vez que eu andava de carro com meu pai, a gente brincava de *Encurralado*.

Dirigido por um Steven Spielberg que havia acabado de completar 20 anos, *Encurralado* conta a história de um pobre coitado (Dennis Weaver) dirigindo um Plymouth freneticamente pelo deserto da Califórnia. Ele era perseguido por um caminhoneiro não identificado e que não pode ser visto em nenhum momento do filme dirigindo um caminhão-tanque Peterbilt com um motor retumbante. Foi (e ainda é) uma obra-prima que remete a Hitchcock, uma vitrine para o potencial sem limites do seu diretor.

Quando meu pai e eu saíamos para dar uma volta, gostávamos de fingir que o caminhão estava atrás da gente. Quando esse caminhão imaginário atingia a traseira do nosso carro, meu pai pisava no acelerador para simular a colisão ou que tínhamos perdido o controle. Eu me jogava no banco do carona, gritando. Sem cinto de segurança, é claro. Isso foi em 1982, 1983, talvez? Havia um pacote de seis cervejas no banco entre nós... e, quando meu pai terminava uma lata, ela era jogada pela janela, junto com o cigarro.

Com o tempo, o caminhão nos esmagava e meu pai emitia um som estridente e costurava de um lado para o outro na estrada, indicando que estávamos mortos. Ele era capaz de dirigir por um minuto inteiro com a língua para fora e os óculos tortos apenas para mostrar que tinha sido arrebentado pelo caminhão. Era sempre uma diversão morrer na estrada, o pai, o filho e o terrível Caminhão do Mal.

Meu pai leu para mim sobre o Duende Verde, mas foi a minha mãe que leu sobre Nárnia. A voz dela era (é) tão calmante quanto a primeira neve do ano. Ela lia sobre traição e matança cruel com a mesma segurança paciente que lia sobre ressurreição e salvação. Minha mãe não é religiosa, mas ouvi-la lendo é um pouco como entrar em uma catedral gótica altiva, cheia de luz e espaço.

Eu me lembro de Aslan morto sobre a pedra e os camundongos mordiscando as cordas que amarravam o cadáver. Acho que isso me deu um sentido fundamental de decência. Levar uma vida decente não vai além de ser um camundongo mordiscando uma corda. Um camundongo não é muita coisa, mas, se um número suficiente de pessoas continuar mastigando, talvez a gente liberte algo que possa nos salvar de algo pior. Talvez a gente consiga nos salvar até de nós mesmos.

Também acredito que livros funcionam de acordo com os mesmos princípios dos guarda-roupas encantados. A pessoa entra naquele pequeno espaço e sai do outro lado em um grande mundo secreto, um lugar ao mesmo tempo mais assustador e maravilhoso que o seu.

MEUS PAIS NÃO LIAM apenas histórias — também escreviam histórias e, por acaso, os dois eram muito bons nisso. Meu pai teve tanto sucesso que foi parar na capa da revista *Time*. Duas vezes! Disseram que ele era o bicho-papão do país. Àquela altura, Alfred Hitchcock já tinha morrido, então alguém precisava ocupar o papel. Ele não se importava. O bicho-papão do país é um cargo bem remunerado.

Os diretores ficaram empolgados com as ideias do meu pai, e os produtores, com o dinheiro; portanto, muitos de seus livros foram transformados em filmes. Meu pai se tornou amigo de um estimado cineasta independente chamado George A. Romero. Romero foi o criador rebelde e desgrenhado que meio que inventou o apocalipse zumbi com o filme *A noite dos mortos-vivos*. Só que ele meio que se esqueceu de registrar os direitos autorais dessa ideia e meio que acabou não ficando rico com ela. Os criadores de *The Walking Dead* serão eternamente gratos a Romero por ser tão bom em dirigir filmes e tão ruim em proteger sua propriedade intelectual.

George Romero e o meu pai curtiam o mesmo tipo de histórias em quadrinhos: os gibis terríveis e sangrentos que foram publicados nos anos 1950 antes de um monte de senadores e psiquiatras se unirem para tornar a infância chata de novo. *Tales from the Crypt, The Vault of Horror, The Haunt of Fear*.

Romero e meu pai decidiram fazer um filme juntos — *Creepshow* — que seria como um daqueles quadrinhos, só que no formato de filme. Meu pai chegou a fazer uma participação em *Creepshow*: ele foi escalado como um homem que é infectado por um patógeno alienígena e começa a se transformar em uma planta. As filmagens estavam acontecendo em Pittsburgh, e, como acho que o meu pai não queria ficar sozinho, ele me levou junto. Então decidiram me dar um papel também. Interpretei um garoto que, depois de ter seus gibis confiscados, mata o pai com um boneco de vodu. No filme, meu pai é interpretado por Tom Atkins, que na vida real é bondoso e descontraído demais para cometer assassinato.

O filme era cheio de grandes momentos repugnantes: cabeças decepadas, corpos inchados com baratas se abrindo ao meio, cadáveres animados se arrastando para fora da lama. Romero contratou um artista da morte para fazer os efeitos especiais de maquiagem: Tom Savini, o mesmo mago das coisas nojentas que criou os zumbis de *O despertar dos mortos*.

Savini usava uma jaqueta de couro preta e botas de motoqueiro. Tinha um cavanhaque satânico e sobrancelhas arqueadas que nem as do Spock. No trailer dele, havia uma estante de livros cheios de fotos de autópsia. Ele acabou tendo duas funções em *Creepshow*: fazer os efeitos especiais de maquiagem e ser a minha babá. Passei uma semana inteira acampado no trailer de Savini, vendo-o pintar feridas e esculpir garras. Ele foi o meu primeiro astro do rock. Tudo que ele dizia era engraçado, mas também sincero, de uma maneira estranha. Ele fora ao Vietnã e me contou que tinha orgulho do que conseguiu fazer por lá: não ser morto. Savini achava que revisitar o massacre no cinema era como terapia, mas que era pago por isso, em vez de ter que pagar.

Eu o vi transformar o meu pai em um monstro do pântano. Savini plantou musgo nas sobrancelhas dele, colou mato nas suas mãos e colocou um tufo de grama na língua do meu pai. Durante meia semana, eu não tive pai, e sim um jardim com olhos. Na minha memória, ele cheirava a terra molhada sob um monte de folhas de outono, mas isso deve ter sido a minha imaginação.

Tom Atkins precisava me dar um tapa de mentira no set, e Savini pintou uma contusão em forma de mão na minha bochecha esquerda. As filmagens foram até tarde da noite e, quando saímos do estúdio, eu estava morrendo de fome. Meu pai me levou a um McDonald's por perto. Eu estava cansado e agitado demais, e fiquei pulando para cima e para baixo, gritando que queria um milk-shake de chocolate, que ele *tinha me prometido um milk-shake de chocolate*. Em algum momento, meu pai percebeu que meia dúzia de funcionários da lanchonete nos encarava de uma forma assustadora e acusadora. Eu ainda estava com a marca da mão no rosto, e ele tinha saído à uma da manhã para dar um milk-shake para o filho... a troco de quê? Como suborno para não denunciá-lo por abuso infantil? Ele saiu dali antes que alguém ligasse para o Conselho Tutelar, e não comemos no McDonald's de novo até depois de sairmos de Pittsburgh.

Quando fomos para casa, eu sabia de duas coisas: a primeira é que meu pai e eu não tínhamos futuro como atores (foi mal, pai); a segunda é que, mesmo que não fosse capaz de atuar para ganhar o meu sustento, havia descoberto a minha vocação, um objetivo na vida. Tinha passado sete dias vendo Tom Savini matar pessoas de modo artístico e inventar monstros inesquecíveis e deformados, e era isso que eu queria fazer.

E, na verdade, foi o que acabei fazendo.

O que nos faz chegar ao que eu queria dizer nesta introdução: uma criança tem apenas um pai e uma mãe, mas, se ela for sortuda o suficiente para ganhar a vida como artista, acaba tendo alguns pais e algumas mães. Quando alguém pergunta a um escritor "Quem é o seu pai?", a única resposta sincera é: "É complicado."

NO ENSINO MÉDIO, conheci colegas atletas que liam todas as edições da *Sports Illustrated* de ponta a ponta, e roqueiros que absorviam cada edição da *Rolling Stone* como devotos estudando as Escrituras. No meu caso, assinei durante quatro anos a revista *Fangoria*. A *Fangoria* — *Fango* para os íntimos — era um diário dedicado a filmes sanguinolentos, obras como *O enigma de outro mundo*, de John Carpenter, *Shocker*, de Wes Craven, e alguns longas-metragens com o nome *Stephen King* em destaque no título. Todas as edições da *Fango* incluíam pôsteres centrais, que nem a *Playboy*, só que, em vez de uma mulher em pose sensual, tínhamos um psicopata abrindo a cabeça de alguém com um machado.

A *Fango* foi o meu guia para os debates sociopolíticos fundamentais da década de 1980, como: o Freddy Krueger era engraçado *demais*? Qual foi o filme mais nojento já feito? E, mais importante, algum dia haveria uma transformação em lobisomem melhor, mais terrível e mais dolorida do que a de *Um lobisomem americano em Londres*? (As respostas para as duas primeiras perguntas são passíveis de debate — a resposta para a terceira é um simples não.)

Era difícil me assustar, mas *Um lobisomem americano em Londres* quase chegou lá: provocou em mim uma sensação de gratidão terrível. A meu ver, o filme colocou uma pata peluda em uma ideia que se esconde sob a superfície de todas as histórias de terror realmente importantes. Isto é, que ser humano é ser como um turista em um país frio, hostil e antigo. Como todos os turistas, esperamos nos divertir — dar algumas risadas, viver alguma aventura, transar com alguém. Mas é fácil se perder. O dia termina rápido, as estradas são tão confusas e há coisas com dentes afiados lá fora, no escuro. Para sobreviver, talvez tenhamos que mostrar os nossos próprios dentes.

Na época em que comecei a ler a *Fangoria*, também passei a escrever todos os dias. Para mim, parecia ser uma coisa normal. Afinal, quando eu chegava da escola e entrava em casa, minha mãe estava sempre sentada atrás da máquina de escrever IBM Selectric cor de tomate, inventando coisas. Meu pai também estaria fazendo o mesmo, curvado perto da tela do seu processador de texto Wang, o dispositivo mais futurista que havia comprado desde o tocador de Laserdisc. A tela tinha o tom preto mais preto da história dos tons pretos, e as palavras no monitor eram exibidas em letras verdes, da cor da radiação tóxica nos filmes de ficção científica. No jantar, a conversa era toda fantasiosa, sobre personagens, ambientações, reviravoltas e cenários. Observei os meus pais trabalhando, escutei a conversa deles à mesa e cheguei a uma conclusão lógica: se a pessoa ficasse sozinha sentada inventando coisas por algumas horas todo santo dia, mais cedo ou mais tarde alguém pagaria muito dinheiro pelo esforço dela. Isso, por acaso, acabou sendo verdade.

Se você pesquisar no Google "Como escrever um livro?", receberá um milhão de respostas, mas eis aqui um segredinho: é pura matemática. E nem sequer é uma matemática difícil — é uma soma de primeira série. Escreva três páginas por dia, todos os dias. Em cem dias, você vai ter trezentas páginas. Então digite "Fim". Está pronto.

Escrevi o meu primeiro livro aos 14 anos. Chamava-se *Midnight Eats*, e era sobre um colégio particular onde as velhinhas da cantina picotavam os alunos e serviam para o resto da molecada da escola como almoço. Dizem que você é o que você come — eu comi a *Fango* e escrevi uma coisa que tinha todo o valor literário de um filme sanguinolento lançado direto para vídeo.

Acho que ninguém conseguiu ler aquilo até o fim, exceto talvez a minha mãe. Como falei, escrever um livro é apenas matemática. Escrever um *bom* livro, bem, aí já é uma coisa completamente diferente.

QUERIA APRENDER A ESCREVER e não tinha apenas um, mas dois escritores brilhantes vivendo debaixo do mesmo teto que eu — isso sem mencionar romancistas de todos os gêneros passando pela porta dia sim, dia não. O número 47 da West Broadway, Bangor, Maine, devia ser a melhor escola para escritores que o mundo não conhecia, mas, no meu caso, foi um desperdício por dois bons motivos: eu era um péssimo ouvinte e um aluno ainda pior. Alice, perdida no País das Maravilhas, comenta que muitas vezes dá bons conselhos a si mesma, mas que quase nunca os aceita. Eu entendo. Ouvi muitos bons conselhos quando criança e nunca aceitei nenhum.

Algumas pessoas aprendem visualmente, outras são capazes de absorver muitas informações úteis em palestras ou discussões em sala de aula. No meu caso, tudo que descobri na vida sobre escrever histórias aprendi nos livros. Meu cérebro não é rápido o suficiente para conversar, mas as palavras de uma página vão esperar por mim. Os livros têm paciência com os alunos lentos. O resto do mundo não.

Meus pais sabiam que eu adorava escrever e queriam que eu fosse bem-sucedido, mas entendiam que, às vezes, tentar me explicar as coisas era como conversar com um cachorro. Nosso corgi, Marlowe, conseguia entender algumas palavras importantes, como "passear" e "comer", mas parava por aí. Não posso dizer que eu era muito mais desenvolvido do que isso. Assim, meus pais me compraram dois livros.

Minha mãe comprou *O zen e a arte da escrita*, de Ray Bradbury. Embora o livro esteja cheio de boas sugestões para despertar a criatividade, o que fez a minha cabeça mesmo foi a *maneira* como foi escrito. As frases de Bradbury dispararam como fogos de artifício explodindo em uma noite quente de verão. Descobrir Bradbury foi um pouco como aquele momento em *O mágico de Oz* quando Dorothy sai do celeiro e entra no mundo além do arco-íris — era como passar de uma sala em preto e branco para uma terra onde tudo é em Technicolor. O meio era a mensagem.

Hoje em dia, admito que considero as frases de Bradbury um pouco enjoativas (nem toda frase precisa ser um palhaço fazendo malabarismo com tochas em cima de um monociclo). Porém, aos 14 anos, eu precisava de alguém que me mostrasse o poder explosivo de uma frase bem trabalhada e imaginativa. Depois de *O zen e a arte da escrita*, não li nada além de Bradbury por um tempo: *Licor de dente-de-leão*, *Fahrenheit 451* e, o melhor de todos, *Algo sinistro vem por aí*. Como adorei o parque de diversões do Sr. Dark, com atrações sombrias que deformavam a realidade, sobretudo aquele terrível carrossel no meio, que transformava crianças em velhos. Havia também os contos de Bradbury — todo mundo conhece esses —, obras-primas da *weird fiction* que podem ser lidas em apenas dez minutos e depois nunca mais são esquecidas. Havia "Um som de trovão", a história de alguns caçadores que pagam caro pela chance de atirar em dinossauros. Ou o que dizer de "A sirene no nevoeiro", sobre uma criatura pré-histórica que se apaixona por um farol? As criações dele eram engenhosas, deslumbrantes e feitas sem esforço, e eu me voltava para *O zen e a arte da escrita* várias vezes para descobrir como ele fazia aquilo. E, de fato, Bradbury tinha algumas ferramentas práticas e robustas para oferecer ao aprendiz de escritor. Havia um exercício que envolvia fazer listas de substantivos para gerar ideias. Ainda uso uma variação desse exercício até hoje (eu o reinventei em um jogo chamado "Pitch de Elevador").

Meu pai comprou para mim um livro de Lawrence Block chamado *Telling Lies for Fun and Profit*, que reunia as colunas do autor escritas para a *Writer's Digest*. Ainda tenho esse exemplar. Deixei-o cair na banheira, e agora está inchado e deformado, e a tinta borrou onde sublinhei longas passagens, mas, para mim, é tão valioso quanto uma primeira edição autografada por Faulkner. O que aprendi com Block foi que escrever é um ofício que nem tantos outros, como carpintaria. Para desmistificar a arte, ele se concentrou nas minúcias, por exemplo: o que é uma ótima frase de abertura? Quantos detalhes são demais? Por que alguns finais chocantes funcionam, enquanto outros, sendo bastante sincero, são uma bela porcaria?

E — achei isso especialmente fascinante — quais são os benefícios de escrever sob um pseudônimo?

Block conhecia pseudônimos muitíssimo bem. O homem tinha uma cesta cheia deles, e usou-os para criar identidades diferentes para obras de ficção específicas. Bernard Malamud disse certa vez que a primeira e mais desafiadora criação de um escritor é ele mesmo; depois que o escritor se inventar, as histórias vão fluir naturalmente de sua persona. Eu me diverti com a ideia de que Block, quando lhe convinha, usava uma nova identidade e escrevia romances assinados por pessoas inventadas.

"Ah, sim", falou o meu pai. "Dê uma olhada em *Homens assim são perigosos*, o romance que Block escreveu como Paul Kavanagh. Esse livro está mais para um assalto em um beco do que para um romance." *Homens assim são perigosos* conta a história de um ex-soldado que havia feito coisas horríveis na guerra e voltou querendo fazer coisas horríveis por aqui. Embora tenham se passado décadas desde que o li, acho que a avaliação do meu pai estava mais ou menos correta. As frases de Bradbury foram bombinhas em uma noite de verão; as de Kavanagh eram golpes dados com um cano de chumbo. Lawrence Block parecia um cara muito legal. Paul Kavanagh não.

Naquela época, comecei a me perguntar quem eu seria se não fosse mais eu.

ESCREVI OUTROS TRÊS ROMANCES na escola. Eles compartilhavam um traço artístico: eram todos uma porcaria. Mesmo assim, entendi que isso era normal. Prodígios são quase sempre figuras trágicas, que ardem em chamas por um tempo e são reduzidos a cinzas quando chegam aos 20 anos. Todo mundo tem que fazer isso da forma lenta, da forma mais difícil, com uma pá cheia de sujeira de cada vez, sem graça. Esse trabalho devagar e árduo recompensa a pessoa, forma os músculos mentais e emocionais e, possivelmente, estabelece uma base mais sólida sobre a qual construir uma carreira. Assim, quando os contratempos ocorrerem, a pessoa vai estar pronta para eles. Afinal, já os enfrentou antes.

Durante a faculdade, comecei a pensar em tentar publicar algumas das minhas histórias. Eu tinha medo, no entanto, de enviar trabalhos assinados com o meu nome. Tinha consciência de que, até aquele momento, não havia escrito nada que valesse a pena ser lido. Como eu poderia saber que tinha algo bom, muito bom? Fiquei preocupado em enviar um livro ruim e que alguém o publicasse de qualquer maneira, porque teriam visto uma oportunidade de ganhar dinheiro rápido por causa do meu sobrenome. Eu era inseguro, muitas vezes era dominado por ansiedades peculiares (e irreais) e precisava ser convencido por mim mesmo de que, quando vendia uma história, tinha sido pelos motivos certos.

Então, larguei o sobrenome e comecei a escrever como Joe Hill. Por que Hill? Era uma forma abreviada do meu nome do meio, Hillström. Analisando em retrospecto, cara, no que eu estava pensando, hein? O trema é o sinal de pontuação mais radical da língua inglesa, eu tenho um no nome e *não o usei*. Era a minha única chance de tirar onda, e estraguei tudo.

Também achei melhor evitar escrever histórias assustadoras, que devia tentar encontrar o meu próprio material. Assim, escrevi uma mistureba de histórias no estilo da *New Yorker* sobre divórcio, criação de filhos difíceis e ansiedades comuns da meia-idade. Havia algumas boas frases aqui e ali nelas, mas nada muito além disso. Eu não tinha o que dizer sobre divórcio — eu não era nem casado! A mesma coisa a respeito de criar filhos difíceis. Minha única experiência com crianças difíceis foi ter sido uma. E, uma vez que eu estava na casa dos 20 anos, era espetacularmente desqualificado para escrever sobre crises da meia-idade.

Além de tudo isso, o verdadeiro desafio de tentar escrever uma boa história ao estilo da *New Yorker* era que eu não gostava das histórias da *New Yorker*. No meu tempo livre, eu lia os quadrinhos de terror muito loucos de Neil Gaiman e Alan Moore, e não histórias sobre o tédio da classe média escritas por Updike e Cheever.

Em algum momento, provavelmente depois de mais ou menos duzentas rejeições, tive uma pequena revelação. Era verdade que, se eu estivesse por aí escrevendo como Joseph King, seria estranho começar a contar histórias de horror. Pareceria que eu estava me agarrando à cauda do fraque do meu pai com as duas mãos. Entretanto, Joe Hill era só um zé-ninguém. Ninguém sabia nada sobre o pai ou a mãe de Hill. Ele poderia ser qualquer tipo de artista que quisesse ser — e o que ele queria era ser o Tom Savini editorial.

A pessoa tem a vida que recebe e, se for escrever, essa é a sua tinta. É a única tinta que ela recebe. A minha era apenas muito vermelha.

Quando me permiti começar a escrever histórias estranhas sobre o sobrenatural, todos os meus problemas desapareceram meio que da noite para o dia, e, antes que você possa dizer "best-seller do *The New York Times*", eu estava... *hahahahahaha*, brincadeira. Ainda tinha muita merda para escrever. Produzi outros quatro romances que nunca chegaram a lugar algum. Havia *Paper Angels*, um pastiche de terceira categoria de Cormac McCarthy. Havia um romance jovem adulto de fantasia, *The Evil Kites of Dr. Lourdes* (não, *vai se foder*, esse é um título do caralho). Havia *The Briars*, um esforço confuso e malsucedido de escrever um thriller no estilo de John D. MacDonald sobre dois adolescentes em uma onda de matança no verão. O melhor deles foi uma coisa parecida com J.R.R. Tolkien chamada *The Fear Tree*, à qual me dediquei durante três anos e que se tornou um best-seller internacional nos meus sonhos eróticos. Na vida real, *The Fear Tree* foi rejeitado por unanimidade nas editoras de Nova York e arrasado por todas as editoras de Londres. Como um último chute no saco, o livro também foi recusado pelas editoras do Canadá, o que é um recado para todos: se você pensa que está no fundo do poço, o poço sempre pode ser mais fundo.

(Estou de brincadeira, Canadá.)

Na mesma época em que produzia os meus desastrosos romances, eu escrevia contos e, ao longo desses meses (e anos — *caramba!*), coisas boas começaram a acontecer. Uma história sobre a amizade entre um delinquente juvenil e um garoto inflável acabou parando em uma antologia muito reconhecida sobre realismo mágico judaico, apesar de eu não ser judeu (o editor não se importava). Uma história sobre um fantasma que assombra um cinema de uma cidade pequena entrou na *High Plains Literary Review*. Isso pode não significar muito para a maioria das pessoas, mas, para mim, entrar na *High Plains Literary Review* (com uma circulação de aproximadamente mil exemplares) foi como abrir uma barra de chocolate e descobrir um bilhete dourado. Outros bons contos vieram a seguir. Escrevi sobre um adolescente solitário que dá uma de Kafka e se transforma em um gafanhoto gigante — apenas para descobrir que prefere ficar dessa forma a ser humano. Havia outro sobre um antigo telefone desconectado que, às vezes, tocava com ligações feitas pelos mortos. E mais um sobre os filhos problemáticos de Van

Helsing. E assim por diante. Ganhei alguns prêmios literários menores e consegui participar de uma coletânea. Um caçador de talentos da Marvel leu um dos meus contos e me deu a chance de escrever uma história de onze páginas do Homem-Aranha.

Não era muita coisa, mas, como dizem, é o suficiente. Em algum momento de 2004, pouco tempo depois que ficou claro que *Fear Tree* não iria a lugar algum, aceitei que minha vocação não era ser romancista. Fiz o meu melhor, arrisquei e fracassei. Tudo bem. Mais do que bem. Escrevi a história do Homem-Aranha e, se nunca descobri como escrever um bom romance, ao menos descobri que sabia compor um conto satisfatório. Jamais estaria à altura do meu pai, mas isso eu meio que já sabia quando comecei. E não era porque eu não tinha vocação para escrever romances que não conseguiria um emprego no mundo dos quadrinhos. Algumas das minhas histórias favoritas eram em quadrinhos.

Eu tinha contos suficientes — mais ou menos uma dúzia — para formar uma coletânea, então decidi lançá-la e ver se alguém se arriscaria a publicá-la. Não fiquei surpreso quando foi ignorada por grandes editoras, que ainda preferem romances a coletâneas por boas razões comerciais. Pensei em experimentar o mundo das editoras pequenas e, em dezembro de 2004, recebi uma ligação de Peter Crowther, o distinto cavalheiro por trás da PS Publishing, um selo editorial do leste da Inglaterra. O próprio Peter tinha escrito contos estranhos e ficara impressionado com a minha história "Pop Art", a do garoto inflável. Ele se ofereceu para imprimir uma baixa tiragem do livro *Fantasmas do século XX*, informalmente me fazendo uma gentileza que jamais poderei retribuir. Na verdade, Pete — e alguns dos outros caras do mundo das editoras pequenas, como Richard Chizmar e Bill Schafer — fez diversas gentilezas para muitos escritores, publicando histórias não porque pensavam que isso os deixaria ricos, mas simplesmente porque adoravam o material. (Sim, esta é uma dica para você visitar os sites da PS Publishing, da Cemetery Dance Publications e da Subterranean Press e fazer a sua parte para apoiar um escritor iniciante, escolhendo uma de suas publicações. Vá em frente, será ótimo para sua estante.)

Pete me pediu para escrever outros contos para o livro, para que houvesse histórias exclusivas na coletânea, narrativas nunca publicadas antes. Concordei e comecei um conto sobre um cara que compra um fantasma pela internet. De alguma forma, essa ideia foi crescendo e, 335 páginas depois, descobri que tinha vocação para escrever um romance, afinal de contas. Dei o título de *A estrada da noite*.

Rapaz, parecia um romance do Stephen King. Para ser justo, cheguei a ele honestamente.

NUNCA FUI UM PRODÍGIO, e esse primeiro livro, *Fantasmas do século XX*, foi lançado quando eu tinha 33 anos. Agora tenho 46 e já vou ter completado 47 quando este livro aqui for lançado. Os dias passam a toda velocidade, cara, e deixam a gente sem fôlego.

Quando comecei, fiquei com medo de que as pessoas soubessem que eu era filho do Stephen King, então coloquei uma máscara e fingi ser outra pessoa. Só que as histórias contam a verdade, a verdade *verdadeira*. Acho que as boas histórias sempre fazem isso. As que eu escrevi são o produto inevitável do meu DNA criativo: Bradbury e Block, Savini e Spielberg, Romero e a *Fango*, Stan Lee e C.S. Lewis e, acima de tudo, Tabitha e Stephen King.

O criador infeliz se vê à sombra de outros artistas maiores e se ressente disso. Mas, se ele tiver sorte — e, como eu já disse, tive mais sorte do que merecia. Por favor, Deus, que continue assim —, esses outros artistas maiores iluminarão o caminho para que ele encontre o próprio rumo.

E quem sabe? Talvez um dia você tenha a sorte de trabalhar com um dos seus heróis. Tive a chance de escrever algumas histórias com o meu pai e fui em frente. Foi divertido. Espero que você goste delas — as histórias estão aqui neste livro.

Passei alguns anos usando uma máscara, mas respiro melhor agora que ela não está mais no meu rosto.

E isso é o suficiente para mim por enquanto. Temos uma estrada à frente. Vamos nessa.

E que venham os vilões.

Joe Hill
Exeter, New Hampshire
Setembro de 2018

ALTA VELOCIDADE

COM STEPHEN KING

ELES FORAM DE MOTO para o oeste, para longe da matança, através do deserto colorido, e não pararam até que estivessem a 150 quilômetros de distância. Finalmente, no início da tarde, entraram em uma lanchonete com exterior de estuque branco e bombas de gasolina em ilhas de concreto na frente. O estrondo dos motores sacudiu as janelas de vidro quando passaram. Eles se reuniram entre caminhões estacionados, na lateral do prédio, e lá baixaram os suportes e desligaram as motocicletas.

Race Adamson os conduziu por todo o caminho, com sua Harley às vezes até meio quilômetro à frente das outras. Race costumava assumir a dianteira desde que tinha voltado para o grupo, depois de dois anos no Oriente Médio. Ele corria tão longe que muitas vezes parecia estar desafiando o pessoal a tentar acompanhar o seu ritmo, ou talvez só quisesse deixá-los para trás. Ele não queria parar ali, mas Vince o forçou. Quando a lanchonete surgiu no horizonte, Vince acelerou, ultrapassou Race e fez um gesto com a mão esquerda que a Tribo conhecia bem: *Me sigam para fora da estrada.* A Tribo deixou o gesto de Vince decidir a questão, como sempre. Outro motivo para Race não gostar dele. O moleque tinha uma porrada de motivos, na verdade.

Race foi um dos primeiros a estacionar, mas o último a desmontar. Ele permaneceu na motocicleta, tirando as luvas de couro devagar, olhando fixo para os outros por trás dos óculos de sol espelhados.

— Você deveria ter uma conversinha com o seu filho — disse Lemmy Chapman para Vince, indicando Race com o rosto.

— Aqui não — respondeu Vince.

A conversa poderia esperar até que voltassem a Las Vegas. Vince queria dar um tempo da estrada. Queria ficar deitado no escuro por um tempo, queria uns minutos para deixar que o enjoo no estômago diminuísse. Queria, acima de tudo, tomar um banho. Ele não estava sujo de sangue, mas se sentia contaminado, e não ficaria à vontade no próprio corpo até que tirasse o fedor da manhã.

Vince deu um passo na direção da lanchonete, mas Lemmy pegou o braço dele antes que pudesse ir mais longe.

— Sim. Aqui.

Vince olhou para a mão que lhe apertava o braço — Lemmy não soltou; Lemmy, dentre todos os homens, não tinha medo dele —, depois olhou na direção do moleque, que não era mais moleque havia anos. Race abria o baú sobre o pneu traseiro, procurando alguma coisa.

— Conversar sobre o quê? O Clarke se foi. O dinheiro também. Não tem mais nada que a gente possa fazer.

— Você precisa descobrir se o Race pensa assim também. Você vem achando que os dois estão em sintonia, mesmo que, hoje em dia, o Race passe quarenta minutos de cada hora puto contigo. Vou dizer uma coisa, chefe, o Race trouxe alguns desses caras e deixou muitos deles empolgados, falando como todo mundo ia ficar rico no acordo com o Clarke. Ele pode não ser o único que precisa ouvir o que acontece agora.

Lemmy olhou sério para os outros. Vince então notou que eles não estavam caminhando na direção da lanchonete, e sim parados perto das motos, observando ele e Race. Esperando que algo acontecesse.

Vince não queria conversar. A ideia de ter que conversar o deixava exausto. Ultimamente, falar com Race era muito cansativo, e ele não estava disposto a ter uma conversa, não considerando a razão de eles estarem fugindo.

Mas foi conversar mesmo assim, porque Lemmy estava quase sempre certo quando se tratava da preservação da Tribo. Lemmy dava cobertura a Vince desde que se conheceram no delta do rio Mekong e o mundo inteiro estava *dinky dau*, louco para cacete, como na gíria vietnamita. Na época, Lemmy e Vince procuravam por armadilhas e minas enterradas. As coisas não mudaram muito nos quase quarenta anos desde então.

Vince saiu da moto e foi até Race, que estava parado entre a Harley e um caminhão-tanque de combustível. O mais jovem encontrou o que procurava no baú na traseira da moto, uma garrafinha com o que parecia ser chá, mas não era. Ele bebia cada vez mais cedo, algo de que Vince não gostava. Race tomou um gole, limpou a boca e estendeu a garrafinha para Vince, que balançou a cabeça.

— Fala — mandou Vince.

— Se a gente pegar a Rota 6 — disse Race —, vai chegar em Show Low em três horas. Supondo que essa sua lambreta de viadinho consiga manter o ritmo.

— O que tem em Show Low?

— A irmã do Clarke.

— E por que a gente ia querer fazer uma visita a ela?

— Pelo dinheiro. Caso não tenha notado, acabamos de perder 60 mil.

— E você acha que a irmã dele vai ter essa grana.

— É um começo.

— Vamos falar sobre isso em Las Vegas. Lá, a gente analisa as nossas opções.

— Que tal a gente analisar as nossas opções agora? Você viu que o Clarke desligou o telefone na hora que a gente chegou? Ouvi um pouquinho do que ele estava falando. Acho que tentou entrar em contato com a irmã e, quando não conseguiu, deixou um recado com alguém que conhece ela. Agora, por que você acha que o Clarke sentiu uma necessidade urgente de entrar em contato com aquela inútil assim que viu a gente na entrada?

Para se despedir, pensou Vince, mas não falou nada.

— Mas o que ela tem a ver com isso? O que a mulher faz da vida? Também é produtora de metanfetamina?

— Não. Ela é puta.

— Caralho. Que família.

— Olha só quem está falando — disse Race.

— O que quer dizer com isso? — perguntou Vince.

Não foi tanto a frase que incomodou o homem, com aquele insulto implícito; foram mais os óculos de sol espelhados de Race, que mostravam o reflexo do próprio Vince, queimado pelo sol e com uma barba grisalha, parecendo enrugado e velho.

Race se voltou para a estrada cintilante de novo e, quando falou, não respondeu à pergunta dele:

— Sessenta mil viraram fumaça, e você não está nem aí.

— Não é que eu não esteja nem aí. Foi o que aconteceu. Viraram fumaça.

Race e Dean Clarke se conheceram em Faluja — ou talvez tivesse sido em Ticrite. Clarke era um médico especializado em tratamento de dor, e seu método preferido era ministrar drogas de primeira acompanhadas por generosas porções de Wyclef Jean. As especialidades de Race eram dirigir Humvees e não levar nenhum tiro. Os dois continuaram amigos ao voltar para o Mundo, e Clarke abordou Race seis meses antes com a ideia de montar um laboratório de metanfetamina em Smith Lake. Ele imaginou que 60 mil o ajudariam a começar e que, em pouco tempo, estaria faturando mais do que isso por mês.

"Metanfetamina de verdade", foi o argumento de Clarke. "Nada dessa merda verde barata. Metanfetamina de verdade."

Então Clarke levantou a mão acima da cabeça, indicando uma pilha monstruosa de dinheiro.

"O céu é o limite, saca?"

Foi aí. Vince pensou que devia ter caído fora no segundo em que ouviu aquilo sair da boca de Clarke. No mesmíssimo segundo.

Mas não fez isso. Até deu 20 mil do próprio bolso para Race, apesar de ter suas dúvidas. Clarke parecia um vagabundo com uma leve semelhança com Kurt Cobain: longos cabelos louros e camisas sobrepostas. Ele falava "saca", chamava todo mundo de "cara", dizia que as drogas rompiam o poder opressivo da supermente, seja lá o que aquilo significasse. Ele surpreendeu e encantou Race com presentes intelectuais: peças de Sartre, fitas mixadas com declamações de poesia e *reggae dub*.

Vince não guardava rancor de Clarke por ele ser um sujeito instruído cheio de conversa sobre revolução espiritual e que falava em uma linguagem mestiça falsa, meio afeminada e meio africana. O que tirou Vince do sério foi que, quando os dois se conheceram, Clarke já tinha uma boca que fedia a metanfetamina, os dentes caindo e as gengivas manchadas. Vince não se importava em ganhar dinheiro com aquela merda, mas sempre desconfiava de qualquer um que tivesse coragem de usá-la.

Mesmo assim, ele investiu o próprio dinheiro. Vince queria que algo desse certo na vida de Race, ainda mais depois de o garoto ter sido expulso do Exército daquele jeito. E, por um tempo, quando Race e Clarke estavam ajeitando os detalhes, ele até meio que se convenceu de que aquilo poderia valer a pena. Race pareceu, por um tempo, ter um ar de autoconfiança quase arrogante. O moleque até comprou um carro para a namorada, um Mustang usado, prevendo o retorno enorme de seu investimento.

Só que o laboratório de metanfetamina pegou fogo, saca? E a coisa toda queimou em dez minutos, no primeiro dia de operação. Os imigrantes mexicanos ilegais que trabalhavam lá dentro fugiram pelas janelas e ficaram lá parados, queimados e sujos de fuligem, até os caminhões de bombeiros chegarem. Agora a maioria deles estava presa na cadeia do condado.

Race soube do incêndio não por Clarke, mas por Bobby Stone, outro amigo do Iraque, que foi de carro a Smith Lake para comprar 10 mil dólares da mítica metanfetamina de verdade, mas deu meia-volta quando viu a fumaça e as luzes piscando. Race tentou telefonar para Clarke, mas ninguém atendeu, nem naquela tarde, nem à noite. Às onze horas, a Tribo estava na estrada, indo para o leste encontrar o sujeito.

Eles flagraram Dean Clarke em sua choupana nas colinas, fazendo as malas para ir embora. O cara falou que estava prestes a sair para encontrar Race, contar o que tinha acontecido e elaborar um novo plano. Falou que pagaria tudo de volta, que, apesar de o dinheiro ter acabado, havia possibilidades, planos de contingência. E que estava arrependido pra cacete. Algumas dessas declarações eram mentira e outras honestas, especialmente a parte de ele estar arrependido pra cacete, mas nada disso surpreendeu Vince, nem mesmo quando Clarke começou a chorar.

O que surpreendeu Vince — o que surpreendeu todo mundo — foi a namorada de Clarke, escondida no banheiro, vestida com uma calcinha com estampa de margaridas e um moletom que dizia TIME DO COLÉGIO CORMAN. Do alto dos seus 17 anos, doida de metanfetamina e segurando um pequeno revólver .22 na mão, ela ouviu quando Roy Klowes perguntou a Clarke se a garota estava por perto. Ele disse que, se a vadia chupasse todos eles, poderiam riscar 200 dólares da dívida ali mesmo. Roy Klowes entrou no banheiro e tirou o pau da calça para mijar, mas a garota pensou que ele estava descendo o zíper por outros motivos e abriu fogo. O primeiro tiro passou longe e o segundo acertou o teto, porque, àquela altura, Roy já tinha metido o facão na garota, e tudo estava caindo por aquele buraco vermelho, se afastando da realidade e entrando no território do pesadelo.

— Tenho certeza de que ele perdeu parte do dinheiro — disse Race. — Pode ser que tenha perdido metade do que demos a ele. Mas se acha mesmo que o Dean Clarke investiu todos os 60 mil dólares naquele trailer, eu não posso ajudar você.

— Talvez ele tenha escondido um pouco. Não estou dizendo que você está errado. Mas não vejo por que o dinheiro iria parar nas mãos da irmã. Poderia facilmente estar em um pote, enterrado no quintal dele. E não vou intimidar uma prostituta patética só por diversão. Se descobrirmos que ela apareceu cheia da grana de repente, aí é outra história.

— Eu passei seis meses estabelecendo esse acordo. E não sou o único com muita grana investida nele.

— Ok. A gente vai conversar sobre como resolver essa situação em Vegas.

— Conversar não vai adiantar nada. Cair na estrada, sim. A irmã dele está em Show Low hoje, mas quando descobrir que o rancho do Dean está todo pintado com o sangue dele e da namoradinha...

— É melhor falar baixo — mandou Vince.

Lemmy observou os dois com os braços cruzados, um pouco afastado à esquerda de Vince, mas pronto para entrar em ação se tivesse que intervir. Os outros estavam em grupos de dois e três, mal-encarados e sujos, vestindo jaquetas de couro ou coletes jeans com o emblema da gangue: um crânio com um cocar acima dos dizeres A TRIBO • VIVA NA ESTRADA, MORRA NA ESTRADA. Eles sempre foram a Tribo, embora ninguém ali fosse indígena, exceto talvez Peaches, que afirmava ser meio cherokee, a não ser quando estava a fim de dizer que era meio espanhol ou meio inca. Doc falava que Peaches poderia muito bem ser meio esquimó ou meio viking, se quisesse — no fim das contas, na verdade ele era cem por cento retardado.

— O dinheiro se foi — disse Vince para o filho. — Os seis meses também. *Vê se entende isso.*

O filho dele ficou parado, os músculos do maxilar contraídos, sem falar nada. A mão direita, que segurava a garrafinha, se apertou. Ao olhar para ele agora, Vince teve uma visão repentina de Race aos 6 anos, com o rosto tão empoeirado quanto agora, brincando na entrada da garagem feita de cascalho, sentado no triciclo verde, imitando o ronco do motor com a garganta. Vince e Mary riram sem parar, principalmente por causa da expressão contorcida de concentração no rosto do filho, aquele Mad Max do jardim de infância. Mas não conseguia achar graça na expressão dele agora, não duas horas depois de Race ter aberto a cabeça de um homem com uma pá. O garoto sempre tinha sido rápido e foi o primeiro a alcançar Clarke quando ele tentou correr, na confusão que aconteceu depois que a garota atirou. Talvez Race não tivesse tido a intenção de matar. Ele só atingiu Clarke uma vez, afinal.

Vince abriu a boca para dizer outra coisa, só que não havia mais nada a ser dito. Ele se virou e foi para a lanchonete. Não tinha dado nem três passos quando ouviu uma garrafa explodir atrás de si. Ele se virou e viu que Race tinha jogado a garrafinha na lateral do caminhão-tanque, exatamente no lugar onde Vince esteve parado apenas cinco segundos antes. Jogou na sombra de Vince, talvez.

Uísque e cacos de vidro escorreram pela lataria do caminhão castigado pelo tempo. Vince ergueu os olhos para o veículo e estremeceu involuntariamente com o que viu ali. Havia uma palavra escrita na lateral e, por um instante, pensou ter lido LÁ É O FIM. Mas não. Era LAUGHLIN. O que Vince sabia sobre Freud podia ser resumido em menos de vinte palavras — barba branca elegante, charuto, achava que os filhos queriam transar com os pais —, mas não era preciso saber muito de psicologia para reconhecer um subconsciente culpado. Vince teria rido, não fosse o que aconteceu a seguir.

O caminhoneiro estava sentado na cabine. A mão pendia pela janela do motorista, com um cigarro queimando entre dois dedos.

No meio do antebraço, havia uma tatuagem gasta, MORTE ANTES DA DESONRA, o que fazia dele um veterano de guerra, algo que Vince notou de maneira distraída e arquivou logo depois, talvez para consideração posterior, talvez não. Tentou imaginar o que o sujeito podia ter ouvido, analisar o perigo, descobrir se havia a necessidade de arrancar Laughlin do caminhão e deixar uma ou duas coisas claras para o caminhoneiro.

Vince ainda pensava nisso quando o caminhão roncou e ganhou uma vida barulhenta e fétida. Laughlin jogou o cigarro no estacionamento e soltou os freios a ar. Os canos de escapamento cuspiram uma fumaça preta de diesel, e o veículo começou a andar com os pneus esmagando cascalho. Quando o caminhão-tanque se afastou, Vince soltou um suspiro lento e sentiu a tensão começar a diminuir. Ele duvidava que o cara tivesse ouvido alguma coisa. Além disso, e daí se tivesse? Ninguém com um pingo de bom senso se envolveria na merda deles. Laughlin devia ter percebido que foi flagrado ouvindo e decidiu dar no pé enquanto ainda podia.

Quando o caminhão-tanque entrou na rodovia de duas pistas, Vince já tinha se virado e estava atravessando o grupo a caminho da lanchonete. Demorou quase uma hora até que visse o caminhão de novo.

VINCE FOI MIJAR — depois de cinquenta quilômetros na estrada sem parar, a bexiga dele estava quase explodindo — e, ao voltar, passou pelos outros, sentados em dois bancos. Eles estavam calados, sem emitir quase nenhum som, exceto pelo barulho de garfos nos pratos e o tilintar de copos sendo colocados na mesa. Apenas Peaches falava, e era consigo mesmo. Peaches sussurrava para si e, de vez em quando, parecia se encolher, como se estivesse cercado por uma nuvem de mosquitos imaginários — um hábito terrível e perturbador. Os demais refletiam, sem se encarar, olhando para dentro de si mesmos, sabe-se lá para quê. Alguns deviam estar vendo o banheiro após Roy Klowes terminar de retalhar a menina. Outros podiam estar se lembrando de Clarke caído de bruços no chão de terra depois da porta dos fundos, a bunda virada para cima, as calças cheias de merda e a pá de aço plantada no crânio, com o cabo erguido no ar. E provavelmente havia aqueles que se perguntavam se chegariam em casa a tempo de ver

American Gladiators e se os bilhetes de loteria que compraram no dia anterior foram premiados.

A situação era diferente quando estavam indo encontrar Clarke. Melhor. A Tribo parou logo após o nascer do sol em uma lanchonete bem parecida com aquela e, embora o clima não fosse festivo, houve muita falação de bosta e certa quantidade de exclamações previsíveis de nojo para acompanhar o café e as rosquinhas. Doc tinha se sentado em um banco para fazer palavras cruzadas, e outros se acomodaram ao redor dele, olhando por cima do ombro e se cutucando sobre a honra de estarem na presença de um homem de tamanha erudição. Doc havia cumprido pena na cadeia, como a maioria deles, e tinha um dente de ouro na boca substituindo um que fora arrancado pelo cassetete de um policial anos antes. Mas ele usava óculos bifocais, tinha feições magras, quase aristocráticas, lia o jornal e sabia de coisas como qual era a capital do Quênia e quem participou da Guerra das Rosas. Roy Klowes olhou de lado para o quebra-cabeça de Doc e disse:

— O que eu preciso é de palavras cruzadas com perguntas sobre como consertar motos ou pegar boceta. Tipo, qual é a palavra de quatro letras para o que causo na sua mãe, Doc? Essa eu sei responder.

Doc franziu o cenho.

— Eu diria "repulsa", mas tem sete letras. Então, acho que a resposta teria que ser "asco".

— "Asco"? — perguntou Roy, coçando a cabeça.

— Isso mesmo. Você provoca asco. Significa que você aparece e ela quer vomitar.

— Pois é. É isso que me irrita, pois já faz um tempão que estou treinando a sua mãe para engolir sem vomitar.

E os homens quase caíram dos bancos de tanto rir. E estavam rindo com a mesma intensidade no banco mais à frente, onde Peaches tentava contar por que mandou dar um talho nas bolas.

— O que me convenceu foi quando vi que só precisaria pagar pela vasectomia uma vez na vida. Não dá para dizer a mesma coisa sobre o aborto. Em teoria, não há limite para esse caso. *Nenhum limite.* Toda gozada pode acabar com uma conta. A pessoa não vê isso até ter que bancar alguns abortos e começar a pensar que deve ter um jeito melhor de gastar a própria grana. Além disso, os relacionamentos não são os mesmos depois que você joga o Júnior na privada. Simplesmente não são. Falo por experiência.

Peaches não precisava de piadas. Ele era engraçado o suficiente apenas dizendo o que passava pela sua cabeça.

Desanimado, Vince atravessou o bando com os olhos vermelhos, e ocupou um banquinho no balcão ao lado de Lemmy.

— O que acha que devemos fazer sobre essa merda toda quando chegarmos a Vegas? — perguntou ele.

— Fugir — respondeu Lemmy. — Sem contar a ninguém que estamos indo. E nunca olhar para trás.

Vince riu. Lemmy não. Ele levantou a xícara de café, mas não bebeu, apenas olhou para ela por alguns segundos e a colocou de volta na mesa.

— Tem alguma coisa errada com o café? — indagou Vince.

— Não é ele que está errado.

— Não vai me dizer que você está falando sério sobre ir embora, vai?

— Nós não seríamos os únicos, meu amigo — respondeu Lemmy.

— O que o Roy fez com aquela garota no banheiro?

— Ela quase atirou nele — falou Vince, em voz baixa para que ninguém mais pudesse ouvir.

— Ela não tinha mais que 17 anos.

Vince não respondeu e, de qualquer maneira, o outro não esperava nenhuma resposta.

— A maioria desses caras nunca viu nada tão pesado, e acho que muitos, os inteligentes pelo menos, vão se espalhar pelos quatro cantos da Terra assim que puderem. Vão encontrar um novo sentido para a vida. — Vince riu de novo, mas Lemmy apenas o olhou de esguelha. — Presta atenção agora, capitão. Eu matei o meu irmão ao dirigir bêbado que nem um gambá quando tinha 18 anos. Quando acordei, eu podia sentir o cheiro do sangue dele em mim. Para compensar, tentei me matar entrando para os fuzileiros, mas a rapaziada de pijamas pretos não me ajudou. E o que mais lembro sobre a guerra é o fedor dos meus próprios pés com úlcera tropical. Era como carregar uma fossa nas botas. Eu fui preso, assim como você, e o pior não foram as coisas que fiz ou vi serem feitas. O pior foi o cheiro de todo mundo. Sovacos e cus. Tudo isso foi ruim. Mas nada chega perto dessa merda tipo Charlie Manson da qual estamos fugindo. O que não consigo esquecer é como aquele lugar fedia. Depois que tudo acabou. Era como estar preso em um armário onde alguém tinha acabado de cagar. Não tinha ar suficiente, e o pouco que havia não era bom.

Ele fez uma pausa e girou o banquinho para olhar para Vince.

— Sabe o que venho pensando desde que a gente saiu de lá? O Lon Refus se mudou para Denver e abriu uma oficina. Ele me mandou um cartão-postal das montanhas Flatiron. Fiquei me perguntando se o cara teria vaga para um coroa apertar uns parafusos para ele. Acho que eu conseguiria me acostumar com o cheiro dos pinheiros.

Ele ficou em silêncio de novo, depois desviou o olhar para observar os outros homens sentados.

— A metade que não se mandar vai tentar recuperar o que perdeu, de um jeito ou de outro, e é melhor você não se envolver em como vão fazer isso. Porque vai ter mais desse lance maluco de metanfetamina. Esse é apenas o começo. É o pedágio na entrada da rodovia. Tem muito dinheiro envolvido para desistir agora, e todo mundo que vende também usa e quem usa faz merda. A garota que atirou no banheiro usava, e é por isso que ela tentou matar o Roy, e o próprio Roy usa, e foi por isso que ele teve que dar quarenta golpes na menina com aquele facão ridículo. Porra, que tipo de gente, além de um viciado em metanfetamina, carrega um facão?

— Nem começa sobre o Roy. Eu gostaria de enfiar o Garotinho na bunda dele e ver seu desempenho — disse Vince, e agora foi a vez de Lemmy rir. Pensar em usos loucos para o Garotinho era uma piada recorrente entre eles. — Fala logo o que você acha. Você está pensando nisso já faz uma hora.

— Como é que você sabe?

— Acha que eu não sei o que significa quando vejo você sentado de costas retas na moto?

Lemmy resmungou e respondeu:

— Mais cedo ou mais tarde, a polícia vai chegar ao Roy ou a um dos outros, e vai levar todo mundo que estiver por perto para o buraco. Porque o Roy e caras como ele não são inteligentes o bastante para se livrar das bostas que roubaram da cena do crime. Nenhum deles é inteligente o bastante para não contar o que fizeram para as namoradas. Diabo. Metade deles tem metanfetamina no bolso agora. Só digo isso.

Vince coçou a lateral da barba.

— Você não para de falar sobre essas duas metades, a metade que vai se mandar e a metade que não vai. Quer me dizer em qual delas o Race está?

Lemmy virou a cabeça e deu um sorriso infeliz, mostrando o dente lascado.

— Você precisa mesmo perguntar?

O CAMINHÃO COM LAUGHLIN escrito na lateral penava para subir a colina quando eles o alcançaram por volta das três da tarde.

A rodovia subia por um longo caminho sinuoso e íngreme em uma série de zigue-zagues. Com todas as curvas, não havia um ponto óbvio para fazer a ultrapassagem. Race tomara a dianteira mais uma vez. Depois que todos saíram da lanchonete, ele acelerou, aumentando tanto a vantagem em relação ao restante da Tribo que às vezes Vince o perdia de vista. Mas, quando alcançaram o caminhão, o filho estava colado no para-choque do cara.

Os nove subiram a colina no rastro fervente do caminhão-tanque. Os olhos de Vince começaram a lacrimejar.

— *Porra de caminhão!* — gritou Vince, e Lemmy assentiu.

Os pulmões de Vince estavam contraídos, o peito doía ao respirar a fumaça do escapamento, e era difícil enxergar.

— *Tira essa merda do caminho!* — berrou Vince.

Foi uma surpresa ter alcançado o caminhão ali. Eles não estavam tão longe assim da lanchonete, uns trinta quilômetros, não mais. LAUGHLIN pode ter parado em outro lugar por um tempo — só que não havia nenhum outro lugar. Ele devia ter estacionado o veículo à sombra de um outdoor para uma sesta. Ou então um pneu furou e ele precisou trocá-lo. Isso importava? Não. Vince nem sabia muito bem por que isso passava pela cabeça dele, mas estava incomodando.

Logo depois da curva seguinte da estrada, Race inclinou a Harley Davidson modelo Softail Deuce na pista para verificar se algum carro vinha no sentido contrário, abaixou a cabeça e foi de cinquenta quilômetros por hora para cem. A moto se encolheu e depois *saltou*. Ele cortou na frente do caminhão assim que o ultrapassou — retornando para a faixa da direita bem na hora em que um Lexus amarelo-claro passou por ele no sentido oposto. O motorista do Lexus buzinou, mas o som de *bip-bip* foi quase imediatamente perdido diante do barulho estridente e avassalador da buzina do caminhão.

Vince viu o Lexus se aproximando e, por um momento, teve certeza de que estava prestes a ver o filho colidir de frente, passando, em um segundo, de Race para carne no asfalto. Levou alguns instantes para que o coração voltasse a descer pela garganta.

— *Psicopata maldito!* — gritou Vince para Lemmy.

— *Você está falando do cara do caminhão?* — berrou Lemmy de volta, quando o som da buzina enfim desapareceu. — *Ou do Race?*

— *Dos dois!*

No momento em que o caminhão fez a curva seguinte, porém, Laughlin parecia ter deixado de ser idiota ou finalmente tinha olhado no retrovisor e notado o restante da Tribo roncando atrás. Ele colocou a mão para fora da janela — aquela mão bronzeada, com veias, articulações grandes e dedos curtos e grossos — e acenou para que passassem.

Na mesma hora, Roy e mais dois saíram da pista e ultrapassaram trovejando. O resto seguiu em pares. Não havia nada para ultrapassar à frente do veículo, enquanto o caminhão seguia em frente sofrendo, mal chegando aos trinta por hora. Vince e Lemmy saíram da pista por último e fizeram a ultrapassagem pouco antes do zigue-zague seguinte. Vince olhou para o motorista ao passar, mas não viu nada, exceto a mão pendendo da janela. Cinco minutos depois, eles deixaram o caminhão tão para trás que nem conseguiam mais ouvi-lo.

Seguiu-se um trecho de deserto aberto, arbustos secos e cactos, despenhadeiros à direita, com listras em tons amarelados e vermelhos. Eles agora estavam indo em direção ao sol, sendo perseguidos pelas próprias sombras alongadas. Casas e alguns trailers passaram voando por eles como um arremedo de cidade. As motos estavam espalhadas por quase oitocentos metros, com Vince e Lemmy andando perto da retaguarda. Porém, não muito depois, Vince viu a Tribo se reunir ao lado da estrada, pouco antes de um cruzamento de quatro vias, a travessia para a Rota 6.

Além do cruzamento, a oeste, a rodovia estava sendo reformada. Uma placa laranja dizia: Obras nos próximos trinta quilômetros.

Trecho com retenções. Ao longe, Vince viu caminhões basculantes e uma motoniveladora. Homens trabalhavam em meio a nuvens de poeira vermelha, o barro sendo agitado e flutuando pelo planalto.

Ele não sabia que haveria obras ali porque não vieram por aquele caminho. Fora sugestão de Race voltar por estradas secundárias, o que, por Vince, não era problema. Ao deixar dois homicídios para trás, parecia ser uma boa ideia seguir com discrição. Mas é claro que não tinha sido por aquele motivo que o filho sugerira a rota.

— O quê? — perguntou Vince, ao diminuir a velocidade e colocar o pé no chão. Como se já não soubesse.

Race apontou para longe da obra, pela Rota 6.

— Vamos para o sul pela 6, aí podemos pegar a I-40.

— Em Show Low — disse Vince. — Por que não estou surpreso?

Foi Roy Klowes quem falou em seguida. Ele apontou o polegar na direção dos caminhões basculantes.

— Porra, é bem melhor do que ir a dez por hora naquela merda por trinta quilômetros. Não, obrigado. Prefiro andar na boa e talvez meter sessenta paus ao longo do caminho. É o que eu penso.

— Doeu? — perguntou Lemmy a Roy. — Pensar? Ouvi dizer que dói na primeira vez. Como quando uma mocinha perde a virgindade.

— Vai se foder, Lemmy — falou Roy.

— Quando eu quiser saber o que você está pensando, eu pergunto, Roy — disse Vince. — Mas esperaria sentado, se fosse você.

Race falou com a voz calma, em tom moderado.

— Quando chegarmos em Show Low, vocês não precisam ficar com a gente. Nenhum dos dois. Ninguém vai ficar puto se quiserem seguir o seu caminho.

Então pronto, era isso.

Vince encarou cada rosto. Os jovens devolveram o olhar. Os mais velhos, aqueles que o acompanhavam havia décadas, não.

— Fico feliz em saber que ninguém vai ficar puto comigo — falou Vince. — Estava preocupado.

Naquele momento, uma lembrança lhe ocorreu: os passeios de carro com o filho à noite, no Gran Turismo Omologato, nos dias em que ainda tentava andar na linha, ser um homem de família para Mary. Os detalhes da viagem estavam perdidos agora; ele não conseguia se lembrar de onde vinham ou para onde estavam indo, mas se lembrou do rosto empoeirado e carrancudo do filho de 10 anos visto pelo retrovisor. Eles tinham parado em uma barraquinha de hambúrgueres, só que o garoto não queria jantar, disse que não estava com fome. Ele só aceitaria um picolé e depois reclamou quando Vince voltou com um picolé de limão em vez de uva. Não comeu e deixou o picolé derreter no banco de couro. Por fim, quando os dois estavam a trinta quilômetros de distância da barraquinha de hambúrgueres, Race anunciou que sua barriga estava roncando.

Vince olhou pelo retrovisor e disse: "Sabe, só porque eu sou seu pai, não significa que preciso gostar de você."

E o garoto devolveu o olhar, contraindo o queixo, lutando para não chorar, mas sem querer virar o rosto. Devolveu o olhar de Vince com olhos brilhantes e odiosos. Por que ele falou aquilo? Passou pela sua cabeça que, se tivesse sabido como falar com Race de outra maneira, não teria havido Faluja ou dispensa desonrosa por abandonar o esquadrão, dando no pé em um Humvee enquanto chovia morteiros, não haveria Dean Clarke ou laboratório de metanfetamina, e o garoto não sentiria a necessidade de ir na dianteira o tempo todo, disparando a cem quilômetros por hora na sua moto metida a fodona enquanto o resto da Tribo ia a 95. Era o pai que o moleque estava tentando deixar para trás. Ele vinha tentando fazer isso a vida inteira.

Vince apertou a vista e olhou de volta para o caminho por onde vieram — e lá estava o maldito caminhão de novo. Conseguiu vê-lo através das ondas trêmulas de calor no asfalto, de modo que o veículo parecia um pouco uma miragem, com os canos altos de escapamento e grade prateada: LAUGHLIN. Ou LÁ É O FIM, se você estivesse se sentindo um pouco freudiano. Vince franziu a testa, distraído por um momento, se perguntando como a Tribo podia ter alcançado e ultrapassado um cara que teve quase uma hora de vantagem.

Quando Doc falou, a voz saiu quase tímida, em tom de desculpa:

— Talvez seja a melhor coisa a fazer, chefe. Com certeza é preferível a trinta quilômetros de terra na cara.

— Bem, eu com certeza não gostaria que vocês se sujassem — disse Vince.

E se afastou da beira da estrada, acelerou e virou à esquerda na Rota 6, levando o grupo para Show Low.

Atrás, distante, Vince ouviu o caminhão trocando de marcha, o ronco do motor aumentando em volume e força, gemendo um pouco enquanto o veículo trovejava pela planície.

O TERRENO ERA TODO formado por pedras vermelhas e amarelas, e eles não viram ninguém na estrada estreita de duas pistas. Não havia acostamento. O grupo subiu um morro, depois começou a descer pela garganta de um desfiladeiro, seguindo a estrada que serpenteava cada vez mais baixo. À esquerda, havia uma cerca de proteção amassada e, à direita, um paredão de rocha praticamente vertical.

Por um tempo, Vince seguiu na frente ao lado de Lemmy, mas então Lemmy ficou para trás e Race ocupou o seu lugar — pai e filho, lado a lado, o vento ondulando os cabelos pretos de astro de cinema do mais jovem. O sol, agora no lado oeste do céu, ardia nas lentes espelhadas dos óculos escuros do moleque.

Vince observou o filho pelo canto do olho por um momento. Race era magro e musculoso, e até o jeito de se sentar na moto parecia um ato de agressão, a forma como ele inclinava o veículo nas curvas em um ângulo de 45 graus sobre o asfalto. Vince invejava a graça atlética natural do filho e, ao mesmo tempo, de alguma forma, Race conseguia fazer com que andar de moto parecesse algo trabalhoso. Já Vince passou a andar de moto porque era a coisa mais distante de trabalho que ele conseguiu encontrar. Imaginou se o filho estaria realmente à vontade consigo mesmo.

Vince ouviu o trovão retumbante de um grande motor atrás de si e deu uma olhada longa e preguiçosa bem a tempo de ver o caminhão vindo para cima deles. Como um leão saindo do esconderijo perto de uma fonte de água onde um bando de gazelas estava descansando. A Tribo se deslocava em grupos, como sempre, chegando talvez a setenta quilômetros por hora ao descer as encostas sinuosas, e o caminhão estava perto dos 95. Vince teve tempo de pensar *Ele não vai diminuir* então LAUGHLIN bateu nos motoqueiros na retaguarda com um estrondo ensurdecedor de aço contra aço.

As motos saíram voando. Uma Harley foi jogada contra o paredão rochoso, e seu motoqueiro — John Kidder, às vezes chamado de Baby John — foi catapultado, jogado contra as pedras, depois quicou e desapareceu embaixo dos pneus traseiros do caminhão. Outro motoqueiro (*O Doc, não, não o Doc*) foi jogado para a faixa esquerda. Vince teve um vislumbre rápido do rosto pálido e atônito de Doc, a expressão boquiaberta, o brilho do dente de ouro de que ele tanto se orgulhava. Fora de controle, ele atingiu a cerca de proteção e voou por cima do guidão, arremessado no precipício. A Harley deu uma pirueta, o baú se abriu e derramou roupas sujas. O caminhão mastigou as motos caídas. A grande grade parecia rosnar.

Então Vince e Race fizeram outra curva fechada lado a lado, deixando tudo aquilo para trás.

O sangue avançou para o coração de Vince e, por um momento, ele sentiu um aperto perigoso no peito. Precisou lutar para respirar novamente. No instante em que a carnificina estava fora de vista, foi difícil acreditar que tivesse acontecido, foi difícil acreditar que as motos ágeis não conseguiram escapar do caminhão. No entanto, Vince tinha acabado de chegar ao fim da curva quando Doc desabou na estrada à frente deles. A moto caiu em cima do corpo de Doc com um baque. As roupas dele vieram flutuando depois. A jaqueta jeans sem mangas caía por último e por um momento se abriu como um balão ao ser pega por uma corrente de ar. Em cima de um bordado do Vietnã em fio dourado estava a legenda QUANDO EU CHEGAR NO CÉU, VÃO ME DEIXAR ENTRAR, PORQUE EU JÁ ESTIVE NO INFERNO. TRIÂNGULO DE FERRO 1968. As roupas, o dono delas e o veículo haviam caído da rodovia acima, despencando vinte metros até o chão.

Vince virou o guidão e desviou dos destroços com o salto de uma das botas raspando no asfalto remendado. Seu amigo de vinte anos, Doc Regis, era agora uma palavra de cinco letras para lubrificante: "graxa". Ele estava com o rosto para baixo, mas os dentes brilhavam em uma mancha de sangue perto da orelha esquerda, o de ouro entre eles. As canelas saíam pela parte traseira das pernas, eram varas de osso vermelho reluzente furando as calças jeans. Tudo isso Vince viu em um instante, e logo depois desejou que pudesse *desver*. Os músculos que controlam o refluxo se agitaram na garganta e, quando engoliu em seco, sentiu um gosto ácido de bile.

Race passou pelo outro lado dos destroços do que tinha sido a motocicleta de Doc e Doc. Olhou de soslaio para Vince e, embora o pai não pudesse ver os olhos do filho por trás dos óculos escuros, o rosto de Race estava rígido e abalado, a expressão de uma criança pequena que já tinha passado da hora de dormir e flagrou os pais assistindo a um filme de terror sanguinolento em DVD.

Vince voltou a olhar para trás e viu os remanescentes da Tribo na estrada. Apenas sete agora. O caminhão rugiu em seguida e fez a curva tão rápido que seu tanque balançou com força para o lado, chegando perigosamente perto de tombar, os pneus fumegando no asfalto. Então o veículo se firmou e seguiu em frente, atingindo Ellis Harbison. Ellis foi lançado no ar, como se tivesse pulado de uma prancha. Aquilo quase pareceu engraçado, com o homem girando os braços contra o céu azul — pelo menos até o momento em que ele caiu e o caminhão passou por cima dele. Sua moto capotou antes de ser golpeada de lado pelo veículo de dezoito rodas.

Vince teve um vislumbre confuso de Dean Carew quando o caminhão o alcançou. O veículo bateu no pneu traseiro da moto. Dean girou no próprio eixo e caiu com força, rolando a oitenta quilômetros por hora pela estrada. O asfalto descascou a pele dele, e a cabeça de Dean bateu na estrada várias vezes, deixando uma série de sinais de pontuação vermelhos no quadro-negro da pista.

Um instante depois, o caminhão-tanque devorou a moto de Dean, esmagando-a e triturando-a, e o modelo *lowrider* que ele ainda estava pagando explodiu, tornando-se um paraquedas de chamas que se abriu embaixo do caminhão. Vince sentiu uma onda de pressão e calor nas costas que o empurrou para a frente e ameaçou erguê-lo do assento da motocicleta. Achou que o próprio caminhão fosse explodir, que sairia da estrada quando o tanque estourasse em uma coluna de fogo — mas isso não aconteceu. O veículo atravessou as chamas trovejando, com as laterais sujas de fuligem e fumaça negra saindo do chassi, mas, tirando isso, intacto e avançando mais rápido do que nunca. Vince sabia que os caminhões Mack eram rápidos — os novos tinham uma usina de força de 485 megawatts —, mas *aquela* coisa...

Motor superalimentado? Como alguém pode superalimentar a porra de um semirreboque?

Vince estava indo rápido demais e sentiu o pneu dianteiro começar a bambear. Estavam agora perto do pé da encosta, onde a estrada se nivelava. Race ia um pouco à frente. Pelo retrovisor, Vince viu os únicos outros sobreviventes: Lemmy, Peaches e Roy. E o caminhão se aproximando mais uma vez.

Poderiam deixá-lo para trás em um piscar de olhos em uma subida de encosta, mas *não* haveria encostas. Não pelos próximos trinta quilômetros, se ele bem lembrava. O caminhão pegaria Peaches em seguida. Peaches, o mais engraçado quando tentava ser sério. Ele lançou um olhar aterrorizado para trás, e Vince sabia o que estava vendo: um penhasco cromado. Um penhasco cada vez mais perto.

Porra, pensa em alguma coisa. Tira todo mundo dessa situação.

Precisava ser ele. Race seguia bem, mas estava no piloto automático, o rosto paralisado e voltado fixo para a frente, como se tivesse torcido o pescoço e estivesse usando uma tala. Um pensamento ocorreu a Vince naquele momento — um pensamento terrível, mas curioso —, o de que aquela foi a aparência exata de Race no dia em que ele, em Faluja, abandonou os homens do seu esquadrão, enquanto os projéteis de morteiro choviam ao redor.

Peaches apertou o acelerador e ganhou um pouco de distância do caminhão, que buzinou como se estivesse frustrado — ou como se estivesse gargalhando. De qualquer maneira, o velho Georgia Peach só havia conseguido um adiamento da execução. Vince ouviu o caminhoneiro — talvez um homem chamado Laughlin, talvez um demônio saído do inferno — mudando a marcha. Meu Deus, quantas marchas aquela porra tinha? Cem? O caminhoneiro começou a diminuir a distância. Vince não achava que Peaches seria capaz de ganhar terreno de novo. Aquela velha Beezer *flathead* tinha dado tudo que podia dar. Ou o caminhão a pegaria, ou a Beez estouraria a junta do cabeçote e *aí* o caminhão a pegaria.

BRONK! BRONK! BRONK-BRONK-BRONK!

Mesmo acabando com um dia que já estava destruído sem possibilidade de conserto, aquilo deu a Vince uma ideia. Dependia de onde estivessem. Vince conhecia aquela estrada. Conhecia todas as estradas daquela região, mas não andava por aquelas bandas havia anos e não podia ter certeza agora, em cima do laço, se estavam onde pensava que estavam.

Roy jogou alguma coisa para trás, algo que reluziu ao sol. O objeto atingiu o para-brisa sujo de Laughlin e ricocheteou. A porra do facão. O caminhão berrou, soprou duas correntes de fumaça preta, e o motorista meteu a mão na buzina novamente...

BRONK-BRONK! BRONK! BRONK-BRONK-BRONK!

... em buzinadas que soaram estranhamente como código Morse.

Se ao menos... Deus, se ao menos...

Isso mesmo. À frente, uma placa tão imunda que era quase impossível de ler indicava CUMBA: 3 KM.

Cumba. Maldita Cumba. Uma cidadezinha mineira acabada na subida de uma colina, um lugar onde havia talvez cinco terrenos e um velho vendendo cobertores navajos feitos em Laos.

Para quem já estava a 130 por hora, três quilômetros não eram nada. Precisaria ser rápido, e eles só teriam uma chance.

Os outros sacaneavam a moto de Vince, mas apenas o deboche de Race era mordaz. A motocicleta era uma Kawasaki Vulcan 800 remontada com escapamento Cobra e assento personalizado: um couro vermelho como um hidrante. "É a poltrona do papai", Dean Carew brincou uma vez. "Teu cu", respondeu Vince, indignado, e quando Peaches, solene como pastor, falou "Ela serve para o seu também", todo mundo caiu na risada.

A Tribo chamava a Vulcan de lambreta, é claro. Também de Tojo Mojo el Rojo do Vince. Doc — que agora estava espalhado por toda a estrada atrás deles — gostava de chamá-la de Miss Fujiyama. Vince apenas sorria como se soubesse de algo que os demais não sabiam. Talvez até soubesse mesmo. Certa vez, ele acelerou a Vulcan até 195 quilômetros por hora e parou por aí. Amarelou. Race não teria parado, mas ele era jovem, e os jovens precisam aprender os limites das coisas. Cento e noventa e cinco quilômetros por hora eram o suficiente para Vince, mas ele sabia que podia mais. Hoje descobriria quanto.

Vince pegou firme o acelerador e foi até o limite.

A Vulcan respondeu não com um grunhido, mas com um grito, quase escapando por baixo dele. Vince teve um vislumbre difuso do rosto branco do filho e então ultrapassara Race e estava na dianteira, pilotando aquele foguete, com os cheiros do deserto tomando o seu nariz. À frente, havia uma faixa suja de asfalto com uma entrada à esquerda, a estrada para Cumba. A Rota 6 passou por uma longa e suave curva à direita. Em direção a Show Low.

Vince olhou pelo retrovisor direito e viu que os outros haviam se amontoado e que Peaches ainda estava com o lado reluzente da moto voltado para cima. Achou que o caminhão podia ter pegado Peaches — e talvez todos os outros —, mas que estava recuando um pouco, sabendo tão bem quanto Vince que, durante os trinta quilômetros seguintes, não haveria alterações. Depois da saída para Cumba, a rodovia era elevada e uma cerca de proteção corria por ambos os lados; Vince pensou, com tristeza, no gado indo em direção ao abatedouro. Ao longo daqueles trinta quilômetros, LAUGHLIN era o dono da estrada.

Por favor, Deus, permita que isso dê certo.

Ele soltou o acelerador e começou a apertar o freio de mão em um ritmo constante. O que os quatro atrás dele veriam, se estivessem prestando atenção, era um flash longo... um flash curto... e outro flash curto. A seguir, uma pausa. Depois, uma repetição. Longo... curto... curto. Foi a buzina do caminhão que deu essa ideia a ele. Aquilo só *parecia* Morse, mas o que Vince estava mostrando com a luz do freio *era* Morse.

A letra *D*.

Roy e Peaches talvez não entendessem, mas Lemmy com certeza entenderia. E Race? Será que ainda ensinavam Morse no Exército? Será que o moleque tinha aprendido o código na guerra dele, em que os comandantes de esquadrão portavam aparelhos de GPS e as bombas eram guiadas por satélite?

A curva à esquerda para Cumba estava se aproximando. Vince tinha tempo suficiente para piscar o *D* só mais uma vez. Agora os outros estavam mais perto. O líder apontou a mão esquerda em um gesto que a Tribo conhecia bem: *Me sigam para fora da estrada.* LAUGHLIN viu o gesto — como Vince esperava — e avançou. Ao mesmo tempo, Vince girou o acelerador de novo. A Vulcan gritou e saltou à frente. Fez a curva à direita, pela estrada principal. Os outros seguiram. Mas não o caminhão. LAUGHLIN já havia começado a fazer a curva para Cumba. Se o motorista tentasse corrigir o rumo em direção à estrada principal, o caminhão-tanque capotaria.

Vince sentiu uma pulsação intensa de sucesso e fechou a mão esquerda por reflexo em um punho triunfante. *Conseguimos! Conseguimos, caralho! Quando ele conseguir virar aquele caminhão enorme, estaremos a quinze quilômetros de...*

O pensamento se rompeu como um galho quando Vince olhou pelo retrovisor. Havia três motos atrás dele, não quatro: Lemmy, Peaches e Roy.

Vince girou para a esquerda e ouviu os velhos ossos da coluna estalarem, sabendo o que veria. E viu. O caminhão, arrastando uma enorme cauda de poeira vermelha, com o tanque sujo demais para reluzir. No entanto, havia um fulgor a mais ou menos cinquenta metros à frente dele, o brilho do escapamento e do motor cromados que pertenciam a uma Softail Deuce. Race não entendia código Morse, não acreditara no que estava vendo ou sequer tinha prestado atenção. Vince se lembrou da expressão fixa e pálida no rosto do filho e achou que a última possibilidade era a mais provável. Race tinha parado de prestar atenção ao resto deles — tinha parado de *vê-los* — no momento em que entendeu que LAUGHLIN não era apenas um caminhão fora de controle, mas um veículo determinado a abater a Tribo. Ele tivera consciência apenas o suficiente para perceber o gesto de Vince, mas havia perdido todo o resto por causa de uma espécie de visão limitada. O que era aquilo? Pânico? Algum tipo de ignorância? Ou pânico e ignorância eram a mesma coisa, no fim das contas?

A Harley de Race passou por trás de uma colina baixa, com o caminhão desaparecendo logo depois. A seguir, havia apenas poeira ao vento. Vince tentou organizar seus pensamentos caóticos. Se a memória estivesse certa novamente — ele sabia que estava pedindo muito, não frequentava aquelas bandas havia alguns anos —, então a estrada atravessava Cumba antes de retornar para se reconectar à Rota 6, cerca de quinze quilômetros à frente. Se Race conseguisse se manter na dianteira...

A não ser...

A não ser que, a menos que as coisas tivessem mudado, a estrada passava por terra batida depois de Cumba e provavelmente atravessava terreno arenoso nessa época do ano. O caminhão rodaria na boa, mas a moto...

As chances de Race sobreviver aos últimos seis quilômetros daquele trecho não eram boas. As chances de ele largar a moto e ser atropelado eram, por outro lado, excelentes.

Imagens do filho tentaram invadir a mente de Vince. Race no triciclo: o Mad Max do jardim de infância. Race o encarando do banco traseiro do GTO, o picolé derretendo, os olhos brilhando de ódio, o lábio inferior tremendo. Race aos 18 anos, vestindo um uniforme e um sorriso presunçoso de *Vai se foder*, em posição de sentido e pronto para a guerra.

Por último, veio a imagem de Race morto na terra batida, um boneco quebrado com apenas as vestes de couro mantendo o corpo unido.

Vince expulsou essas cenas da cabeça. Elas não ajudavam em nada. A polícia também não ajudaria. *Não* havia polícia, não em Cumba. Alguém que estivesse vendo o semirreboque perseguindo a motocicleta poderia até chamar a polícia estadual, mas o policial estadual mais próximo provavelmente estava em Show Low, bebendo café, comendo torta e paquerando a garçonete enquanto Travis Tritt tocava no jukebox Rock-Ola.

Estavam sozinhos. Mas aquilo não era novidade.

Vince jogou a mão para a direita, depois cerrou o punho e bateu no ar com ele. Os outros três vinham atrás de Vince, os motores acelerando, o ar sobre os escapamentos retos cintilando.

Lemmy parou ao lado dele, com o rosto cansado e enojado.

— *Ele não viu o sinal da luz de freio!* — gritou.

— *Não viu ou não entendeu!* — berrou Vince de volta. Ele estava tremendo. Talvez fosse apenas a moto pulsando embaixo dele. — *Dá no mesmo! Hora do Garotinho!*

Por um momento, Lemmy não entendeu. Então ele se virou e puxou as correias do alforje direito. Ele não usava os baús sofisticados de plástico. Lemmy era cem por cento da velha-guarda.

Enquanto mexia no alforje, eles ouviram um ronco repentino de aceleração. Era Roy. Roy já tinha se cansado daquela situação. Ele girou a moto e disparou de volta para o leste, com a própria sombra agora correndo na frente dele, um fiapo preto mirrado. Na parte de trás do colete de couro, havia uma piada hedionda: Retroceder nunca, render-se jamais.

— *Volte, Klowes, seu idiota!* — berrou Peaches.

A mão dele escorregou da embreagem, e a Beezer, ainda com a marcha engatada, deu um pinote, passou perto do pé de Vince, engasgou com a gasolina de alta octanagem e parou. Peaches quase foi arremessado da moto, mas não pareceu notar. Ele ainda olhava para trás. O homem brandiu o punho; os cabelos ralos e grisalhos girando em volta do crânio comprido e estreito.

— *Volte, seu covarde IDIOOOTA!*

Roy não voltou. Ele nem mesmo *olhou* para trás.

Peaches se virou para Vince. Lágrimas escorriam pelas bochechas queimadas de sol de um milhão de passeios de moto e dez milhões de cervejas. Naquele momento, ele parecia mais velho que o deserto em que se encontravam.

— *Você é mais forte do que eu, Vince, mas eu sou mais cruel. Se arrancar a cabeça dele, eu arrebento do pescoço para baixo.*

— *Anda logo!* — gritou Vince para Lemmy. — *Anda, porra!*

Quando ele pensou que Lemmy ia aparecer de mãos vazias, o velho companheiro endireitou o corpo com o Garotinho na mão enluvada.

A Tribo não andava com armas de fogo. Motoqueiros fora da lei como eles nunca estavam armados. Todos tinham ficha, e qualquer policial em Nevada adoraria jogar um ou todos eles na cadeia por trinta anos sob acusação de porte de arma. A Tribo carregava facas, mas elas não serviam para aquela situação; veja o que aconteceu com o facão de Roy, que revelou ser tão inútil quanto o dono. A não ser quando se tratava de matar adolescentes chapadas usando moletons do colégio, aí sim.

O Garotinho, porém, embora não fosse estritamente legal, não era uma arma de fogo. E o único policial que achou o Garotinho ("enquanto procurava drogas" — os meganhas sempre estavam fazendo isso, viviam para isso) deixou Lemmy passar quando ele explicou que o Garotinho era mais confiável do que um sinalizador se alguém enfrentasse um problema mecânico à noite. Talvez o policial soubesse o que estava vendo, talvez não, mas sabia que Lemmy era um veterano. Não apenas pela placa de veterano (que podia ter sido roubada), mas porque o próprio policial era veterano também.

"Vale Au Shau, onde a merda tem um cheiro mais agradável", dissera ele, e os dois riram e até se cumprimentaram batendo os punhos.

O Garotinho era uma granada de atordoamento M84, mais popularmente conhecida como granada de luz e som. Lemmy manteve o Garotinho no alforje por uns cinco anos, sempre dizendo que ele seria útil algum dia, enquanto os demais — incluindo Vince — o criticavam.

"Algum dia" acabou sendo hoje.

— *Será que esse velho filho da puta ainda funciona?* — gritou Vince enquanto pendurava o Garotinho no guidão.

Aquilo não parecia uma granada. Parecia uma mistura de garrafa térmica com lata de aerossol. A única coisa que o fazia lembrar de uma granada era o anel de segurança preso com fita adesiva.

— *Sei lá! Nem sei como...*

Vince não tinha tempo para discutir a logística da coisa. Ele nem sabia direito como seria essa logística, de qualquer forma.

— *Eu preciso ir! Aquele filho da puta vai sair do outro lado da estrada de Cumba! Quero estar lá quando ele aparecer!*

— E se o Race não estiver na frente dele? — perguntou Lemmy.

Todos estavam gritando até então, tomados pela adrenalina. Foi quase uma surpresa ouvir um tom de voz praticamente normal.

— De um jeito ou de outro — falou Vince —, vocês não têm que vir comigo. Nenhum dos dois. Se quiserem dar meia-volta, tudo bem. O filho é meu.

— Pode até ser — falou Peaches —, mas a Tribo é nossa. Era, enfim. — Ele pisou no pedal de partida da Beezer, e o motor quente roncou e retornou à vida. — Vou rodar com você, capitão.

Lemmy apenas concordou com a cabeça e apontou para a estrada.

Vince disparou.

NÃO ERA TÃO LONGE quanto ele pensava: onze quilômetros em vez de quinze. Não viram carros ou caminhões. A estrada estava deserta, talvez estivesse sendo evitada por causa das obras. Vince não parava de olhar para a esquerda. Por um tempo, viu poeira vermelha subindo: era o caminhão levando metade do deserto na sua cola. Depois, perdeu de vista até mesmo a poeira, quando a estrada vicinal de Cumba desapareceu atrás das colinas com encostas erodidas e gredosas.

O Garotinho balançava para a frente e para trás pendurado pela alça. Tinha sido vendido como material excedente do Exército. *Será que esse velho filho da puta ainda funciona?*, perguntou a Lemmy, percebendo naquele momento que podia ter perguntado a mesma coisa sobre si mesmo. Há quanto tempo Vince não era testado assim, ficando sem combustível, acelerando ao máximo? Há quanto tempo desde que o mundo inteiro se resumia a duas opções: levar uma vida tranquila ou morrer com um sorriso no rosto? E como o filho dele, que parecia tão descolado nas suas roupas novas de couro e seus óculos de sol espelhados, deixou de perceber uma equação tão elementar?

Leve uma vida tranquila ou morra com um sorriso no rosto, mas não corra. Não corra, caralho.

Talvez o Garotinho funcionasse, talvez não, mas Vince sabia que tentaria, e isso o deixou eufórico. Se o cara estivesse com as janelas fechadas, seria uma causa perdida. Mas, lá no estacionamento da lanchonete, elas não estavam. Lá, a mão dele estava pendurada para fora do caminhão. E, depois, o motorista não acenou pela mesma janela aberta para que a Tribo o ultrapassasse? Claro. Claro que sim.

Onze quilômetros. Cinco minutos, mais ou menos. Tempo suficiente para muitas lembranças do filho surgirem. Vince tinha ensinado Race a trocar o óleo, mas nunca a colocar a isca em um anzol; mostrara como medir a folga em uma vela de ignição, mas não como identificar uma moeda cunhada em Denver e uma que tivesse sido cunhada em São Francisco. Tempo para pensar em como Race havia insistido naquele negócio idiota de metanfetamina e como Vince concordou mesmo sabendo que era uma furada, porque parecia que ele precisava compensar alguma coisa. Só que a época de passar pano tinha acabado. Enquanto Vince disparava a 135 por hora, com o corpo curvado o máximo possível para reduzir a resistência do vento, um pensamento terrível passou pela sua cabeça. Aquilo o fez estremecer internamente, mas Vince não conseguiu afastá-lo: talvez fosse melhor para todo mundo que Laughlin *conseguisse* atropelar o seu filho. Não foi a imagem de Race erguendo uma pá para depois descê-la na cabeça de um homem indefeso, tomado por uma raiva mimada pelo dinheiro perdido, embora isso já fosse ruim o suficiente. Tinha mais coisa ali. Era o olhar fixo e vazio no rosto do moleque logo antes de ele guiar a moto na direção errada, na estrada de Cumba. Enquanto Vince não conseguiu parar de olhar para trás e ver a Tribo durante todo o percurso dentro do desfiladeiro, quando alguns eram atropelados e outros lutavam para se manter à frente da grande máquina, Race pareceu incapaz de virar aquele pescoço rígido dele. Não havia nada atrás de Race que ele precisasse ver. Talvez nunca tivesse existido.

Houve um estalo alto atrás de Vince e um grito que ele ouviu mesmo com o vento e o ronco constante do motor da Vulcan:

— *Filho da PUTA!*

Vince olhou pelo retrovisor e viu Peaches ficando para trás. Fumaça saía dos cilindros da moto, e o óleo deixava a estrada atrás dele escorregadia, vazando na forma de um leque que aumentava à medida que a moto diminuía a velocidade. A Beez enfim tinha estourado a junta do cabeçote. Era de espantar que não tivesse acontecido antes.

Peaches acenou para eles seguirem em frente — não que Vince fosse parar. Porque, de certa forma, a questão a respeito de Race ser redimível ou não era irrelevante. O próprio Vince não era redimível; nenhum deles era. Ele se lembrou de um policial do Arizona que certa vez mandou a Tribo parar e disse: "Ora, vejam só o que a estrada vomitou." E era isso que eles eram: vômito de estrada. Mas aqueles corpos lá atrás, até aquela tarde, foram seus companheiros, a única coisa que ele tinha de valor no mundo. De certa forma, eram os irmãos de Vince, e Race era seu filho, e a pessoa não podia matar a família de um homem e esperar sair vivo dessa. Não era possível massacrá-los e apenas ir embora. Se Laughlin não soubesse disso, ele saberia.

Em breve.

LEMMY NÃO CONSEGUIU ACOMPANHAR o ritmo do Tojo Mojo el Rojo. Foi ficando cada vez mais para trás. Tudo bem. Vince estava apenas contente que Lemmy ainda protegesse a sua retaguarda.

À frente, uma placa dizia Cuidado com o tráfego à esquerda. A estrada que saía de Cumba. Era de terra batida, como Vince temia. Ele diminuiu a velocidade até parar e desligou o motor da Vulcan.

Lemmy parou ao lado dele. Não havia cerca de proteção. Ali, naquele único ponto, onde a Rota 6 se unia à estrada de Cumba, a via estava nivelada com o deserto, embora, não muito à frente, começasse a subir e a se afastar da planície de novo, se transformando mais uma vez na rampa de abate de gado.

— Agora a gente espera — disse Lemmy, desligando o motor também.

Vince assentiu. Lamentou ter parado de fumar. Disse a si mesmo que ou Race estava com o lado reluzente da moto para cima e à frente do caminhão, ou não. Aquilo se encontrava além do seu controle. Mas, apesar de ser verdade, não ajudou.

— Talvez ele encontre um lugar para desligar a moto em Cumba — falou Lemmy. — Um beco ou alguma coisa assim, onde o caminhão não consiga entrar.

— Acho que não. Cumba não é nada. Um posto de gasolina e umas casinhas, todas enfiadas na encosta de uma porra de colina. A estrada é uma merda. Pelo menos para Race. Não tem uma saída fácil.

Ele nem tentou contar a Lemmy sobre a expressão vazia e fixa do filho, um olhar que não enxergava nada, exceto a estrada adiante. Cumba seria um borrão e um clarão que ele registraria somente depois que estivesse bem para trás.

— Talvez...

Lemmy começou, mas Vince levantou a mão para silenciá-lo. Os dois inclinaram a cabeça para a esquerda.

Ouviram o caminhão primeiro, e Vince perdeu o ânimo. Então, enterrado no ronco, o berro de outro motor. Não havia como confundir o ruído característico de uma Harley a toda na estrada.

— Ele conseguiu! — gritou Lemmy e ergueu a mão para trocar um *high five* com Vince.

Vince não faria isso. Má sorte. E, além disso, o moleque ainda tinha que voltar para a Rota 6. Se fosse cair em algum lugar, seria lá.

Um minuto se passou. O som dos motores ficou mais alto. Outro minuto e agora os dois conseguiam ver poeira subindo pelas colinas mais próximas. Então, em um vão entre as duas colinas mais próximas, viram um lampejo de sol na carenagem cromada. Deu tempo apenas de vislumbrar Race, quase deitado sobre o guidão, os cabelos compridos esvoaçando, para logo sumir de novo. Um instante depois, não mais do que isso, o caminhão passou pelo vão, com o escapamento cuspindo fumaça. Não dava mais para ver o Laughlin na lateral — estava enterrado sob uma camada de poeira.

Vince ligou a ignição da Vulcan, e o motor ganhou vida. Ele girou o acelerador, e o quadro vibrou.

— Boa sorte, capitão — disse Lemmy.

Vince abriu a boca para responder, mas, naquele momento, a emoção, intensa e inesperada, deixou ele sufocado. Então, em vez de falar, deu a Lemmy um breve e agradecido aceno com a cabeça antes de decolar. Lemmy o seguiu.

Como sempre, Lemmy cobriu a retaguarda de Vince.

A MENTE DE VINCE se transformou em um computador, tentando calcular a velocidade *versus* a distância. A ação tinha que ser bem cronometrada. Foi em direção ao cruzamento a oitenta quilômetros por hora, diminuiu para 65 e voltou a girar o acelerador quando Race apareceu. A moto do filho pulou no ar ao se desviar de um arbusto arrastado pelo vento e passar por algumas irregularidades na estrada. O caminhão não estava a mais de dez metros atrás. Quando Race se aproximou do cruzamento, onde o desvio para Cumba entrava na estrada principal mais uma vez, ele diminuiu a velocidade. Precisava desacelerar. No instante em que Race fez isso, LAUGHLIN deu um salto à frente e diminuiu a distância entre os dois.

— *Acelera essa porra!* — gritou Vince, sabendo que Race não conseguiria ouvir por causa do ronco do caminhão. Ele berrou de novo mesmo assim: — *ACELERA essa porra! Não diminui a velocidade!*

O caminhoneiro planejava bater na roda traseira da Harley e fazê--la girar para fora da estrada. A moto de Race chegou à bifurcação e avançou, ele se inclinou para a esquerda e segurou o guidão com a ponta dos dedos. O moleque parecia um peão de rodeio montado em um Mustang treinado. O caminhão errou o para-lama traseiro, o nariz achatado da máquina avançando no ponto onde a roda da Harley estava um décimo de segundo atrás — mas Vince pensou que Race ia perder o controle e sair girando.

Isso não aconteceu. A curva em alta velocidade levou Race até o outro lado da Rota 6, perto o suficiente do acostamento a ponto de levantar poeira, e então ele sumiu, disparou pela Rota 6 em direção a Show Low.

O caminhão saiu da pista e invadiu o deserto para fazer a própria curva, roncando e quicando, o motorista diminuindo as marchas rápido o suficiente a ponto de fazer todo o veículo tremer, os pneus levantando uma névoa de poeira que deixou o céu branco.

As rodas deixaram uma trilha de sulcos profundos e artemísias esmagadas antes de voltar para a estrada e partir de novo atrás do filho de Vince.

Vince torceu o punho esquerdo e a Vulcan decolou. O Garotinho balançava de um lado para o outro no guidão. Aquela era a parte fácil. Vince poderia acabar morrendo, mas era moleza se comparada aos minutos intermináveis que ele e Lemmy tinham esperado antes de ouvir o motor de Race misturado com o de LAUGHLIN.

A janela dele não vai estar aberta, você sabe. Não depois de ele ter acabado de percorrer essa poeira toda.

Aquilo também estava fora do controle de Vince. Se a janela estivesse fechada, ele lidaria com aquele detalhe quando o momento chegasse.

Não demoraria muito.

O caminhão estava rodando em torno dos 95 quilômetros por hora. Ele poderia ir bem mais rápido, mas Vince não queria deixá-lo engatar sabe-se lá quantas marchas até que o Mack atingisse a velocidade de dobra espacial. Vince ia acabar com aquela situação agora para um deles. Provavelmente para ele mesmo, uma ideia que não tentou evitar. Pelo menos ganharia mais tempo para Race; com uma vantagem, o filho poderia chegar antes do caminhão a Show Low. Mais do que apenas proteger Race, no entanto, queria equilibrar a balança. Vince nunca havia perdido tanto e tão rápido, quatro integrantes da Tribo mortos em um trecho de estrada com menos de oitocentos metros. Ninguém faz isso com a família de um homem, ele pensou mais uma vez, e depois simplesmente vai embora.

O que era, Vince enfim compreendeu, talvez a intenção de LAUGHLIN, seu próprio princípio operacional central — a razão pela qual enfrentou a Tribo, apesar da desvantagem numérica de dez contra um. O caminhoneiro atacou eles, sem saber se estavam armados, eliminando dois ou três de cada vez, mesmo que qualquer uma das motos que atropelasse pudesse ter feito o caminhão perder o controle e virar, primeiro um Mack, depois uma bola de fogo explodindo. Era loucura, mas não *incompreensível*. Quando Vince entrou na faixa da esquerda e começou a diminuir a distância final, com a traseira do caminhão logo à direita, viu algo que parecia não apenas resumir aquele dia terrível, mas explicá-lo de maneira simples, em termos bastante lúcidos. Era um adesivo de para-choque. Era ainda mais imundo do que a placa da Cumba, mas ainda dava para ler:

PAI ORGULHOSO DE UM ESTUDANTE EXEMPLAR
DO COLÉGIO CORMAN!

Vince emparelhou com o caminhão-tanque. No retrovisor comprido do lado do motorista, viu algo mudar. O caminhoneiro tinha percebido sua presença. No mesmo segundo, Vince notou que a janela *estava* fechada, como temia.

O caminhão começou a deslizar para a esquerda e cruzou a linha branca da rodovia.

Por um instante, Vince tinha uma escolha: recuar ou ir em frente. Então o computador na sua cabeça lhe disse que o momento da escolha havia passado; mesmo que apertasse o freio com força suficiente a ponto de arriscar um capotamento, o último metro do tanque o esmagaria contra a cerca de proteção à esquerda.

Em vez de recuar, Vince aumentou a velocidade mesmo com o aço reluzente do caminhão na altura do seu joelho, estreitando a faixa. Tirou a granada do guidão e rompeu a correia. Arrancou a fita adesiva do anel de segurança com os dentes, e a ponta rasgada da correia chicoteava a bochecha dele enquanto fazia aquilo. O anel começou a bater no cano perfurado do Garotinho. O sol sumiu. Vince estava voando baixo à sombra do caminhão. A cerca de proteção estava a menos de um metro à esquerda, a lateral do caminhão a trinta centímetros à direita, se aproximando. Vince alcançou o engate entre o tanque de combustível e a boleia. Agora conseguia enxergar apenas o topo da cabeça de Race; o corpo do filho estava bloqueado pelo capô castanho-avermelhado sujo. Race não estava olhando para trás.

Vince não pensou no que aconteceria a seguir. Não havia plano, não havia estratégia. Era apenas ele, um vômito de estrada, mandando o mundo ir se foder, como sempre. Era, em última análise, a única razão de ser da Tribo.

Quando o caminhão se aproximou para dar o golpe mortal, já sem nenhum lugar para ir, Vince ergueu a mão direita e mostrou o dedo do meio para o motorista.

Ele estava emparelhando com a boleia agora, o caminhão crescendo à direita como uma escarpa encardida, uma montanha. Era a cabine que o derrubaria.

Viu um movimento no interior: aquele braço bronzeado com a tatuagem dos Fuzileiros Navais. O bíceps se contraiu enquanto a janela descia pelo interior da porta, e Vince percebeu que a boleia, que já devia tê-lo atingido, permaneceu onde estava. O caminhoneiro pretendia esmagá-lo, é claro, mas não antes de responder à altura. *Talvez a gente até tenha servido juntos em unidades diferentes*, pensou Vince. *No Vale Au Shau, digamos, onde a merda tem um cheiro mais agradável.* Ou talvez ele tenha estado no Oriente Médio com Race — Deus sabia que haviam chamado muitos veteranos de volta para lutar no deserto. Aquilo não importava. Uma guerra era igual à outra.

A janela estava abaixada. A mão saiu. O dedo do meio começou a brotar, depois parou. O motorista tinha acabado de perceber que a mão que fez o gesto obsceno não estava mais vazia. Na verdade, segurava firme alguma coisa. Vince não lhe deu tempo para pensar sobre aquilo e nunca viu o rosto do caminhoneiro. Tudo que viu foi a tatuagem, MORTE ANTES DA DESONRA. Um bom lema, e com que frequência a pessoa tinha a chance de dar a alguém exatamente o que queria?

Vince meteu os dentes no anel, puxou, ouviu o chiado de alguma reação química começando e jogou o Garotinho pela janela. Não precisou nem ser um arremesso tão bom. Apenas uma jogada simples. Ele era um mágico, abrindo as mãos para libertar uma pomba onde, um momento antes, havia um lenço amassado.

Agora você acaba comigo, pensou Vince. *Vamos terminar isso direito.*

Mas o caminhão desviou. Vince tinha certeza de que, se tivesse tempo, o veículo teria voltado. Aquele desvio foi só um reflexo, LAUGHLIN tentando se afastar de um objeto arremessado. Mas foi o suficiente para salvar a sua vida, porque o Garotinho agiu antes que o motorista pudesse corrigir o curso e jogar Vince Adamson para fora da estrada.

A cabine se iluminou em um enorme clarão branco, como se o próprio Deus tivesse tirado uma foto ali dentro. Em vez de desviar para a esquerda, LAUGHLIN se virou bem para a direita, primeiro de volta para a pista da Rota 6 no sentido de Show Low, depois além.

O caminhão-tanque raspou na cerca de segurança no lado direito da estrada e soltou uma camada de faíscas de cobre, uma chuva de chamas, mil fogos de artifício giratórios disparando de uma vez. Vince pensou no feriado do Dia da Independência, com Race ainda criança sentado no colo do pai para admirar o brilho vermelho dos fogos, as bombas explodindo no ar: os clarões no céu brilhando nos olhos alegres e escuros do filho.

Então o caminhão rompeu a cerca de proteção, que se rasgou como se fosse de papel-alumínio. LAUGHLIN mergulhou em um barranco de seis metros de altura e caiu em uma ravina cheia de areia e arbustos secos levados pelo vento. As rodas ficaram presas. O caminhão virou. O tanque enorme colidiu com a traseira da boleia. Vince já estava muito além desse ponto antes que pudesse frear e parar, mas Lemmy viu tudo: a boleia e o tanque formando um V e depois se separando, o tanque rolando primeiro e a cabine um ou dois segundos depois, o tanque se abrindo e explodindo em uma bola de fogo e uma coluna gordurosa de fumaça negra. A cabine passou rolando pelo tanque sem parar, o formato quadrado se transformando em uma massa amorfa castanho-avermelhada que faiscava fragmentos quentes de sol nos pontos em que o metal se partira, formando pontas e ganchos.

O caminhão parou com a janela do motorista voltada para o céu, a quase trinta metros de distância da coluna de fogo que havia sido a carga. A essa altura, Vince estava voltando a toda, seguindo a própria marca de derrapagem. Ele viu o homem que tentava sair pela janela deformada. O rosto se virou para Vince, só que não havia rosto, apenas uma máscara de sangue. O motorista surgiu até a cintura antes de desmoronar de volta para dentro. Um braço bronzeado — aquele com a tatuagem — ficou para cima como o periscópio de um submarino. A mão pendia flácida no punho.

Vince parou ao lado da moto de Lemmy, ofegando. Por um segundo, pensou que ia desmaiar, mas se inclinou, colocou as mãos nos joelhos e, em seguida, se sentiu um pouco melhor.

— Você pegou o cara, capitão. — A voz de Lemmy estava rouca de emoção.

— É melhor ter certeza — disse Vince, embora o braço rígido como um periscópio e a mão pendendo flácida na ponta sugerissem que aquilo seria apenas uma formalidade.

— Por que não? — falou Lemmy. — Estou com vontade de mijar, de qualquer forma.

— Você não vai mijar nele, vivo ou morto — disse Vince.

O ronco de um motor se aproximou: a Harley de Race. Ele parou cantando pneu de um jeito chamativo, desligou a moto e desceu. O rosto, embora empoeirado, brilhava de prazer e triunfo. Vince não via o filho assim desde que o moleque tinha 12 anos. Ele vencera uma corrida em pista de terra pilotando um kart infantil que Vince construíra, um torpedo amarelo com um motor Briggs & Stratton tunado. Race tinha saltado do cockpit com a mesma expressão no rosto, logo depois da bandeirada quadriculada.

Ele abraçou Vince.

— Você conseguiu! Você *conseguiu*, pai! Você assou aquele filho da puta!

Por um momento, Vince permitiu o abraço. Porque fazia tanto tempo. E porque aquele era o lado bom de seu filho mimado. Todo mundo tinha um lado bom; mesmo na idade dele, e depois de tudo que viu, Vince acreditava nisso. Então, por um momento, permitiu o abraço, curtiu o calor do corpo do filho e prometeu a si mesmo que se lembraria daquilo.

Mas aí colocou as mãos no peito de Race e o empurrou. Com força. O moleque tropeçou para trás com as botas de pele de cobra personalizadas, a expressão de amor e triunfo desaparecendo...

Não, não desaparecendo: *se transformando*. Virando a expressão que Vince passou a conhecer tão bem: desconfiança e aversão. *Por que não desiste? Isso não é aversão e nunca foi.*

Não, não era aversão. Era ódio, intenso e incandescente.

Pronto para a guerra, senhor, e vai se foder.

— Qual era o nome dela? — perguntou Vince.

— O quê?

— O nome dela, John.

Ele não chamava Race pelo nome de batismo fazia anos, e não tinha ninguém além deles para ouvi-lo agora. Lemmy deslizava pela terra macia do barranco, em direção à bola de metal retorcido que fora a boleia de Laughlin, deixando que pai e filho tivessem esse momento delicado de privacidade.

— Qual é o seu problema?

Puro desprezo. Mas quando Vince estendeu a mão e arrancou aqueles malditos óculos escuros, viu a verdade nos olhos de John "Race" Adamson. Ele tinha entendido direitinho. Vince estava sacando tudo, como costumavam dizer no Vietnã. Será que ainda diziam isso no Iraque, ele se perguntou, ou a gíria morreu que nem o código Morse?

— O que quer fazer agora, John? Ir para Show Low? Dar um aperto na irmã do Clarke por um dinheiro que não está lá?

— Pode estar. — Mal-humorado, Race se recompôs. — O dinheiro *está* lá. Conheço o Clarke. Ele confiava naquela puta.

— E a Tribo? A gente faz o quê? Esquece todos eles? O Dean, o Ellis e os outros? O Doc?

— Eles morreram. — Race olhou para o pai. — E até que duraram muito. E a maioria deles era velho para cacete.

Assim como você, diziam os olhos frios de Race.

Lemmy estava voltando, levantando poeira com as botas. Trazia alguma coisa na mão.

— Qual era o nome dela? — repetiu Vince. — A namorada do Clarke. Qual era o nome dela?

— E isso importa, caralho? — Race hesitou, lutando para reconquistar Vince, com a expressão chegando tão perto de uma súplica quanto nunca. — Cruzes. Por que não deixa isso para lá? Nós *vencemos*. *Mostramos* para ele.

— Você era amigo do Clarke. Conheceu ele em Faluja e conheceu ele aqui no mundo civilizado. Vocês eram íntimos. Se conhecia o cara, conhecia a namorada dele. Qual era o nome dela?

— Janey. Joanie. Algo assim.

Vince deu um tapa no filho. Race piscou, assustado. Por um momento, voltou aos 10 anos de idade — mas só por um momento. Em outro instante, o olhar de ódio retornou, uma expressão doentia e azeda.

— Ele ouviu a gente conversando no estacionamento daquela lanchonete. O caminhoneiro — disse Vince, com paciência, como se estivesse falando com a criança que aquele jovem tinha sido. O jovem que arriscou a vida para salvar. Ah, mas aquilo foi instinto, e ele nunca mudaria o que tinha acabado de fazer. Foi a única coisa boa em todo aquele horror. Aquela sujeira. Não que ele tenha sido o único a agir pelo instinto de proteger a prole. — O caminhoneiro sabia que não podia nos enfrentar lá, mas também não nos deixaria escapar. Então esperou. Aguardou o momento certo. Deixou a gente ir na frente.

— Eu não tenho a mínima ideia do que você está falando! — Muito categórico. Só que Race estava mentindo, e ambos sabiam disso.

— Ele conhecia a estrada e foi atrás da gente, onde o terreno o favorecia. Como qualquer bom soldado.

Sim. E então o caminhoneiro perseguiu a Tribo de maneira obstinada, independente do preço quase certo que pagaria. LAUGHLIN preferira morrer antes de ser desonrado. Vince não sabia nada sobre ele, mas, de repente, sentiu que gostava mais do caminhoneiro do que do próprio filho. Aquilo não deveria ser possível, mas era.

— Você está maluco — disse Race.

— Acho que não. Até onde a gente sabe, ele estava indo ver a garota quando cruzamos o seu caminho na lanchonete. É o que um pai faria por sua amada filha. Ele se organizaria para dar uma olhada nela de vez em quando. Ver se a menina queria sair daquela situação. Dar uma chance a alguma coisa que não fosse a heroína e a anfetamina.

Lemmy se juntou aos dois.

— Morto — falou ele.

Vince assentiu.

— Isso estava no quebra-sol. — Ele entregou a Vince.

O líder não queria olhar, mas olhou. Era a foto de uma garota sorridente com o cabelo preso em um rabo de cavalo. Ela estava com um moletom do TIME DO COLÉGIO CORMAN, o mesmo que estivera usando quando morrera, e posava, sentada no para-choque dianteiro de LAUGHLIN, com as costas apoiadas na grade prata. A garota usava o boné camuflado do pai virado para trás, batendo uma continência falsa e tentando não rir. Batendo uma continência para quem? Para o próprio Laughlin, é claro. Laughlin tinha tirado a foto.

— O nome dela era Jackie Laughlin — disse Race. — E ela também está morta, então foda-se.

Lemmy começou a avançar, pronto para tirar Race da moto e arrebentar os dentes dele, mas Vince o deteve com um olhar. Então, voltou-se para ver o moleque.

— Vá em frente, filho — falou Vince. — Mantenha o lado reluzente da moto voltado para cima.

Race olhou para o pai, sem entender.

— Mas não pare em Show Low, porque pretendo informar à polícia que uma certa prostituta pode precisar de proteção. Vou contar que um maluco matou o irmão dela e que ela pode ser a próxima.

— E o que vai dizer quando a polícia perguntar como conseguiu essa informação?

— Tudo — respondeu Vince com a voz calma, serena até. — Melhor se mandar. Siga em frente. É o que você faz melhor. Permanecer à frente daquele caminhão na estrada de Cumba foi impressionante. Tenho que admitir isso. Você tem talento para fugir. Não tem nenhum outro, mas esse sim. Então, suma daqui.

Race olhou para o pai, inseguro e de repente assustado. Mas não ia durar. Ele logo recuperaria a atitude de "vai todo mundo se foder". Era só o que ele tinha: um pouco de atitude, um par de óculos de sol espelhados e uma moto veloz.

— Pai...

— É melhor seguir em frente, rapaz — disse Lemmy. — Alguém já deve ter visto a fumaça. Em breve, vai ter um monte de policiais aqui.

Race sorriu. Ao fazer isso, uma única lágrima escapou de seu olho esquerdo, abrindo uma trilha através da poeira no rosto.

— Dois velhos covardes — falou ele.

Race voltou para a motocicleta. As correntes no peito do pé das botas de couro de cobra tilintaram — *de maneira um pouco boba*, pensou Vince.

Race passou a perna por cima do assento, ligou a Harley e seguiu para oeste, em direção a Show Low. Vince não esperava que o filho olhasse para trás e não ficou desapontado.

Os dois observaram Race se afastar. Depois de um tempo, Lemmy disse:

— Quer ir nessa, capitão?

— Não há para onde ir, cara. Acho que talvez eu fique sentado na beira da estrada um pouco.

— Bem — disse Lemmy. — Se é o que você quer. Também posso me sentar um pouco.

Eles foram para a beira da estrada e se sentaram de pernas cruzadas, observando o caminhão-tanque queimar no deserto, lançando fumaça de óleo preto no céu azul e implacável. Um pouco da fumaça os alcançou, fedorenta e gordurosa.

— Podemos trocar de lugar — falou Vince. — Se o cheiro estiver incomodando.

Lemmy inclinou a cabeça para trás e inalou profundamente, como um homem contemplando o buquê de um vinho caro.

— Não, não está me incomodando. Tem o cheiro do Vietnã.

Vince assentiu.

— A fumaça me faz pensar nos velhos tempos — disse Lemmy. — Quando éramos quase tão rápidos quanto achávamos que éramos.

Vince assentiu de novo.

— Leve uma vida tranquila…

— É. Ou morra com um sorriso no rosto.

Os dois não disseram mais nada depois daquilo, apenas ficaram ali, esperando, Vince com a foto da garota na mão. De vez em quando, ele olhava para a fotografia, virando a imagem no sol, pensando como a menina parecia jovem e feliz.

Mas, principalmente, Vince assistiu ao fogo.

CARROSSEL SOMBRIO

ELE COSTUMAVA APARECER em cartões-postais: o carrossel no final do píer do cabo Maggie. Chamava-se Roda Louca e girava rápido — não tão veloz quanto uma montanha-russa, mas bem mais rápido do que um carrossel comum. A Roda parecia um cupcake imenso, o teto de cúpula tinha listras verdes e pretas com detalhes dourados. Depois do anoitecer, virava uma caixa de joias banhada por um brilho vermelho infernal, como a lâmpada de dentro de um forno. A música do órgão Wurlitzer flutuava de uma ponta à outra da praia, notas discordantes que pareciam uma valsa romena, algo apropriado para um baile do século XIX frequentado por Drácula e suas noivas pálidas e gélidas.

O carrossel era o ponto mais marcante do calçadão dilapidado e decadente do porto de cabo Maggie, que já era assim desde que os meus avós eram pequenos. O ar era tomado pelo perfume nauseante de algodão-doce, um odor que não existe na natureza e que só pode ser descrito como "cheiro de chiclete". Havia sempre uma poça de vômito no calçadão que precisava ser evitada, com pipocas encharcadas flutuando no vômito. Havia uma dúzia de restaurantes onde a pessoa pagava caro demais por mariscos fritos e esperava uma eternidade pela comida. E sempre havia adultos queimados de sol com uma aparência exausta, carregando crianças que gritavam e também estavam queimadas de sol, com a família inteira atrás de diversão à beira-mar.

No píer em si, as barraquinhas vendiam maçãs do amor e cachorros-quentes, estandes onde era possível disparar rifles de ar comprimido contra bandidos de lata que surgiam atrás de cactos de lata. Havia um grande navio pirata que balançava para a frente e para trás como um pêndulo, navegando pelas laterais do píer e avançando oceano adentro, enquanto gritos estridentes ecoavam pela noite. Eu pensava naquela atração como o SS *Nem Fodendo*. E havia uma casa pula-pula chamada Pula-Pula da Bertha. A entrada era o rosto de uma mulher gorda, com olhar fixo e bochechas vermelhas brilhantes. A pessoa tirava os sapatos do lado de fora e entrava por cima da língua dela, entre os lábios inchados. Foi ali que a confusão começou, e fomos eu e Geri Renshaw que demos início a ela. Afinal de contas, não havia nenhuma regra dizendo que crianças grandes ou até mesmo adolescentes não pudessem brincar no pula-pula. Se a pessoa tivesse um ingresso, poderia ter os seus três minutos para pular — e Geri disse que queria ver se a casa pula-pula era tão divertida quanto lembrava.

Entramos com cinco crianças pequenas, e a música começou, uma gravação feita por crianças com vozes estridentes, cantando uma versão altamente censurada de "Jump Around", do House of Pain. Geri pegou as minhas mãos e pulamos para cima e para baixo, saltando como astronautas na lua. Quicamos de um lado para o outro até colidirmos com uma parede, e ela me puxou para baixo. Quando Geri rolou por cima e começou a pular em *mim*, ela estava apenas brincando, mas a mulher de cabelos grisalhos que havia coletado os nossos ingressos estava vigiando e gritou "*Isso não pode!*" a plenos pulmões e estalou os dedos para nós.

— *Fora!* Esse é um brinquedo de família.

— Está certíssima — falou Geri, inclinando-se sobre mim, com o hálito quente e com cheiro de chiclete no meu rosto.

Ela havia acabado de inalar uma nuvem de algodão-doce. A camiseta justa e listrada dela exibia sua barriga bronzeada. Os seios estavam bem no meu rosto de uma maneira bastante adorável.

— Esse é o tipo de brinquedo que *faz* famílias, se ninguém usar camisinha.

Eu ri — não consegui evitar — apesar de estar envergonhado e o meu rosto estar queimando. Geri era assim. Geri e o irmão Jake estavam sempre me arrastando para situações que tanto me excitavam quanto me desconcertavam. Os dois me levaram a fazer coisas das quais me arrependi no momento, mas que foram um prazer lembrar mais tarde. Penso que um pecado de verdade produz as mesmas emoções, só que na ordem oposta.

Quando saímos, a cobradora de ingressos nos olhou como uma pessoa olharia para uma cobra comendo um rato ou dois besouros fodendo.

— Se segura aí, Bertha — disse Geri. — A gente se segurou.

Eu sorri que nem um idiota, mas, ainda assim, me senti mal. Geri e Jake Renshaw não levavam desaforo de homem nenhum para casa, e, pelo visto, de mulher nenhuma também. Eles adoravam acabar verbalmente com os ignorantes e os hipócritas: tratavam o cretino, o valentão e o religioso da mesma forma.

Jake estava esperando com um braço em volta da cintura de Nancy Fairmont quando atravessamos o píer. Ele tinha um copo descartável de cerveja na outra mão e o entregou para mim quando me aproximei. Deus, estava *boa*. Aquela ali podia ter sido a melhor cerveja da minha vida. Frias, as laterais do copo suavam água gelada, e o gosto se misturou com o sabor salgado da maresia.

Era final de agosto de 1994 e todos nós tínhamos 18 anos e éramos livres, embora Jake pudesse facilmente passar por quase 30. Olhando para Nancy, era difícil acreditar que ela estava namorando Jake Renshaw, que, com seu corte de cabelo militar e tatuagens, parecia mais um encrenqueiro (e, às vezes, era). Por outro lado, era difícil imaginar um moleque como eu com Geri. Geri e Jake eram gêmeos e tinham exatamente 1,80 metro de altura — o que significava que ambos tinham cinco centímetros a mais do que eu, algo que sempre me incomodava quando eu precisava ficar na ponta dos pés para beijá-la. Os dois eram fortes, magros, flexíveis e louros, e cresceram fazendo manobras radicais em bicicross e ficando de castigo depois da aula. Jake tinha antecedentes criminais. O único motivo de Geri não ter ficha na polícia, insistia ele, era porque a irmã nunca tinha sido pega.

Nancy, por outro lado, usava óculos com lentes do tamanho de pires e ia a todos os lugares com um livro agarrado ao peito de tábua. O pai dela era veterinário, a mãe, bibliotecária. Quanto a mim, Paul Whitestone, eu queria ter uma tatuagem e antecedentes criminais, mas, em vez disso, tinha uma carta de aceitação da faculdade de Dartmouth e um caderno cheio de peças de um único ato.

Jake, Geri e eu fomos para o cabo Maggie no Corvette modelo 1982 de Jake Renshaw, um carro tão aerodinâmico e quase tão rápido quanto um míssil. O veículo só tinha dois lugares, e ninguém nos deixaria andar nele hoje da maneira como andávamos na época: Geri no meu colo, Jake ao volante e um engradado de cerveja atrás do câmbio manual — que matamos no caminho. Saímos de Lewiston para encontrar Nancy, que, durante o verão, trabalhava no píer vendendo pretzels e bolinhos. Quando o turno dela acabasse, nós quatro dirigiríamos quinze quilômetros até a casa de veraneio dos meus pais no lago Maggie. Meus pais estavam na nossa casa normal, em Lewiston, e o lugar estaria vazio. Parecia um bom local para fazermos uma última resistência contra a idade adulta.

Talvez eu me sentisse culpado por ofender a bilheteira do Pula-Pula da Bertha, mas Nancy estava lá para limpar a minha consciência. Ela tocou os óculos e disse:

— A sra. Gish faz protestos contra planejamento familiar todo domingo, com fotos falsas de bebês mortos. O que é bem engraçado, uma vez que o marido dela é dono de metade das barraquinhas no píer, incluindo o Funhouse Funnel Cakes, onde eu trabalho, e ele já tentou apalpar quase todas as garotas que trabalharam lá.

— Ah, é mesmo? — perguntou Jake.

Ele estava sorrindo, mas havia um leve tom frio e malicioso na voz que eu sabia por experiência própria que era um aviso de que estávamos entrando em território perigoso.

— Deixa para lá, Jake — disse Nancy, beijando a bochecha dele. — O sr. Gish só apalpa meninas do ensino médio. Estou velha demais para ele agora.

— Um dia desses, você tem que mostrar quem é esse cara para mim — falou Jake, olhando para um lado e para o outro do píer como se estivesse procurando o sujeito naquele momento.

Nancy colocou a mão no queixo dele e virou a cabeça de Jake à força para que ele a encarasse.

— Você quer dizer que eu deveria arruinar a nossa noite deixando você ser preso e expulso do serviço militar?

Jake riu, mas, de repente, Nancy ficou zangada.

— Se bobear, Jake, pode acabar sendo preso por cinco anos. Você só não está na cadeia porque foi aceito pelos fuzileiros… Acho que o complexo industrial militar da nação sempre precisa de mais bucha de canhão. Não é o seu dever se vingar de todos os tarados que já passaram por aqui.

— Não é seu dever garantir que eu saia do Maine — disse Jake, em um tom quase suave. — E, se eu acabar na prisão do estado, pelo menos posso ver você nos fins de semana.

— Eu nunca visitaria você na cadeia — disse ela.

— Ah, ia sim — falou ele, beijando a bochecha de Nancy, que ficou corada e parecia chateada, e todos nós soubemos que ela o visitaria.

Chegava a ser constrangedora a maneira como Nancy comia na mão de Jake, o quanto ela queria fazê-lo feliz. E eu entendia exatamente como a garota se sentia, porque comia na mão de Geri da mesma maneira.

Seis meses antes, todos nós tínhamos ido jogar boliche no Lewiston Lanes, um programa para matar o tédio de uma noite de quinta-feira. Um bêbado na pista ao lado soltou um gemido obsceno de apreciação quando Geri se inclinou para pegar uma bola, admirando ruidosamente o traseiro dela na calça jeans apertada. Nancy disse a ele para não ser um babaca, e o cara respondeu que ela não precisava se preocupar, porque ninguém se incomodaria em encarar uma piranha sem peito que nem ela. Jake deu um beijo carinhoso no topo da cabeça de Nancy e, em seguida, antes que a menina pudesse agarrar o pulso dele e puxá-lo para trás, meteu um soco no sujeito com força suficiente para quebrar o nariz dele e derrubá-lo.

O único problema era que o bêbado e os amigos eram todos policiais de folga e, na confusão, Jake foi jogado no chão e algemado, com um revólver de cano curto apontado para a cabeça. No julgamento, fizeram um estardalhaço pelo fato de ele ter um canivete no bolso e um registro prévio por ato de vandalismo. O bêbado — que no tribunal não estava mais bêbado, mas era um agente da lei com esposa e quatro filhos — insistiu que tinha chamado Nancy de "jogadora de respeito", não "piranha sem peito". No fundo, porém, nem importava o que o sujeito tinha dito, porque o juiz achou que as duas garotas foram provocantes nos trajes e no comportamento e, assim, em teoria, não tinham o direito de se indignar com um pequeno comentário obsceno. O juiz decretou a Jake que era prisão ou serviço militar, e, dois dias depois, ele estava a caminho do Campo Lejeune, na Carolina do Norte, com a cabeça raspada e tudo o que tinha enfiado em uma bolsa de academia da Nike.

Agora ele estava de volta para uma licença de dez dias. Na semana seguinte, embarcaria em um avião no Aeroporto Internacional de Bangor e voaria para a Alemanha, onde serviria em Berlim. Eu não estaria lá para me despedir — àquela altura, já teria me mudado para o dormitório em New Hampshire. Nan também estava prestes a ir embora. Após o Dia do Trabalho, ela começaria as aulas na Universidade do Maine, em Orono. Só Geri não estava indo a lugar nenhum, ficando para trás em Lewiston, onde trabalhava como camareira no hotel Days Inn. Foi Jake quem havia cometido a agressão, mas muitas vezes me pareceu que, de alguma forma, tinha sido Geri quem recebera a sentença de prisão.

Nan estava no intervalo e ainda tinha algumas horas para cumprir no trabalho antes de ser liberada. Ela queria arejar o cabelo para tirar o cheiro de fritura, então andamos até o fim do píer. Um vento salgado e abrasador cantava entre os cabos de sustentação e estalava as flâmulas. Ele soprava forte também no interior, vindo em lufadas que arrancavam chapéus e batiam portas. De volta à costa, parecia um vento de verão, abafado e tomado pelo cheiro de grama e asfalto quente. No final do píer, as rajadas carregavam um frio penetrante que fazia o pulso acelerar. No final do píer, parecia outubro.

Diminuímos a velocidade quando nos aproximamos da Roda Louca, que tinha parado de girar naquele momento. Geri puxou a minha mão e apontou para uma das criaturas no carrossel. Era um gato preto do tamanho de um pônei, com um rato morto entre as mandíbulas. A cabeça do bicho estava um pouco virada, de forma que parecia nos observar com os olhos brilhantes de vidro verde.

— Olha só — disse Geri. — Aquele ali se parece comigo no meu primeiro encontro com o Paul.

Nancy tapou a boca para tentar conter o riso. Geri não precisava especificar quem era o rato e quem era o gato. Nancy deu uma risada adorável e descontrolada que percorreu toda a sua compleição minúscula, dobrou o corpo e deixou o rosto rosado.

— Vamos — falou Geri. — Vamos descobrir os nossos animais espirituais.

E ela soltou a minha mão e pegou a de Nancy.

A música do órgão Wurlitzer começou a tocar, uma melodia teatral e caprichosa, mas também curiosamente semelhante a uma marcha fúnebre. Vagando entre os corcéis, olhei para as criaturas da Roda com uma mistura de fascínio e repulsa. Aquela era uma coleção singular e inquietante de animais grotescos. Havia um lobo do tamanho de uma bicicleta, com o pelo brilhante esculpido como um emaranhado de tons pretos e cinzentos, e olhos tão amarelos quanto a minha cerveja. Uma das patas estava ligeiramente erguida, e a almofada era vermelha, como se ele tivesse pisado em sangue. Uma serpente marinha se desenroscava pela borda externa do carrossel, uma corda escamosa da grossura de um tronco de árvore. Ela tinha uma juba dourada e desgrenhada e uma boca rubra escancarada, cheia de presas pretas. Quando me aproximei, descobri que eram reais: um conjunto discrepante de dentes de tubarão, enegrecidos com o passar do tempo. Passei por uma tropilha de cavalos brancos, congelados no ato de avançar, tendões esticados no pescoço, a boca aberta como se quisessem gritar de angústia ou raiva. Cavalos brancos com olhos brancos, como estátuas clássicas.

— Onde diabo vocês acham que arrumaram esses cavalos? Na loja de suprimentos de circo do Satã? Olha só para isso — falou Jake, apontando para a boca de um dos cavalos, que tinha uma língua preta e bifurcada de cobra pendendo para o lado.

— Eles vêm de Nacogdoches, Texas — falou uma voz que vinha do píer. — Têm mais de um século de idade. Foram resgatados do Carrossel de Dez Mil Luzes de Cooger, depois que um incêndio acabou com o Parque de Diversões de Cooger. Dá para ver como aquele ali foi queimado.

O operador do brinquedo estava diante de um painel de controle, ao lado da escada que levava ao carrossel. Ele usava um uniforme de gala, como se fosse um mensageiro de algum grande hotel chique da Europa Oriental, um lugar onde aristocratas passavam o verão com as famílias. O paletó era de veludo verde, com duas fileiras de botões metálicos na frente e dragonas douradas nos ombros.

O homem largou uma garrafa térmica de aço e apontou para um cavalo cujo rosto estava empolado de um lado, queimado até ficar de um marrom-dourado, como um marshmallow. O lábio superior do operador se ergueu em um sorriso repulsivo. Ele tinha lábios vermelhos, carnudos e com um toque indecente, como um jovem Mick Jagger — algo inquietante em um rosto tão velho e enrugado.

— Eles gritaram.

— Quem? — perguntei.

— Os cavalos — respondeu o operador. — Quando o carrossel começou a queimar. Umas dez testemunhas ouviram eles gritando que nem menininhas.

Meus braços formigaram com arrepios. Aquela foi uma alegação deliciosamente macabra de ser feita.

— Ouvi dizer que todos tinham sido recuperados — falou Nancy, de algum lugar atrás de mim. Ela e Geri deram a volta por todo o carrossel, examinando os corcéis, e só agora estavam voltando para a gente. — Saiu uma reportagem no *Portland Press Herald* no ano passado.

— O grifo veio do Parque Selznick, na Hungria — informou o operador —, depois que faliu. O gato foi um presente de Manx, que cuida da Terra do Natal no Colorado. A serpente do mar foi esculpida pelo próprio Frederick Savage, que construiu o carrossel mais famoso de todos os tempos, os Galopeadores Dourados, que fica no píer Brighton Palace e que serviu de inspiração para a Roda Louca. Você é uma das garotas do sr. Gish, não é?

— Si-i-iiim — disse Nancy devagar, talvez porque não tenha gostado do fraseado do operador, do jeito como ele a chamou de "uma das garotas do sr. Gish". — Eu trabalho para ele na barraca de doces.

— As garotas do sr. Gish merecem o melhor — falou o operador. — Quer montar o cavalo que já carregou Judy Garland?

Ele subiu no carrossel e ofereceu a mão para Nancy, que a pegou sem hesitar, como se o operador fosse um jovem desejável convidando-a para dançar e não um velho bizarro com lábios carnudos cheios de baba. Ele levou Nancy à primeira tropa de seis cavalos e, quando ela colocou o pé em um estribo dourado, o operador a pegou pela cintura para ajudá-la a subir.

— A Judy visitou o Cooger em 1940, quando estava em uma turnê prolongada para divulgar *O mágico de Oz*. Ela recebeu uma chave da cidade, cantou "Over the Rainbow" para uma multidão e, em seguida, andou no carrossel Dez Mil Luzes. Tem uma foto dela no meu escritório, montada neste mesmíssimo cavalo. Prontinho, bem aí. Ah, mas você não é linda?

— Quanta lorota — disse Geri enquanto pegava o meu braço.

Ela falou em voz baixa, mas não baixa o suficiente, e vi o operador estremecer. Geri passou a perna por cima do gato preto.

— Alguém famoso montou esse?

— Ainda não. Mas talvez um dia você se torne uma grande celebridade! E então, nos próximos anos, a gente vai se vangloriar da vez em que... — disse o velho em um tom exuberante, até que me notou, piscou e disse: — É melhor acabar com essa cerveja logo, rapaz. Nada de bebidas no brinquedo. E o álcool quase nunca é necessário, porque a Roda Louca fornece toda a embriaguez que você pode querer.

Eu havia bebido duas latas de cerveja no carro a caminho dali. Meu copo descartável quase cheio era a terceira cerveja do dia. Eu poderia colocá-lo sobre as tábuas, mas aquela sugestão casual — *É melhor acabar com essa cerveja logo, rapaz* — parecia a única coisa sensata a ser feita. Engoli quase meio litro em cinco goles e, quando amassei o copo e joguei fora, o carrossel já começava a girar.

Estremeci. A cerveja estava tão gelada que pude senti-la correndo nas veias. Fiquei tonto por um segundo e estiquei o braço para a montaria mais próxima, a serpente marinha com os dentes pretos. Montei nela no momento em que começou a flutuar pela haste. Jake subiu em um cavalo ao lado de Nancy, e Geri encostou a cabeça no pescoço do gato e ronronou.

Fomos levados para longe do litoral e chegamos à ponta do píer, onde, à minha esquerda, havia o céu preto e o mar mais preto ainda, tomado por cristas brancas. A Roda Louca acelerou no ar salgado e estimulante. Ondas se quebraram. Fechei os olhos, mas tive que abri-los na mesma hora. Por um instante, senti como se estivesse mergulhando na água montado na minha serpente marinha. Por um instante, senti como se estivesse me afogando.

Demos uma volta, e vislumbrei o operador segurando a garrafa térmica. Enquanto conversava com a gente, o sujeito era todo sorrisos. Mas, naquele breve segundo, vi um rosto morto, sem expressão, com pálpebras caídas e a boca inchada contraída em uma carranca. Pensei ter visto o operador procurando por alguma coisa no bolso — uma observação momentânea que ceifaria vidas antes que a noite terminasse.

A Roda girava sem parar, cada vez mais rápido, desenrolando aquela música louca noite adentro como se fosse um disco em uma vitrola. Na quarta volta, fiquei surpreso com a rapidez com que estávamos nos movendo. Dava para sentir a força centrífuga como uma sensação de peso, bem entre as sobrancelhas, e uma sensação de puxão no meu estômago, que, de tão cheio, chegava a incomodar. Precisava mijar. Tentei me convencer de que estava me divertindo, mas tinha bebido muito. Os pontos brilhantes das estrelas passavam voando. Os sons do píer chegavam a nós em estalos repentinos e fugazes. Abri os olhos a tempo de ver Jake e Nancy se inclinando na direção um do outro, no espaço entre os cavalos, para um beijo terno e desajeitado. Nan riu e acariciou o pescoço musculoso da sua montaria. Geri permaneceu apoiada no gato gigante e me encarou com olhos sonolentos e reveladores.

O gato virou a cabeça para me encarar também, e fechei os olhos, estremeci e olhei de novo, e é claro que o gato não estava olhando para mim.

As montarias nos conduziram noite adentro, nos levaram correndo à escuridão em uma espécie de fúria insana, girando sem parar, mas, no final, nenhum de nós chegou a lugar nenhum.

DURANTE AS TRÊS HORAS seguintes, o vento nos perseguiu no calçadão, enquanto Nancy terminava o seu turno. Eu já tinha bebido muito, estava consciente disso e, mesmo assim, bebi mais. Quando uma rajada de vento me pegou por trás, quase me levou embora, como se eu fosse leve como um jornal.

Jake e eu jogamos fliperama na Mordor's Marvelous Machines por um tempo. Depois, Geri e eu fizemos uma caminhada pela praia, que começou romântica — namorados adolescentes de mãos dadas, olhando as estrelas — e previsivelmente se transformou na nossa pegação bruta de sempre. Geri acabou me arrastando para a água. Entrei cambaleando de joelhos e saí com o par de tênis vazando água, as pernas da calça jeans encharcadas e sujas de areia. Ela, por outro lado, estava de chinelos e tinha arregaçado com cuidado as calças Levi's, saindo da água sem fôlego de tanto rir e praticamente ilesa. Eu me aqueci com dois cachorros-quentes cheios de bacon e queijo.

Às dez e meia da noite, os bares estavam tão lotados que a multidão se espalhava pelo calçadão. A rua ao longo do porto estava engarrafada, e a noite ressoava com gritos alegres e buzinas. Mas quase todo o resto ao redor do píer estava fechando ou já estava fechado. O pula-pula e o SS *Nem Fodendo* tinham sido desligados havia uma hora.

A essa altura, eu estava cambaleando por causa da cerveja e da comida pesada e sentindo o primeiro incômodo da náusea. Começava a pensar que, quando eu levasse Geri para a cama, estaria cansado ou talvez enjoado demais para entrar em ação.

A Funhouse Funnel Cakes ficava na base do píer e, quando chegamos lá, a placa elétrica em cima da janela de pedidos estava apagada. Nancy usou um pano para tirar a canela e o açúcar do balcão amassado, deu boa-noite à garota que trabalhava com ela e saiu pela porta lateral para os braços de Jake. Ela ficou na ponta dos pés para um beijo demorado, com um livro debaixo do braço: *Todos os belos cavalos*, de Cormac McCarthy.

— Quer pegar outro engradado para a estrada? — perguntou Jake para mim, olhando para trás.

A ideia embrulhou o meu estômago, então é claro que eu respondi:

— Ok.

— Deixa que eu pago — disse Nancy, que foi para o meio-fio, quase saltitando por ter ficado livre com o namorado, por ter 18 anos e estar apaixonada, em uma noite fresca, ainda que fosse quase onze. O vento bagunçou os cabelos encaracolados dela, jogou as mechas no seu rosto como algas marinhas.

Foi quando estávamos esperando por uma brecha no engarrafamento que tudo começou a dar errado.

Nancy deu um tapa na bunda — uma coisa provocativa, um pouco fora do normal para ela, mas, por outro lado, a menina estava animada — e procurou pelo dinheiro no bolso. Então, fez uma careta. Procurou nos outros bolsos. E depois procurou mais uma vez.

— Drooooga... — falou. — Devo ter deixado o meu dinheiro na barraca.

Ela nos levou de volta à Funhouse Funnel Cakes. A colega de trabalho tinha apagado as últimas luzes e trancado tudo, mas Nancy entrou e puxou o cordãozinho da lâmpada. Um tubo fluorescente acendeu piscando, fazendo um zumbido semelhante ao de uma vespa.

Nancy procurou embaixo dos balcões, verificou os bolsos de novo e folheou seu livro para ver se por acaso tinha usado o dinheiro como marcador de páginas. Eu vi a garota procurando dentro do livro. Tenho certeza disso.

— Porcaria! — disse Nancy. — Eu tinha cinquenta dólares aqui. Cinquenta dólares! A nota era tão nova que parecia que ninguém nunca havia gastado antes. Que joça eu fiz com ela?

Nancy realmente falava daquele jeito, como uma mocinha inteligente de um romance para jovens adultos.

Enquanto ela reclamava, me lembrei do operador do carrossel ajudando Nancy a montar no cavalo, com a mão na cintura dela e um sorriso grande naqueles lábios carnudos. E aí me lembrei do vislumbre que tive do operador enquanto passávamos girando. Ele não sorria naquele momento — e estava enfiando alguns dedos no bolso da frente.

— Hã... — falei em voz alta.

— O que foi? — perguntou Jake.

Olhei para o rosto estreito e bonito de Jake, o queixo proeminente e os olhos delicados, e fui tomado por uma premonição repentina de desastre. Balancei a cabeça, não quis dizer mais nada.

— Desembucha — disse Jake.

Eu sabia que não devia responder, mas tem alguma coisa irresistível em acender um pavio e esperar que ele siga ardendo até o explosivo, apenas para ouvir um estrondo. E, pela mesma razão, sempre havia alguma coisa empolgante em provocar um Renshaw. Foi por isso que entrei no pula-pula com Geri e decidi dar a Jake uma resposta direta.

— O operador no carrossel. Ele pareceu ter guardado algo no bolso depois de ajudar a Nan...

Nem consegui terminar a frase.

— Aquele filho da puta! — falou Jake, dando meia-volta.

— Jake, não! — disse Nancy.

Ela agarrou o pulso do namorado, mas ele se soltou e partiu pelo píer escuro.

— Jake! — chamou Nancy, mas ele não olhou para trás.

Eu dei uma corridinha para acompanhá-lo.

— Jake — falei, sentindo o estômago meio estranho por causa da birita e dos nervos. — Eu não vi nada. Não exatamente. Ele podia estar enfiando a mão no bolso para ajeitar o saco.

— Aquele filho da puta — repetiu Jake. — Ficou passando as mãos nela toda.

A Roda Louca estava apagada, as criaturas em debandada paralisadas em pleno salto. Uma corda grossa de veludo vermelho fora pendurada entre os degraus, e a placa que pendia dela dizia SILÊNCIO! OS CAVALOS ESTÃO DORMINDO! NÃO PERTURBE!

No centro do carrossel, havia um anel interno com painéis espelhados. Um brilho surgiu em torno de um desses painéis e, do outro lado, era possível ouvir trompetes elegantes e uma voz baixa e sentimental: Pat Boone, "I Almost Lost My Mind". Alguém morava no gabinete secreto no coração da Roda Louca.

— Ei — chamou Jake. — Ei, amigo!

— Jake! Esquece isso! — disse Nancy, que estava assustada agora, com medo do que o namorado poderia fazer. — Até onde sei, posso ter largado o dinheiro em algum lugar por um instante e o vento levou.

Nenhum de nós acreditava naquilo.

Geri foi a primeira a passar por cima da corda de veludo vermelho. Se ela estava indo, eu precisava segui-la, embora, àquela altura, já estivesse com medo também. Com medo e, para ser sincero, nervoso de empolgação. Eu não sabia onde aquela situação ia dar, mas conhecia os gêmeos Renshaw e sabia que os dois pegariam os cinquenta dólares de Nancy ou se vingariam — ou as duas coisas.

Costuramos entre os cavalos saltitantes. Não gostei dos focinhos deles no escuro, do jeito que as bocas se escancaravam como se fossem gritar, da maneira como os olhos cegos pareciam nos encarar com terror, raiva ou loucura. Geri chegou ao painel espelhado com a luz vazando pelas frestas e bateu o punho nele.

— Ei, você está…

No entanto, assim que ela encostou no painel, ele girou para dentro e revelou a pequena casa de máquinas no centro da Roda.

Era um espaço octogonal com paredes de madeira compensada barata. O motor que girava o poste central devia ter meio século de idade, um bloco de aço opaco com um formato vagamente parecido com o de um coração humano e uma correia de borracha preta em uma das extremidades. Do outro lado do poste havia um pobre e pequeno catre. Não vi nenhuma fotografia de Judy Garland, mas a parede acima do catre estava coberta por pôsteres centrais da *Playboy*.

O operador estava sentado a uma mesa dobrável de jogar cartas, em uma cadeira esfarrapada e estranhamente grandiosa, com braços de madeira curvos e almofadas de crina de cavalo. O homem estava curvado sobre a mesa, usando o antebraço como travesseiro, e não reagiu quando entramos. Pat Boone continuava com pena de si mesmo, a voz melodiosa, a música saindo de um pequeno rádio transistor na beira da mesa.

Olhei para o rosto do operador e me encolhi. As pálpebras não tinham se fechado totalmente, e dava para ver o branco lustroso e acinzentado dos olhos. Os lábios carnudos e vermelhos estavam molhados de baba. A garrafa térmica jazia aberta perto dele. A sala inteira cheirava a óleo de motor e algo mais, um fedor que não consegui identificar.

Geri empurrou o ombro dele.

— Ei, seu punheteiro, minha amiga quer o dinheiro dela de volta.

A cabeça do operador balançou, mas, tirando isso, ele nem se mexeu. Jake entrou na sala de máquinas por trás da gente, enquanto Nancy ficou do lado de fora entre os cavalos.

Geri pegou a garrafa térmica do operador, cheirou e derramou no chão. Era vinho, um rosé com odor de vinagre.

— É um pau-d'água — disse ela. — Desmaiou bêbado.

— Gente — falei. — Gente, ele está...? Tem certeza de que ele está respirando?

Ninguém pareceu me ouvir. Jake passou por Geri e começou a procurar em um dos bolsos da calça do sujeito. Então, de repente, ele recuou e puxou a mão para trás como se tivesse sido picado por uma agulha. Naquele momento, enfim identifiquei o odor desagradável que havia sido parcialmente mascarado pelo cheiro de WD-40.

— Porra, é mijo — disse Jake. — Puta merda, ele está encharcado. Cacete, estou todo molhado de mijo.

Geri riu. Eu não, pois me veio a ideia de que o homem estava morto. Não era isso que acontecia quando o coração parava? A pessoa perdia o controle da bexiga?

Jake fez uma careta e vasculhou os bolsos do sujeito. Ele sacou uma carteira de couro surrada e um canivete com um cabo de marfim amarelado. Havia três cavalos entalhados no punho.

— Não — falou Nancy, entrando na sala. Ela agarrou o pulso do namorado. — Jake, você não pode fazer isso.

— Isso o quê? Não posso pegar de volta o que ele roubou?

Jake abriu a carteira e pegou duas notas de vinte amassadas. Era tudo que tinha lá. Ele deixou a carteira cair no chão.

— A minha nota era de *cinquenta* — disse Nancy. — Novinha em folha.

— Sim, essa nota deve estar na caixa registradora da loja de bebidas agora. Dez dólares é exatamente o que custaria para comprar outra garrafa. Enfim, por que está discutindo? O Paul viu o cara embolsando o dinheiro.

Eu não tinha visto, no entanto. Não tinha mais certeza de ter visto algo além de um velho com uma bexiga fraca ajeitando as partes íntimas. Mas não falei nada, não queria discutir. Queria só ter certeza de que aquele velho desgraçado estava vivo, e depois ir embora rápido, antes que ele se mexesse ou que alguém passasse pelo carrossel. Qualquer que tenha sido a sensação turva de satisfação em relação àquela expedição, ela havia sumido quando senti o cheiro do operador e vi o rosto cansado dele.

— Ele está respirando? — perguntei mais uma vez, e mais uma vez ninguém respondeu.

— Devolve o dinheiro. Você vai se meter em confusão — disse Nancy.

— Amigo, você vai prestar queixa na polícia? — perguntou Jake ao operador.

O operador não falou nada.

— Eu achava mesmo que não — disse Jake.

Ele se virou, pegou o braço de Geri e empurrou a irmã em direção à porta.

— Precisamos colocá-lo de lado — disse Nancy com a voz triste e trêmula de nervoso. — Se ele vomitar, pode engasgar.

— Não é problema nosso — falou Jake.

— Nan — disse Geri —, aposto que ele já desmaiou assim mil vezes. Se ainda não morreu, não é hoje que vai acontecer.

— Paul! — choramingou Nancy, parecendo quase histérica. — Por favor!

Minhas tripas estavam dando um nó, e me senti tão ansioso quanto se tivesse tomado um bule de café de uma golada só. Queria dar o fora dali mais do que tudo na vida. Porém, não sei por quê, em vez disso, peguei o pulso do operador e verifiquei os batimentos cardíacos.

— Ele não está morto, seu idiota — disse Jake, mas ainda assim esperou.

A pulsação do operador estava lá — descompassada e irregular, mas dava para senti-la. De perto, ele cheirava mal, e não apenas a urina e bebida. Havia um odor enjoativo de sangue podre e coagulado.

— Paul — falou Nancy. — Coloca o cara na cama dele. De lado.

— Não faça isso — mandou Jake.

Eu não queria, mas não achava que poderia viver comigo mesmo se me pegasse lendo o obituário do operador no jornal do fim de semana, não depois de matar o sujeito por quarenta dólares. Coloquei um dos braços embaixo das pernas dele e o outro atrás das costas e tirei o homem da cadeira.

Fui até o catre e coloquei o operador sobre ele. Uma mancha escura encharcava a virilha da calça de veludo verde, e o cheiro piorou o estado do meu estômago já embrulhado. Eu o rolei de lado e coloquei um travesseiro embaixo da cabeça dele, do jeito que se deve fazer, pois, caso ele vomitasse, o vômito não voltaria a descer pela traqueia. Ele bufou, mas não olhou em volta. Dei a volta pela sala de máquinas e puxei o fio pendurado no teto para apagar a luz. No rádio, tocava "The Gypsy", de Pat Boone. Na música, a cigana lia o seu destino, e não era bom.

Pensei que a gente tinha terminado, mas, quando saí, vi Geri se vingando. Ela pegou o canivete do operador e estava gravando uma mensagem no cavalo de Judy Garland: VAI SE FODER. Não era poesia, mas deixava clara a mensagem.

Na caminhada de volta ao calçadão, Jake tentou entregar os quarenta dólares para Nancy, mas ela não aceitou. A garota estava com muita raiva do namorado. Jake enfiou as notas no bolso dela, e Nancy tirou o dinheiro e jogou no píer. Ele teve que correr atrás da grana antes que o vento pudesse pegá-las e levá-las para a escuridão.

Quando chegamos à estrada, o trânsito já estava diminuindo, embora os bares ainda estivessem bem movimentados. Jake disse a Nancy que pegaria o carro e perguntou se ela faria o favor de comprar a cerveja, porque estava óbvio que os dois não transariam naquela noite e ele ia precisar de mais álcool para afogar as mágoas.

Desta vez, ela pegou o dinheiro. Tentou não sorrir, mas não conseguiu se conter. Até eu pude ver que Jake era fofo quando se fazia digno de pena.

QUANDO PARTIMOS PARA O chalé de veraneio dos meus pais, eu estava no banco do carona do Corvette, com Geri no colo e Nancy espremida entre o meu quadril e a porta. Todo mundo tinha uma garrafa de cerveja, até Jake, que dirigia com uma aninhada entre as coxas. Eu era o único que não estava bebendo. Ainda sentia o cheiro do operador nas minhas mãos, um odor que me fazia pensar em podridão, em câncer. Não estava mais com estômago para beber, e, quando Geri abriu a janela para jogar a cerveja fora, fiquei feliz pelo ar fresco. Eu ouvi a garrafa vazia bater com um ruído melodioso.

Nós éramos pessoas descuidadas e irresponsáveis, mas, em nossa defesa, não sabíamos disso. Não tenho certeza se consegui fazer você enxergar a época com clareza. Em 1994, anúncios falando do risco de dirigir alcoolizado passavam batidos, e eu nunca tinha conhecido alguém que recebera uma multa por jogar lixo na rua. Nenhum de nós usava cinto de segurança. Isso nem me ocorreu.

Também não tenho certeza se fiz justiça ao retratar Geri ou Jake Renshaw. Tentei mostrar que eles eram perigosos — mas não imorais. Talvez os dois até tivessem um caráter mais forte do que a maioria das pessoas, talvez estivessem mais dispostos a agir quando vissem um indivíduo sendo injustiçado. Quando o universo ficava fora de controle, eles se sentiam obrigados a colocá-lo de volta aos eixos, mesmo que isso significasse vandalizar um cavalo antigo ou roubar um bêbado. Eles eram totalmente indiferentes às consequências de seus atos.

Os dois também não eram bandidos imprudentes e sem imaginação. Nancy e eu não estaríamos com eles se fossem. Jake sabia atirar facas e andar na corda bamba. Ninguém havia ensinado essas coisas para ele — ele simplesmente *sabia*. No último ano do ensino médio, depois de nunca ter demonstrado um pingo de interesse em teatro, fez um teste para o curso de Shakespeare Sênior. O sr. Cuse o escalou como Puck em *Sonho de uma noite de verão* e, caramba, ele era *bom*. Jake interpretou como se tivesse falado em pentâmetro iâmbico a vida inteira.

E Geri fazia imitações. Ela sabia fazer a Lady Di e a Velma do *Scooby-Doo*. Sabia imitar muito bem o Steven Tyler; conseguia falar como ele, cantar como ele, fazer o *acka-acka-acka-yow!* e dançar como ele, chicoteando os cabelos de um lado para o outro, com as mãos na cintura estreita.

Eu achava que Geri era linda e talentosa o suficiente para ser atriz. Falei que a gente deveria ir para Nova York depois de terminar a faculdade. Eu escreveria peças e Geri seria a estrela delas. Quando contei isso para ela, Geri riu, dispensando a ideia — e, em seguida, me lançou um olhar que não entendi, não na hora. Era uma emoção com a qual eu não estava familiarizado, um sentimento que ninguém jamais havia sentido a meu respeito antes. Hoje, sei que era pena.

Não havia lua, e a estrada ficava cada vez mais escura conforme íamos para o norte. Seguimos por uma via sinuosa de duas pistas que atravessou pântano e pinheiros. Por um tempo, havia postes de luz espalhados em intervalos de quinhentos metros — e, de repente, não havia mais. O vento vinha ganhando força a noite toda e, quando as rajadas sopravam, elas sacudiam o carro e agitavam furiosamente as taboas nos pântanos.

No final da noite, estávamos quase na pista de terra de dois quilômetros e meio que levava ao chalé dos meus pais quando o Corvette fez uma curva em U e Jake pisou fundo no freio. Os pneus cantaram. A traseira derrapou.

— Que porra…? — gritou ele.

O rosto de Nancy bateu no painel e ricocheteou. Seu livro, *Todos os belos cavalos*, saiu voando da mão dela. Geri colidiu com o painel, mas rolou enquanto deslizava para a frente e bateu nele com o ombro.

Um cachorro olhou para a gente — os olhos verdes brilhando nos faróis — e então o animal fugiu da estrada e entrou desajeitado entre as árvores. Se é que era mesmo um cachorro… e não um urso. Com certeza parecia grande o suficiente para ser ursino e não canino. Foi possível ouvi-lo cruzando o mato por alguns segundos depois que desapareceu.

— Meu Deus — disse Jake. — Agora *eu* que devo ter me mijado. Virei a cerveja toda no …

— Cala a boca — falou Geri. — Nan, querida, você está bem?

Nancy se recostou, com o queixo erguido e os olhos apontados para o teto do carro. Ela segurou o nariz com a mão.

— Bati com o *naguiz* — respondeu.

Geri se virou para alcançar a parte traseira do carro.

— Tem alguns trapos aqui atrás.

Eu me contorci para passar a mão por cima dos pés de Geri e pegar o livro de Nancy. Alcancei *Todos os belos cavalos* —, então hesitei ao ver outra coisa no tapete. Peguei-a do chão.

Geri se ajeitou de novo no meu colo, segurando uma camiseta imunda do Pink Floyd.

— Aqui, use isso — disse ela.

— Não, essa camiseta é boa — falou Jake.

— É o rosto da sua namorada, seu cretino.

— Tem razão. Nan, você está bem?

Ela enrolou a camiseta e levou ao nariz fino e delicado, molhando de sangue. Com a outra mão, Nancy fez sinal de positivo.

— Peguei o seu livro — falei. — E... hã, isso estava no chão junto com ele.

Entreguei o romance para ela... e uma nota de cinquenta dólares tão limpa e estalando de nova que podia ter sido impressa naquela manhã.

Os olhos dela se arregalaram de horror acima da camisa enrolada e manchada de sangue.

— Não! *Não!* Procurei e o *dinhêro* não estava lá!

— Eu sei — falei. — Eu vi você procurando. A gente não deve ter visto.

Os olhos de Nancy tremeram com lágrimas que ameaçavam transbordar.

— Meu amor — disse Geri. — Nan. Calma. Todos nós pensamos que ele tinha roubado os seus cinquenta. Foi um erro honesto.

— Podemos falar isso para a polícia — falei. — Se eles aparecerem perguntando se roubamos um bêbado no píer. Aposto que vão entender.

Geri lançou um olhar assassino para mim, e Nan começou a chorar. Eu me arrependi de ter dito qualquer coisa e de ter encontrado o dinheiro. Olhei ansioso para Jake — estava pronto para receber um olhar gelado e alguma malícia fraternal —, mas ele nos ignorava. Jake olhava pela janela, vasculhando a noite.

— Alguém pode me dizer que porra foi aquela que acabou de atravessar a rua? — perguntou ele.

— Um cachorro, não foi? — respondi, querendo mudar de assunto.

— Eu nem vi — disse Geri. — Na hora, estava tentando não comer um pedaço do painel.

— Eu nunca vi um cachorro como aquele — disse Jake. — A coisa tinha metade do tamanho do carro.

— Talvez fosse um urso-pardo.

— Ou o Pé-*gande* — falou Nancy com tristeza.

Ficamos todos em silêncio por um momento, absorvendo aquela conclusão. E então caímos na gargalhada. O Monstro do Lago Ness podia desistir. A criptozoologia nunca conseguiria inventar um animal mais fofo do que o Pé-*gande*.

Dois postes com placas redondas marcavam a estrada de terra de mão única que levava ao chalé de veraneio dos meus pais, no estuário conhecido como lago Maggie. Jake entrou na estrada e abaixou a janela ao mesmo tempo, deixando entrar uma brisa quente de ar salgado que soprou os cabelos de sua testa.

A pista era cheia de buracos, alguns com trinta centímetros de profundidade e um metro de largura, e Jake teve que diminuir para mais ou menos quinze quilômetros por hora. Ervas daninhas arranhavam o chassi. As pedras faziam um som agudo.

Havíamos percorrido meio quilômetro quando vimos o galho, um grande ramo de carvalho atravessando a estrada. Jake xingou e colocou o carro em ponto morto.

— Deixa comigo — disse Nancy.

— Você fica aqui — falou Jake, mas ela já estava abrindo a porta do carona.

— Eu preciso esticar as pernas — respondeu ela, jogando a camisa ensanguentada do Floyd no chão do carro enquanto batia a porta.

Nós a observamos entrar na luz dos faróis de Jake: uma coisinha fofa e frágil de tênis cor-de-rosa. Nancy se curvou na extremidade do galho quebrado, onde a madeira lascada e avermelhada brilhava, e começou a puxar.

— Ela não vai conseguir tirar aquilo de lá sozinha — falou Jake.

— Vai, sim — disse Geri.

— Vai ajudar a Nancy, Paul — falou Jake para mim. — Isso vai compensar o fato de você ter sido um babaca uns minutos atrás.

— Ah, porra, cara, eu não estava pensando direito... Eu não quis... — falei, com a cabeça afundando entre os ombros sob o peso da minha vergonha.

Na estrada, Nancy conseguiu virar quase todo o galho de dois metros e meio para o lado. Ela deu a volta para pegar a outra extremidade, talvez para rolá-lo para fora da estrada.

— Você não podia ter enfiado a nota de cinquenta embaixo do banco? Agora, a Nan nem vai dormir hoje. Vai chorar sem parar assim que estivermos sozinhos — disse Jake. — E sou eu quem vai ter que lidar com ela...

— O que foi isso? — perguntou Geri.

— ... e não você — disse Jake, como se a irmã não tivesse falado nada. — Fez o velho truque de mágica de Paul Whitestone. Pegou uma noite legal e, abracadabra, transformou tudo em merda...

— Vocês *ouviram* isso?

Eu *senti* a coisa antes de ouvi-la. O carro tremeu. Tomei consciência de um som parecido com a chegada de uma tempestade, com a chuva batendo forte na terra. Era como estar estacionado ao lado de uma ferrovia enquanto um trem de carga viajava a toda velocidade.

O primeiro dos cavalos passou trovejando pela esquerda, tão perto que roçou no espelho retrovisor. Nancy ergueu os olhos, soltou o galho e fez um movimento como se fosse pular para fora da estrada. Ela só teve um ou dois segundos e não chegou longe. O cavalo a atingiu, com os cascos brilhando, e Nancy caiu embaixo do bicho. Ela estava deitada na estrada quando o outro cavalo passou por cima. Ouvi a espinha de Nancy estalando. Ou talvez tenha sido o grande galho de árvore, não sei.

Um terceiro cavalo passou voando, e, a seguir, um quarto. Os três primeiros continuaram correndo e desapareceram além dos faróis, entrando na escuridão. O quarto animal desacelerou perto do corpo de Nancy, que tinha sido meio arrastado, meio arremessado a quase dez metros do Corvette, até o limite da luz dos faróis. O cavalo branco alto abaixou a cabeça e pareceu mascar os cabelos ensanguentados e emaranhados de Nancy, que esvoaçavam na brisa.

Jake gritou. Acho que ele estava tentando gritar o nome da namorada, mas não conseguia articular. Geri também estava gritando. Eu, não. Eu não respirava. Senti como se um cavalo tivesse me atropelado também, como se o animal tivesse arrancado todo o ar de mim.

O cavalo que estava em cima de Nancy tinha o rosto mutilado, com um lado rosado e esfolado como resultado de uma queimadura antiga. Os dois olhos eram brancos, mas o do lado arruinado da cabeça se projetava para fora da órbita de uma forma repugnante. A língua que saiu da boca e lambeu o rosto de Nancy não era de cavalo. Era fina e preta como a de uma serpente.

A mão de Jake tentou puxar a lingueta da porta às cegas. Como estava olhando fixo para Nancy, não viu outro cavalo parado ao lado do veículo. Nenhum de nós viu. Ele conseguiu abrir a porta e colocar o pé para fora. Eu virei o rosto e só tive tempo para gritar o nome dele.

O cavalo ao lado do carro desceu o pescoço musculoso, cravou os dentes grandes no ombro de Jake e virou a cabeça. Ele foi retirado do carro e arremessado contra o tronco de um pinheiro vermelho do lado da estrada, colidindo com a árvore como se tivesse sido disparado por um canhão, desaparecendo de vista no mato emaranhado.

Geri se levantou do meu colo e sentou no banco do motorista. Ela agarrou a porta como se quisesse ir atrás do irmão. Agarrei seu ombro e a puxei de volta. No mesmo momento, o cavalo grande ao lado do carro girou o corpo em um semicírculo desajeitado. A garupa branca bateu na porta e a fechou com força na cara de Geri.

Quando vi Jake de novo, ele estava se arrastando pela estrada, em direção aos faróis. Acho que tinha quebrado a coluna, mas não podia ter certeza. Os pés se arrastavam atrás dele de um jeito inútil. Jake lançou um olhar transtornado para nós — para mim — e os olhos dele encontraram os meus. Quem me dera isso não tivesse acontecido. Nunca quis ver tanto terror no rosto de alguém, tanto pânico desnorteado.

O garanhão branco foi trotando atrás de Jake, erguendo os cascos bem alto, como se estivesse desfilando. O animal o alcançou e olhou para o meu amigo de um jeito quase contemplativo, depois deu um pisão entre as suas escápulas. A força pressionou Jake contra o chão. Ele tentou se levantar, mas o garanhão deu um coice em seu rosto. O cavalo esmagou a maior parte do crânio — nariz, a crista óssea acima dos olhos, uma maçã do rosto — e abriu um corte vermelho bem no meio da beleza de astro de cinema dele. Mas o corcel ainda não tinha acabado. Quando Jake caiu, o cavalo abaixou o focinho e mordeu a parte de trás da jaqueta jeans, tirou-o do chão e o jogou sem esforço nas árvores, como se ele fosse um espantalho recheado de palha.

Geri não sabia o que fazer, estava paralisada atrás do volante, com o rosto atormentado, os olhos arregalados. A janela do motorista ainda estava abaixada e, quando o cachorro preto bateu na lateral do Corvette, sua cabeça desgrenhada entrou com força. Ele enfiou duas patas no carro e cravou os dentes no ombro esquerdo de Geri, rasgou a camisa da gola até a manga, esmagou a carne tensa e bronzeada por baixo. O hálito quente daquela coisa fedia.

Ela gritou. A mão encontrou a alavanca de câmbio, e Geri colocou o Corvette em movimento.

O cavalo que havia matado Jake estava bem na nossa frente, e a gente colidiu com o animal a cinquenta quilômetros por hora, derrubando-o. O bicho devia pesar quase meia tonelada, e a dianteira do Corvette ficou amassada. Dei de cara no painel. O cavalo foi jogado por cima do capô e rolou com as patas se debatendo na direção do céu, aí se virou e atingiu o para-brisa. A pata pegou Geri no peito e a empurrou contra o banco. O vidro de segurança irrompeu em um jato de pedrinhas azuis grossas que se espalharam por toda a cabine.

Ela deu marcha a ré e acelerou. O grande cavalo branco rolou para fora do capô com um estrondo enorme que fez o chão tremer. O animal caiu na pista de terra e se levantou apoiado nas patas dianteiras. As patas traseiras quebradas se arrastavam inúteis. Geri engatou a primeira e foi direto para cima dele.

O cavalo conseguiu desviar e passamos voando por ele, tão perto que o rabo chicoteou a minha janela. Acho que foi nesse momento que Geri atropelou Nancy. Só vi Nan na frente do carro por um instante antes de o Corvette bater e dar uma guinada ao passar por cima da obstrução na estrada. Um vapor oleoso jorrou debaixo do capô.

Por um momento terrível, o cachorro preto correu do nosso lado, com a língua vermelha pendendo do lado da boca. Então o deixamos para trás.

— Geri! — berrei. — Levanta a janela!

— Não consigo! — respondeu ela.

A voz saiu aguda por causa do esforço de falar. O ombro dela tinha uma mordida profunda que ia até o músculo, e a frente da camiseta estava encharcada de sangue. Ela dirigia com apenas uma das mãos.

Eu me estiquei e girei a manivela para levantar o vidro. Passamos por cima de um buraco, a toda velocidade, e o topo da minha cabeça bateu na mandíbula de Geri. Pontinhos pretos irromperam, giraram e desapareceram diante dos meus olhos.

— Devagar! — berrei. — Você vai nos tirar da estrada!

— Não dá para diminuir — disse ela. — Atrás da gente.

Olhei pela janela traseira. Eles estavam correndo atrás de nós, erguendo uma nuvem baixa de giz branco com os cascos, figuras tão pálidas que pareciam fantasmas de cavalos.

Geri fechou os olhos e desmaiou, tocando o esterno com o queixo. Quase saímos da estrada naquele momento, quando o Corvette entrou voando em uma curva fechada. Agarrei e puxei o volante, e, ainda assim, não parecia que a gente conseguiria fazer a curva. Gritei. Isso chamou a atenção de Geri e a tirou do estupor. Ela puxou o volante. O Corvette fez a curva com tanta força que a traseira derrapou e levantou pedras. Geri respirava com dificuldade.

— Qual é o problema? — perguntei que nem um idiota, como se nada estivesse acontecendo, como se ela não tivesse acabado de ver o irmão e a melhor amiga serem pisoteados até a morte, como se não houvesse algo inacreditável atrás da gente em meio a um rugido de cascos batendo no chão.

— Não consigo respirar — respondeu.

Então me lembrei do casco que tinha destruído o para-brisa e golpeado Geri no peito. Costelas quebradas, só podia ser.

— Nós vamos entrar em casa e pedir ajuda.

— Não consigo respirar — repetiu ela. — *Paul*. Eles saíram do carrossel. Estão atrás da gente por causa do que fizemos, não é? Por isso eles mataram o Jake. Por isso eles mataram a Nancy.

Foi terrível ouvir Geri dizer aquilo. Eu sabia que era verdade, sabia desde o momento em que vi o cavalo com o rosto queimado. O pensamento fez a minha cabeça girar. Fiquei tonto. Eu me sentia como um bêbado em um carrossel, girando rápido demais. Quando fechei os olhos, tive a impressão de que estava quase sendo jogado para fora do grande carrossel do mundo.

— Estamos chegando.

— Paul — disse ela, e, pela primeira vez em todos os anos em que a conhecia, vi Geri tentando não chorar. — Acho que tem alguma coisa quebrada no meu peito. Acho que quebraram para valer.

— Vira! — berrei.

O farol dianteiro esquerdo tinha sido quebrado e, embora eu já tivesse percorrido a estrada para o lago Maggie mil vezes, naquela escuridão quase passamos direto da curva para o chalé dos meus pais. Geri girou o volante, e o Corvette varou a própria fumaça. Descemos correndo uma ladeira íngreme de cascalho e derrapamos na frente da casa.

Era um chalé branco de dois andares, com venezianas verdes e uma grande varanda telada. Um único degrau de pedra levava à porta de tela. A segurança estava a dois metros e meio de distância, do outro lado da varanda, depois da porta da frente. Eles não conseguiriam nos pegar lá dentro. Eu tinha certeza.

Assim que paramos, os cavalos cercaram o carro, dando a volta com os rabos balançando e o corpo batendo no Corvette. Os cascos levantaram poeira e obscureceram a vista.

Eu conseguia ouvir o chiado agudo que Geri fazia cada vez que respirava. Ela se curvou para a frente, com a testa tocando o volante e a mão no esterno.

— O que vamos fazer? — perguntei.

Um dos cavalos bateu no veículo com força suficiente para fazê-lo quicar nas molas.

— Será que é porque a gente roubou o dinheiro? — indagou Geri, tomando outro gole de ar. — Ou porque eu risquei um dos cavalos?

— Não pensa nisso agora. Vamos pensar em como passar por eles e entrar na casa.

Ela continuou como se eu não tivesse dito nada.

— Ou será que é porque a gente precisa ser castigado? Será que é porque tem algo errado conosco, Paul? Ai. Ai, meu peito.

— Talvez a gente consiga contornar o chalé e voltar para a estrada — falei, embora já duvidasse de que iríamos a qualquer lugar.

Depois de parar, eu não tinha certeza de que poderíamos continuar. A parte da frente do carro parecia ter colidido com uma árvore. O capô estava esmagado e algo ali embaixo assobiava constantemente.

— Tenho outra ideia — falou Geri, que olhou para mim por trás das mechas emaranhadas do próprio cabelo. Os olhos dela estavam tristes e brilhantes. — Que tal eu sair do carro e correr para o lago? Isso vai atrair os cavalos, e você vai poder entrar na casa.

— O quê? Não, Geri, *não*. A casa está bem ali. Ninguém mais precisa morrer. A casa está *bem ali*. Nem pense em tentar fazer alguma ceninha de cinema e atrair os animais...

— Talvez eles não queiram você, Paul — falou ela, cujo peito se mexia devagar, com a camiseta vermelha e molhada colada na pele. — *Você* não fez nada. *A gente que fez*. Talvez deixem você ir.

— O que a Nancy fez? — choraminguei.

— Ela bebeu a cerveja — disse Geri, como se fosse óbvio. — A gente pegou o dinheiro, ela gastou, e todos nós bebemos a cerveja, exceto você. O Jake roubou. Eu cortei um cavalo. O que *você* fez? Você pegou um velho e o colocou de lado para que ele não morresse sufocado.

— Geri, você não está pensando direito. Perdeu sangue demais. Viu o Jake e a Nan serem pisoteados e está em choque. Eles são *cavalos*. Não podem querer *vingança*.

— É claro que querem vingança — falou ela. — Mas talvez não contra você. Presta atenção. Estou tonta demais para discutir. Temos que fazer isso agora. Vou sair do carro e correr para a esquerda na primeira chance que tiver. Vou correr para as árvores e para o lago. Talvez eu consiga chegar até a boia de sinalização. Cavalos sabem nadar, mas não acho que consigam me alcançar na boia e, mesmo com o peito fodido, posso tentar remar com as mãos. Quando eu sair, você espera até eles virem atrás de mim, e então entra e chama todos os policiais do estado...

— Não. Não.

— Além disso — disse Geri, e um canto da boca se ergueu em um sorriso irônico —, ainda posso cortar um dos filhos da puta.

E abriu a mão esquerda para me mostrar o canivete do operador do carrossel. Estava apoiado bem no meio da palma da mão dela, para que eu pudesse ver o entalhe dos cavalos em debandada.

— Não — repeti.

Eu não conhecia outras palavras. A linguagem tinha me abandonado. Tentei pegar o canivete, mas ela fechou os dedos. Acabei apenas apertando a mão de Geri.

— Sempre achei que aquela ideia de irmos para Nova York uma merda — disse ela. — Aquela história de eu virar atriz, e você, escritor. Sempre pensei que era impossível. Mas, se eu não morrer, podemos tentar. Não pode ser mais impossível do que isso.

Ela tirou a mão de baixo da minha. Mesmo agora, não sei por que a deixei ir.

Um cavalo girou em frente ao Corvette e pulou, e os cascos dianteiros pousaram no capô. O carro quicou nas molas. O grande cavalo branco olhou fixo para nós, e seus olhos eram da cor da fumaça. Uma língua de cobra lambeu as gengivas pretas e enrugadas. Ele se abaixou, pronto para invadir o espaço onde havia um para-brisa.

— Tchau — falou Geri, quase suavemente.

Ela tinha saído do carro e estava se movendo antes mesmo de eu ter tempo de virar a cabeça.

Geri correu para longe da varanda telada, passou pela traseira do veículo e passou pelo canto da casa e pelos pinheiros. Dava para ver o lago entre as silhuetas pretas dos troncos das árvores, levemente luminescente à noite. Não estava longe. Talvez vinte metros.

O cavalo na minha frente virou a cabeça para assistir à fuga de Geri, depois saltou do carro e foi atrás. Dois outros se juntaram à perseguição, mas Geri era rápida, e o mato estava próximo.

Geri tinha alcançado a beira da floresta quando o gato saltou de trás de um arbusto na altura do peito dela. Era do tamanho de um puma e tinha patas tão grandes quanto luvas de beisebol. Uma delas atingiu Geri com força suficiente para girá-la. O bicho pulou em cima dela com um uivo estrangulado que se transformou em um grito agudo de animal. Gosto de pensar que Geri enfiou o canivete nele. Gosto de pensar que Geri mostrou que tinha as próprias garras.

Corri. Não me lembro de ter saído do carro. Simplesmente estava do lado de fora, passando pela frente arruinada do Corvette. Cheguei à porta de tela, abri e pulei para a entrada. Estava trancada, claro. A chave pendia de um prego enferrujado à direita do batente. Peguei a chave, deixei-a cair e peguei-a de novo no ar. Enfiei com força na fechadura várias vezes. Tenho sonhos sobre isso — que estou enfiando uma chave, com a mão tremendo, em uma fechadura que preciso abrir e que continuo errando de maneira impossível, enquanto algo terrível surge da escuridão atrás de mim: um cavalo, um lobo ou Geri, com a parte inferior do rosto arrancada por garras e a garganta destroçada. *Ei, gatinho, seja honesto: você realmente acha que sou bonita o suficiente para atuar no cinema?*

Na verdade, devo ter lutado contra a tranca por menos de dez segundos. Quando a porta se abriu, entrei tão rápido que tropecei no batente e caí no chão, perdendo o ar. Eu me arrastei de quatro, gritando, fazendo barulhos incoerentes de pranto. Chutei a porta para fechá-la, me encolhi de lado e chorei. Tremi como se tivesse acabado de atravessar uma camada de gelo e mergulhado em água congelante.

Demorou um minuto ou dois para conseguir me controlar e ficar de pé. Avancei, ainda trêmulo, e espiei por uma das janelas ao lado da porta.

Os cavalos observavam da entrada da garagem, reunidos em volta dos destroços do Corvette. Eles analisavam a casa com aqueles olhos opacos, esfumaçados. Mais adiante, vi o cachorro andando de um lado para o outro com uma fúria muscular inquieta. Eu não sabia dizer onde o gato estava, mas pude ouvi-lo em algum momento nas horas que se seguiram, uivando furiosamente ao longe.

Olhei para a cavalaria, que devolveu o olhar. Um deles estava perfilado diante da casa, meia tonelada de cavalo. As cicatrizes rabiscadas na lateral pareciam ter uma década de idade, não algumas horas, mas, apesar de tudo, estavam bem distintas, em relevo prateado contra o pelo delicado e branco. Talhadas na carne estavam as palavras VAI SE FODER.

Eles relincharam juntos, todo o bando. Parecia uma risada.

ENTREI CAMBALEANDO NA COZINHA e tentei telefonar. Não havia sinal. O telefone não funcionava. Talvez fosse obra das criaturas que saíram da Roda Louca, mas acho mais provável que tivesse sido apenas o vento. Quando ventava daquela forma no lago Maggie, era comum ficarmos sem luz e telefone e, por acaso, nenhum dos dois estava funcionando naquela noite.

Fui de janela em janela. Os cavalos observavam da estrada. Outros animais andavam no mato, circulando a casa. Gritei para eles irem embora. Disse que os mataria, que mataria todos eles. Falei que não tínhamos feito aquilo por mal, que a gente não significava nada. Só essa parte me parece verdade agora, porém. A gente não significava nada.

Desmaiei no sofá e, quando acordei em uma manhã brilhante — céu azul e gotas de orvalho brilhando sob a luz do sol —, as criaturas da Roda tinham sumido. Não ousei sair, no entanto. Achei que elas pudessem estar se escondendo.

A tarde já estava quase chegando ao fim quando arrisquei ir à estrada de terra e, mesmo assim, andei com uma grande faca de cozinha na mão. Uma mulher passou devagar em um Land Rover, levantando uma nuvem de poeira. Corri atrás dela, gritando por socorro, e ela se afastou a toda velocidade. Dá para culpá-la?

Uma viatura da polícia estadual me recolheu quinze minutos depois. Eles estavam esperando por mim onde a estrada de terra encontrava a rodovia estadual. Passei três dias no Hospital Central do Maine em Lewiston — não porque tivesse sofrido grandes ferimentos físicos, mas para permanecer sob observação depois de sofrer o que um médico descreveu para os meus pais como uma "grave ruptura paranoica da realidade".

No terceiro dia, com os meus pais e o advogado da família, admiti a um policial chamado Follett que tínhamos tomado ácido pouco antes de andar na Roda Louca. Em algum lugar no caminho para o lago Maggie, atropelamos um animal, provavelmente um alce, e Geri e Nan, que estavam sem cinto de segurança, morreram na hora. Follett perguntou quem estava dirigindo, e o advogado respondeu por mim, disse que tinha sido Jake. Acrescentei, com uma voz trêmula, que não conseguia dirigir um carro com câmbio manual, o que era verdade.

O advogado contou o resto... que Jake jogou os corpos no lago e fugiu, provavelmente para o Canadá, para evitar o que com certeza seria uma sentença de prisão perpétua. Ele acrescentou que eu também fui uma vítima — uma vítima das drogas que Jake havia fornecido e da destruição que havia causado. Tudo que fiz foi concordar com a cabeça e assinar o que me pediram para assinar. Foi o suficiente para o policial. Ele se lembrava bem de Jake, não havia esquecido a noite em que ele derrubara seu colega com um soco no boliche Lewiston Lanes.

A Polícia Estadual do Maine e a Guarda Florestal foram ao lago Maggie e fizeram uma dragagem para recuperar os corpos, mas não acharam nada. Afinal, aquele é um lago de maré e se abre para o mar.

NÃO FUI PARA DARTMOUTH. Não conseguia nem sair de casa. Ficar ao ar livre era tão difícil para mim quanto andar no parapeito de um prédio de dez andares.

Um mês se passou até eu olhar pela janela do meu quarto certa noite e ver um dos cavalos vigiando a casa, parado na rua. Ele estava embaixo de um poste de luz, me encarando com seus olhos leitosos, a metade esquerda do rosto manchada e murcha pelas queimaduras antigas. Depois de um momento, o cavalo abaixou a cabeça e se afastou devagar.

Geri pensou que talvez eles não me quisessem. Claro que me queriam. Eu dedurei o operador do carrossel. Eu acendi o pavio de Jake.

Passei a sentir medo da noite. Ficava acordado o tempo todo, procurando por eles — e, às vezes, os encontrava. Alguns cavalos numa madrugada, o gato em outra. Eles estavam de olho em mim. Estavam me esperando.

Fiquei internado por dez semanas na primavera de 1995. Fui tratado com lítio, e, por um tempo, os cavalos não conseguiram me encontrar. Por um tempo, me senti melhor. Fiz meses de terapia. Comecei a andar fora de casa — primeiro da porta de entrada até a caixa de correio e, depois, pela rua. Com o tempo, conseguia andar quarteirões sem me preocupar, desde que fosse à luz do dia. O crepúsculo, no entanto, ainda me deixava sem fôlego.

Um ano depois, com a bênção dos meus pais e o apoio do terapeuta, voei para a Califórnia e passei dois meses morando com a minha tia, dormindo no seu quarto de hóspedes. Ela era caixa de banco e uma metodista devota e praticante, mas não sufocante, e creio que os meus pais acharam que eu estaria seguro o suficiente com ela. Minha mãe estava tão orgulhosa de mim por ousar viajar. Meu pai, acredito, ficou aliviado por eu sair de casa, por ter uma folga dos meus ataques de nervos.

Consegui um emprego em um brechó. Fui a encontros. Às vezes, me sentia seguro, quase contente. Era parecido com uma vida normal. Comecei a sair com uma mulher mais velha, uma professora de jardim de infância que estava ficando prematuramente grisalha e que tinha uma risada rouca masculina. Certa noite, nos encontramos para tomar chá e comer bolo de café. Perdi a noção do tempo e, quando saímos, o céu estava vermelho com o pôr do sol. O cachorro estava lá. Ele surgiu de um parque próximo e ficou me encarando, com baba pingando das mandíbulas abertas. Minha companhia também viu o cachorro, agarrou o meu pulso e disse: "Que diabo é aquilo?" Soltei o braço dela e corri para o café, gritando para alguém chamar a polícia, gritando que eu ia morrer.

Tive que voltar para o hospital. Foram três meses dessa vez e um ciclo de terapia por eletrochoque. Enquanto estava internado, alguém me enviou um cartão-postal do píer do cabo Maggie e da Roda Louca. Não havia mensagem, mas, afinal, o cartão-postal *era* a mensagem.

Nunca tinha imaginado que as criaturas da Roda pudessem me seguir até o outro lado do país. Elas levaram dois meses para me alcançar.

NO INÍCIO DESTE SÉCULO, fui aceito na Universidade de Londres e voei para o Reino Unido a fim de estudar planejamento urbano. Depois que me formei, permaneci por lá.

Nunca escrevi uma peça, nem mesmo um poema. Minha produção literária limitou-se a alguns relatórios para revistas técnicas sobre como lidar com pragas urbanas: pombos, ratos, guaxinins. No campo, às vezes sou chamado, meio de brincadeira, de Senhor Assassino. Minha especialidade é desenvolver estratégias para eliminar qualquer vestígio do mundo animal da estrutura de cromo e vidro da metrópole.

Mas Senhor Assassino não é o tipo de apelido que atrai um interesse romântico, e os meus problemas pessoais — ataques de pânico, fobia do escuro — acabaram por me isolar. Nunca me casei. Nem tenho filhos. Conheço algumas pessoas, mas não tenho amigos. Amizades são feitas no bar, depois do expediente — só que depois do expediente eu estou em casa, em segurança, atrás de uma porta trancada, em um apartamento no terceiro andar, na companhia de meus livros.

Nunca vi os cavalos aqui. Racionalmente, tenho certeza de que, quaisquer que sejam os seus poderes, eles não podem atravessar cinco mil quilômetros de oceano para me alcançar. Estou a salvo — deles.

No ano passado, porém, fui enviado a uma conferência de planejamento urbano em Brighton. Eu tive que dar uma palestra à tarde sobre o besouro japonês e os perigos que ele apresenta para a área verde urbana. Não percebi, até sair do táxi, que o hotel ficava em frente ao píer Palace, com o seu grande carrossel girando na ponta, o vento espalhando a música animada do órgão Wurlitzer por toda a praia. Dei a palestra em um salão de conferências com um suor repugnante na testa e o estômago revirando, e praticamente fugi dali no momento em que terminei. Ainda conseguia ouvir a música do carrossel dentro do hotel, aquela canção de ninar lunática ecoando pelo saguão imponente. Ainda não podia voltar para Londres — estava agendado para um painel na manhã seguinte —, mas poderia fugir do hotel por um tempo e parti pela praia, até que o píer estivesse bem longe.

Comi um hambúrguer e tomei duas canecas de cerveja em um lugar à beira-mar, para acalmar os nervos. Fiquei muito tempo ali e, quando saí e comecei a voltar para o hotel, o sol tocava o horizonte. Caminhei pela areia fria, com a maresia arrebatando o meu cachecol e o meu cabelo, indo o mais rápido que um homem pode andar sem chegar a correr.

O hotel estava à vista antes que eu me permitisse desacelerar e recuperar o fôlego. Senti uma câimbra intensa na lateral do corpo e o interior dos pulmões estava cheio de fogo abrasivo e gelado.

Alguma coisa bateu e mergulhou na água.

Por um segundo, só vi a cauda de dois metros e meio, uma corda negra e lustrosa, grossa como um poste. A cabeça emergiu, dourada e verde, como uma armadura pintada, os olhos tão brilhantes e cegos quanto moedas, e depois afundou novamente. Não a via havia mais de vinte anos, mas sabia, à primeira vista, que era a serpente marinha da Roda Louca e a reconheci de imediato.

Eles nunca vão me deixar em paz.

Voltei para o quarto de hotel e, na mesma hora, vomitei o hambúrguer e a cerveja na privada. Senti uma febre intermitente a noite inteira, com suor frio e tremedeira. Não dormi. Não consegui. Toda vez que eu fechava os olhos, o quarto começava a girar, circulando em revoluções lentas, como um disco em uma vitrola, como um carrossel começando a funcionar. Girei sem parar, e de longe dava para ouvir a música dos Galopeadores Dourados no píer Brighton Palace, o órgão Wurlitzer tocando seu foxtrote louco à noite, enquanto as crianças gritavam — rindo ou aterrorizadas, eu não saberia dizer.

Hoje em dia é tudo a mesma coisa para mim.

ESTAÇÃO WOLVERTON

SAUNDERS VIU O PRIMEIRO LOBO quando o trem estava chegando à estação Wolverton.

Ele tirou os olhos do *Financial Times* e lá estava a criatura, na plataforma, um lobo de 1,80 metro de altura, com uma boina enfiada entre as orelhas eriçadas e acinzentadas. Ele estava de pé sobre as patas traseiras, usava um sobretudo e segurava uma maleta com uma das patas. Um rabo felpudo chicoteava impacientemente para a frente e para trás, em teoria saindo de um buraco nos fundilhos da calça. O trem ainda estava em movimento e, em um instante, o lobo sumiu de vista.

Saunders riu, um som curto e ofegante que não passava muito humor, e fez o que era razoável: voltou a ler o jornal. Um lobo na plataforma do trem não o surpreendeu. O próprio Satanás provavelmente estaria na próxima parada. Saunders considerou que havia uma boa chance de que aqueles manifestantes malditos estivessem parados em todas as estações entre Londres e Liverpool, desfilando com suas fantasias, torcendo para que alguém apontasse uma câmera para eles e os colocasse na televisão.

Os manifestantes haviam feito piquete no hotel de Saunders em Londres, um grupo mal-ajambrado de uma dezena de moleques, marchando de um lado para o outro na calçada do outro lado da rua. A gerência havia oferecido a Saunders um quarto nos fundos, para que não precisasse vê-los, mas ele insistiu em uma suíte na frente, exatamente para poder observá-los com desprezo lá de cima.

Era bem mais divertido do que qualquer coisa passando na televisão britânica. Ele não vira nenhum homem-lobo, mas tinha um sujeito usando pernas de pau com uma fantasia do Tio Sam, com um pênis de borracha de um metro saindo das calças. As feições do Tio Sam eram severas e odiosas, mas o pênis era limpinho e rosado, balançando alegremente. O Tio Sam carregava um cartaz:

O TIO SAM MIJA EM UM COPO
& NÓS INGLESES PAGAMOS PARA BEBER
CHEGA DE JIMI COFFEE! CHEGA DE CRIANÇSA ESCRAVAS!

Saunders riu daquilo, gostou da maneira como o texto se equilibrava entre a raiva justiceira e a deficiência mental. "Chega de criançsa escravas"? O que aconteceu com o lendário sistema educacional inglês?

Os outros manifestantes, uma gangue de hipsters metidos, portavam cartazes diferentes. Os deles eram menos divertidos. Os cartazes mostravam fotos de crianças negras, descalças e seminuas, paradas ao lado de pés de café, olhando para a câmera com uma expressão deprimente, os olhos cheios de lágrimas, como se tivessem acabado de sentir o chicote do capataz. Saunders já tinha visto aquilo antes, com frequência demais para ficar com raiva de verdade, para ficar mais do que meramente irritado, mesmo que fosse uma mentira deslavada. O Jimi Coffee não usava crianças no plantio e nunca usou. Nas unidades de embalagem, sim, mas jamais no plantio, e as unidades eram bem mais higiênicas do que as favelas para onde as crianças voltavam no fim do dia.

De qualquer forma, Saunders não conseguia odiar as jovens hipsters gostosinhas, com as suas camisetas do Che Guevara que deixavam a barriga à mostra, ou os namorados elegantemente desgrenhados de sandálias. Hoje elas protestavam, mas, daqui a três anos, estariam empurrando carrinhos de bebê, e a meia hora que passariam no Jimi Coffee fofocando com as amigas seria a melhor parte do dia delas. Os rapazes desgrenhados estariam de barba feita e procurariam empregos como gerentes administrativos intermediários e correriam para o Jimi Coffee toda manhã antes do trabalho atrás dos seus importantes *espressos* duplos, sem os quais não conseguiriam sobreviver ao dia mais chato da vida deles desde o dia anterior. Se os hipsters se permitissem pensar sobre a época em que protestaram contra a chegada do Jimi Coffee ao Reino Unido, seria com uma onda confusa de vergonha diante do próprio idealismo inútil e inapropriado.

Dez manifestantes estiveram na frente do hotel na noite anterior e vinte foram para a frente da primeira loja do país, em Covent Garden, na grande inauguração na manhã seguinte. Não era nenhuma multidão. A maioria dos transeuntes nem sequer olhou para eles. Os poucos que os notaram recuavam ao ver o Tio Sam com a piroca de borracha balançando de um lado para o outro como um grande pêndulo carnudo de um carrilhão perverso e surreal. Aquilo era tudo de que se lembrariam — o cintaralho do Tio Sam —, e não o protesto em si. Saunders duvidava que os manifestantes renderiam qualquer coisa além de uma única frase no final de uma reportagem secundária escondida na seção de negócios do *Times*. Possivelmente alguém falaria algo sobre as práticas comerciais do Jimi, práticas que o próprio Saunders ajudou a desenvolver.

A empresa operava da seguinte maneira: eles descobriam uma cafeteria de bairro que estava indo bem e abriam uma loja do outro lado da rua. Uma franquia Jimi era capaz de operar no vermelho por meses — anos, se necessário —, pelo tempo que levasse para a concorrente falir e tomar os seus clientes. E isso era encarado como um ultraje, praticamente um crime, e não importava que a cafeteria de bairro em geral servisse café instantâneo aguado de terceira categoria em xícaras minúsculas e não limpasse os banheiros. Quanto ao trabalho infantil, os manifestantes não gostavam, mas, pelo visto, não se importavam com crianças morrendo de fome porque não havia trabalho.

No entanto, Saunders não conseguia odiá-los. Ele entendia muito bem a mentalidade dos manifestantes. Certa vez o próprio Saunders marchou... Ele marchou, fumou maconha, dançou de cueca em um show do Dead e fez mochilão pela Índia. Ele tinha viajado para o exterior em busca de transcendência, um mantra, *significado* — e é claro que encontrou, porra. Ficou três semanas em um mosteiro nas montanhas da Caxemira, onde o ar era doce e cheirava a bambu e pés de laranja-azeda. Andou descalço nas pedras antigas, meditou com o zumbido do sino tibetano e cantou com todos os outros maconheiros que haviam ido parar lá. Ele se entregou a tudo aquilo, tentando se sentir puro, tentando sentir amor — até se rendeu à comida, porções diárias de um arroz farinhento com gosto de giz e tigelas do que pareciam ser pequenos galhos ao curry. E então chegou o dia em que finalmente recebeu a sabedoria que procurava.

Foi um moleque magricelo e de cabelos pretos do Colorado chamado John Turner que mostrou o caminho para um objetivo maior. Ninguém orava por mais tempo ou com mais intensidade do que John, que ficava sentado durante as sessões de meditação guiada, sem camisa, com as costelas visíveis nas laterais do corpo branquelo. Eles deveriam se concentrar em alguma coisa bonita, em algo que os fizesse transbordar de felicidade. Saunders tentou visualizar pétalas de lótus, cachoeiras, o oceano e a namorada de San Diego nua, sentindo que nada daquilo servia. No entanto, John parecia ter compreendido de imediato — seu rosto comprido e cavalar brilhava de êxtase. Até o suor dele tinha cheiro de limpeza e felicidade. Então, na terceira semana, Saunders perguntou o que John visualizava.

"Bem", respondeu Turner, "ele mandou a gente imaginar alguma coisa que nos enchesse de felicidade. Então, eu visualizo a porra do Quarterão do McDonald's, onde vou cravar os meus dentes assim que chegar em casa. Mais alguns dias comendo graveto e terra temperada, e acho que consigo visualizar e transformar em realidade um saco cheio daquelas delícias."

Saunders foi para a Índia apaixonado por uma garota de cabelos louros chamada Deanie, pelo *Álbum Branco* e maconha. Quando voltou para San Diego, Deanie tinha se casado com um farmacêutico, Paul McCartney estava em turnê com os Wings, Saunders fumara o último baseado da sua vida e tinha um plano. Não exatamente um plano, mas uma visão, uma *compreensão*. A realidade havia aberto um de seus painéis opacos e pretos para oferecer a Saunders um vislumbre das engrenagens. Ele descobrira uma constante universal, como a gravidade ou a natureza quântica da luz. Não importa para onde a pessoa vá — não importa quão antigas sejam as tradições, quão grandiosa seja a história, quão inspiradora seja a paisagem —, sempre há mercado para um McLanche Feliz barato. O Caminho da Flor de Lótus pode levar ao nirvana, mas a viagem era longa, e, quando a pessoa tinha muitos quilômetros para percorrer, era natural querer parar em uma lanchonete na estrada.

Três anos depois, Saunders era dono de cinco restaurantes do Burger King, e a diretoria queria saber por que eles tinham um lucro 65% superior à média nacional (o truque de Saunders: abrir franquias em frente a parques de skate, praias e fliperamas e grelhar os hambúrgueres com as janelas abertas, para que a molecada sentisse aquele cheiro o dia todo). Treze anos depois, ele próprio estava na diretoria, ensinando à rede Dunkin' Donuts a se defender da Starbucks (o plano de Saunders: fazer com que as cafeterias da Starbucks parecessem esnobes e intrusas, como aconteceu na Nova Inglaterra, saturação total do mercado).

Quando o Jimi Coffee ofereceu a ele um salário anual de sete dígitos para ajudar a empresa a se reestruturar e tornar a franquia internacional, Saunders concordou após ponderar sobre a proposta por menos de 24 horas. Ele gostou especialmente da ideia de ajudar o Jimi a se tornar global, porque isso lhe daria a chance de viajar; Saunders quase não tinha saído dos Estados Unidos desde que voltara da Índia. Talvez até conseguisse que a empresa abrisse um Jimi Coffee na Caxemira, na frente do antigo monastério. Os peregrinos provavelmente apreciariam as várias opções vegetarianas no menu, e um cappuccino de baunilha tornaria os cânticos do nascer do sol bem mais suportáveis. Quando se tratava de produzir um estado de concentração, de contentamento silencioso e paz interior, a meditação zen ocupava um segundo lugar muito distante em relação à cafeína. Os budistas suburbanos de classe média podiam levar a vida sem as aulas diárias de ioga, mas, se fossem separados dos seus cafés, logo se transformariam em animais, com certeza...

Saunders dobrou a ponta da página do jornal e deu outra olhada na plataforma.

O trem estava parando, em pequenos solavancos. Ele não conseguia mais ver o palhaço fantasiado de lobo, o sujeito ficara bem para trás. Saunders estava sentado no vagão mais à frente do trem, o da primeira classe, e conseguia ver um canto da plataforma. Uma placa de metal, presa entre dois pilares de pedra, dizia: ESTAÇÃO WOLVERTON. Era bom que a maioria dos ativistas mal tivesse dinheiro para bancar a cartolina, os marca-textos e a fita adesiva necessários para fazer os cartazes; a última coisa que Saunders queria era dividir o vagão vazio da primeira classe com o filho da puta maluco vestido de Lobo Mau.

Não, pensou Saunders. *Foda-se. Tomara que ele entre e se sente aqui do meu lado. Ele pode ficar com aquela fantasia idiota de lobo e me dar a liçãozinha de moral sobre todas as crianças negras que sofrem embaixo do sol escaldante na África Oriental colhendo os nossos grãos de café. E então eu posso argumentar que não usamos trabalho infantil na colheita e que o Jimi Coffee oferece bolsas de estudo integrais para dez crianças do Terceiro Mundo todo ano. Posso perguntar quantas crianças do Terceiro Mundo as cafeterias do bairro dele mandaram para a faculdade no ano passado, enquanto recebiam café de uma distribuidora gerida por escravagistas samoanos, sem que ninguém desse um pio sobre isso.*

Nos anos em que administrou o Burger King, Saunders ganhou o apelido de "Lenhador", porque, quando era necessário derrubar a concorrência, ele nunca deixava de empunhar o machado. Saunders não tinha juntado sua considerável fortuna pessoal (seus maiores bens eram uma mansão em um terreno de oito hectares em Nova Londres, Connecticut, outra em Florida Keys e um iate Sportfisher de 43 pés que o transportava entre as duas residências) evitando confrontos. Certa vez, ele demitiu a esposa de um amigo próximo, grávida de oito meses, com uma mensagem de texto de três palavras: VOCÊ JÁ ERA. Saunders fechou fábricas de embalagens, colocou centenas de pessoas na rua e suportou, sem se deixar abalar, ser xingado em iídiche de filho da puta desalmado por uma velha trêmula com o rosto vermelho que viu a sua pequena cadeia de cafeterias *kosher* ser visada e aniquilada pelo Jimi Coffee. Foi exatamente por tudo aquilo que o Jimi contratou Saunders — a empresa *precisava* de um lenhador, e ele tinha o machado mais afiado. Saunders foi a favor da paz e do amor aos 20 anos e gostava de pensar que ainda era, mas, no decorrer do tempo, também desenvolveu um desejo ardente pelo sabor salgado de sangue. Era, como o café, um gosto adquirido.

O trem ficou parado por um longo período, o suficiente para que, um pouco depois, o homem largasse o jornal e olhasse para a plataforma de novo. Pela primeira vez desde que embarcara na estação de Euston, Saunders ficou irritado consigo mesmo. Devia ter alugado um carro. A viagem de trem havia sido um ato impulsivo e sentimental. Ele não ia à Inglaterra desde a formatura, quando havia passado duas semanas no Reino Unido, na primeira etapa da turnê mundial que acabaria por despejá-lo em uma pilha decadente de pedras nas montanhas arejadas da Caxemira. Ele tinha ido para o Reino Unido porque os Beatles estavam lá; se não fosse pelos Beatles, Saunders acreditava que teria se matado na adolescência, nos dias ruins depois que o pai deixou a mãe. Chegou a Londres com um desejo de *sentir* os Beatles de alguma forma, uma necessidade inquieta de passar a mão nos tijolos do Cavern Club, como se a música que a banda tocou lá ainda ressoasse no barro vermelho. Saunders foi de trem para o norte, enlatado na classe econômica, viajando de pé por horas no calor, sendo amassado por uma garota de Edimburgo de cabelos ruivos e calça jeans, que ele não conhecia quando a viagem começou e por quem ficou meio maluco quando chegaram a Liverpool. Talvez fosse a lembrança mais feliz da vida de Saunders, todo o motivo de que ele precisava para viajar de trem agora.

Saunders tentou não pensar no que havia acontecido *depois* que desembarcou do trem. Ele e a garota de Edimburgo haviam se separado e planejado sem muito compromisso um encontro no Cavern Club naquela noite; mas Saunders parou em uma lanchonete de bairro para comer peixe e batatas fritas, só que o peixe estava gorduroso e estragado, e ele passou a noite suando e tremendo em um albergue, incapaz de se levantar. Nos dias seguintes, Saunders sentiu um enjoo contínuo, como se tivesse engolido uma xícara de café amargo de uma só vez, e não podia passar mais de meia hora sem correr para a privada. Ele não conseguia se livrar da convicção mórbida de que deixara algo especial escapar. Quando enfim foi ao Cavern, na noite seguinte, a garota de Edimburgo não estava lá — é claro que não — e a banda da casa tocava aquela merda de música de discoteca. A filial do Jimi Coffee que estava sendo inaugurada em Liverpool não fora construída sobre a ruína da lanchonete que lhe servira o peixe rançoso, mas Saunders gostava de fingir que sim.

A plataforma da estação era iluminada por lâmpadas fluorescentes. Ele não conseguia enxergar nada além dela. Parecia que ficaram parados ali por um bom tempo, embora o trem não estivesse exatamente parado, pois, de vez em quando, balançava sobre seus eixos de aço, como se alguém estivesse colocando uma carga pesada em um dos vagões traseiros. Ao longe, ele ouviu alguém gritando, a voz alta de um homem, estranhamente similar a um mugido.

— *Pare!* — gritou o sujeito. — *Pare com isso!*

Saunders imaginou dois encarregados de fazer uma mudança tentando enfiar uma cômoda enorme dentro do trem e sendo repreendidos aos gritos por um condutor... o que era razoável, já que aquele não era um trem de carga. Uma voz feminina soltou uma risada nervosa e depois desapareceu. Saunders meio que considerou se levantar e ir até lá para ver o que estava acontecendo, mas então o trem ganhou vida com um solavanco e um estrondo e começou a sair da estação.

No mesmo momento, Saunders ouviu a porta da primeira classe se abrir atrás dele com um estalo metálico suave.

Bem, é ele, pensou Saunders, com certa satisfação mórbida. O manifestante. Saunders não olhou para trás para confirmar e não precisava. Quando olhou de soslaio para a janela do outro lado do corredor, viu o reflexo turvo e obscuro do sujeito: alto e com as orelhas pontudas de um pastor-alemão. Saunders baixou o olhar e fingiu ler o jornal. Qualquer um que usasse uma fantasia daquelas fazia isso porque queria ser notado, porque esperava uma reação. Saunders não tinha intenção de lhe dar uma.

O recém-chegado à primeira classe começou a andar pelo corredor, a respiração alta e ofegante, o que se esperaria de um homem preso em uma máscara de borracha. No último momento, Saunders percebeu que tinha sido um erro ocupar o assento da janela. O banco à esquerda estava desocupado e parecia uma espécie de convite. Ele pensou em trocar de lugar, arrastar a bunda para o assento ao lado. Mas não, o manifestante apreciaria o medo que um gesto daqueles indicava. Saunders ficou onde estava.

Como era de se esperar, o manifestante ocupou o assento vazio ao lado dele e se sentou com um suspiro pesado de satisfação. Saunders se obrigou a não olhar para o lado, mas a visão periférica preencheu alguns detalhes: uma máscara de lobo que cobria toda a cabeça, luvas peludas e uma cauda felpuda que, aparentemente, era controlada por um fio escondido, porque se virou para o lado quando o sujeito se sentou. Saunders bufou de leve com os dentes arreganhados e percebeu pela primeira vez que estava sorrindo. Era algo que sempre fazia quando estava prestes a comprar uma briga. A primeira esposa de Saunders dizia que o sorriso o fazia parecer com Jack Nicholson segurando um machado naquele filme. Ela também chamava Saunders de Lenhador — a princípio, em tom de carinho tímido, mais tarde, quando estava sendo implicante.

O manifestante se ajeitou no assento para ficar à vontade, e a mão com a luva peluda roçou o braço de Saunders. Esse toque casual foi o suficiente para provocar a raiva típica de Saunders. Ele estalou um canto do jornal e abriu a boca para dizer àquela porra de Lon Chaney de araque que tomasse cuidado com as patas... e ficou sem ar. Os pulmões pareceram murchar. Ele olhou fixamente. Viu, mas não conseguiu entender. Tentou enxergar ali um manifestante de qualquer maneira, um homem com uma máscara de lobo de borracha e um sobretudo bege. *Insistiu* naquilo consigo mesmo por alguns momentos desesperados, tentando fazer com que a noção perfeitamente razoável em sua mente correspondesse à realidade perfeitamente irracional ao seu lado. Mas não era um manifestante. Todos os desejos do mundo não o tornariam um manifestante.

Um lobo estava sentado ao lado de Saunders.

Ou, se não fosse um lobo, era uma criatura que era mais lobo do que homem. Ele tinha mais ou menos um corpo humano, com um peitoral largo em forma de cunha que descia até um abdômen encovado e uma cintura estreita. Só que tinha patas, e não mãos, com pelos crespos e grisalhos. O lobo também segurava o *Financial Times*, e as unhas amarelas em forma de gancho faziam barulho quando as páginas eram viradas. O nariz estava enterrado no jornal, um focinho comprido e ossudo com uma ponta úmida e preta. Velhas presas manchadas se projetavam sobre o lábio inferior. As orelhas eram altivas, peludas, rígidas, com a boina enfiada entre elas. Uma dessas orelhas girou na direção de Saunders, como uma antena parabólica tentando captar um sinal.

Saunders olhou para o próprio jornal. Foi a única coisa que conseguiu pensar em fazer.

O lobo não olhou para Saunders de forma direta — a coisa permaneceu atrás do jornal —, mas se inclinou para ele e falou em um tom grave retumbante:

— Espero que o carrinho do jantar passe logo. Algo para mastigar cairia bem. É claro que, nessa linha, cobram duas libras por um prato de comida de cachorro morna sem nem pensar duas vezes.

O hálito dele fedia; um bafo canino. O suor formigava na testa e nas axilas de Saunders, quente, estranho e desagradável, nada parecido com a transpiração que surgia quando ele estava correndo na esteira. Imaginou esse suor como amarelo e químico, um ácido ardente que escorria pela lateral do corpo.

O focinho do lobo se encolheu, e os lábios pretos se enrugaram para exibir as fileiras de dentes curvos. Ele bocejou, e uma língua vermelha brilhante rolou para fora da bocarra, e se houvesse alguma dúvida na mente de Saunders — não havia, na verdade —, aquela era a prova final. No momento seguinte, ele lutou consigo mesmo, uma luta desesperada e terrível, para não emitir um soluço baixinho de medo. Foi como impedir um espirro. Às vezes é possível segurar, às vezes não. Saunders segurou.

— Você é americano? — perguntou o lobo.

Não responda. Não converse!, pensou Saunders, com uma voz que não reconheceu — era a voz aguda e estridente do pânico. Mas, quando enfim respondeu, o tom era firme e determinado. Saunders até se ouviu rindo.

— Rá! Você me pegou. Com licença, se incomoda se eu usar o banheiro?

Enquanto falava, ele se levantou. Saunders e o lobo estavam sentados diante de uma mesa de fórmica manchada, de forma que não conseguia ficar totalmente de pé.

— Claro — respondeu o lobo.

Ele tinha um pouco de sotaque liverpooliano. *Liverpudliano*, Saunders se corrigiu mentalmente. *Scouse.* Eles chamavam o sotaque local de *scouse*, que soava como o nome de uma doença, algo de que pessoa podia morrer depois de ser mordida por um animal selvagem.

O lobo das finanças se virou para permitir a saída de Saunders.

Ele se espremeu para passar em direção ao corredor, deixando para trás a pasta e o sobretudo de oitocentos dólares. Saunders queria evitar encostar na criatura, mas era impossível, é claro — não havia espaço suficiente para passar sem que os seus joelhos roçassem nos do lobo. As pernas de ambos se tocaram. A reação de Saunders foi involuntária, uma contração completa do corpo. Ele se lembrou de uma aula de biologia da sexta série em que cutucou as entranhas de um sapo morto com uma pinça, tocou os nervos e viu as patas darem um chute. Foi parecido com isso, uma ponta de aço pressionada contra os seus nervos. Ele era capaz de disfarçar o medo na voz, mas não no corpo. Achou que uma reação atávica seria acompanhada por outra, que o lobo de terno atacaria, reagindo ao seu terror, e que o agarraria pela cintura com as patas, abriria as mandíbulas para cravar as presas na barriga dele e escavaria seu corpo como uma abóbora descascada: *Doces ou travessuras, filho da puta.*

O lobo, no entanto, apenas grunhiu, um grunhido baixo no fundo da garganta, e girou ainda mais para o lado a fim de deixar Saunders passar.

E, assim, Saunders estava no corredor. Ele virou à esquerda e começou a andar — *andar*, não correr — para a classe econômica. A primeira parte do plano era chegar a outras pessoas. Saunders ainda não havia elaborado a segunda parte. Ele manteve o olhar fixo à frente e se concentrou na própria respiração, como havia aprendido na Caxemira, tantos anos antes. Uma *inspiração* suave, feita entre lábios entreabertos. Uma *expiração* tranquila, através das narinas. *Não vou ser morto e devorado por um lobo em um trem na Inglaterra*, pensou. Como os Beatles, ele tinha ido à Índia quando jovem para conseguir um mantra para si e voltou sem um. No inconsciente, porém, Saunders supunha que nunca havia parado de desejar encontrar um mantra, uma única declaração que vibrasse com poder, esperança e significado. Agora, aos 61 anos, finalmente tinha um pelo qual poderia viver: *Não vou ser morto e devorado por um lobo em um trem na Inglaterra.*

A respiração entrava e saía, e, a cada passo, a porta da classe econômica ficava mais perto. Em oito passos, Saunders chegou e apertou o botão que abria a porta para o vagão seguinte. As luzes em volta do botão mudaram de amarelo para verde, e a porta deslizou, abrindo.

Ele ficou parado olhando a classe econômica. A primeira coisa que viu foi o sangue. Uma marca vermelha de mão tinha sido feita no centro de uma janela e depois arrastada, deixando um rastro ocre sobre o acrílico. Uma confusão de outras manchas e borrões vermelhos formou uma pintura de Jackson Pollock em uma janela do outro lado do corredor. Havia uma faixa vermelha arrastada de maneira impossível por quase todo o teto.

Saunders viu o sangue antes de ver os lobos — quatro no total, sentados em dois pares.

Um par estava à direita, nos fundos. O lobo que ocupava o assento do corredor usava um agasalho preto com listras azuis de um time de futebol. Saunders achou que talvez fosse do Manchester United. O lobo sentado junto à janela exibia uma camiseta branca gasta com a capa de um álbum: WOLFGANG AMADEUS PHOENIX. Eles estavam passando algo embrulhado em um guardanapo entre si, uma coisa marrom e redonda. Uma rosquinha de chocolate, decidiu Saunders, porque era isso que ele queria que fosse.

O outro par de lobos estava à esquerda, mais perto, a apenas alguns metros de onde Saunders se encontrava. Eles eram lobos de negócios, só que não usavam roupas tão sofisticadas quanto as do lobo cinzento da primeira classe. Aqueles dois usavam ternos pretos desconjuntados e amarrotados, com gravatas vermelhas comuns. Um deles lia um jornal, não o *Financial Times*, mas o *Daily Mail*. As grandes patas pretas e peludas deixaram marcas vermelhas no papel barato. O pelo ao redor da boca estava manchado de vermelho, o sangue indo quase até os olhos.

— Diz aqui que a Kate Winslet terminou com aquele cara que fez *Beleza americana* — falou, com sotaque carregado, o lobo que lia o jornal.

— Não olhe para mim — disse o outro. — Não tive nada a ver com isso.

E os dois ganiram — latidos brincalhões, de filhotes de cachorro.

Havia um quinto passageiro no vagão, uma mulher, uma mulher *humana*, não uma loba. Da forma como ela estava deitada em um dos assentos, tudo que Saunders conseguia ver era sua perna direita, projetada para fora no corredor. Ela usava uma meia preta com um rasgo feio. Era uma perna bacana, bonita: a perna de uma jovem. Saunders não conseguia ver o rosto dela e não queria. A mulher havia perdido o calcanhar, que jazia na pilha de entranhas no centro do corredor. Ele viu aquelas entranhas por último, uma pilha reluzente de espirais brancas gordurosas, levemente regadas a sangue. Uma tripa se estendia para fora do alcance da visão na direção do abdômen da mulher. Um dos sapatos de salto coroava aquele monte de intestinos, como uma única vela preta em um bolo de aniversário grotesco. Saunders se lembrou de como eles pareceram esperar para sempre na estação Wolverton, do jeito que o trem tremeu, como se algo estivesse sendo colocado à força na classe econômica. Ele se lembrou de ouvir uma mulher rindo e um homem gritando ordens. *Pare! Pare com isso!* Saunders ouvira do jeito que queria ouvir. Ele soube o que queria saber. Talvez isso acontecesse com quase todo mundo.

Os lobos de negócios não o notaram, mas os dois arruaceiros lá nos fundos, sim. O lobo com a camiseta de rock deu uma cotovelada no Manchester United, e os dois reviraram os olhos com cumplicidade um para o outro e ergueram o focinho. Estavam sentindo o cheiro dele, pensou Saunders.

Um deles, o Wolfgang Amadeus Phoenix, chamou:

— Ei. Ei, você aí, companheiro. Veio se sentar com as classes baixas? Veio se misturar aos plebeus?

O Manchester United soltou um som sufocado de risada. O lobo tinha acabado de dar uma mordida na rosquinha de chocolate que segurava no guardanapo branco, e a boca estava cheia. Só que não era um guardanapo e não era uma rosquinha. Ele estava determinado a ver e ouvir as coisas como eram, não como queria que fossem. Sua vida dependia disso agora. Assim seria. Veja e saiba: era um pedaço de fígado em um lenço manchado de sangue. O lenço de uma mulher — dava para ver a borda rendada.

Saunders ficou parado no limite da primeira classe, congelado no lugar, incapaz de dar outro passo, como se fosse um feiticeiro dentro de um pentagrama mágico que sabia que, se cruzasse a linha até a classe econômica, se tornaria vulnerável aos demônios que lá esperavam. Tinha se esquecido de respirar, sem a inspiração-expiração tranquila agora, apenas a sensação de paralisia nos pulmões de novo, um aperto muscular que dificultava a inalação. Ele se perguntou se alguém já sufocara até a morte por medo, alguém tão apavorado que tivesse desmaiado e morrido por não respirar.

A porta entre os vagões começou a deslizar para fechar. Pouco antes de isso acontecer, o lobo do agasalho do Manchester United virou o focinho em direção ao teto e soltou um uivo irônico.

Saunders recuou. Ele havia enterrado os pais e a irmã — que morrera inesperadamente, com apenas 29 anos, de meningite —, esteve em uma dezena de funerais de acionistas, viu um homem desmaiar e morrer de ataque cardíaco em um jogo dos Jets certa vez. Mas nunca vira nada parecido com tripas no chão ou um vagão de trem todo pintado de sangue. No entanto, não sentiu náusea e não emitiu nenhum som, nem mesmo um pio. A única reação física de que estava ciente era a dormência nas mãos, os dedos frios e formigando como se estivessem recebendo alfinetadas e agulhadas. Precisava se sentar.

A porta do banheiro ficava à esquerda. Olhou para ela de uma maneira vaga e impensada, depois apertou o botão para abri-la. Foi atingido por um cheiro capaz de fazê-lo lacrimejar, um fedor humano desanimador. A última pessoa que usara o banheiro não se deu ao trabalho de dar descarga. Havia papel higiênico molhado e imundo grudado no chão, e a lixeirinha ao lado da pia transbordava. Ele considerou entrar ali e trancar a porta, mas não se mexeu e, quando a porta do banheiro se fechou sozinha, ainda estava no corredor da primeira classe.

Aquele banheirinho era um caixão — um caixão fedorento. Se entrasse, compreendeu que não sairia nunca mais, que morreria ali dentro. Seria destroçado pelos lobos enquanto estava sentado na privada, gritando por uma ajuda que não viria. Um final terrível, solitário e ordinário, no qual perderia não apenas a vida, mas também a dignidade. Saunders não tinha uma explicação racional para essa certeza — *Como eles conseguiriam abrir uma porta trancada?* —, era só uma coisa que ele sabia, da mesma forma que sabia o seu aniversário ou o seu número de telefone.

O telefone. Ele podia ligar para alguém, avisar alguém (*Estou em um trem com lobisomens?*) que estava enrascado. As mãos frias e dormentes se enfiaram nos bolsos da calça, já sabendo que o aparelho não estaria lá. E não estava. O celular estava no bolso do sobretudo de oitocentos dólares — um sobretudo da London Fog, na verdade. Tudo, até as roupas, assumiu um significado intenso e expressivo nos últimos momentos. O telefone de Saunders estava perdido em um London Fog, algo tão impactante quanto o nevoeiro de Londres de 1952. Para recuperá-lo, ele teria que voltar ao seu lugar e passar espremido pelo lobo das finanças, algo ainda mais impossível do que se esconder no banheiro.

Não havia nada nos bolsos que Saunders pudesse usar: algumas notas de vinte libras, a passagem, um mapa da linha de trem. O Lenhador estava sozinho nas profundezas da floresta escura sem um machado, sem sequer um canivete suíço — não que um canivete suíço fosse servir para qualquer coisa. Ele foi tomado por uma imagem de si mesmo no chão, imobilizado pelo lobo de boina com o hálito horrível no rosto, e Saunders atacando a criatura com a lâmina cega e ridícula de quatro centímetros de um canivete suíço. Sentiu uma risada subir-lhe pela garganta e a conteve, compreendendo que estava no limite do pânico, não do humor. Bolsos vazios, cabeça vazia. Não. Espere. O mapa. Saunders tirou o mapa do bolso e o abriu. Foi preciso um grande esforço para focar... mas, quaisquer que fossem suas outras falhas, Saunders sempre teve muita força de vontade. Ele procurou a linha de Liverpool e começou a segui-la para o norte, saindo de Londres, imaginando qual seria a parada depois da estação Wolverton e a que distância estaria.

Saunders avistou a estação Wolverton a cerca de dois terços do caminho para Liverpool. Só que não se chamava estação Wolverton no mapa, era *Wolverhampton*. Ele piscou rápido, como se estivesse tentando tirar areia dos olhos. Presumiu que era possível que tivesse lido errado a placa na última parada e que *sempre* tivesse sido Wolverhampton. O que fazia a próxima parada ser Foxham. Talvez tivesse raposas esperando na plataforma de lá. Saunders sentiu outra risada perigosa de pânico subindo pela garganta — com gosto de bile — e engoliu em seco para contê-la. Rir agora seria tão ruim quanto gritar.

Teve que insistir para si mesmo que haveria *pessoas* em Foxham, que, caso conseguisse desembarcar, haveria uma chance de sobrevivência. E, no mapa, Foxham estava a apenas meio centímetro da parada de Wolverhampton. O trem devia estar quase lá, aquela coisa estava andando a mais de 150 quilômetros por hora por pelo menos quinze minutos. (*Não. Três minutos*, disse uma voz sedosa e confusa dentro da mente dele. *Faz só três minutos que você notou que o homem sentado ao seu lado não era um homem, mas um tipo de lobisomem, e Foxham ainda está a meia hora de distância. Seu corpo vai estar em temperatura ambiente quando você chegar lá.*)

Saunders se virou e começou, inconscientemente, a voltar por onde tinha vindo, encarando o mapa. No último momento, percebeu que se aproximara do lobo que lia o *Financial Times*. Ao ver a criatura gigante com focinho canino na visão periférica, sentiu pontadas geladas no coração: Saunders, a almofada de alfinetes humana. *Você já tem idade para um infarto, amigo*, pensou ele — outra ideia que não lhe serviria de nada agora.

Ele fingiu estar perdido no estudo do mapa e continuou andando, vagando até a fileira seguinte. Ergueu os olhos, piscando, depois se sentou do outro lado do corredor. Tentou fazer com que parecesse algo distraído, um ato de um homem tão interessado no que estava lendo que esquecera aonde estava indo. Ele não acreditava que sua atuação tivesse enganado o lobo lendo o *Financial Times* nem por um segundo. Ouviu a criatura soltar um resmungo grave, semelhante a um latido, que parecia expressar nojo e graça ao mesmo tempo. Se não estava enganando ninguém, Saunders não sabia por que continuava fingindo interesse pelo mapa, a não ser porque talvez fosse a atitude mais segura.

— Encontrou o banheiro? — perguntou o lobo das finanças.

— Ocupado — respondeu Saunders.

— Claro — disse o lobo. — Você é *mesmo* americano.

— Acho que dá para notar pelo sotaque.

— Notei pelo cheiro. Vocês, americanos, têm sotaques diferentes: sotaque do Sul, sotaque de surfista da Califórnia, sotaque anasalado de Nova York — disse ele em uma péssima imitação do jeito de falar do Queens. — Mas todos têm o mesmo cheiro.

Saunders ficou sentado imóvel, olhando para a frente, a pulsação forte no pescoço. *Vou ser morto e devorado por um lobo em um trem na Inglaterra*, pensou ele, depois percebeu que, em algum momento, o mantra passou de uma negação para uma afirmação. A hora para o fingimento havia passado. Dobrou o mapa e o colocou de volta no bolso.

— Como é o nosso cheiro? — indagou.

— Têm cheiro de hambúrguer — respondeu o lobo, latindo com gargalhadas. — E arrogância.

Vou ser morto e devorado por um lobo em um trem na Inglaterra, pensou Saunders mais uma vez, e, de repente, aquela não foi a pior ideia do mundo. Era ruim, mas seria ainda mais horrível se permitisse a provocação antes que acontecesse, aceitando a situação com o rabo entre as pernas.

— Vai se foder — disse Saunders. — Nós temos cheiro de dinheiro. O que é bem melhor do que feder a cachorro molhado.

A voz tremeu um pouco quando ele falou. Saunders não ousou virar a cabeça para encarar o lobo nos olhos, mas podia observá-lo de soslaio e viu uma daquelas orelhas eretas e peludas girar na sua direção, sintonizando o sinal dele.

Então o lobo das finanças da primeira classe riu — outro latido rouco.

— Por favor, me desculpe. Minha carteira de ações levou uma surra nos últimos dois meses. Muitas ações dos Estados Unidos. Isso me deixou um pouco frustrado, e um pouco chateado tanto comigo mesmo quanto com vocês. Fico furioso porque acreditei na coisa toda, como todo mundo nesse país desgraçado.

— Acreditou em que coisa? — perguntou Saunders.

Uma parte da mente dele gritou, assustada: *Cale essa boca! O que você está fazendo? Por que está falando com a criatura?*

Só que...

Só que o trem estava desacelerando, quase imperceptivelmente. Saunders duvidou que teria notado em circunstâncias normais, mas agora estava consciente dos pequenos detalhes. Era assim que funcionava quando a vida de alguém podia ser medida em segundos: a pessoa sentia a própria respiração, estava ciente da temperatura e do peso do ar na própria pele, ouvia o *tic-tic* da chuva nas janelas. O trem havia engatado, desacelerado e engatado de novo. A noite continuava a passar lá fora como um borrão, algumas gotas de chuva batiam contra o vidro, mas Saunders pensou que havia uma chance de estarem se aproximando de Foxham ou do que quer que estivesse a seguir. E se o lobo das finanças estava conversando com Saunders, então não estava atacando-o.

— No conto de fadas americano — respondeu o lobo. — Você sabe. Que todos nós podemos ser que nem vocês. Que todos nós deveríamos *querer* ser como vocês. Que vocês podem lançar o seu pó americano de pirlimpimpim sobre as outras nações patéticas e, *abracadabra!*, um McDonald's aqui, uma Urban Outfitters ali, e a Inglaterra vai ficar igualzinha à *sua* casa. Para ser sincero, me sinto humilhado por ter acreditado nisso um dia. É de se imaginar que um cara como eu, quem diria, reconheceria uma mentira. Você pode colocar uma camiseta da Disney em um lobo, mas ele continua sendo um lobo.

O trem engatou e desacelerou um pouco mais. Quando Saunders olhou pela janela, viu casas geminadas passando, com luzes acesas atrás de algumas janelas, e árvores desfolhadas balançando ao vento, arranhando o céu. Até as árvores eram diferentes na Inglaterra. Eram as mesmas espécies encontradas nos Estados Unidos, mas um pouco diferentes das americanas, mais retorcidas e vergadas, como se tivessem enfrentado ventanias mais frias e fortes.

— Todo mundo no outro vagão está morto — falou Saunders, se sentindo curiosamente afastado de si mesmo, da própria voz.

O lobo resmungou.

— Por que eu não estou morto?

O lobo não olhou para ele. Parecia ter perdido o interesse na conversa.

— Estamos na primeira classe. Se não tivermos civilidade aqui, onde mais teríamos? Além disso, estou usando um Gieves & Hawkes. Esse terno custou quinhentas libras. Não seria bom manchá-lo. E qual é o sentido de andar de primeira classe se a pessoa tem que correr atrás da própria comida? Eles trazem um carrinho para nós. — Ele virou a página do *Financial Times*. — Pelo menos, deveriam trazer. Estão demorando para cacete, hein? — O lobo fez uma pausa e acrescentou: — Por favor, desculpe meu linguajar. O problema da civilidade é que é difícil mantê-la quando se está ganindo de fome.

O condutor disse algo com uma voz embargada e lupina no interfone, mas Saunders não conseguiu ouvi-lo por causa do som do lobo ao seu lado falando com ele e do zunido de sangue nos ouvidos. Mas Saunders não precisou ouvir o condutor porque sabia o que ele estava dizendo. Enfim tinham chegado à estação. O trem diminuía de velocidade aos trancos e barrancos. Saunders agarrou o assento diante de si e se levantou de repente. Lá fora, vislumbrou uma plataforma de concreto, uma passarela coberta de tijolos, um relógio antigo e reluzente preso na parede da estação. Começou a andar rápido para a dianteira do vagão.

— Ei — falou o lobo. — Não quer o seu sobretudo? Volte aqui e pegue.

Ele continuou andando. Chegou à porta no final da cabine em cinco passos largos e apertou o botão para abrir a porta. Ouviu uma última risada latida às suas costas e ousou dar uma olhada para trás. O lobo das finanças estava atrás do jornal de novo.

— As ações da Microsoft caíram — disse ele, em um tom que, de alguma forma, combinava decepção com certa satisfação triste. — As ações da Nike também. Isso não é uma recessão, sabe. Isso é realidade. Vocês estão descobrindo o valor real das coisas que produzem: seus tênis, seus computadores, seus cafés, seus mitos. Estão descobrindo agora o que acontece quando se embrenham demais nas profundezas da floresta escura.

Então, Saunders saiu pela porta e foi para a plataforma. Pensou que estava chovendo, mas o que caía do céu era mais uma névoa fraca e fria, uma umidade fininha suspensa no ar. A saída da estação ficava do outro lado da plataforma, um lance de escadas para a rodovia abaixo.

Saunders não tinha dado nem cinco passos quando ouviu um ganido alto e irônico atrás de si e viu dois lobos descendo da classe econômica. Não os lobos de terno, mas o com a camiseta do Wolfgang Amadeus e o outro vestido para um jogo de futebol. O Manchester United deu um tapa no ombro do Wolfgang e apontou o focinho na direção de Saunders.

Saunders correu. Ele costumava ser tão rápido, na época da equipe de atletismo no ensino médio, mas isso foi cinquenta anos e cinco mil Whoppers atrás. Não precisava olhar para trás para saber que os lobos estavam correndo atrás dele e que eram mais velozes. Saunders chegou à escada e saltou três, quatro degraus de uma vez, uma espécie de queda controlada. Um grito ficou preso em sua garganta. Ele ouviu um dos lobos soltar um rosnado baixo e ronronante no topo da escada. (Como eles já estavam no topo da escada? Não era possível que os lobos pudessem andar tão rapidamente, *não era*.)

Ao pé da escada, havia uma fileira de portões, a rua adiante e um táxi esperando, um táxi inglês preto saído diretamente de um filme de Hitchcock. Saunders escolheu um portão e correu direto para ele. Os portões: uma fileira de divisórias cromadas, com painéis pretos de acrílico na altura da cintura entre elas. Na parte superior das divisórias cromadas, havia uma abertura onde o bilhete era colocado para que os painéis se abrissem, mas Saunders não perderia tempo com aquilo. Quando chegou aos painéis de acrílico, passou por cima deles, em uma corrida desengonçada seguida de uma queda no chão.

Caindo de bruços, deu de cara no concreto molhado. A seguir, se levantou. Foi como um pulo em um trecho de filme, nem pareceu que ele tinha caído. Saunders nunca imaginou que poderia se recuperar tão rápido de uma queda.

Alguém gritou atrás dele. Todos os portões de todas as estações de trem do Reino Unido tinham um agente para vigiá-los e recolher os bilhetes, e Saunders achava que o grito devia ter vindo do agente. Até deu para vê-lo pelo canto do olho esquerdo, um sujeito de colete laranja, de cabelos brancos e barbudo. Saunders não diminuiu a velocidade nem olhou para trás. Uma piada surgiu em sua mente sem pedir licença: dois sujeitos fazendo trilha na floresta encontram um urso. Um deles se abaixa para amarrar os tênis. O outro diz: "Por que está amarrando os tênis? Você não corre mais do que um urso." E o primeiro cara responde: "Eu não preciso correr mais do que o urso. Só preciso correr mais do que *você*." Muito engraçado. Saunders se lembraria de rir daquilo mais tarde.

Ele bateu na parte de trás do táxi, tateou em busca da maçaneta, encontrou e abriu. Aí desmoronou no banco de couro preto.

— Anda — disse ele ao motorista. — *Anda!*

— Para onde … — falou o motorista com o forte sotaque do oeste da Inglaterra.

— Cidade. Para a cidade. Não sei, só anda. Por favor.

— Tudo bem então — disse o motorista.

O táxi começou a descer a avenida.

Saunders virou-se no banco a fim de olhar pela janela traseira conforme se afastavam da estação de trem. Manchester United e Wolfgang Amadeus tinham parado no portão. Estavam perto do bilheteiro, muito mais alto do que eles. Saunders não sabia por que o agente ficou parado olhando para os lobos, por que não recuou e correu, por que eles não pularam sobre o homem. O táxi fez uma curva e a estação sumiu de vista antes que Saunders pudesse ver o que aconteceria.

Ele ficou sentado no escuro, com a respiração acelerada e ofegante, sem acreditar na própria sorte. As pernas tremiam, os grandes músculos das coxas se contraíam e descontraíam sem controle. Saunders não tremeu o tempo todo que esteve no trem, mas agora era como se tivesse acabado de sair de um banho gelado.

O táxi desceu uma colina comprida e pouco íngreme, passou por sebes e casas, e mergulhou na direção das luzes da cidade. Ele notou que uma das mãos procurava no bolso o celular que sabia não estar ali.

— Telefone — disse ele, falando consigo mesmo. — Porra de telefone.

— Precisa de um telefone? — perguntou o motorista. — Tenho certeza de que havia um na estação.

Saunders olhou para a parte de trás da cabeça do motorista, observando o sujeito no interior escuro do carro. Um homem grande, com cabelos pretos e compridos enfiados na gola do casaco.

— Não tive tempo de parar e fazer uma ligação lá. Apenas me leve a algum lugar com um telefone público. Qualquer outro lugar.

— Há um no Braços Familiares. Fica a alguns quarteirões daqui.

— Braços Familiares? O que é isso? Um pub? — A voz de Saunders falhou, como se estivesse com 14 anos de idade em plena puberdade.

— O melhor da cidade. O único também. Mas, se eu soubesse que é para lá que o senhor queria que o levasse, não teria aceitado a corrida. É mais fácil ir andando.

— Vou pagar o triplo da sua corrida normal. Tenho muito dinheiro. Sou o homem mais rico que já se sentou nessa porra de táxi.

— Ora, deve ser o meu dia de sorte — falou o taxista. O caipira ignorante não fazia ideia de que Saunders quase havia sido despedaçado. — Então, o que aconteceu com o seu motorista?

— O quê?

Saunders não entendeu a pergunta; na verdade, mal a registrou, estava distraído. Eles pararam diante de um sinal de trânsito, e Saunders olhou pela janela. Dois adolescentes estavam se pegando na esquina. Cada um tinha um cachorro ao seu lado, mexendo as caudas nervosamente, esperando que os jovens terminassem de se beijar e voltassem a passear. Só que havia algo de errado com aqueles dois adolescentes. O táxi se colocou em movimento de novo antes de Saunders descobrir o que era. Aquelas caudas se agitando de um lado para o outro — Saunders, na verdade, não tinha visto os cães presos a elas. Não tinha certeza de que havia cães lá.

— Que lugar é esse? — perguntou. — Onde estou? É Foxham?

— Não estamos nem perto de Foxham, senhor. Aqui é Upper Wolverton — respondeu o motorista. — É assim que chamam porque "Meio do Nada" não soa tão bem. Na verdade, é o limite da civilização.

Ele conduziu o táxi até o final do quarteirão seguinte e parou. Havia um pub na esquina, com grandes janelas de vidro, quadrados dourados reluzindo na escuridão, cheios de condensação por dentro. Mesmo fechado no banco traseiro do táxi, dava para Saunders ouvir o barulho lá dentro. Parecia um abrigo de animais.

Uma pequena aglomeração de pessoas estava à toa do lado de fora. Uma placa de madeira entalhada e pintada, presa à parede de pedra ao lado da porta, mostrava uma alcateia apoiada nas patas traseiras e reunida em torno de uma mesa. No centro da mesa havia uma grande bandeja de prata, com uma variedade de braços humanos em cima.

— Prontinho — falou o motorista, virando a cabeça para olhar para trás. O focinho dele se aproximou do vidro que separava o banco da frente dos fundos do táxi e soprou uma névoa branca e fina na divisória. — O senhor pode fazer a sua ligação aqui, imagino. Mas, infelizmente, vai ter que lutar para passar pelo meio da multidão.

O motorista soltou uma risada baixa que Saunders presumiu ter sido uma gargalhada, embora parecesse mais um cachorro tentando expelir uma bola de pelo.

Ele não respondeu. Ficou sentado no banco de couro preto, encarando a multidão do lado de fora do Braços Familiares. Eles encararam de volta. Alguns começaram a andar em direção ao táxi. Saunders decidiu não reagir quando o arrancaram do veículo. Havia aprendido na Caxemira como se manter em silêncio, e, se fosse forte, só precisaria suportar durante cerca de um minuto e meio até que o silêncio se estabelecesse definitivamente.

— Este é um bom estabelecimento de bairro — disse o motorista. — Eles servem uma bela refeição aqui, ah, servem, sim. E sabe o que mais, companheiro? Acho que o senhor chegou bem a tempo do jantar.

ÀS MARGENS PRATEADAS DO LAGO CHAMPLAIN

O ROBÔ SE ARRASTOU, rangendo na escuridão do quarto, depois ficou parado, observando os humanos.

A humana gemeu, rolou para longe e dobrou um travesseiro sobre a cabeça.

— Gail, meu amor — disse o homem, lambendo os lábios secos.

— A mamãe está com dor de cabeça. Pode parar de fazer esse barulho?

— Posso oferecer uma estimulante xícara de café — retumbou o robô com a voz sem emoção.

— Mande ela sair, Raymond — falou a mulher. — Minha cabeça está explodindo.

— Saia, Gail. Como ouviu, a mamãe não está se sentindo bem — disse o homem.

— Você está errado. Eu escaneei os órgãos vitais dela — respondeu. — Sylvia London está bem.

O robô inclinou a cabeça para um lado, cheio de curiosidade, esperando por mais dados. A panela na cabeça dele caiu no chão com um estrondo enorme.

A mãe se sentou na cama e gritou. Era um barulho inumano, sofrido, angustiado, sem palavras, e assustou tanto o robô que, por um momento, ela se esqueceu de que era um robô e virou apenas Gail de novo. O robô pegou a panela do chão e correu rangendo para a relativa segurança do corredor.

Espiou de volta para o quarto. A mãe já estava deitada, segurando o travesseiro sobre a cabeça de novo.

Raymond sorriu na escuridão para a filha.

— Talvez o robô consiga formular um antídoto para envenenamento por martíni — sussurrou ele e piscou.

O robô piscou de volta.

Por um tempo, o robô trabalhou seguindo aquela diretriz e formulou o antídoto que expulsaria o veneno do organismo de Sylvia London, misturando suco de laranja, suco de limão, cubos de gelo, manteiga, açúcar e detergente em uma caneca de café. A solução resultante espumou e assumiu um tom verde escandaloso de ficção científica — parecia lodo venusiano e radiação.

Gail achou que o antídoto cairia melhor com torradas e geleia de laranja. Mas ocorreu um erro de programação: a torrada queimou. Ou talvez fossem os próprios fios cruzados começando a entrar em curto, colocando em risco as sub-rotinas que exigiam que ela seguisse as leis de Asimov. Com as placas chiando dentro dela, Gail começava a dar defeito. Ela derrubava as cadeiras e os livros da bancada da cozinha. Era terrível, mas não conseguia evitar.

Gail não ouviu a mãe correndo pela cozinha, não sabia que ela estava lá até Sylvia arrancar o pote da cabeça e jogá-lo na pia.

— O que você está fazendo? — gritou a mãe. — O quê, em nome de Deus? Se eu ouvir mais alguma coisa caindo, vou matar alguém com um machado. Eu mesma, provavelmente.

Gail não respondeu, pois sentiu que o silêncio era mais seguro.

— Saia daqui antes que a casa inteira pegue fogo. Meu Deus, como essa cozinha está fedendo. A torrada está preta. E o que você colocou nessa caneca?

— Isso vai curar você — disse Gail.

— Não tem nenhuma cura para mim — falou a mãe, o que foi uma dupla negativa, mas Gail não achou prudente corrigi-la. — Eu queria ter tido um menino. Garotos são calados. Vocês quatro são como uma árvore cheia de pardais, uma voz estridente mais alta que a outra.

— O Ben Quarrel não é assim. Ele nunca cala a boca.

— Você deveria ir lá para fora. Todas vocês deveriam ir lá para fora. Não quero ouvir nem mais um pio até que meu café da manhã esteja pronto.

Gail se arrastou em direção à sala de estar.

— E tire essas panelas dos pés — disse a mãe, pegando o maço de cigarros no parapeito da janela.

Com cuidado, Gail removeu um pé e depois o outro das panelas que vinha usando como botas de robô.

Heather estava sentada à mesa da sala de jantar, debruçada sobre uma folha de papel. As gêmeas Miriam e Mindy brincavam de carrinho. Mindy segurava os tornozelos de Miriam e a guiava pelo quarto, com Miriam apoiada nas mãos.

Gail olhou por cima do ombro de Heather para ver o que a irmã mais velha estava desenhando. Então, pegou um caleidoscópio e olhou para o desenho através dele. Não parecia muito melhor.

Ela abaixou o caleidoscópio e disse:

— Quer que eu ajude você com o desenho? Sei fazer o nariz de um gato.

— Isso não é um gato.

— Ah. E o que é?

— É um pônei.

— Por que ele é cor-de-rosa?

— Eu gosto de pôneis cor-de-rosa. Deve haver alguns que são cor-de-rosa. Rosa é mais bonito que as cores dos cavalos.

— Nunca vi um cavalo com orelhas assim. Seria melhor se colocasse uns bigodes e o transformasse em um gato.

Heather amassou o desenho e se levantou tão rápido que derrubou a cadeira.

Naquele exato momento, Mindy fez Miriam bater com força na beirada da mesa de centro. A menina gritou e agarrou a cabeça, e Mindy largou os tornozelos da irmã, cujas pernas bateram no chão com tanta força que a casa inteira tremeu.

— *Cacete, dá para vocês pararem de derrubar as merdas das cadeiras?* — berrou a mãe da cozinha. — *Por que todas têm que derrubar as cadeiras ao mesmo tempo? O que tenho que fazer para vocês pararem?*

— Foi a Heather! — disse Gail.

— Não fui eu! — respondeu Heather. — Foi a Gail!

Ela não via aquilo como uma mentira. Heather achava que, de alguma forma, Gail *havia* sido culpada apenas por ter ficado parada ali, sendo burra.

Miriam soluçou, apertando ainda mais a cabeça. Mindy pegou o livro do Pedro Coelho e ficou ali olhando, virando as páginas à toa, a jovem estudiosa imersa nos estudos.

A mãe agarrou Heather pelos ombros e a apertou.

— Quero que vá lá para fora. Todas vocês. Pegue suas irmãs e saia. Vão para longe. Até o lago. Não voltem até me ouvirem chamando.

Elas saíram para o quintal, Heather, Gail, Mindy e Miriam. Miriam não estava mais chorando. Ela parou no momento em que a mãe voltou para a cozinha.

Heather, a irmã mais velha, mandou que Miriam e Mindy se sentassem na caixa de areia e brincassem.

— E o que *eu* faço? — perguntou Gail.

— Você pode ir se afogar no lago.

— Parece divertido — disse Gail e foi descendo a colina aos pulinhos.

Miriam ficou na caixa de areia com uma pequena pá de lata e observou a irmã ir embora. Mindy já estava enterrando as próprias pernas na areia.

Era cedo e o clima estava fresco. A névoa pairava sobre a água, e o lago parecia aço desgastado. Gail ficou parada na doca do pai, ao lado do barco, observando como o vapor pálido se agitava e se alterava na penumbra. Era como estar dentro de um caleidoscópio cheio de vidro marinho cinza esfumaçado. O caleidoscópio ainda estava enfiado no bolso do vestido. Em um dia ensolarado, Gail conseguia ver as encostas verdes do outro lado da água e enxergar a praia de pedra, ao norte, que ia até o Canadá; mas, naquele momento, não conseguia enxergar três metros à frente.

Ela seguiu pela faixa estreita de praia em direção à casa de veraneio da família Quarrel. Havia apenas um metro de pedras e areia entre a água e o dique, e menos que isso em alguns pontos.

Alguma coisa reluziu, e Gail se abaixou para descobrir um pedaço de vidro verde-escuro que havia sido polido pelo lago. Era um vidro verde ou uma esmeralda. Ela achou uma colher de prata amassada a menos de meio metro de distância.

A menina virou a cabeça e olhou de novo para a superfície prateada do lago.

Ela imaginou que um navio tinha afundado, a escuna de alguém, não muito longe da costa, e que estava descobrindo o tesouro trazido pela maré. Uma colher e uma esmeralda não podiam ser uma coincidência.

Ela abaixou a cabeça e caminhou, mais devagar agora, à procura de outros objetos do naufrágio. Logo encontrou um caubói com um laço de lata. Sentiu um arrepio de prazer, mas também de tristeza. Uma criança estivera no barco.

— Deve ter morrido — disse para si mesma, e olhou triste para a água mais uma vez. — Afogada — decidiu.

Gail desejou ter uma rosa amarela para jogar no lago.

Ela prosseguiu. Mal tinha dado três passos quando ouviu um som na outra margem, um lamento longo e triste, como uma buzina de nevoeiro, mas não exatamente.

Gail parou para olhar outra vez.

A névoa tinha cheiro de salmão podre.

A buzina de nevoeiro não voltou a soar.

Uma enorme pedra cinzenta se erguia das águas rasas naquele ponto, subindo até a areia. Havia uma rede enrolada em torno dela. Após um momento de hesitação, Gail pegou a rede e subiu ao topo.

Era uma pedra grande, mais alta do que ela. Era estranho que não a tivesse notado antes, mas, enfim, as coisas pareciam diferentes na névoa.

Ela ficou de pé na rocha, que também era comprida, inclinando-se para a direita e se enroscando em um crescente até entrar na água à esquerda. Era uma crista baixa de pedra que demarcava a linha entre terra e água.

Gail espiou a neblina fria levada pelo vento, tentando ver o navio de resgate que deveria estar em algum lugar, procurando pelos sobreviventes. Talvez não fosse tarde demais para a criança. Ela levou o caleidoscópio até o olho, contando com seus poderes especiais para penetrar na névoa e revelar onde a escuna afundara.

— O que você está fazendo? — disse alguém atrás de Gail.

Ela olhou para trás. Eram Joel e Ben Quarrel, ambos descalços. Ben parecia uma versão menor do irmão mais velho. Ambos tinham cabelos e olhos escuros e expressões mal-humoradas, quase petulantes. Gail gostava deles, no entanto. Ben às vezes fingia que estava pegando fogo, se jogava no chão e rolava gritando, e alguém tinha que ir apagá-lo. Ele precisava ser apagado mais ou menos uma vez a cada hora. Joel gostava de desafiar os outros, mas nunca desafiava alguém a fazer alguma coisa que ele mesmo não faria. Certa vez, desafiou Gail a deixar que uma aranha rastejasse no rosto dela, um opilião, e, então, quando Gail não quis, Joel Quarrel deixou a aranha na própria bochecha. Até enfiou a língua para fora e deixou o opilião rastejar por cima. Ela temeu que Joel fosse comer a aranha, mas o menino não fez isso. Ele não falava muito e não se gabava, mesmo quando fazia algo incrível, como conseguir que uma pedra quicasse cinco vezes na água do lago.

Gail presumiu que eles se casariam um dia. Ela perguntou a Joel se ele achava que ia gostar, e Joel deu de ombros e disse que tudo bem. Isso foi em junho, porém, e os dois não falaram sobre o noivado desde então. Gail imaginava que ele tivesse esquecido.

— O que aconteceu com o seu olho? — perguntou ela.

Joel tocou o olho esquerdo, cuja pele ao redor estava vermelha e marrom.

— Eu estava brincando de Esquadrilha da Fumaça e caí da cama. — Ele acenou com a cabeça em direção ao lago. — O que tem lá?

— Um navio afundou. Estão procurando pelos sobreviventes agora.

Joel agarrou a rede emaranhada na pedra, subiu até o topo e ficou ao lado de Gail, olhando para a névoa.

— Qual era o nome? — perguntou ele.

— Do quê?

— Do navio que afundou.

— *Mary Celeste.*

— A que distância?

— Um quilômetro — disse Gail, e levou o caleidoscópio ao olho para espiar outra vez.

Através das lentes, a água turva foi quebrada, repetidas vezes, em cem escalas de rubi e cromo.

— Como você sabe? — perguntou Joel depois de um tempo.

Ela deu de ombros.

— Encontrei algumas coisas que a maré trouxe.

— Posso ver? — pediu Ben Quarrel.

O menino estava tendo dificuldades para subir pela pedra. Ele parava no meio do caminho, depois pulava de volta para baixo.

Gail se virou para Ben e tirou o vidro verde e liso do bolso.

— Isso é uma esmeralda — disse ela. Então, pegou o caubói de lata. — Isso é um caubói de lata. O garoto a quem isso pertencia provavelmente se afogou.

— Esse caubói de lata é meu — falou Ben. — Deixei ele aqui ontem.

— Não é. Só é parecido com o seu.

Joel olhou para o caubói.

— Não. É dele mesmo. O Ben sempre deixa os caubóis na praia. Ele quase não tem mais.

Gail desistiu de discutir e jogou o caubói de lata para Ben, que pegou o brinquedo e perdeu o interesse na escuna afundada. Ele virou as costas para a pedra grande, sentou-se na areia e colocou o caubói para brigar com alguns seixos. Os seixos bateram nele e derrubaram o caubói. Gail não achou que aquela fosse uma luta justa.

— O que mais você encontrou? — perguntou Joel.

— Essa colher — respondeu Gail. — Pode ser de prata.

Joel apertou os olhos, depois olhou de volta para o lago.

— É melhor deixar eu ver pelo telescópio — disse ele. — Se houver pessoas lá, a gente tem a mesma chance de encontrá-las quanto qualquer um que esteja procurando em um barco.

— Era nisso que eu estava pensando. — Ela entregou o caleidoscópio para Joel.

Ele virou-se para lá e para cá, examinando a escuridão em busca de sobreviventes, com o rosto tenso de concentração.

Joel enfim abaixou o caleidoscópio e abriu a boca para dizer alguma coisa. Antes que pudesse falar, a buzina de nevoeiro soou mais uma vez em tom de lamento. A água tremeu. O som continuou por um longo tempo antes de desaparecer como um gemido triste.

— O que será que foi isso? — disse Gail.

— Eles disparam canhões para trazer os cadáveres para a superfície da água — informou Joel.

— Aquilo não foi um canhão.

— Era alto o bastante.

Ele levou o caleidoscópio ao olho e observou por mais algum tempo. A seguir, abaixou e apontou para uma tábua flutuante.

— Olha. Parte do barco.

— Talvez tenha o nome.

Joel sentou, enrolou a calça jeans até os joelhos e pulou da pedra para a água.

— Deixa comigo — falou ele.

— Eu posso ajudar — disse Gail, apesar de Joel não precisar de ajuda.

Ela tirou os sapatos pretos, colocou as meias dentro deles e deslizou da pedra fria e áspera até entrar na água atrás dele. Ficou com água até os joelhos depois de dois passos, e Gail não foi mais longe porque o seu vestido estava molhando. Joel já tinha conseguido pegar a tábua, de qualquer forma. Ele estava com água até a cintura, olhando para o objeto.

— O que está escrito? — perguntou ela.

— Como você pensou. É o *Mary Celeste* — respondeu o menino, levantando a tábua para que Gail pudesse ver.

Não havia nada escrito ali.

Gail mordeu o lábio e olhou para a água.

— Se alguém for resgatá-los, vai ter que ser a gente. Deveríamos fazer uma fogueira na praia, para que saibam para onde nadar. O que acha?

Ele não respondeu.

— Eu perguntei o que você acha — falou ela, mas então viu a expressão no rosto de Joel e percebeu que ele não ia responder, nem sequer a estava ouvindo, na verdade. — O que foi?

Gail se virou para ver o que ele estava encarando com o rosto rígido e os olhos arregalados.

A pedra em que os dois estiveram não era uma pedra. Era um animal morto. Comprido, tinha quase o mesmo tamanho de duas canoas enfileiradas de ponta a ponta. A cauda estava enroscada e entrava na água na direção deles, boiando na superfície, grossa como uma mangueira de incêndio. A cabeça se estendia na praia de seixos, ainda mais grossa, em forma de pá. Entre a cabeça e a cauda, havia o corpo volumoso, gordo como um hipopótamo. Não era a névoa que fedia a peixe podre. Era o animal. Agora que olhava fixo para a criatura, Gail não sabia como conseguira ficar em cima dela, imaginando que fosse uma rocha.

Sentiu como se tivesse formigas sob o vestido. A sensação de formigamento também estava nos cabelos. Viu onde o animal havia sido machucado, no lugar em que a garganta se alargava para entrar no torso. As entranhas eram vermelhas e brancas, como as de qualquer peixe. Não havia muito sangue para um buraco tão grande.

Joel agarrou a mão dela. Os dois ficaram parados com água pela altura das coxas, encarando o dinossauro, que estava tão morto agora quanto todos os outros dinossauros que já haviam andado pela Terra.

— É o monstro — falou Joel, um tanto desnecessariamente.

Todos já tinham ouvido falar sobre o monstro que vivia no lago. Havia sempre um carro alegórico no desfile do Dia da Independência que parecia um plesiossauro, uma criatura de papel machê saindo de águas de papel machê. Em junho, um artigo sobre a criatura do lago foi publicado no jornal, e Heather começou a ler em voz alta à mesa, mas o pai mandou que ela parasse.

"Não há nada no lago. É só uma história para atrair turistas", disse ele na ocasião.

"Aqui diz que dez pessoas viram. Diz que eles bateram no monstro com a balsa."

"Uma dezena de pessoas viu um tronco e se empolgou. Não há nada neste lago além dos mesmos peixes que existem em todos os outros lagos dos Estados Unidos."

"*Poderia* ser um dinossauro", insistiu Heather.

"Não. Não poderia. Você sabe quantos dinossauros seriam necessários para ter uma população reprodutora? As pessoas estariam vendo dinossauros o tempo todo. Agora, cale a boca. Você vai assustar as suas irmãs. Não comprei este chalé para vocês ficarem sentadas aqui dentro o dia inteiro. Se não forem ao lago porque estão com medo de uma versão americana do Monstro do Lago Ness, vou jogar vocês lá."

Agora Joel pedia:

— Não grite.

Nunca passou pela cabeça de Gail gritar, mas ela assentiu para mostrar que estava ouvindo.

— Não quero assustar o Ben — disse ele em voz baixa.

Joel tremia tanto que os joelhos quase batiam. Por outro lado, a água estava muito fria.

— O que você acha que aconteceu com ele? — perguntou Gail.

— Teve aquele artigo no jornal sobre o monstro ter sido atropelado pela balsa. Você lembra? Um tempo atrás?

— Sim. Mas não acha que ele teria sido trazido pela maré antes?

— Não acho que a balsa tenha matado ele. Mas talvez o monstro tenha sido atingido por outro navio. Talvez tenha sido mastigado pela hélice. É claro que ele não tinha como saber que precisava ficar fora do caminho dos barcos. É tipo quando as tartarugas tentam atravessar a estrada para botar ovos.

De mãos dadas, os dois se aproximaram.

— Ele fede — disse Gail, levantando a gola do vestido para cobrir o nariz e a boca.

Joel se virou e olhou para ela, os olhos brilhantes e agitados.

— Gail London, a gente vai ficar famoso. Vão colocar a nossa foto no jornal. Aposto que na primeira página, com a gente sentado em cima dele.

Ela sentiu um arrepio de empolgação e apertou a mão de Joel.

— Você acha que vão deixar que a gente batize o dinossauro?

— Ele já tem um nome. Todo mundo chama ele de Campeão.

— Mas talvez eles batizem a espécie em nossa homenagem. O *Gailossauro*.

— Isso seria batizar em sua homenagem.

— Eles poderiam chamar de *DinoGail Joelassauro*. Você acha que vão fazer perguntas sobre a nossa descoberta?

— Todo mundo vai querer entrevistar a gente. Anda. Vamos sair da água.

Eles andaram para a direita, chapinhando na água, em direção à cauda que boiava. Gail teve que andar com água até a cintura de novo para contornar o animal e depois foi para a margem. Quando se virou para trás, viu Joel parado do outro lado do rabo, olhando para ele.

— O que foi? — disse ela.

Ele estendeu a mão com cuidado e tocou na cauda. Então, recolheu a mão quase na mesma hora.

— Como é a sensação? — perguntou Gail.

Apesar de ela ter escalado a rede enroscada no dinossauro, sentiu que ainda não havia tocado na criatura.

— Está frio — respondeu Joel, e foi tudo.

Gail colocou a mão na lateral do bicho. A pele era tão áspera quanto uma lixa e parecia que tinha acabado de sair da geladeira.

— Coitadinho — disse ela.

— Imagina quantos anos ele tem — falou o amigo.

— Milhões. Está sozinho neste lago há milhões de anos.

— Era seguro até as pessoas trazerem esses barcos a motor idiotas para cá — disse Joel. — Como ele poderia saber sobre os barcos a motor?

— Aposto que teve uma vida boa.

— Milhões de anos sozinho? Não parece bom para mim.

— Ele tinha um lago cheio de peixes para comer, quilômetros para nadar e nada a temer. O dinossauro viu o surgimento de uma grande nação — disse Gail. — Nadou de costas sob o luar.

Joel olhou para ela, surpreso.

— Você é a garota mais inteligente deste lado do lago. Fala como se estivesse tirando as palavras de um livro.

— Sou a garota mais inteligente de *todas* as margens do lago.

Ele empurrou a cauda para o lado e passou chapinhando por ela, e os dois chegaram à margem pingando. Deram a volta e encontraram Ben brincando com o caubói de lata, da mesma forma como fora deixado.

— Vou contar para ele — disse Joel, que se agachou e bagunçou os cabelos do irmãozinho. — Está vendo aquela pedra atrás de você?

Ben não tirou os olhos do caubói.

— Ahã.

— A pedra é um dinossauro. Não tenha medo. Ele está morto. Não vai machucar ninguém.

— Ahã — falou Ben.

Ele havia enterrado o caubói de lata até a cintura. Em uma voz baixa e estridente, Ben gritou:

— Socorro! Estou me afogando na areia movediça!

— Ben — disse o irmão. — Não estou brincando. É um dinossauro *de verdade*.

O menor parou e olhou para trás sem interesse.

— Tá bom. — Ele balançou o boneco enfiado na areia e voltou à voz estridente de caubói. — Alguém joga uma corda para mim antes de eu ser enterrado vivo!

Joel fez uma careta e se levantou.

— Esse moleque não serve para nada. A descoberta do século atrás dele, e tudo que quer fazer é brincar com esse caubói idiota.

Então Joel se agachou de novo e disse:

— *Ben*. O dinossauro vale um monte de dinheiro. Todos nós vamos ficar ricos. Você, eu e a Gail.

Ben deu de ombros e fez uma expressão amuada. Sentia que não poderia mais brincar de caubói. Joel o faria pensar no dinossauro, quer ele quisesse ou não.

— Tudo bem. Pode ficar com a minha parte.

— Vou fingir que não ouvi isso — disse Joel. — Não sou ganancioso.

— O importante — falou Gail — é o avanço do progresso científico. A gente só está preocupado com isso.

— A gente só está preocupado com isso, rapazinho — disse Joel.

Ben pensou em algo que pudesse terminar a discussão. Ele emitiu um som, um grande rugido para indicar uma explosão repentina.

— A dinamite disparou! Estou queimando! — Ele caiu de costas e começou a rolar em desespero. — Apague o fogo de mim! Apague!

Ninguém apagou o fogo. Joel ficou de pé.

— Você precisa chamar um adulto e contar que encontramos um dinossauro. A Gail e eu vamos ficar aqui vigiando.

Ben parou de se mover. Ele abriu a boca e revirou os olhos.

— Não dá. Fui queimado até a morte.

— Você é um idiota — disse o irmão, cansado de tentar parecer adulto.

Ele chutou areia na barriga de Ben. O menino mais novo se encolheu, o rosto sério, e falou:

— Você que é idiota. Eu odeio dinossauros.

Joel parecia estar se preparando para chutar areia no rosto de Ben, mas Gail interveio. Ela não suportava vê-lo perder a dignidade e gostava da voz séria e adulta de Joel e da maneira como ele ofereceu a Ben uma parte do dinheiro da recompensa sem hesitar. Gail caiu de joelhos ao lado do garotinho e colocou a mão no ombro dele.

— Ben? Você não ia gostar de ter uma caixa nova em folha desses caubóis? O Joel disse que você perdeu a maioria.

Ben sentou e se limpou da areia.

— Eu estou economizando para comprar. Tenho um centavo até agora.

— Se for buscar o seu pai, compro uma caixa inteira de caubóis. O Joel e eu vamos comprar uma caixa juntos para você.

— Eles custam um dólar na Fletcher's. — disse Ben — Você tem um dólar?

— Vou ter depois de receber a recompensa.

— E se não tiver nenhuma recompensa?

— O certo é "se não tiver recompensa *alguma*" — corrigiu Gail. — O que você acabou de falar é uma dupla negativa. Significa o oposto do que você quer que signifique. Agora, se não houver recompensa *alguma*, vou economizar até ganhar um dólar e comprar uma caixa de caubóis de lata. Prometo.

— Você promete?

— Foi o que eu acabei de dizer. O Joel vai economizar comigo, não é, Joel?

— Eu não vou fazer nada por essa besta.

— *Joel.*

— Acho que sim, tá bom — disse Joel.

Ben arrancou o caubói da areia e ficou de pé.

— Vou chamar o papai.

— Espera — falou Joel, que tocou o olho roxo. — A mamãe e o papai estão dormindo. O papai disse para a gente não acordá-los até umas oito e meia. Foi por isso que viemos aqui para fora. Eles ficaram até tarde na festa dos Miller.

— Meus pais também — disse Gail. — Minha mãe está com uma dor de cabeça *daquelas.*

— Pelo menos a sua mãe está acordada — falou Joel. — Vá chamar a sra. London, Ben.

— Tá — respondeu ele, que começou a andar.

— *Correndo* — disse Joel.

— Tá — falou Ben, mas não alterou o passo.

Joel e Gail o observaram até que o menorzinho desaparecesse na névoa.

— Meu pai ia dizer que foi *ele* que encontrou o dinossauro — falou Joel, e Gail quase se encolheu diante da perversidade na voz do garoto. — Se mostrarmos ao meu pai primeiro, nem vamos conseguir sair no jornal.

— Acho melhor deixar o seu pai dormir se ele estiver dormindo — disse Gail.

— É o que eu acho — concordou o outro, abaixando a cabeça, a voz branda e envergonhada.

Ele tinha demonstrado mais emoção do que gostaria e estava envergonhado. Sem pensar, Gail pegou a mão de Joel, porque parecia a coisa certa a ser feita. Ele olhou para os dedos entrelaçados e franziu o cenho, como se a menina tivesse feito uma pergunta que Joel achava que devia conhecer a resposta. Ele ergueu os olhos para ela.

— Estou feliz por ter encontrado a criatura com você. Provavelmente vamos dar entrevistas sobre isso a vida toda. Quando estivermos com 90 anos, as pessoas ainda vão nos perguntar sobre o dia em que encontramos o monstro. Tenho certeza de que, até lá, ainda vamos gostar um do outro.

— A primeira coisa que temos que dizer é que ele não era um monstro — falou Gail. — Era só um animalzinho que foi atropelado por um barco. Não é como se tivesse comido alguém alguma vez.

— A gente não sabe o que ele come. Muitas pessoas se afogaram neste lago. Talvez algumas não tenham se afogado de verdade. Talvez ele tenha limpado os dentes com elas.

— A gente também não sabe se ele é macho.

Os dois soltaram as mãos e se viraram para observar o dinossauro esparramado na praia marrom e dura. Daquele ângulo, parecia uma pedra de novo, envolto por algumas redes. A pele não brilhava como a de uma baleia, mas era escura e opaca, um pedaço de granito com líquen em cima.

Ela teve uma ideia e se virou para Joel.

— Você acha que a gente deveria se preparar para a entrevista?

— Quer dizer, ajeitar o cabelo? Você não precisa. Seu cabelo é bonito.

O rosto dele ficou sério, e Joel não conseguiu sustentar o olhar dela.

— Não — respondeu Gail. — O problema é que não temos nada a dizer. Não sabemos nada sobre o dinossauro. Se pelo menos a gente soubesse a idade dele…

— Temos que contar os dentes.

Ela estremeceu. A sensação de formigamento na pele retornou.

— Não quero colocar a mão na boca dele.

— Ele está morto. Eu não tenho medo. Os cientistas vão contar os dentes. Provavelmente vai ser a primeira coisa que vão fazer.

Os olhos de Joel se arregalaram.

— Um dente — disse ele.

— Um dente — repetiu ela, sentindo a empolgação do menino.

— Um para você e outro para mim. A gente tem que pegar um dente para cada um, como lembrança.

— Eu não preciso de um dente para lembrar — falou Gail. — Mas é uma boa ideia. Vou transformar o meu em um colar.

— Eu também. Só que em um colar de menino. Não um colar bonito, como de menina.

O pescoço do dinossauro era comprido e grosso e estava esticado na areia. Se tivesse se aproximado do animal por aquela direção, ela teria visto que não era uma rocha. O bicho tinha a cabeça em formato de pá. O olho visível era coberto por algum tipo de membrana, que lhe dava uma cor leitosa. A boca ficava na parte inferior da cabeça, como a de um esturjão, e estava aberta. O dinossauro tinha muitos dentes pequenos, em fileiras duplas inclinadas.

— Olhe só para eles — disse Joel, sorrindo, mas com uma espécie de tremor nervoso na voz. — Esses dentes cortariam o braço de uma pessoa como uma serra elétrica.

— Pense em quantos peixes eles mastigaram. O dinossauro devia ter que comer vinte peixes por dia só para não morrer de fome.

— Eu não tenho um canivete aqui — falou Joel. — Você tem alguma coisa que a gente possa usar para arrancar uns dentes?

Gail deu a ele a colher de prata que havia encontrado em um ponto mais afastado da praia. Joel entrou até os tornozelos na água, se agachou ao lado da cabeça e enfiou a mão com o talher dentro da boca do dinossauro.

Ela esperou, sentindo o estômago revirar de forma estranha.

Depois de um momento, o menino retirou a mão. Ele ainda estava agachado ao lado do dinossauro, encarando o seu focinho. Então, colocou a mão no pescoço da criatura. Não disse nada. Aquele olho membranoso encarou o nada.

— Não quero fazer isso — disse ele.

— Não tem problema — falou Gail.

— Pensei que ia ser fácil, mas não acho que é algo que eu deva fazer.

— Não tem problema. Eu nem quero um dente. Sério.

— O céu da boca — disse Joel.

— O quê?

— O céu da boca do dinossauro é igual ao meu. Ou ao seu. Enrugado.

Ele se levantou e ficou parado por um momento. Joel olhou para a colher na mão e franziu o cenho, como se não soubesse o que era aquilo. Ele a colocou no bolso.

— Talvez eles nos deem um dente — falou o garoto. — Como parte da recompensa. Vai ser melhor se a gente não precisar arrancar os dentes sozinhos.

— Não vai ser tão triste.

— É.

Ele pulou do lago, e os dois ficaram olhando a carcaça.

— Cadê o Ben? — perguntou Joel, olhando na direção em que o irmão mais novo havia caminhado.

— A gente deveria pelo menos saber o comprimento do dinossauro.

— Mas aí teríamos que pegar uma fita métrica, e alguém poderia chegar e dizer que o encontrou em vez da gente.

— Eu tenho exatamente 1,20 metro. Nem mais, nem menos. Eu tinha essa altura em julho passado, quando meu pai me mediu contra a porta. A gente pode medir quantas Gails o dinossauro tem.

— Tá bom.

Gail se abaixou e se esticou na areia, juntou os braços às laterais do corpo e uniu os pés. Joel encontrou um graveto e desenhou uma linha na areia, para marcar o topo da cabeça dela.

A menina se levantou, limpou a areia e passou por cima da linha. Então se deitou de novo, de maneira que os calcanhares tocassem a marca no solo. Os dois seguiram fazendo isso pela praia. Ele teve que entrar no lago para puxar a cauda para a margem.

— São pouco mais de quatro Gails — falou Joel.

— Devem ser uns cinco metros.

— A maior parte é o rabo.

— É um rabo grande mesmo. *Cadê* o Ben?

Eles ouviram vozes estridentes atravessando a neblina soprada pelo vento. Pequenas figuras vieram na direção dos dois, saltitando pela praia. Miriam e Mindy irromperam pela neblina, com Ben vagando atrás delas sem parecer ter pressa alguma. Ele estava comendo um pedaço de torrada com geleia de morango, os lábios e o queixo sujos. Ben sempre terminava um prato com tanta comida no rosto quanto dentro da boca.

Mindy segurava a mão de Miriam enquanto a irmã pulava de uma maneira estranha, como se estivesse se lançando para cima.

— Mais alto! — ordenou Mindy. — Mais alto!

— O que é isso? — perguntou Joel.

— Eu tenho um balão de estimação. O nome dele é Miriam — disse Mindy. — Flutue, Miriam!

Miriam pulou e desceu de maneira tão pesada que as pernas cederam e ela caiu sentada com força na praia. A menina ainda segurava a mão de Mindy e puxou a irmã para o chão ao seu lado. As duas se esparramaram nos seixos úmidos, rindo.

Joel olhou para Ben, que estava atrás delas.

— Cadê a sra. London?

Ben mastigou um bocado de torrada. Ele estava mastigando havia muito tempo. Finalmente, o garoto engoliu.

— Ela disse que viria ver o dinossauro quando não estivesse tão frio.

— Flutue, Miriam! — gritou Mindy.

Miriam caiu de costas com um suspiro.

— Estou esvaziando. Estou murcha.

Joel olhou para Gail com uma mistura de frustração e nojo.

— Está fedendo — disse Mindy.

— Dá para acreditar? — perguntou Joel. — Ela não vem.

— Ela mandou dizer para a Gail voltar para casa se quiser tomar café da manhã — falou Ben. — Vamos comprar os meus caubóis hoje?

— Como você não fez o que a gente pediu, não vai ganhar nada — disse Joel.

— Você não falou que eu tinha que buscar um adulto. Você só disse que eu tinha que *chamar* um adulto — argumentou Ben em um tom tão irritante que até Gail ficou com vontade de bater nele. — Eu quero os meus caubóis.

Joel passou pelas meninas no chão, pegou Ben pelo ombro e virou o irmão.

— Traga um adulto para cá ou eu afogo você.

— Mas você disse que ia comprar caubóis para mim.

— Sim. Vou garantir que seja enterrado com eles.

Ele chutou a bunda do irmão para colocá-lo em movimento. Ben gritou, tropeçou e olhou para trás com uma expressão magoada.

— Traga um adulto — mandou Joel. — Ou vai ver como eu posso ser mau.

O menor saiu apressado, de cabeça baixa, pisando duro.

— Sabe qual é o problema? — perguntou Joel.

— Qual?

— Ninguém vai acreditar nele. *Você* ia acreditar no Ben se ele dissesse que a gente está com um dinossauro?

As duas menininhas conversavam em voz baixa. Gail estava prestes a se oferecer para voltar para casa e buscar a mãe quando notou os sussurros sigilosos das irmãs. Ela olhou para baixo e viu ambas sentadas de pernas cruzadas ao lado das costas da criatura. Mindy estava desenhando com giz um jogo da velha na lateral do dinossauro.

— O que pensa que está fazendo? — gritou Gail, agarrando o giz. — Tenha um pouco de respeito pelos mortos.

— Me dá o meu giz! — mandou Mindy.

— Você não pode desenhar nisso. É um dinossauro.

— Quero o meu giz de volta ou vou contar para a mamãe — disse Mindy.

— Nem elas acreditam na gente — falou Joel. — E estão sentadas ao lado dele. Se estivesse vivo, o dinossauro já teria comido as duas.

— Você tem que devolver! — disse Miriam. — Esse é o giz que o papai comprou para ela. Cada uma de nós ganhou algo de um centavo. Você queria chiclete. Podia ter escolhido giz. Você tem que devolver!

— Bem, não desenhe no dinossauro.

— Eu posso desenhar nele se quiser. O dinossauro é de todo mundo — falou Mindy.

— Não é. É nosso — falou Joel. — Foi a gente que descobriu ele.

— Ou você desenha em outro lugar, ou não vou devolver o giz — falou Gail.

— Vou contar para a mamãe. Se ela tiver que vir aqui para obrigar você a devolver o meu giz, ela vai esfolar o seu traseiro — disse Mindy.

Gail começou a estender a mão para devolver o giz, mas Joel pegou o braço da amiga.

— Não vamos devolver — falou ele.

— Vou contar para a mamãe — repetiu Mindy, se levantando.

— Vou contar para a mamãe junto com ela — disse Miriam. — A mamãe vai vir e dar uma bronca em você.

Elas entraram na névoa batendo pé e discutindo essa última indignação pela qual tiveram que passar em tons estridentes de descrença.

— Você é o garoto mais inteligente deste lado do lago — falou Gail.

— De *todos* os lados do lago — disse ele.

A névoa se espalhou vindo da superfície da água, e Mindy e Miriam sumiram dentro dela. Por algum truque da luz, as sombras se alongaram, e cada garota pareceu uma sombra dentro de uma sombra maior dentro de uma sombra ainda maior. Elas criaram túneis compridos em forma de menina na fumaça. Aquelas múltiplas sombras se estenderam no vapor, alinhadas como uma série de bonecas russas escuras e sem feições. Por fim, as sombras diminuíram e foram engolidas pelo nevoeiro com cheiro de peixe.

Gail e Joel não se voltaram para o dinossauro até as meninas mais novas desaparecerem completamente. Uma gaivota estava sentada na criatura morta, olhando para ele com olhos ávidos e redondos.

— Sai daqui! — gritou Joel, batendo as mãos.

A gaivota pulou na areia e se afastou, encurvada e infeliz.

— Quando o sol sair, ele vai ficar com um cheiro bem forte — disse Joel.

— Depois de tirar fotos, vão ter que colocá-lo em um refrigerador.

— Fotos dele com a gente.

— É — falou Gail, que queria pegar a mão de Joel de novo, mas não pegou. — Você acha que vão levar o dinossauro para a cidade?

Ela se referia a Nova York, que era a única cidade em que já tinha estado na vida.

— Depende de quem comprá-lo de nós.

Gail queria perguntar se Joel achava que o pai dele o deixaria ficar com o dinheiro, mas temia que a pergunta pudesse colocar ideias tristes na sua cabeça. Em vez disso, indagou:

— Quanto você acha que podemos receber?

— Quando a balsa atingiu essa criatura no verão, o P.T. Barnum anunciou que pagaria cinquenta mil dólares por ela.

— Gostaria de vendê-lo para o Museu de História Natural de Nova York.

— Acho que as coisas no museu foram doadas. A gente se daria melhor com o Barnum. Aposto que ele deixaria a gente entrar de graça no circo pelo resto da vida.

Ela não respondeu, porque não queria dizer algo que pudesse decepcioná-lo.

Joel disparou um olhar para Gail.

— Você não acha que é certo.

— Podemos fazer como você quer — disse ela.

— Cada um de nós pode comprar uma casa com a nossa metade do dinheiro do Barnum. Você pode encher uma banheira com notas de cem dólares e nadar nela.

Gail não disse nada.

— Metade é sua, você sabe. De tudo que a gente ganhar!

Ela olhou para a criatura.

— Você acha mesmo que ele pode ter um milhão de anos? Consegue imaginar passar todos esses anos nadando? Consegue imaginar nadar sob a lua cheia? Será que ele sentia falta de outros dinossauros? Acha que ele ficou curioso sobre o que aconteceu com os outros?

Joel observou a criatura por um tempo e falou:

— Minha mãe me levou ao Museu de História Natural. Eles tinham um pequeno castelo lá com cem cavaleiros, em uma caixa de vidro.

— Um diorama.

— Isso. Aquilo foi incrível. Parecia um pequeno mundo lá dentro. Talvez *eles* deixassem a gente entrar de graça no museu pelo resto da vida.

O coração de Gail ficou mais aliviado, e ela falou:

— E os cientistas poderiam estudá-lo sempre que quisessem.

— É. O P.T. Barnum provavelmente ia cobrar dos cientistas para eles fazerem isso. Ele ia exibir o dinossauro ao lado de uma cabra de duas cabeças e de uma mulher gorda com barba, e o dinossauro não seria mais especial. Você já pensou nisso? Em como tudo no circo é especial, então *nada* é especial? Se eu soubesse andar na corda bamba, mesmo que um pouquinho, você ia pensar que eu sou o garoto mais incrível do mundo. Mesmo se eu estivesse a meio metro do chão. Mas se eu andasse em uma corda bamba no circo e estivesse a apenas meio metro de altura, as pessoas iam vaiar e pedir o dinheiro de volta.

Foi o máximo que ela já tinha ouvido Joel falar de uma vez só. Gail queria responder que Joel já era o garoto mais incrível que ela conhecia, mas achou que isso deixaria o amigo constrangido.

Ele pegou a mão de Gail, e o coração dela acelerou, mas Joel só queria o giz.

O menino começou a escrever na lateral da pobre criatura. Gail abriu a boca para dizer que eles não deviam fazer isso, mas depois fechou quando viu que Joel tinha escrito o nome dela na pele irregular do bicho. Depois, escreveu o próprio nome embaixo do de Gail.

— Isso é para se alguém tentar falar que encontrou o dinossauro antes da gente — disse Joel. — Seu nome deveria estar em uma placa aqui. Nossos nomes deveriam estar juntos para sempre. Estou feliz por ter encontrado o dinossauro com você. Não tem ninguém mais no mundo com quem eu preferiria estar.

— Isso é uma dupla negativa — falou ela.

Ele beijou Gail. Apenas na bochecha.

— Sim, querida — disse Joel, como se tivesse 40 anos e não 10, e devolveu o giz.

Ele olhou por cima dela para o interior da névoa, além da praia. Gail virou a cabeça para ver o que Joel estava olhando.

Ela viu uma série daquelas sombras parecidas com bonecas russas, se desmanchando em direção aos dois, como alguém fechando um telescópio. As sombras tinham a forma da mãe, ladeadas pelas silhuetas de Miriam e Mindy, e Gail abriu a boca para gritar, mas então aquela grande sombra central se encolheu e se transformou em Heather. Ben Quarrel estava logo atrás, parecendo satisfeito consigo mesmo.

Heather saiu da névoa, com o bloco de desenho debaixo do braço. Cachos de cabelo louro caíam sobre o seu rosto. Ela franziu os lábios e soprou para tirá-los dos olhos, algo que só fazia quando estava brava.

— A mamãe quer falar com você. Ela disse agora.

— Ela não vem? — perguntou Gail.

— Ela está com panquecas no forno.

— Fala para ela...

— Fala *você*. E pode devolver o giz da Mindy antes de ir.

Mindy estendeu a mão com a palma para cima.

— *Gail, Gail, ela manda e desmanda* — cantou Miriam. — *Gail, Gail, ela é burra para caramba.*

A melodia era tão boa quanto a letra.

— A gente encontrou um dinossauro — disse Gail para Heather. — Você tem que correr e trazer a mamãe. Vamos dar o dinossauro para um museu e sair no jornal. O Joel e eu vamos sair juntos na foto.

Heather pegou a orelha da irmã mais nova e puxou, e Gail gritou. Mindy avançou e arrancou o giz da mão dela. Miriam soltou um longo grito falso de menininha, zombando dela.

Heather baixou a mão e agarrou a parte de trás do braço da irmã entre o polegar e o indicador e beliscou. Gail gritou de novo e lutou para se soltar. A mão dela se debateu e derrubou o bloco de desenho na areia. A garota não se importou, pois estava com sede de sangue, e começou a conduzir a irmã mais nova para a neblina.

— Eu estava desenhando o meu *melhor* pônei — falou Heather. — Trabalhei *muito* nesse desenho. E a mamãe nem olhou para ele, porque a Mindy, a Miriam e o Ben não paravam de encher o saco dela com o seu dinossauro idiota. Ela gritou comigo para vir buscar você, e eu nem tinha feito nada. Eu só queria desenhar, e a mamãe disse que, se eu não viesse aqui, ela jogaria os meus lápis de cor no lixo. Os lápis de cor! Que eu ganhei! De aniversário!

Ela torceu a parte de trás do braço de Gail para enfatizar o que dizia, até os olhos da menina arderem com lágrimas. Ben Quarrel correu para ficar ao lado de Gail.

— E é melhor comprar os meus caubóis. Você prometeu.

— A mamãe disse que você não vai comer panqueca — disse Miriam. — Por causa de toda a bagunça que fez hoje de manhã.

— Gail? — falou Mindy. — Você se importa se eu comer a sua panqueca?

Gail virou o rosto e olhou para Joel. Ele já era um fantasma, a seis metros de distância na neblina. Joel tinha subido e sentado na carcaça.

— Eu vou ficar aqui, Gail! — gritou ele. — Não se preocupe! Seu nome está escrito no dinossauro! Seu nome e o meu, juntos! Todo mundo vai saber que descobrimos ele! Volte o mais rápido que puder! Estarei esperando!

— Tudo bem — disse ela, com a voz tremendo de emoção. — Eu já volto, Joel.

— Não, não vai voltar, não — falou Heather.

Gail tropeçou nas pedras, olhando para o garoto pelo máximo de tempo que pôde. Logo, ele e o animal eram apenas silhuetas difusas no nevoeiro, flutuando em lençóis úmidos, tão brancos que lembravam a Gail os véus que as noivas usavam. Quando Joel desapareceu, ela se virou, piscando para conter as lágrimas, sentindo a garganta apertada.

O caminho de volta para casa era bem maior do que ela se lembrava. O grupo — quatro crianças pequenas e uma de 12 anos — seguiu pelo curso sinuoso da praia estreita, junto às margens prateadas do lago Champlain. Gail olhou para os pés e observou a água passar suavemente sobre as pedras.

Eles continuaram ao longo do aterro até chegarem ao cais, onde estava amarrado o bote do pai dela. Heather soltou Gail, e cada uma das crianças subiu nas tábuas de pinho. Gail não tentou correr de volta. Era importante buscar a mãe, e pensou que, se chorasse alto o suficiente, conseguiria.

As crianças estavam no meio do quintal quando ouviram o barulho da buzina de nevoeiro de novo. Só que não era uma buzina e estava *muito* perto, em algum lugar fora de vista na neblina sobre o lago. Era um som bovino, longo e angustiado, uma espécie de mugido trovejante, alto o suficiente para fazer as gotas de névoa tremerem no ar. O som trouxe de volta a sensação de formigamento no couro cabeludo e no peito de Gail. Quando olhou de volta para a doca, viu o barco do pai subindo e descendo na água, batendo contra a madeira, balançando em uma onda repentina.

— O que foi isso? — gritou Heather.

Mindy e Miriam se abraçaram, olhando assustadas para o lago. Os olhos de Ben Quarrel se arregalaram, e a cabeça se inclinou, ouvindo com uma intensidade nervosa.

Lá atrás na praia, Gail ouviu Joel gritar alguma coisa. Ela pensou — mas nunca teve certeza — que ele gritou: "Gail! Olha lá, veja!" No entanto, nos anos posteriores, às vezes uma ideia terrível atravessava sua mente de que podia ter sido: "Deus, me proteja!"

A névoa distorceu o som, assim como fazia com a luz. Então, quando ouviram uma grande pancada na água, foi difícil julgar o tamanho da coisa que fez o som de água batendo. Era como se uma banheira tivesse caído de uma grande altura no lago. Ou um carro. De qualquer forma, foi um estrondo.

— O que foi isso? — berrou Heather de novo, segurando o estômago como se estivesse com dor de barriga.

Gail começou a correr. Ela pulou o barranco e caiu na praia de joelhos. Só que a praia tinha sumido. Ondas quebravam, ondas altas daquelas que se vê no mar, não no lago Champlain. Elas inundaram a faixa estreita de seixos e a areia, subindo até o aterro. Gail se lembrou de como, no caminho de volta, a água batia suavemente na praia, deixando espaço para Heather e Gail caminharem lado a lado sem molhar os pés.

Ela entrou correndo no vapor frio soprado pelo vento, gritando o nome de Joel. Por mais que corresse, a menina sentiu que não estava indo rápido o suficiente. Ela quase passou direto pelo local onde a carcaça esteve. O dinossauro não estava mais lá, e, na neblina, com a água subindo em volta dos pés descalços, era difícil distinguir um trecho de praia do outro.

No entanto, Gail viu o bloco de desenho de Heather, mergulhado na arrebentação, encharcado, com as páginas se desfazendo. Ficou parada no lugar e olhou para as ondas agitadas e a água revolta. Ela sentia uma pontada dolorida na lateral do corpo. Os pulmões se esforçavam para respirar. Quando as ondas recuaram, conseguiu ver o ponto onde a carcaça havia sido arrastada pela terra dura, puxada para a água, de volta para casa. Parecia que alguém tinha passado um arado pela praia até o interior do lago.

— Joel! — gritou para a água. Ela se virou e berrou para o aterro, para as árvores, em direção à casa dele. — Joel!

Gail correu em círculos, gritando o nome do menino. Ela não queria olhar para o lago, mas acabou se voltando para ele mesmo assim. A garganta ardia de tanto gritar, e Gail estava começando a chorar mais uma vez.

— Gail! — berrou Heather, a voz estridente de medo. — Vamos para casa, Gail! Vamos para casa *agora*!

— Gail! — gritou a mãe dela.

— Joel! — berrou a menina, pensando que aquilo era ridículo, todo mundo gritando o nome de todo mundo.

O mugido veio de longe. Era triste e suave.

— Devolve o Joel — sussurrou Gail. — Por favor, devolve ele.

Heather correu através da névoa. Ela parou no alto do aterro, não na areia, onde a água ainda se acumulava, com ondas pesadas e frias arrebentando uma atrás da outra. A seguir, a mãe de Gail também apareceu lá em cima, olhando para a filha.

— Querida — disse a mãe de Gail, o rosto pálido e assustado. — Venha cá, querida. Venha com a mamãe.

Gail ouviu, mas não subiu o aterro. Algo foi trazido pela água e bateu no pé dela. Era o bloco de desenho de Heather, aberto em um dos pôneis. Era um pônei verde, com um arco-íris no corpo e cascos vermelhos. Era tão verde quanto uma árvore de Natal. Gail não sabia por que a irmã sempre desenhava cavalos tão diferentes dos cavalos de verdade, que eram cavalos impossíveis. Aqueles cavalos eram como duplas negativas, como dinossauros, uma possibilidade anulada no momento em que era expressa.

Ela pegou o bloco de papel na água e olhou para o pônei verde com uma espécie de enjoo repentino, uma vontade de vomitar. Arrancou a folha do pônei, amassou-a e jogou na água. Depois arrancou alguns outros pôneis e jogou fora também, e logo as bolas de papel amassado balançavam e flutuavam em volta dos seus tornozelos. Ninguém mandou que ela parasse, e Heather não reclamou quando Gail deixou o bloco cair e afundar no lago.

Ela olhou para a água, querendo ouvir mais uma vez aquele som suave de buzina de nevoeiro, e conseguiu, só que o som estava dentro de Gail desta vez, no fundo dela, um grito longo e silencioso por coisas que nunca aconteceriam.

FAUNO

PARTE UM: O NOSSO LADO DA PORTA

Fallows mata seu grande felino

A primeira vez que Stockton mencionou a portinha, Fallows estava embaixo de um baobá, esperando por um leão.

— Depois disso, se ainda estiver procurando alguma coisa para fazer seu coração bater mais rápido, ligue para o sr. Charn. Edwin Charn, no Maine. Ele vai mostrar a portinha para você. — Stockton tomou um gole de uísque e riu baixinho. — Leve o talão de cheques.

O baobá era velho, quase do tamanho de uma cabana, e tinha uma podridão seca. A face do tronco que ficava voltada para oeste fora escavada. A Caçadas Hemingway havia construído o esconderijo no interior da própria árvore: uma tenda cáqui, disfarçada por folhas de tamarindo. Dentro havia catres, uma geladeira com cerveja gelada e um bom sinal de wi-fi.

O filho de Stockton, Peter, dormia em um dos catres, de costas para os dois. Ele havia comemorado a formatura do ensino médio matando um rinoceronte-negro no dia anterior. Peter levou o melhor amigo do colégio interno, Christian Swift, mas Christian não matou nada, a não ser o tédio, desenhando animais.

Havia três galinhas abatidas penduradas de cabeça para baixo no galho de uma acácia, a dez metros da tenda. Uma poça pegajosa de sangue se acumulou logo abaixo. Fallows tinha uma visão perfeita das aves nos monitores de visão noturna, onde pareciam ser uma massa de frutas grotescas e salientes.

O leão estava demorando para encontrar o cheiro, mas ele já era idoso, um avô. Era o felino mais velho e saudável que a Caçadas Hemingway possuía. A maioria dos outros animais tinha cinomose canina, eram tontos e febris, com falhas na penugem e moscas nos cantos dos olhos. O tratador negou, disse que os leões estavam bem, mas Fallows soube com apenas um olhar que a saúde dos bichos estava se deteriorando rapidamente.

Tinha sido uma temporada de azar na reserva como um todo. Não só por causa dos leões doentes. Alguns dias antes, caçadores ilegais haviam metido um bugre na cerca do perímetro noroeste e derrubaram trinta metros de arame. Eles tinham invadido a reserva à procura de rinocerontes — o chifre valia mais do que diamante —, mas foram perseguidos e expulsos pela segurança privada sem matar nada. Essa foi a boa notícia. A má era que a maioria dos elefantes e algumas das girafas fugiram pela brecha. Caçadas foram canceladas, e o dinheiro, devolvido. Houve discussões acaloradas no saguão e homens de rosto vermelho jogando malas na traseira de Land Rovers alugados.

Fallows, no entanto, não estava arrependido de ter ido. Anos antes, havia matado um rinoceronte, um elefante, um leopardo e um búfalo. E mataria a última das cinco grandes presas essa noite. Enquanto isso, havia boa companhia — Stockton e os filhos — e um uísque ainda melhor, Yamazaki quando ele queria, Laphroaig quando não queria.

Fallows conhecera Stockton e os meninos havia apenas uma semana, na noite em que chegara ao Aeroporto Internacional Hosea Kutako. A turma de Stockton tinha acabado de desembarcar de um voo da British Airways vindo de Toronto. Fallows veio de Long Island, com um jatinho particular Gulfstream. Ele nunca foi de perder tempo com aviação comercial. Tinha alergia a ficar na fila para tirar os sapatos e cuidava disso torrando dinheiro. Como todos estavam chegando a Windhoek mais ou menos ao mesmo tempo, o resort enviou uma Mercedes Classe G para levá-los ao oeste da Namíbia.

Eles estavam no carro havia apenas alguns segundos até que Immanuel Stockton percebeu que ele era o mesmo Tip Fallows que operava o Fundo Fallows, com uma posição importante na empresa farmacêutica do próprio Stockton.

"Antes de ser acionista, eu era cliente", explicou Fallows. "Servi orgulhosamente a minha nação ao entrar na carnificina de uma guerra que ainda não compreendo. Saí dela em frangalhos e fiquei doidão com as suas maravilhas narcóticas por quase cinco anos. A experiência sugeriu que seria um bom investimento. Ninguém sabe melhor do que eu quanto uma pessoa vai pagar para escapar deste mundo de merda por um tempinho."

Ele tentava demonstrar que tinha experiência de vida, mas Stockton lhe lançou um olhar estranho, brilhante e fascinado, bateu no ombro de Fallows e disse:

— Entendo mais do que imagina. Quando se trata de artigos de luxo, como charutos, peles ou qualquer coisa, nada vale mais que uma fuga rápida.

Quando saíram do veículo, quatro horas depois, estavam de bom humor e, após fazerem o check-in no hotel, levaram a conversa para o bar. Depois disso, Stockton e Fallows beberam juntos quase todas as noites, enquanto Peter e Christian faziam uma zona na piscina. Quando o garoto, Christian — ele tinha 18 anos, mas ainda era um garoto para Fallows —, perguntou se poderiam acompanhá-lo para vê-lo matar o grande felino, nunca lhe passou pela cabeça dizer não.

— A portinha? — perguntou Fallows agora. — Que porra é essa? Uma reserva particular de caça?

— É — concordou Stockton, sonolento.

O cheiro de Laphroaig exalava de seus poros, e os olhos estavam injetados. Ele tinha bebido demais.

— É a reserva de caça particular do sr. Charn. Apenas para convidados. Mas também, a portinha é… uma portinha. — E riu, quase uma risadinha, muito baixinho.

— O Peter disse que é caro — falou Christian Swift.

— Dez mil dólares para olhar pela porta. Mais dez mil para atravessá-la. Duzentos e trinta para caçar lá, e a pessoa só tem direito a um dia. Pode trazer um troféu de volta, mas ele fica com o sr. Charn, na fazenda. São as regras. E se a pessoa não tiver caçado as cinco grandes presas, nem precisa perder tempo mandando um e-mail para ele. O Charn não tem paciência para amadores.

— Por 250 mil dólares, é melhor que a caça seja um unicórnio — disse Fallows.

Stockton levantou as sobrancelhas.

— É quase isso.

Fallows ainda olhava fixo para o companheiro quando Christian tocou o ombro dele com os nós dos dedos.

— Sr. Fallows. O leão está aqui.

Christian estava completamente alerta, perto da aba aberta da tenda, e passou o grande rifle de caça CZ 550 para Fallows com todo o cuidado. Por um momento, Fallows esquecera o que tinha ido fazer ali. O rapaz indicou com a cabeça um dos monitores de visão noturna. O leão encarava a câmera com olhos verdes radioativos, tão brilhantes quanto moedas recém-cunhadas.

Fallows se apoiou em um joelho. O rapaz se agachou ao lado dele e os ombros se tocaram. Ambos espiaram através da aba aberta. Na escuridão, o leão estava parado embaixo da acácia. Ele virou a cabeça grande e majestosa para olhar o esconderijo. Seus olhos eram inteligentes, altivos e pacientemente indulgentes. Era o olhar de um rei testemunhando uma execução. A própria, no caso.

Fallows só esteve mais perto do leão uma vez e, na ocasião, havia uma cerca entre o animal e ele. Estudou o felino através do arame, encarando aqueles olhos serenos e dourados, e então informou o tratador que havia escolhido. Antes de se afastar, fez uma promessa ao animal, que agora pretendia cumprir.

A respiração de Christian era superficial e empolgada, perto do ouvido de Fallows.

— É como se ele soubesse. É como se estivesse pronto.

Fallows concordou com a cabeça, como se o garoto tivesse falado alguma verdade sagrada, e apertou o gatilho.

No estrondo trovejante do disparo, Peter Stockton acordou dando um gritinho, embolado nos lençóis, e caiu do catre.

Christian rasga a camisa

Christian seguiu Fallows para fora da tenda. O assassino andou a passos lentos e cuidadosos, sempre pisando firme, como se segurasse a quina de um caixão invisível. Ele tinha riso fácil, mas seus olhos eram atentos e frios, da cor do chumbo. Aqueles olhos fizeram Christian pensar nas luas de Saturno, lugares sem atmosfera onde os mares eram ácidos. Peter e o pai gostavam de caçar, gritavam de prazer quando uma bala atingia a pele de um crocodilo ou levantava uma nuvem de poeira da lateral de um búfalo. Quando Fallows matava, era como se ele mesmo fosse a arma, que acabava se tornando algo secundário. Não era uma questão de prazer.

A cauda do leão se ergueu devagar e bateu na poeira. Ergueu-se, ficou parada e bateu no chão. O grande felino estava caído de lado.

Durante algum tempo, Fallows ficou sentado sozinho com seu leão e os outros mantiveram-se respeitosamente alguns passos mais atrás. Ele acariciou o focinho úmido do animal e olhou para o rosto paciente e imóvel. Talvez Fallows até tenha conversado com o leão. Christian ouvira Fallows dizendo ao sr. Stockton que, depois que matasse o animal, talvez desistisse de caçar, pois não haveria mais nada digno de ser perseguido. Stockton riu e retrucou: "E que tal caçar um homem?"

Fallows o encarou com aqueles olhos frios e distantes. Respondeu: "Cacei homens, fui caçado por eles e tenho as cicatrizes para provar."

Peter e Christian debatiam, desde então, quantos homens Fallows tinha matado. Ele adorou ter conhecido um agente da morte que não brincava em serviço.

Alguns peões do povo san se materializaram na noite, saindo dos próprios esconderijos, e comemoraram ao ver o leão morto. Um abriu o zíper de uma sacola térmica e pegou cervejas no gelo. A cauda bateu no chão mais uma vez, e Christian imaginou que podia sentir a terra vibrando com o golpe. Por outro lado, porém, ele tinha uma imaginação pitoresca. Stockton ajudou Fallows a se levantar e lhe entregou uma lata gelada.

Peter apertou o próprio o nariz.

— Cruzes. Que cheiro de merda. Deveriam preparar os animais antes da caçada.

— É o cheiro das galinhas, seu idiota — disse o pai de Peter.

A cauda subiu e caiu com um estalo.

— Será que não era melhor dar outro tiro? — perguntou Christian. — O bicho está sofrendo?

— Não. Está morto — respondeu Stockton. — Não ligue para o rabo. É assim mesmo. É um espasmo pós-morte.

Christian se abaixou ao lado da cabeça do leão, com o bloco de desenho na mão. Acariciou a vasta juba trêmula, hesitante a princípio, depois com mais firmeza. Inclinou-se para perto de uma orelha aveludada, provavelmente para sussurrar, antes que o animal estivesse morto de vez, uma despedida. Christian mal percebeu Peter se agachando ao lado dele e os dois homens mais velhos conversando atrás. Por enquanto, Christian estava sozinho com o leão na quietude profunda entre a vida e a morte, um reino separado e solene.

— Olhe só o tamanho dessa pata! — exclamou Peter, atraindo Christian de volta ao presente.

Peter ergueu a grande pata dianteira e flácida do leão, espalhando as almofadas rígidas com o polegar.

— Olá — disse Fallows, mas Christian não sabia com quem ele estava falando.

— Dá um belo peso de papel, hein? — perguntou Peter, rosnando e acenando com a pata para Christian com um golpe preguiçoso.

A pata expeliu garras lisas e afiadas de queratina amarelada. Um tendão ficou tenso. Christian pulou e meteu o ombro no peito de Peter. Ele foi rápido, o leão foi mais rápido ainda e Fallows foi o mais rápido de todos. Velho e derrotado mais de uma vez, porém o mais rápido de todos.

Fallows atingiu Peter, que pulou contra Christian, e os três caíram no chão. Christian sentiu algo agarrar a camisa dele, como se o tecido tivesse ficado preso em um galho. Então foi esmagado pelos outros dois e ficou sem ar. Fallows chutou, virou de lado, tirou o rifle do ombro e o levou para as mãos em um movimento contínuo. O cano parou na parte inferior e macia da mandíbula do animal. A arma disparou com um estampido estridente que fez as orelhas de Christian zumbirem.

A cerveja de Stockton escorregou da mão e caiu no chão, jorrando espuma.

— Peter? *Peter!* Que porra é essa?

Peter foi o primeiro a se livrar do amontoado de gente. Deixou Christian e Fallows esparramados na terra, os dois ofegando, como se tivessem desmoronado juntos após uma corrida puxada. O velho soldado gemeu com gosto. Peter estava de pé diante deles, olhando para o leão de maneira atordoada e batendo no próprio traseiro para tirar a poeira do short. Ele permaneceu em transe, com o olhar perdido, até que o pai o agarrou pelo ombro e o virou. O rosto do sr. Stockton tinha um tom avermelhado preocupante, exceto por um ramo de artérias protuberantes na testa, pálidas e reluzentes, em alto-relevo.

— Seu babaca do caralho — falou o pai. — Sabe o que acabou de fazer? Acabou de destruir a porra do troféu. O sr. Fallows pagou trinta mil por esse leão, e agora tem um buraco do tamanho de uma bola de golfe no focinho dele.

— Pai — ofegou Peter, com olhos brilhando de susto e tristeza. — Pai.

— Não está arruinado — disse Fallows. — Um taxidermista conserta isso fácil. — Ele olhou para a escuridão. — Talvez eu também esteja pronto para ir para o taxidermista.

Os olhos lacrimejantes de Peter Stockton foram e voltaram de Fallows para o pai.

— Que tal essa, Pete? — perguntou Christian, cuja própria voz tonta estava eufórica e distante, como se tivesse enfiado algodão nos ouvidos. — O sr. Fallows acabou de salvar a sua pele. Sorte sua! Essa é a sua melhor característica.

Logo depois do tiro, os bosquímanos sans ficaram parados, mas, agora, rugiram com risadas e irromperam em aplausos. Um deles agarrou Peter pelas mãos, e outro balançou uma cerveja e jogou a espuma sobre a cabeça do adolescente. Em questão de segundos, Peter, que estivera à beira das lágrimas, gargalhava. Stockton lançou um olhar furioso e ressentido para o filho — e então seus ombros relaxaram e ele riu também.

Christian sentiu uma lufada de ar fresco na pele nua, olhou para baixo e passou o dedo por dois rasgos compridos na camisa. O peito branco embaixo não estava marcado. Riu de novo e olhou para Fallows.

— Vou guardar essa camisa para o resto da vida. É o único troféu de que preciso. — Christian ponderou por um momento e depois disse: — Obrigado por não me deixar ser retalhado.

— Eu não salvei ninguém. Você se mexeu primeiro. Pulou como um cervo. — Fallows sorria, mas os seus olhos estavam pensativos.

— Acho que não, sr. Fallows — falou Christian com modéstia.

— Sabemos o que temos aqui, Fallows — disse Stockton, estendendo as mãos grandes para apertar o ombro do sujeito. — Sabemos reconhecer um homem quando vemos um.

E virou a cerveja em cima da cabeça de Fallows, enquanto os sans vibravam.

Christian pegou o bloco de desenho caído na terra para que ninguém pudesse ver o que ele esteve desenhando.

Stockton paga a dívida

Quando a campainha tocou, Stockton foi até a porta da suíte e abriu uma fresta. Fallows estava no corredor.

— Entra. Só tenha cuidado, por favor. Está escuro aqui — advertiu Stockton.

— Qual é o problema das luzes? — perguntou Fallows enquanto entrava. — Isso é uma apresentação ou uma sessão espírita?

As luzes estavam apagadas e as cortinas fechadas na suíte do sr. Charn, no quarto andar do Four Seasons, em frente ao parque Boston Common. Um único abajur brilhava em uma mesa, mas a lâmpada amarela havia sido trocada por uma vermelha. Stockton esperava aquela luz. Stockton já havia visto o show de Edwin Charn antes.

Ele abriu a boca para explicar — ou tentar explicar, ou ao menos insistir para que Fallows fosse paciente —, mas Charn falou primeiro.

— É melhor ir se acostumando, Tip Fallows — disse a voz fraca que vacilava por causa da idade. — Se eu lhe oferecer uma vaga na minha próxima caçada, vai ter que se acostumar com a meia-luz. O que será alvejado no outro lado da portinha será alvejado ao entardecer ou não será alvejado de forma alguma.

Charn estava sentado em uma poltrona listrada à esquerda do pequeno sofá de dois lugares. Ele usava uma gravata-borboleta amarela brilhante e suspensórios que deixavam a cintura da calça alta demais. Stockton achou que o homem se vestia como o apresentador bonzinho de um programa de TV para crianças pequenas, em que elas identificavam as cores e praticavam contar até cinco.

Os garotos estavam sentados juntos no sofá de dois lugares, Peter em um terno Armani feito sob medida, Christian em um blazer azul. Christian não nascera em berço de ouro, havia chegado à escola particular por méritos próprios. Stockton estava orgulhoso do filho por ignorar o guarda-roupa inferior do amigo e por aceitar com discrição os pais adotivos de Christian, que eram falidos, tímidos e bastante religiosos. É claro que Christian provavelmente foi a única razão pela qual o próprio Peter se formara em uma escola particular — Stockton tinha certeza de que Christian deixara o filho colar durante as provas e era provável que tivesse feito um bom número dos trabalhos de Peter. Isso também agradava a Stockton. A pessoa cuida dos amigos, e os amigos cuidam da pessoa. Foi exatamente por isso que Stockton insistiu em apresentar Fallows ao sr. Charn. Fallows cuidou do filho de Stockton na África três meses antes; Stockton sentiu certa satisfação ao saber que poderia pagar aquela dívida com juros. Sendo sincero, uma viagem pela portinha provavelmente valia uma quantidade enorme de filhos não muito inteligentes e com sobrepeso.

Havia uma gaiola na mesa de centro, coberta com um pedaço de linho vermelho. Ou talvez o linho fosse branco e só parecesse vermelho por causa daquela luz de casa de horrores, Stockton não tinha certeza. Se ele estivesse fazendo a apresentação, teria começado pela gaiola, mas não era o caso, e Charn não começaria por ela.

— Obrigado por ter concordado em me receber, sr. Charn — disse Fallows. — Estou muito interessado em ouvir sobre a portinha. O Stockton aqui me disse que não há nada parecido em lugar nenhum do mundo.

— Sim — falou Charn. — Ele está coberto de razão. Agradeço a todos por terem vindo até Boston. Não gosto de sair do Maine. Não gosto de abandonar a porta por tempo demais e não é necessário viajar muito para angariar negócios. A notícia se espalha. Os verdadeiramente curiosos vêm até mim. Ofereço apenas duas caças por ano, e a próxima é no dia 20 de março. Grupos pequenos. O preço não é negociável.

— Já ouvi o preço. Esse é o motivo pelo qual vim: a graça em ouvir que tipo de caça poderia custar 250 mil dólares. Não consigo nem imaginar. Gastei quarenta mil para matar um elefante e ainda acho que paguei caro.

O sr. Charn ergueu uma sobrancelha e lançou um olhar interrogativo para Stockton.

— Se estiver além de suas posses, senhor...

— Ele tem o dinheiro — disse Stockton. — Só precisa ver o que receberia por ele.

Stockton falou com um tom calmo e confiante. Ele não havia esquecido como se sentiu quando esteve no lugar de Fallows, lembrou-se da própria aversão pelo preço e da relutância fria em ser enganado. A proposta havia mudado a opinião de Stockton e também mudaria a de Fallows.

— Só estou pensando no que eu poderia caçar que valeria essa grana. Estou torcendo para que seja um dinossauro. Li uma história de Ray Bradbury sobre isso quando era criança. Se é isso que está oferecendo, prometo não pisar em nenhuma borboleta — disse Fallows, rindo.

Charn não riu. A calma dele era quase sobrenatural.

— Por sinal, se eu *conseguir* matar alguma coisa, me contaram que eu não posso nem ficar com o troféu, é verdade? Todo esse dinheiro e volto para casa de mãos abanando?

— Sua presa será preservada, montada e mantida na minha fazenda. Pode ser vista com hora marcada.

— Sem taxa adicional? Quanta bondade.

Stockton ouviu a contundência na voz do velho soldado e conteve a vontade de colocar uma das mãos sobre o braço de Fallows para reconfortá-lo. Charn não se ofenderia com um tom incisivo ou uma acusação sarcástica — já tinha ouvido tudo aquilo antes. Ouviu do próprio Stockton três anos antes.

— É claro que a visita é gratuita, embora, caso o senhor deseje tomar um chá durante a visita, há uma pequena taxa de serviço — falou Charn em tom blasé. — Agora, gostaria de compartilhar um pequeno vídeo. Não foi produzido profissionalmente; eu mesmo filmei, há um bom tempo. Ainda assim, creio que serve aos nossos fins. O que o senhor está prestes a assistir não foi alterado de maneira alguma. Não espero que acredite nisso. Na verdade, tenho certeza de que não vai acreditar. Não me importo com isso, pois vou estabelecer a veracidade do vídeo além de qualquer sombra de dúvida antes de o senhor sair deste quarto.

Charn apertou um botão no controle remoto.

O vídeo começou com a vista de uma casa de fazenda branca contra um céu azul à beira de um campo de palha. Os títulos apareceram na tela, deslizando da esquerda para a direita.

Fazenda Charn, Rumford, Maine

Era o tipo de título que a pessoa poderia criar com a própria câmera caso não se importasse com o fato de o vídeo parecer uma porcaria feita por uma criança.

Houve um corte para um quarto do segundo andar, com toques caseiros da Nova Inglaterra. Uma urna, estampada com flores azuis, descansava sobre a mesa de cabeceira. Uma cama de latão arrumada com uma colcha feita à mão ocupava a maior parte do espaço. Stockton dormiu naquela mesmíssima cama na última viagem a Rumford — ou seria mais apropriado dizer que não dormiu. Ficou acordado a noite toda, inquieto, sentindo as molas nas costas através do colchão fino, ouvindo camundongos correndo no forro. O pensamento sobre o dia seguinte colocara o sono fora do alcance.

Novos títulos surgiram, espantando os títulos anteriores.

Quatro quartos rústicos, banheiro compartilhado

— Com certeza "rústico" significa frio e desconfortável — murmurou o filho de Stockton para Christian. O pai o ouviu.

Meu Deus, o garoto falava alto, mesmo quando sussurrava.

Na última vez, Peter não pôde acompanhá-lo, pois era jovem demais. Não que fosse muito mais maduro agora, mas talvez Christian o mantivesse na linha. Stockton havia marcado essa reunião para agradecer a Fallows por salvar o filho. Não foi a primeira vez que lhe passou pela cabeça que talvez tivesse ficado ainda mais grato a Fallows se o velho soldado *não* tivesse salvado aquele gordinho melequento.

O vídeo pulou para a tomada de uma portinha verde — um homem adulto teria que rastejar para entrar nela — situada na extremidade de uma sala no terceiro andar do casarão. *A porta!*, pensou Stockton, com o ardor de um convertido gritando aleluia sem controle ao ver uma relíquia sagrada. A visão o inspirou e o encantou de uma maneira que o filho nunca fez, nem mesmo no dia do nascimento.

O teto era baixo no andar superior e, no outro lado do ambiente, em frente à câmera, ele se inclinava abruptamente para baixo, de modo que a parede oposta tinha apenas um metro de altura. O cômodo continha uma única janela empoeirada com vista para o campo do lado de fora. Um novo título apareceu na tela:

A portinha é aberta para caçadas organizadas duas vezes por ano. Não podemos garantir que uma presa será abatida e o pagamento integral é necessário, independente do resultado.

Stockton ouviu Fallows bufar com desdém, incomodado. O velho soldado franziu a testa, formando três rugas profundas nela, e a linguagem corporal rígida indicava inquietação. Stockton pensou que, até aquele momento, Fallows tinha suposto que a portinha era o nome de um complexo particular. Ele não esperava que fosse uma portinha *de verdade*.

Os títulos desapareceram da tela. A seguir, a câmera foi para o exterior, na encosta de uma colina, ao entardecer — ou ao amanhecer, talvez? O sol estava abaixo da linha do horizonte, mas por pouco. O céu contava com finas nuvens vermelhas, e a borda da terra era um fio de cobre.

Um lance de degraus de pedra descia por um relvado alto, com grama pálida e de aparência morta, desaparecendo entre árvores desfolhadas e desoladas. Aquilo não se parecia com o terreno em volta da casa de Charn nem parecia ter sido filmado na mesma época do ano. O material anterior mostrava o pico do verão. Aquilo era um cenário de Halloween.

O próximo corte levou os espectadores para dentro de um esconderijo de caça, situado bem acima do solo, e os colocou na companhia de dois caçadores: homens fortes, de cabelos grisalhos, usando trajes camuflados. O da esquerda era o CEO de uma das maiores empresas de tecnologia do mundo. Ele estampou a capa da revista *Forbes* uma vez. O outro era um advogado conceituado que havia defendido dois presidentes. Fallows balançou nos calcanhares, e parte da tensão deixou a postura dele. Pronto — Fallows não ia sair da suíte; ao menos, não naquele momento. Nada tranquilizava mais um homem de negócios do que saber que sujeitos mais ricos e poderosos investiram seu dinheiro em alguma coisa antes dele.

O CEO se ajoelhou, com a coronha da arma no ombro e mais ou menos três centímetros de cano saindo pela abertura na lateral do esconderijo. Dali era possível ver a escada de blocos de pedra áspera descendo para o vale abaixo. Os degraus não estavam a mais de trinta metros de distância. No pé da colina, através de uma fileira de árvores miseráveis, era possível vislumbrar água escura em movimento.

— Não é permitido caçar do outro lado do rio — disse Charn. — Ou mesmo explorar o local. Qualquer um que seja descoberto atravessando o rio terá a caçada encerrada de imediato e não receberá reembolso.

— O que tem lá? É propriedade do estado? — perguntou Fallows.

— O dólmen — murmurou Stockton. — E a adormecida.

Ele falou sem querer, e o próprio tom — reverente e melancólico — atraiu um olhar irritado da parte do outro homem. Stockton mal prestou atenção em Fallows. Ele a vira certa vez, do outro lado da água, e uma parte dele ansiava por vê-la de novo, enquanto outra parte tinha medo de se aproximar.

Uma luz bruxuleante surgiu na cena, subindo a escada distante e grosseira. Era a figura de um homem segurando uma tocha com uma chama azul lúgubre. Ele estava longe demais para ser visto com clareza, mas parecia estar vestindo calças largas e peludas.

O grande momento se aproximava agora. Os garotos no sofá pressentiram e se inclinaram para a frente, na expectativa.

A câmera deu um zoom. O CEO e o advogado desapareceram da tela e, por um minuto, a figura na escada se tornou uma mancha indistinta. A seguir, a imagem entrou em foco e ficou nítida.

Fallows assistiu à TV por um longo e silencioso momento. Depois, disse:

— Quem é esse idiota de fantasia?

A figura nos degraus tinha cascos e pernas cobertas por uma penugem marrom brilhante. Os tornozelos se dobravam para trás, perto do casco, como os de uma cabra. O torso subia dos flancos de um carneiro, mas o peito nu e grisalho era de um homem. Ele estava pelado, a não ser por um colete de aparência rígida, desbotado e gasto, com um estampado dourado. Um par de chifres magníficos em espiral se curvava como conchas saindo dos cabelos encaracolados. A tocha era um maço de gravetos presos.

"Ele está segurando uma tocha feita de videiras da punctura", falou Charn. "Ela estala e fica verde na presença de uma... ameaça. Porém, felizmente para os nossos propósitos, o alcance da videira é limitado a apenas alguns metros. Com uma luneta Zeiss Victory, você vai enxergar muito além do alcance da tocha."

A câmera diminuiu o zoom, para incluir o ombro e a silhueta do atirador no quadro.

"Merda", murmurou o CEO. "Estou tremendo. Estou tremendo de verdade."

O barbudo grotesco ficou imóvel, paralisado nos degraus distantes de pedra. E então teve as reações rápidas, quase instantâneas, de uma gazela.

A arma disparou. A cabeça do fauno foi para trás. Ele caiu flácido, de ponta-cabeça, rolou três degraus e desabou em posição fetal.

"É isso aí, porra!", gritou o CEO e se virou para bater na mão do advogado famoso.

Houve o chiado de uma lata de cerveja sendo aberta.

— Ok, gente — disse Fallows. — Foi divertido, mas já chega. Não vão me engabelar e tirar de mim 250 mil dólares para jogar paintball com um bando de palhaços vestidos de personagens de *O Senhor dos Anéis*.

Ele deu um passo em direção à porta, e Stockton se moveu — não tão rápido quanto Fallows na África, quando salvou Peter de ter o rosto retalhado, mas também não tão devagar assim, afinal de contas.

— Você se lembra do que disse na primeira vez em que conversamos? Que ninguém sabia melhor do que você quanto uma pessoa pagaria para escapar do mundo por um tempo? E eu respondi que *sabia*. E sei. Dê mais cinco minutos para ele. Por favor, Tip. — A seguir, Stockton acenou com a cabeça para a gaiola. — Além disso, não quer ver o que tem ali?

Fallows mirou fixamente a mão no seu braço até Stockton soltá-lo. Então fitou — com aqueles olhos vazios quase aterrorizantes — Charn. O homem devolveu o olhar com uma calma divagadora. Por fim, Fallows voltou a atenção para a TV.

157

O vídeo mostrou a sala de troféus na fazenda em Rumford. Estava decorada como um clube de cavalheiros, com um grande sofá de couro, duas cadeiras de couro um pouco desgastadas e um armário de mogno para bebidas. A parede estava cheia de troféus montados e, enquanto Stockton observava, o CEO — vestido agora com um pijama de flanela e um suéter feio de Natal — pendurava a última cabeça. O fauno barbudo encarava a sala boquiaberto. Ele se juntou a pouco mais de uma dúzia de outros troféus com chifres curvos e brilhantes. Também havia o que parecia, à primeira vista, a cabeça de um rinoceronte-branco. Mais de perto, porém, a coisa tinha a aparência de um homem gordo com quatro queixos e um único olho porcino acima do nariz em forma de presa.

— O que é isso? — sussurrou Peter.

— Um ciclope — respondeu Stockton baixinho.

Os títulos varreram a tela:

Os troféus são mantidos em uma sala climatizada na casa de Charn. Caçadores bem-sucedidos podem visitá-la com hora marcada, em um horário agendado com 48 horas de antecedência.
Chá e bebidas são oferecidos por um pequeno custo adicional.

— Senhor — disse Fallows —, não sei que tipo de idiota pensa que eu sou...

— O tipo de idiota que tem muito dinheiro e pouca imaginação — falou Charn, com calma. — Estou prestes a pegar um pouco do primeiro e fornecer um pouco do segundo, para o seu bem.

— Vai se foder — disse Fallows, mas Stockton apertou o braço dele mais uma vez.

Peter olhou em volta.

— Não é falso. Meu pai esteve lá.

Christian acenou com a cabeça para a gaiola coberta.

— Vá em frente e mostre, sr. Charn. O senhor sabe que qualquer pessoa pode pensar que esse vídeo é falso. Mas muitos lhe dão rios de dinheiro mesmo assim. Portanto, tem *alguma coisa* embaixo desse pano que vale 250 mil dólares.

— Sim — concordou Charn. — Quase todo mundo que vê o vídeo pensa em fantasias e efeitos especiais. Nessa era de truques, só reconhecemos a realidade quando ela nos mostra as suas garras e nos arranha. Os whurls têm olhos e ouvidos sensíveis, e as luzes elétricas do nosso mundo lhes causam uma dor extraordinária; daí a lâmpada vermelha. Se tirar o smartphone do bolso e tentar gravar o que está prestes a ver, vou pedir que saia. De qualquer forma, não valeria a pena. Ninguém vai acreditar no que o senhor gravou, da mesma maneira que não acredita no meu vídeo... e, então, o senhor *jamais* passará pela portinha. Compreendeu?

Fallows não respondeu. Charn o encarou com olhos afáveis e especulativos por um momento, depois se inclinou para a frente e puxou o pano da gaiola.

Pareciam esquilos ou, talvez, gambás muito pequenos. Os whurls tinham pelo preto e sedoso e caudas felpudas com anéis de prata. As mãos minúsculas eram ágeis e pareciam ser de couro. Um deles usava um gorro e estava sentado em uma xícara virada, tricotando com palitos de dente. O outro estava empoleirado em um livro surrado de Paul Kavanagh, lendo desajeitadamente uma das pequenas tiras de quadrinhos que vinham enroladas na goma de mascar *Bazooka Joe*. O minúsculo quadrado de papel encerado era tão grande para o whurl quanto um jornal teria sido para Stockton.

Ambas as criaturas ficaram imóveis quando o pano foi retirado. O whurl segurando a tira de quadrinhos a abaixou devagar para olhar em volta.

— Olá, Mehitabel — disse o sr. Charn. — Olá, Hutch. Temos visitas.

Hutch, aquele com os quadrinhos, ergueu a cabeça, e o nariz rosado se contorceu, fazendo tremer os bigodes.

— Não vai dar nem um oi? — perguntou Charn.

— Se eu não der, vai cutucar a minha amada com um cigarro de novo? — perguntou Hutch com a voz fina e vacilante. Ele se virou para falar com Stockton e Fallows. — Ele nos tortura. Charn. Se um de nós resiste, ele tortura o outro para forçar a nossa obediência.

— Este torturador — respondeu Charn — também não precisa trazer histórias em quadrinhos para você ler ou novelos para a sua esposa.

Hutch jogou a tirinha *Bazooka Joe* de lado e pulou para as barras. Através delas, viu Christian, que se encolheu no sofá.

— O senhor aí! Vejo no seu olhar que está chocado. Chocado com a indecência e a crueldade que tem diante de si! Dois seres inteligentes e com sentimentos, presos por um bruto que nos exibe para arrancar dinheiro de seus colegas sádicos para uma caçada sem honra! Eu lhe imploro, *corra*. Agora. Espalhe a notícia de que a adormecida ainda pode acordar! Alguém pode revivê-la com o fôlego dos reis, para que nos lidere contra o envenenador, o general Gorm, e enfim liberte as terras de Palinode! Encontre Pé Lento, o Fauno; ah, eu sei que ele ainda vive, só perdeu o seu caminho ou foi enfeitiçado para se esquecer de tudo, e diga a ele que a adormecida ainda o espera!

Christian começou a rir, um pouco histérico.

— Que irado! Caramba, cara. Por um minuto fiquei sem entender. É tipo ventriloquismo?

Fallows olhou de relance para o garoto e bufou, exalando o ar longa e lentamente.

— Certo. Muito bom. O senhor tem um pequeno amplificador na base da gaiola e alguém está transmitindo no quarto ao lado. Por um minuto, me enganou, sr. Charn.

— Só reconhecemos a realidade quando ela nos mostra suas garras e nos arranha — repetiu Charn. — Vá em frente. Coloque o dedo na gaiola, sr. Fallows.

Fallows riu sem humor.

— Não sei se estou com as vacinas em dia.

— É mais provável que o whurl pegue uma doença do senhor, na verdade.

Fallows olhou para Charn por um momento — e então enfiou um dedo na gaiola com uma coragem brusca, quase descuidada.

Hutch o encarou com olhos dourados e fascinados, mas foi Mehitabel quem pulou, apertou o dedo com as duas mãozinhas vigorosas e gritou:

— Pela adormecida! Pela imperatriz! — E cravou os dentes no dedo de Fallows.

Fallows puxou a mão com um grito. A força repentina da reação do homem derrubou Mehitabel de costas.

— Ah, minha querida, meu amor — murmurou Hutch ao ajudá-la a se levantar.

Mehitabel cuspiu sangue no chão da gaiola e balançou o punho cerrado para Fallows.

O velho soldado apertou a mão. Sangue escapou entre seus dedos. Ele olhou para a gaiola como um homem que recebeu um sedativo poderoso e entorpecedor — um especial da empresa farmacêutica de Stockton, talvez.

— Eu senti ela gritando na minha mão — murmurou ele.

— É tudo real, Fallows — disse Stockton. — Real o suficiente para cravar os dentes em você.

Fallows assentiu de maneira atordoada, sem tirar os olhos da gaiola. Em um tom distraído, perguntou:

— Quanto é mesmo o depósito inicial, sr. Charn?

Peter encara um banquete

Os homens se sentaram na frente, e Peter se acomodou no banco traseiro com Christian. O carro passou por um túnel deformado de tão branco, enquanto flocos pesados de neve caíam nos faróis. O sinal de celular era péssimo. Foi um passeio terrível. Não havia nada a fazer além de conversar.

— Conte-me sobre a adormecida — disse Christian, como uma criança pedindo sua história de ninar favorita.

Peter jamais conseguiu decidir se amava Christian ou se o desprezava em segredo. Havia algo quase sobrenatural nele, nos cabelos dourados reluzentes e olhos alegres e brilhantes, no porte gracioso, no prazer natural com que encarava os estudos e na habilidade irritante para o desenho. Christian era até *cheiroso*. Eles haviam dividido um quarto nos últimos quatro anos de escola, e a porta em geral ficava aberta; assim, o lugar vivia cheio de rapazes do quadro de honra e moças de saias plissadas a caminho de entrar na universidade Vassar. Quando Peter ficava ao lado de Christian, ele se sentia como um gnomo escondido nas sombras, a alguns passos de uma tocha ardente. No entanto, Christian o adorava, e Peter aceitou isso mais ou menos como um direito. Afinal, ninguém mais levaria Christian a Milão, a Atenas ou à África — ou através da portinha.

— O outro lado do rio — disse Stockton. — Ela fica do lado dela, e nós ficamos do nosso.

— Mas você tem alguma ideia de quem ou do que ela é?

O pai de Peter desatarraxou a tampa de uma garrafinha de Jim Beam do tamanho das que são servidas em aviões. Ele a pegara da aeromoça na conexão de Toronto para Portland, Maine, onde se encontraram com Fallows. Stockton tomou um gole.

— Você consegue vê-la se descer à margem do rio. Ela fica em uma clareira, abaixo do que é chamado de dólmen, que é mais ou menos como uma... oca pré-histórica. Uma casa de pedra com paredes abertas. E lá está ela... a garota com um buquê de flores.

Peter se inclinou para a frente e fez a pergunta que Christian não faria.

— Que tipo de garota, pai? O tipo de garota que senta para estudar? Ou que prefere sentar a estudar?

Christian riu. Isso era outra vantagem da amizade com Peter. Enquanto Peter conseguia ajuda na prova final de história, Christian tinha alguém para dizer e fazer as coisas que um garoto educado não diria ou faria.

— O que você acha que aconteceria se alguém atravessasse o rio para dar uma olhada nela? — perguntou Fallows.

— Nem brinque com isso. Lembra a sua piadinha sobre caçar um dinossauro?

— Claro. Eu disse que teria cuidado para não pisar em uma borboleta. Por causa da história, a do Ray...

— Eu conheço essa história. Todo mundo conhece. Cruzar o rio? É como pisotear a porra da borboleta. Nós permanecemos nas colinas. Nós ficamos do nosso lado do rio.

Stockton ligou o rádio e sintonizou em uma estação que tocava música country. Eric Church cantou através de um leve chiado de estática.

Fallows era o amigo mais interessante de seu pai. Peter queria saber como ele havia matado pessoas na guerra. Queria saber como era a sensação de enfiar uma faca em alguém. Peter havia lido sobre soldados que mataram o inimigo e depois estupraram suas esposas e filhas. Achou que essa era uma razão bastante interessante para se alistar.

Ele estava sonhando acordado com soldados quando o grupo diminuiu a velocidade em uma barreira de estilo militar, uma cancela abaixada do outro lado da estrada na brecha em uma cerca de arame de três metros de altura. Fallows abaixou a janela do motorista. O pai de Peter se inclinou sobre ele e saudou as lentes de uma câmera de segurança. A cancela subiu. O carro prosseguiu.

— Pelo visto, o Charn se esqueceu de instalar uma metralhadora — disse Fallows.

O pai de Peter terminou de beber a garrafa de Jim Beam e a deixou cair no chão do carro alugado. Ele arrotou suavemente.

— Você só não viu.

Eles carregaram as próprias malas por uma ampla varanda que se estendia pelos dois lados da casa. Descobriram que havia uma sra. Charn: uma mulher baixa e pesada que arrastava os pés e não fazia contato visual, não tirava os olhos do chão. A coisa mais legal nela era a verruga grande, nojenta e vermelha embaixo do olho direito. Era como um umbigo no rosto.

Ela disse que o sr. Charn só chegaria em casa mais tarde, mas que teria prazer em fazer as honras. Peter odiava o cheiro da casa, um odor de livros antigos, de cortinas empoeiradas e bolor. Algumas das tábuas do piso estavam soltas. Os batentes das portas haviam cedido ao longo dos séculos (séculos?) e alguns deles estavam tortos, e todos eram baixos demais para um homem do século XXI. Os quartos ficavam no segundo andar: quartos pequenos e arrumados com camas de solteiro irregulares, móveis coloniais e penicos ornamentais.

— Quer dizer, estamos *torcendo* para que sejam ornamentais — disse Stockton, enquanto Peter cutucava um com o pé.

— Boa, sr. Stockton — falou Christian.

Quanto mais Peter via, mais deprimido ficava. O vaso sanitário no banheiro do andar de cima tinha uma correntinha para dar descarga e, quando levantou a tampa, um opilião saiu de lá de dentro.

— Pai — sussurrou Peter, com uma voz que reverberou. — Este lugar é um lixo.

— Você imaginaria que, com um fluxo de receita de um milhão de dólares por ano… — falou Fallows.

— A casa permanece como está — disse a sra. Charn bem atrás deles. Se a mulher ficou perturbada ao ouvir seu casarão ser chamado de lixo, não deu para perceber pelo tom de voz. — Nenhum batente torto será endireitado. Nenhum tijolo será substituído. Ele não sabe

163

por que a portinha se abre para outro lugar e não muda nada por medo de que não se abra de novo depois da mudança.

O opilião rastejou pelo chão até a ponta de um dos tênis Gucci de Peter. Ele o esmagou.

Mas Peter se alegrou quando chegaram ao término da turnê. Uma grande mesa foi montada na sala de troféus. A visão de todas aquelas cabeças decapitadas provocou uma pontada divertida na boca do estômago dele. Era um pouco como a pulsação nervosa de desejo que sentia sempre que estava se preparando para beijar uma garota.

Peter e Christian foram de uma ponta à outra de duas paredes, olhando para rostos mortos, chocados e admirados. Quase todos os troféus ostentavam barbas hipsters; se a pessoa ignorasse os chifres, era possível imaginar que o sr. Charn havia massacrado uma empresa que produzia chocolates artesanais no Brooklyn. Peter parou diante de um troféu, um lourinho com traços élficos e femininos, e esticou a mão para despentear os cabelos.

— Parece que encontramos seu pai, Christian — falou Peter.

Christian mostrou o dedo médio para o amigo, mas ele era tão certinho que escondeu o gesto atrás do corpo para que ninguém mais pudesse ver.

Eles estudaram o ciclope em silêncio durante um tempo, impressionados, e depois observaram um par de orcs com pele cinza, orelhas cravejadas de anéis de cobre e línguas pendentes tão roxas quanto berinjelas. Uma das cabeças estava na altura da cintura e Peter, disfarçadamente, fingiu que a criatura estava chupando o pau dele. Christian riu — mas também secou a testa úmida.

O primeiro prato foi uma sopa de ervilha. Embora parecesse a coisa que Regan vomitou em *O exorcista*, estava quente e salgada, e Peter terminou a sopa tão rápido que se sentiu enganado. O prato principal era uma perna de cordeiro, crocante e borbulhando com a gordura. Peter arrancou tiras compridas que pingavam — era o melhor carneiro que ele já tinha provado —, mas Christian apenas cutucou com o garfo. Peter sabia que Christian tinha um estômago nervoso e delicado. Ele vomitava com facilidade, sempre no primeiro dia de aula e, em geral, antes de uma prova importante.

A sra. Charn também percebeu.

— Tem gente que é assim mesmo. Ficam com vertigem aqui. Os mais sensíveis. Especialmente tão perto assim de um equinócio.

— Eu me sinto como uma mosca à beira de um ralo — disse Christian.

Ele falou como se estivesse com a língua inchada, parecia um adolescente bêbado pela primeira vez na vida.

Do outro lado da mesa, Fallows estava dando cordeiro por baixo da mesa para os cachorrinhos da sra. Charn, três terriers que se agitavam em volta dos seus tornozelos.

— A senhora não disse o que o sr. Charn está fazendo.

— Foi ao taxidermista — respondeu ela. — Pegando o último troféu.

— Podem me dar licença? — perguntou Christian, já empurrando a cadeira para trás.

Ele passou por uma porta de vaivém. Peter ouviu o amigo vomitando na cozinha. Antigamente, o cheiro de vômito e o som de alguém vomitando reviravam o estômago de Peter, mas depois de quatro anos dividindo um quarto com Christian, ele estava imune. Peter se serviu de um segundo biscoito amanteigado.

— Eu também fiquei com o estômago sensível na minha primeira vez aqui — confessou o pai de Peter. Ele bateu carinhosamente no filho com um cotovelo. — Ele vai se sentir melhor depois que chegarmos aonde estamos indo. Quando a espera terminar. A essa hora amanhã, Christian estará faminto.

Stockton olhou para a cabeceira da mesa.

— Guarde as sobras do Christian, por favor, sra. Charn. Até fauno frio é melhor do que nada.

Charn descobre um bisbilhoteiro

O sr. Edwin Charn entrou um pouco antes das onze da noite, carregando uma redoma de vidro sob um pedaço de linho branco. Blocos de neve caíram quando ele bateu as botas no chão, e, a seguir, uma tábua do assoalho rangeu em algum ponto acima. Charn ficou imóvel ao pé da escada e sintonizou seus sentidos no casarão. Era comum dizer que se conhecia um lugar como a palma da mão, mas, na verdade, Charn conhecia a fazenda Rumford um pouco melhor do que a palma da própria mão. Ele precisava apenas ouvir o silêncio por alguns momentos para localizar, com um grau fantástico de precisão, qualquer pessoa dentro do casarão.

O ronco estridente nos fundos da casa era a esposa. Charn era capaz de imaginar como ela dormia, com a cabeça inclinada para trás e a boca aberta, uma ponta do lençol enrolada em um punho. Molas rangiam em um quarto no segundo andar, do lado direito do patamar. Pelo barulho pesado, Charn imaginou que seria Stockton. O farmacêutico tinha cerca de trinta quilos a mais do peso ideal. O filho, Peter, peidava e gemia enquanto dormia.

Charn inclinou a cabeça e pensou ter ouvido a pisada macia e leve de um pé na escada que levava ao terceiro andar. Não poderia ser Fallows, o soldado, que fora despedaçado e costurado em alguma guerra; ele era rígido e musculoso, mas se movia com dor. Por eliminação, sobrou apenas Christian, o jovem que se parecia com um príncipe idealista de uma história inspiradora para meninos.

Charn tirou as próprias botas e subiu as escadas com muito mais cuidado, levando a redoma de vidro consigo.

O rapaz vestia um modelo antiquado de pijama listrado, o tipo de roupa que os irmãos Darling, de *Peter Pan*, usariam na véspera de Natal de 1904. Ele estava no outro extremo do sótão. Uma velha mesa de costura com um pedal de ferro ficava embaixo dos beirais. O tapete cor de musgo era tão velho e empoeirado que era quase do mesmo tom das tábuas do piso que cobria. A portinha — era como a porta de uma cristaleira — aguardava no outro extremo do cômodo. Charn ficou em silêncio enquanto o garoto girava a trava de latão, respirava fundo e abria a portinha.

— É só um duto de serviço — disse Charn.

O garoto levou um susto e bateu a cabeça no teto de gesso: um castigo satisfatório para um bisbilhoteiro. Ele caiu de joelhos e se virou, segurando a cabeça. O rosto de Christian estava vermelho de vergonha, como se Charn o tivesse flagrado assistindo à pornografia.

O anfitrião sorriu para mostrar ao rapaz que ele não estava enrascado. O teto era mais alto perto da escada, mas Charn ainda precisou se abaixar para se aproximar. Ele segurou a redoma de vidro diante de si com as duas mãos, como um garçom enviado pelo serviço de quarto levando um lanchinho em uma bandeja.

— Eu nunca tinha visto nada além do espaço atrás das paredes até as duas e meia da madrugada de 23 de setembro de 1982. Ouvi um barulho parecido com uma cabra solta no terceiro andar, a batida ritmada dos cascos nas tábuas. Cheguei ao corredor bem a tempo de algo vir disparado na minha direção. Pensei que fosse uma criança — não uma criança humana, entende, mas um filhote de cabra. Ele me atingiu no abdômen com os chifres, me derrubou e continuou correndo. Eu ouvi a criatura cair escada abaixo e atravessar a porta da frente. Edna, minha esposa, ficou com medo de sair do quarto. Quando recuperei o fôlego, desci as escadas com o corpo dobrado de dor. A porta estava aberta em uma esplêndida noite de verão. A grama alta rolava como ondas sob uma lua cheia dourada. Bem. Pensei que talvez um cervo tivesse entrado na casa de alguma forma, ficado aterrorizado e escapado. Por outro lado, nunca deixei as portas abertas à noite, e me pareceu curioso que um cervo tivesse chegado até o terceiro andar. Comecei a subir as escadas para o sótão. Estava no meio do caminho quando um brilho chamou a minha atenção. Era uma moeda de ouro, com um veado gravado, reluzindo em um dos degraus. Ainda tenho essa moeda. Bem. Subi o restante do caminho em um estado desconcertado, meio confuso e assustado. A portinha estava fechada, e não sei que impulso me fez levantar a trava. E aí, do outro lado: a ruína! O murmúrio da brisa de outro mundo! Aquele crepúsculo que creio que possa ser o presságio de uma noite eterna. Abri a portinha todos os dias depois disso. Mantive um calendário. Aquele outro lugar surgia em equinócios e solstícios. Em todos os outros dias, não havia nada além do duto de serviço atrás. Matei meu primeiro fauno na primavera de 1984, trouxe minha presa para casa comigo e fiquei satisfeito ao descobrir que era mais gostoso do que carneiro. Em 1989, comecei as caçadas. Desde então, matei de tudo, de fauno a orc, de whurl a whizzle, e, agora, minha alegria reside em dar a outros homens a oportunidade de matar eles mesmos criaturas de contos de fadas, de abater os personagens das histórias de ninar. Você sabia que se a pessoa comer o coração de um whurl, por um tempo ela consegue entender a linguagem dos esquilos? Não que tenham muito a dizer. Só falam de nozes e sexo. Fiquei careca na casa dos 30 anos, mas recuperei os cabelos da juventude desde que comecei a comer fauno.

Embora eu nunca mencione isso para a patroa, fodo como um touro quando estou longe. Vou a Portland para ver as damas da noite duas vezes por mês e deixo algumas de pernas bambas. Chifre de orc em pó. Faz o Viagra parecer uma aspirina. — Ele piscou. — Vá para a cama, rapaz. Amanhã você verá seus companheiros matarem devaneios em carne e osso.

Christian assentiu e fechou a portinha. Andou descalço, com a cabeça baixa, em direção à escada. Mas então, quando passou por Charn, olhou para trás, para a redoma de vidro coberta pelo linho, o mesmo pano que havia coberto a gaiola de pássaros.

— Sr. Charn? O que é isso? — perguntou.

Charn avançou para a luz da lua e colocou a redoma na mesa de costura. Tirou o pedaço de linho e dobrou sobre o braço.

— Este quarto está um tanto vazio, não é? Eu pensei que precisava de algo para animá-lo.

Christian se inclinou para olhar o interior da redoma. Dois whurls foram empalhados e colocados em poses dramáticas. Um deles estava em um galho de árvore engenhosamente posicionado, segurando uma espada tão comprida quanto o mindinho de Christian e arreganhando os dentes em um rugido cheio de presas. O outro, com uma capa verde, estava encolhido embaixo do galho, com os olhos franzidos em pensamento astuto: um conspirador se preparando para saltar.

— O bom e velho Hutch — disse Charn. — A boa e velha Mehitabel.

PARTE DOIS: O LADO *DELES* DA PORTA

Stockton deseja uma companhia melhor

Peter estava de mau humor. Ele tinha se esquecido de colocar a faca militar na mala, uma MTech com punho de pistola, e ficou reclamando, gemendo e batendo os pés no quarto, jogando fora o conteúdo da bolsa, com a certeza de que a faca devia estar ali em algum lugar, até que Stockton mandou que parasse com aquela porra ou poderia ficar na terra com as velhinhas.

Quando se reuniram no sótão depois do café com panquecas, estavam vestidos de camuflagem outonal, com tons de bege e verde--escuro. Todos portavam armas, exceto Christian, que tinha apenas o bloco de desenho. Ele estava totalmente recuperado do enjoo da noite anterior e agora seus olhos brilhavam de felicidade. Christian observou cada um dos homens como se fosse manhã de Natal e estava tomado por sentimentos de bom companheirismo. Stockton se perguntou se era possível ficar com dor de cabeça por passar muito tempo com alguém tão alegre. Excesso de otimismo descontrolado deveria ser proibido; as pessoas precisavam ser protegidas disso, como o fumo passivo. Para suavizar a dor persistente atrás dos olhos, foi necessário desatarraxar a tampa da garrafa térmica e tomar um gole de café, generosamente calibrado com um pouco de Baileys.

Charn foi o último a se juntar a eles e não se parecia em nada com o apresentador de programa infantil de emissora pública. Com o rifle Marlin 336 apoiado no ombro, o velho andava com a postura tranquila e confiante de um caçador veterano.

— Um de vocês estava ansioso demais para esperar a manhã e tentou abrir a porta na noite passada — disse Charn.

Christian corou, e o anfitrião sorriu com benevolência.

— Gostaria de tentar outra vez, jovem sr. Swift?

Ele se apoiou em um joelho junto à portinha. Então, segurou a trava por um único momento dramático — e, a seguir, abriu.

Folhas mortas foram sopradas pelo chão de madeira, trazendo com elas o cheiro do outono. Christian olhou para as sombras do outro lado pelo tempo que levou para tomar fôlego e depois rastejou. O barulho alegre e estridente como metal de sua risada ecoou estranhamente do outro lado. Stockton virou a garrafa térmica e tomou outro gole.

Peter deseja ação

Peter seguiu Christian pela portinha, passou pelas tábuas do sótão empoeirado, alcançou o chão frio de terra batida e depois saiu de baixo de uma saliência rochosa.

Ele se levantou e se viu em uma clareira na encosta de uma colina, um anfiteatro natural coberto de grama pálida. Virou-se em um círculo completo, olhando em volta. Pedras cobertas de musgo haviam sido espalhadas aqui e ali por toda a clareira. Levou um momento para reconhecer que as rochas haviam sido posicionadas de maneira proposital, criando um semicírculo, como os dentes na mandíbula inferior de um brutamontes antediluviano gigantesco. Uma única árvore de aparência morta, deformada e curvada espalhava galhos irregulares por cima da ruína. Mas a ruína de quê? De algum lugar de culto cruel, talvez. Ou provavelmente apenas o equivalente a uma dramática brochada. Quem poderia dizer? Não Peter Stockton.

A mão do pai caiu no ombro do rapaz. O vento sibilou através das folhas de grama.

— Ouça — disse Stockton, e Peter inclinou a cabeça.

Depois de um momento, os olhos dele se arregalaram.

A grama sussurrou: *"Veneno, veneno, veneno, veneno."*

— É erva assassina — informou o pai. — Ela diz isso sempre que o vento sopra e há homens por perto.

O céu acima deles era da cor opaca de um lençol manchado de sangue.

Peter olhou de volta para a portinha quando o sr. Fallows saiu de um mundo e entrou no outro. Deste lado, o batente era feito de pedra bruta e a porta em si foi construída na encosta da colina, que se erguia íngreme acima da saliência de pedra. Charn saiu por último e fechou a passagem depois de rastejar por ela.

— Fiquem de olho no relógio — disse Charn. — São 5h40. Às 17h40 temos que voltar. Se abrirem a porta um minuto depois da meia-noite, não vão ver nada além de um pedaço de rocha. E aí estarão enrascados. No nosso mundo, a porta se abre a cada três meses. Mas três meses lá são *nove* meses *aqui*. Você deve aguardar o tempo de gravidez de uma mulher antes que a porta se abra novamente, no solstício de verão, 21 de junho. E caso não consigam fazer as contas... *sim*. Faz 37 anos desde que abri a portinha no nosso mundo. Mas já faz *111* anos aqui.

— Um século de crepúsculo — falou Christian, com uma pontada de prazer.

— Um século de sombras — respondeu Peter, em um tom de reverência.

Charn cortou os dois.

— Falo por experiência própria: é melhor não ficar preso aqui. Passei a maior parte de 1985 neste mundo, fui caçado por faunos, traído por whurls e forçado a fazer uma barganha terrível com um golem a serviço do general Gorm, o Obeso. Era sempre crepúsculo, nove meses de sombras lutando contra sombras. Se nos separarmos e não encontrarem o caminho de volta, *serão* abandonados.

Deus, como ele gosta de falar, pensou Peter. Aos olhos dele, a verdadeira vocação de Charn não era *caçar,* mas *palestrar.*

Eles seguiram o homem pela escadaria sinuosa de degraus de pedra bruta. Os galhos das árvores mortas rangiam e farfalharam, e folhas antigas eram sopradas pelo vento em volta dos tornozelos.

Em dado momento, todos pararam diante do som de um grande mugido ao longe.

— Ogro? — perguntou o pai de Peter.

Charn assentiu. O mugido voltou, um som de desespero dolorido.

— Época de acasalamento — disse Charn, e riu com satisfação.

O rifle de Peter quicava e batia nas costas dele, e uma vez o cano ficou preso em um galho. O sr. Fallows se ofereceu para carregar a arma para o rapaz. A voz dele não disfarçava muito sua irritação. Peter ficou aliviado por tirar o rifle das costas. Ele achava que já estava carregando coisas demais. Na maior parte do tempo, ele odiava caçar. Passavam muito tempo esperando, e seu pai não o deixava levar o celular. Dar tiros era divertido, mas, muitas vezes, se passavam horas e *naaaaaada* acontecia. Peter enviou uma oração mental a todos os deuses bárbaros que governavam aquele mundo pedindo uma boa e rápida matança antes que ele mesmo morresse de tédio.

Christian deseja a noite

Eles desceram sem parar. Christian ouviu o barulho de água corrente ao longe e estremeceu de prazer, como se já estivesse dentro de um riacho gelado até a cintura.

Charn conduziu o grupo para fora da escada e para dentro da floresta. A um metro da trilha, tocou em uma fita de seda preta pendurada em um galho baixo. Assentiu de maneira expressiva e entrou na floresta envenenada. Eles seguiram uma trilha de fitas discretas por menos de oitocentos metros e enfim chegaram ao esconderijo, a seis metros do chão. Era um barracão apoiado em tábuas cruzadas nos galhos de uma árvore que lembrava um carvalho, ainda que não fosse um. Uma escada de corda coberta de musgo tinha sido pendurada em um galho alto, fora de alcance. Charn puxou a corda com a ajuda de um graveto comprido.

Havia algumas cadeiras de acampamento no esconderijo, uma prateleira de madeira com alguns copos empoeirados e um livro de bolso de aparência suja chamado *$20 Lust* para o caso de alguém querer algo para ler. Uma abertura, com cerca de trinta centímetros de altura e um metro de largura, dava vista para a descida do morro. Por entre as árvores, só era possível ter um vislumbre da água preta lá embaixo.

Charn foi o último a subir a escada e só enfiou a cabeça e os ombros pelo alçapão.

— Eu construí esse esconderijo em 2005 e não dou um tiro daqui desde 2010. Como cada ano nosso são três deles, acho seguro presumir que nenhuma criatura estará atenta caso passe por perto. Desse esconderijo, vocês conseguem tanto ver as escadas quanto atingir quem estiver andando pela trilha ao lado do rio. Devo sair para verificar o estado dos meus outros esconderijos e colocar algumas armadilhas para whurls. Com sorte, terei novos troféus para substituir Mehitabel e Hutch antes de sairmos deste mundo. Se ouvir um tiro, voltarei correndo, e não precisam ter medo de atirar em mim na penumbra por acidente. Sei o que pode ser visto deste esconderijo e não tenho intenção de atravessar seu campo de fogo. Cuidado com os faunos! Eles são abundantes, e vocês certamente verão alguns em breve. Lembre-se: aqui não há leis contra matar uma corça ou um filhote de fauno, e a carne é igualmente macia, mas só os adultos viram troféus!

Ele levantou dois dedos em uma saudação irônica e desceu, fechando o alçapão.

Christian havia se acomodado em uma das cadeiras de acampamento com o bloco de desenho, mas se levantou com um pulo para examinar uma teia de aranha em um canto alto, imerso nas sombras. A aranha tinha escrito algumas palavras na teia:

CAMAS GRÁTEIS PARA MOSCAS

Christian sussurrou, com a voz assustada, para Peter olhar. O amigo examinou a teia por um momento e depois disse:

— Não acho que seja assim que se escreve "grátis".

Stockton desabou em uma cadeira de acampamento, desabotoou um dos bolsos da frente da jaqueta camuflada e retirou um cantil pequeno de lá. Ele tomou um gole de café, suspirou e ofereceu a Fallows. O outro homem balançou a cabeça.

— É difícil de acreditar que é real — falou Christian, virando o bloco de desenho para uma nova página e começando a esboçar à toa. — Que isso não é um sonho.

— Que horas você acha que é? Quase noite ou quase dia? — perguntou Stockton.

— Talvez o mundo não tenha decidido ainda — respondeu Christian. — Talvez ainda possa ser um ou outro.

— O que você quer que seja? — indagou Fallows.

— Noite, com certeza! Aposto que as melhores criaturas saem à noite. Os monstros de verdade. Seria ótimo levar uma cabeça de lobisomem para a parede.

Peter gargalhou. Ele pegou de volta o rifle que estava com Fallows e se jogou no chão.

— Espero que a gente não encontre um lobisomem — disse Stockton por cima da garrafa térmica. — Depois do que gastamos para chegar aqui, não sobrou muito para as balas de prata.

Fallows se prepara

Uma hora se passou, depois outra. Christian e Peter comeram sanduíches. Stockton afundou na cadeira de acampamento, tomando café irlandês, parecendo sonolento e contente. Fallows esperava ao lado da janela aberta, observando a noite. A pulsação estava acelerada, era um sentimento de ansiedade e empolgação que o fez pensar na espera na fila de uma montanha-russa. Fallows sempre se sentia assim antes de matar.

— Eu gostaria de vê-la — falou Christian. — A adormecida. Ei, sr. Stockton. Você não contou se ela é uma *garotinha* ou, tipo, uma mulher?

— Bem, só vi a adormecida ao longe, mas eu diria...

Fallows esticou a mão em um gesto que pedia silêncio. Peter ficou rígido ao olhar pela fenda que dava para a encosta abaixo. Sem olhar para trás, Fallows chamou Christian para se juntar a eles na janela.

Três figuras subiam os degraus. Uma delas, a mais alta, segurava uma tocha que ardia em fogo azul. Chifres de carneiro surgiam de ambos os lados do crânio, e ele andava com a mão no ombro do filho, uma criança com um colete solto e agitado pelo vento, com os próprios chifres brotando na testa. Uma corça os seguia, carregando uma cesta.

— É todo seu, Peter — sussurrou Fallows. — Eu mesmo carreguei a sua arma.

— Acerte o grande — disse Stockton.

Peter observou os alvos com olhos curiosos e pensativos.

— Se eu atirar no garoto, eles vão parar para cuidar dele, e podemos acertar os três.

— Ah, belo raciocínio — falou Stockton. — Você tem uma boa cabeça sobre os ombros. E, em um minuto, terá uma ainda melhor para a parede do Charn.

— Atire — disse Christian.

Peter apertou o gatilho.

O caçador acumula as primeiras presas

A arma soltou um estalo insatisfatório.

Frustrado e confuso, Peter puxou o ferrolho para trás. O rifle estava vazio.

— Porcaria do caralho — disse Peter. Atrás dele, uma cadeira caiu. — Sr. Fallows, isso não está carregado.

Peter olhou para trás. O rosto ficou sério, depois empalideceu, e Christian desviou o olhar dos faunos para ver por si mesmo.

O pai de Peter havia tombado da cadeira, com o cabo de borracha preto de uma faca militar no peito. O rosto vermelho, pesado e bêbado de Stockton estava perplexo, como um homem ao ler um extrato bancário indicando que, de uma maneira impossível, ele estava falido. Christian teve um pensamento distante e distraído de que aquela era a faca que Peter não havia conseguido encontrar pela manhã.

Peter olhou para o pai.

— Pai?

Fallows estava de pé sobre Stockton, de costas para os garotos. Ele tentava arrancar o rifle do ombro do moribundo. Stockton não emitiu som, não ofegou, não gritou. Os olhos dele se voltaram para longe.

Peter passou correndo por Christian e tentou pegar o grande CZ 550 de Fallows, que estava encostado na parede. Os dedos estavam rígidos e desajeitados pelo susto, e ele apenas derrubou a arma.

Fallows não conseguiu tirar o rifle de Stockton. A correia ainda estava presa por cima do ombro dele, e o próprio Stockton segurava a coronha, em um último esforço fracassado para resistir.

Fallows olhou de volta para os garotos.

— Não faça isso, Peter — disse ele.

Peter enfim conseguira pegar o CZ. Ele puxou o ferrolho para se certificar de que estava carregado. Estava.

Fallows passou por cima de Stockton e se virou para encará-los. Stockton ainda estava com a alça do rifle presa ao ombro e segurava a coronha, mas Fallows colocou uma das mãos embaixo do cano e o dedo no gatilho e apontou para Peter.

— Pare — falou ele, com a voz quase sem emoção.

Peter disparou. De tão perto, o estampido da arma era ensurdecedor, um grande rugido seguido de um gemido atordoante. Um pedaço de madeira branca explodiu do tronco da árvore à direita, bem atrás de Fallows. Enquanto as lascas passavam voando por ele, Fallows afastou a mão de Stockton com um tapa e apertou o gatilho da arma. A cabeça de Peter foi para trás, e a boca se abriu em uma expressão que era muito comum em sua vida: um olhar de perplexidade obtusa. O buraco vermelho e preto acima de sua sobrancelha esquerda era grande o suficiente para enfiar dois dedos.

Christian ouviu alguém gritar, mas não havia ninguém vivo no esconderijo, exceto Fallows e ele mesmo. Depois de alguns momentos, percebeu que era ele quem estava fazendo todo o barulho. Largou o bloco de desenho e protegeu o rosto com as duas mãos. Christian não soube o que disse ou prometeu, não conseguiu escutar a si mesmo com o zumbido nos ouvidos.

O alçapão subiu mais ou menos trinta centímetros, e Charn olhou para eles. Fallows conseguiu soltar o rifle preso em Stockton e girou o cano a fim de apontá-lo para o velho. Charn caiu com a mesma rapidez, e o alçapão se fechou com um baque. Christian ouviu o ruído das folhas sendo esmagadas quando o homem atingiu o chão lá embaixo.

Sem olhar para trás, Fallows abriu o alçapão, desceu por ele e foi embora.

Christian em fuga

Demorou muito tempo até Christian conseguir se mexer. Ou pelo menos foi o que pensou. Naquele mundo à meia-luz, era difícil julgar a passagem dos minutos. Christian não tinha relógio e havia deixado o celular, por ordem de Charn, no outro mundo. Soube apenas que tinha tido tempo para molhar a calça e para que a umidade esfriasse.

Christian tremia em rajadas convulsivas. Ele levantou a cabeça e olhou pela vigia. Os faunos haviam desaparecido da escada. A colina estava silenciosa no crepúsculo.

Christian se deu conta, com uma urgência repentina e nauseante, de que precisava voltar à portinha. Ele pegou o bloco, sem pensar no motivo de ter feito aquilo — porque era dele, porque tinha seus desenhos — e se arrastou pelo piso de madeira. Hesitou ao lado do cadáver do sr. Stockton. O grandalhão encarava o teto com os olhos arregalados e assustados. A garrafa térmica estava perto da mão dele. O café havia derramado e encharcado as tábuas do assoalho. Christian pensou que deveria pegar a faca e tentou arrancá-la do peito de Stockton, mas a lâmina estava enterrada fundo demais, presa entre duas costelas. O esforço o fez soluçar. Então pensou que deveria voltar rastejando até Peter e tirar o CZ 550 das mãos do amigo, mas não suportava olhar para o buraco na testa dele. No final, Christian deixou o esconderijo como havia chegado, desarmado.

Desceu a escada de corda instável. Tinha sido fácil subir. Foi muito mais difícil descer, porque as pernas tremiam sem parar.

Quando chegou ao chão, examinou a escuridão e começou a andar pela encosta da colina, em direção à escadaria de pedra bruta.

Uma fita de seda preta chamou a sua atenção, e ele sabia que estava no caminho certo.

Havia caminhado o suficiente para suar bastante quando ouviu gritos e um som como uma manada de pôneis correndo pelas árvores. A mais ou menos três metros de distância, Christian viu um par de faunos disparando pelas sombras. Um deles carregava uma espada curva. O outro tinha o que parecia ser uma boleadeira, uma massa de tiras de couro pendendo com pedras amarradas nas extremidades.

O fauno com a cimitarra saltou um tronco caído, subiu a colina com a vitalidade de um veado e desapareceu de vista. O que tinha a boleadeira seguiu por alguns metros, depois se deteve e olhou morro abaixo, fixando o olhar em Christian. O rosto duro cheio de cicatrizes do fauno tinha uma expressão altiva de desprezo. Christian gritou e fugiu ladeira abaixo.

O tronco de uma árvore irrompeu da escuridão, e Christian bateu nele, girou o corpo, perdeu o equilíbrio e caiu. Rolou colina abaixo. O ombro atingiu uma pedra afiada. Girou de novo e continuou a descer a ladeira, ganhando velocidade. Em dado momento, parecia que o corpo inteiro tinha decolado, deixando um rastro de folhas mortas. Por fim, ele colidiu com força em outra árvore e parou apoiado nela. Estava agora nas samambaias no pé da colina. Logo depois delas, havia um caminho coberto de musgo e o rio.

Christian sentia medo demais para fazer uma pausa e avaliar quanto poderia estar ferido. Ele ergueu o olhar para o alto da colina e viu que o fauno o encarava de volta a quinze metros de distância. Ou pelo menos foi o que pensou ter visto. Podia ter sido apenas uma árvore magra e curvada ou uma rocha. Ele estava louco de pavor. Christian ficou de pé e correu mancando, respirando com dificuldade. O lado esquerdo do corpo pulsava de dor, e ele torcera o tornozelo ao rolar pela colina. O bloco de desenho se perdeu em algum lugar.

O garoto magricela seguiu a trilha rio abaixo. Era um rio largo, tão largo quanto uma rodovia de quatro faixas, mas, à primeira vista, não muito fundo. A água corria e espumava sobre um leito de pedras, formando bacias escuras antes de seguir em frente. No esconderijo, o calor humano de todos eles havia provocado certa tepidez abafada, mas, no rio, estava frio o suficiente para Christian ver a condensação da própria respiração.

Uma trompa soou em algum lugar distante, uma trompa de caça de algum tipo, um longo grito tonitruante. Ele lançou um olhar frenético para trás e cambaleou. Tochas ardiam no crepúsculo, uma dezena de chamas azuis distantes tremulando pelas escadas labirínticas que subiam as colinas. Christian se deu conta de que poderia haver dezenas de grupos de faunos nas colinas, caçando homens. Caçando ele.

Então continuou correndo.

A cem metros, o pé direito bateu em uma pedra e Christian caiu de quatro.

Por um tempo, ficou naquela mesma posição, ofegando. Então, surpreso, viu uma raposa do outro lado da água, observando-o com olhos ávidos e bem-humorados. Os dois se entreolharam pelo tempo que levou para tomar um fôlego. Então a raposa exclamou para a noite:

— Homem! — berrou a raposa. — O homem está aqui! Um filho de Caim! Mate-o! Venham matá-lo, e eu lamberei o sangue dele!

Christian soluçou e se afastou. Correu até ficar tonto e vendo luzes, enquanto o mundo pulsava e desaparecia, pulsava e desaparecia. Diminuiu a velocidade, com as pernas tremendo, e depois gritou, assustado. A luz que vinha entrevendo, um brilho azul vacilante, era uma tocha. Um homem estava parado na colina, uma silhueta escura diante de um fundo mais escuro ainda. O sujeito segurava a tocha na mão direita. Na esquerda havia uma arma.

Christian agiu sem pensar. Como o homem estava à direita, ele desviou para a esquerda e caiu no rio. Era mais profundo do que parecia. Em três passos compridos, estava com água no joelho. Em instantes, Christian perdeu toda a sensação nos pés.

Ele continuou correndo, o chão sumiu, e Christian mergulhou até a virilha e gritou com o choque do frio. A respiração era rápida e curta. Alguns passos desesperados depois, caiu e quase submergiu. Christian lutou contra a correnteza, mas não esperava que fosse tão forte.

O garoto estava no meio do caminho quando viu o dólmen. Um prato de pedra cinza, do tamanho de um telhado de garagem, estava apoiado em seis rochas tortas e inclinadas. Embaixo do teto de pedra cinza, no centro da área coberta, havia um altar antigo de pedra irregular, com uma garota em uma camisola branca dormindo tranquila. A visão dela aterrorizou Christian, mas o medo que sentia dos perseguidores o impeliu a continuar em frente. Fallows saíra da escuridão das árvores. Ele já estava com água pelos tornozelos, depois de tirar os sapatos antes de entrar no rio. Enquanto o garoto tinha tropeçado, afundado e quase se afogado, Fallows sabia exatamente onde pisar, de maneira que nunca ficava com água além da altura da canela.

A água ao longo da margem estava na altura dos quadris, e Christian agarrou um punhado de grama escorregadia para erguer o corpo. A erva assassina sibilou *"Veneno, veneno!"* para ele e saiu em pedaços, jogando Christian de volta no rio. Ele afundou até o pescoço e irrompeu em soluços de frustração. Jogou-se na margem novamente, chutou e se contorceu na terra como um animal — como um porco tentando sair da lama — e subiu em terra firme com dificuldade. Não parou, correndo para baixo do dólmen.

Era a beirada de um prado gramado; a linha mais próxima de árvores ficava a dezenas de metros de distância, e Christian entendeu que, se tentasse chegar à floresta, seria facilmente abatido pelo rifle de Fallows. Além disso, estava tremendo e exausto. O garoto pensou desesperadamente que poderia se esconder e tentar conversar com Fallows. Christian nunca havia atirado em nada. Era inocente naquela situação. E tinha certeza de que Fallows matara os outros tanto pelo que fizeram quanto pelo que pretendiam fazer. A injustiça da questão o abateu. Fallows também tinha matado. O leão!

Ele se escondeu atrás de um dos pilares do dólmen, sentou, abraçou os joelhos no peito e tentou não soluçar.

Daquele esconderijo ridículo, Christian viu a criança. Os cabelos dourados batiam nos ombros e pareciam ter sido escovados recentemente. Ela segurava um buquê de ranúnculos amarelos e cenouras selvagens no peito. Tudo o que Christian viu naquele lugar estava morto ou morrendo, mas aquelas flores pareciam tão frescas quanto se tivessem acabado de ser colhidas. A menina devia ter 9 anos e tinha a tez rosada de saúde.

A luz do fogo lançou um brilho azul inconstante no dólmen quando Fallows se aproximou.

— Você já viu um rosto mais confiante na vida? — perguntou Fallows baixinho.

Ele entrou e se fez visível, com a arma em uma das mãos e a tocha na outra. Fallows recuperara o bloco de desenho de Christian e o carregava embaixo do braço. Ele não olhou para o garoto, mas se sentou na beirada da pedra, ao lado da adormecida, observando-a como alguém inspirado.

O velho soldado pousou o bloco de desenho. De dentro do casaco camuflado, retirou uma pequena garrafa de vidro, depois outra e enfim uma terceira. Havia cinco no total. Fallows desenroscou a tampa da primeira e levou aos lábios da menina, embora a garrafinha estivesse vazia ou era o que parecia.

— Este mundo está chorando pelos cantos há muito tempo, Christian — disse Fallows. — Mas agora vai ganhar um novo suspiro.

Ele desenroscou outra garrafa e levou à boca da adormecida.

— Suspiro? — sussurrou o garoto.

— O suspiro dos reis — disse Fallows, com um leve aceno de cabeça. — Seus últimos. O suspiro do leão, do elefante, do leopardo, do búfalo e do grande rinoceronte. Vai neutralizar a obra do envenenador, o general Gorm, vai despertá-la e acordar o mundo com ela.

Quando esvaziou todas as garrafas vazias, ele suspirou e esticou as pernas.

— Como eu odeio sapatos. Deus salve a minha espécie dos sapatos. E aqueles pés protéticos horríveis!

Christian baixou o olhar para os cascos negros, reluzentes e ossudos na extremidade dos tornozelos de Fallows. Ele tentou gritar de novo, mas não tinha mais voz.

Fallows viu o garoto recuar, e um sorriso levíssimo contorceu os lábios.

— Tive que quebrar meus próprios tornozelos; esmagá-los e reformatá-los, sabe. Quando fui pela primeira vez ao seu mundo. Mais tarde, quebrei e reconstruí os tornozelos de novo, pelas mãos de um médico que recebeu um milhão de dólares para manter meu segredo e foi pago com chumbo para confirmar seu silêncio. — Fallows afastou os cabelos encaracolados e tocou a ponta de uma orelha rosada. — Graças a Deus não sou um Fauno das Montanhas, só um Fauno das Planícies! Os Faunos das Montanhas têm orelhas como os veados do seu mundo, enquanto nós, os simples faunos do interior, temos orelhas humanas. Mas eu teria cortado alegremente minhas orelhas por ela, se fosse necessário. Teria arrancado meu coração e oferecido a ela, escorregadio, vermelho e pulsando nas minhas próprias mãos.

Fallows se levantou e deu um passo na direção de Christian. A tocha, que ele nunca tinha deixado de lado, passou de azul para um tom fantasmagórico e sujo de esmeralda. Faíscas começaram a se soltar das chamas.

— Não preciso da minha tocha — disse Fallows — para saber o que você é. E não precisava ver seus esboços para conhecer sua índole.

Ele jogou o bloco aos pés de Christian.

O garoto olhou para um desenho de cabeças cortadas enfiadas em estacas enormes: um leão, uma zebra, uma menina, um homem, uma criança. A brisa folheou as páginas. Desenhos de armas. Desenhos de matança. O olhar atordoado e assustado de Christian foi para a tocha.

— Por que ela está mudando de cor? Eu não sou uma ameaça!

— O Charn não sabe muita coisa sobre as videiras da punctura. Elas não mudam de cor na presença de *ameaça*, mas de *maldade*.

— Nunca matei nada! — falou Christian.

— Não. Mas riu enquanto outros homens matavam. Quem é pior, Christian: o sádico que serve honestamente à sua verdadeira índole ou o homem comum que não faz nada para impedi-lo?

— *Você* matou! Você foi à África para matar um leão!

— Fui à África para libertar o máximo possível de amigos da minha imperatriz, e foi o que fiz, depois de molhar as mãos certas. Uma dúzia de elefantes e duas dúzias de girafas. Infectei os leões com uma das muitas doenças de seu mundo impuro, para lhes dar dignidade e liberdade. Quanto ao idoso que matei, ele estava pronto para andar pela grama alta na savana de fantasmas. Pedi o perdão do leão no dia anterior à caçada, e ele me deu. Você falou com ele também... depois que atirei nele. Você se lembra do que disse enquanto o leão sangrava até a morte?

O rosto de Christian se enrugou de emoção, e os olhos ardiam.

— Você perguntou a ele como era a sensação de morrer. Ele tentou mostrar a você, Christian, e quase conseguiu. Como eu gostaria que não tivesse escapado. Isso teria me poupado um trabalho feio aqui.

— Sinto muito! — gritou Christian.

— É — disse Fallows. — Não sentimos todos?

Ele abaixou o cano da arma. O aço beijou a têmpora direita de Christian.

— Espere, eu... — gritou o rapaz.

A voz dele se perdeu no som tonitruante do trovão.

A adormecida desperta

Depois, Fallows se sentou junto à garota para esperar. Durante muito tempo, nada aconteceu. Faunos se aproximaram do dólmen, mas se mantiveram a uma distância respeitosa do círculo, olhando para dentro. O mais velho deles, Nó Perdoador, um fauno idoso com uma cicatriz ondulante no rosto, começou a cantar. Cantou o nome antigo de Fallows, o nome que havia deixado para trás naquele mundo quando fugiu pela portinha com o último tesouro da imperatriz, para encontrar o suspiro dos reis e devolvê-la à vida.

A luz assumira um leve brilho perolado quando a garota bocejou e esfregou o punho em um olho sonolento. Ela ergueu os olhos embaçados pelo torpor, e eles encontraram Fallows. Por um momento a menina não o reconheceu e franziu a testa com perplexidade. A seguir, reconheceu e riu.

— Ah, Pé Lento — disse. — Você foi embora e cresceu sem mim! E perdeu os chifres imponentes! Ah, meu querido. Ah, meu antigo companheiro de brincadeiras!

No momento em que Fallows largou as roupas humanas e Nó Perdoador estava cortando os cabelos dele com uma faca de lâmina larga, ela ficou sentada na beirada do altar de pedra, balançando os pés acima da grama, enquanto os faunos formavam uma fila para se ajoelhar diante da menina, baixar a cabeça e receber a sua bênção.

Um mundo acorda com ela

Pela terceira vez, Charn rangeu os dentes para não desmaiar. Quando a tontura passou, continuou rastejando, de braçada em braçada, permanecendo no chão. Ele prosseguiu devagar, avançando não mais que dez metros em uma hora. O tornozelo esquerdo estava quebrado — gravemente. A fratura tinha acontecido quando ele caíra do esconderijo, e foi por pouco que escapou de Fallows.

Havia seis faunos no círculo de adoração, organizados ali para impedir qualquer fuga pela portinha. Mas Charn ainda tinha a arma. Ele foi subindo metodicamente, evitando a erva assassina que sussurraria se o visse — *"Veneno! Veneno!"* —, deslocando-se tão devagar que o estalo das folhas secas sob o corpo era quase imperceptível, até para os ouvidos sensíveis dos faunos. Havia uma saliência de pedra que se projetava sobre a clareira. Era acessível apenas de um lado, pois a encosta do outro lado era muito íngreme e a terra, muito frouxa. Também não havia um acesso fácil por cima do penhasco. No entanto, para um homem armado neste afloramento, disparar nos faunos na clareira seria moleza.

Se ele deveria abrir fogo... bem, isso eram outros quinhentos. O bando de guerreiros faunos ainda poderia ir embora. O garoto Christian ainda poderia fazer uma aparição conveniente e atraí-los. Por outro lado, se a quantidade de faunos lá embaixo aumentasse, talvez fosse melhor simplesmente fugir. Charn já havia sobrevivido naquele mundo por nove meses uma vez e conhecia um golem que faria um acordo. O general Gorm, o Obeso, sempre tinha trabalho para um homem mau que andasse armado.

Charn se colocou atrás de um tronco podre e limpou o suor da testa. Uma única árvore atingida por um raio, parecida com uma faia, pairava sobre ele, parcialmente escavada. Abaixo, um arbusto farfalhou na beirada da clareira, e o chamado Nó Perdoador surgiu com uma boleadeira pendurada no cinto. Charn o conhecia bem. Ele calculou mal um tiro no velho fauno anos antes e deu a ele aquela cicatriz. Charn sorriu e fechou a cara. Odiava errar.

Ver Nó Perdoador fez Charn tomar a decisão: matá-los agora, antes que outros faunos aparecessem. Ele tirou o Remington do ombro e apoiou o cano no tronco. Colocou a mira no Nó Perdoador.

Algo caiu da árvore morta sobre Charn. Houve um chilreio e um farfalhar.

— Assassino! — gritou um whurl, olhando para Charn do alto de um galho da árvore atingida pelo raio. — Salvem-se! Um filho de Caim está aqui para matar todos vocês!

Charn rolou e apontou o cano para cima. A mira encontrou o whurl, ele apertou o gatilho e a arma emitiu um clique curto e seco. Por um momento, Charn ficou olhando para o velho Remington com uma espécie de perplexidade inexpressiva. O rifle estava carregado — ele havia colocado um cartucho novo havia apenas poucos minutos. Uma falha? Charn não acreditava naquilo. Ele limpava e lubrificava a arma uma vez por mês, não importava se ia usá-la ou não.

Charn ainda estava começando a entender aquele clique terrível e inerte quando o laço de corda caiu. O laço o pegou pelo rosto, e Charn se sentou. Ao fazer isso, a corda desceu até o pescoço e se apertou. O laço *puxou*. A corda o sufocou e puxou o homem para trás, por cima do tronco podre e sobre a saliência. Ele girou quando caiu. Atingiu a terra com força suficiente para expulsar todo o ar de dentro dele. Costelas quebradas. A dor gritou no tornozelo quebrado. Mil pontinhos pretos surgiram na sua visão, como mosquitos, só que estavam dentro da sua cabeça.

Ele se esparramou no chão, a três metros da portinha. Quando a visão clareou, parecia que o céu estava mais claro, quase cor de lima. Charn conseguia ver nuvens brancas ao longe.

A mão direita procurou o rifle, mas, assim que os dedos trêmulos tocaram a coronha, quem quer que segurava a outra extremidade da corda arrastou Charn para longe. Ele engasgou, tentou enfiar os dedos embaixo da corda e não conseguiu. Charn rolou e chutou ao ser arrastado e acabou ficando de bruços, debaixo da árvore morta, solitária e corrompida, que se inclinava sobre todo o anfiteatro natural.

— O rifle não lhe serviria de nada — disse Fallows acima dele. Charn olhou fixamente para os cascos pretos. — Tirei o percussor na noite passada, enquanto você estava no sótão com Christian.

A tensão na corda diminuiu, e Charn conseguiu afrouxar o laço alguns centímetros e tomar fôlego. Ele ergueu o olhar para Fallows. O crânio estava raspado para mostrar os cotocos dos chifres, serrados havia muito tempo, e o fauno estava iluminado por trás pelo céu cor de ouro-avermelhado de cobre recém-cunhado.

Havia uma garotinha ao lado de Fallows, segurando sua mão. Ela olhou sério para Charn — o olhar severo, frio e avaliador de uma rainha.

— Ela chegou para você, sr. Charn — falou a garotinha. — Ela enfim o encontrou.

— Quem? — perguntou ele. — Quem chegou?

Charn estava confuso e assustado e queria desesperadamente saber.

Fallows atirou uma extremidade da corda por cima de um galho da árvore pendente.

— A luz do dia — respondeu a garota, e com isso Fallows içou Charn no ar.

DEVOLUÇÕES ATRASADAS

QUANDO OS MEUS PAIS MORRERAM, eles morreram juntos.

Meu pai escreveu algumas cartas primeiro. Escreveu uma para a Delegacia de Polícia de Kingsward. A visão dele já era bem ruim — o homem era considerado legalmente cego havia três anos —, e a carta era curta, escrita em um rabisco quase ilegível. Ela informava à polícia que havia dois corpos em um Cadillac azul, estacionado na garagem da casa dele na rua Keane. Minha mãe conseguiu cuidar do meu pai até três meses antes, mas tinha sido diagnosticada com demência progressiva, e sua condição piorava rapidamente. Ambos temiam deixar o filho único com o fardo de cuidar dos pais por anos a fio e decidiram agir antes que o poder de escolha lhes fosse tirado. Meu pai pediu perdões sinceros por "qualquer confusão e estresse" que a decisão deles pudesse causar.

Ele escreveu outra carta para mim. Desculpou-se pela caligrafia de merda, mas que eu sabia como eram os olhos dele, e disse que "a mamãe está com medo de ficar emocionada demais para tentar escrever isso". Ela disse para o meu pai que queria morrer antes que esquecesse as pessoas que faziam a vida valer a pena. Minha mãe pediu que ele a ajudasse a se suicidar, e meu pai admitiu que estava pronto para "acabar com essa bosta" havia alguns anos. Ele só tinha continuado vivendo porque não conseguia suportar a ideia de deixá-la sozinha.

Meu pai disse que eu era um garoto muito bom. Falou que eu era a melhor parte da vida dele e que a minha mãe achava a mesma coisa. Ele me pediu para não ficar com raiva dos dois — como se eu pudesse. Disse que esperava que eu compreendesse. Eles nunca quiseram continuar vivos só por continuar vivos.

"Eu já falei isso mil vezes, mas ainda acredito que algumas palavras nunca perdem seu poder, não importa o quanto sejam repetidas. Então: te amo, Johnnie. Mamãe também te ama. Não fique triste por muito tempo. O filho que vive mais que os pais é a única história feliz que os seres humanos merecem."

Meu pai selou os dois envelopes, colocou-os na caixa de correio e levantou a bandeira vermelha de latão para que fossem recolhidos pelo carteiro. A seguir, entrou na garagem, onde a minha mãe estava esperando por ele no banco do carona do Cadillac. O carro funcionou até ficar sem combustível e a bateria acabar. O Cadillac era velho o suficiente para ainda ter um toca-fitas, e eles morreram ouvindo *Portrait of Joan Baez*. Na minha imaginação, minha mãe pousara a cabeça no peito do meu pai, e ele passara o braço em volta dela, mas não sei se foi assim que os dois foram encontrados. Eu estava em Chicago, dirigindo um caminhão semirreboque para o Walmart, quando a polícia entrou na garagem. A última vez que vi meus pais foi no necrotério. A asfixia tinha feito o rosto deles ficar da cor de berinjela. Foi a última imagem que tive deles.

A empresa de transporte e logística em que eu trabalhava acabou me demitindo. Quando os policiais me ligaram, dei meia-volta sem entregar a carga. Alguns Walmarts do meio-oeste americano ficaram sem uvas roxas na seção de hortifrúti, e meu supervisor surtou e me mandou para o olho da rua.

Meus pais morreram da maneira que quiseram e viveram assim também. Não parecia que eles possuíam tanta coisa: um rancho com uma casinha em uma cidade insignificante de New Hampshire, um Cadillac de vinte anos e um monte de dívidas. Antes de se aposentarem juntos, minha mãe dava aulas de ioga e meu pai era caminhoneiro. Eles não ficaram ricos, não ficaram famosos e viveram na mesma casa por 25 anos antes de poderem dizer que eram donos dela.

Mas ela lia para o meu pai enquanto ele cozinhava, e ele lia para a minha mãe enquanto ela dobrava as roupas. Os dois montavam um quebra-cabeça de mil peças todo fim de semana e faziam as palavras cruzadas do *New York Times* diariamente. Meus pais fumavam quantidades enormes de maconha — e inclusive compartilharam um baseado no carro antes de se intoxicarem. Minha mãe fez um memorável salpicão de maconha no Dia de Ação de Graças quando eu tinha 19 anos que me deixou terrivelmente enjoado. Nunca consegui gostar de fumar maconha, um fracasso que eles aceitaram com certa resignação divertida.

Meu pai foi juiz de mais de mil jogos da liga de beisebol infantil. Minha mãe foi voluntária nas campanhas de Bernie Sanders, Ralph Nader e George McGovern. Ninguém jamais trabalhou com mais afinco ou otimismo por tantas causas perdidas. Eu disse para a minha mãe que ela era alérgica a vencedores, e meu pai gritou: "Ei! Não critique! Se não fosse assim, eu nunca teria tido chance com ela!" Eles participavam de manifestações de mãos dadas.

E os dois adoravam a biblioteca. Quando eu era pequeno, fazíamos viagens de família à biblioteca todos os domingos à tarde. O primeiro presente de Natal que me lembro de receber foi uma carteira azul reluzente com costura vistosa e meu cartão da biblioteca enfiado nela.

Por alguma razão, sempre que cai a primeira neve do ano, penso nessas visitas à biblioteca. Meu pai sentado a uma das mesas de madeira riscada na sala dos periódicos, lendo a *The Atlantic* à luz de uma luminária verde, sob uma janela de vitral com um monge pintando um manuscrito ilustrado. Minha mãe me levando à biblioteca infantil, onde havia sofás enormes em cores primárias vivas, e me deixando solto. Quando eu precisasse dela, minha mãe estaria lendo Dorothy Sayers sob a gigantesca estátua de plástico de uma coruja usando óculos bifocais.

Era um lugar importante para eles. Meus pais se conheceram em uma biblioteca. Quer dizer, mais ou menos. Minha mãe morava na cidade vizinha, Fever Creek, em um pequeno vicariato feito de tijolos, pois o padrasto dela era um pastor anglicano sério e neurótico. Meu pai acabou passando um verão em Fever Creek, trabalhando no ferro--velho do tio dele. Os dois se conheceram enquanto esperavam pela biblioteca móvel, que fazia um passeio semanal pelo lugar. Naquela época, era possível pegar emprestado não só livros, mas também LPs — afinal de contas, era o Verão do Amor — e meus ainda-não-pais discutiram quando tentaram pegar o único disco de *Portrait of Joan*

Baez ao mesmo tempo. Os dois chegaram a uma trégua quando ela disse que, se ele a deixasse levar o disco, meu pai poderia passar pelo vicariato para ouvi-lo quando quisesse. Os dois ouviram *Portrait of Joan Baez* juntos o verão inteiro, primeiro no chão do quarto dela e, depois, na cama.

EU REALMENTE NÃO PRETENDIA me tornar bibliotecário. Quando entrei lá, cinco semanas depois de enterrar meus pais, não tinha nada em mente além de devolver um livro extremamente atrasado.

Meus pais haviam deixado para trás uma pilha de contas médicas e ainda deviam cem mil dólares pelo empréstimo que fizeram para me colocar na faculdade. Dinheiro desperdiçado. Consegui um diploma de bacharel em inglês na Universidade de Boston, mas o canudo fez menos por mim, em termos financeiros, do que o curso de oito semanas que me valeu a carteira de motorista profissional.

Eu estava desempregado, só tinha mais ou menos 1.200 dólares na conta, e não receberia o pagamento do seguro — não após o que seria considerado assassinato seguido de suicídio. O advogado do meu pai, Neil Belluck, sugeriu que a minha melhor opção era me desfazer de qualquer coisa que eu não precisasse guardar comigo e vender a casa. Se tivesse sorte, pagaria as contas pendentes e ficaria com dinheiro suficiente para me manter até conseguir um emprego em outra empresa de frete.

Assim sendo, abri as portas, comprei duas caixas de sacos de lixo resistentes, aluguei um aspirador a vapor e arregacei as mangas. Meus pais deixaram a casa meio de lado no último ano das suas vidas. Eu havia me afastado deles, e não queria ver a casa: a poeira em cima de tudo, os excrementos de ratos no tapete, metade das lâmpadas queimadas e mofo manchando o papel de parede no corredor escuro entre a sala de estar e o quarto de casal. O lugar cheirava a pomada analgésica e abandono. Percebi que, no último ano, eu tinha abandonado meus pais. Fiquei feliz em me livrar das coisas deles. Tudo que eu descarregava era uma coisa a menos para me lembrar de seus últimos meses infelizes, enfrentando a cegueira e a demência sozinhos, decidindo fazer um passeio final no Cadillac juntos, para fugir dos problemas sem nunca sair da garagem. Doei edredons mofados e pilhas de vestidos para o Exército de Salvação. Coloquei o sofá no quintal com uma placa de papelão escrito GRÁTIS. Ninguém pegou, mas eu o deixei lá fora mesmo assim. O sofá apodreceu na chuva.

Enfiei uma vassoura debaixo da cama para catar tufos de poeira e retirei um short de pijama do meu pai e uma das caixas de sapatos da minha mãe. Dei uma espiada na caixa, esperando encontrar um par de saltos, e fiquei surpreso ao descobrir que continha quase dois mil dólares em multas de estacionamento em local proibido e por excesso de velocidade não pagas — havia uma de Boston, datada de 1993. Havia também uma conta de dentista não paga de 2004, uma fita VHS de *Harry & Sally — Feitos um para o outro* da locadora Blockbuster e um livro de bolso intitulado *Outra coisa maravilhosa*. Não entendi qual era a ligação do livro com os outros itens até abrir a contracapa. O livro pertencia à biblioteca, e soube na hora que minha mãe havia pegado *Outra coisa maravilhosa* emprestado no século passado e nunca tinha conseguido devolver. Havia um cartão de empréstimo na parte de trás, enfiado em um bolso bege rígido, carimbado com uma data de retorno. Uma relíquia daquela época antiga e lendária antes do Facebook. Ao custo de um centavo por dia, provavelmente devíamos a casa inteira à biblioteca. Ou pelo menos o custo de um livro substituto.

O dentista que levou calote da minha mãe havia se aposentado em 2011 e agora morava no Arizona. A Blockbuster da vizinhança já havia sido substituída por uma loja de telefones celulares. Imaginei que a minha mãe estava livre da responsabilidade pelas multas de estacionamento; não se pode processar uma mulher morta. Sobrou o livro. Enfiei *Outra coisa maravilhosa* no bolso da minha jaqueta militar larga e saí.

Era fim de setembro, mas ainda parecia verão. Mariposas cercavam os postes antiquados de ferro fundido nas esquinas. Um trio de acordeonistas em camisas listradas e suspensórios entretinha um público pequeno no parque da cidade. Crianças passeando com os pais lotavam as mesas externas da sorveteria. Se a pessoa ignorasse os carros, poderia ter sido em 1929. A caminhada até a biblioteca foi a primeira vez em semanas que não me senti tomado pela tristeza. Parecia que eu tinha recebido liberdade condicional.

Subi os degraus de mármore branco no átrio dramático da biblioteca, sob uma cúpula de cobre a 25 metros de altura. Meus passos ecoavam. Não conseguia me lembrar de quando estive ali pela última vez e me arrependi de ter passado tanto tempo longe. A biblioteca tinha a grandeza elevada e tranquila de uma catedral, mas, melhor que o incenso, ela cheirava a livros.

Eu me aproximei da grande mesa de pau-rosa, procurando a caixa para depositar o livro, mas não havia nenhuma. Em vez disso, uma placa na mesa dizia TODAS AS DEVOLUÇÕES DEVEM SER ESCANEADAS. Havia um escâner a laser no formato de uma pistola preta ao lado da placa, exatamente como os dos caixas do supermercado. Eu me aproximei, pensando que fingiria escaneá-lo e fugiria —, mas a senhorinha atrás da mesa estendeu a mão trêmula, gesticulando para eu esperar. Sua outra mão apertou um telefone no ouvido. Ela bateu um dedo no escâner e, em seguida, passou a unha pelo pescoço em um gesto de cortar a garganta. Quebrado. Pensei que talvez, quando a senhorinha estivesse livre, eu poderia perguntar sobre a renovação do meu cartão da biblioteca — e esperaria para deixar o livro atrasado da minha mãe atrás da mesa quando ninguém estivesse vendo. Não queria discutir a multa de atraso e queria menos ainda falar sobre a morte dela.

Parei meu par de All-Stars pretos ao lado de um mostruário dedicado aos autores locais. As obras expostas incluíam um livro com ilustrações toscas sobre um coala de aparência raivosa, intitulado *Não posso comer isso*, e as memórias autopublicadas de uma mulher que alegou ter sido sequestrada por alienígenas e aprendeu a língua dos golfinhos, o que acabou levando a uma batalha judicial para que ela pudesse se casar com um boto. Gostaria de estar inventando isso. O destaque, obviamente, eram os romances de Brad Dolan, o filho favorito de Kingsward. Eu o vi uma vez — ele veio falar com a minha turma da oitava série. Eu adorava o bigode à moda antiga, as sobrancelhas espessas e a voz trovejante dele, e o fato de Dolan usar um sobretudo xadrez com uma capa. Também fiquei com um pouco de medo dele — o escritor encarou a sala de aula com olhos que nunca pareciam piscar, nos estudando como um general examina um mapa do território inimigo.

Pouco tempo depois eu tinha lido todos os trezes livros de Brad Dolan, às vezes enfiando a mão na boca para conter risos, caso estivesse lendo na sala de aula. Você conhece os livros, com seus pontos de exclamação nos títulos. Havia *Morra rindo!*, o romance ambientado no Vietnã sobre uma arma química lançada pela Força Aérea dos Estados Unidos que fazia as pessoas rirem histericamente até a morte e cuja única cura era o sexo; havia *Presto!*, sobre um mundo onde varinhas mágicas são protegidas pela Segunda Emenda e nosso herói está procurando pelo homem que serrou a esposa dele ao meio; e *Continência!*, em que Ronald Reagan vence a presidência com seu companheiro de chapa, Bonzo, um descendente do macaco que estrelou o sucesso de Reagan, *Bedtime for Bonzo*. Será que os livros são menos engraçados quando se sabe que o próprio Dolan cometeu suicídio? Acho que não, mas admito que essas histórias contêm certa tristeza pungente agora. É como comer algodão-doce com um dente quebrado: a pessoa fica com a doçura, mas também sente dor. Uma nuvem de açúcar, mas também de sangue.

— Não, sr. Gallagher, não podemos levar para o senhor — disse a senhorinha ao telefone. — Eu posso reservar o Bill O'Reilly aqui na mesa, mas, se o senhor vier, terá que devolver os livros que já estão aí.

Ela era do tamanho de um hobbit, com um pequeno rosto quadrado sob a franja prateada. A bibliotecária devolveu meu olhar com olhos azul-escuros tristes e balançou a cabeça devagar. A voz do outro lado da linha protestou indignada.

— Sinto muito, querido, também não gosto. A biblioteca móvel está parada por tempo indeterminado e, mesmo que não estivesse, o sr. Hennessy não trabalha mais para a biblioteca pública. A licença dele foi revogada... Sim. Foi o que eu disse... Sim, e o cartão da biblioteca dele! E o sr. Hennessy era o único qualificado para dirigir a velha...

Houve um grito agudo do outro lado da linha, e a bibliotecária se encolheu quando o sr. Gallagher bateu o telefone na cara dela.

— Mais um cliente satisfeito — falei.

Ela me lançou um olhar resignado.

— É o sr. Gallagher, do condomínio Serenidade. A única coisa que ele quer ler é Bill O'Reilly e Ann Coulter, em edições em letras grandes, e Deus nos ajude se não conseguirmos levar para ele o livro que está procurando. O sr. Gallagher quer saber o que fazemos com todo o dinheiro dos impostos que drenamos do orçamento da cidade.

Gostaria de dizer a ele que o dinheiro paga pela nossa assinatura do *Semanário socialista.*

— Eu não sabia que vocês faziam entregas — comentei. — Também entregam pizza?

— Não entregamos *nada* agora, querido — respondeu ela. — A novíssima biblioteca móvel é um desastre de partir o coração e...

— Por que as pessoas continuam chamando de *novíssima* biblioteca móvel? — gritou um homem por uma porta que dava para um escritório nos fundos. — Por que não chamam de biblioteca móvel menos *velha*? Ela está na estrada desde 2010, Daphne. Ainda não tem idade para ser julgada como adulta por seus crimes, mas está chegando lá.

Daphne revirou os olhos.

— A *novíssima* biblioteca móvel não é culpada de nada. Não posso dizer o mesmo pelo pobre bêbado imprestável que você contratou para dirigi-la. Homens como Sam Hennessy me fazem pensar que a pena de morte não era uma ideia tão ruim assim.

— Ele bateu em uma van, não matou uma criança... graças a Deus — berrou o homem na sala dos fundos. — E, em minha defesa, o Sam tinha todas as qualificações necessárias: a habilitação certa e a concordância de trabalhar por quase nada.

— De que tipo de habilitação estamos falando? — perguntei. — Categoria E?

Uma cadeira de escritório com rodinhas chiou, e o homem na sala dos fundos apareceu. Tinha uma idade indeterminada. Podia ter 75 ou 55. Ainda havia alguns fios dourados no cabelo grisalho, e seus olhos azuis impressionantes eram dignos de um modelo maduro, o tipo de sujeito rústico que pode ser visto remando uma canoa no meio de um comercial de Viagra. A gravata estava desfeita. O terno era de tweed, um pouco gasto nos cotovelos e joelhos.

— Isso mesmo — respondeu ele.

— Eu tenho uma habilitação de categoria C. Se existe uma biblioteca móvel *menos* antiga, isso significa que também há uma biblioteca móvel *mais* antiga?

— Uma antiguidade! — anunciou a bibliotecária.

— Não exatamente, Daphne — falou o homem. — Embora seja verdade que só a retiremos do lugar para o desfile do Dia da Independência hoje em dia.

— Uma antiguidade — repetiu Daphne.

O sujeito de tweed coçou o pescoço e se recostou na cadeira para me estudar do outro lado da porta.

— Você é caminhoneiro profissional?

— Era — respondi. — Tirei o outono de folga para tratar de alguns assuntos de família. De que tipo de caminhão estamos falando?

— Quer ver? — disse ele.

— ELA RODA COM O QUÊ? — perguntei depois de encará-la por alguns momentos. — Gasolina sem chumbo? Ou água de narguilé?

Ralph Tanner meteu a piteira do cachimbo modelo Liverpool na boca, feliz.

— Ela foi parada uma vez pela polícia. O homem disse que queria prender quem pintou a lateral da biblioteca móvel por perturbar a paz dele. O chefe de polícia diz às pessoas que ele tem o dever solene de apreender parafernália de drogas e é por isso que ele a mantém trancada nesta cocheira.

A biblioteca dividia um enorme estacionamento com a prefeitura, o centro de recreação e uma antiga cocheira, que, apesar de não abrigar cavalos havia quase um século, ainda cheirava a eles. Era uma estrutura frágil, semelhante a um celeiro, com brechas entre algumas das tábuas e pombos que arrulhavam nas vigas. A Secretaria de Obras Públicas guardava ali o varredor de rua e um pequeno arado do tamanho de um carrinho de golfe para as calçadas e os estacionamentos. A biblioteca móvel mais antiga estava estacionada nos fundos.

Era um caminhão modificado sob um chassi da International Harvester de 1963, um veículo de três eixos e doze rodas. As laterais foram pintadas de forma psicodélica berrante. No lado do carona, a cabeça de Mark Twain se abria como um bule de chá, de onde saía um rio Mississipi com as cores do arco-íris. Huckleberry Finn e Jim e a lagarta fumante de narguilé de *Alice no País das Maravilhas* andavam de balsa em direção à traseira do caminhão. A lagarta soprava um longo fio de fumaça que ondulava ao virar a quina do veículo para se tornar um oceano agitando o para-choque traseiro. Moby Dick irrompia das ondas com Ahab amarrado ao lado, arpoando a baleia no olho. O *Nautilus* espreitava nas profundezas berrantes. Um jorro de espuma do oceano transformava-se em nuvens pelo lado do motorista. A chuva caía sobre Sherlock Holmes, que não via Mary Poppins navegando pelas massas cinzentas acima.

— Quem você disse que era o motorista da biblioteca móvel na época? Cheech ou Chong? — perguntei, depois olhei de soslaio para Ralph Tanner. — Ou era você?

Ele riu.

— Infelizmente, perdi os anos 1960. A Era de Aquário foi uma coisa que aconteceu com outras pessoas enquanto eu assistia à *Ilha dos birutas*. Também perdi a discoteca. Nunca tive uma calça boca de sino. Em vez disso, usava gravata-borboleta, morava em Toronto e trabalhava em uma dissertação inovadora sobre Blake, que o meu orientador de tese devolveu para mim com uma lata de fluido de isqueiro. Eu gostaria que meus 20 anos *tivessem* se parecido um pouco mais com isso. Quer dar uma olhada no interior?

Ralph Tanner apontou para a porta traseira. Quando abri, dois degraus enferrujados de ferro corrugado se desdobraram e me conduziram à biblioteca móvel.

As prateleiras de aço estavam vazias, e um véu de teia de aranha pendia de uma das lâmpadas fluorescentes do teto. Fiquei surpreso ao ver uma linda mesa de mogno com uma superfície de couro escuro, presa no piso atrás da cabine. Um crochê cor de chocolate corria pelo meio. Eu passei a palma da mão ao longo de uma prateleira de aço frio, e ela saiu com uma luva de poeira.

— A biblioteca móvel funcionou por quarenta anos — disse ele logo atrás. — Creio que poderia funcionar por mais alguns. Se tivéssemos um motorista.

Eu já sabia que queria o emprego. Sabia antes de ter certeza de que sequer *havia* um emprego. Havia o lado prático: eu estava desempregado e um trabalho mal remunerado era melhor do que nada. Além disso, independentemente da carga horária que estivessem oferecendo, devia ser muito menor do que eu teria se estivesse ao volante de um caminhão, onde, às vezes, eu passava dez ou doze dias na estrada sem voltar para casa.

Na verdade, porém, o lado prático não passou pela minha cabeça até depois. Eu vinha passando o dia inteiro, sem folga, no lugar onde meus pais haviam morrido e achei, desde aquele primeiro instante, que eles me mandaram um veículo de fuga — como se tivessem mandado uma caminhonete para me buscar na colônia de férias mais sem graça e lúgubre do mundo. *Seu carro chegou*, pensei, e os meus braços ficaram arrepiados. Não pude deixar de pensar que a minha mãe havia evitado devolver *Outra coisa maravilhosa* de propósito, de maneira que teria que devolvê-lo por ela e, assim sendo, seria conduzido de volta ao local onde a história da minha mãe com o meu pai começou.

— O que você falou que aconteceu com seu último motorista? — perguntei.

— Eu não falei — respondeu Ralph, que torceu os lábios para a frente e para trás a fim de mover o cachimbo modelo Liverpool ainda apagado para o outro canto. — Um sujeito daqui da região, Sam Hennessy, largou o emprego de caminhoneiro em período integral para se concentrar nas duas coisas que mais amava: ler e produzir cerveja artesanal. Ele manteve a habilitação categoria E válida e se ofereceu para dirigir a nova biblioteca móvel, apenas para ter alguma coisa para fazer. Infelizmente, o Sam não gostava apenas de *fazer* cerveja artesanal; ele também gostava de beber e entornava algumas na hora de almoço. Bem, ele estava dirigindo a nossa nova biblioteca móvel havia um mês e começou a se preocupar com o fato de estar com a cara um pouco cheia. Então, decidiu que um café cairia bem e entrou no McDonald's mais próximo. E digo isso no sentido literal. Ele meteu o veículo pela parede e foi sentar em um dos reservados. Não havia ninguém lá, graças a Deus. Quando se pensa em todas as crianças que comem no McDonald's...

Ele estremeceu e perguntou se eu queria examinar a cabine. Ao dar a volta, Ralph apontou para um painel na lateral do caminhão. Havia um gerador a diesel atrás dele que acendia as luzes e o aquecimento no veículo.

— A quase nova biblioteca móvel tinha dois computadores para os clientes, mas creio que tablets poderiam exercer a mesma função. Procurar os livros é fácil; é só usar um aplicativo no telefone. — Ele começou a esboçar o serviço para mim como se eu já tivesse me candidatado à vaga.

Subi no estribo e espiei o banco da frente. A alavanca de câmbio que se projetava do centro era do tamanho de uma bengala, com uma bola de nogueira polida na ponta. Havia folhas secas caídas no assoalho. O rádio parecia ser apenas AM.

— O que acha? — perguntou ele.

Abri a porta, virei o corpo e sentei no banco do motorista com os pés para fora.

— Você está perguntando o que acho do caminhão? Ou o que acho do serviço?

Ralph meteu o polegar dentro da cabeça do cachimbo e acendeu o fumo com um fósforo retirado de uma caixinha. Levou um tempo tragando para a queima pegar. Por fim, inclinou a cabeça para trás e soprou fumaça cinza pelo canto da boca.

— Você já ouviu a história sobre o cara que foi para a Inglaterra e voltou reclamando das refeições? Não só a comida era horrível, mas as porções eram uma miséria! É mais ou menos como o pagamento que estamos oferecendo e a carga horária que podemos garantir. Não chega nem perto de um trabalho em tempo integral. Seis horas na terça e quinta-feira, oito na quarta. E a grana? Você poderia ganhar muito mais dirigindo um ônibus escolar.

— Mas aí teria que me levantar antes do sol nascer. Não, obrigado. Além disso, como eu disse... tenho alguns assuntos de família para tratar aqui.

— É — respondeu ele, com um olhar gentil e sensível.

Eu me perguntei se Ralph sabia. Kingsward é uma cidade grande, a quarta maior do estado — mas ainda não é tão grande assim, na realidade.

— Você consegue passar em uma verificação de antecedentes, senhor...?

— John. John Davies. Acho que sim, mesmo que raspando. Passei cinco anos na estrada para a Winchester Trucking e nunca meti um único veículo na parede de uma lanchonete. Mas se sou qualificado? Não precisaria ter um diploma em, sei lá, biblioteconomia? Bibliotecologia?

— O Sam Hennessy não tinha diploma nenhum. O Loren Hayes, que dirigiu essa mesma biblioteca móvel por quase trinta anos, trabalhou em uma biblioteca técnica da Aeronáutica antes de chegar até a gente, mas nunca adquiriu nenhuma certificação formal. — Ralph ergueu as sobrancelhas e olhou com amor para o caminhão. — Ele vai ficar surpreso ao ver essa lata velha na estrada de novo.

— Ele ainda está vivo?

— Ah, sim. Mora no condomínio Serenidade, assim como o nosso amigo, o sr. Gallagher, que lê qualquer coisa, desde que tenha sido escrita por alguém que trabalhe na Fox News. — Ralph pensou um pouco e disse: — O Loren adorava esse caminhão. Entregou as chaves para mim e desistiu de vez em 2009.

Ralph me lançou um olhar irônico e melancólico.

— Estávamos nos preparando para aposentar a biblioteca móvel, e ele decidiu se aposentar junto. O Loren teve uma experiência ruim ao volante e ficou assustado. Ele dirigia e, de repente, não sabia mais onde estava. Houve outros momentos desconcertantes antes disso. Ele me contava que alguém já morto havia dez anos aparecera para perguntar sobre um livro, esse tipo de coisa.

— Ah, que pena — respondi, pensando na minha mãe, na demência. — Você tem certeza de que ele ainda reconheceria o caminhão se o visse?

Ralph devolveu minha pergunta com um olhar vazio.

— Hum? Ah, sim. Acho que passei a impressão errada para você. O Loren pode ser desmemoriado, mas não mais do que qualquer outra pessoa da idade dele. Ainda tem uma memória boa o suficiente para me vencer no buraco. Jogamos na última quinta-feira de cada mês e em geral eu perco. Não, a mente dele ainda está funcionando direitinho.

— Mas... você disse que ele estava dirigindo pela cidade e não sabia onde estava?

— Sim — concordou Ralph. — E ficou muito abalado. Não sabia dizer se era 1965, ou 1975, ou sei lá o quê. Cada quarteirão parecia uma década diferente para ele. Ficou preocupado, achando que não seria capaz de encontrar o caminho de volta para o século XXI.

Ele olhou para o relógio e disse:

— Preciso voltar para a biblioteca. Minha pausa para o café já durou tempo demais. Você me manda um e-mail com as suas informações? Meu endereço está no site da biblioteca. Estou ansioso para continuar a nossa conversa em breve.

Saí dali com Ralph, esperei enquanto ele trancava a cocheira e lhe dei boa-noite. Eu fiquei parado lá e o observei ir embora, com a fumaça azul saindo do cachimbo e se misturando à névoa azul que começara a sair das árvores. A noite ficou úmida enquanto estávamos lá dentro.

Ralph desapareceu no interior da biblioteca antes que eu percebesse que ainda estava com *Outra coisa maravilhosa* no bolso do casaco.

PROVAVELMENTE VI ALGUNS SEM reconhecê-los pelo que eram — fantasmas. Isso foi o que pensei que eram a princípio. Agora conheço a verdade.

Devoluções Atrasadas... esse era o termo de Loren para eles, embora eu só fosse escutar a expressão dali a alguns meses e só fosse conhecê-lo em um dia frio e chuvoso logo após o Natal.

Certa vez, enquanto eu dirigia a velha biblioteca móvel havia pouco mais de algumas semanas, vi uma menininha andando com a mãe. A menina usava orelhas de Mickey Mouse e dava pulinhos nas poças rasas causadas por uma chuva recente. A mãe usava um lenço florido sobre os cabelos e carregava uma sacola de papel com alças de barbante. Estava escrito WOOLWORTH'S na lateral do saco. Eu me lembro de achar aquilo estranho, porque tinha uma Woolworth's no centro de Kingsward quando eu era criança, mas estava fechada desde 1990. Quando parei diante de uma placa de parada obrigatória, procurei por elas no espelho retrovisor do lado do carona, mas ambas haviam sumido. Eram Devoluções Atrasadas? Não sei.

Outra vez, duas senhoras encarquilhadas, irmãs, entraram no caminhão na St. Michael's Rest, uma das casas de repouso que constavam na minha agenda de terça-feira. Elas passaram os olhos pelo catálogo sem falar comigo. Em vez disso, conversaram sobre Ted Kennedy e o acidente em Chappaquiddick. "Os homens dessa família são todos uns devassos", disse uma, e a outra respondeu: "O que isso tem a ver com perder o controle do carro?" Somente depois que foram embora me ocorreu que elas falaram no presente, como se Chappaquiddick tivesse acabado de acontecer, como se Ted Kennedy ainda estivesse vivo.

Foi só no início de novembro que aconteceu de novo e eu *soube*. Foi a primeira vez que encontrei alguém que havia *avançado para a frente*, que entrou no caminhão vindo de uma *época* diferente.

Às quintas-feiras, minha rota me levava a West Fever, uma cidadezinha miserável escondida em um canto do condado. Ela tem um pouco de pastagem e muito mais pântano, alguns postos de gasolina e uma única galeria comercial conhecida localmente como o Man Mall. No Man Mall, há uma loja que vende fogos de artifício, outra que vende armas, uma loja de bebidas, um estúdio de tatuagem e uma sex shop com *peep show* nos fundos. Com quarenta dólares no bolso, a pessoa podia chegar ao Man Mall na sexta-feira à noite, encher a cara, ganhar um boquete de uma stripper, tatuar o nome dela no braço, comemorar lançando um foguetinho sobre a rodovia interestadual e comprar um .38 para se matar na manhã seguinte.

O Man Mall compartilha quinze mil metros quadrados de estacionamento não pavimentado com um enorme complexo de quitinetes de dois andares caindo aos pedaços. Era o lar de um grande número de mães solteiras com filhos pequenos e alguns velhos bêbados devassos... bem, lar não era exatamente o termo. Tenho certeza de que nenhum deles considerava aquilo ali um lar. Se a pessoa morava nas quitinetes, seu lar era um lugar que ela tinha abandonado ou para onde iria em um futuro indeterminado. O complexo era pouco mais do que um hotel de beira de estrada abandonado, caindo aos pedaços, com hóspedes de longa data. Todo mundo estava lá se virando até conseguir algo melhor. Alguns dos inquilinos estavam se virando havia anos.

Eu o vi — a Devolução Atrasada — quando entrei: um cara de casaco de flanela vermelho e um chapéu xadrez com tapa-orelhas cobrindo as bochechas rosadas de frio. Ele levantou a mão enluvada, e acenei de volta por reflexo e não pensei mais no sujeito. Estava frio e úmido, e o estacionamento estava coberto por uma névoa imunda. Eram dez da manhã e parecia o crepúsculo.

Apertei e segurei o botão vermelho no painel até que o gerador ganhasse vida ruidosamente, depois saí e dei a volta no caminhão para destrancar a porta traseira. O homem dos tapa-orelhas me encontrou na escada. Ele tinha um sorriso confuso no rosto.

— Cadê o outro cara? Está doente? — perguntou o sujeito, o ar condensado saindo de seus lábios.

— O sr. Hennessy? Ele sofreu um pequeno acidente. Parou de dirigir.

— Eu fiquei pensando sobre o que tinha acontecido — disse ele.

— Parece que não vejo a biblioteca móvel há meio século.

Achei engraçado que o homem não tivesse percebido a diferença entre a antiga biblioteca móvel e a outra, aquela que Hennessy enfiara em um McDonald's. Porém, não disse nada, apenas abri a porta traseira e o conduzi para o interior.

Os aquecedores rugiram. As luzes zumbiram. O Tapa-orelhas passou por mim arrastando os pés enquanto eu segurava a porta e olhava de volta para as quitinetes. Normalmente havia um rebanho de mães magras e secas, de aparência melancólica, esperando com os filhos para invadir a biblioteca móvel. Mas hoje não tinha ninguém. A névoa fria e suja soprava pelas alamedas de concreto que davam para o prédio. Parecia o cenário de um filme pós-apocalíptico. Subi os degraus e fechei a porta ao entrar.

— Espero não estar em apuros. — Ele tirou do bolso um livro de capa dura cor de cranberry e desbotado pelo sol: *Tunnel in the Sky*, de Robert Heinlein. — Está *bem* atrasado. Mas, ei, a culpa não é minha! Se eu pudesse ir à biblioteca, não precisaria de você!

— Se o senhor e todo mundo como o senhor pudessem ir à biblioteca, eu não teria um emprego. Acho que isso nos deixa quites — falei. — Não se preocupe com a multa pelo atraso. Estamos perdoando as dívidas de todos os usuários da biblioteca móvel, já que ficamos parados por um tempo.

— Diacho — disse o homem, como um menino caipira sardento em um episódio de *The Andy Griffith Show*. — Não é que eu me importe se tiver que pagar alguns centavos pela devolução atrasada. Este livro valeu a pena. Eu gostaria de ter outro igual.

— Ah, claro — falei. — Também adoro esses livros antigos do Heinlein.

Ele se virou e deixou o olhar vagar pelas prateleiras, sorrindo para si mesmo.

— Esse fez exatamente o que quero que uma história faça. Gosto de uma história que não perde tempo. Essa começa imediatamente, coloca o herói em uma bela enrascada confusa no primeiro parágrafo, e a seguir deixa o cara em apuros. Passo a semana toda atrás do balcão na loja de ferragens. Quando me sento com um livro, quero experimentar um pouco a vida de outra pessoa, uma vida que nunca vou ter. É por isso que gosto de ler sobre trolls, policiais e celebridades. Além disso, quero que eles digam coisas inteligentes, porque, na minha cabeça, sou eu quem está dizendo.

— Mas não inteligente demais; senão quebra a ilusão.

— Isso mesmo. Pegue um cara com uma vida interessante e, em seguida, arrume um problema para ele para que eu possa ver como o sujeito dá a volta por cima. Além disso, quero ir para algum lugar aonde nunca poderei ir, como Moscou, Marte ou o século XXI. A NASA não está contratando, e não posso pagar passagens transatlânticas. Estou tão sem grana hoje em dia, ainda bem que o cartão da biblioteca é de graça.

— O senhor nunca vai para o século XXI? — perguntei.

Não achei que o homem tivesse percebido o que acabara de dizer, mas ele encarou a pergunta com seriedade.

— Bem, tenho 66 anos agora, então faça as contas — disse o sujeito. — Acho que é tecnicamente possível, mas eu teria 102! Se você me dissesse em 1944 que eu teria mais vinte, trinta anos de vida, eu cairia de joelhos e beijaria os seus pés. Na época, metade do Japão estava tentando jogar aviões em cima de mim. Parecia ganancioso esperar trinta anos.

Toda a minha reação a essa afirmativa sincera foi um leve formigamento no couro cabeludo, um pequeno arrepio de prazer e interesse. Não acreditei nem por um instante que ele estivesse brincando comigo, mas me ocorreu que talvez tivesse uma doença mental. Ele não seria o único sujeito mais velho que vivia nas quitinetes com problemas em diferenciar a fantasia e a realidade. Até a escolha de palavras dele — "diacho" — lhe dava um aspecto infantil, sugerindo a mente de um menino no corpo de um homem.

— Estamos em 2019 — falei, devagar, mais para ver como ele reagiria do que qualquer outra coisa. — Já é o futuro.

— Em qual livro? — perguntou o sujeito enquanto examinava as prateleiras. — Gosto de um bom romance de viagem no tempo. Embora o que eu quero mesmo são mais histórias boas de foguetes e armas laser.

Fiz uma pausa e depois disse:

— Temos alguns do Brad Dolan sobre homens perdendo o contato com o tempo. Mas não são histórias como as do Heinlein. São mais... o quê? Literárias?

— Brad Dolan? — disse o homem com tapa-orelhas. — Ele costumava entregar os meus jornais! Ou era a mãe dele, sei lá. Ele dormia no banco do carona quase todas as manhãs. Isso foi há um tempão.

O sorriso dele se tornou inquieto, e o sujeito coçou a nuca.

— Ele está *lá* agora. Eles crescem rápido, não é? Parece que não faz nem dez minutos que o Brad estava carregando um saco de lona cheio de jornais. Agora ele tem uma M16 pendurada no ombro e está chafurdando na lama. É igual à Coreia. Não sei o que a gente foi fazer lá e também não sei o que estamos fazendo no Vietnã. Temos problemas suficientes aqui. Homens com o cabelo até a bunda, igrejas vazias e garotas andando de saias tão curtas que sinto que devo correr para pegar um sobretudo para elas. Para dizer a verdade, não sei se concordo com as mensagens que você está passando com a biblioteca móvel decorada dessa maneira. Não sei dizer se você está oferecendo livros ou maconha.

Eu ri, mas depois parei, sem saber o que fazer quando o homem ergueu uma sobrancelha em um gesto intrigado para mim e me ofereceu um sorriso educado, mas um pouco seco. Era uma expressão que dizia que ele não achava que aquilo fosse motivo de riso, mas, em nome da boa convivência, ele não insistiria no assunto.

Avaliei o sujeito enquanto ele examinava as prateleiras. Meu couro cabeludo ainda formigava de maneira estranha, mas, fora isso, eu me sentia bem. Se o homem estava brincando comigo, estava brincando para valer, completamente comprometido com a atuação. Mas não achei que fosse teatro. A possibilidade de alguém vindo dos meados dos anos 1960 ter aparecido para devolver um livro atrasado, e talvez conseguir algo novo para ler, não teve o efeito em mim que você possa imaginar. Não senti medo em nenhum momento. Não estava assustado. Senti algo mais próximo de gratidão e também... estupefação. No sentido mais antigo e sincero dessa palavra, que antes significava uma agradável perplexidade.

Tive uma ideia então — uma pequena fisgada de curiosidade — e agi antes que ela sequer tivesse tempo de se firmar.

— O senhor gostou de *Tunnel in the Sky*, não é? Tenho uma sugestão. Já leu *Jogos vorazes*? — Enquanto falava, tirei *Jogos vorazes* da prateleira de títulos YA e estendi para ele.

O homem olhou para o livro — uma edição de bolso de capa preta elegante que tinha um pássaro dourado gravado — com um meio sorriso confuso no rosto. Levou dois dedos à têmpora esquerda.

— Não, esse eu perdi. É do Heinlein ou... me desculpe. Esse livro provoca algo curioso nos meus olhos.

Olhei para o livro. Era apenas uma edição de bolso. Olhei de volta para o homem. O sujeito estava com uma expressão de concentração misturada com uma leve ansiedade, e a ponta da língua saiu para tocar os lábios. Então ele estendeu a mão e gentilmente pegou o livro de mim... e seu rosto relaxou. Ele sorriu.

— Passei a manhã tirando neve da calçada da minha irmã. Acho que estou um pouco cansado e confuso — falou. — E vem mais neve neste fim de semana.

Ele balançou a cabeça, mas sorriu para o livro.

— Bem, esse aqui parece ser o que eu procuro. — O homem leu o texto na capa: — *"No futuro, a única coisa mais letal que os Jogos... é o amor!"*

Eu mesmo olhei o livro e, por um momento, minha visão escureceu e a cabeça ficou tonta, como se eu tivesse me levantado rápido demais.

Ele ainda segurava o *Jogos vorazes*, mas demorei um momento para reconhecer o livro. Continuava sendo uma edição de bolso de capa preta, mas agora mostrava uma garota em um vestido de ficção científica colante cor de fogo, preparando-se para disparar uma flecha de algum tipo de arco mecânico guiado por laser. O rosto foi desenhado em uma expressão de terror enquanto os olhos brilhavam com uma fúria justiceira. Ela estava agachada em uma floresta semelhante a Dagobah, com árvores de cores psicodélicas. Era a capa de um romance de ficção científica do início dos anos 1960, inclusive pelo preço no canto superior esquerdo: 35 centavos. Sei um pouco sobre os ilustradores mais famosos de literatura *pulp* da época, e acho que aquela era uma capa de Victor Kalin, embora eu ache difícil diferenciá-lo do traço de Mitchell Hooks. Pesquise sobre os dois no Google — você vai ver o que estou dizendo. O livro tinha o aspecto desgastado de uma edição de bolso que passou por várias mãos, a maioria delas desajeitada e com pressa.

Senti uma pontada aguda na cabeça, atrás dos olhos. Era como se alguém estivesse pressionando o polegar nas minhas têmporas. O Tapa-orelhas olhou para mim um pouco preocupado.

— Você está bem, meu chapa? — perguntou ele.

Eu não respondi. Em vez disso, falei:

— Posso ver uma coisa? — E peguei o livro de volta.

Era uma edição de bolso de 35 centavos quando olhei para a capa. Mas, quando virei para ler a contracapa, estava olhando de novo para um livro preto, aquele que reconheci como sendo da minha própria época. Eu virei para a capa. Preta, elegante, brilhante, com um broche de ouro impresso e um pássaro nele. A seguir, ergui o rosto e olhei para Tapa-orelhas. O olhar dele tinha se afastado de mim, passando pelos livros na prateleira de cima.

— Não consigo ver alguns — disse o sujeito em um tom de voz natural. — Os livros ficam todos estranhos quando tento ler os títulos. As palavras vão embora nadando quando tento me concentrar nelas. Alguns deles, pelo menos. *Uma árvore cresce no Brooklyn* está normal. Assim como os livros de Nárnia. Mas os livros no meio — ele estava encarando os romances do Harry Potter —, não consigo ver direito. Será que estou tendo um derrame?

— Acho que não — respondi.

O Tapa-orelhas suspirou, olhou para mim, sorriu e colocou a palma da mão na têmpora esquerda.

— É melhor eu pegar o meu livro e ir embora. Acho que preciso me deitar.

— Deixe-me dar baixa no livro para o senhor — falei.

Eu me sentei à mesa de mogno, e ele me deu o cartão da biblioteca: Fred Mueller, rua Gilead, 46. Havia um número de sócio (1.919), mas nenhum código de barras para eu escanear com o celular. O que não foi problema — quando peguei meu smartphone, a tela estava completamente preta e o círculo branco girava sem parar, como se tivesse acabado de dar pau e tentasse reiniciar.

Mueller não pareceu notar o telefone. O olhar dele passou pelo aparelho na minha mão sem percebê-lo. Ali estava a própria encarnação do futuro, o século XXI materializado na forma de um iPhone Plus, muito mais bonito e com cara de ficção científica do que qualquer coisa nos livros de Heinlein, do que qualquer coisa na série original de *Jornada nas estrelas* — e para ele daria no mesmo se fosse um lápis. A indiferença do homem não me surpreendeu, no entanto. Ele também não conseguia ver os livros do Harry Potter, e achei que sabia por quê. Eles não pertenciam ao *tempo* de Mueller, ainda não haviam acontecido. Ele *conseguia* enxergar *Jogos vorazes*, e pensei que tinha entendido isso também. O livro também não pertencia ao *tempo* de Mueller — não até eu entregá-lo a ele. Quando a edição chegou às suas mãos, Mueller enxergou *Jogos vorazes* da maneira necessária para vê-lo, para aceitá-lo. O livro tomou uma forma que ele era capaz de entender, que não o incomodaria.

Talvez eu esteja errado ao sugerir que entendera tudo aquilo de imediato. Estava mais para o cego tocando no joelho do elefante e começando a suspeitar que estava com as mãos em um animal em vez de um tronco de uma árvore. Nem tudo fez sentido no momento, mas, instintivamente, senti que havia uma lógica na situação que ainda poderia ser revelada.

— Não vai carimbar? — perguntou Mueller, colocando a mão na edição de bolso e se virando para mim.

E lá estava aquela capa ao estilo *pulp* que tenho quase certeza de que foi pintada por Victor Kalin. Só que, se você olhar o site de Kalin com seus livros de bolso dos anos 1950 e 1960, não encontraria o trabalho lá. E como poderia? *Jogos vorazes* foi publicado em 2008. Àquela altura, Fred Mueller estava morto há quase meio século. Morreu em janeiro de 1965, sofreu um ataque cardíaco enquanto tirava neve da calçada da irmã — como você provavelmente adivinhou a essa altura, li a respeito no meu celular naquela noite, no telefone que Fred Mueller não conseguia enxergar. Ele ganhou a Medalha do Serviço Distinto no Estreito de Surigao, durante alguns dos combates mais violentos da guerra do Pacífico. Ele deixou um filho que, segundo o obituário, era estudante de matemática em Cambridge, Inglaterra.

Fred colocou o livro de Robert Heinlein em cima da mesa, pegou o exemplar retrô de *Jogos vorazes* e foi em direção à saída, uma porta na lateral da biblioteca móvel. Ele estava com a mão na trava quando hesitou e olhou de volta para mim. O homem sorriu, inquieto. Achei que ele parecia um pouco pálido, e havia uma gota de suor descendo pela têmpora esquerda.

— Ei — disse Mueller. — Posso fazer uma pergunta curiosa?

— Claro.

— Alguém já perguntou se você é um fantasma? — perguntou ele.

O homem riu e tocou a testa como se estivesse se sentindo um pouco tonto de novo.

— Eu estava pensando a mesma coisa sobre o senhor — falei e ri com ele.

FRED MUELLER SAIU, fechando a porta. Logo depois, ouvi alguém bater. Eu contornei a mesa, abri a porta e encarei um amontoado de mães e crianças pequenas com ranho seco nos lábios superiores. O céu estava tão azul que doía olhar para ele. Enquanto conversava com Fred Mueller, sócio número 1.919 da rua Gilead, West Fever, aquela névoa baixa, imunda e fria havia secado e queimado completamente.

Estiquei o pescoço e espiei por cima da pequena multidão, olhando através do enorme estacionamento de brita e buracos, mas não havia sinal do sr. Mueller e seu chapéu com tapa-orelhas gigantes.

Eu não poderia dizer que fiquei surpreso.

ERAM APENAS QUATRO DA TARDE quando devolvi a biblioteca móvel ao estacionamento entre a biblioteca e o centro de recreação, mas já estava escuro e o ar cheirava a neve. Andei meio quarteirão até uma cafeteria, pedi um café e me sentei com o celular, lendo sobre Fred Mueller e o filho dele. O filho, que tinha 20 e poucos anos quando o pai morreu, estava com 70 agora, e havia se aposentado e se mudado para o Havaí. Na década de 1970, ele tinha criado um protocolo que permitia que os computadores conversassem entre si por linhas telefônicas. O filho de Fred Mueller fazia parte do grupo de mais ou menos dez homens que poderiam afirmar serem pais da internet. Seu virtuosismo com a eletrônica fez dele uma pequena celebridade nos círculos nerds. O filho de Fred Mueller fez uma participação especial em *Jornada nas estrelas* — *A nova geração*, foi citado em um romance de William Gibson, serviu de inspiração para o personagem de um cientista em um dos filmes de James Cameron. Visitei a página dele e comecei a suar. A foto da biografia mostrava um velho magro com uma barba irregular e uma prancha de surf embaixo de uma palmeira. Ele usava bermuda de surfista... e uma camiseta de *Jogos vorazes*. Em uma lista de curiosidades, *Jogos vorazes* foi listado como um de seus livros favoritos. O filho de Fred Mueller foi até consultor do filme. Ele atuou como consultor em muitos filmes de ficção científica.

Fiquei me perguntando se o filho de Fred Mueller teria lido *Jogos vorazes* antes de ser publicado. Imagino se ele teria lido antes de a autora, Suzanne Collins, ter nascido. Esse pensamento me deixou suando frio, e o que pensei a seguir me deixou completamente arrepiado. Imagine o que teria acontecido se eu tivesse dado a Mueller um livro sobre o Onze de Setembro. Será que ele teria detido o ataque terrorista?

Não me perguntei se aquilo tinha acontecido. Não precisava. Eu estava com a devolução atrasada no bolso do casaco: aquela edição desgastada de capa cor de cranberry de *Tunnel in the Sky*. O nome de Fred Mueller era o último registro no cartão de empréstimos na parte de trás. O carimbo com a data de devolução indicava 13/01/65, e ele morreu em 17 de janeiro daquele ano, apenas quatro dias depois.

Será que ele terminou de ler *Jogos vorazes* antes de o seu coração parar? Eu torcia para que sim. Para mim, um leitor ferrenho durante a vida inteira, não havia nada tão horrível quanto a ideia de morrer faltando cinquenta páginas para terminar um bom livro.

— Se eu me sentar com você, estarei atrapalhando uma importante linha de raciocínio? — perguntou Ralph Tanner por cima do meu ombro esquerdo.

— Essa linha está parada. Não vai a lugar nenhum — respondi, olhando em volta.

Ele estava com o cachimbo apagado em uma das mãos e um café na outra. Se tivesse pensado um pouquinho, eu saberia que iria esbarrar com Ralph. Era hora de fumar seu cachimbo da noite e tomar a última dose de cafeína, e a cafeteria ficava a uma curta caminhada da biblioteca.

— Como vão os negócios de empréstimo de livros? — perguntou ele ao se sentar em um banquinho ao meu lado.

Observei o sorrisinho e os olhos pálidos e vigilantes de Ralph e tive uma ideia inesperada e perturbadora: *ele sabe*. Eu me lembrei da primeira conversa e da súbita impressão que tive de que Ralph sabia a respeito dos meus pais, mas que era educado demais para tocar no assunto. Com o tempo, percebi que o homem parecia sempre saber um pouco mais do que revelava, que escondia tanto o jogo que mal dava para dizer que sequer estava jogando.

— Vão indo — respondi. — Um cara devolveu uma cópia atrasada de *Tunnel in the Sky* do Robert Heinlein.

— Ah! As obras infantojuvenis! Um pouco melhores do que o trabalho do Heinlein para adultos, na minha opinião.

— Estava bem atrasado. O cara pegou o livro em dezembro de 1964. Ele teria devolvido mais cedo, mas morreu em janeiro de 1965, por isso o exemplar e ele ficaram fora de circulação por um tempo.

— Ah — disse Ralph, que sorriu, tomou um gole de café e desviou o olhar. — Um *deles*.

Girei a minha própria xícara de café várias vezes com as pontas dos dedos.

— Então isso não é novidade?

— Acontecia com o Loren Hayes de tempos em tempos. Eu falei isso para você, embora tenha que admitir que fiquei contente em deixar que pensasse que os encontros dele com os mortos eram estritamente imaginários. No começo, acontecia apenas uma vez, talvez duas vezes por ano. No final, era mais frequente.

— Foi por isso que ele desistiu?

Ralph concordou devagar com a cabeça, sem olhar para mim.

— Ele achava… Quando o Loren era jovem, e sua concentração era melhor, ele conseguia manter a biblioteca móvel *aqui*, no presente, aonde a biblioteca pertence. Porém, à medida que ele envelhecia e sua atenção se perdia, a biblioteca móvel começou a ir ao passado mais e mais. Os clientes eram… bem, como a pessoa que você conheceu hoje. Loren os chama de devoluções atrasadas. — Ele tomou outro gole de café e falou sem pressa, como se estivéssemos discutindo a tendência da biblioteca móvel de pingar óleo ou a forma como o sistema de aquecimento dava a qualquer lugar o aroma de sapatos velhos. — De certa forma, sabe, isso é perfeitamente normal. É muito comum entrar em uma biblioteca e conversar com os mortos. As melhores mentes de gerações que se foram há muito tempo habitam cada estante de livros. Elas ficam lá, esperando serem notadas, serem abordadas e enfim poderem responder. Na biblioteca, os mortos encontram os vivos em termos amistosos, como deve ser, todos os dias.

— Boa analogia, mas aquilo não foi um encontro metafórico com uma mente morta há muito tempo. O casaco dele estava molhado e fedorento, com cheiro de ovelha. E não acho que o sujeito estivesse morto... Não, espere. Quero dizer, *sei* que ele estava morto há cinquenta anos. Mas enquanto estava dentro da biblioteca móvel, ele...

— *Sonhei que vi Joe Hill ontem à noite, vivo como você e eu* — cantarolou Ralph, e estremeci.

Joan Baez cantava essa música. Quando ela tocava, meus pais sempre cantavam junto.

— O cara pegou emprestado um livro, e acho... não tenho como saber, mas *acho* que ele ficou com o exemplar. *Jogos vorazes*. Meu Deus. Dei para o sujeito um livro que só foi lançado cinquenta anos depois que ele morreu.

Fiquei surpreso quando a boca de Ralph se abriu em um grande sorriso.

— Ótimo. Agiu bem.

— Agi bem? E se eu tivesse fodido, desculpe, *ferrado* o *continuum* espaço-tempo? Tipo, e se agora John Lennon não levou um tiro?

— Isso também seria ótimo, não acha?

— Sim, mas... *obviamente*. Só que o senhor sabe do que estou falando. O efeito borboleta. — Ralph sorria para mim de uma maneira levemente enlouquecedora. — O que teria acontecido se eu desse a ele um livro sobre o massacre de Columbine?

— O sujeito pediu um livro sobre tiroteios em escolas?

— Não.

— Bem, então pronto. — Ralph deve ter visto a frustração no meu rosto, porque abrandou um pouco a atitude, bateu o ombro no meu de um jeito como um tio faria. — O Loren Hayes, você deveria conhecê-lo, achou que eles só voltavam à biblioteca móvel no final de sua história e que só podiam pegar emprestados livros que não os prejudicariam. Isso não arranharia o disco do tempo. Esse cara que você conheceu hoje teve algum problema para enxergar os livros?

Assenti. Meus braços estavam arrepiados. Conhecer o homem de 1965 tinha sido menos sinistro do que essa conversa calma e sensata sobre o assunto, tomando café com o meu patrão.

— O cliente só podia pegar um livro que não ameaçasse nada e, mesmo assim, precisava ser o certo para ele. Quando você leva isso em consideração... *bem*. Imagine se você vivesse nos anos 1950 e gostasse das reviravoltas dos romances da Agatha Christie. Agora imagine se você, pouco antes de morrer, tivesse a chance de ler *Garota exemplar*. Aí morreria com certeza... de felicidade. Pelo que sabemos, foi o que aconteceu com o homem que você viu hoje!

— Não diga isso — discordei, me encolhendo. — É horrível.

— Posso imaginar formas piores de morrer do que com um bom livro na mão. Ainda mais se fosse um que eu não teria o direito de ler porque só seria publicado depois da minha morte. Se não pedir demissão, você verá outras pessoas assim de vez em quando. E não poderá emprestar para elas nenhum livro que as prejudique.

— Mas e se eu lhes der algo que muda a história?

— Como você poderia saber? — perguntou Ralph, sorrindo de novo. — Talvez tenha feito isso! Talvez toda essa porcaria seja culpa sua!

Ele olhou ao redor da cafeteria — clientes usando smartphones, uma garota do caixa fechando pedidos em um tablet — e de volta para mim. Pareceu satisfeito consigo mesmo.

— A história que você tem é a única que conhece. Além disso, as pessoas vão à biblioteca para melhorar a si mesmas, ou se divertir, ou descobrir algo novo sobre o mundo. Como isso pode ser ruim? Acredito que as devoluções atrasadas que visitam a antiga biblioteca móvel estejam apenas curtindo uma sobremesa literária antes de serem expulsas do restaurante.

— Então é tipo o quê? Uma recompensa de Deus por terem levado uma vida boa?

— Por que não pode ser uma recompensa da biblioteca pela pessoa ter se dado ao trabalho de devolver um livro atrasado mesmo estando morta? Você vai se demitir?

— Não — respondi e percebi um tom um pouco irritado na minha voz. — Estou ouvindo um audiolivro do Michael Koryta e só consigo me concentrar nele enquanto estou dirigindo.

Ralph riu.

— Espero que não tenha pagado por ele. A biblioteca tem uma excelente coleção de audiolivros. — Ele se levantou com o cachimbo. — Tenho que ir agora. Eles não me deixam fumar aqui dentro, com toda a razão. Por que não vem jogar buraco comigo e o Loren? Tenho certeza de que vocês têm muito o que conversar.

Ralph foi em direção à porta.

— Sr. Tanner?

Ele olhou para trás, a mão na maçaneta.

— O *senhor* já pensou em dirigir a biblioteca móvel? Para ver quem aparece?

Ele sorriu.

— Não tenho habilitação de categoria E. Caminhões grandes me assustam. Boa noite, John.

PELOS DEZ DIAS SEGUINTES, dirigi debruçado sobre o volante, examinando as calçadas à procura de alguém que parecesse ter saído de um filme em preto e branco. Nem se a biblioteca móvel estivesse carregada com caixotes de dinamite eu estaria mais nervoso ou mais alerta.

Era difícil controlar a temperatura na cabine. O aquecimento funcionava a todo vapor, com aquele cheiro de meias velhas, e, em pouco tempo, eu ficava suando em bicas, com a camisa grudada na lateral do corpo. Mas se eu desligasse, a temperatura despencaria em poucos minutos, e logo estaria tão frio que meus dedos do pé ficariam dormentes dentro dos sapatos e o suor congelaria na pele. Meus pensamentos se alternavam da mesma maneira, quentes e frios, entre avidez e ansiedade, entre a esperança de ver alguém que não pertencia ao meu tempo e o temor.

A verdade é que nada aconteceu, e, depois de mais algumas semanas, percebi que nada *ia* acontecer e isso me tirou o ânimo. Não todo de uma vez. Veio chegando de mansinho uma emoção mais forte do que uma simples decepção, uma letargia entorpecida e desanimada. Na época, culpei a depressão pelo que havia acontecido quando tentei limpar a garagem, mas, em retrospecto, posso ver que eu estava afundando muito antes disso.

Tinha terminado de limpar o quarto dos meus pais e o escritório da minha mãe. Botas e lenços foram para o Exército da Salvação. Esvaziei um arquivo, rasguei o que não era importante, juntei o que era essencial em uma pilha para ver depois. Enchi sacos de lixo e lixeiras de recicláveis.

Por fim, em uma manhã radiante de domingo, decidi dar uma olhada na garagem. A casa inteira estava inundada pelo sol, e o brilho reluzia nas pequenas ilhas de neve sob as árvores. Em um dia tão cheio de luz, senti que estava pronto para encarar o lugar onde meus pais haviam morrido.

Lá, a luz do sol atravessava as janelas sujas e cheias de teias de aranha e atingia uma opacidade leitosa. Embora o Cadillac não estivesse mais ali, pois fora rebocado pela polícia, o teto de gesso estava preto por causa do gás do escapamento. Respirei fundo e cambaleei para trás, engasgando com um fedor de combustão de motor e carne rançosa. Agora tenho quase certeza de que o odor era, em grande parte, fruto da minha imaginação, mas e daí? Imaginário ou não, aquilo me fazia achar que estava prestes a vomitar toda vez que respirasse.

Eu me forcei a voltar com um pano amarrado na boca e liguei o abridor automático da porta da garagem. O motor vibrou, mas a porta subiu apenas um centímetro antes de fazer um estrondo e se recusar a subir mais. Estava trancada. Lutei com os ferrolhos, mas comecei a achar que eles estavam enferrujados e não pude forçá-los a abrir. Girei em círculo, procurando algo que pudesse usar para martelar os ferrolhos e abrir a porta, e foi quando vi um dos sapatos *dockside* azuis do meu pai. Talvez tivesse caído do pé dele quando foi retirado do banco do motorista pelos paramédicos. Peguei o sapato, e uma aranha saiu de dentro e foi para as costas da minha mão. Gritei e joguei o *dockside* longe, sacudi a aranha dos meus dedos e corri para fora da garagem. Aquilo foi o suficiente para mim.

Depois disso, parei de trabalhar na casa. Encontrei o meu velho Sega no armário da sala. Liguei e joguei *NBA Jam*, às vezes por cinco, seis horas seguidas. Joguei *Sonic the Hedgehog 2* até zerar. Joguei no escuro enquanto as dores de cabeça se intensificavam e viravam enxaquecas. E então, joguei um pouco mais. Quando fiquei de saco cheio de videogames, assisti ao que estava passando na TV: reality shows, noticiário dos canais por assinatura — eu não era exigente. Senti como se estivesse me recuperando de uma intoxicação alimentar — só que nunca me recuperei.

Sempre gostei de ler, mas não tinha energia mental para progredir em um livro. Tudo parecia muito longo. Cada página tinha palavras demais. Durante todo aquele período, li apenas um romance, *Outra coisa maravilhosa*, de Laurie Colwin, e apenas porque era tão curto que podia ser lido de uma vez só, pois a autora não encheu a página com um monte de palavras. O livro era sobre uma jovem mulher, recém-casada, grávida havia pouco tempo, que se apaixonava e começava um caso com um homem muito, muito mais velho, por razões que não conseguia entender. Se alguém ouve falar de uma mulher que trai o marido, na mesma hora tende a julgá-la. Mas todos no livro eram amáveis, todos queriam o melhor um para o outro. No final, tive a impressão de que o romance era, na verdade, sobre uma geração se despedindo de outra, e chorei feio no sofá. *Outra coisa maravilhosa* me deixou contente em pensar que a minha mãe tinha um coração tão feliz e romântico.

Eu pretendia lê-lo e colocá-lo na pilha de devoluções da biblioteca, mas acabei colocando o livro de volta na caixa de sapatos com as multas de estacionamento não pagas. Quando terminei de lê-lo, parecia que aquele livro pertencia a mim.

Eu só saía de casa para dirigir a biblioteca móvel e percorria meu trajeto automaticamente, mal vendo as pessoas que entravam ali para pegar alguma coisa para ler. A próxima vez que vi alguém que estava morto — a próxima vez que uma Devolução Atrasada me visitou —, mal percebi o rosto dela até que a mulher começou a chorar.

A Devolução Atrasada entrou depois que um grupo de crianças e suas mães passaram pela biblioteca em uma fila barulhenta e confusa. Eu estava em Quince, um povoado rural ao sul de Kingsward, estacionado entre uma escola e um campo de beisebol. O campo estava tomado por lama congelada e cheirava a merda de cachorro. O dia parecia meu humor: nebuloso, enterrado sob uma massa baixa de nuvens geladas. Em dado momento, percebi que havia uma mulher sozinha na biblioteca, uma coisinha magra vestindo um sobretudo preto e branco masculino, três vezes maior que ela. Ignorei-a e continuei escaneando os livros devolvidos até ouvir um suspiro baixinho. A mulher agarrou um livro amassado, avermelhado com a lombada marrom, aberto na contracapa. O nariz delicado estava vermelhão de tanto chorar. Ela olhou para mim, deu um sorrisinho fraco e enxugou as lágrimas no rosto.

— Não se incomode — disse ela em um tom mais alegre. — São apenas as minhas alergias.

— A senhora é alérgica a quê? — perguntei.

— Ah — disse ela, então olhou para o teto enquanto as lágrimas escorriam pelo rosto bonito e pálido. — Tristeza, principalmente. Também lavanda e picada de abelha, mas acima de tudo sou alérgica a me sentir infeliz e, quando estou assim, isso sempre acontece comigo.

Peguei a caixa de lenços de papel em cima da mesa, me levantei e dei a volta para lhe oferecer um.

— Espero que não esteja assim porque estamos sem o livro que a senhora queria.

A mulher riu — uma espécie de som meio triste e agradecido — e pegou um lenço. Ela assoou o nariz fazendo um barulho alto.

— Não. Tem muita coisa para ler aqui. Eu estava pensando que nunca tinha lido Sherlock Holmes e que talvez alguns bons mistérios com sotaque inglês caíssem bem com chá e biscoitos hoje à tarde. Olhei atrás e vi o nome do meu filho. Claro que ele pegou este livro emprestado. Acho que até me lembro dele lendo no fim de semana em que esteve doente, sem sair de casa.

A mulher abriu *As aventuras de Sherlock Holmes* para me mostrar o bolso de papelão na parte traseira, com o cartão de sócio enfiado nele, e a pele na minha nuca se arrepiou. Foi quando eu soube que ela era uma delas, uma Devolução Atrasada. Porque esses cartões não existem mais nos livros modernos da biblioteca. Eles foram substituídos por códigos de barras.

Havia meia dúzia de nomes escritos a lápis no cartão. O primeiro era Brad Dolan, 13/04/59. Ela mexeu no cartão, e a unha apontou para o nome Brad Dolan de novo, mais abaixo: 28/11/60. Senti como se tivesse virado um copo de água gelada de uma vez. Minhas entranhas ficaram enjoadas e frias. Um dos últimos grandes romances de Brad

Dolan se chamava *Investigações!* e contava a história de um detetive chamado Sheldon Whoms, que deduz fatos impossíveis a partir de pistas menores — ao olhar para as unhas roídas de uma mulher, Whoms determina que ela menstruou pela primeira vez aos 11 anos de idade e que já teve um gato chamado Aspirina. Eu me recordei vagamente de Dolan dizendo para a minha turma da oitava série que ele sempre adorou as histórias de Sherlock Holmes porque elas contavam uma mentira reconfortante: que o mundo fazia sentido e que o efeito seguia a causa. Por outro lado, o Vietnã havia lhe ensinado que o Exército jogaria napalm em crianças nuas para deter uma ideologia política baseada em pessoas que compartilham o que têm umas com as outras. Dolan disse que o motivo de fazerem tal coisa era um mistério que nenhum detetive, por mais brilhante que fosse, poderia entender.

Eu sabia que a mulher tinha entrado na biblioteca móvel vinda do passado — por causa do frio gelado que se espalhava pelas minhas entranhas —, mas, para ter certeza, pedi para ver o livro. Ela me entregou, e virei um pouco de lado para disfarçar e fechei o livro.

Quando o exemplar estava nas mãos dela, era uma edição velha de capa dura sem grandes detalhes, com uma lombada gasta. Quando estava na minha mão, era uma edição brochura em tom escarlate berrante que mostrava Benedict Cumberbatch e Martin Freeman correndo diante de um fundo vermelho impressionista. *Um estudo em vermelho*, com um prefácio de Steven Moffat.

— Brad Dolan? — falei. — Acho que conheço esse nome.

— Talvez ele tenha entregado o seu jornal — disse ela e riu.

— Talvez a *senhora* costumasse entregá-lo — falei. — Enquanto ele dormia no banco do carona.

Eu me virei e devolvi o livro para a mulher. No momento em que ela o pegou, o exemplar virou uma edição de capa dura vermelho-amarronzada de novo, com um cachimbo dourado modelo Meerschaum estampado na frente. A mulher sorriu com o rosto manchado de tanto chorar.

— Obrigada pelo lenço — disse ela. — Peço desculpas.

— O que ele está fazendo hoje em dia? Seu filho?

— Ele está lá — respondeu ela. — Meu filho se alistou como voluntário. O pai dele morreu na Coreia e... ele queria fazer a sua parte. Meu filho é muito corajoso.

A mulher sorriu um pouco mais, e, a seguir, o rosto se contorceu. Ela colocou a mão sobre os olhos e os ombros começaram a tremer. A mulher respirou fundo, ofegante.

— Peço desculpas. Muitas desculpas. Nunca tinha feito isso antes.

Coloquei a mão nas costas dela e a deixei encostar a cabeça no meu ombro. Na época dela, talvez os homens pudessem abraçar mulheres estranhas chorando, mas eu só me sentia à vontade em colocar a mão pousada entre as escápulas dela.

— O que a senhora não fez antes? Chorar? É a primeira vez? Isso passa, em geral quando os olhos começam a ficar doloridos.

A mulher riu de novo.

— Ah, eu choro bastante. É apenas a minha primeira vez em um local público, exceto na igreja, e ninguém se importa se eu chorar lá. Ando bem sensível hoje em dia. É como um machucado, só que no corpo inteiro. Tudo me faz sentir fraca e chorosa. Não recebo uma carta do meu filho há dois meses. É o período de tempo mais longo até hoje. Fico sentada na sala de estar sentindo um formigamento horrível, de olho no carteiro. É como se eu estivesse prendendo a respiração, mas por horas. Aí ele chega, e não há carta.

Ando bem sensível hoje em dia, ela dissera. Algo naquela frase me causou uma pontada de ansiedade. Fred Mueller apareceu para pegar um último bom romance de ficção científica na semana antes de morrer no jardim da irmã. Ralph parecia achar que isso fazia parte de tudo aquilo — que as Devoluções Atrasadas só conseguiam chegar à biblioteca móvel quando estavam perto do fim. Agora me lembrei de outra coisa daquele dia na oitava série, quando Brad Dolan foi dar uma palestra na minha escola. Ele mencionou que a mãe morrera sozinha, de câncer uterino, enquanto Dolan tentava se manter vivo no Vietnã. Ele disse que era o grande arrependimento de sua vida: ter ficado rico depois da morte dela, quando o dinheiro não pôde ajudá-la em nada. A mãe de Brad Dolan queria ir para Paris, ou pelo menos Fort Lauderdale, mas nunca havia saído da Nova Inglaterra. Nunca tirou férias. Nunca teve um carro ou um casaco novo, pois sempre comprava as roupas no Exército da Salvação. A mãe dele dava dez por cento do salário todos os anos para a igreja e, mais tarde, depois que ela morreu, descobriram que o padre que administrava o lugar molestava garotinhos e bebera a maior parte das economias da igreja.

— Ele vai voltar para casa? — perguntou ela e olhou para mim, com um sorriso fraco.

Minhas entranhas deram um pinote, como um peixe jogado em um convés.

Eu me afastei. Não queria que ela visse a minha expressão.

— Eu... acredito que sim, sra. Dolan. Tenho certeza. Tenha fé.

— Estou tentando — disse ela. — Embora eu me sinta cada vez mais como uma garotinha que ouviu que o Papai Noel não existe. O senhor já viu as imagens no telejornal do Cronkite? Viu o que está acontecendo por lá? Quero acreditar que o meu filho vai voltar e ainda será ele mesmo. Tão bom quanto sempre foi. Gentil. Não destruído por dentro. Rezo todos os dias para morrer antes dele. Esse é o único final feliz que nós, humanos, podemos ter, não é? Que os pais morram antes dos filhos?

Se ela não tivesse dito aquilo, exatamente daquela maneira, eu não teria feito o que fiz. Mas tinha lido um diálogo quase exatamente igual apenas cinco meses atrás, na última carta do meu pai.

Na opinião de Ralph, eu não poderia dar nada às Devoluções Atrasadas que as prejudicasse. Por outro lado, ele não podia dirigir a velha biblioteca móvel e nunca encontrou nenhuma das Devoluções Atrasadas.

Estiquei a mão para pegar *Morra rindo!*, o primeiro romance de Dolan. Era a edição do filme, com Tom Hanks e Zachary Quinto na capa, mas, quando virei e coloquei o livro na mão da mulher, era a primeira edição. Não... não era isso. Era a versão de alguém do que poderia ter sido a primeira edição. O ilustrador *pulp* de ficção científica, Frank Kelly Freas, fizera a capa original, e ele também fez esta, que mostrava um soldado suando e rindo como um louco enquanto cavalgava sua M16 como um cavalinho de madeira de uma criança. A capa de verdade (eu procurei depois) era praticamente idêntica, só que tinha outro soldado ao fundo, chorando de rir enquanto fazia malabarismos com granadas.

Ela olhou para o livro fino e esfarrapado nas mãos (com a tarja EDIÇÃO DE BOLSO — EDITORA ACE — 25 CENTAVOS na capa e os dizeres "A guerra não é motivo para riso... exceto quando é!"). Então o olhar da mulher encontrou o nome do autor e se voltou para mim.

— O que é isso? Uma piada?

Eu não respondi na hora. Não sabia o que dizer. Ela examinou o meu rosto com um sorriso rígido que não transmitia graça alguma.

— Leve para casa — falei. — É bom. Um dos melhores dele.

A mulher dirigiu outro olhar avaliador para o livro. Quando se voltou para mim de novo, o sorriso havia diminuído ainda mais.

— Suponho que seja um pouco engraçado encontrar um livro de um escritor que tenha o mesmo nome que o meu filho, mas também acho que o senhor está indo longe demais. Talvez eu tenha pedido por isso, por ter me emocionado com Sherlock Holmes. Ainda assim. Isso não é coisa que se faça, senhor.

Ela deixou o livro cair e se virou para ir embora.

— Senhora — falei com calma. — Não estou tirando sarro. Não se vá. Espere um momento.

A mulher parou com a mão na trava. Ela estava pálida.

— Seu filho vai voltar para casa e escrever uma pilha de romances. Este é o primeiro. Se a senhora tentar olhar agora, seus olhos vão ficar esquisitos, porque *Morra rindo!* ainda não foi publicado. Não sei ao certo quando foi lançado... 1970, talvez? Vá em frente. Dê uma olhada.

Ela abaixou o queixo e olhou para o livro no chão, uma edição brochura com o rosto severo e pesaroso de Tom Hanks na capa e Zachary Quinto ao fundo, de joelhos, rindo convulsivamente com sangue nas mãos.

— Aaaah — disse a mulher, que colocou a mão na têmpora esquerda, balançou e fechou os olhos. — Isso me deixa enjoada.

Quando olhou para mim novamente, os lábios estavam pálidos e o corpo começava a tremer.

— O que o senhor fez comigo? O senhor... sei lá, me drogou? Ouvi dizer que é possível colocar LSD na pele de alguém e deixar a pessoa doente.

— Não, senhora.

Peguei o livro e o entreguei para a mulher. Quando ela o observou mais uma vez, era a capa ilustrada por Freas. Ela exalou devagar.

— Quando a senhora não está segurando, o livro foge da sua época e volta para a minha. É por isso que fica enjoada ao olhar para ele. Mas, enquanto segurá-lo, o livro permanecerá congelado na sua época, então é seguro ler. — Tive uma lembrança repentina de ter lido o livro na oitava série e disse: — Acho que ele dedicou o livro para a senhora. Não tenho certeza. Veja.

Ela abriu o exemplar, e lá estava:

Para Lynn Dolan, sem a qual este livro não seria possível

Mas eu tinha me esquecido do que estava abaixo da dedicatória:

(1926-1966)

Agora era minha vez de me sentir enjoado.

— Ai, meu Deus. Eu sinto muito. Esqueci... Não leio esse livro desde que estava na escola...

Quando a mulher ergueu o queixo, porém, não parecia mais com medo. Em vez disso, estava maravilhada. Ela era linda, com traços delicados e grandes olhos escuros. Eu poderia ter me apaixonado por ela, se a mulher não estivesse morta há mais de cinquenta anos.

— É de verdade — sussurrou ela. — Não é uma piada de mau gosto. Meu filho vai escrever isso em alguns anos, não é?

— Sim. sra. Dolan... Desculpe... Eu não deveria ter...

— É claro que deveria, e o senhor fez, e por isso sei que não está sendo cruel. Estou ciente de que este é o último ano da minha vida — disse a mulher, e os lábios formaram um leve sorriso. — Sei disso há algumas semanas. É o que eu não suporto. Não ter notícias dele e saber que eu poderia nunca descobrir se ele conseguiria voltar. Como o senhor... — Ela contraiu os lábios.

— Quando saí hoje de manhã — respondi — para percorrer minha rota na biblioteca móvel, era dezembro de 2019. Mas, às vezes, isso acontece. Pessoas do passado aparecem para pegar livros emprestados. Eu conheci um sujeito chamado Fred Mueller...

— Fred Mueller! — exclamou ela. — Esse é um nome que eu não ouço há um bom tempo. De West Fever. Pobre homem.

— Sim. Ele apareceu na biblioteca móvel há algumas semanas, e lhe dei um livro que não será lançado por um tempo. Espero que ele tenha gostado. Tenho certeza de que era o tipo de livro que ele gostava.

— Há algumas semanas? — perguntou a mulher. — Ele morreu faz dez meses. Eu ia escrever para o Brad e contar isso, mas, depois, pensei melhor. Só envio boas notícias para o meu filho. Todo dia lá pode ser o último, não quero que o Brad fique com a cabeça cheia de...

A seguir, a mulher se calou e olhou para o exemplar nas mãos. Ela espiou dentro e se encolheu.

— Não consigo ler os direitos autorais. Os números desaparecem quando tento me concentrar neles. — Ela folheou algumas das outras páginas. — Mas consigo ler o resto.

Então ela me lançou um olhar intenso e curioso.

— *Posso* ler o resto? O senhor vai me emprestar?

— Desde que a senhora tenha um cartão da biblioteca — falei, e ela riu. — Imagino que tenha um livro para devolver, não? Um que esteja atrasado? Parece funcionar assim.

— Ah! Sim.

Ela abriu uma aba de veludo preto na bolsa e pegou um exemplar de *O vale das bonecas*. As bochechas coraram um pouco.

— Um lixo — disse a mulher e balbuciou suavemente, achando uma graça meio envergonhada.

— Então a senhora gostou muito, hein? — perguntei, e a risadinha dela se transformou em uma gargalhada.

Eu a conduzi de volta à mesa. Ela veio com as pernas instáveis, olhando aqui e ali.

— Agora entendo — falou. — Os livros. Alguns deles estão perfeitos. Mas a maioria está... tremendo. Como se estivessem com frio. E é difícil ler os títulos nas lombadas.

Ela riu de novo, mas era uma risada nervosa e infeliz.

— Isso não está acontecendo de verdade, está? Estou no sofá. Venho tomando remédios para o meu... Bem, tenho sentido algum desconforto. Devo ter desmaiado e agora estou sonhando com isso.

— Você não poderia falar com um médico? — perguntei. — Sobre a sua condição?

Quando a mulher respondeu, foi com uma única palavra sussurrada:

— Não.

— Pode não ser tarde demais, e significaria muito para o Brad Dolan se ele pudesse rever a mãe ao voltar para casa.

Os músculos dos cantos da mandíbula dela se contraíram, e me ocorreu que aquela mulher pequena, frágil e bonita era mais resistente — mais forte — do que parecia.

— Significaria tudo para mim estar lá quando ele voltar. Mas não terei essa chance. Trabalhei oito anos na enfermaria de câncer no Hospital Kingsward. Conheço o quadro. Estou vivendo isso. O tratamento é melhor na sua época?

— Acho que sim — falei.

— Que bom. Infelizmente não tenho como esperar cinquenta anos. Como será o meu filho no próximo século?

Senti um vazio no peito, mas acho que consegui manter o rosto quase inexpressivo quando respondi:

— Ele nunca foi tão popular. Seus livros são adotados nas escolas. Fizeram filmes baseados neles.

— Eu tenho netos?

— Sinceramente, não sei — falei. — Adoro os romances do seu filho, mas nunca procurei ele no Google.

— Google?

— Ah. Hã. Pesquisei o nome dele. O Google é como uma enciclopédia do século XXI.

— E ele está *nela*? No Google?

— Pode apostar.

A mulher parecia muito satisfeita com isso.

— Meu filho! No Google!

Ela me avaliou por um momento.

— Como isso está acontecendo? *Se* é que está acontecendo. Ainda espero acordar no sofá a qualquer momento. Fico cochilando o tempo todo esses dias. Eu me canso tão fácil.

— Está acontecendo, mas eu não saberia dizer como é possível.

— E o senhor não é um enviado de Deus? Não é um anjo?

— Não. Sou só um bibliotecário.

— Ah, bem — disse a mulher. — É bom o suficiente para mim.

E antes que eu carimbasse o cartão, ela se inclinou sobre a mesa e beijou a minha bochecha.

* * *

ESTAVA ESCURO E NEVAVA muito na noite em que bati à porta marcada como 309 no condomínio Serenidade. Vozes murmuraram. Cadeiras foram arrastadas no piso. A porta se abriu, e Ralph Tanner olhou para mim. Ele usava um cardigã azul, uma camisa de colarinho da mesma cor e calças jeans com tom metálico — presumi que esse era o conceito de Ralph de se vestir informalmente.

— Qual é a senha? — perguntou ele.

Eu levantei a garrafa na mão direita.

— Eu trouxe bourbon?

— Acertou! — disse Ralph, e me deixou entrar.

Ele me levou a um cômodo grande que servia de cozinha, sala de estar e quarto, tudo ao mesmo tempo. Imaginei que não fosse tão diferente assim de uma das quitinetes em West Fever, embora fosse melhor. A TV estava sintonizada na MSNBC, com o volume baixo. Rachel Maddow, elegante em um *tailleur* justo, falava com sinceridade para a câmera. Em frente à TV, dois velhos estavam sentados a uma mesa que parecia ter sido feita de tábuas de madeira petrificada pregadas. Reconheci um deles. O nome era Terry Gallagher e, naquela noite, ele usava um chapéu de pescador com um broche escrito PRENDAM HILLARY. Eu via Gallagher toda quinta-feira de manhã quando levava a biblioteca móvel para o condomínio Serenidade. Ele arrastava os pés devagar pela biblioteca, zombando dos livros de esquerdistas de coração mole como Michael Moore, Elizabeth Warren e o Dr. Seuss, e depois pegava emprestado algo escrito por Laura Ingraham. Eu não conhecia o outro sujeito na mesa. Loren Hayes estava em uma volumosa cadeira de rodas elétrica e tinha um tubo de oxigênio no nariz. Ele me lançou um olhar cauteloso com olhos injetados.

Loren tinha um rosto grande e enrugado, com traços um tanto cômicos e avantajados. Estava muito acima do peso, mas, mesmo assim, a cabeça era grande demais para o corpo, um efeito amplificado pela cabeleira preta e oleosa, que ele penteava ao estilo de Ronald Reagan. Sua camiseta branca, que mostrava Ian McKellen em pé diante da uma bandeira do orgulho gay, grudava na protuberância do estômago e no peito caído. (Na parte superior, lia-se que GANDALF É GAY E, SE VOCÊ NÃO GOSTA DISSO, PROVAVELMENTE É UM ORC.)

— O que estamos jogando? — perguntei quando me sentei.

Ralph tirou o bourbon das minhas mãos, desatarraxou a tampa e despejou um dedo em um quarteto de canecas lascadas e copos de plástico.

— Um jogo antigo e muito querido — respondeu Gallagher. — Coloque na MSNBC e veja quanto tempo Terry Gallagher consegue ficar sentado ali antes de perder a cabeça. É que nem colocar uma lagosta em uma panela de água fria e ligar o fogo. Eles querem ver quanto tempo eu aguento antes de começar a pular para escapar.

— Alguém abra a janela — pediu Loren Hayes. — Estamos no terceiro andar. Talvez ele pule por ali.

Ralph se sentou conosco.

— Que tal Copas Fora? Somos quatro, é o número certo. Venha, sr. Gallagher. Vamos tirar o som da TV. A mulher malvada não vai machucar o senhor. Manteremos você a salvo de toda a razão, ciência e compaixão dela.

— Só fique de costas para a TV — aconselhou Loren Hayes. — Se olhar para ela, corre o risco de ter um vislumbre de empatia, e isso vai embrulhar o seu estômago.

Gallagher me lançou um olhar suplicante.

— Eles me venceram, foram dois votos contra um. Alguma chance de você apoiar a Fox? Sinto falta do programa do Tucker.

— Conheci uma mulher na semana passada que assistia ao noticiário do Walter Cronkite — falei. — Caramba, não fazem mais gente como ele, não é?

A mesa ficou em silêncio enquanto Ralph dava as cartas. Gallagher olhou de mim para Loren Hayes e vice-versa. Loren abriu as cartas e as estudou em silêncio por um bom tempo.

— Sr. Hayes — falei —, sabia que temos uma rampa para cadeira de rodas na biblioteca?

— Ah, é? De onde veio isso? Essa rampa é novidade — disse ele. — Nunca tivemos isso quando era eu que dirigia.

— Tiramos da biblioteca móvel mais nova — respondeu Ralph. — A que foi danificada.

— Se o senhor estiver com vontade de ler algo... — falei.

— Se eu estiver com vontade de ler algo, vou encomendar pela internet — falou Hayes. — Não acho que gostaria de pegar emprestado da biblioteca móvel. Você pode tentar me oferecer um romance que só será publicado daqui a dez anos, e aí eu me depararia com a possibilidade muito forte de que esse velho desgraçado vai viver mais do que eu.

Ele indicou Gallagher com a cabeça.

Nós jogamos algumas rodadas sem falar nada.

— Alguma vez o senhor mudou alguma coisa? — perguntei. — Alguma vez o senhor *tentou* mudar alguma coisa?

— Como o quê? — indagou Hayes.

— Dar a alguém um livro sobre a vida e a morte de John Lennon para ver se a pessoa poderia impedir o assassinato?

— Se eu desse a alguém um livro sobre o assassinato de John Lennon — argumentou Hayes — e a pessoa o impedisse, então como eu poderia dar um livro sobre o assassinato de John Lennon para ela?

— Diferentes... linhas do tempo? Universos paralelos?

— Em um universo paralelo, você não pegou a dama de espadas. Mas, nessa realidade, acabou de comer treze pontos — disse Hayes, que mostrou a dama para mim. — Quem quer que o senhor queira salvar, sr. Davies, não pode ser salvo. Eu tentei.

— Então qual é o sentido? — perguntei. — Qual é o sentido de voltar no tempo se a pessoa não pode fazer nada de bom?

— Quem disse que a pessoa não pode fazer nada de bom? Eu? Só falei que o senhor não pode salvá-los.

— Salvar quem? — indaguei.

Eu me senti um pouco sem ar. Tinha tomado um único gole de bourbon, mas ele caíra no meu estômago como ácido de bateria.

— Quem quer que seja — respondeu Hayes, que me encarou; um dos olhos tinha uma leve catarata. — Eu tentei. Pensei em enviar uma carta para o passado em segredo e salvar o meu melhor amigo, Alex Sommers. Isso foi em 1991, e o Alex estava em um hospício. Contraiu um caso fatal do que estava se alastrando entre a minha gente na época, e se escondeu para morrer, marginalizado e esquecido, desprezado pela família ultracristã por ser viado e temido pelos amigos que tinham medo de pegar a doença se ele começasse a tossir. Pensei que poderia impedir que isso acontecesse.

A voz dele ficou embargada, e Hayes largou as cartas.

— Já chega — disse Gallagher, que pegou a mão de Hayes e olhou para mim. — Que tipo de pessoa você é, porra? Veio aqui para estragar nosso jogo de cartas?

Ralph Tanner falou muito baixinho.

— O sr. Davies também perdeu pessoas. Ele só quer fazer a coisa certa. Mas está lidando com uma coisa que apenas o Loren entende de verdade.

Foi a primeira vez que tive certeza de que Ralph sabia sobre os meus pais. Sabia desde o começo, acho. Como falei, Kingsward é uma cidade grande, mas não o suficiente para manter segredos.

— Eu escrevi uma carta — disse Hayes. — Deixei tudo pronto. Tinha selos de diferentes eras, porque sabe-se lá de que época eles viriam. Eu tinha alguns selos do início dos anos 1960, alguns de meados dos anos 1980, tudo e mais um pouco. Um dia, uma mulher entrou na biblioteca móvel, uma ruiva carnuda. Usando óculos. Um tipo de dominadora muito rígida, severa e de direita. Gallagher, você teria tido um derrame. Teria tanto tesão por ela quanto teve pedindo o impeachment do Clinton. Começamos a conversar, e a mulher se perguntou em voz alta se os terroristas matariam os atletas judeus em Munique, e foi assim que soube que a ruiva era uma Devolução Atrasada. A mulher gostava de suspenses de tribunal, então peguei um Scott Turow que só seria publicado dali a vinte anos. A seguir, perguntei se ela postaria uma carta no correio para mim. A ruiva olhou para o envelope, riu e esfregou os olhos. Coloquei a carta na parte de trás do livro dela. Bem. Voltei para a minha época. A mulher voltou para a dela. Na época da ruiva, 1972, ela era uma assistente jurídica que vivia um romance no trabalho, e o ex-marido atirou nela e no amante. No meu tempo, Alex Sommers pesava cerca de quarenta quilos e estava todo preto com sarcoma de Kaposi. Eu não conseguia entender o que dera errado. Tentei conversar com o Alex sobre isso. Perguntei se, por acaso, ele recebera uma carta quando tinha 10 anos de idade, enviada por alguém que ele não conhecia, e Alex ficou mais pálido do que os lençóis. Ele contou que leu a parte sobre ser gay e rasgou tudo. Disse que vomitou por dias depois. Não apenas pelo que a carta dizia, mas porque tentar ler o deixou enjoado. Falou que as palavras ficavam derretendo quando ele tentava olhar para elas. Mais tarde, decidiu que ficara doido e havia alucinado a coisa toda. Pensou que o subconsciente estava tentando encontrar uma maneira de fazê-lo aceitar que era gay e surgiu com uma carta imaginária. Ele se lembrou de algumas coisas sobre a doença, mas presumiu que era apenas a culpa falando. Meu amigo sentia muita culpa naquela época. De qualquer forma, não consegui mudar aquilo.

Os olhos injetados de Hayes estavam úmidos.

Eu sabia que Ralph e Gallagher já tinham ouvido um pouco daquilo antes. Percebi pela maneira como Ralph olhou para as cartas, se recusando a fazer contato visual. Pude ver pela maneira como Gallagher me encarou, com uma espécie de ódio puro. Gostei mais dele por causa disso. Era um ódio nascido do amor por um camarada.

— Pronto — disse Gallagher. — Conseguiu o que queria?

— Lamento que não tenha conseguido fazer um bem para ele — respondi.

— Mas ele fez — falou Ralph.

— Acho que não — disse Hayes.

— Fez, sim — insistiu Ralph. — Você disse que Alex tinha muita culpa quando criança. O suficiente para se matar? Talvez. Muitos jovens gays se matam e se matavam, ainda mais naquela época. Só que a carta era a prova de que o Alex tinha um futuro em que alguém se importava com ele. O garoto captou isso, mesmo que não tenha sido possível impedir que ele contraísse uma doença trágica, e esse foi um motivo para ele continuar vivendo.

Ralph voltou a estudar as cartas e falou:

— E temos o caso do Harry Potter. Acho que ele ilustra o bem que você fez, Loren.

— Belo bem que eu fiz — disse Hayes com desdém.

— Qual é o caso do Harry Potter? — perguntei, embora já tivesse uma ideia.

Loren Hayes deu uma longa olhada em Terry Gallagher, depois abaixou a cabeça e contou:

— O último ano em que dirigi a biblioteca móvel foi 2009. Naquela época, eu sempre parava às segundas-feiras no hospital. Às vezes, algumas crianças da enfermaria de câncer saíam, se estivessem bem, para dar uma espiada. Havia uma garota que entrou um dia vestida de bruxa, absolutamente furiosa, gritando que a J.K. Rowling tinha terminado a porcaria do livro com um final aberto, e ela ia morrer antes de saber como tudo aquilo terminava. E a menina jogou um exemplar do penúltimo Harry Potter em cima de mim. Bem, o último livro ainda não tinha sido publicado na época dela, mas na minha, sim. A menina queria magia. E dei um pouco para ela.

— Aquela criança terminou a série antes da J.K. Rowling — disse Ralph com uma sobrancelha levantada. — Depois que faleceu, alguém da família teve a consideração de devolver os livros da biblioteca. Reconheci *Harry Potter e as Relíquias da Morte* na mesma hora como algo que ainda não existia, deixei de lado e tirei o livro de circulação. Depois de ter lido, é claro. Embora eu não seja totalmente desprovido de autocontrole, também não sou masoquista e queria muito saber o que acontecia com o Snape.

— E você? — perguntei a Terry Gallagher. — O senhor já ouviu toda essa porcaria antes, pelo que sei. Acredita nisso?

Gallagher me lançou um olhar soturno, atormentado e desorientado.

— Quem você acha que devolveu o *Relíquias da Morte* para a biblioteca? Minha filha ficou perturbada demais para fazer qualquer coisa depois que a Chloë morreu, então fiz isso por ela. Minha neta adorava aqueles livros. — Ele fez uma pausa, puxou um canto do bigode branco e espesso. — Eu li aquele último para ela. Quando ela já estava fraca demais para segurar o livro. Também queria saber como terminava.

— Penso nisso há décadas — disse Hayes. — Tentei entender a questão. O que sei: as pessoas que aparecem na biblioteca móvel vindas de outras épocas estão lá porque anseiam por alguma coisa. Anseio é a única coisa que cruza o tempo dessa maneira. Não se pode dar a elas algo de que não *precisam*. A neta do Terry *precisava* saber se o Snape era um vilão ou não. A menina não precisava saber de toda a merda que aconteceria depois de falecer. Assassinatos, desastres naturais e terrorismo. A neta do Terry tinha uma história para terminar antes que a própria história terminasse. Era por isso que a menina estava lá. E era o que eu podia fazer por ela.

— É como a biblioteca sempre funcionou — falou Ralph. — As pessoas não estão lá para pegar os livros que *você* quer que elas leiam.

— O que eu me pergunto — disse Terry Gallagher — é se existe um cinema em algum lugar que passe filmes que ainda não foram filmados. Ou se há um canal por assinatura que exibe programas de TV que ainda não foram lançados. Para pessoas que precisam saber. Talvez exista. Talvez o universo seja mais gentil do que pensávamos.

— Sr. Gallagher — falei —, vejo muito o senhor. O senhor é um dos meus clientes mais constantes. Não tem medo de que um dia desses entre lá e eu lhe ofereça algum livro que ainda não foi publicado?

— Estou contando com isso — respondeu Gallagher. — Se acontecer, vou saber que ainda tenho uma última boa leitura e que devo deixar tudo em ordem.

Ele pareceu bastante calmo diante dessa ideia.

Ralph deu uma nova mão de cartas.

— E que livro do futuro o senhor espera ler, sr. Gallagher?

Ele levantou o queixo e olhou para o teto por um momento.

— *A arte da presidência: Como ganhei meu terceiro mandato*, por Donald J. Trump — anunciou.

— Se isso um dia acontecer — disse Hayes —, vai ser a prova de que o universo está cagando e andando.

NA SEGUNDA SEMANA DE JANEIRO, Lynn Dolan me fez outra visita.

Ela passou pela porta e atravessou a biblioteca antes que eu tivesse tempo de me levantar. Tomei um susto ao vê-la. A mulher tinha perdido cinco quilos, e o pescoço e a testa brilhavam com uma camada oleosa de suor. Senti o calor que emanava dela, mesmo com a mesa entre nós. Também senti cheiro de sangue, um leve cheiro de ranço preso ao casaco de lã.

— Eu quero o resto — disse Lynn. — Preciso do resto. Por favor. Os livros do meu filho.

A porta rangeu e se fechou devagar atrás dela. No meu tempo, estava chovendo, uma garoa sombria e fria de janeiro, transformando neve em lodo, terra em lama e estacionamentos em piscinas rasas. Mas, por um instante, vislumbrei grandes flocos gelados caindo do lado de fora e um carro preto do final dos anos 1950 passando na rua, e, por um momento doido, imaginei se poderia passar pela mulher e fugir para o passado.

Mas Lynn estava inclinada sobre mim, febril e fraca, com as pupilas pequenas e os lábios secos e rachados. Contornei a mesa e toquei o braço dela.

— Sente-se — falei. — Por favor, sente-se.

A mulher cambaleou até a minha cadeira e se sentou devagar.

— A senhora não deveria estar na cama? — perguntei.

Ela passou a mão pela bochecha úmida e depois se abraçou.

— Estou bem.

— Uma ova.

— Certo, eu não estou bem. Estou morrendo. Você já sabe disso. Mas quero os livros do meu filho, e você pode me dar. Você vem do futuro. Quero ler todas as histórias dele.

Os olhos de Lynn Dolan estavam brilhantes, cheios de lágrimas, mas ela não chorou. O canto da boca se contorceu em algo próximo a um sorriso.

— Ele é tão engraçado. Sempre foi tão engraçado. — Depois de uma pausa, continuou: — Ele não deveria estar lá. Nenhum dos nossos rapazes deveria estar. É uma guerra feia. Aquele livro dele me fez rir, mas também me deixou enojada.

Ela sorriu de novo.

— Ele pegou gonorreia, não foi? É por isso que ele não está mais escrevendo para mim?

Tínhamos trocado de posição. Lynn estava sentada atrás da minha mesa como se ela fosse a bibliotecária, e eu fiquei do outro lado como se estivesse procurando uma história.

— Acho que pode ser isso — respondi. — Ele não sabia como falar com a senhora sobre o que estava vendo lá. Seu filho começou a escrever o livro para explicar. Na sua época, ele provavelmente acabou de começar.

— É — disse a mulher, de uma maneira estranha e rígida. — Tenho quase certeza.

Eu me virei para a prateleira de ficção. Tínhamos toda a coleção de Brad Dolan em estoque. Como ele era um autor local, sempre havia uma demanda constante. Passei o dedo pelas lombadas e depois hesitei. Sem olhar para ela, falei:

— O que a senhora vai fazer com os livros quando terminar?

Senti um formigamento estranho no couro cabeludo, como quando conheci a primeira Devolução Atrasada, Fred Mueller. Fiquei incomodado com o tom de voz estranho de Lynn Dolan quando ela concordou que sim, que tinha quase certeza de que o filho havia começado a escrever seu primeiro romance lá no outro lado do mundo.

A mulher não respondeu.

Quando olhei para ela, o peito estava subindo e descendo e os olhos úmidos brilhavam com triunfo.

— O que acha que fiz com o primeiro livro? — perguntou Lynn. — Meu menino precisa de um motivo para seguir em frente.

Meu corpo gelou inteiro por dentro.

— A senhora não pode *enviar* os próprios livros do seu filho para ele — falei. — Os que ele ainda não escreveu.

— Talvez, se eu não enviar — argumentou ela —, ele não os escreva. Já pensou nisso?

— Não. *Não.* Se ele apenas copia os livros que você envia no tempo, quem os escreveu originalmente?

— Meu filho. Ele escreveu os livros antes e vai escrevê-los de novo. Para que eu possa lê-los e depois enviá-los para ele.

Eu tinha tomado três copos de bourbon naquela noite com Terry Gallagher, Loren Hayes e Ralph Tanner, mas me senti mais tonto parado ali, completamente sóbrio na biblioteca com a mulher morta.

— Não acho que é assim que o tempo funciona.

— Funciona da maneira que você quer que funcione — disse Lynn Dolan. — Os livros do meu filho existem. Eles existem agora, quer eu os leia ou não. Portanto, isso é tudo que você precisa decidir, senhor. Terei ou não essa última coisa boa na minha vida? Terei outra coisa maravilhosa, ou vai…

— O quê? — perguntei. — O que a senhora disse?

De repente, fiquei tão suado e quase tão doente quanto a mulher.

— Posso terminar bem a vida? — perguntou ela pacientemente. — Ou não? Porque você decide, senhor. Posso viver os meus últimos dias do jeito que quero, com o meu filho ao meu lado, nas histórias dele, já que não pode ser em carne e osso. Você vai ser o sujeito que vai me negar isso?

Eu não seria o sujeito que negaria isso a ela. Eu me virei, estendi a mão para a prateleira e tirei a coleção inteira.

BRAD DOLAN TAMBÉM DEDICOU o último livro para a mãe. A dedicatória dizia:

Mais um livro para a minha mãe, sem a qual eu jamais teria escrito uma palavra.

Dá para enlouquecer tentando descobrir o que isso significa. Mas eu não preciso fazer isso. Porque em junho, cinco meses após a última vez que vi Lynn Dolan, recebi a carta de um morto, uma carta vinda do passado.

Ela tinha sido enviada pelo correio para a Biblioteca Pública Kingsward, endereçada ao "Atual motorista da biblioteca móvel". Um escritório de advocacia que representava o espólio de Brad Dolan estava guardando a carta desde o suicídio do autor por um tiro de pistola em 1997, logo após a publicação do seu último livro. O testamento do escritor havia especificado a data em que ela deveria ser postada.

Prezado senhor,
Passei a maior parte da minha vida adulta pensando sobre o senhor: quem é, como conseguiu viajar no tempo dentro da biblioteca móvel da Biblioteca Pública de Kingsward, como tem sido a sua vida. Não tenho nenhuma certeza sobre o senhor, exceto que é gentil. Talvez nada mais importe.
Dito isso, sei que nos conhecemos. Tenho o cuidado de visitar todas as turmas da oitava série no colégio Kingsward, e acho muito provável que eu o tenha encarado boquiaberto com os meus óculos bifocais e que o senhor tenha me encarado de volta, também boquiaberto, provavelmente enquanto cutucava o nariz, em alguma carteira, imaginando

quando eu pararia de falar para que o senhor pudesse sair para o recreio.

Na manhã ensolarada de outono em que escrevo esta carta — posso ver esquilos gordos do lado de fora da janela, balançando os rabos um para o outro, envolvidos nos seus romances tórridos de roedores —, o senhor provavelmente está no meio da adolescência. Quando ler isso, no entanto, estará perto dos 30. Viu só, o senhor não é o único que pode esticar o elástico do tempo e atirar nos olhos de alguém.

É possível que esteja se sentindo angustiado com a minha morte. Talvez se pergunte se eu me matei depois de escrever o meu último livro porque não tinha mais livros vindos do futuro para copiar. *Será* que eu os copiei, frase por frase, ao longo dos anos, espaçando as publicações para obter o maior impacto comercial possível? Começando com o primeiro, que recebi na província de Da Nang em 1966, pouco antes de ser notificado sobre a morte da minha mãe? Será que voltei para casa e descobri outros doze romances em uma caixa de papelão no armário? Será que estudei os títulos e as capas com a boca seca e o coração batendo tremulamente e depois os queimei na lareira sem lê-los? Isso importa? Tive minha vida. Os livros têm as deles. Mas, quando eu colocar uma pistola na boca, daqui a alguns dias ou algumas horas — ainda estou decidindo —, não será porque fiquei sem material para escrever. Será porque sinto saudade da minha mãe, e porque quebrei as costas em um acidente de moto em 1975 e a dor é terrível, e porque atirei em uma mulher desarmada no Vietnã e nunca me perdoei por isso. Ela estava escondida debaixo de um cobertor em um quarto escuro e, quando cutuquei o cobertor, se levantou, gritando, e eu a matei. Ao ver o corpo, meu sargento colocou uma granada na mão dela e disse que preencheria a papelada para garantir que eu recebesse uma medalha. Sou um herói de guerra desde então. Por isso não escrevi para a minha mãe por três meses; não por causa de gonorreia, como já disse em outras ocasiões. Foi por isso que escrevi ficção por trinta anos: porque não suportava a verdade.

Ou, pelo menos, não suportava a *maior* parte da verdade. Certa vez, minha mãe estava morrendo e um homem foi gentil com ela. Essa é uma verdade que me manteve vivo além do meu tempo.

Estou com a arma e testei a sensação do cano na boca, mas ainda não apertei o gatilho. Passeio todos os dias. Às vezes, ando até o parque, onde a biblioteca móvel para nas manhãs de quinta-feira. Uma pequena parte de mim está esperando para ver se ainda podemos trocar uma palavrinha. Além disso, eu gostaria de saber o que o Philip Roth vai publicar depois da minha morte. Não é isso que mantém tantos de nós por aqui, após a <u>data de devolução</u>? É inevitável querer outra história bacana.

Espero que o senhor esteja bem. Desejo-lhe uma vida inteira de leitura feliz, livre de culpa. Vejo o senhor por aí algum dia?

Tudo de bom,

Brad Dolan

EM UMA TARDE SECA NO VERÃO, com os insetos produzindo um zumbido sonolento e pulsante nas árvores, abri a porta lateral da garagem e lutei com as trancas da porta automática até que enfim consegui soltá-las e erguer a porta. O ar que soprou dentro da garagem de piso de concreto tinha um cheiro agradável de grama recém-cortada e das rosas da minha mãe, e passei uma tarde feliz e tranquila varrendo e ensacando lixo. Conectei o celular a uma caixa de som Bluetooth e coloquei Joan Baez para tocar. Uma voz forte, agradável e esperançosa vindo do passado me fez companhia na garagem, 1965 ecoando no século XXI. O passado está sempre próximo, tão próximo que podemos cantar juntos quando quisermos.

Encontrei algumas caixas que achei que poderia mandar para a biblioteca — uma cheia de velhas edições da *Rolling Stone* do meu pai, outra de romances juvenis de Danny Dunn que eu amava quando menino — e me ocorreu que deveria pegar o livro da Laurie Colwin atrasado da minha mãe e devolvê-lo também. Só que, quando fui procurar, não consegui encontrá-lo. Revirei a casa inteira procurando por ele, mas não estava lá. Simplesmente desapareceu.

Isso me fez pensar que talvez a minha mãe devolva o livro em breve. Estou pronto para vê-la. Tenho alguns livros que acho que ela vai gostar. Também tenho alguns do Philip Roth separados, só por via das dúvidas. Nunca se sabe quem vai aparecer na biblioteca móvel. Estou sempre pronto para ver *Outra coisa maravilhosa*.

E você?

TUDO QUE ME IMPORTA É VOCÊ

A limitação resulta em poder. A força do gênio vem de ele estar confinado dentro de uma garrafa.

— RICHARD WILBUR

1

Ela agarra o freio de mão e para o Monociclo no sinal vermelho, pouco antes do viaduto que liga o ruim ao pior ainda.

Iris não quer olhar para o Espigão, mas não consegue evitar. O desejo é um vício difícil de largar, e dali dá para ver bem o Espigão. A essa altura, ela já sabe que certas coisas estão fora de alcance, mas o *sangue* não parece saber. Quando Iris se permite lembrar as promessas que o pai fez um ano antes, o sangue parece *pulsar* dentro dela com empolgação. Lamentável.

Ela se vê olhando para o Espigão, aquele cetro irregular de aço e cromo azulado que perfura as nuvens sombrias, e se odeia um pouco. *Deixa isso para lá*, diz Iris a si mesma com certo desprezo e se obriga a desviar os olhos do Espigão, se obriga a olhar à frente. Seu coração idiota está batendo muito rápido.

Iris não percebe o moleque nem vivo, nem morto, que a observa da esquina. Ela nunca nota o menino.

Ele *sempre* nota Iris. O moleque sabe onde ela esteve e para onde vai. Sabe melhor do que a própria Iris.

2

— Comprei uma coisa para você — diz o pai dela. — Feche os olhos.

Iris obedece. Ela prende a respiração também. E lá está aquela emoção no sangue outra vez. Ela é envolvida pela esperança — estúpida e infantil — como uma bolha de sabão trêmula e frágil, agitada e sem peso. Parece que seria um tremendo mau agouro até se permitir pensar na palavra: "Eletrovéu".

Iris sabe que não vai ao topo do Espigão hoje à noite. Não vai beber Faiscante com as amigas no topo do mundo. Mas talvez o velho tenha um truque na manga. Talvez tenha algumas fichas guardadas para um dia importante. Talvez o antigo Ressuscitado tenha mais um milagre a realizar. O sangue dela acredita que todas essas coisas podem ser possíveis.

Ele coloca algo pesado no colo de Iris, algo pesado demais para ser o Eletrovéu. A bolha fantástica de esperança estoura e entra em colapso dentro dela.

— Pronto — diz ele. — Você pode o-olhar.

O gaguejo do pai perturba Iris. Ele não gaguejava *antes*, não gaguejava quando ainda estava com a mãe dela e ainda participava do Jogo da Morte. Iris abre os olhos.

Ele nem mesmo embrulhou o presente. É uma coisa do tamanho de uma bola de boliche, enfiada em um saco amarrotado. Ela abre o saco e olha para um globo esmeralda opaco.

— Uma bola de cristal? — pergunta Iris. — Ah, pai, eu sempre quis saber o meu futuro.

Que bugiganga. Ela não tem futuro, não um futuro que valha a pena ver.

Sentado no banco, o velho se inclina para a frente com as mãos entrelaçadas entre os joelhos para que não tremam. Elas também não tremiam *antes*. O velho respira fundo pelo tubo de plástico no nariz. O respirador bombeia e assobia.

— Tem uma s-sereia aí dentro. Desde pequena você queria uma.

Iris quis muitas coisas quando era pequena. Quis tênis Micro-asas para poder correr quinze centímetros acima do chão. Quis brânquias para nadar nas lagoas subterrâneas. Quis o que quer que

Amy Pasquale e Joyce Brilliant ganhassem de aniversário, e seus pais sempre lhe deram, mas isso foi *antes*.

Algo se agita, dá uma volta lenta no centro do lodo cor de espinafre, depois se aproxima do vidro para olhar para ela. Iris fica tão repugnada pelo que vê que quase empurra a esfera para longe.

— Uau — diz ela. — *Uau*. Adorei. É verdade, sempre quis uma sereia.

Ele abaixa a cabeça e fecha os olhos. Um formigamento de choque passa pelo peito de Iris. O velho está prestes a chorar.

— Sei que não é o que você queria. Não é o que c-c-conversamos — diz ele.

Iris estende a mão em cima da mesa e aperta a mão dele. Parece que ela está prestes a chorar também.

— É perfeito.

Só que Iris está enganada. O velho não estava contendo lágrimas. Estava contendo um bocejo. Ele se entrega, cobre a boca com as costas da mão livre. O velho não parece tê-la ouvido.

— Gostaria que a gente pudesse ter feito tudo que falamos. O E-es-espigão. A-andar juntos em uma grande bo-bo-bolha. Esses malditos médicos Mecânicos, filha. São como hienas roendo o cadáver atrás dos últimos pedaços de carne. Os médicos Mecânicos comeram seu bo-bolo de a-aniversário este ano, filha. Vamos ver se consigo fazer algo melhor no ano que vem. — Ele balança a cabeça de uma maneira bem-humorada. — Tenho que es-es-esticar as pernas por um tempo. Um homem co-com meio coração funcionando não p-pode ter tanta emoção assim.

O velho abre os olhos com uma expressão sonolenta.

— Você sabe como são as se-sereias. Quando se apaixonam, elas cantam. Eu entendo disso. Fiz a mesma coisa.

— É? — pergunta Iris.

— Depois que você n-nasceu — ele se vira de lado, se estende no banco, luta contra outro bocejo —, cantei para você todas as noites. Cantei até ficar sem canções.

Ele fecha os olhos, com a cabeça apoiada em uma pilha de roupa suja.

— *Parabéns para você. Nessa d-data querida. Mu-muitas felicidades, linda Iris. Mu-uitos anos de…*

Ele respira; é um som úmido, engasgado e sofrido, e começa a tossir. O velho bate no peito algumas vezes, vira o rosto, dá de ombros e suspira.

Ele está dormindo quando Iris chega ao topo da escada. Ela sai da cápsula e deixa o pai para trás.

Ela fecha a escotilha da cápsula, uma em oito mil dentro da enorme colmeia escura, úmida e cavernosa. O ar cheira a tubulação velha e urina.

Iris deixou o Monociclo ao lado da cápsula do pai em uma trava magnética, porque aqui na Colmeia qualquer coisa que não esteja acorrentada vai desaparecer no momento em que a pessoa der as costas. Ela sobe no grande assento de couro vermelho e liga a ignição quatro ou cinco vezes antes de perceber que o veículo não vai dar partida. O primeiro pensamento é que, de alguma forma, a bateria arriou. Mas não arriou. Apenas sumiu. Alguém arrancou a bateria do motor a vapor e levou embora.

— *Parabéns para mim* — canta Iris, um pouco desafinada.

3

Um trem-canhão se aproxima, fazendo aquele barulho de trem-canhão, um apito sussurrado que vai aumentando cada vez mais até que, de repente, passa por baixo dela com um estrondo. Iris adora o jeito como é atingida pelo som, adora ser atravessada pelo apito estridente e pelo estrondo, adora ter o ar arrancado do seu corpo. Não é a primeira vez que se pergunta o que restaria dela se pulasse da balaustrada de pedra. Iris fantasia sobre ser pulverizada e virar gotículas quentes, chovendo suavemente em cima da mãe mau-caráter e egoísta e do pobre pai desesperado, molhando o rosto dos dois com lágrimas vermelhas.

Ela se senta na balaustrada, balançando os pés sobre o espaço vazio abaixo, com a bola lisa de lodo verde em cima do colo. Outro trem vai passar em alguns minutos.

Quando Iris olha para a bola de cristal envenenada, não é o futuro que vê, mas o passado. Naquela mesma época, no ano anterior, Iris tinha 15 anos e estava com quinze de suas melhores amigas a quinhentos metros de profundidade no Clube Fornalha. Magma borbulhava sob o chão BluDiamond. Todas perambulavam descalças para sentir o calor dos veios de ouro líquido escorrendo a menos de um centímetro dos seus calcanhares. O garçom era um Mecânico flutuante chamado Bub, um globo de cobre lustroso que pairava aqui e ali, abrindo a tampa brilhante da cabeça para oferecer cada prato novo. Na luz vermelha pulsante, os rostos das outras meninas brilhavam com suor e empolgação, e as risadas ecoavam nas paredes quentes de pedra. Elas pareciam tão assadas quanto os leitões que foram servidos como prato principal.

As amigas de Iris ficaram bêbadas e se atirando umas nas outras no fim da noite, e houve muitos abraços e beijos. Elas disseram que tinha sido a melhor festa de aniversário de todos os tempos. Iris se animou com todos aqueles sentimentos positivos e prometeu que, no ano seguinte, seria ainda melhor. Disse que elas pegariam o elevador até o topo do Espigão para ver as estrelas — as estrelas *de verdade* — acima das nuvens. Beberiam Faiscante e eletrocutariam umas às outras alegremente. Fariam o longo e idílico mergulho de volta à terra, todas juntas nas Bolhas de Queda. E depois, usariam Eletrovéus para se disfarçar e desceriam ao Distrito do Carnaval — proibido para menores de 16 anos — e todos que vissem seus rostos novos e caros se apaixonariam por elas.

Algo se mexe no globo verde opaco. A sereia sai das sombras cor de muco e encara Iris. A menina-peixe é pouco mais do que uma lesma rosada grotesca com um rosto e cabelo verde-musgo ondulante.

— É melhor você fazer alguma coisa fofa — diz ela — enquanto ainda tem chance.

Um esguicho preto de cocô sai de um buraco acima da barbatana. A sereia fica boquiaberta, como se estivesse espantada com as funções do próprio corpo.

Um arco de luz jade sobrenatural cegante brilha no olho direito de Iris, indicando uma mensagem recebida. Ela aperta o polegar e o indicador, como se estivesse esmagando um inseto até a morte. As palavras aparecem em letras mágicas de tom esmeralda, parecendo pairar a um metro do rosto, um truque das lentes de mensagens que Iris coloca nos olhos todas as manhãs, mesmo antes de escovar os dentes.

JOYCE B: TEMOS PLANOS PARA VOCÊ.
AMY P: PLANOS MALIGNOS.
JOYCE B: VAMOS TE LEVAR AOS CARNAVAIS HOJE À NOITE.
FOI ORDENADO.

Iris fecha os olhos e descansa a testa contra o vidro frio do globo.

— Não posso — diz ela, apertando o polegar e o indicador para ENVIAR.

JOYCE B: NÃO OBRIGUE A GENTE A TE COLOCAR NUM SACO E TE ARRASTAR CHUTANDO E GRITANDO.
AMYP: NUM SACO. CHUTANDO. GRITANDO.

— O novo namorado da minha mãe sai do trabalho em uma hora, e ela quer que eu volte para casa para comer bolo e ganhar presentes — diz Iris. — Acho que eles me deram um presente importante que não pode esperar.

Isso é mentira. Iris vai decidir o que era o presente importante depois. Vai ter que ser algo que só possa ser usado uma vez, algo que ninguém tenha como provar que ela não recebeu. Talvez diga às amigas que participou de uma alucinação na superfície lunar e passou a noite na Estação Arquimedes, jogando Quadribol Lunar com as Corujas Arquimedes.

A resposta de **JOYCE B** aparece em fogo lúgubre: ELETROVÉU??? VOCÊ ACHA QUE SUA MÃE TE DEU UMA NOVA CARA?

Iris abre a boca, fecha, abre de novo.

— Não saberemos até eu abrir, não é?

No momento em que a resposta sai da boca, ela não sabe por que disse aquilo e deseja poder CANCELAR o envio.

Não. Iris sabe por que disse aquilo. Porque é bom agir como se ela ainda fosse uma delas. Como se ainda tivesse tudo que elas têm e sempre fosse ter. Como se não estivesse ficando para trás.

AMY P: ESPERO QUE VOCÊ GANHE UMA "OPHELIA" POR-QUE VAI DEIXAR A JOYCE VERDE DE INVEJA E EU GOSTO DE VER A JOYCE DANDO UM SORRISO FALSO PARA AS PESSOAS QUANDO ESTÁ SOFRENDO.

A Ophelia tinha sido lançada havia apenas dois meses e teria sido muito cara mesmo quando o pai de Iris estava ganhando fichas às pencas no Jogo da Morte.

— Provavelmente não vai ser a Ophelia — diz Iris, que na mesma hora deseja poder reformular a frase.

JOYCE B: NÃO TEM PROBLEMA NENHUM TER UM MODELO BÁSICO "MENINA PERFEITINHA". É O QUE A AMY TEM E EU NÃO TENHO VERGONHA DE SAIR COM ELA. NÃO SINTO ORGULHO, MAS NÃO TENHO VERGONHA.
AMY P: SEJA COMO FOR, VOCÊ ESTÁ LIBERADA ÀS 2100, PORQUE SUA MÃE JÁ DISSE QUE VAI NOS ENCONTRAR NA ENTRADA SUL DOS CARNAVAIS. TROQUEI MENSA-GENS COM ELA HOJE DE MANHÃ. ENTÃO VÁ PARA CASA, ENCHA A CARA DE BOLO, DESEMBRULHE SEU NOVO ROSTO SEXY E SE PREPARE PARA NOS ENCONTRAR.
JOYCE B: SE VOCÊ REALMENTE GANHAR UMA "OPHELIA", QUERO USAR PELO MENOS UM POUQUINHO, PORQUE NÃO VOU SUPORTAR SE VOCÊ ESTIVER MAIS DESLUM-BRANTE DO QUE EU.

— Eu nunca poderia ficar mais deslumbrante que você — diz Iris, e Joyce e Amy se desconectam.

Embaixo dela, outro trem-canhão passa.

4

O desastre acontece a dois terços do caminho sobre o viaduto.

O Monociclo é leve, mas grande, maior que Iris, e voltar a pé para casa é uma tarefa desajeitada. Ele é um gigante bêbado que fica se apoiando nela ou tentando se sentar na estrada. Iris se inclina para guiá-lo com a mão na alavanca de controle, enquanto a outra mão segura a aquabola ao lado do corpo. O viaduto tem uma leve arquea-da, e o Monociclo ganha velocidade assim que ela entra na descida. Iris corre para acompanhá-lo, bufando. Ele tomba sobre ela. O aro interno de cromo bate na cabeça de Iris, que solta um pequeno som de dor, ergue a mão livre para pressionar a palma no lugar machucado, e, então, se lembra de que não está com a mão livre. A aquabola escorrega e bate na calçada com um estalo de vidro!

Ótimo, pensa ela. *Quebra de uma vez.*

Mas a aquabola não quebra, ela *rola* com uma espécie de música monótona e opressiva, costurando de um lado para o outro, pula o meio-fio e entra na estrada. Uma charrete a vapor com rodas douradas passa guinchando pela rua transversal, e a aquabola desaparece embaixo dela. Iris se contrai, com certo prazer, esperando pelo barulho alto de vidro se quebrando e da água escorrendo. Mas, quando a charrete passa correndo, o globo verde-escuro ainda continua rolando, intacto, pela calçada do outro lado, de maneira impossível. Iris nunca quis tanto ver uma coisa sendo esmagada.

Em vez disso, um moleque mete o pé e para a aquabola.

Aquele moleque.

De certa maneira, Iris nunca o viu antes. Mas ela o viu centenas de vezes, a caminho de visitar o pai, sempre de relance, esse moleque com seu jeito descolado demais para a escola, com um boné de beisebol feito de lã cinza e um casaco de lã cinza desgastado. Ele está sempre ali, passando o tempo encostado no muro em frente a uma loja de brinquedos Novelty fechada.

Ele não faz nada além de parar a bola com a ponta do pé. Não olha a estrada para ver quem a deixou cair nem se abaixa para pegá-la.

Iris conduz o Monociclo até o moleque. É mais fácil agora que ela tem duas mãos para guiá-lo.

— Você é muito gentil. E digo isso de coração. Você acabou de salvar o presente de aniversário mais tosco do mundo — diz Iris.

Ele não responde.

Ela apoia o Monociclo em um poste de amarração no meio-fio e se inclina para pegar a aquabola. Iris espera que esteja rachada, esguichando água. Que prazer seria ver aquela lesma horrível — aquela paródia de mulher do tamanho de uma sardinha — nadando em pânico enquanto o nível da água baixa. Não há uma marca sequer, no entanto. Ela não sabe por que odeia tanto aquilo. Não é culpa da sereia que ela seja feia, indesejada, que esteja aprisionada e que seja um presente que não pediu.

— Droga. Eu esperava que isso quebrasse em mil pedaços. Não dou sorte.

Isso nem sequer rende uma risada, e ela lança um olhar rápido e irritado para o rosto do moleque — quando é espirituosa, Iris espera ser reconhecida por isso — e então percebe. Ele não é um moleque. É um Mecânico, um modelo antigo, com um rosto sorridente e redondo, de cerâmica rachada. O peito é uma caixa arranhada de plastiaço. No interior, há uma bobina de tubo de vinil opaco no lugar dos intestinos, pipetas de latão onde haveria ossos, uma cesta de fios de ouro cheios quase até o topo com fichas de prata em vez de estômago. O coração é um motor a vapor de tom preto fosco.

Uma placa de aço montada em um lado do coração diz AMIGO MOVIDO A FICHAS! COMPANHEIRO E CONFIDENTE FIEL. PRECISA DE AJUDA COM AS COMPRAS? ELE CARREGA ATÉ UMA TONELADA. SABE TRINTA JOGOS DE CARTAS, FALA TODAS AS LÍNGUAS, GUARDA SEGREDOS. UMA FICHA POR TRINTA MINUTOS DE DEVOÇÃO ABSOLUTA. MENINAS: APRENDAM A BEIJAR COM UM CAVALHEIRO PERFEITO QUE NÃO ESPALHA HISTÓRIAS. MENINOS: PRATIQUEM A ANTIGA ARTE DO PUGILISMO COM SEU CHASSI QUASE INDES-TRUTÍVEL! NÃO É RECOMENDADO PARA USO ADULTO. Alguém desenhou um pênis cartunesco embaixo desta última frase.

Iris não brinca com um Mecânico desde que era pequena, não desde a Tabitha Faladeira, sua preferida da infância, e Tabitha talvez fosse um século mais avançada do que aquele Mecânico. Aquela coisa é uma relíquia, um dos brinquedos da loja fechada atrás dele, pro-vavelmente plantada na rua como um anúncio. Um troço mofado do tempo do Google, dos trambolhos de realidade virtual e da Flórida.

Ninguém conseguiria roubá-lo. As costas do Mecânico estão pres-sionadas contra uma placa de recarga magnética instalada na parede de tijolos. Iris não tem mais certeza de que ele parou a aquabola de propósito, suspeita de que o pé simplesmente estava lá e que deter a sereia fugitiva tinha sido um golpe de sorte. Ou golpe *de azar*; um golpe de sorte teria sido se a aquabola tivesse implodido sob as rodas da charrete.

Ela dá as costas para o Mecânico e olha desesperada para o Mono-ciclo, que ainda vai ter que empurrar por mais oitocentos metros. O pensamento de conduzi-lo pela estrada provoca a noção desagradável do suéter grudado nas suas costas suadas.

Precisa de ajuda com as compras? Ele carrega até uma tonelada.

Iris gira para trás, pega as fichas — ela tem exatamente duas — e insere primeiro uma, depois a outra na ranhura no peito do Mecânico. Créditos de prata batem na enorme pilha de fichas no estômago dele.

O coração a vapor no peito do Mecânico se expande e se contrai com um baque audível. Os números acima da placa cromada no peito emitem um ruído estridente, rolam com uma série de cliques rápidos e indicam 00:59:59.

E os segundos começam a regredir.

5

O Mecânico sabia que ela pagaria muito antes de inserir as fichas, sabia quando ela ainda estava de costas para ele, apenas pelo modo como olhava para o Monociclo e como os ombros desabaram diante da visão do veículo. A linguagem corporal diz mais do que as palavras. E seu processador, que é letárgico pelos padrões da computação moderna, ainda é rápido o suficiente para completar dois milhões de ciclos de relógio antes que ela possa tirar a mão do bolso com as fichas. É tempo suficiente para ler e reler a obra completa de Dickens.

A temperatura corporal da garota está elevada, e ela sua devido ao esforço, mas também pelo mau humor. A linha de comando, que o enche como se fosse uma respiração, obriga o Mecânico a reconfortá-la com um pouco de esperteza tranquilizadora.

— Você tem três perguntas — diz ele. — Deixe-me respondê-las na ordem. Primeiro: qual é o meu nome? Chip. É uma piada. Mas também é o meu nome.

— Como assim, é uma… — fala a garota.

Ele bate um dedo na têmpora, indicando as placas lógicas escondidas atrás do rosto de cerâmica, e ela sorri.

— *Chip.* Prazer em conhecê-lo. Quais são as minhas outras duas perguntas?

— Se você tem que me pagar, como posso ser seu amigo? A empresa que me construiu me programou com uma única diretriz: pelos próximos 59 minutos, tudo que importa para mim é você. Não julgo e não minto. Você é o Aladdin, e eu sou o gênio. Executarei qualquer desejo que esteja ao meu alcance e que não seja proibido por costume ou lei. Não posso roubar. Não posso bater em ninguém. Existem certas funções adultas que não posso desempenhar devido às Leis da Obscenidade Humano-Mecânicas de 2072; leis que foram revogadas, mas que continuam fazendo parte do meu sistema operacional.

— O que isso significa?

A linha de comando impele uma resposta grosseira e cômica. O perfil social da garota sugere uma alta probabilidade de que isso será bem-recebido.

— Não posso lamber boceta — responde ele. — Nem levar na bunda.

— Puta merda — diz ela, com um rubor queimando as bochechas.

O constrangimento da garota confirma que ele a agrada. Fisiologia é confissão.

— Não tenho língua, então não posso lamber.

— O lance ficou sério bem rápido.

— Não tenho cu, então não posso...

— Entendi. Nunca me passou pela cabeça pedir isso. Qual era a terceira pergunta?

— Sim, claro que posso carregar o seu Monociclo. O que aconteceu com ele?

— Alguém arrancou a bateria. Você pode carregá-lo até as Pilhas?

Ele se solta da placa de recarga, livre pela primeira vez em dezesseis dias. Desamarra o Monociclo do poste. O Mecânico agarra o trilho interno, levanta todos os 408,255 quilos do chão e coloca o Monociclo no ombro. A inclinação da cabeça dela indica satisfação, enquanto a linguagem corporal sugere que o prazer inicial em resolver um problema está diminuindo, sendo substituído por outra fonte de angústia e exaustão. *Provavelmente*. As emoções não podem ser aferidas com certeza, apenas especuladas. Um olhar nervoso de ansiedade pode sugerir conflito interior ou apenas necessidade de urinar. Aparentemente, comentários inteligentes e espirituosos em geral escondem angústias internas, enquanto a declaração "estou morrendo" quase nunca indica trauma físico com risco de morte. Sem ter certeza, Chip segue as rotinas com maior probabilidade de produzir conforto e prazer.

— Eu respondi a três das suas perguntas, então agora você tem que responder a três das minhas, ok?

— Tá bom — diz ela.

— Seu nome?

— Iris Ballard.

Um quarto de segundo depois, ele já tinha reunido todas as informações que foi possível encontrar sobre a garota no socialverso, coletando meio gigabyte de curiosidades desinteressantes e uma única notícia de dez meses antes que poderia ser muito importante.

— Conheci uma Rapunzel, duas Zeldas e três Cleópatras, mas nunca tinha encontrado uma Iris.

— Você se lembra de *todo mundo* que conheceu? Não, esquece. Claro que sim. Você provavelmente tem terabytes de memória que nunca usou. Como era a Rapunzel?

— Ela tinha a cabeça raspada. Não perguntei por quê.

Iris ri.

— Ok. O que mais?

— Você não tem um Mecânico doméstico para ajudá-la com seu Monociclo quebrado?

O sorriso dela vacila. O assunto é marcado como uma ameaça à aprovação da garota. Um algoritmo pondera as possibilidades, decide que Iris está passando por dificuldades financeiras e que a falta de recursos é um incômodo. A pobreza é uma novidade para ela, provavelmente um resultado dos eventos descritos na notícia triste.

— Tive uma Tabitha Faladeira quando era pequena — responde Iris. — Conversava com ela o dia todo, desde quando chegava em casa até a hora de ir dormir. Meu pai costumava chegar às dez da noite e dizia que teria que levar ela embora e enfiar em um armário, se eu não fosse dormir. Nada me fazia calar a boca mais rápido do que isso. Odiava a ideia do meu pai colocando a Tabitha Faladeira no armário, onde ficaria sozinha. Mas então a Tabitha passou por uma atualização automática e, depois disso, ficava sempre falando que a gente poderia se divertir muito mais se eu comprasse um Terrier da Tabitha Faladeira ou o Celular da Tabitha Faladeira. Ela começou a inserir anúncios e ofertas nas conversas. Era nojento, então comecei a fazer coisas más de propósito. Eu pisava nela se a Tabitha estivesse deitada no chão. Um dia meu pai me viu batendo a Tabitha contra a parede e levou ela embora. Ele a revendeu no Leilõez para me dar uma lição, mesmo que eu não tenha parado de chorar. Para ser sincera, essa talvez seja a única vez na vida que meu pai me castigou por qualquer coisa.

O tom e a expressão dela sugerem irritação, que Chip não consegue entender. A falta de disciplina da parte dos pais deveria gerar pelo menos um pequeno contentamento, não reprovação. Ele marca essa afirmação para uma avaliação mais aprofundada e observará a garota em busca de outros sinais de malformação psicológica. Não que isso o leve a ser menos dedicado. Chip coletou centenas de fichas de um esquizofrênico chamado Dean. Dean acreditava que estava sendo seguido por um grupo de bailarinas que pretendia sequestrá-lo e castrá-lo. Ele obedientemente ficava de olho para ver se apareciam mulheres em tutus e jurou defender os órgãos genitais de Dean. Tudo isso foi há muito tempo.

— Você não tinha mais uma coisa para me perguntar? — diz ela. — Espero que não seja se eu gostaria de aproveitar uma oferta muito especial. O marketing arruína a ilusão de que você é um pouco parecido com uma pessoa.

Ele registra o desprezo de Iris pela publicidade. Não há nada a ser feito a respeito — Chip é obrigado a vender os próprios serviços mais tarde —, mas registra assim mesmo.

— O que vai fazer para comemorar seu aniversário? — pergunta o Mecânico. — Além de passar uma hora comigo, o que com certeza vai ser difícil de superar.

Ela para de andar.

— Como sabe que é meu aniversário?

— Você contou.

— Quando?

— Quando pegou o peixe em fuga.

— Isso foi antes de eu pagar você.

— Eu sei. Mas estou ciente das coisas mesmo quando meu medidor não está girando. Ainda penso. Seu aniversário?

Ela franze a testa, processando a informação. Os dois chegaram a uma bifurcação na conversa. Parece provável que Iris permaneça em um estado de angústia emocional cautelosa. O Mecânico alinha uma série de comentários encorajadores e prepara três estratégias para cancelar a infelicidade dela. Os seres humanos sofrem muito.

Chip considera que levantar o moral da garota é a mesma coisa que levantar o Monociclo, uma razão fundamental para agir, para *existir*.

— Eu já comemorei — responde ela, e os dois retomam a caminhada. — Meu pai me deu uma sanguessuga de estimação com um rosto humano e desmaiou, roncando no seu tanque de oxigênio. Agora vou voltar para a casa da minha mãe para pensar em uma desculpa, uma *mentira*, para não sair com as minhas amigas hoje à noite.

— Lamento saber que o seu pai não está bem.

— Não, você não lamenta — diz Iris, em tom cáustico. — Mecânicos não têm sentimentos. Eles executam programas. Não preciso que um secador de cabelo me ofereça compaixão.

Chip não se ofende porque ele *não pode* se ofender. Em vez disso, diz:

— Posso perguntar o que aconteceu?

O Mecânico já sabe, revisou toda a história ruim assim que Iris se identificou, mas se fingir ignorância a garota terá chance de falar, o que pode proporcionar alívio, uma distração momentânea dos problemas.

— Ele trabalhava no Jogo da Morte. Era vítima profissional de homicídio. Um Ressuscitado. Você sabe. Alguém aluga um matadouro particular e desconta os sentimentos infelizes espancando o Ressuscitado até a morte com um martelo, ou dando tiros nele, ou sei lá o quê. Então, um programa de reconstrução celular remonta o Ressuscitado, como se fosse novo. Meu pai era uma das vítimas de massacre mais populares nos doze distritos. Tinha uma lista de espera. — Iris sorri sem nenhum prazer. — Ele brincava, dizendo que estava *literalmente* disposto a morrer por mim, e morria pelo menos vinte vezes por semana.

— E aí?

— Uma despedida de solteira. Contrataram o meu pai para um assassinato a facadas. A multidão inteira correu atrás dele com facas e cutelos. Houve uma falha no fornecimento de energia, mas todo mundo estava tão bêbado que nem percebeu. Você se lembra de todos aqueles apagões que tivemos em fevereiro? O programa de reconstrução do meu pai não conseguiu se conectar ao servidor para obter instruções de reparo. Ele ficou morto por quase meia hora. Agora tem tremedeiras e esquece as coisas. O seguro não cobriu os ferimentos porque tinha uma regra da empresa contra ter mais de dois agressores por vez, mesmo que seja ignorada por todo mundo. Meu pai está pior do que completamente falido, e o conselho estadual não renova a licença dele. Ele não pode mais ganhar a vida morrendo e não está apto para mais nada.

— Concordamos que não devo lhe oferecer compaixão? Não quero passar dos limites.

Ela se encolhe, como se fugisse da picada de um inseto.

— Eu não mereceria a sua compaixão, mesmo que você pudesse dar. Sou uma vaca arrogante, egoísta e mimada. Meu pai perdeu tudo, e estou de mau humor porque não estou fazendo o que eu queria no meu aniversário. Ele me deu o melhor presente que pôde, e eu ia deixar ele na frente de um trem. Isso não é ingratidão?

— Parece mais a cereja de um bolo de decepções. As religiões antigas diziam que abandonar o desejo é a forma mais elevada de espiritualidade. Mas Buda entendeu errado. Desejo é a diferença entre ser humano e ser Mecânico. Não *querer* é não *viver*. Até o DNA é um mecanismo de desejo, levado a se copiar sem parar. Não há nada espiritual em um secador de cabelo. O que você queria fazer no seu aniversário?

— Eu e as minhas amigas iríamos ao topo do Espigão durante o pôr do sol para ver as estrelas aparecerem. Só as vi em streams pagas. Nunca de verdade. Íamos beber Faiscantes, disparar fagulhas e pegar as Bolhas de Queda de volta à terra. Depois, colocaríamos Eletrovéus e iríamos aos Carnavais do Gabinete. Todas as minhas amigas estão pensando que vou ganhar um rosto novo hoje, porque é isso que elas ganharam nos aniversários delas. Sem chance de *isso* acontecer. Minha mãe é tão sovina que aposto que nem vai comprar uma bateria nova para o meu Monociclo detonado.

— E você não pode dizer para as suas amigas que não dá para comprar um rosto novo agora?

— Eu posso... se quiser ganhar pena como presente de aniversário. Mas Faiscante tem um gosto melhor.

— Não posso ajudar com o novo rosto — diz ele. — Roubo é proibido. Mas se quiser ver as estrelas saindo lá de cima, no topo do Espigão, não é tarde demais. O pôr do sol vai acontecer em 21 minutos.

Iris olha para a agulha prateada perfurando as nuvens cor de mostarda.

— A pessoa precisa de um ingresso e reservas para o elevador.

Ela nunca esteve acima das nuvens, e elas nunca desapareceram durante todos os seus 16 anos. Está nublado na cidade há quase três décadas.

— Você não precisa de um elevador. Você tem a mim.

Iris para de andar.

— Que baboseira é essa?

— Se eu consigo carregar um monociclo de *quatrocentos* quilos, tenho certeza de que consigo carregar uma garota de 42 por uns poucos degraus.

— Não são poucos. São três mil.

— Três mil e dezoito. Vou precisar de nove minutos a partir do primeiro degrau. Uma Bolha de Queda custa 83 créditos, um copo de Faiscante, onze, só se consegue uma mesa mediante reserva... mas a galeria no Salão do Sol é gratuita para todos, Iris.

A respiração dela fica acelerada. Os movimentos rápidos dos olhos entre ele e o Espigão transmitem a empolgação da garota.

— Eu... bem... quando imaginei a cena, sempre pensei que teria um amigo comigo.

— Você terá — diz ele. — Pelo que acha que pagou?

6

O saguão tem quase quatrocentos metros de altura, é uma catedral estonteante de vidro verde. O ar é fresco e tem cheiro de mundo corporativo. Os tubos de vidro dos elevadores desaparecem em nuvens pálidas. O Espigão é tão grande que tem o próprio clima.

Eles entram na fila para passar pelos escâneres. Os guardas Mecânicos parecem ter sido esculpidos em sabonete: figuras uniformizadas com cabeças brancas sem feições e mãos brancas e lisas: um esquadrão de manequins vivos. Iris passa pelo Analisador de Perfil, que procura armas, agentes biológicos, drogas, produtos químicos, intenções ameaçadoras e dívidas. Um apito baixo e dissonante soa. Um Mecânico de segurança gesticula para ela passar de novo. Na segunda passagem, ela é liberada pelo escâner sem incidentes. Um momento depois, Chip segue.

— Faz ideia do motivo de você ter acionado o Analisador? — pergunta Chip. — Dívida? Ou um desejo de causar mal a alguém?

— Se a pessoa tem dívidas, pode considerar causar mal a alguém — explica Iris, que levanta a aquabola que ainda carrega debaixo do braço. — Provavelmente o aparelho me pegou pensando no que eu quero fazer com a minha sereia. Eu estava lembrando que a gente planejou comer sushi na minha festa de aniversário.

— É um animal de estimação, não um lanche. Tente ser boazinha.

Quando Iris joga a cabeça para trás, ela vê bolhas iridescentes com pessoas dentro, centenas de metros acima, flutuando aqui e ali, se soltando das nuvens e flutuando para a terra. Vê-las — brilhando como decorações de uma árvore de Natal colossal — lhe causa dor. Iris sempre pensou que um dia ela mesma iria andar em uma bolha.

Portas de bronze se abrem para a escada. Lances de placas de vidro preto escalam as paredes, girando sem parar, formando uma espiral que segue até o infinito.

— Suba nas minhas costas — fala Chip, se apoiando em um joelho.

— A última vez que alguém me carregou nas costas, eu devia ter 6 anos — diz Iris, sendo que "alguém" era o pai dela.

— A última vez que carreguei alguém nas costas — fala o Mecânico — foi 23 anos antes de você nascer. O Espigão ainda estava sendo construído na época. Também nunca fui ao topo.

Iris monta nas costas dele e coloca os braços em volta do pescoço de plastiaço. Chip fica reto de maneira graciosa. O primeiro degrau acende quando é pisado pelo Mecânico — assim como o segundo e o terceiro. Ele vai subindo aos pulos uma série acelerada de pulsos brancos.

— Quantos *anos* você tem? — pergunta ela.

— Fui ligado há 116 anos, quase um século antes do seu próprio sistema operacional começar a funcionar.

— Ah.

Os dois estão subindo tão rápido agora que Iris se sente enjoada. O Monociclo dela não é tão rápido mesmo na velocidade máxima. Chip pula três degraus de cada vez e mantém um ritmo constante e sacolejante. Iris não tem coragem de olhar por cima da mureta de contenção de vidro à direita, não consegue olhar para o redemoinho negro de degraus abaixo. Por um tempo, ela fica calada, com os olhos fechados, segurando firme nas costas do Mecânico.

Finalmente, só por falar, Iris pergunta:

— Quem foi a primeira pessoa a colocar uma ficha em você?

— Um garoto chamado Jamie. Fomos próximos por quase quatro anos. Ele costumava me visitar uma vez por semana.

— É isso que dá dinheiro — diz ela. — Meu pai também tinha clientes fiéis. Uma mulher costumava cortar a garganta dele todo domingo à uma. Ela tirava todo o sangue dele, e meu pai fez o mesmo com ela: tirou todos os centavos que a mulher tinha. Quanto dinheiro você tirou do bom e velho Jamie antes que ele se cansasse de você?

— Ele não se cansou. Jaime morreu quando um vírus de computador infectou seu sistema imunológico aprimorado. Ele ficou falando sem falar sobre Viagra barato e mulheres asiáticas que querem maridos fluentes em inglês antes que a infecção o matasse. Ele tinha 13 anos.

Iris estremece, pois já tinha ouvido histórias terríveis sobre componentes biônicos corrompidos.

— Que horrível.

— Para morrer basta estar vivo.

— Sim. Meu medidor também está rodando. Não é esse o objetivo dos aniversários? Lembrar você de que o medidor está correndo? Um dia eu vou morrer, e você ainda vai estar fazendo novos amigos. Carregando outras garotas escada acima. — Ela ri sem achar graça.

— Por mais velho que eu seja, considere que, em um sentido muito real, minha própria vida acontece a uma ficha de cada vez, e, às vezes, se passam dias, até semanas, entre os períodos de atividade. Eu vivi mais do que o Jamie por 103 anos, de certa forma. Por outro lado, ele passou muito mais tempo fazendo coisas e existindo. E, por outro lado ainda, eu nunca vivi, pelo menos se concordarmos que a vida significa iniciativa e escolha próprias.

Iris solta um muxoxo de desdém.

— Engraçado. As pessoas pagam para você ganhar vida e pagavam para o meu pai morrer, mas os dois são vítimas profissionais. Aceitam dinheiro e deixam as outras pessoas decidirem o que acontece com vocês. Acho que a maior parte dos empregos talvez seja isso: ser uma vítima de aluguel.

— A maior parte dos empregos envolve prestação de serviços.

— É a mesma coisa, não é?

— Alguns empregos consistem em abaixar a cabeça para os outros, creio — diz ele, e ela percebe que Chip está subindo o último lance de escadas para chegar a um amplo patamar de vidro preto e outro conjunto de portas de bronze. — E alguns empregos consistem em levantar as pessoas.

Ele abre as portas.

Um sol moribundo lança um raio de luz sobre os dois e sela Iris e Chip em âmbar escuro.

7

A princípio, não parece haver paredes. O Salão do Sol no topo do Espigão é uma pequena sala circular sob uma tampa de BluDiamond, tão transparente quanto o ar. O sol repousa em uma cama de lençóis manchados de sangue. Uma barra de vidro preto, curvada como a lâmina de uma foice, ocupa o centro da sala. Um cavalheiro Mecânico se encontra atrás dela. Ele usa um chapéu-coco no vaso de cobre que é sua cabeça, e o tronco se apoia sobre seis pernas de cobre, o que lhe dá a aparência de um grilo de metal cravejado de joias.

— A senhorita está aqui para a festa do sr. Danforth? — pergunta o atendente Mecânico com sotaque de inglês rico. Ele pressiona as pontas dos dedos feitos de tubo de cobre. — Srta. Paget, presumo? O sr. Danforth fez o check-in lá embaixo com outras pessoas, mas indicou que a senhorita não estaria acompanhando o grupo hoje à noite.

— Eu queria que fosse uma surpresa — explica Iris. Uma mentira tão sutil que Chip não consegue detectar vestígios de alterações fisiológicas, nenhuma aceleração de respiração ou alteração da temperatura da pele.

— Muito bem. O resto do grupo está chegando pelo elevador. Se a senhorita quiser brindar à donzela, a aniversariante chegará em vinte segundos. — O Mecânico gesticula para várias taças de champanhe cheias de Faiscante.

Chip pega uma taça e entrega a Iris no momento em que uma escotilha se abre no chão. O elevador irrompe na sala, uma gaiola de bronze contendo um bando de garotas de 12 anos de idade em vestidos de festa e rostos novos, acompanhadas por um homem cansado em um belo suéter — o pai da aniversariante, sem dúvida. A grade se abre. Garotas conversando e rindo saem em profusão.

— Tem certeza de que não pode matar pessoas? — pergunta Iris.

— Porque elas estão usando cerca de cinco mil créditos de Eletrovéus nos rostos, e estou com uma sanha assassina.

— Nada estraga uma festa de aniversário como um homicídio.

— Eu provavelmente deveria beber o meu Faiscante antes que o garçom-robô me apresente como a srta. Paget, e eles percebam que entrei de penetra, e eu seja cobrada por uma bebida que não posso pagar.

— Elas não vão ouvir o garçom — promete Chip. — Prepare-se para gritar feliz aniversário.

— Faiscante, bolo de chocolate francês e passeio de bolha, enquanto o sol se põe no décimo segundo ano da vida de Abigail Danforth! — grita o garçom Mecânico. — E que dia feliz, seus convidados estão todos aqui, até…

Mas ninguém ouve a última parte da declaração. A cabeça de Chip gira 360 graus, sem parar, ao mesmo tempo que emite um zunido penetrante de foguete. Faíscas vermelhas, brancas e azuis estalam e saem dos ouvidos. Um órgão Wurlitzer toca os acordes de "Parabéns para você" de dentro do seu peito em um volume impressionante.

Iris levanta o copo como se fizesse parte da festa e grita:

— Feliz aniversário!

As crianças gritam "Feliz aniversário!" e correm para pegar taças de Faiscante, enquanto as faíscas que saem das orelhas de Chip se transformam em nuvens de algodão-doce de fumaça rosa e roxa. As meninas cantam. A sala ecoa com o barulho alegre. Quando a música termina, elas irrompem em gargalhadas e engolem Faiscante. Iris bebe com elas. Seus olhos se arregalam. O cabelo louro começa a se levantar e a flutuar em volta da cabeça com uma carga elétrica.

— Uau — diz Iris, segurando o braço de Chip para se equilibrar.

Um estalo azul de eletricidade sai voando dos dedos dela. Iris se contrai de surpresa. Então, como um teste, a garota estala os dedos. Outra faísca azul.

As garotas da festa estão eletrocutando umas às outras, provocando gritos de alegria e choque. A sala está cheia de deslumbramento, pequenas explosões brilhantes, barulhos altos de estalos. Parece o ano-novo chinês. A presença de Iris já foi esquecida. O garçom Mecânico acredita que ela faz parte da festa, enquanto os festeiros a aceitam como alguém que já estava lá quando a celebração começou, nada mais.

— Estou elétrica — diz Iris para Chip, com os olhos admirados.

— Bem-vinda ao clube — responde o Mecânico.

8

Quando o efeito do Faiscante começa a passar, Iris se afasta da multidão de garotas para ver o sol sair do céu. A bebida de baixa voltagem a deixou com os cabelos frisados e ressecados, sentindo um nervosismo que não é tão agradável. São as garotinhas de Eletrovéu. "Vacas mimadas" é a expressão que vem à mente. Quem compra rostos novos que custam mil fichas para *crianças*?

O Eletrovéu é uma máscara delicada e transparente que desaparece quando adere à pele. Os rostos novos têm estados de espírito em vez de feições, e a pessoa vê as próprias projeções psicológicas. A aniversariante está usando um Menina Perfeitinha. Iris sabe disso, porque, ao vislumbrar o nariz um pouco arrebitado e os olhos irônicos e cientes de tudo, ela quase se sentiu vencida pelo desejo de perguntar alguma coisa sobre esportes. Há uma garota com o Celebridade, outra usando Copia Meu Dever de Casa, Pode Me Contar Qualquer Coisa, um Alvorecer Zen. Se a Celebridade se aproximar, Iris provavelmente vai pedir que ela autografe o seu peito. O grande prazer do Eletrovéu são as oportunidades que ele oferece para humilhar os outros.

— Você está vendo essas garotas? Com os seus novos rostos horríveis?

— Por que horríveis? — pergunta Chip.

— São horríveis porque eu não tenho um. São horríveis porque eu tenho 16 anos e uma garota de 16 anos não deveria sentir inveja de uma criança de 12 anos.

Um rosto aparece na janela ao lado dela, o reflexo fantasmagórico de uma garota com cabelos ruivos cheios e orelhas grandes. Quando Iris olha para a menina, descobre que a ruiva está usando um Pode Me Contar Qualquer Coisa. Iris sabe porque é tomada por um desejo repentino de deixar escapar a verdade, que mentiu a respeito de fazer parte do grupo da aniversariante para poder tomar uma taça grátis de Faiscante. Ela logo direciona o olhar de volta para as nuvens, que formam uma turbulência de fumaça vermelha e dourada.

— O sol é uma coisa bem idiota, né? — diz a Pode Me Contar Qualquer Coisa. — Quero dizer, *então* ele está lá mesmo. E daí?

— Chato — concorda Iris. — Talvez se fizesse alguma coisa. Mas apenas continua flutuando lá, iluminando.

— Sim. Eu gostaria que o sol fosse quente o suficiente para atear fogo em alguma coisa.

— Tipo o quê?

— Tipo *qualquer* coisa. As nuvens. Alguns pássaros ou algo assim. Ah, *bem*. Depois que a gente terminar a parte *panorâmica* idiota da festa, a gente se diverte. Depois que as estrelas saírem, a gente anda nas Bolhas de Queda. Sei uma coisa sobre você. — A menina diz isso no mesmo tom e aguarda com um sorriso malicioso, que Iris registra. — O garçom acha que você faz parte do nosso grupo. Ele perguntou se eu queria lhe trazer uma fatia de bolo e chamou você de srta. Paget, mas você não é a Sydney Paget. Ela está em um funeral. Não pôde vir hoje. Aqui está o bolo. — A menina oferece um pires com um minúsculo bolo redondo de chocolate.

Iris aceita. *Eu estou comendo bolo no topo do Espigão enquanto o sol se põe, como eu queria*, pensa ela. Estranhamente, é ainda mais delicioso saber que ela não faz parte daquilo.

— Você vai descer em uma Bolha de Queda? A bolha de Sydney já está paga.

— Acho que sim, se ninguém estiver usando — diz Iris com cuidado.

— Mas se eu *contar*, elas não vão deixar. O que vai me dar em troca de eu não contar?

Um pedaço de bolo gruda na garganta de Iris. Engolir requer um esforço consciente.

— Por que desperdiçariam uma Bolha de Queda se já foi paga?

— São caras. *Muito* caras. O sr. Danforth vai pedir um reembolso quando descer. Mas, se você esperar e for logo atrás da gente, poderá flutuar, pousar e sair antes que ele possa recuperar o dinheiro. O sr. Danforth precisaria conversar com o atendimento ao cliente, e a fila é bem grande. O que você faria para me impedir de contar?

Iris cantarola para si mesma.

— Tenho uma ideia, menina. Quer uma sereia? — Ela levanta a aquabola sob um braço para exibi-la.

A ruiva torce o nariz.

— Ugh. Não, obrigada.

— Quer o que então? — pergunta Iris, sem saber por que está dando trela para a baixinha chantagista.

— Você já viu um pôr do sol? De verdade?

— Não. Nunca estive acima das nuvens antes.

— Ótimo. Você também não vai ver este. Vai ter que perdê-lo. Esse é o acordo. Mentirosos não conseguem tudo de bom. Se quer um passeio grátis em uma Bolha de Queda, precisa fechar os olhos até eu mandar abrir. Tem que perder o pôr do sol inteiro.

O bolo cai no estômago de Iris como um pedaço de concreto molhado. Ela abre a boca para pedir à menina que pule de uma janela aberta.

Chip fala primeiro:

— Tenho uma sugestão alternativa. Eu gravei esta conversa. Que tal mostrá-la para o sr. Danforth? Imagine como ele vai se sentir em relação a você por fazer ameaças e tentar enganá-lo para perder o reembolso.

Pode Me Contar Qualquer Coisa recua um passo, piscando.

— Não — diz ela. — Você não faria isso. Eu só tenho 12 anos. Você não faria isso com uma criança de 12 anos. Eu choraria.

Iris se vira e, pela primeira vez, olha para Pode Me Contar Qualquer Coisa direto no novo rosto falso, deixando-se levar pela força psicotrópica plena da máscara.

— Se tem uma coisa mais bonita do que o pôr do sol — fale ela — é ver menininhas de merda chorando.

9

As nuvens brilham como pilhas de seda dourada. Chip registra 1.032 variações na luz, indo de amarelo-canário ao tom da cor de sangue misturado com creme. Há matizes ali que o Mecânico nunca tinha visto, que acendem sensores ópticos que não haviam sido testados desde sua montagem em Taiwan. Os dois observam até o sol cair na fenda do horizonte e desaparecer.

— Estou feliz por ter conseguido ver isso. Não vou esquecer — diz ele.

— Você já esqueceu alguma coisa?

— Não.

— Você salvou a minha pele de uma supervilã de 12 anos. Estou em dívida com você.

— Não — corrige Chip. — *Eu* estou em dívida com você. Por mais vinte minutos, para ser exato.

Estrelas antigas se espalham como pontinhos na escuridão crescente. Chip sabe os nomes das constelações, embora não as tenha visto diretamente antes.

O garçom Mecânico surge fazendo barulho por trás do bar, andando nas pernas de grilo. Os painéis de uma escotilha de latão se abrem, parecendo uma íris se alargando no escuro. Uma membrana trêmula preenche a abertura, com um arco-íris oleoso de luz reluzindo na superfície.

— Quem quer entrar em um sonho e flutuar de volta à terra? — berra o garçom Mecânico, gesticulando com os braços finos. — Quem é grande o suficiente e tem 13 anos para ir primeiro?

As garotas gritam *Eu, eu, eu, eu, eu!*, enquanto Chip vê Iris franzindo o nariz com nojo.

— Que tal a aniversariante? Abigail Danforth, venha à frente!

A criança com rosto de Menina Perfeitinha agarra a mão do pai e arrasta o homem até a beira do buraco. Ela dá pulinhos de entusiasmo, enquanto o homem olha com preocupação por cima da beirada da escotilha aberta.

— Pise na superfície da Bolha de Queda. Não há motivo para temer. A bolha não vai estourar, mas, se isso acontecer, prometemos devolver o dinheiro ao parente mais próximo — explica o garçom Mecânico.

O pai testa a membrana trêmula e transparente com a ponta de um mocassim engraxado, e ela cede levemente sob o pé. O homem recolhe a perna, com o lábio superior úmido de suor. A filha, sem paciência para andar na bolha, pula no centro do buraco aberto. Na mesma hora, o piso brilhante, vítreo e semilíquido embaixo dela começa a afundar.

— Vem, pai, vem!

E provavelmente porque ela está com o rosto de Menina Perfeitinha e ninguém gosta de parecer nervoso na frente de uma Menina Perfeitinha, o pai pisa no chão de bolha de sabão ao lado dela.

O chão cede embaixo dos dois. Eles afundam lenta e gradativamente. Os olhos do pai se arregalam quando a escotilha aberta sobe até o peito. Quase parece que o homem quer agarrar a beirada e erguer o corpo para fora da bolha. A garota dá pulinhos, tentando acelerar a descida. A bolha vítrea de sabão continua se expandindo, e o pai some de vista. Um momento depois, a Bolha de Queda se separa da escotilha, e uma membrana trêmula de material parecido com sabão iridescente preenche a abertura mais uma vez.

— Quem é a próxima? — pergunta o Mecânico.

As meninas pulam e acenam com as mãos, e o garçom começa a organizá-las em uma fila. A garota usando Pode Me Contar Qualquer Coisa lança um olhar atormentado e irritado para Iris e Chip. Iris se vira para encarar a noite mais uma vez.

O céu está iluminado pelas estrelas, mas a garota parece estar encarando o próprio reflexo.

— Você acha que sou bonita? — indaga ela. — Por favor, seja sincero. Não quero bajulação. Quais são as minhas qualificações?

— Você não é de todo ruim.

Um canto da boca de Iris se contorce para cima.

— Justifique sua resposta, robô.

— A distância entre as suas pupilas e a boca está próxima da proporção áurea, o que significa que é atraente. Pela maneira como corta o cabelo, poucos notariam que a sua orelha esquerda está um centímetro acima do ideal.

— Hum. Isso *realmente* me faz parecer gostosa. A antiga empresa do meu pai já me disse que me contrataria no dia em que eu completasse 18 anos. Acho que garotas bonitas são vítimas mais populares.

Elas conseguem ganhar cinco vezes mais dinheiro do que os homens. Conseguem ganhar uma grana preta fácil.

Chip é capaz de enxergar mais de mil gradientes de cor, mas, quando se trata de emoções, ele é daltônico e sabe disso. A declaração de Iris sugere que ela está buscando elogios, mas outros indicadores implicam desânimo, ironia, confusão e autodesprezo. Na falta de uma orientação clara, o Mecânico permanece em silêncio.

— Srta. Paget? — diz uma voz eletrônica modulada, e Iris se vira. O garçom Mecânico está atrás dos dois.

— Só sobrou a senhorita. Gostaria de voltar flutuando ao mundo lá embaixo?

— Posso levar o meu amigo? — pergunta Iris.

O Mecânico e Chip se entreolham e compartilham alguns megabytes de dados em uma rajada quântica.

— Sim — responde o garçom Mecânico. — A Bolha de Queda é capaz de suportar até setecentos quilos sem deformar. Sua chance de morrer acidentalmente permanece sendo uma em 112 mil.

— Ótimo — diz Iris. — Porque, na minha família, ninguém morre sem ser pago por isso.

10

Eles caem devagar na escuridão.

A bolha, com quase quatro metros de diâmetro, se desprende e começa a girar preguiçosamente através das trevas. Iris e Chip estão de pé quando a Bolha de Queda se solta da escotilha, mas não por muito tempo. Os joelhos de Iris tremem, não de medo, mas porque as pernas ficam bambas sobre o material escorregadio e elástico embaixo dos pés. Ela perde o equilíbrio e cai de bunda.

É difícil imaginar Chip desequilibrado. Ele se senta com cuidado de pernas cruzadas diante da garota.

Iris se inclina para a frente a fim de olhar através do fundo vítreo da bolha que os dois ocupam. Vê outras bolhas espalhadas lá embaixo, flutuando aqui e ali. Os fogos-fátuos azuis flutuam entre eles, constelações de luzes oscilantes e flutuantes: enxames de drones do tamanho de vespas, armados com LEDs de safira.

— Era exatamente o que eu queria no meu aniversário; só que eu teria vindo aqui com a minha família e as minhas amigas — diz Iris, que segura a aquabola no colo, girando-a distraidamente nas mãos. — Agora fico feliz por não ter feito isso. Aquelas meninas eram nojentas. Aquela escrotinha fazendo os seus joguinhos de poder, tentando me chantagear. Todas elas lançando feitiços umas nas outras com os seus Eletrovéus caríssimos. Minhas amigas e eu somos mais velhas, mas não sei se somos muito melhores. Talvez, às vezes, seja melhor experimentar algo sozinha. Ou apenas com um único amigo.

— E qual é a situação? Você está sozinha? Ou com um amigo?

A bolha leva os dois para névoas frias e flutuantes. Pássaros feitos de sombras disparam pelas nuvens ao redor.

— Para ser amigo, você precisa gostar de mim tanto quanto eu gosto de você.

— Eu não apenas gosto de você, Iris. Até o medidor acabar, eu faria quase qualquer coisa por você.

— Não é a mesma coisa. Isso é um programa, não um sentimento. Mecânicos não sentem.

— Não importa — diz ele. — Estávamos conversando sobre o gênio na garrafa mais cedo, lembra? Talvez a única maneira de sobreviver a estar dentro da garrafa seja não querer algo diferente ou melhor. Se eu fosse capaz de desejar coisas que não posso ter, ficaria louco. Seria um grito com um século de duração, enquanto meu rosto continuaria sorrindo e eu continuaria dizendo *Sim, senhor, é claro, senhora*. Essas garotas lhe provocam nojo porque gostam de bolo e festas, mas, se *não* gostassem, se não fossem capaz de gostar, elas não seriam melhores do que eu. Em dezessete minutos, vou me reconectar à placa de recarga e talvez não me mova de novo por um dia, uma semana, um mês. Uma vez, passei onze semanas sem coletar uma única ficha. Isso não me incomodou nem um pouco. Mas *você* pode imaginar não se mexer ou falar por onze semanas?

— Não, não consigo. Eu não desejaria isso ao meu pior inimigo. — Iris abraça o joelho no peito. — Você tem razão sobre uma coisa: desejar o que não é possível ter enlouquece as pessoas.

Eles irrompem da faixa fina de nuvens e se veem afundando e passando pela aniversariante e o pai. A garota está com as mãos na cintura do adulto, e os dois giram devagarzinho em uma dança silenciosa, com a cabeça dela no peito do pai. Ambos estão de olhos fechados.

Faltam apenas onze minutos no medidor de Chip quando a bolha toca na zona de pouso: uma área isolada onde o piso é todo feito de mosaicos hexagonais de tom verde primaveril. Quando a bolha atinge o chão, ela explode com um barulho molhado. Iris se encolhe e ri ao ser atingida por uma chuva ensaboada.

Eles foram os últimos a deixar o Salão do Sol, mas os primeiros a chegar ao térreo. Iris consegue ver a ruiva usando o Pode Me Contar Qualquer Coisa, quatro andares acima, as mãos contra a bolha e os olhos fixos sobre eles. Hora de ir. Sem pensar, Iris segura a mão de Chip e começa a correr. Ela só se dá conta de que ainda está rindo quando ambos já estão do lado de fora.

Grãos finos de umidade pairam suspensos no ar. Iris ergue os olhos à procura de estrelas, mas é claro que o céu apresenta o tom opaco de sempre, agora que ela e Chip se encontram debaixo das nuvens.

O Monociclo está preso a um poste. Chip faz um aceno de cabeça na direção dele.

— Não tenho tempo para levar o seu Monociclo para casa agora — diz ele. — Odeio fazer isso, Iris, é desagradável e mercantil, mas um anúncio automático será exibido em trinta segundos, convidando você a inserir outra ficha. Não é algo que escolho fazer. O anúncio existe fora das minhas funções executivas.

— Vou acompanhar você de volta à placa de recarga — diz Iris, como se o Mecânico não tivesse dito nada. — Podemos nos despedir lá. Deixe o Monociclo. Eu pego depois.

Ela ainda segura a mão de Chip. Os dois andam, sem pressa agora.

No outro extremo da praça, ele grita com uma voz súbita, alta e falsamente alegre:

— Se está se divertindo, por que parar por aqui? Apenas uma ficha por mais trinta minutos de devoção! O que acha, Iris, velha amiga?

Chip fica calado.

Os dois atravessam a rua e andam quase mais um quarteirão até ele voltar a falar.

— Você não achou aquilo desagradável?

— Não. Não me incomodou. O que *vai* me incomodar é se você fingir sentir um arrependimento que ambos sabemos que não consegue sentir.

— Eu não me arrependo. O arrependimento é o inverso do desejo, e é verdade, não quero coisas. Mas sou capaz de dizer quando um músico toca a nota errada.

Eles chegam à esquina de Chip. O medidor dele tem menos de quatro minutos.

— Vou dar a chance para você se redimir — diz Iris.

— Por favor.

— Você foi um bom presente de aniversário, Chip. Me levou para o topo do Espigão. Você me deu o sol e as estrelas. Me salvou de chantagem e flutuou até a terra comigo. Por uma hora, você me devolveu a vida que eu tinha antes do meu pai se machucar.

Ela se inclina na direção do Mecânico e beija a boca dele. É como beijar o próprio reflexo no espelho.

— Eu me redimi? — pergunta ele.

Iris sorri.

— Não exatamente. Mais uma coisa. Venha comigo.

Chip a acompanha passando direto pela placa de recarga, e sobe no viaduto. Eles escalam a encosta suave da ponte até chegarem aos trilhos. Ela sobe na ampla balaustrada de pedra, com uma perna pendendo sobre os trilhos e outra na calçada, enquanto a aquabola repousa no colo.

— Chip, você pode subir aqui e soltar esse troço na frente do próximo trem? Não sei se consigo soltá-la no tempo certo. Os trens são rápidos demais.

— A sereia foi presente de seu pai.

— Foi um presente. É um presente. E a intenção foi boa. Mas, quando olho para a aquabola, sinto que estou olhando para ele: essa coisa desamparada, presa em um espaço confinado, que não serve mais para ninguém e que nunca mais será livre. Toda vez que olho para a aquabola, esse peixe feio vai me lembrar de que meu pai nunca mais vai estar livre, e não quero pensar nele dessa maneira.

Chip sobe na balaustrada e se senta com os dois pés pendendo sobre os trilhos.

— Tudo bem, Iris. Se isso vai fazer com que você se sinta melhor.

— Vai me deixar menos triste. Já é alguma coisa, não é?

— Sim.

Um assobio fraco de foguete começa a crescer na noite; é o próximo trem-canhão vindo na direção dos dois.

— Você me lembra ele, sabe? — diz Iris.

— Seu pai?

— Sim. Ele é tão dedicado a mim quanto você. De certa forma, você substituiu meu pai hoje à noite. Eu devia ter visto as estrelas com ele. Em vez disso, vi com você.

— Iris, o trem está quase aqui. Você deveria me passar a aquabola.

Ela gira o globo de vidro várias vezes nas mãos, mas não passa para o Mecânico.

— Sabe de que outra forma você se parece com meu pai? — pergunta Iris.

— Qual?

— Ele costumava morrer todos os dias para que eu pudesse ter as coisas que queria — responde ela. — E agora é a sua vez.

E Iris coloca a mão nas costas de Chip e o empurra.

O Mecânico cai.

O trem-canhão vara a escuridão com um estrondo concussivo.

No momento em que ela desce pelo dique carregando a aquabola, o trem já se foi há muito tempo, sacolejando a caminho do sul, deixando para trás um cheiro de fichas quentes.

Chip foi praticamente destruído. Ela encontra uma das mãos de cerâmica nos seixos enegrecidos, perto dos trilhos, descobre farrapos do casaco de lã, ainda fumegando, entre ervas daninhas úmidas e escorregadias. Nota um diamante negro de plastiaço amassado — o coração de Chip — e consegue arrancar a bateria dele, que está milagrosamente intacta e deve se encaixar direitinho no Monociclo.

As fichas reluzem entre os trilhos do outro lado das pedras. As moedas de prata no chão parecem tão numerosas quanto as estrelas acima do Espigão. Iris coleta as fichas até os dedos ficarem frios e dormentes.

Quando começa a caminhar de volta ao dique, ela dá um chute em alguma coisa que parece um prato quebrado. Iris pega e se vê encarando o rosto sorridente e sem vida de Chip, as órbitas vazias dos seus olhos. Após um raro momento de indecisão, ela enfia o queixo do Mecânico no cascalho macio e planta o rosto como se fosse uma pá. Iris deixa a aquabola ao lado dele. Aquele tipo de coisa feia e desamparada que nasceu para viver preso dentro de uma garrafa ou uma bola para divertir os outros não tem serventia para ela. Vítimas não têm serventia para Iris. Ela pretende nunca se tornar uma.

Iris sobe a encosta correndo, se agarra às moitas para manter o equilíbrio, pensando que, se ela se apressar, vai conseguir ir a uma Resete-se para comprar alguns Eletrovéus usados antes de encontrar as amigas no Distrito do Carnaval. Ela coletou setecentas fichas no total, o que pode até ser suficiente para comprar uma Ophelia usada. E se aquela vadia invejosa da Joyce Brilliant pensa que Iris vai permitir que ela pegue o Eletrovéu emprestado, é melhor pensar duas vezes.

Em um minuto, a sereia fica sozinha. Ela sai nadando desconcerta-da na escuridão para encarar através da aquabola o sorriso confortante e os olhos vazios de Chip.

Em um trinado baixinho, a criaturinha desprezível dentro da esfera de vidro começa a cantar. A música — um som estridente e sobrenatural, como os gritos desamparados das baleias extintas — não tem palavras. Talvez não exista palavras para a tristeza.

IMPRESSÃO DIGITAL

A PRIMEIRA IMPRESSÃO DIGITAL chegou pelo correio.

Havia oito meses que Mal estava de volta de Abu Ghraib, onde fizera coisas das quais se arrependia. Ela tinha retornado a Hammett, Nova York, bem a tempo de enterrar o pai. O homem falecera dez horas antes de o avião de Mal pousar nos Estados Unidos, e talvez tenha sido melhor assim. Depois das coisas que fizera, Mal não sabia se conseguiria encará-lo nos olhos, embora uma parte dela quisesse conversar com o pai sobre aquilo e ver o julgamento no rosto dele. Sem o pai, não havia ninguém para ouvir a história de Mal, ninguém cuja crítica importava.

O velho também havia prestado serviço militar, no Vietnã, como médico. O pai dela salvou vidas, pulou de um helicóptero e arrastou crianças para fora do arrozal sob fogo pesado. Ele as chamava de crianças, embora o próprio tivesse apenas 25 anos na época. Ele recebeu um Coração Púrpura e uma Estrela de Prata.

Não ofereceram medalhas para Mal quando a dispensaram. Pelo menos ela não foi identificada em nenhuma das fotografias de Abu Ghraib — apenas os seus coturnos apareceram naquela foto que Graner tirou, com os homens nus amontoados uns em cima dos outros, formando uma pirâmide de bundas empilhadas e sacos pendurados. Se Graner tivesse inclinado a câmera um pouquinho, Mal teria voltado para casa bem antes, só que algemada.

Ela recuperou o antigo emprego no Via Láctea, cuidando do bar, e se mudou para a casa do pai. Foi tudo que ele deixou para a filha: a casa e o carro. O rancho do velho ficava a trezentos metros da estrada do morro da Machadinha, cercado pela floresta da cidade. No outono, Mal saía para correr na floresta, com equipamento militar completo, por cinco quilômetros através das sempre-vivas.

Ela mantinha a M4A1 no quarto do andar de baixo, desmontando-a e remontando-a todas as manhãs, algo que conseguia completar em doze segundos. Quando terminava, colocava os componentes de volta no estojo junto com a baioneta, acondicionando nos recortes de espuma — ninguém fixava a baioneta a não ser que estivesse prestes a ser atropelado. A M4 de Mal havia voltado para os Estados Unidos com um civil, que trouxe o fuzil no jato particular da empresa dele. O sujeito fora um interrogador de aluguel — havia muitos deles em Abu Ghraib nos últimos meses antes das prisões — e dissera que era o mínimo que podia fazer, que Mal tinha feito por merecer pelos serviços prestados, uma declaração tediosa.

Certa noite, em novembro, Mal saiu do Via Láctea com John Petty, o outro barman, e eles encontraram Glen Kardon desmaiado no banco da frente do seu Saturn. A porta do motorista estava aberta, e a bunda de Glen estava virada para o ar, as pernas pendendo do carro, os pés torcidos no cascalho, como se ele tivesse acabado de ser espancado até a morte por trás.

Sem nem pensar, Mal disse a Petty para ficar de olho e, a seguir, sentou sobre os quadris de Glen e tirou a carteira dele. Ela pegou 120 dólares em dinheiro e largou a carteira no banco do carona. Petty sibilou para Mal se apressar, enquanto ela tirava a aliança do dedo de Glen.

— A aliança dele? — perguntou Petty quando os dois estavam juntos no carro dela.

Mal deu metade do dinheiro para ele por ter ficado de vigia, mas ficou com a aliança.

— Cruzes, você é doida, mulher.

Petty colocou a mão entre as pernas dela e esfregou o polegar com força por cima das calças jeans pretas enquanto Mal dirigia. Ela permitiu que ele fizesse isso por um tempo, enquanto a outra mão de Petty apalpava o seu peito. Então Mal deu uma cotovelada nele.

— Já chega — disse ela.

— Não chega, não.

Mal enfiou a mão nas calças jeans dele, passou a mão pelo pau duro, pegou o saco e começou a aplicar pressão até o rapaz soltar um pequeno gemido, não de prazer.

— É o suficiente — disse ela, tirando a mão das calças dele. — Se quiser mais do que isso, vai ter que acordar a esposa. Anime a noite dela.

Mal deixou Petty em frente à casa dele e arrancou, e os pneus jogaram cascalho no barman.

De volta à casa do pai, Mal se sentou na bancada da cozinha e ficou olhando para a aliança na palma da mão. Um simples anel de ouro, gasto e arranhado, com todo o brilho apagado. Ela se perguntou por que tinha pegado a aliança.

Mal conhecia Glen Kardon e a esposa, Helen. Os três tinham a mesma idade e estudaram juntos. Na festa de 10 anos de Glen, o mágico escapou das algemas e da camisa de força como último truque. Anos depois, ela conheceu outro artista de fuga que conseguiu escapar de um par de algemas, um baathista. Ambos os polegares estavam quebrados, permitindo que ele espremesse as mãos. Era fácil se a pessoa conseguisse dobrar o polegar em qualquer direção — tudo que precisava fazer era ignorar a dor.

E Helen tinha feito dupla de laboratório com Mal na aula de biologia da sexta série. Ela fazia anotações com uma letra cursiva delicada, usando canetas de cores diferentes para destacar os relatórios, enquanto Mal abria os bichos. Mal gostava do bisturi, do jeito que a pele se separava ao menor toque da lâmina para mostrar o que estava escondido. Mal usava o instrumento por instinto, sempre sabendo exatamente onde começar a cortar.

Ela sacudiu a aliança na mão por um tempo e enfim a jogou na pia. Não sabia o que fazer com aquilo, não sabia onde penhorá-la. A aliança não tinha utilidade, na verdade.

Quando foi até a caixa de correio na manhã seguinte, encontrou uma conta de gás, um folheto imobiliário e um envelope branco liso. Dentro do envelope, havia uma folha de papel dobrada com cuidado, em branco a não ser por uma única impressão digital em tinta preta. A impressão estava perfeita, e, entre as espirais e linhas, havia uma cicatriz no formato de um anzol. Não havia mais nada no envelope

— nenhum selo, nenhum endereço, nenhuma marca de qualquer tipo. Ele não fora colocado ali pelo carteiro.

À primeira vista, Mal sabia que aquilo era uma ameaça e que a pessoa que colocara o envelope na caixa de correio ainda poderia estar observando. Sentiu a vulnerabilidade no nó incômodo nas entranhas e teve que lutar contra o reflexo condicionado de se abaixar e procurar por um lugar para se proteger. Olhou para os dois lados, mas viu apenas as árvores com os galhos balançando ao sabor de uma brisa leve. Não havia carros passando e nenhum sinal de vida.

Durante toda a longa caminhada de volta para casa, Mal percebeu uma fraqueza nas pernas. Não olhou para a impressão digital outra vez, mas levou o envelope para dentro e o deixou com o restante das correspondências na bancada da cozinha. Permitiu que as pernas trêmulas a levassem para o quarto do pai, que era dela agora. A M4 estava dentro do estojo no armário, mas a .45 automática do pai estava ainda mais perto — Mal dormia com a pistola embaixo do travesseiro — e não precisava ser montada. Ela puxou o ferrolho para meter uma bala na câmara e pegou os binóculos na mochila militar.

Subiu as escadas acarpetadas até o segundo andar e abriu a porta de seu antigo quarto sob os beirais. Ela não entrava lá desde que havia voltado para casa, e o ar cheirava a velho, a mofo. Um pôster rasgado de Alan Jackson estava preso na inclinação do telhado. Os bonecos de Mal — o urso azul de veludo cotelê, o porco com os olhos esquisitos, feitos de botões prateados que lhe davam uma aparência de cego — estavam arrumadinhos nas prateleiras de uma estante de livros sem livros.

A cama estava feita, mas, quando ela se aproximou, ficou surpresa ao encontrar a forma de um corpo sobre o colchão, o travesseiro amassado no contorno da cabeça de alguém. Parecia que a pessoa que deixara a impressão digital havia entrado na casa enquanto ela esteve fora e tirado uma soneca ali. Não diminuiu o passo: subiu no colchão, destrancou a janela, empurrou para abri-la e saiu por lá.

No minuto seguinte, Mal estava sentada no telhado, segurando os binóculos com uma das mãos, a arma na outra. As telhas tinham esquentado ao sol e proporcionavam um calor agradável embaixo dela. De onde estava sentada no telhado, podia ver em todas as direções.

Ela permaneceu ali por mais de uma hora, examinando as árvores, acompanhando o ir e vir dos carros pela estrada do morro da Machadinha. Por fim, teve certeza de que estava procurando por alguém que não estava mais lá. Pendurou os binóculos no pescoço, se recostou nas telhas quentes e fechou os olhos. Fazia frio na entrada da garagem, mas, no telhado, no sota-vento da casa, ela estava confortável como um lagarto em uma pedra.

Quando jogou o corpo de volta para dentro do quarto, Mal ficou sentada no parapeito por um tempo, segurando a arma nas duas mãos e olhando a silhueta do corpo humano marcada nos cobertores e no travesseiro. Pegou o travesseiro e pressionou o rosto nele. Sentiu o cheiro bem fraco do pai, dos charutos baratos da esquina, do cheiro daquela merda de cera que ele passava nos cabelos, o mesmo produto que Reagan costumava usar. A ideia de que o pai às vezes ficava ali, cochilando na cama dela, provocou-lhe um pequeno arrepio. Ela desejou que ainda fosse o tipo de pessoa capaz de abraçar um travesseiro e chorar pelo que havia perdido. Mas, na verdade, talvez nunca tivesse sido esse tipo de pessoa.

Quando voltou para a cozinha, Mal olhou mais uma vez a impressão digital na folha de papel branca. Contra toda lógica ou bom senso, aquilo lhe parecia familiar. Ela não gostou daquilo.

ELE TINHA SIDO TRAZIDO com uma tíbia quebrada, o iraquiano que todos chamavam de Professor. Poucas horas depois de terem colocado um gesso nele, julgaram que o Professor estava suficientemente bem para ficar sentado e ser interrogado. De manhã cedo, antes do amanhecer, o cabo Plough foi buscá-lo.

Mal trabalhava no Bloco 1A e foi com Anshaw buscar o Professor. Ele estava em uma cela com outros oito homens: árabes barbados, magros e musculosos, a maioria vestindo cuecas sambas-canção e nada mais. Alguns outros, aqueles que não cooperaram com o Setor de Investigação, receberam calcinhas com flores rosas para usar. As calcinhas eram mais justas do que as cuecas, que eram todas grandes e folgadas. Os prisioneiros se escondiam na penumbra da câmara de pedra e lançavam olhares tão agitados e encovados para Mal que pareciam dementes. Ao olhar para eles, Mal não sabia se ria ou recuava.

— Afastem-se das barras, moças — disse ela no seu árabe desajeitado. — Afastem-se.

Ela chamou o Professor com o dedo.

— Você. Vem aqui.

Ele se aproximou aos pulinhos com uma das mãos na parede para se firmar. O Professor usava uma camisola de hospital, e a perna esquerda estava engessada do tornozelo ao joelho. Anshaw havia trazido um par de muletas de alumínio para ele. Mal e Anshaw estavam chegando ao fim de um turno de doze horas, em uma semana de turnos de doze horas. Acompanhar o prisioneiro até o Setor de Investigação com o cabo Plough seria a última tarefa da noite. Ela estava nervosa por causa da quantidade de cápsulas de cafeína que tinha tomado, tantas que mal conseguia ficar parada. Quando olhava para as lâmpadas, via raios de arco-íris emanando delas, como se estivesse olhando através de um cristal.

Na noite anterior, uma patrulha surpreendeu alguns homens que escondiam um explosivo na carcaça vermelha e oca de um pastor-alemão, no acostamento da estrada que levava a Bagdá. Os terroristas fugiram aos berros dos holofotes dos Hummers, e um contingente de soldados os perseguiu.

Um soldado de engenharia chamado Leeds ficou para trás a fim de dar uma olhada na bomba dentro do cachorro. Ele estava a três passos do animal quando um telefone celular tocou dentro das entranhas, três acordes de "Oops!... I Did It Again". O animal se rompeu em um jato de chamas e com um baque pesado que as pessoas que estavam a dez metros de distância puderam sentir nos ossos. Leeds caiu de joelhos, segurando o rosto, com fumaça saindo debaixo das luvas. O primeiro soldado a chegar até ele contou que o rosto estava se descolando como uma máscara barata de borracha preta.

Pouco tempo depois, a patrulha capturou o Professor — batizado assim por causa dos óculos com armação tartaruga e porque ele insistia que era um professor — a dois quarteirões do local da explosão. O Professor quebrou a perna pulando de uma berma alta, ao fugir depois que os soldados atiraram e o mandaram parar.

Agora, o Professor se arrastava nas muletas, flanqueado por Mal e Anshaw, enquanto Plough vinha atrás. Eles saíram da 1A e entraram na manhã antes da alvorada. O Professor fez uma pausa, antes das portas, para respirar. Foi quando Plough chutou longe a muleta esquerda do braço dele.

O Professor caiu para a frente com um grito, e a camisola se abriu, mostrando a bunda pálida. Anshaw estendeu a mão para ajudá-lo a se levantar. Plough mandou abandoná-lo lá.

— Senhor? — perguntou Anshaw.

Ele só tinha 19 anos. Anshaw estava servindo havia tanto tempo quanto Mal, mas a pele dele era oleosa e branca, como se nunca tivesse saído do traje de proteção química.

— Você não viu ele me atacar com a muleta? — perguntou Plough para Mal.

Mal não respondeu, mas parou para ver o que aconteceria a seguir. Ela tinha passado as últimas duas horas inquieta, roendo as unhas até o sabugo, elétrica demais para parar de se mover. Agora, porém, sentia a quietude se espalhando por ela, como uma gota de tinta na água, acalmando as mãos inquietas e as pernas nervosas.

Plough se curvou e puxou a cordinha na parte de trás da camisola, desatando-a para que caísse dos ombros do Professor até os pulsos. A bunda tinha verrugas escuras e era relativamente sem pelos. O saco era colado ao períneo. O Professor se virou para trás com olhos arregalados e falou rápido em árabe.

— O que ele está dizendo? — perguntou Plough. — Eu não falo terrorista.

— Ele diz que não — respondeu Mal, traduzindo. — Diz que não fez nada. Que foi pego por acidente.

Plough chutou a outra muleta.

— Pegue isso aí.

Anshaw pegou as muletas.

Plough colocou o coturno na bunda carnuda do professor e empurrou.

— Vá em frente. Manda ele seguir em frente.

Dois soldados da Polícia do Exército passaram e viraram a cabeça para ver o Professor enquanto caminhavam. Ele estava tentando cobrir a virilha com uma das mãos, mas levou outro chute de Plough na bunda e teve que começar a se arrastar. Seu avanço era desajeitado, a perna esquerda esticada dentro do gesso e o pé descalço se arrastando na terra. Um dos soldados da Polícia do Exército riu, e então ambos se afastaram noite adentro.

O Professor se esforçou para puxar a camisola sobre os ombros enquanto se arrastava, mas Plough pisou nela e a arrancou.

— Deixe a camisola. Diga a ele para deixar a camisola e ir mais rápido.

Ela traduziu para o Professor. O prisioneiro não conseguiu olhar para a mulher, mas para Anshaw, e começou a implorar, pedindo alguma roupa para vestir e dizendo que a perna doía enquanto o rapaz o encarava com olhos esbugalhados, como se estivesse engasgando com alguma coisa. Mal não ficou surpresa que o Professor estivesse se dirigindo a Anshaw, e não a ela. Parte do motivo era cultural. Os árabes não aguentavam ser humilhados na frente de uma mulher. Além disso, Anshaw tinha alguma coisa que passava uma imagem acessível, até para o inimigo. Apesar da pistola 9 milímetros presa à parte externa da coxa, Anshaw passava a impressão de ser atrapalhado e inofensivo. No quartel, ele corava enquanto outros caras babavam pelas modelos de revistas masculinas e costumava ser visto rezando durante ataques de morteiros.

O prisioneiro parou de se arrastar mais uma vez. Mal cutucou a bunda do Professor com o cano da M4 para fazê-lo andar de novo, e o iraquiano estremeceu e soltou um soluço estridente. Mal não quis rir, mas havia algo de engraçado no aperto convulsivo das nádegas do prisioneiro, algo que enviou uma corrente de sangue à cabeça dela. O sangue estava estimulante e estranho por causa da cafeína, e a bunda de um prisioneiro se contraindo daquela maneira era a coisa mais engraçada que via em semanas.

O Professor passou rastejando pela cerca de arame, ao longo da beira da estrada. Plough mandou Mal perguntar onde estavam os amigos dele agora, os amigos que explodiram o soldado americano. O cabo disse que, se o Professor contasse, ele poderia ter as muletas e a camisola de volta.

O prisioneiro disse que não sabia nada sobre o explosivo. Contou que correu porque outros homens estavam correndo e soldados estavam atirando. Disse que era professor de literatura e que tinha uma filha pequena. Contou que havia levado a menina de 12 anos para a Disneylândia de Paris uma vez.

— Ele está zoando com a gente — disse Plough. — O que um professor de literatura estava fazendo às duas da manhã na pior parte da cidade? Seus amigos putinhas do Bin Laden explodiram o rosto de um soldado americano, um homem bom, um homem com uma esposa grávida em casa. Onde os seus amigos... Mal, faça com que ele entenda que vai nos dizer onde os amigos estão se escondendo. Faça com que ele compreenda que seria melhor nos dizer agora, antes de chegarmos para onde estamos indo. Que saiba que esta é a parte mais fácil do dia dele. O Setor de Investigação quer esse filho da puta bem amaciado antes de a gente levá-lo até lá.

Mal assentiu, com os ouvidos zumbindo. Ela falou ao Professor que ele não tinha filha nenhuma, porque era uma bicha. Perguntou se ele gostava do cano da arma na bunda, se aquilo deixava ele excitado.

— Onde fica a casa dos seus companheiros que transformam cães em bombas? — disse ela. — Para onde vão os seus amigos descaralhados depois de assassinar americanos com os seus cachorros cheios de truques? É melhor falar se não quiser que eu enfie a arma no seu cu.

— Juro pela vida da minha filhinha que não sei quem eram aqueles homens. Por favor. Minha filha se chama Alaya. Ela tem 10 anos. Tinha uma foto dela no bolso da minha calça. Onde está a minha calça? Eu posso mostrar a foto.

Mal pisou na mão dele e sentiu os ossos se comprimirem anormalmente sob o calcanhar. O Professor gritou.

— Fale — disse ela. — Fale!

— Eu não posso.

Um som de batida metálica chamou a atenção de Mal. Anshaw tinha deixado cair as muletas. Ele parecia verde, e as mãos estavam contraídas como garras, erguidas para cobrir os ouvidos, ainda que não completamente.

— Você está bem? — perguntou Mal.

— Ele está mentindo — respondeu Anshaw, cujo árabe não era tão bom quanto o dela, mas também não era ruim. — Na primeira vez, disse que a filha tinha 12 anos.

Mal olhou para Anshaw, que devolveu o olhar, e, enquanto os dois se encaravam, ouviram um apito alto e agudo, como o ar saindo de um balão gigante... um som que fez o sangue de Mal parecer estar fervendo de oxigênio, que a fez se sentir cheia de gás por dentro. A mulher girou a M4 para segurá-la pelo cano com as duas mãos e, quando o morteiro atingiu — do lado de fora do perímetro, mas ainda forte o suficiente para fazer a terra tremer sob os pés —, ela tinha enfiado a coronha do fuzil bem na perna quebrada do Professor, martelando nela como se estivesse tentando enfiar uma estaca no chão. Sobre o estrondoso trovão da explosão, nem mesmo Mal pôde ouvir seus gritos.

MAL FORÇOU SEUS LIMITES na corrida de sexta-feira de manhã, dentro da floresta, subindo o morro da Machadinha por um terreno tão íngreme que ela, na verdade, mais estava escalando que correndo. Continuou indo em frente até ficar sem fôlego e o céu parecer girar, como se fosse o teto de um carrossel.

Quando enfim parou, ela se sentiu à beira de um desmaio. O vento soprava no rosto e esfriava o suor, uma sensação curiosamente agradável. Até a sensação de tontura, de estar perto da exaustão e do colapso, era de alguma forma satisfatória.

O Exército a manteve por quatro anos até Mal se juntar à reserva. No segundo dia de treinamento básico, fez flexões até ficar enjoada e se sentiu tão fraca que desabou. Chegou a chorar na frente dos outros, algo que não podia suportar lembrar agora.

Com o tempo, aprendeu a gostar da sensação que vinha logo antes do colapso: a maneira como o céu se agigantava, como os sons ficavam distantes e diminutos, e como todas as cores pareciam ganhar um brilho psicodélico. Havia uma intensidade de sensação quando a pessoa se encontrava no limite do que podia suportar, quando era fisicamente testada e obrigada a lutar por cada fôlego, que era de alguma forma emocionante.

No topo da colina, Mal tirou o cantil de aço inoxidável da mochila militar, o antigo cantil de acampamento do pai, e encheu a boca com água gelada. O objeto brilhou como um espelho prateado ao sol do fim da manhã. Ela derramou água no rosto, enxugou os olhos com a barra da camiseta, guardou o cantil e correu de volta para casa.

Entrou pela porta da frente e não reparou no envelope até que pisou nele e ouviu o barulho de papel sob os pés. Olhou para o papel, com a mente em branco por um momento perigoso, tentando pensar em quem teria ido até a casa para enfiar uma conta por baixo da porta quando era mais fácil deixá-la na caixa de correio. Mas aquilo não era uma conta, e Mal sabia disso.

Ela ficou parada na porta, o contorno de um soldado pintado em um retângulo perfeito, como os alvos de silhueta humana em que atiravam no estande. Mal não fez movimentos bruscos, no entanto. Se alguém quisesse dar um tiro nela, já teria feito isso — teve muito tempo —, e se estava sendo observada, queria mostrar que não tinha medo.

Ela se agachou e pegou o envelope. A aba não estava colada. Tirou a folha de papel de dentro com um tapinha e a desdobrou. Outra impressão digital; essa era uma oval preta e gorda, como uma colher achatada. Não havia cicatriz em forma de anzol neste polegar. Era um polegar completamente diferente. De certa forma, isso era mais perturbador para Mal do que qualquer coisa.

Não — o mais perturbador era que desta vez o sujeito tinha enfiado a mensagem por baixo da porta dela, enquanto, na última vez, ele a havia deixado a cem metros adiante, na caixa de correio. Talvez fosse a maneira de ele dizer que conseguiria chegar tão perto dela quanto quisesse.

Mal considerou chamar a polícia, mas descartou a ideia. Ela mesma tinha sido policial, dentro do Exército, e sabia como os policiais pensavam. Deixar algumas impressões digitais em folhas de papel não assinadas não era crime. Mais provável que fosse uma brincadeira, diriam eles, e não dava para desperdiçar mão de obra investigando uma brincadeira. Agora ela achava, assim como quando viu a primeira impressão digital, que essas mensagens não eram a piada perversa de algum moleque da cidade, e sim uma promessa maliciosa, um aviso para ficar alerta. No entanto, era um sentimento irracional, sem provas. Era uma certeza de soldado, não de policial.

Além disso, quando se liga para a polícia, nunca se sabe o que vai aparecer. Havia policiais como Mal por aí. Gente que você não gostaria que se interessasse muito pela sua vida.

Ela amassou o papel com a impressão digital e levou para o alpendre. Olhou ao redor, examinando as árvores sem folhas, as ervas daninhas cor de palha na beira da floresta. Ficou parada por um minuto. Até as árvores estavam perfeitamente imóveis, sem vento para mexer os galhos, como se o mundo inteiro estivesse em estado de suspensão, esperando para ver o que aconteceria a seguir — só que nada aconteceu.

Ela deixou o papel amassado no parapeito do alpendre, voltou para dentro e pegou a M4 no armário. Sentou-se no chão do quarto, montando e desmontando o fuzil, três vezes, doze segundos de cada vez. A seguir, colocou as peças de volta no estojo com a baioneta e enfiou a arma embaixo da cama do pai.

DUAS HORAS DEPOIS, Mal estava abaixada atrás do balcão do Via Láctea para pegar copos limpos. Eles haviam acabado de sair da máquina de lavar louça e estavam tão quentes que queimaram as pontas dos seus dedos. Quando ela se levantou com a bandeja vazia, Glen Kardon estava do outro lado do balcão, encarando-a com olhos vermelhos e lacrimejantes. Ele parecia estar em uma espécie de letargia, com o rosto inchado, o penteado desgrenhado, como se tivesse acabado de sair da cama.

— Preciso falar com você sobre uma coisa — disse ele. — Eu estava aqui pensando se tem alguma maneira de recuperar minha aliança de casamento. Qualquer maneira que seja.

O sangue todo pareceu ter saído do cérebro de Mal, como se ela tivesse se levantado rápido demais. A mulher também perdeu um pouco da sensibilidade nas mãos, que, por um momento, foram dominadas por um formigamento frio, quase doloroso.

Ela se perguntou por que Glen não havia chegado acompanhado da polícia, como se quisesse dar uma chance de resolver o assunto sem o envolvimento da lei. Ela queria dizer algo para Glen, mas não tinha palavras. Não conseguia se lembrar da última vez em que se sentira tão desamparada, fora pega tão exposta, em um terreno tão indefensável.

— Minha esposa passou a manhã chorando por causa disso — disse ele. — Eu a ouvi no quarto, mas, quando tentei ir lá e falar com ela, a porta estava trancada. Minha esposa não me deixou entrar. Tentou fingir que estava tudo bem, conversando comigo através da porta. Ela me falou para ir trabalhar, para não me preocupar. Era a aliança de casamento do pai dela, sabe. Ele morreu três meses antes de nos casarmos. Acho que isso soa um pouco… como se diz? Edipiano. Como se, ao se casar comigo, ela estivesse se casando com o pai. Edipiano não é o termo correto, mas você sabe do que estou falando. Ela amava aquele velho.

Mal concordou com a cabeça.

— Se eles tivessem pegado só o dinheiro, nem sei se teria contado para a Helen. Não depois de ter ficado tão bêbado. Eu bebo demais. A Helen escreveu uma coisa para mim há alguns meses, sobre o quanto eu estava bebendo. Ela queria saber se era porque eu era infeliz no casamento. Seria mais fácil se a Helen fosse o tipo de mulher que simplesmente gritasse comigo. Mas fiquei bêbado daquele jeito, e a aliança de casamento que ela me deu e que tinha sido do pai dela se foi, e tudo o que a Helen fez foi me abraçar e dizer graças a Deus que eles não me machucaram.

— Sinto muito — falou Mal, que estava prestes a dizer que devolveria tudo, a aliança e o dinheiro, e iria com ele à polícia, se Glen quisesse, mas se deteve.

Glen disse "eles": "se *eles* apenas tivessem pegado o dinheiro" e "eles não me machucaram". Não " você".

O homem enfiou a mão dentro do casaco e tirou um envelope branco, bem recheado.

— Passei mal do estômago o dia todo no trabalho pensando nisso. Então tive a ideia de colocar um cartaz aqui no bar. Você sabe, que nem um desses folhetos procurando por cachorro perdido. Só que esse é para a minha aliança perdida. Os caras que me roubaram devem ser clientes daqui. O que mais estariam fazendo naquele estacionamento, àquela hora da noite? Então, da próxima vez que eles vierem, vão ver meu cartaz.

Mal ficou parada, com o olhar perdido. Demorou alguns instantes para conseguir entender o que ele tinha dito. Quando isso aconteceu — quando Mal compreendeu que Glen não tinha ideia de que ela era culpada de alguma coisa —, ela ficou surpresa ao sentir uma pontada estranha de algo parecido com decepção.

— Electra — falou ela.

— Hã?

— Um lance de amor entre pai e filha — explicou Mal. — É um complexo de Electra. O que tem dentro desse envelope?

Glen piscou, confuso. Agora era ele que precisava de um pouco de tempo para processar a informação. Dificilmente alguém sabia ou se lembrava de que Mal tinha feito faculdade, mesmo que paga pelo governo. Ela havia aprendido árabe e psicologia, embora, no final, tivesse voltado para trás do balcão do Via Láctea sem um diploma. O plano era cumprir os últimos créditos depois que voltasse do Iraque, mas, em algum momento do tempo de serviço, ela deixou de se importar.

Por fim, Glen desatou o nó mental e respondeu:

— Dinheiro. Quinhentos dólares. Quero que cuide desse dinheiro por mim.

— Como assim?

— Eu estava pensando no que dizer no cartaz. Acho que devo oferecer uma recompensa em dinheiro pela aliança. Mas quem roubou a aliança nunca vai me procurar e admitir isso. Mesmo que eu prometa não processar ninguém, os caras não acreditariam em mim. Então calculei que preciso de um intermediário. É aí que você entra. Assim sendo, o cartaz diria para entregar a aliança para Mallory Grennan e que ela daria o dinheiro da recompensa sem fazer perguntas. O cartaz vai dizer que eles podem confiar que você não vai contar para mim ou para a polícia quem eles são. As pessoas conhecem você. Acho que a maioria vai acreditar nisso. — Ele empurrou o envelope para Mal.

— Esquece isso, Glen. Ninguém vai devolver a sua aliança.

— Vamos ver. Talvez eles também estivessem bêbados quando pegaram. Talvez sintam remorso.

Ela riu.

Ele sorriu sem jeito. As orelhas estavam rosadas.

— É possível.

Mal olhou para Glen por mais um momento e depois colocou o envelope embaixo do balcão.

— Ok. Vamos escrever seu cartaz. Posso fazer cópias na máquina de fax. Vamos espalhá-lo pelo bar e, depois de uma semana, quando ninguém aparecer com a sua aliança, eu devolvo o seu dinheiro e ofereço uma cerveja por conta da casa.

— Talvez um refrigerante — disse Glen.

GLEN TEVE QUE IR, mas Mal prometeu que penduraria alguns cartazes no estacionamento. Ela tinha acabado de prendê-los aos postes de luz com fita adesiva quando viu uma folha de papel dobrada em três e enfiada embaixo do limpador de para-brisa do carro que era do pai.

A impressão digital ali era delicada e esbelta, uma oval quase perfeita, feminina de certa forma, enquanto as duas primeiras eram meio quadradas e grosseiras. Três polegares, cada um diferente dos outros.

Ela jogou o papel em uma lata de lixo presa a um poste, fazendo a cesta de três pontos, e saiu dali.

QUANDO A 82ª DIVISÃO CHEGOU a Abu Ghraib, foi para fornecer proteção e tentar pegar os filhos da puta que estavam lançando morteiros na prisão toda noite. No início do outono, começaram a fazer incursões na cidade ao redor da prisão. Na primeira semana de operações, já tinham feito tantas patrulhas que precisaram de apoio, de maneira que o general Karpinski designou esquadrões de soldados da Polícia do Exército para acompanhá-los. O cabo Plough foi indicado para o serviço e, depois de ter sido aceito, informou a Mal e Anshaw que os dois estavam indo com ele.

Ela ficou feliz. Queria se afastar da prisão, dos corredores escuros da 1A e 1B, com aquele cheiro de pedra velha e úmida, urina e suor. Queria se afastar da cidade de tendas que continha a população carcerária, a multidão com moscas pretas rastejando nos rostos, imprensada contra as cercas e implorando enquanto Mal caminhava pelo perímetro. Ela queria estar dentro de um Hummer sem portas, com o ar da noite passando pelo corpo. Destino: qualquer outro lugar daquela merda de planeta.

Antes do amanhecer, o pelotão a que eles se juntaram atacou um endereço particular, uma casa situada em um bosque de palmeiras, com um muro branco de estuque ao redor do quintal e um portão de ferro fundido na entrada. A casa também era de estuque e tinha uma piscina nos fundos, com pátio e churrasqueira, e não teria ficado muito deslocada no sul da Califórnia. A equipe Delta usou o Hummer para derrubar o portão, que caiu com um estrondo metálico, enquanto as dobradiças foram arrancadas da parede com uma chuva de gesso.

Isso foi tudo que Mal viu da incursão. Ela estava ao volante de um veículo para o transporte de tropas de duas toneladas e meia que estava sendo usado para levar prisioneiros. Nada de Hummer ou ação para Mal. Anshaw estava em outra caminhonete. Ela tentou ouvir tiros, mas não escutou nenhum, os moradores se renderam sem luta.

Depois que a casa foi tomada, o cabo Plough disse que queria avaliar a situação. O que ele queria mesmo era tirar uma foto de si segurando a arma, com um charuto na boca e o coturno no pescoço de um insurgente com os pés amarrados às mãos. Ela ouviu pelo rádio que haviam capturado um dos Fedayeen Saddam, um tenente baathista, e tinham encontrado armas, arquivos e informações pessoais. Houve muita comemoração com sotaque caipira no rádio. Todos na 82ª Divisão se pareciam com o Eminem — olhos azuis, cabelos louro-claros com corte à escovinha — e falavam que nem os protagonistas do seriado *Os gatões*.

Logo após o nascer do sol, quando as sombras se afastavam dos prédios no lado leste da rua, eles levaram o Fedayeen para fora e o deixaram na calçada estreita com Plough. A esposa do insurgente ainda estava na casa, sendo observada por soldados enquanto fazia as malas.

O Fedayeen era um árabe grandalhão com olhos encovados e barba por fazer no queixo, e não dizia nada além de "Vão se foder". No porão, a equipe Delta encontrou um suporte com várias AK-47 e uma mesa coberta por mapas, todos marcados com símbolos, números e letras árabes. Descobriram uma pasta de fotografias, com soldados americanos montando postos de controle, desenrolando arame farpado por várias estradas. Na pasta havia também uma foto de George Bush pai, com um sorriso vago, posando com Steven Seagal.

Plough estava preocupado que as fotos mostrassem lugares e pessoas que os insurgentes planejavam atacar. Ele já tinha se comunicado com a base via rádio algumas vezes, relatando isso para o Setor de Investigação com a voz tensa e empolgada. O cabo estava especialmente preocupado com Steven Seagal. Todos na unidade de Plough foram obrigados a assistir a *Nico — Acima da lei* pelo menos uma vez, e ele alegou ter visto o filme mais de cem vezes. Depois de levarem o prisioneiro, Plough ficou de pé diante do Fedayeen, gritando e, às vezes, batendo na cabeça do sujeito com a foto enrolada de Seagal. O Fedayeen respondeu: "Vão se foder mais ainda."

Mal ficou encostada na porta do motorista da caminhonete por um tempo, esperando Plough parar de gritar e bater no prisioneiro.

Ela estava de ressaca das cápsulas de cafeína e com dor de cabeça. Após algum tempo, decidiu que Plough não pararia de berrar até a hora de colocar tudo no carro e ir embora, e que aquilo talvez durasse mais uma hora.

Ela deixou Plough gritando, passou pelo portão derrubado e foi até a casa. Entrou no ambiente fresco da cozinha. Piso de porcelanato vermelho, pé-direito alto, muitas janelas para deixar entrar a luz do sol. Bananas frescas em uma tigela de vidro. Onde eles conseguiam bananas frescas? Mal se serviu de uma e comeu no vaso sanitário, o mais limpo em que se sentou em um ano.

Ela saiu da casa e começou a descer a estrada de novo. No caminho, colocou os dedos na boca e chupou. Não escovava os dentes havia uma semana e estava com mau hálito.

Quando voltou para a rua, Plough tinha parado de golpear o prisioneiro por tempo suficiente para recuperar o fôlego. O baathista ergueu os olhos encovados para ele, soltou um muxoxo de desdém e falou:

— É conversa. É chato. Você é nada. Vai se foder que você não é ninguém.

Mal se apoiou diante do homem, colocou os dedos sob o nariz dele e disse em árabe:

— Sabe esse cheiro? É a boceta da sua esposa. Eu comi ela como uma lésbica, e ela falou que era melhor que o seu pau.

O baathista tentou atacá-la de joelhos, soltou um som baixo no peito, um grunhido estrangulado de raiva, mas Plough acertou o queixo do prisioneiro com a coronha da M4. O barulho da mandíbula do baathista estalando foi tão alto quanto um tiro.

Ele ficou deitado de lado, recolhido em posição fetal. Mal permaneceu agachada ao lado do homem.

— Seu queixo está quebrado — disse ela. — Fale sobre as fotografias dos soldados americanos e dou uma pílula chega-de-dor para você.

Passou meia hora até que Mal fosse buscar os analgésicos para o baathista e, a essa altura, ele já tinha aberto o bico sobre quando as fotos foram tiradas e revelado o nome do fotógrafo.

Mal estava encostada na traseira da caminhonete, mexendo no kit de primeiros socorros, quando a sombra de Anshaw se juntou à dela no para-choque traseiro.

— Você fez aquilo mesmo? — perguntou ele, cujo suor emitia um brilho nojento à luz do meio-dia. — Com a esposa?

— O quê? Não, porra. Claro que não.

— Ah — disse Anshaw, que engoliu em seco convulsivamente. — Alguém falou... — Ele começou, e a seguir a voz sumiu.

— Alguém falou o quê?

Anshaw olhou para o outro lado da estrada, para dois soldados da 82ª Divisão, parados ao lado do Hummer.

— Um dos caras que estava na casa disse que você entrou e colocou a mulher de quatro. Com a cara enfiada na cama.

Ela olhou para Vaughan e Henrichon, segurando as M16 e lutando para conter a risada. Ela mostrou o dedo médio para os dois.

— Caralho, Anshaw. Você não sabe quando estão zoando com a sua cara?

A cabeça dele estava abaixada. Anshaw encarou a própria sombra de espantalho, que se inclinava para a traseira da caminhonete.

— Não — respondeu.

Duas semanas depois, Anshaw e Mal estavam na traseira de outra caminhonete, com o mesmo árabe, o baathista, que estava sendo transferido de Abu Ghraib para uma prisão menor em Bagdá. O prisioneiro tinha uma engenhoca de aço na cabeça para prender a mandíbula no lugar, mas, ainda assim, conseguiu abrir a boca o suficiente para cuspir no rosto de Mal.

Ela estava limpando o cuspe quando Anshaw se levantou, pegou o Fedayeen pela frente da camisa e o jogou para fora da traseira da caminhonete, na estrada de terra. A caminhonete estava a cinquenta quilômetros por hora naquele momento e fazia parte de um comboio que incluía dois repórteres da MSNBC.

O prisioneiro sobreviveu, embora a maior parte do rosto tenha sido esfolada no cascalho, a mandíbula quebrada novamente, as mãos esmagadas. Anshaw disse que ele pulou sozinho, tentando escapar, mas ninguém acreditou nele e, três semanas depois, o rapaz foi mandado para casa.

O engraçado é que o insurgente conseguiu escapar, uma semana depois, durante outra transferência. Ele estava algemado, mas, com os polegares quebrados, conseguiu espremer as mãos para fora das algemas. Quando os soldados da Polícia do Exército saíram do Hummer no posto de controle, para conversar sobre pornografia com alguns amigos, o prisioneiro escapou pela traseira do transporte. Era noite. O baathista simplesmente entrou no deserto e, segundo dizem, nunca mais foi visto.

A BANDA SUBIU AO palco na sexta-feira à noite e não saiu até as primeiras horas do sábado. Vinte minutos depois da uma da manhã, Mal trancou a porta quando o último cliente saiu. Ela começou a ajudar Candice a limpar as mesas, mas, como já estava trabalhando desde antes do almoço, Bill Rodier a mandou ir para casa.

Mal já estava de saída quando John Petty a cutucou no ombro com alguma coisa.

— Mal, isso é seu, não é? Está com o seu nome aqui.

Ela se virou. Petty estava na caixa registradora, segurando um envelope gordo na direção dela, que o pegou.

— Esse é o dinheiro que o Glen deu para você achar a aliança dele?

Petty se afastou dela e voltou a atenção para a caixa registradora. Ele retirou pilhas de notas, prendeu-as com elástico e alinhou no balcão.

— Que coisa — disse Petty. — Tirando o dinheiro dele e fodendo o cara de novo. Se eu der quinhentos dólares, você me fode gostoso assim também?

Enquanto falava, ele colocou a mão de volta no caixa. Mal passou a mão por baixo do cotovelo de Petty e fechou a gaveta com força nos dedos dele. O homem guinchou. A gaveta começou a se abrir de novo por conta própria, mas, antes que Petty pudesse tirar os dedos amassados, Mal fechou com força outra vez. Ele levantou um pé do chão e fez uma dancinha cômica.

— *Aiporrasapatãomaldita* — falou ele.

— Ei! — exclamou Bill Rodier, vindo em direção ao bar carregando uma lixeira. — Ei!

Ela deixou Petty tirar a mão da gaveta. Ele tropeçou para longe de Mal, bateu no balcão com o quadril e girou para encará-la, segurando a mão esmagada contra o peito.

— Sua puta doida! Acho que quebrou os meus dedos!

— Cacete, Mal — disse Bill.

Ele olhou por cima do balcão para a mão de Petty, cujos dedos gordos tinham uma linha roxa de contusão. Bill voltou o olhar interrogativo na direção dela.

— Eu não sei o que diabo o John disse, mas você não pode fazer isso com as pessoas.

— Você ficaria surpreso com o que eu posso fazer com as pessoas — respondeu Mal.

DO LADO DE FORA, estava frio e garoando. Enquanto ela caminhava até o carro, sentiu um peso na mão e percebeu que ainda segurava o envelope cheio de dinheiro.

O envelope ficou entre as suas pernas durante todo o caminho de volta. Ela não ligou o rádio, apenas dirigiu e ficou ouvindo a chuva bater no vidro. Passou dois anos no deserto e tinha visto chover apenas duas vezes durante esse período, embora quase sempre houvesse uma névoa úmida pela manhã, uma bruma que cheirava a ovos e enxofre.

Quando se alistou, Mal queria ver guerra. Não fazia sentido se alistar e não lutar. O risco à vida não a incomodava. Foi um incentivo. A pessoa recebia um bônus de duzentos dólares por cada mês que passava na zona de combate, e uma parte de Mal gostou do fato de que sua vida era considerada tão barata. Ela não teria esperado mais do que isso.

Porém, não lhe ocorreu, quando soube que estava indo para o Iraque, que eles pagavam aquela grana por mais do que apenas o risco de morrer. Não era apenas uma questão do que poderia acontecer com a pessoa, mas também uma questão do que seria pedido que a pessoa fizesse. Pelo bônus de duzentos dólares, ela deixou homens nus e amarrados em posições desconfortáveis por horas e disse a uma garota de 19 anos que ela seria estuprada várias vezes se não desse informações sobre o namorado. Duzentos dólares por mês era o custo de transformá-la em uma torturadora. Mal agora considerava que tinha enlouquecido por lá, que as cápsulas de cafeína, a efedrina, a falta de sono, os sons constantes dos morteiros a transformaram em alguém com problemas mentais, uma versão de si mesma saída de um pesadelo. Ela, então, sentiu o peso do envelope contra a coxa, a recompensa de Glen Kardon, e se lembrou de ter pegado a aliança dele, e percebeu que estava se enganando, fingindo que tinha sido alguém diferente no Iraque. Ela era a mesma mulher da época da guerra. Tinha levado a prisão para casa. Ainda morava nela.

Entrou na casa, encharcada e com frio, segurando o envelope. Ela se viu parada diante da bancada da cozinha com o dinheiro de Glen. Poderia vender para ele a própria aliança por quinhentos dólares se quisesse, e isso era mais do que conseguiria em qualquer penhor. Mal já fez pior e por menos. Ela enfiou a mão no ralo e tateou pela maciez molhada do sifão até as pontas dos dedos encontrarem a aliança.

Ela enfiou o dedo anelar na aliança e recolheu a mão. Virou o pulso de um lado para o outro, considerando como a aliança ficava no dedo torto e atarracado. *Eu vos declaro marido e mulher.* Não sabia o que faria com os quinhentos dólares de Glen Kardon se trocasse o dinheiro pela aliança. Não precisava do dinheiro. Também não precisava da aliança. Mal não sabia dizer do que precisava, mas estava na ponta da língua, irritantemente fora de alcance.

Foi até o banheiro, abriu o chuveiro e deixou o vapor acumular enquanto se despia. Ao tirar a blusa preta, notou que ainda estava com o envelope em uma das mãos e a aliança de Glen no terceiro dedo da outra. Jogou o dinheiro ao lado da pia do banheiro e permaneceu com a aliança.

Ela olhou para a aliança algumas vezes enquanto estava no chuveiro. Tentou se imaginar casada com Glen Kardon, imaginou o sujeito estendido na cama do pai, de cueca e camiseta, esperando que ela saísse do banheiro, com um frio na barriga pela expectativa de sexo conjugal de fim de noite. Mal soltou um muxoxo de desdém diante da ideia. Era tão absurda quanto tentar imaginar como seria a vida se tivesse se tornado uma astronauta.

As máquinas de lavar e de secar ficavam no banheiro. Mal vasculhou na secadora Maytag até encontrar a camiseta do jogador de beisebol Curt Schilling e calças limpas de moletom Hanes. Foi para o quarto escuro, secando os cabelos com a toalha, e olhou para si mesma no espelho da cômoda — só que não conseguiu ver o rosto, porque uma folha de papel branca tinha sido enfiada na parte superior da moldura, cobrindo o vidro. Havia uma impressão digital preta no meio do papel. Ao redor das bordas da folha, Mal conseguiu ver refletido no espelho um homem deitado na cama, exatamente como tinha imaginado Glen Kardon esperando por ela, só que, na cabeça de Mal, Glen não estava usando uma farda cinza e preta.

Ela pulou para o lado, na direção da porta da cozinha. Mas Anshaw já estava em movimento, indo contra ela, metendo o coturno no joelho direito da mulher. A perna se contorceu de uma maneira que não deveria, e Mal sentiu o ligamento cruzado anterior estalar atrás do joelho. Anshaw já estava atrás de Mal e agarrou um punhado do cabelo dela. Enquanto caía, ele a empurrou e bateu com a cabeça dela na lateral da cômoda.

Um esporão negro de dor penetrou em seu crânio, uma pistola de pregos disparando no cérebro. Ela desabou, se debatendo, e Anshaw chutou Mal na cabeça. Esse chute não doeu tanto, mas a apagou, como se ela não passasse de um eletrodoméstico e ele tivesse puxado a tomada.

Quando ele a rolou de bruços e dobrou os braços dela atrás das costas, Mal não teve forças para resistir. Anshaw estava com braçadeiras plásticas resistentes, as algemas flexíveis que eles usavam nos prisioneiros no Iraque. Ele sentou na bunda dela, juntou os seus tornozelos e colocou as algemas flexíveis neles também, apertando até doer, e depois um pouco mais. Clarões ainda espocavam atrás dos olhos de Mal, mas os fogos de artifício eram menores e explodiam com menos frequência agora. Ela estava voltando a si devagar. Respire. Espere.

Quando a visão ficou clara, Mal encontrou Anshaw sentado na beirada da cama do pai. Ele havia perdido peso e estava completamente em forma. Os olhos espreitaram, brilhantes demais no fundo de cavidades profundas, como o luar refletido na água de um poço fundo. No colo do homem havia uma malinha, como uma antiga valise de médico, de couro seixoso e bonito.

— Observei você enquanto corria hoje de manhã — disse Anshaw sem preâmbulos, usando o termo "observei" como faria em um relatório sobre movimentos de tropas inimigas. — Quem você estava sinalizando quando subiu a colina?

— Anshaw. Do que você está falando, Anshaw? O que é isso?

— Você está se mantendo em forma. Ainda é uma militar. Tentei ir atrás, mas você me ultrapassou na colina hoje de manhã. Quando estava no topo, vi você piscando uma luz. Duas piscadas longas, uma curta, duas longas. Estava mandando um sinal para alguém. Quem?

No começo, ela não sabia do que ele estava falando; mas então compreendeu. O cantil. O cantil brilhou à luz do sol quando ela bebeu. A mulher abriu a boca para responder, mas, antes que conseguisse, Anshaw se abaixou e se colocou em um joelho ao lado dela. Ele abriu a valise e jogou o conteúdo no chão. Era uma coleção de ferramentas: uma tesoura para serviço pesado, um Taser, um martelo, uma serra, um torno portátil. Misturados às ferramentas estavam cinco ou seis polegares humanos.

Alguns dos polegares eram grossos, atarracados e masculinos; outros, brancos, esbeltos e femininos; e uns estavam muito murchos e escurecidos pela putrefação e não davam qualquer pista sobre a pessoa a quem pertenceram. Cada polegar terminava em um cotoco de osso e tendão. O interior da mala fedia, um cheiro adocicado nojento, quase podre.

Anshaw selecionou a tesoura para serviço pesado.

— Você subiu a colina e mandou um sinal para alguém de manhã. De noite, voltou para casa com muito dinheiro. Olhei dentro do envelope enquanto você estava tomando banho. Então, mandou um sinal marcando uma reunião, e nela foi paga pelas informações. Com quem se encontrou? A CIA?

— Eu fui para o trabalho. No bar. Você sabe onde eu trabalho. Me seguiu até lá.

— Quinhentos dólares. Tudo isso é gorjeta?

Mal não respondeu. Ela não conseguia pensar. Estava olhando para os polegares entre as ferramentas bagunçadas.

Ele acompanhou o olhar de Mal, cutucou um polegar enegrecido e enrugado com a lâmina da tesoura. A única característica identificável que restava nele era uma cicatriz retorcida e prateada em formato de anzol.

— Plough — disse Anshaw. — Ele mandou helicópteros sobrevoarem minha casa. Eles passavam uma ou duas vezes por dia. Usavam tipos diferentes de helicópteros para tentar me impedir de ligar os pontos. Mas eu sabia o que estavam fazendo. Comecei a observá-los da cozinha com meus binóculos, e, um dia, vi o Plough nos controles de um helicóptero da estação de rádio. Eu nem sabia que ele podia pilotar helicópteros. Ele estava usando um capacete preto e óculos escuros, mas consegui reconhecer ele mesmo assim.

Enquanto Anshaw falava, Mal se lembrou do cabo Plough tentando abrir uma garrafa de cerveja com a lâmina da baioneta e a faca escorregando e cortando o polegar, Plough chupando o dedo e falando, com o polegar na boca: *Filho da puta, alguém abre isso aqui para mim.*

— Não, Anshaw. Não era ele. Era só um cara parecido com o Plough. Se ele soubesse pilotar helicóptero, teriam colocado o Plough para pilotar Apaches por lá.

— Ele admitiu. Não de início. No início, ele mentiu. Mas, com o tempo, me contou tudo, que estava no helicóptero, que estavam me mantendo sob vigilância desde que voltei para casa. — Anshaw moveu a ponta da tesoura e apontou para outro polegar, enrugado e marrom, com a textura e a aparência de um cogumelo seco. — A esposa dele. Ela também admitiu. Eles estavam colocando drogas na minha água para me deixar letárgico. Às vezes, eu voltava para casa de carro e esquecia como era a minha casa. Passava vinte minutos percorrendo o conjunto habitacional em que moro antes de perceber que tinha passado duas vezes pela minha casa.

Ele fez uma pausa, mudou a ponta da tesoura para um polegar mais fresco, de mulher, com a unha pintada de vermelho.

— Essa aqui me seguiu até um supermercado em Poughkeepsie. Foi quando eu estava vindo para o norte para ver você, ver se você estava envolvida na coisa. Ela me seguiu de corredor em corredor no supermercado, sempre sussurrando no celular. Fingindo não olhar para mim. Então, mais tarde, entrei em um restaurante chinês e notei que ela estava estacionada do outro lado da rua, ainda no telefone. Foi mais difícil extrair informações concretas dela. Quase pensei que estava enganado. A mulher me disse que era professora da primeira série. Falou que nem sabia o meu nome e que não estava me seguindo. Quase acreditei nela. Ela tinha uma foto na bolsa, sentada na grama com um monte de crianças. Mas a imagem era falsa. Usaram o Photoshop para colocá-la. Até consegui fazer ela admitir isso no final.

— O Plough disse que sabia pilotar helicópteros para que você parasse de machucá-lo. A professora da primeira série disse que a foto tinha sido adulterada para fazer você parar. As pessoas confessam qualquer coisa se forem machucadas o suficiente. Você está sofrendo de algum tipo de ruptura com a realidade, Anshaw. Não sabe mais o que é real.

— Você *diria* algo assim, porque faz parte disso. Parte do plano de me deixar louco, de fazer com que eu me mate. Achei que as impressões digitais levariam você a entrar em contato com o seu responsável na CIA, e deu certo. Você foi direto para as colinas para enviar um sinal para ele. Para que ele soubesse que eu estava por perto. Mas onde estão os seus reforços agora?

— Eu não tenho reforços. Não tenho um agente responsável.

— A gente era amigo, Mal. Você me ajudou a passar pelas piores partes de estar lá, quando pensei que estava ficando maluco. Odeio ter que fazer isso com você, mas preciso saber para quem enviou o sinal. E você vai contar. Para quem enviou o sinal, Mal?

— Para ninguém — respondeu ela, tentando se afastar de Anshaw de bruços.

Ele agarrou o cabelo dela e o enrolou no punho para impedi-la de sair dali. Mal sentiu um rasgo ao longo do couro cabeludo. Anshaw a prendeu no chão com um joelho nas costas. Ela ficou imóvel, de cabeça virada, bochecha direita amassada contra o carpete áspero no chão.

— Eu não sabia que você era casada. Não tinha notado a aliança até hoje. Ele está voltando para casa? Ele faz parte disso? Me diga — falou Anshaw, tocando a aliança no dedo com a lâmina da tesoura.

Com o rosto virado, Mal conseguiu ver o estojo com a M4 e a baioneta embaixo da cama. Ela havia deixado os fechos abertos.

Anshaw bateu na nuca dela com as alças da tesoura. O mundo ficou fora de foco, virou em um borrão suave e, aos poucos, a visão clareou e os detalhes recuperaram a nitidez, até que, por fim, ela voltou a ver o estojo embaixo da cama, a menos de trinta centímetros, com os fechos prateados soltos.

— Me diga, Mal. Conte a verdade.

No Iraque, o Fedayeen escapou das algemas depois que os seus polegares foram quebrados. As algemas não conteriam uma pessoa cujo polegar pudesse se mover em qualquer direção... ou alguém que não tivesse polegar.

Mal sentiu a calma tomando o controle. O pânico era como estática em um rádio, e ela havia acabado de encontrar o volume e estava diminuindo aos poucos. Anshaw não começaria com a tesoura, é claro, mas avançaria até usá-la. Ele pretendia espancá-la primeiro.

No mínimo. Mal respirou fundo, surpreendentemente sob controle. Sentiu quase como se estivesse de volta ao morro da Machadinha, subindo com toda a vontade e força que possuía, até chegar ao céu azul e frio.

— Eu não sou casada — respondeu Mal. — Roubei essa aliança de um bêbado. Só estava usando porque gosto.

Anshaw riu, um som amargo e desagradável.

— Essa nem é uma boa mentira.

E ela tomou fôlego, encheu o peito de ar, expandiu os pulmões até o limite. Anshaw estava prestes a começar a machucá-la. Ele forçaria Mal a falar, a lhe dar informações, a dizer o que ele queria ouvir. Ela estava pronta. Não tinha medo de ser levada até o limite. Mal tinha uma alta tolerância à dor, e a baioneta estava ao alcance do braço, se ao menos ela tivesse um braço para alcançá-la.

— É a verdade — falou e, com isso, a soldado Mallory Grennan começou a confissão.

O DIABO NA ESCADARIA

Eu
nasci em
Sulle Scale,
o filho de um
pedreiro comum.

A
aldeia
onde nasci
se aninhava no
mais alto dos cumes,
bem acima de Positano, e
nas primaveras frias, nuvens
perambulavam pelas ruas como uma
procissão de fantasmas. Para baixo,
uma escada de oitocentos e vinte degraus.
Eu sei. Subia e descia com o pai, acompanhando
ele, lá do nosso lar no céu, para baixo e para cima.
Depois de sua morte, muitas vezes percorri o caminho sozinho.

Subia

    e   a cada

    descia   que   degrau

        levando   até   parecia que

          carga   os ossos

                           dos meus joelhos

                  estavam prestes a virar

             um monte de lascas afiadas.

Os
penhascos
eram labirintos
de escadarias sinuosas,
de tijolo em alguns pontos,
granito em outros. Mármore aqui,
calcário ali, de barro, de madeira.
Quando havia escadas a serem construídas meu
pai as construiu. Quando os degraus eram levados
pelas chuvas primaveris, ele precisava restaurá-los.
Por anos meu pai teve um burro para carregar as pedras.
Depois que o bicho caiu morto, ele teve a mim, seu rebento.

                            Ah,

                       eu o

                  odiava,

                é óbvio.

            Meu pai tinha

          uns gatos e vivia

        cantando para os bichos

      e lhes servia pires de leite

     e lhes contava histórias bobas

   enquanto os acariciava no seu colo

e quando eu chutei um deles certa vez —

não me lembro qual foi o motivo da agressão —

ele me chutou também, me derrubou no chão e me avisou

para nunca mais encostar nos seus preciosos e lindos filhos.

Então
carreguei
as suas pedras
quando devia ter
carregado livros de escola,
mas não finjo odiá-lo por isso.
Eu não via sentido na escola, odiava
estudar, odiava ler, e eu também sentia
profundamente o calor sufocante da escola
de uma sala só. A única parte boa em tudo isso
era minha prima Lithodora, que lia para os menores
sentada em seu banquinho, as costas sempre bem retas,
seu queixo todo empinado e o belo pescoço branco à mostra.

Por
vezes,
imaginava
o pescoço dela
frio como o altar
de mármore da igreja,
e queria repousar a testa em
Lithodora, como fizera no altar.
Com que voz baixa e controlada lia,
a mesma que um doente imagina chamá-lo,
dizendo que voltará a ficar bem, com a promessa
de que sua febre só será a do corpo dela. Teria amado
os livros se minha prima os tivesse lido para mim na cama.

E
cada
degrau
das escadas
entre Sulle Scale e
Positano era para mim
um velho conhecido, e eles
formavam as longas escadas que
mergulhavam pelos cânions e desciam

por túneis abertos no calcário, passando por
pomares e pelas ruínas das fábricas de papel então
esquecidas, até as cachoeiras com suas lagoas verdes.
Eu andava pelas escadarias enquanto dormia, nos meus sonhos.

A
trilha
usada por
mim e meu pai
com mais frequência
levava a um portão vermelho,
que barrava o caminho para uma
escadaria torta. Imaginava então que
aqueles degraus conduziam a uma mansão
particular e por isso mal pensava no portão,
até o dia em que, ao descer com uma carga pesada
de mármore, parei por alguns instantes para descansar
e me apoiei no portão vermelho, que se abriu ao meu toque.

O
meu
pai devia
estar cerca de
trinta degraus atrás.
Atravessei o portão até
o patamar, querendo saber
onde aqueles degraus levavam.
Eu não vi mansão nem vinhedo abaixo,
apenas a escada despencando para longe
de mim, pelo mais íngreme dos despenhadeiros.

— Pai —
chamei quando
chegou mais perto,
o barulho dos seus passos
ecoando nas rochas, a respiração

saindo ofegante, um silvo de esforço.
— Alguma vez já desceu por essa escada?

Ao
me ver
ali parado
depois do portão,
meu pai empalideceu e
agarrou meu ombro na hora.
Ele me arrastou de volta para a
escadaria principal e então berrou:
— Como você abriu o portão vermelho?

— Ele
já estava
aberto quando
cheguei — falei.
— Você acha que essas
escadas vão até o mar, pai?

— Não.
— Mas elas
parecem ir até
bem lá embaixo, não?

— Elas vão
além — disse ele,
já se benzendo. Então
repetiu: — O portão está
sempre trancado. — E olhou para
mim, o branco dos seus olhos visível.
Eu nunca tinha visto meu pai olhar assim
para mim, jamais tinha imaginado que um dia o
veria olhar para mim com uma expressão de medo.

Lithodora
riu quando eu
relatei a história
e falou que meu pai
era velho e supersticioso.
Ela me contou sobre uma lenda
que dizia que a escada depois desse
portão vermelho levava ao inferno. Eu já
havia andado pela montanha muito mais vezes
que Lithodora e queria saber como ela conhecia uma
história da qual eu jamais tinha ouvido falar até esse dia.

Ela disse
que os velhos
nunca falavam nela,
mas a tinham registrado
em um relato sobre a região,
e eu também conheceria se lesse
alguma das lições dadas pelo professor.
Eu disse para Lithodora que não conseguia
me concentrar em livros quando ela estava no
mesmo cômodo que eu. Lithodora riu. Mas, quando
tentei tocar seu pescoço, minha prima se encolheu.

Aí
meus
dedos roçaram
o seio de Lithodora
e ela ficou com raiva e
me disse que eu precisava
ir embora lavar minhas mãos.

Depois
da morte de
meu pai — ele
estava descendo as
escadas com uma carga de

telhas quando um gato de rua
surgiu no seu caminho e, para não
pisar no bicho, meu pai pisou no vazio
e caiu quinze metros até acabar empalado
em uma árvore —, achei um uso mais lucrativo
para minhas pernas de burro e meus ombros largos
e fortes. Resolvi trabalhar para Don Carlotta, dono de
um grande vinhedo nos socalcos lá nas encostas de Sulle Scale.

Eu descia
com seu vinho
por mais ou menos
oitocentos degraus até
Positano, onde era vendido
para um sarraceno muito rico,
esbelto e moreno e mais fluente na
minha língua do que eu, um príncipe, era
o que diziam, um jovem inteligente que sabia
ler tudo: partituras, estrelas, mapas e sextantes.

Certa
vez eu me
desequilibrei
nos degraus de tijolo
quando descia com o vinho
do Don e uma alça escorregou,
o caixote nas minhas costas bateu
na lateral do penhasco e uma garrafa
se quebrou. Eu a levei até o sarraceno no
cais. Ele disse que eu bebi o vinho ou deveria
ter bebido, pois aquela garrafa custava a mesma
coisa que eu ganhava em um mês. O sarraceno me disse
que eu poderia me considerar bem pago até demais. Então
Ele riu, e seus dentes brancos brilharam no rosto escuro.

Estava
até sóbrio
quando ele riu
de mim, mas logo
fui me afogar no vinho.
Não no vinho tinto apimentado
e suave de Don Carlotta, mas, sim, no
Chianti mais barato da Taverna, que bebi
na companhia de vários amigos desempregados.

Lithodora
me encontrou
no escuro e parou
acima de mim, os cabelos
pretos emoldurando o rosto frio,
branco, bonito, enojado e amoroso.
Ela disse que tinha a prata que me deviam.
Lithodora dissera ao seu amigo Ahmed que havia
insultado um homem honesto, que minha família se
ocupava de trabalho, não mentiras, e era sorte eu não...

— Seu
amigo? Ele?
— falei. — Um
macaco do deserto
que nunca ouviu antes
a palavra de Jesus Cristo?

O olhar que
Lithodora lançou
até me envergonhou.
E a maneira como largou o
dinheiro na minha frente logo
depois me envergonhou ainda mais.
— Já vi que quer mais esse dinheiro do
que sua prima — disse Lithodora antes de ir.

Quase
me levantei
e a segui. Quase.
Um dos amigos disse:
— Já soube que sua prima
ganhou do sarraceno uma pulseira
de escrava, com sinos de prata, para o
tornozelo? Lá nas terras árabes, devem dar
esses presentes para a nova putinha do harém.

Fiquei
de pé tão
rápido que a
minha cadeira caiu.
Agarrei a garganta dele
com as duas mãos e disse:
— Seu mentiroso. O pai dela
nunca deixaria Lithodora aceitar
um presente assim de um mouro pagão.

Mas
outro
amigo meu
disse que o árabe
mercador não era mais
um pagão. Lithodora ensinara
Ahmed a ler latim usando a Bíblia
como gramática, e ele agora dizia ter
entrado na luz de Cristo, tendo dado a tal
pulseira com pleno conhecimento dos pais de
Lithodora, como agradecimento por finalmente
apresentá-lo à graça do Pai Nosso que está no Céu.

Quando
meu primeiro
amigo recuperou
o fôlego, contou que

Lithodora subia as escadas
todas as noites para encontrá-lo
escondida em cabanas de pastores vazias
ou nas cavernas, ou nas ruínas das fábricas,
onde rugia a cachoeira de prata líquida ao luar, e aí
Lithodora era a aluna e ele, seu professor firme e exigente.

Ele
sempre
ia na frente
e então Lithodora
subia as escadas escuras
usando a pulseira. Ao ouvir
sinos, Ahmed acendia uma vela,
para indicar à minha prima onde ele
estava esperando para começarem a aula.

Eu
estava
tão bêbado.

Eu fui
para a casa
de Lithodora,
sem ideia do que
pretendia fazer por lá.
Cheguei por trás da casa
onde ela morava com os pais,
pensando em jogar algumas pedras
para acordá-la e fazê-la aparecer na janela.
Mas quando me aproximei da parte de trás da casa,
ouvi um tilintar de prata em algum ponto acima de mim.

Ela já
estava na
escada, subindo
em direção às estrelas

                    com seu lindo vestido branco
                esvoaçando nos quadris, e no seu
                delicado tornozelo estava a pulseira
                de prata, tão brilhante na noite escura.

Meu
coração
batia forte,
era como um barril
jogado escada abaixo:
tum tum tum tum tum tum.
Eu conhecia as colinas melhor
do que ninguém e corri por outro
caminho, por uma subida íngreme por
degraus de lama para passar na sua frente,
então retomei o caminho principal até a cidade.
Ainda tinha as moedas de prata que o príncipe árabe
tinha dado a ela, quando ela foi até ele e me desonrou
implorando que o comerciante pagasse aquilo que era devido.

                                    Enfiei
                            as moedas
                    de prata do árabe
                em uma caneca de lata,
                diminuí o passo e comecei
                a sacudir o dinheiro de Judas na
            caneca velha e surrada. Era um tilintar
            lindo a ecoar pelos cânions, pelas escadas,
        pela noite, acima de Positano e da arrebentação
    e dos suspiros do mar, conforme a maré consumava o
desejo da água de bater e finalmente subjugar a terra.

E,
por
fim, em
uma pausa
para recobrar o

fôlego, vi uma vela
se acender na escuridão.
Estava em uma ruína bonita,
um lugar de muros altos de granito,
emaranhado com flores silvestres e hera.
Uma entrada ampla levava a um cômodo com o
chão de grama e um teto de estrelas, como se
o local tivesse sido feito não para abrigar do mundo
natural, mas para proteger a natureza da violação do homem.

Por
outro lado,
parecia um lugar
pagão, ou o cenário
natural para uma orgia dos
faunos com cascos de bode, com
flautas e paus peludos. E, assim, o arco
levando ao pátio particular de ervas daninhas
e plantas verdejantes mais parecia a entrada de um
grande salão à espera dos foliões para seu bacanal privado.

Ele
esperava
em um cobertor
jogado na grama, com
uma garrafa de vinho do Don
e alguns livros. O sarraceno sorriu
ao ouvir o som tilintante das moedas de
prata quando me aproximei, mas parou assim
que me viu entrar na luz de sua vela, já segurando
o bloco de pedra bruta e pesada com a minha mão livre.

Eu
o matei
ali mesmo.

Eu

não o
matei por
causa de honra
familiar ou ciúme,
não o golpeei com a
pedra porque ele havia
conquistado o corpo fresco
e branco da minha prima, que
Lithodora jamais ofereceria a mim.

Eu
bati
nele com
aquele bloco
de pedra porque
odiava seu rosto negro.

Depois
que parei de
bater nele, eu me
sentei com o sarraceno.
Acho que peguei seu punho
para ver se ainda tinha pulsação,
mas, depois que confirmei que estava
morto, continuei segurando a mão dele e
ouvindo o zumbido dos grilos na grama, como
se o árabe fosse uma criança pequena, o meu filho, e
agora cochilasse depois de resistir ao sono por muito tempo.

O
que
me tirou
do torpor foi
a doce música dos
sinos subindo a escada
e vindo na nossa direção.

Eu
me pus
de pé de um
pulo e corri, mas
Lithodora já estava lá,
passando por aquele arco,
e quase esbarrei nela ao fugir.
Dora estendeu sua mão branca e
delicada, chamando o meu nome, mas
não parei. Desci os degraus três de cada vez,
correndo sem pensar, mas não fui rápido o suficiente
e ouvi quando minha prima gritou o nome *dele* duas vezes.

Eu
sequer
sabia onde
estava indo. Para
Sulle Scale, talvez, mas
eu sabia que eles iriam me
procurar lá primeiro, assim que
Lithodora descesse as escadas para
contar a todos o que eu fiz com o árabe.
Não diminuí a velocidade até ficar sem fôlego
e meu peito arder como se por ele corresse fogo e
foi quando me apoiei em um portão ao lado do caminho...

— você sabe
que portão —

e
ele
se abriu
ao meu toque.
Passei pelo portão e
comecei a minha descida
pela escadaria íngreme abaixo.
Achei que ninguém fosse me procurar
aqui e eu poderia me esconder por um tempo e...

Não.

Eu
pensei
que aqueles
degraus levariam
à estrada e iria para
o norte, para Napoli, onde
compraria um bilhete de navio
para os EUA e assumiria um novo
nome, então eu começaria uma nova...

Não.
Chega.
A verdade:

Eu
tinha
certeza de
que a escada ia
até o inferno e era
ao inferno que queria ir.

No
início,
os degraus
eram feitos da
mesma pedra velha
e branca, mas, conforme
eu ia descendo, aos poucos
eles foram ficando escuros e
sujos. Outras escadarias levavam
até lá, juntando-se aqui e ali, vindo
de outros pontos da montanha. Não entendia
como era possível. Até então, pensava já haver
percorrido todos os degraus nas colinas, com exceção
dos em que me encontrava, e não conseguia nem imaginar
de onde todas aquelas outras escadas poderiam estar vindo.

A
floresta
ao meu redor
tinha sido expurgada
pelo fogo havia algum tempo,
em um passado não muito distante,
e eu desci por entre pinheiros destruídos
e queimados, por uma colina toda enegrecida
e carbonizada. Só que não houve qualquer incêndio
naquela parte da colina, não que pudesse me lembrar.
A brisa trazia um calor inconfundível. Logo comecei a ficar
extremamente desconfortável e suado nas minhas roupas quentes.

Eu
segui
a escadaria
por um retorno
e vi mais abaixo um
garoto, sentado em um
patamar de pedra mais largo.

Ele
possuía
uma coleção de
mercadorias curiosas
espalhadas por um cobertor.
Havia um pássaro de corda feito de
lata dentro em uma gaiola, um cesto de
maçãs brancas, um isqueiro de ouro amassado.
Tinha uma jarra e, dentro dela, havia uma luz,
cujo brilho aumentava de intensidade até iluminar o
lugar como se fosse o sol nascente, então desaparecia em
escuridão, encolhendo até virar um vaga-lume bem brilhante.

Ele
sorriu
ao me ver.

O garoto tinha
cabelo dourado e
o sorriso mais lindo que
eu já tinha visto no rosto de
uma criança, e fiquei com medo
dele — mesmo antes de me chamar
pelo nome. Fingi que não ouvi, fingi que
o garoto não estava lá, que não o vi, e passei
direto por ele, que gargalhou ao me ver correndo.

Quanto
mais longe eu
descia, mais íngreme
o terreno ia ficando. Parecia
haver uma luz lá embaixo, era como
se, em algum lugar depois de uma saliência,
no meio das árvores, houvesse uma grande cidade,
do tamanho de Roma, uma tigela de luzes sobre uma cama
de brasas. A brisa soprava até mim o cheiro de comida cozinhando.

Se
é que
era mesmo
comida — aquele
aroma de carne no fogo
me deixava com muita fome.

Ouvi
vozes à
minha frente:
um homem falando
em tom cansado, talvez
sozinho, um discurso longo
e sem graça; outra pessoa rindo,
risos feios, descontrolados e raivosos.
Um terceiro homem estava fazendo perguntas.

— Uma

ameixa fica

mais doce após

ser enfiada na boca

de uma virgem para que

fique quieta ao ser possuída?

E quem reivindicará o bebê dormindo

no berço feito da carcaça podre do cordeiro

que se deitou com o leão só para ser eviscerado?

— perguntava o terceiro homem que eu não conseguia ver.

Na

curva

seguinte,

eles por fim

ficaram visíveis.

Enfileirados, estavam

meia dúzia de homens pregados

em cruzes de pinheiro. Não consegui

ir em frente e não consegui voltar atrás;

por causa dos gatos. Um dos homens tinha uma

ferida no lado do corpo, uma coisa vermelha que

sangrava, fazendo uma poça nos degraus, e o sangue

dele era lambido por filhotes de gatos como leite, e o

homem falava com eles em tom cansado, dizendo a todos os

belos gatinhos que bebessem até ficarem de barriga cheia.

Não me

aproximei

o suficiente para

ver o rosto do homem.

Por

fim, eu

voltei pelo

caminho que tinha

vindo com pernas trêmulas.
Encontrei o garoto me esperando
com sua coleção de objetos estranhos.

—Que
tal se sentar
e descansar esses
pés doloridos, Quirinus
Calvino? — perguntou ele.
Eu me sentei diante do garoto,
não porque eu quisesse, mas porque
foi então que as minhas pernas cederam.

De início, nenhum de nós falou. Ele sorriu do outro lado do cobertor cheio de mercadorias, e fingi interesse no muro de pedra que protegia o patamar ali. Aquela luz na jarra aumentava cada vez mais até as nossas sombras serem projetadas na rocha como gigantes deformados, e então o brilho se apagava e nos mergulhava de volta à escuridão. O garoto me ofereceu um odre de água, mas eu sabia que não devia aceitar nada daquela criança. Ou achei que soubesse. A luz na jarra começou a crescer de novo, era um único ponto flutuante de brancura perfeita que se inflava como um balão. Tentei olhar para a luz, mas senti uma pontada de dor na parte de trás dos olhos e desviei o olhar.

— O que é isso? Está queimando os meus olhos — perguntei.

— Uma pequena faísca roubada do sol. Dá para fazer muitas coisas maravilhosas com isso. Daria para criar uma fornalha com a faísca, uma fornalha gigante, poderosa o suficiente para aquecer uma cidade inteira e acender mil lâmpadas Edison. Veja como fica brilhante. É preciso ter cuidado, no entanto. Se a pessoa quebrar a jarra e deixar a faísca escapar, aquela cidade desapareceria em um clarão. Você pode ficar com a luz, se quiser.

— Não, não quero — respondi.

— Não. Claro que não. Você não gosta desse tipo de coisa. Não importa. Alguém virá mais tarde para ficar com ela. Mas pegue alguma coisa. O que quiser.

— Você é Lúcifer? — perguntei com uma voz rouca.

— Lúcifer é um bode velho horrível que tem um tridente e cascos e faz as pessoas sofrerem. Eu odeio sofrimento. Só quero ajudar as pessoas. Dou presentes a elas. É por isso que estou aqui. Todo mundo que desce por essa escada antes da sua hora recebe um presente de boas-vindas. Você parece estar com sede. Quer uma maçã? — perguntou, segurando a cesta de maçãs brancas enquanto falava.

Eu estava com sede — minha garganta não estava apenas dolorida, mas ressecada, como se eu tivesse inalado fumaça, e comecei a estender a mão para a fruta oferecida, quase como um reflexo, mas depois recolhi a mão, pois conhecia as lições de ao menos um livro. Ele sorriu para mim.

— Essas são... — perguntei.

— São de uma árvore muito antiga e honrada — disse o garoto. — Você nunca vai provar uma fruta mais doce. E, quando comer, vai ficar cheio de ideias. Sim, até alguém como você, Quirinus Calvino, que mal sabe ler.

— Eu não quero — falei, quando o que eu realmente queria dizer era que ele não me chamasse pelo nome; eu não suportava o fato que ele soubesse o meu nome.

— Todo mundo vai querer a maçã — falou ele. — Todos vão comer sem parar e serão tomados pela compreensão. Ora, aprender a falar outro idioma será tão simples quanto, ah, aprender a construir uma bomba. Basta uma mordida da maçã. E que tal o isqueiro? Você pode acender qualquer coisa com este isqueiro. Um cigarro. Um cachimbo. Uma fogueira. Imaginações. Revoluções. Livros. Rios. O céu. A alma de outro homem. Até a alma humana tem uma temperatura na qual se torna inflamável. O isqueiro tem um encantamento que está ligado aos poços mais profundos de petróleo do planeta e ateará fogo nas coisas enquanto o petróleo durar, o que tenho certeza que será para sempre.

— Você não tem nada que eu quero.

— Eu tenho coisas para todos os gostos — disse ele.

Fiquei de pé, pronto para ir embora, embora não tivesse para onde ir. Eu não podia descer a escada. A ideia me deixou tonto. Nem poderia subir. Lithodora já teria retornado à vila. Eles estariam procurando por mim na escada com a ajuda de tochas. Fiquei surpreso por não tê-los ouvido ainda.

O pássaro de lata virou a cabeça, olhou para mim enquanto eu andava de um lado para o outro e piscou, as persianas de metal dos olhos se fecharam e se abriram. Ele soltou um pio enferrujado, assim como eu logo depois, assustado pelo movimento repentino do pássaro. Pensei que fosse um brinquedo, um objeto inanimado. Ele me observou com atenção, e devolvi o olhar. Quando criança, me interessava por objetos mecânicos engenhosos, bonecos que fugiam dos esconderijos na batida do meio-dia: o lenhador para cortar madeira, a donzela para dançar. O garoto acompanhou o meu olhar e sorriu, depois abriu a gaiola e enfiou a mão para pegá-lo. O pássaro saltou delicadamente para o dedo dele.

— Ele canta as músicas mais lindas — disse o garoto. — O pássaro encontra um mestre, um ombro em que goste de se empoleirar, e canta para essa pessoa pelo resto da vida. O truque para fazê-lo cantar para você é contar uma mentira. Quanto maior, melhor. Alimente-o com uma mentira, e o pássaro cantará a melodia mais maravilhosa. As pessoas gostam de ouvir a música dele. Elas amam tanto que nem se importam com a mentira. Ele é seu, se quiser.

— Eu não quero nada de você — falei, mas então o pássaro começou a assobiar: a melodia mais agradável e suave, um som tão bom quanto o riso de uma garota bonita ou uma mãe chamando o filho para o jantar.

A música soou um pouco como se fosse tocada em uma caixa de música, e imaginei um cilindro cravejado girando no interior, batendo nos dentes de um pente de prata. Estremeci ao ouvi-la. Nesse lugar, nessa escada, nunca imaginei que fosse ouvir algo tão bonito.

O garoto riu e acenou com a mão. As asas do pássaro saltaram do lado do corpo, como facas pulando de bainhas, e ele planou e pousou no meu ombro.

— Viu? — disse o garoto na escada. — Ele gosta de você.

— Não posso pagar por ele — falei com a voz rouca e estranha.

— Você já pagou — respondeu o garoto.

Em seguida, ele virou a cabeça, olhou escada abaixo e pareceu escutar algo. Ouvi um vento subindo. O ar soltou um gemido baixo e ofegante ao atravessar o vão da escadaria, um grito grave, solitário e inquieto. O garoto olhou para mim.

— Agora vá. Ouço o meu pai vindo. O bode velho horrível.

Recuei e meus calcanhares bateram no degrau atrás de mim. Eu estava com tanta pressa de fugir que caí nos degraus de granito. O pássaro decolou, subindo em círculos cada vez maiores, mas, quando voltei a me erguer, ele planou até onde havia se empoleirado antes no meu ombro

e eu comecei

a subir correndo

pelo caminho por onde vim.

Subi

apressado

por um tempo,

mas logo me cansei

de novo e precisei ir mais

devagar. Comecei a pensar no

que diria quando chegasse à escada

principal e fosse finalmente descoberto.

— Eu vou confessar tudo e aceitar o meu castigo,

seja ele qual for — falei para mim mesmo em voz alta.

O pássaro de lata cantou em tom alegre e bem-humorado.

Ele não
cantava mais
quando cheguei
ao portão, calado
por uma outra música:
os prantos de uma garota.
Ouvi e voltei de mansinho até
onde havia matado o amante dela.
Não ouvi barulho além dos seus choros.
Ninguém gritava, ninguém subia por degraus.
Senti como se tivesse passado metade da noite longe,
mas, quando cheguei onde deixara o sarraceno e encarei
Lithodora, foi como se uns poucos minutos tivessem passado.

Eu
cheguei
e sussurrei para
minha prima, quase
com medo de ser ouvido.
A segunda vez que chamei o
nome de Dora, ela virou a cabeça
e olhou para mim com olhos odiosos e
vermelhos, e gritou para que eu sumisse dali.
Eu queria consolá-la, pedir desculpas, mas, quando
me aproximei, ela se pôs de pé em um pulo e avançou
contra mim, me batendo e arranhando o meu rosto com as
unhas afiadas enquanto praguejava e amaldiçoava o meu nome.

Eu quis
colocar minhas
mãos nos ombros dela
para contê-la, mas quando
eu as estendi, elas encontraram
o pescoço branco e liso de Lithodora.

O
pai de
Dora, seus
companheiros e
aqueles meus amigos
desempregados me acharam
chorando sobre minha prima morta.
Passando os dedos pela seda de seus longos
cabelos pretos. O pai de Lithodora caiu de joelhos
e tomou a filha nos braços, e por um tempo as colinas
ecoaram o nome dela, de novo, de novo, de novo, de novo.

Outro
homem, com
um rifle na mão,
me perguntou o que

tinha acontecido e contei
que o árabe, aquele macaco do
deserto, tinha atraído Lithodora até ali
e, quando não conseguiu arrancar a inocência
dela à força, ele a estrangulou na grama, e eu os
encontrei, nós lutamos e o matei com o bloco de pedra.

                                              E
                                        quando
                            contei a história,
                        o pássaro de lata se pôs
                    a assobiar e cantar a melodia
                mais triste e mais delicada que eu
            já escutara na vida. Os homens ouviram
        até aquela canção triste ser cantada até o fim.

Eu
levei
Lithodora
nos braços na
volta para a cidade.
E, enquanto descíamos
as escadas, o pássaro voltou
a cantar quando lhes contei que
o sarraceno havia planejado levar as
meninas mais bonitas e amáveis para um
leilão de carne branca na Arábia — uma linha
de comércio mais lucrativa do que a venda de seus
vinhos caros. A essa altura, o pássaro assobiava uma
canção de marcha, e o rosto dos homens estava tempestuoso.

                                              Os
                                        homens
                                    de Ahmed
                            queimaram junto
                        com o navio do árabe,

afundando no porto. Seus
bens, guardados no armazém
perto do cais, foram apreendidos,
e o baú de dinheiro dele ficou comigo
como uma recompensa pelo meu heroísmo.

Ninguém
nunca poderia
imaginar, quando
eu era criança, que um
dia eu seria o mercador mais
rico de toda a costa de Amalfi, ou
que eu seria dono dos valiosos vinhedos
de Don Carlotta, logo eu, que um dia trabalhei
como uma mula por algumas poucas moedas do homem.

Ninguém
nunca poderia
adivinhar que um dia
eu seria o amado prefeito
de Sulle Scale, ou um homem
de tanto renome que Sua Santidade,
o papa, me convidaria para uma audiência
e agradeceria meus atos notáveis de generosidade.

As
molas
dentro do
belo pássaro
de lata ficaram
gastas com o tempo,
e um dia ele finalmente
parou de cantar, mas àquela
altura não importava se alguém
acreditava nas minhas mentiras ou
não, tamanhos eram meu poder e fama.

                                    Contudo,
                              muitos anos
                        antes de o pássaro
                      de lata se emudecer,
                    eu acordei certa manhã
                  na minha mansão e descobri
              que ele havia construído um ninho
          de arame no peitoril da janela e posto
        ovos frágeis, feitos de um metal brilhante.
    Eu observei aqueles ovos com inquietação, mas
  quando estiquei os dedos para melhor investigá-los,
 a mãe mecânica me mordeu com seu bico afiado e depois
desse dia não fiz nenhuma outra tentativa de perturbá-los.

Meses
mais tarde,
no ninho restavam
só as cascas de metal.
Os filhotes da nova espécie,
criaturas de uma nova era, pelo
visto tinham alçado voo e partido dali.

                                      Não
                                sei dizer
                            quantos dos
                        pássaros de lata
                    e arame e corrente
                  elétrica existem agora
                no planeta — mas, neste
              mesmo mês, ouvi o discurso
            do sr. Mussolini, nosso mais novo
        primeiro-ministro. Quando ele canta a
      grandeza do povo italiano e o parentesco
    com nossos vizinhos alemães, tenho certeza
  de que ouço um pássaro de lata cantando junto.
A música do pássaro é muito bem carregada pelo rádio.

Eu não
moro mais
nas colinas. Faz anos
desde que vi Sulle Scale.
Descobri, ao finalmente descer
à terceira idade, que não consigo mais
tentar usar a escada. Eu digo às pessoas que
é por causa dos meus pobres e velhos joelhos doloridos.

Mas na verdade
passei a sofrer
de medo
de altura.

TWITTANDO NO CIRCO DOS MORTOS

O QUE É O TWITTER?

"O Twitter é um serviço para amigos, familiares e colegas de trabalho se comunicarem e permanecerem conectados através da troca de respostas rápidas e frequentes a uma pergunta simples: o que está acontecendo? As respostas devem ter no máximo 280 caracteres e podem ser enviadas por mensagens de texto de celular, mensagens instantâneas ou pela internet."

— Do Twitter.com

TEMPODESOBRA Só estou tentando isso aqui porque estou tão entediada que queria estar morta. Olá, Twitter. Quer saber o que está acontecendo? Estou gritando por dentro.
20:17 — 28 de fev • Tweetie

TEMPODESOBRA Uau, isso foi bem melodramático.
20:19 — 28 de fev • Tweetie

TEMPODESOBRA Vamos tentar de novo. Olá, Twitterverso. Eu sou a Blake e a Blake sou eu. O que está acontecendo? Estou contando os segundos.
20:23 — 28 de fev • Tweetie

TEMPODESOBRA Faltam uns 50 mil segundos para a gente fazer as malas e terminar o que, tomara, seja a última viagem em família da minha vida.
20:25 — 28 de fev • Tweetie

TEMPODESOBRA Foi tudo ladeira abaixo desde que chegamos no Colorado. E não estou falando de snowboard.
20:27 — 28 de fev • Tweetie

TEMPODESOBRA A gente devia ter passado as férias fazendo snowboard e esquiando, mas estava frio demais e não parava de nevar, então tivemos que usar o plano B.
20:29 — 28 de fev • Tweetie

TEMPODESOBRA O plano B sou eu e a minha mãe competindo para ver quem consegue fazer a outra chorar lágrimas quentes de ódio primeiro.
20:33 — 28 de fev • Tweetie

TEMPODESOBRA Estou ganhando. Só preciso entrar em um lugar para minha mãe sair dele. Olha, estou entrando no quarto dela agora...
20:35 — 28 de fev • Tweetie

TEMPODESOBRA Ela é uma puta tão escrota.
22:11 — 28 fev • Tweetie

TEMPODESOBRA @caseinSD, @bevsez, @pervertidainofensiva, minhas verdadeiras amigas! Saudades de San Diego. Volto para casa em breve.
22:41 — 28 de fev • Tweetie

TEMPODESOBRA @caseinSD Não, porra, não estou com medo de que a minha mãe leia isso. Ela nunca vai saber.
22:46 — 28 de fev • Tweetie

TEMPODESOBRA Depois que ela me obrigou a acabar com o meu blog, não é como se eu fosse contar para ela.
22:48 — 28 de fev • Tweetie

TEMPODESOBRA Sabe o que ela me disse agora há pouco? Que eu não gosto do Colorado porque não posso blogar sobre ele.
22:53 — 28 de fev • Tweetie

TEMPODESOBRA Ela sempre diz que a internet é mais real para mim e minhas amigas do que o mundo. Que, para a gente, nada acontece até que alguém coloque na internet.
22:55 — 28 de fev • Tweetie

TEMPODESOBRA Ou em uma página do Facebook. Ou ao menos em uma mensagem sobre o assunto. Ela diz que a internet é a "validação da vida".
22:55 — 28 de fev • Tweetie

TEMPODESOBRA Ah, e que a gente fica on-line o tempo todo, mas não porque é legal. Ela acha que as pessoas interagem nas redes sociais porque têm medo de morrer. É profundo.
22:58 — 28 de fev • Tweetie

TEMPODESOBRA Ela nunca viu ninguém colocar a própria morte na internet. Ninguém manda mensagens sobre isso. O status no Facebook nunca é "morto".
22:59 — 28 de fev • Tweetie

TEMPODESOBRA Então, para quem está on-line, a morte não acontece. As pessoas ficam na internet para se esconder da morte, mas acabam se escondendo da vida. Palavras saídas dos lábios dela.
23:01 — 28 de fev • Tweetie

TEMPODESOBRA Minha mãe deveria ganhar a vida escrevendo essas merdas em biscoitos da sorte. Agora vocês entendem por que eu quero estrangular essa mulher com um cabo de internet.
23:02 — 28 de fev • Tweetie

TEMPODESOBRA Meu irmão perguntou se eu poderia falar na internet sobre ele ter transado com uma garota gótica da escola para tornar o lance real, mas ninguém riu.
23:06 — 28 de fev • Tweetie

TEMPODESOBRA Eu falei para a minha mãe que odeio o Colorado porque estou presa aqui com ela e que tudo é real demaaaaaais.
23:09 — 28 de fev • Tweetie

TEMPODESOBRA E ela respondeu que isso era progresso e fez aquela cara de vaca arrogante dela e aí o meu pai jogou o livro no chão e saiu.
23:11 — 28 de fev • Tweetie

TEMPODESOBRA Tenho pena dele. Daqui a algum tempo, vou embora para sempre, mas ele está preso a ela pelo resto da vida, preso àquela raiva e todo o resto.
23:13 — 28 de fev • Tweetie

TEMPODESOBRA Com certeza ele queria ter comprado passagens de avião para a gente agora. De repente, a nossa van começou a parecer o ringue de uma luta até a morte.
23:15 — 28 de fev • Tweetie

TEMPODESOBRA Todos nós espremidos por três dias. Quem vai sair vivo? Façam suas apostas, senhoras e senhores. Pessoalmente, não prevejo sobreviventes.
23:19 — 28 de fev • Tweetie

TEMPODESOBRA Aaaah. Porra. Merda. Estava escuro quando fui dormir e agora está escuro agora e o meu pai está falando que a gente tem que ir. Isso é errado para cacete.
06:21 — 1 de mar • Tweetie

TEMPODESOBRA Estamos indo. Minha mãe fez uma busca cuidadosa no lugar para garantir que nada fosse deixado para trás. Foi assim que ela me encontrou.
07:01 — 1 de mar • Tweetie

TEMPODESOBRA Porra, eu sabia que precisava de um esconderijo melhor.
07:02 — 1 de mar • Tweetie

TEMPODESOBRA Meu pai acabou de dizer que a viagem inteira deve levar entre 35 e 40 horas. Ofereço isso como a prova conclusiva de que Deus não existe.
07:11 — 1 de mar • Tweetie

TEMPODESOBRA Twittando só para irritar a minha mãe. Ela sabe que se estou digitando alguma coisa no celular, é porque estou envolvida com pecado.
07:23 — 1 de mar • Tweetie

TEMPODESOBRA Estou me expressando e mantendo contato com as minhas amigas, e ela odeia isso. Se eu estivesse tricotando e fosse impopular...
07:25 — 1 de mar • Tweetie

TEMPODESOBRA ... então seria que nem ela com 17 anos. E também me casaria com o primeiro cara que aparecesse e estaria grávida aos 19.
07:25 — 1 de mar • Tweetie

TEMPODESOBRA Era uma estrada muito engraçada, só tinha curva nessa jornada. Ninguém podia sair dela não, pois dirigir era uma obsessão... Ninguém podia nem reclamar, POIS ESTOU PRESTES A VOMITAR.
07:30 — 1 de mar • Tweetie

TEMPODESOBRA Minha contribuição para este momento glorioso em família vai chegar quando eu vomitar na cabeça do meu irmão. É minha hora de brilhar.
07:49 — 1 de mar • Tweetie

TEMPODESOBRA Se a gente ficar atolado na neve e tivermos que apelar para o canibalismo, já sei quem vai ser comida primeiro. Euzinha.
07:52 — 1 de mar • Tweetie

TEMPODESOBRA É claro que a minha habilidade de sobrevivência se resumiria a twittar como louca para alguém vir nos salvar.
07:54 — 1 de mar • Tweetie

TEMPODESOBRA Minha mãe faria um estilingue com a borracha dos pneus, mataria esquilos, costuraria um biquíni com a pele deles e ficaria triste quando o resgate chegasse.
07:56 — 1 de mar • Tweetie

TEMPODESOBRA Meu pai ia ficar louco porque a gente teria que queimar os livros dele para nos aquecer.
08:00 — 1 de mar • Tweetie

TEMPODESOBRA O Eric colocaria a minha meia-calça. Não para se aquecer. Só porque ele sempre quer usar a minha meia-calça.
08:00 — 1 de mar • Tweetie

TEMPODESOBRA Escrevi esse último tweet porque o Eric estava olhando por cima do meu ombro.
08:02 — 1 de mar • Tweetie

TEMPODESOBRA Mas o depravado disse que usar a minha meia-calça é o mais perto que ele vai chegar de transar na escola.
08:06 — 1 de mar • Tweetie

TEMPODESOBRA Ele é nojento, mas eu amo o meu irmão.
08:06 — 1 de mar • Tweetie

TEMPODESOBRA Minha mãe ensinou o meu irmão a tricotar quando ficamos presos em casa por causa da neve aqui no alegre Colorado, e ele tricotou uma meia para o pau, aí ela se arrependeu.
08:11 — 1 de mar • Tweetie

TEMPODESOBRA Sinto falta do meu blog. Ela não tinha o direito de me fazer tirar ele do ar.
08:13 — 1 de mar • Tweetie

TEMPODESOBRA Mas o Twitter é melhor do que o blog, porque o blog sempre me fez achar que eu deveria ter ideias mais interessantes sobre o que escrever.
08:14 — 1 de mar • Tweetie

TEMPODESOBRA No Twitter, cada postagem só pode ter até 280 caracteres. O que é espaço suficiente para cobrir todas as relatar interessantes que já aconteceram na minha vida.
08:15 — 1 de mar • Tweetie

TEMPODESOBRA É verdade. Dá uma olhada.
08:15 — 1 de mar • Tweetie

TEMPODESOBRA Nascimento. Escola. Shopping. Celular. Habilitação provisória de motorista. Nariz quebrado brincando aos 8 (lá se foi a carreira de modelo). Preciso perder 5 quilos.
08:19 — 1 de mar • Tweetie

TEMPODESOBRA Acho que é isso.
08:20 — 1 de mar • Tweetie

TEMPODESOBRA Está nevando nas montanhas, mas não aqui embaixo, a neve cai sob a luz do sol em uma tempestade de ouro. Adeus, belas montanhas.
09:17 — 1 de mar • Tweetie

TEMPODESOBRA Olá, não tão belo deserto de Utah. Utah é marrom e enrugado como os mamilos da Judy Kennedy.
09:51 — 1 de mar • Tweetie

TEMPODESOBRA @caseinSD Sim, ela tem mamilos estranhos. E eu não sou uma lésbica por ter reparado. Todo mundo repara.
10:02 — 1 de mar • Tweetie

TEMPODESOBRA Arbustos do deserto!!!!!! UAU!
11:09 — 1 de mar • Tweetie

TEMPODESOBRA Agora o Eric está colocando a minha meia-calça. Ele está entediado. Minha mãe achou engraçado, mas o meu pai está nervoso.
12:20 — 1 de mar • Tweetie

TEMPODESOBRA Desafiei o Eric a colocar uma saia e sair do carro para pedir a comida para a viagem. Meu pai disse que não. Minha mãe ainda está rindo.
12:36 — 1 de mar • Tweetie

TEMPODESOBRA Prometi ao Eric que, se fizer isso, vou convidar uma certa gótica para a festa na piscina em abril, para que ele possa ver ela de biquíni.
12:39 — 1 de mar • Tweetie

TEMPODESOBRA Duvido que ele aceite o desafio.
12:42 — 1 de mar • Tweetie

TEMPODESOBRA Meu Deus, ele aceitou. Meu pai está indo ao restaurante com o Eric para garantir que ele não seja espancado até a morte por caipiras ofendidos.
12:44 — 1 de mar • Tweetie

TEMPODESOBRA O Eric voltou vivo. Ele salvou o dia. Estou até feliz em estar na van agora.
12:59 —1 de mar • Tweetie

TEMPODESOBRA Meu pai falou que o Eric sentou no bar e conversou sobre futebol com um caminhoneiro grandalhão. O cara nem ligou para a saia e a meia-calça.
13:03 — 1 de mar • Tweetie

TEMPODESOBRA O Eric ainda está usando a saia. Talvez ele seja crossdresser! Pervertido. Mas seria legal. A gente poderia fazer compras juntos.
13:45 — 1 de mar • Tweetie

TEMPODESOBRA @caseinSD Sim, vamos ter que convidar a gótica para a festa na piscina agora. Ela nem deve ir. Acho que ela pega fogo com a luz do sol.
14:09 — 1 de mar • Tweetie

TEMPODESOBRA Toda vez que começo a pegar no sono, a van passa por um buraco e o carro balança todo.
23:01 — 1 de mar • Tweetie

TEMPODESOBRA Tentando tirar meu soninho da beleza.
23:31 — 1 de mar • Tweetie

TEMPODESOBRA Desisto.

01:01 — 2 de mar • Tweetie

TEMPODESOBRA Ah, caralho, Eric. Ele está dormindo e parece que está tendo um sonho erótico com a garota gótica.

01:07 — 2 de mar • Tweetie

TEMPODESOBRA Enquanto isso, eu teria mais chances de conseguir dormir se tivesse pinos de aço enfiados embaixo das pálpebras.

01:09 — 2 de mar • Tweetie

TEMPODESOBRA Estou tão feliz agora. Só queria que esse momento durasse para sempre.

06:11 — 2 de mar • Tweetie

TEMPODESOBRA Só quero chegar em casa. Odeio a minha mãe. Odeio todo mundo nessa van. Inclusive eu.

08:13 — 2 de mar • Tweetie

TEMPODESOBRA Ok. Vou explicar por que fiquei feliz mais cedo: eram quatro da manhã, minha mãe parou no acostamento e me chamou.

10:21 — 2 de mar • Tweetie

TEMPODESOBRA Ela disse que era a minha vez de dirigir. Eu falei que a minha habilitação só servia na Califórnia e ela mandou eu me sentar atrás do volante logo.

10:22 — 2 de mar • Tweetie

TEMPODESOBRA Ela falou para acordar ela se a polícia mandasse a gente parar, que a gente trocaria de lugar e ficaria tudo bem.

10:23 — 2 de mar • Tweetie

TEMPODESOBRA Então ela foi dormir no banco do carona e eu dirigi. Estávamos no deserto e o sol surgiu atrás de mim.

10:25 — 2 de mar • Tweetie

TEMPODESOBRA E tinha uns coiotes na estrada. Na luz vermelha do sol. Eles estavam por toda a rodovia interestadual, aí eu parei para não atropelar os bichinhos.
10:26 — 2 de mar • Tweetie

TEMPODESOBRA Os olhos dos coiotes eram dourados, o sol refletia nos pelos, e havia tantos, era um grupo enorme. Estavam parados ali como se estivessem esperando por mim.
10:28 — 2 de mar • Tweetie

TEMPODESOBRA Eu queria tirar uma foto deles, mas não consegui descobrir onde tinha enfiado o celular. Enquanto procurava, os coiotes desapareceram.
10:31 — 2 de mar • Tweetie

TEMPODESOBRA Quando a minha mãe acordou, contei tudo para ela. E, como pensei que ela ficaria brava por não ter acordado ela para ver os coiotes, pedi desculpas.
10:34 — 2 de mar • Tweetie

TEMPODESOBRA E a minha mãe disse que ficou feliz por não ter sido acordada, porque aquele momento tinha sido só meu. E por uns três segundos eu voltei a gostar dela.
10:35 — 2 de mar • Tweetie

TEMPODESOBRA Mas, quando fomos tomar café da manhã, fiquei olhando o e-mail por um segundo e ouvi a minha mãe dizendo à garçonete: "Desculpa por ela."
10:37 — 2 de mar • Tweetie

TEMPODESOBRA Acho que a garçonete ficou ali parada, esperando eu fazer o meu pedido, e eu não percebi.
10:40 —2 de mar • Tweetie

TEMPODESOBRA Mas não dormi a noite inteira e estava cansada e distraída, e foi por isso que não percebi. Não porque estava olhando para o celular.
10:42 — 2 de mar • Tweetie

TEMPODESOBRA E a minha mãe começou a contar as suas histórias sobre ter sido garçonete e que era humilhante ser ignorada.
10:45 — 2 de mar • Tweetie

TEMPODESOBRA Só para esfregar na cara. Ela pode estar certa, mas, mesmo assim, odeio o jeito como ela me faz sentir que nem merda sempre que possível.
10:46 — 2 de mar • Tweetie

TEMPODESOBRA Tirei uma soneca, mas não estou melhor.
16:55 — 2 de mar • Tweetie

TEMPODESOBRA Meu pai, claro, tem que seguir a rota mais lenta possível por todas as estradas secundárias. Minha mãe diz que ele passou por um retorno e por isso a viagem ficou 150 quilômetros mais longa.
18:30 — 2 de mar • Tweetie

TEMPODESOBRA Agora eles estão brigando. Meu Deus, alguém me tira daqui.
18:37 — 2 de mar • Tweetie

TEMPODESOBRA Eric, estou usando meus poderes psíquicos para você encontrar algum motivo para capotarmos na estrada. Coloque a meia-calça de novo. Diga que tem que mijar.
18:49 — 2 de mar • Tweetie

TEMPODESOBRA Qualquer coisa. Por favor.
18:49 — 2 de mar • Tweetie

TEMPODESOBRA Não, não, NÃO, Eric. Eu queria que você pensasse em uma BOA razão para a gente sair da estrada, mas não isso… isso vai ser ruim.
18:57 — 2 de mar • Tweetie

TEMPODESOBRA A minha mãe também não quer parar. Percebam, crianças, pela primeira vez em dois anos, eu e ela concordamos em alguma coisa.
19:00 — 2 de mar • Tweetie

TEMPODESOBRA Ah, mas o meu pai está sendo babaca agora. Diz que não faz sentido pegar estradas secundárias se não fosse para a gente ter contato com alguma cultura.
19:02 — 2 de mar • Tweetie

TEMPODESOBRA Estamos indo na direção de algo chamado Circo dos Mortos. O bilheteiro era meio sinistro. Não sinistro do tipo QUE MANEIRO, UHU. Sinistro tipo QUE CARA BIZARRO.
19:06 — 2 de mar • Tweetie

TEMPODESOBRA Tinha feridas na boca, poucos dentes, e deu para sentir o cheiro dele. O homem tem um rato de estimação. O bicho se enfiou no bolso dele e saiu com os ingressos.
19:08 — 2 de mar • Tweetie

TEMPODESOBRA Não, não foi fofo. Nenhum de nós quer tocar nos ingressos agora.
19:10 — 2 de mar • Tweetie

TEMPODESOBRA Uau, estão colocando a gente para dentro mesmo. O show começa em quinze minutos, mas o estacionamento está bem vazio. A tenda principal é uma lona preta esburacada.
19:13 — 2 de mar • Tweetie

TEMPODESOBRA Minha mãe falou para eu continuar com a cara enfiada no celular. Ela não quer que eu olhe para cima e acabe vendo qualquer coisa interessante acontecendo.
19:17 — 2 de mar • Tweetie

TEMPODESOBRA Ah, que merda. Ela acabou de dizer ao meu pai que eu vou adorar o circo porque vai ser igualzinho à internet.
19:18 — 2 de mar • Tweetie

TEMPODESOBRA O YouTube está cheio de palhaços, só tem gente procurando briga nos fóruns e os blogs são para pessoas que não conseguem ficar fora dos holofotes.
19:20 — 2 de mar • Tweetie

TEMPODESOBRA Vou twittar tipo cinco vezes por minuto só para deixar ela puta.
19:21 — 2 de mar • Tweetie

TEMPODESOBRA O lanterninha é um velho engraçado tipo Mickey Rooney com um chapéu-coco e um charuto. Ele está usando um traje de proteção biológica. Diz que assim não vai ser mordido.
19:25 — 2 de mar • Tweetie

TEMPODESOBRA Quase caí duas vezes andando até os nossos lugares. Acho que devem estar economizando nas luzes. Estou usando o celular como lanterna. Tomara que não ocorra um incêndio.
19:28 — 2 de mar • Tweetie

TEMPODESOBRA Meu Deus, esse é o circo mais fedido de todos os tempos. Não sei que cheiro estou sentindo. Aqueles são os bichos? Alguém liga para a Sociedade Protetora dos Animais.
19:30 — 2 de mar • Tweetie

TEMPODESOBRA Não acredito em quantas pessoas tem aqui. Todos os lugares estão ocupados. Não sei de onde veio essa multidão.
19:31 — 2 de mar • Tweetie

TEMPODESOBRA Devem ter mandado a gente parar em um estacionamento secundário. Ah, acabaram de ligar um refletor. Hora do show. Aguenta, coração.
19:34 — 2 de mar • Tweetie

TEMPODESOBRA Bem, Eric e o meu pai já estão gostando. A mestra do picadeiro apareceu em pernas de pau e está praticamente pelada. Meia arrastão e cartola.
19:38 — 2 de mar • Tweetie

TEMPODESOBRA Ela é esquisita. Fala como se estivesse chapada. Eu já contei que tem zumbis vestidos de palhaço correndo atrás dela?
19:40 — 2 de mar • Tweetie

TEMPODESOBRA Os zumbis são nojentos demaaais. Estão usando sapatos compridos de palhaço, roupas de bolinhas e maquiagem de palhaço.
19:43 — 2 de mar • Tweetie

TEMPODESOBRA Mas a maquiagem está saindo e, por baixo, eles são todos podres. Uau! Os zumbis quase agarraram a mestra do picadeiro. Ela é rápida.
19:44 — 2 de mar • Tweetie

TEMPODESOBRA Ela falou que é prisioneira do circo há seis semanas e que sobreviveu porque aprendeu a usar as pernas de pau rápido.
19:47 — 2 de mar • Tweetie

TEMPODESOBRA Ela disse que o namorado não sabia andar de perna de pau, caiu e foi devorado na primeira noite. Disse que a melhor amiga foi devorada na noite seguinte.
19:49 — 2 de mar • Tweetie

TEMPODESOBRA Ela andou até a parede embaixo da gente e implorou que alguém a puxasse e a resgatasse, mas o cara na fila da frente só riu.
19:50 — 2 de mar • Tweetie

TEMPODESOBRA Então ela teve que fugir antes que Zippo, o Zumbi, a derrubasse. É tudo muito bem coreografado.
19:50 — 2 de mar • Tweetie

TEMPODESOBRA Dá para acreditar mesmo que eles estão tentando pegar a mulher.
19:51 — 2 de mar • Tweetie

TEMPODESOBRA Colocaram um canhão no picadeiro. Ela disse: "Aqui no Circo dos Mortos, o espetáculo está sempre bombando." Isso ela leu em um cartão.
19:54 — 2 de mar • Tweetie

TEMPODESOBRA Ela foi até uma porta alta e bateu, e, por um minuto, achei que não iam deixar ela sair do picadeiro, mas deixaram.
19:55 — 2 de mar • Tweetie

TEMPODESOBRA Dois homens em trajes de proteção biológica levaram um zumbi para fora. Ele tem uma coleira de metal no pescoço com um bastão preto preso.
19:56 — 2 de mar • Tweetie

TEMPODESOBRA Estão usando o bastão para manter ele longe, para que o zumbi não possa agarrar eles.
19:57 — 2 de mar • Tweetie

TEMPODESOBRA O Eric disse que tem fantasias sobre ser colocado em um negócio como aquele pela garota gótica.
19:58 — 2 de mar • Tweetie

TEMPODESOBRA Esse show seria um ótimo encontro para eles. Tem uma pitada de sexo, um toque de sadomasoquismo e é mórbido para cacete.
19:59 — 2 de mar • Tweetie

TEMPODESOBRA Colocaram o zumbi no canhão.
20:00 — 2 de mar • Tweetie

TEMPODESOBRA Arrrghhh! Apontaram o canhão para a plateia e dispararam, e pedaços da porra do zumbi foram para tudo quanto é lado.
20:03 — 2 de mar • Tweetie

TEMPODESOBRA Um sapato saiu voando e acertou a boca do cara na fila à nossa frente. Ele está sangrando.
20:05 — 2 de mar • Tweetie

TEMPODESOBRA Porra! Ainda tinha um pé dentro do sapato! É igualzinho a um pé de verdade.
20:08 — 2 de mar • Tweetie

TEMPODESOBRA O cara sentado na nossa frente acabou de sair com a esposa para reclamar. Era o mesmo sujeito que riu da mestra do picadeiro quando ela pediu ajuda.
20:11 — 2 de mar • Tweetie

TEMPODESOBRA Meu pai estava com um lábio de zumbi no cabelo. Estou tão feliz por não ter almoçado. O troço parecia gelatina e tinha um cheiro podre.
20:13 — 2 de mar • Tweetie

TEMPODESOBRA Claro que o Eric quer ficar com o lábio de zumbi.
20:13 — 2 de mar • Tweetie

TEMPODESOBRA Lá vem a mestra do picadeiro de novo. Ela diz que o próximo ato é o pulo do gato
20:14 — 2 de mar • Tweetie

TEMPODESOBRA Caralho caralhoisso não foi engraçado. Ela quase caiu e eles ficaram rosnando
20:16 — 2 de mar • Tweetie

TEMPODESOBRA Os homens em trajes de proteção acabaram de entrar empurrando um leão dentro de uma jaula. Oba, um leão! Ainda sou criança o suficiente para gostar de um leão.
20:17 — 2 de mar • Tweetie

TEMPODESOBRA Ah, esse leão está com uma cara doente e triste. Não é legal. Estão abrindo a jaula e colocando zumbis lá dentro e o leão está sibilando como um gatinho.
20:19 — 2 de mar • Tweetie

TEMPODESOBRA Roouuuur! O poder da selva. O leão está golpeando e destruindo os zumbis. Está com um braço na boca. Todo mundo vibra.
20:21 — 2 de mar • Tweetie

TEMPODESOBRA Eeeeeca. Todo mundo parou de vibrar rapidinho. Ele pegou um zumbi e está arrancando as entranhas como se estivesse puxando a ponta de uma corda.
20:22 — 2 de mar • Tweetie

TEMPODESOBRA Estão mandando mais zumbis. Ninguém está rindo ou comemorando agora. Está muito cheio na jaula.
20:24 — 2 de mar • Tweetie

TEMPODESOBRA Nem dá mais para ver o leão. Muitos rosnados, pelo voando e cadáveres ambulantes sendo derrubados.
20:24 — 2 de mar • Tweetie

TEMPODESOBRA QUE NOJO. O leão fez um som, tipo um lamento assustado, e agora os zumbis estão distribuindo pedaços de órgãos e de pele.
20:25 — 2 de mar • Tweetie

TEMPODESOBRA Eles estão comendo. Isso é horrível. Estou enjoada.
20:26 — 2 de mar • Tweetie

TEMPODESOBRA Meu pai viu que fiquei chateada e me contou como fizeram aquilo. A jaula tem um fundo falso. Tiraram o leão pelo piso.
20:30 — 2 de mar • Tweetie

TEMPODESOBRA Dá para se envolver mesmo com o espetáculo.
20:30 — 2 de mar • Tweetie

TEMPODESOBRA O cara parecido com o Mickey Rooney e que nos levou até os nossos lugares apareceu com uma lanterna. Ele disse que deixamos os faróis da van acesos.
20:31 — 2 de mar • Tweetie

TEMPODESOBRA O Eric foi lá desligar os faróis. Ele disse que, de qualquer maneira, tinha que mijar.
20:32 — 2 de mar • Tweetie

TEMPODESOBRA Acabaram de trazer o engolidor de fogo. O cara não tem olhos, e tem um tipo de engenhoca de aço forçando a cabeça dele para trás e a boca a ficar aberta.
20:34 — 2 de mar • Tweetie

TEMPODESOBRA Um dos homens de traje de proteção estáCARALHO.
20:35 — 2 de mar • Tweetie

TEMPODESOBRA Enfiaram uma tocha na garganta dele, e agora o cara está pegando fogo! Ele está correndo com fumaça saindo da boca e
20:36 — 2 de mar • Tweetie

TEMPODESOBRA fogo na cabeça saindo dosolhos como uma abóbora de Halloween
20:36 — 2 de mar • Tweetie

TEMPODESOBRA Simplesmente deixaram o cara queimar de dentro para fora. Nunca vi nada tão realista.
20:39 — 2 de mar • Tweetie

TEMPODESOBRA O que é ainda mais realista é o cadáver depois de o pessoal na roupa de proteção pulverizar o cara com os extintores de incêndio. O corpo parece tão triste, murcho e carbonizado.
20:39 — 2 de mar • Tweetie

TEMPODESOBRA A mestra do picadeiro voltou. Ela está mancando. Acho que machucou o tornozelo.
20:40 — 2 de mar • Tweetie

TEMPODESOBRA Ela diz que alguém da plateia concordou em ser o sacrifício da noite. Ela diz que ele se deu bem.
20:41 — 2 de mar • Tweetie

TEMPODESOBRA Ele? Pensei que o sacrifício sempre fosse uma garota nesse tipo de situação.
20:41 — 2 de mar • Tweetie

TEMPODESOBRA Ah não, não acredito! Acabaram de trazer o Eric algemado a uma grande roda de madeira. Ele piscou ao passar pela gente. Doido. Vai, Eric!
20:42 — 2 de mar • Tweetie

TEMPODESOBRA Arrastaram um zumbi e o acorrentaram a uma estaca na terra. Tem uma caixa na frente dele cheia de machadinhas. Não estou gostando disso.
20:43 — 2 de mar • Tweetie

TEMPODESOBRA Todo mundo ri agora. A cena do leão foi um pouco nojenta, mas voltamos à comédia. O zumbi jogou a primeira machadinha no público.
20:45 — 2 de mar • Tweetie

TEMPODESOBRA Deu para ouvir uma pancada, e alguém gritou como se tivesse sido atingido na cabeça. Alguém do circo, claro.
20:45 —2 de mar • Tweetie

TEMPODESOBRA O Eric está girando sem parar na roda. Está mandando o zumbi matar ele antes que vomite.
20:46 — 2 de mar • Tweetie

TEMPODESOBRA Uau! Eu não sou tão corajosa quanto o meu irmão. Uma faca acertou a roda ao lado da cabeça dele. Tipo: CENTÍMETROS. O Eric gritou também. Aposto que agora ele queria
20:47 — 2 de mar • Tweetie

TEMPODESOBRA AIMEUDEUSAIMEUDEUS
20:47 — 2 de mar • Tweetie

TEMPODESOBRA Ok. Ele deve estar bem. Ainda estava sorrindo quando tiraram ele do picadeiro. A machadinha acertou a lateral do pescoço dele.
20:50 — 2 de mar • Tweetie

TEMPODESOBRA Meu pai diz que é um truque, que o Eric está bem. Falou que mais tarde ele deve voltar como um zumbi, que tudo faz parte do show.
20:51 —2 de mar • Tweetie

TEMPODESOBRA É, parece que o meu pai tem razão. Prometeram que o Eric vai aparecer de novo em breve.
20:53 — 2 de mar • Tweetie

TEMPODESOBRA Minha mãe não para de se mexer. Ela quer que o meu pai vá ver como o Eric está.
20:54 — 2 de mar • Tweetie

TEMPODESOBRA Ela está parecendo meio maluca, dizendo que o cara que estava sentado na nossa frente não voltou depois que foi atingido pelo sapato.
20:55 — 2 de mar • Tweetie

TEMPODESOBRA Não sei o que isso tem a ver com o Eric. Além disso, se eu fosse atingida por um sapato...
20:55 — 2 de mar • Tweetie

TEMPODESOBRA Ok, o meu pai foi ver como o Eric está. Sanidade restaurada.
20:56 — 2 de mar • Tweetie

TEMPODESOBRA Lá vem a mestra do picadeiro de novo. Foi por isso que o Eric concordou em ir aos bastidores. Com a meia arrastão e a calcinha preta, ela é muito gótica gostosa.
20:56 — 2 de mar • Tweetie

TEMPODESOBRA Ela está estranha. Não está falando nada sobre a próxima atração, só que, se não fazer o que eles mandam, não vão permitir que saia do picadeiro.
20:57 — 2 de mar • Tweetie

TEMPODESOBRA Mas a mestra do picadeiro não se importa. Diz que torceu o tornozelo e sabe que hoje é a última noite dela.
20:58 — 2 de mar • Tweetie

TEMPODESOBRA Ela diz que o nome dela é Gail Ross e que a escola dela era em Plano.
20:59 — 2 de mar • Tweetie

TEMPODESOBRA Ela diz que ia se casar com o namorado depois da faculdade. Diz que o nome dele era Craig e que ele queria ser professor.
21:00 — 2 mar • Tweetie

TEMPODESOBRA Ela diz que sente muito por todos nós. Diz que eles pegam os nossos carros e descartam os veículos enquanto estamos dentro da lona.
21:01 — 2 de mar • Tweetie

TEMPODESOBRA Ela diz que 12 mil pessoas desaparecem todos os anos nas estradas sem nenhuma explicação, que os carros aparecem vazios ou somem de vez e que ninguém vai sentir a nossa falta.
21:02 — 2 mar • Tweetie

TEMPODESOBRA Foi meio sinistro. Lá está o Eric. A maquiagem de zumbi dele é ótima. A maioria dos zumbis está podre, mas ele parece ter morrido recentemente.
21:03 — 2 de mar • Tweetie

TEMPODESOBRA Ainda está com a machadinha cravada no pescoço. Aquilo parece falso.
21:03 — 2 de mar • Tweetie

TEMPODESOBRA Ele não é muito bom em imitar um zumbi. Nem está tentando andar devagar. Está correndo atrás da mestra do picadeiro.
21:04 — 2 de mar • Tweetie

TEMPODESOBRA ai, merda, tomara que isso faça parte do show. Ele acabou de derrubar a mulher. Ai, Eric Eric Eric. Ela bateu no chão com muita força.
21:05 — 2 de mar • Tweetie

TEMPODESOBRA Eles estão devorando a mestra do picadeiro como devoraram o leão. O Eric está brincando com as entranhas. Ele é tão nojento. Está usando o método de atuação.
21:07 — 2 Mar • Tweetie

TEMPODESOBRA Ginástica agora. Estão fazendo uma pirâmide humana. Ou talvez eu deva dizer uma pirâmide INumana. São surpreendentemente bons nisso. Para zumbis.
21:10 — 2 Mar • Tweetie

TEMPODESOBRA Eric está subindo a pirâmide como se soubesse o que está fazendo. Será que deram treinamento nos bastidores para ele ou
21:11 — 2 de mar • Tweetie

TEMPODESOBRA O Eric está alto o suficiente para agarrar a lona. Ele está rosnando para alguém na primeira fileira, pertinho daqui. Espera
21:13 — 2 de mar • Tweetie

TEMPODESOBRA sem luzes porra qeu idiotice por que apagraiam
21:14 — 2 de mar • Tweetie

TEMPODESOBRA alguém está gritando
21:15 — 2 de mar • Tweetie

TEMPODESOBRA isso é perigoso, cacete, está escuro demais com muita gente gritando e se levantando. estou puta agora não se faz isso com as pessoas que não se
21:18 — 2 de mar • Tweetie

TEMPODESOBRA precisamos de ajuda estmos
21:32 — 2 de mar • Tweetie

TEMPODESOBRA gtttttgggtttggtttttttttgggbbbnnnfrfffgt
21:32 — 2 de mar • Tweetie

TEMPODESOBRA Não posso falar nada, eles vão ouvir. estamos fazendo silncio a gente tyem um plano
22:17 — 2 de mar • Tweetie

TEMPODESOBRA saímos da i70 mãe diz que era saída 331, mas dirigimos muito depois. a última cidade que vimos se chamava ucmba
22:19 — 2 de mar • Tweetie

TEMPODESOBRA cumba
22:19 — 2 de mar • Tweetie

TEMPODESOBRA as pessoas nas arquibancadas estavam todas mortas tirando a gente e uns outros e foram amarradas
22:20 — 2 de mar • Tweetie

TEMPODESOBRA por favor alguém mande socorro ligue para a polícia de utah não é brincadeira
22:22 — 2 de mar • Tweetie

TEMPODESOBRA @caseinSD por favro socorro você me conhece sabe que eu não faria nãoé brincadeira
22:23 — 2 de mar • Tweetie

TEMPODESOBRA tenho que fazer silêncio não posso ligar o celular está no mudo
22:24 — 2 de mar • Tweetie

TEMPODESOBRA minha mãe diz que é a polícia do arizona não utah que nossa van é branca
22:27 — 2 de mar • Tweetie

TEMPODESOBRA está quieto agora menos gritos menos rosnados
22:50 — 2 de mar • Tweetie

TEMPODESOBRA estão colocando as pessoas em pilhas
22:56 — 2 de mar • Tweetie

TEMPODESOBRA comendo as pessoas estão comendo as pessoas
23:09 — 2 de mar • Tweetie

TEMPODESOBRA o homem que foi atingido pelo sapato passou perto mas ele não é como era el ele está morto agora
23:11 — 2 de mar • Tweetie

TEMPODESOBRA só minha mãe e eu eu amo minha mãe ela é tão corajosa eu amo tanto ela tanto nada das coisas ruins era verdade nada eu estou com ela eu estou
23:37 — 2 de mar • Tweetie

TEMPODESOBRA estoucom tanto emdo
23:39 — 2 de mar • Tweetie

TEMPODESOBRA estãoprocurando para ver se sobrou alguém os homens nas roupas de proteção estou dizendo vai minha mãe diz não
23:41 — 2 de mar • Tweetie

TEMPODESOBRA estamos aqui esperando ajuda compartilhe isso com todo mundo isso é verdade não é brincadeira de internet acredite acredite acredite por fvor
00:03 — 3 de mar • Tweetie

TEMPODESOBRA ai meu deus o meu pai ele passou aqui perto sentou e disse o nome da minha mãe e mãe e pai e mãe e pai
00:09 — 3 de mar • Tweetie

TEMPODESOBRA nãopainão ;;/'/; '././/
00:13 — 3 de mar • Tweetie

TEMPODESOBRA /'/.
00:13 — 3 de mar • Tweetie

TEMPODESOBRA Você ficou ASSUSTADO com essa THREAD DO TWITTER???!?!?
09:17 — 3 Mar • Tweetie

TEMPODESOBRA O MEDO — e a DIVERSÃO — está apenas começando!
09:20 — 3 de mar • Tweetie

TEMPODESOBRA "O CIRCO DOS MORTOS" apresenta a sua mais nova MESTRA DO PICADEIRO, a SEXY e OUSADA BLAKE, A CRUEL.
09:22 — 3 de mar • Tweetie

TEMPODESOBRA Veja como a nossa mais nova RAINHA DO TRAPÉZIO apresenta nossos artistas PERVERSOS E PERNICIOSOS…
09:23 — 3 Mar • Tweetie

TEMPODESOBRA … enquanto SE DEPENDURA DE UMA CORDA ACIMA DOS MORTOS FAMINTOS!
09:23 — 3 Mar • Tweetie

TEMPODESOBRA Um ESPETÁCULO tão CHOCANTE que faz o CIRCO JIM ROSE parecer o SHOW DOS MUPPETS!
09:25 — 3 de mar • Tweetie

TEMPODESOBRA Agora em turnê em TODOS OS CANTOS DO PAÍS!
09:26 — 3 de mar • Tweetie

TEMPODESOBRA Visite a nossa página no Facebook e entre na nossa LISTA DE E-MAIL para descobrir quando estaremos na sua CIDADE.
09:28 — 3 Mar • Tweetie

TEMPODESOBRA FIQUE CONECTADO OU NEM SABE O QUE VAI PERDER!
09:30 — 3 de mar • Tweetie

TEMPODESOBRA "O CIRCO DOS MORTOS" — onde VOCÊ é o lanche! Outros circos prometem EMOÇÕES QUE DESAFIAM A MORTE!
09:31 — 3 de mar • Tweetie

TEMPODESOBRA MAS SÓ NÓS HONRAMOS A PROMESSA! (Bilhetes podem ser comprados na bilheteria no dia do espetáculo. Não fazemos reembolso. Aceitamos apenas dinheiro. Menores devem estar acompanhados dos responsáveis.)
09:31 — 3 de mar • Tweetie

MÃES

1

Quando Jack desce para tomar o café da manhã, Flora está no telefone, conversando com alguém em um tom de voz baixo e urgente. Ele ignora a mãe e se serve de uma tigela com granola. Cereais com açúcar refinado e conservantes não são permitidos na casa dos McCourt — os conservantes nos cereais açucarados são famosos por causar autismo e homossexualidade. Ele leva o café da manhã para a sala a fim de assistir a *X-Men* na TV. *X-Men* é lavagem cerebral da mídia esquerdista, e a família também desaprova, mas o pai de Jack foi a Wichita para um evento de armas, e sua mãe não se importa tanto assim com desenhos animados.

— Ei, moleque — diz a mãe ao sair da cozinha. — Quer ir ver a sua tataravó?

— A vó?

— Sabe que ela faz 100 anos neste verão?

— Mentira.

— Ela é tão velha que nasceu antes da televisão.

— Ninguém nasceu antes da televisão.

— Antes dos carros. Talvez antes dos cavalos. Todas as pessoas da minha família descendem das árvores — informa Flora McCourt. — Sabe quanto tempo uma árvore vive? Existem árvores hoje que já eram velhas quando George Washington nasceu. Também descendemos de George Washington. Eu vivo esquecendo os detalhes. Você não acredita que ela está prestes a fazer 100 anos?

— Não.

— Quer perguntar a ela em pessoa?

— A gente vai ligar para ela?

A mãe dele entra no corredor. Ela abre o armário embaixo da escada e tira uma mala surrada de lá. Flora coloca a mala no chão aos pés dela e lança um olhar significativo para o filho.

— Eu ia fazer uma surpresa para você. A gente nunca viajou junto antes. Vamos pegar o ônibus em Cordia e seguir para Joplin. De lá, podemos pegar um ônibus para Minnesota.

— E o pai?

— Seu pai já sabe que estamos indo para Minnesota. Você acha que alguma coisa acontece nesta casa sem que ele saiba? Vá se vestir.

— Eu tenho que fazer uma mala?

Ela inclinou a cabeça para a bagagem aos pés.

— Já está feita. Fiz a mala para nós dois. Vamos, ande. Coloque os seus sapatos de correr.

Jack nunca conheceu a família da mãe; nem o avô Magnus, nem a avó Devoted, e tampouco a tataravó, que em teoria foi babá de Ernest Hemingway. Todos são pentecostais e vivem no noroeste de Minnesota, no lago Superior.

O primeiro indício de que o pai de Jack *não* sabe do plano de Minnesota chega quando eles saem pela porta dos fundos em vez de pela porta da frente e atravessam a pé os campos amarronzados de janeiro. Até então, Jack tinha imaginado que eles pegariam uma carona até a rodoviária de Cordia. Connor McCourt e a esposa, Beth, dividem uma choupana de três quartos no fim de uma rua de cascalho, a meio quilômetro da estrada. O pai de Jack permite que eles morem ali sem pagar aluguel, parte do acordo que tem com o casal. Os dois trabalham para a família e estão sempre disponíveis para fazer o que for necessário, desde cuidar da fazenda até lavar louça e preparar a comida. Connor foi à exposição de armas com o pai de Jack, mas seu Road Runner laranja fluorescente ainda está ali, estacionado ao lado do bangalô.

— Por que a Beth não leva a gente?

— O Road Runner está precisando de conserto.

— A gente não vai se despedir?

— Não. É o sábado de folga dela. Vamos deixar ela dormir para variar um pouco, moleque. Dê um tempo para a velha Beth.

Eles andam rápido em direção ao arvoredo, a mãe levando a mala em uma das mãos e apertando os dedos frios do filho na outra. Jack vê a choupana de Connor e Beth da pequena fileira de árvores e imagina se Beth vai olhar pela janela e se perguntar por que eles estão carregando uma mala pelo campo sulcado.

Os dois percorrem alguns metros de arbustos rígidos e congelados e saem na beira da estrada. A mãe de Jack os leva para leste pela estrada, o cascalho sob os calcanhares fazendo barulho. A cada passo que os afasta da enorme casa vermelha do pai de Jack, ela parece mais à vontade consigo mesma.

Jack e Flora andam pela estrada reta sob a luz forte e acobreada da manhã. A mãe fala sobre os parentes que ele vai encontrar no norte, pessoas com problemas mentais pitorescos e histórias divertidas de crimes. Tem a tia que se apaixonou por um parquímetro e foi presa por usar um maçarico de corte nele para poder levá-lo para casa. Tem o tio-avô que estrangulou o poodle de alguém porque achou que fosse um espião russo. O trisavô de Jack costumava andar só de tanga no desfile da Páscoa, carregando uma cruz de mogno de cinquenta quilos nas costas e usando uma coroa de espinhos, até que a cidade ordenou que ele parasse — o sangue no rosto assustava as crianças. Jack alterna entre incrédulo, confuso e empolgado. A mãe quase podia estar descrevendo um circo de horrores do século XIX, em vez de uma família.

Ele vê a F-150 do pai chegando antes da mãe, seguido de perto pelo Road Runner de Connor.

— Ei — diz Jack, apontando para a picape, que ainda está a um quilômetro de distância. — É o pai. Pensei que ele tivesse ido ao evento de armas.

A mãe dele olha para trás e vê os veículos se aproximando. Eles percorrem mais alguns metros e, em seguida, os pés de Flora alcançam o ritmo do seu cérebro e param de andar. Ela coloca a mala ao lado dos calcanhares.

A caminhonete se move para o acostamento, diminuindo a velocidade e levantando uma névoa de poeira. O pai de Jack está sentado ao volante e encara os dois por trás de um par de óculos espelhados, com Connor bem ao lado dele. O Road Runner estaciona atrás da picape, e Beth sai do veículo. Ela fica segurando a porta do carona, parecendo assustada.

— Por que não vem para cá, Jack? — chama Beth. — Eu levo você de volta para casa. Os adultos precisam conversar.

Flora aperta a mão de Jack ainda mais forte. Ele ergue o olhar para a mãe, depois nota um movimento pelo canto do olho. Está chegando outro carro, vindo da cidade: uma viatura da polícia. Ele se aproxima com as luzes e a sirene apagadas e, quando está a cerca de quinze metros de distância, o veículo para do outro lado da estrada.

Só então Hank McCourt, o pai de Jack, o separatista, sai da grande F-150 bege. Connor desembarca pelo outro lado, tomando cuidado para não apoiar o peso no cano de fibra de carbono que serve como degrau. O primo de Jack é o homem mais sortudo que ele conhece: Connor tem uma perna mecânica do século XXI, aquele Road Runner envenenado e Beth. Jack seria capaz de matar para ter apenas uma dessas coisas.

O pai de Jack caminha na direção dos policiais com as mãos estendidas para os lados e as palmas voltadas para baixo, em um gesto que parece recomendar calma. Ele está armado com uma Glock em um coldre de couro preto no quadril direito, mas isso não é surpresa nenhuma. Ele só retira a pistola quando vai tomar banho.

— Entre no carro, Jack — diz Hank. — Beth vai levar você para casa.

Jack olha para a mãe. Ela concorda com a cabeça e solta a mão do filho. Flora pega a mala e se move para segui-lo, mas Hank se coloca entre os dois. Ele levanta a mala pela alça — algo que um bom marido faria —, mas depois coloca a palma da mão no peito de Flora para impedir que ela dê outro passo.

— Não. Você não. Pode ir para onde estava indo.

— Você não pode tirar ele assim de mim, Hank.

— E você pode?

— O que está acontecendo aqui? — falou o policial na estrada atrás da mãe de Jack. — Hank?

Dois policiais da cidade saíram da viatura. Jack reconhece o sujeito que está falando, um dos amigos do pai, um policial parrudo de cabelos brancos, com um nariz inchado e cheio de veias roxas. O outro é um moleque magricela que fica a alguns passos de distância, as mãos apoiadas no cinto. Um bastãozinho branco sai pelo canto da sua boca. Um pirulito, talvez.

— Minha esposa decidiu se mandar com o menino, levar Jack para sabe-se lá onde, sem discutir o assunto comigo.

— Ele é o meu filho — diz Flora.

— Mas também é filho do Hank — argumenta o policial de cabelos brancos. Spaulding. Rudy Spaulding. Esse é o nome dele. — A senhora está abandonando o seu marido, sra. McCourt?

— Nós dois estamos — responde Flora.

Ela olha feio para Hank, os dois segurando a alça da mala. Hank olha para Spaulding por cima da esposa.

— Ela é um perigo para o meu filho, Rudy. Provavelmente também é um perigo para si mesma, mas não posso fazer nada quanto a isso. Quero o meu filho em casa, comigo e com a educadora dele, a Beth. Ela cuida do ensino domiciliar.

— Nós *duas* ensinamos o menino — diz Flora, puxando a mala. — Você pode *soltar*, por favor?

Hank gira a mão ao largar a alça, e a mala se abre. Pilhas de roupas caem no chão. Uma garrafa de gim atinge o asfalto com um tinido. Os ombros de Flora saltam de surpresa.

— Isso não é meu — diz ela. — Eu não bebo mais. Não…

Flora levanta a cabeça e olha para Hank com as bochechas vermelhas.

— Isso também não é seu — fala Hank, depois de vasculhar a pilha e tirar um maço de dinheiro cheio de notas de vinte. Ele olha para Rudy Spaulding. — Eu estava a caminho de Wichita quando percebi que estava sem isso. Por isso voltei.

— Ele está mentindo — diz Flora. — Eu não peguei o dinheiro dele. O Hank escondeu isso aí, que nem escondeu a garrafa.

— E esses comprimidos? — pergunta Spaulding, ao se abaixar e pegar um tubo de plástico laranja. — Ele escondeu isso também?

— Esse remédio foi receitado para mim — diz Flora, que tenta pegar o tubo, mas Spaulding vira um dos ombros para ela e mantém os comprimidos fora do seu alcance. — Eu *preciso* deles.

— Para quê? — pergunta o policial, franzindo os olhos ao ler o rótulo.

— Eu tenho ideias ruins — diz ela.

— Isso mesmo. Fugir com o meu filho foi uma delas — fala Hank.

— Os remédios ajudam. O Jack precisa de ajuda também. Não é tão tarde. Ele não tem que acabar com a cabeça cheia da minha loucura... ou da sua, Hank.

— A única coisa que Jack vai receber dos médicos tradicionais é um monte de comprimidos para deixar ele dócil. Fácil de ser controlado. Não, obrigado.

Spaulding agarra o braço de Flora.

— Tenho uma sugestão, sra. McCourt. Por que não vem à cidade e me conta os seus problemas? Eu sou um bom ouvinte.

— Vai se foder, Rudy Spaulding — vocifera Flora. — Ele está armando para cima de mim com o dinheiro e a garrafa, e você está ajudando o Hank porque adoraria chupar o pau dele. Você quer se ajoelhar no estande de tiro com o Hank e lubrificar a pistola dele.

— Ah, que bom — diz Spaulding. — Eu fico entediado fazendo as coisas da maneira mais fácil.

Ele vira Flora de repente, quase derrubando a mulher e girando o corpo dela na direção da viatura.

— Vamos dar uma voltinha.

Ela lança um olhar furioso para trás, que Hank devolve por trás dos óculos espelhados.

— Vou arrumar um advogado — fala Flora. — Vou arrastar a sua bunda fascista até o tribunal.

— Faça isso. Para quem você acha que o juiz vai dar a guarda do nosso filho? Para uma bêbada instável com um histórico de doença mental e ficha na polícia? Ou para um ex-fuzileiro naval condecorado que faz questão de empregar veteranos deficientes? Vamos ver o que vai acontecer. Rudy, esse gim é bom. É todo seu, se quiser.

Rudy Spaulding conduz Flora para a viatura enquanto ela se contorce e grita. O jovem cadete retira a garrafa de gim da pilha de roupas. Ele liga a lanterna sob a luz do sol para inspecionar o rótulo.

— A mãe está sendo presa? — pergunta Jack.

Hank coloca a mão no ombro do filho.

— Provavelmente. Mas não se preocupe com isso. Ela tem muita experiência nisso.

2

Jack se senta com as pernas penduradas na borda de um buraco fundo cavado na terra. A mãe ergue o olhar para ele de dentro do poço com um sorriso triste, como que pedindo desculpas. Ela está enterrada até o pescoço, de modo que só o rosto sujo está visível. O cabelo está cheio de vermes: minhocas gordas e reluzentes se mexendo e se contorcendo. O fundo do buraco é iluminado por uma luz azul piscando.

Uma porta de tela bate com um estrondo tão alto quanto um tiro, e Jack acorda sentado no topo da escada. Ele teve outro episódio de sonambulismo. Houve ocasiões em que a mãe o encontrou no quintal às duas da manhã, comendo terra. Uma vez ele andou pelado pela estrada, carregando uma espátula, dando golpes em inimigos imaginários. Tem sido pior nas três semanas desde que Flora foi embora.

Ele ainda pode ver aquela luz azul de lanterna e, de início, não sabe por quê. Beth aparece no pé da escada e olha para Jack com os olhos vermelhos de tanto chorar. Ela sobe os degraus três de cada vez e puxa o braço dele para colocá-lo de pé.

— Vamos lá, amiguinho — diz com a voz rouca de emoção. — De volta para a cama.

Jack entra sob as cobertas, e Beth se senta na beirada da cama ao lado dele. Ela alisa o cabelo do garoto, fazendo carinho nele sem pensar, como se fosse um gato. Jack sente o cheiro das mãos de Beth, uma doçura apimentada, como gerânios.

Luzes vermelhas e azuis refletem no teto de gesso branco e liso, pulsando através das persianas. Jack ouve vozes masculinas baixas do lado de fora e o falatório com estática de pessoas conversando no rádio da polícia.

Não é a primeira vez que a lei chega à casa deles. A polícia federal conduziu uma incursão dois anos antes. Os agentes reviraram a casa, mas não encontraram as armas, que foram enterradas dentro de um saco a 1,80 metro de profundidade, lá fora no celeiro, bem embaixo do trator John Deere.

A porta do quarto se abre. Hank olha para o filho.

— Jack? É a sua mãe.

— Ah. Ela veio me buscar? — Ele espera que não, pois está perfeitamente aconchegado embaixo dos cobertores, com a mão de Beth acariciando suavemente os seus cabelos, e não quer se levantar.

— Não.

Hank McCourt atravessa o cômodo e se senta ao lado de Beth. Ela segura a mão dele e o olha com tristeza. As lentes redondas dos óculos de Hank brilham em tons escarlate e safira.

— Sua mãe está indo para casa — diz Hank.

Beth fecha os olhos enquanto os músculos do rosto lutam contra uma emoção poderosa.

— É? O senhor não está mais bravo com ela? — pergunta Jack.

— Não estou mais bravo com ela.

— A polícia trouxe a minha mãe para cá?

— Não. Ainda não. Jack, você sabe por que a sua mãe queria ir embora?

— Porque o senhor não deixava ela beber.

Ele aprendeu isso como um mantra nas últimas três semanas, ouviu a frase de todo mundo: seu pai, Beth, Connor. A mãe estava sóbria havia dois anos, mas o autocontrole enfim se rompeu e rasgou como um saco de papel molhado. O único Jack com que ela se preocupava agora vinha em uma garrafa.

— Isso — fala Hank. — Ela queria ir a algum lugar onde pudesse beber e tomar os comprimidos de louca dela. Sua mãe escolheu isso em vez de você. É horrível pensar que ela precisava mais dessas coisas do que de nós. Sua mãe estava hospedada nas quitinetes perto da loja de bebidas. Acho que ela não precisava ir muito longe para fazer as compras, então. Sua mãe comprou uma garrafa de gim hoje à tarde e a levou para o banho com ela. Quando se levantou para sair, escorregou e quebrou a cabeça.

— Ah.

— Ela morreu.

— Ah.

— Ela já estava doente, sabe? Estava doente desde quando a conheci. Pensei que poderia salvar ela, mas não deu. É de família. Sua mãe tinha ideias esquisitas e tentava afogá-las com a bebida. No final, ela só afogou a si mesma. — Ele espera pela resposta de Jack, mas o garoto não tem nada a dizer. Finalmente, o pai acrescenta: — Se quiser chorar, ninguém vai julgar você.

Jack vasculha as emoções, mas não consegue encontrar nada que se aproxime de dor. Mais tarde, talvez. Quando tiver tempo para entender a situação.

— Não, senhor — diz ele.

O pai avalia o filho durante um tempo, por trás das lentes reluzentes dos óculos. Então assente, talvez como gesto de aprovação, aperta o joelho de Jack mais uma vez e se levanta. Eles não se abraçam, e Jack não fica surpreso. Ele não é mais um garotinho. Tem 13 anos. Rapazes de 13 anos lutaram na Guerra Civil contra a opressão ianque. Soldados de 13 anos de idade carregam metralhadoras na Síria até hoje. Muitos rapazes de 13 anos estão prontos para morrer ou matar, o que for preciso.

Hank sai do quarto. Beth fica mais um pouco. Jack não chora, mas ela *sim*, abraçando-o e estremecendo com soluços suaves.

Quando as lágrimas acabam, Beth dá um beijo de leve na têmpora de Jack. Ele pega a mão dela, beija a palma branca e cremosa e sente o sabor adocicado e picante de sabonete de gerânio. Depois que a mulher sai, o sabor permanece, tão doce quanto cobertura de bolo, nos lábios de Jack.

3

Eles enterram a mãe de Jack em um dia de muito vento, no início de março, no terreno deles, depois do pomar. O garoto não tem certeza se isso é legal. O pai diz "Quem vai nos deter?", e Jack imagina que a resposta seja ninguém.

Flora não ganha um caixão e nem foi embalsamada. Hank diz que embalsamar pessoas é perda de tempo.

— Não é preciso envenenar uma pessoa depois que ela já está morta. Deus sabe que Flora tinha bastante veneno no corpo quando estava viva.

Flora está enrolada em um lençol branco sujo com algumas manchas velhas que parecem ser de café. O pai de Jack passou fita adesiva nos tornozelos e na garganta, para prender o lençol ao corpo. Ele cava o buraco com alguns dos amigos, todos separatistas que nem ele.

Eles vieram de todo o estado para prestar homenagem à perda de Hank, uma multidão de chapéus enormes, bigodes fartos e olhares vazios. Alguns deles estão parados ao lado da sepultura, com os fuzis AR-15 apoiados nos ombros, como se fosse necessária uma salva de tiros. Um homem parrudo e queimado de sol, com olhos arregalados e cabeça raspada, usa bandoleiras cruzadas e calças de vaquejada, como se estivesse a caminho de uma encenação do confronto do Álamo.

Quando o buraco está fundo o suficiente, Connor e alguns dos outros descem o corpo. Hank se ajoelha dentro da cova com a cabeça da esposa, envolta em uma mortalha, no colo, acariciando a testa com delicadeza. Talvez ele sussurre para ela. Hank encara Jack. Por trás dos óculos de John Lennon, os olhos do pai estão brilhantes e cheios de lágrimas, embora elas não caiam.

Jack tem o pensamento horrível de que os olhos da mãe também estão abertos e que ela está olhando fixamente para ele através do algodão branco. Jack vê que os lábios da mãe estão abertos. O lençol afundou um pouco no buraco da boca. A qualquer momento ele espera que ela solte um gemido — ou grite.

Beth agarra Jack ao lado do corpo, como se quisesse confortá-lo, embora seja ela quem esteja chorando. A cabeça do garoto bate nos seios grandes e macios dela.

Connor oferece ajuda, mas o pai de Jack o ignora e sai da sepultura com as próprias forças. Ele tira a terra das mãos, vai até o lado de Jack e coloca a mão no ombro do filho.

— Quer jogar terra nela?

— Por que eu iria querer fazer isso?

Hank balança a cabeça e olha feio para Jack, tentando entender por que o filho está sendo desrespeitoso. Ele parece decidir que o garoto está curioso, e a expressão no rosto se suaviza.

— Para prestar homenagem à memória dela — explica o pai.

— Ah — diz Jack.

Ele pega um punhado de terra, mas deixa escapar pela mão fechada. Jack não sente vontade de prestar homenagem à mãe jogando terra no rosto dela.

— Não tem problema — fala Hank. — Talvez você possa trazer algumas flores para ela um dia desses.

Beth é a primeira a pegar um punhado de terra e jogar dentro da cova. Ela quase parece zangada, pelo jeito como joga a terra. Ela produz um som de uma pancada ressonante ao cair no lençol apertado, como a mão de uma criança batendo em um tambor de brinquedo. Outros se juntam a Beth. O homem com as bandoleiras cruzadas encontra uma pá e começa a tapar o buraco. Alguns dos caubóis disparam tiros e soltam brados de tristeza. Uma garrafa de Bulleit Bourbon começa a ser compartilhada.

Em menos de meia hora, Flora foi plantada como uma semente.

4

Cinco semanas depois de plantar a mãe, Jack está a caminho da cidade com Beth e Connor. O pai emprestou a F-150 a eles. Connor tem assuntos de fazenda a tratar na Suprimentos Agrícolas de Cordia, e Beth diz a Jack que o garoto precisa ir para protegê-la da máquina de doces no saguão da loja. Beth nunca consegue se controlar perto de SweeTarts e está tentando cuidar dos dentes, mas, se Jack for com os dois, ele vai poder comer a maior parte dos doces por ela, e os dentes de Beth permanecerão brancos, brilhantes e perfeitos, e Connor ainda terá vontade de beijá-la.

— Hummmmm, pode ser — diz Connor, piscando para ela, como um homem que contempla uma tarefa desafiadora.

Ela ri e dá um beijo nele, que se transforma em uma mordida no lábio inferior. No caminho até a picape, Connor dá um tapinha no traseiro formoso de Beth. Essas intimidades deixam Jack enojado e, por um instante, ele lamenta que Connor tenha voltado do Afeganistão — uma coisa tão feia de se desejar que ele sente que pode morrer de vergonha. O desejo devia ser uma emoção agradável, mas, para Jack, é um verme dentro de uma maçã podre.

Eles estão a três quilômetros da fazenda e a três quilômetros da cidade quando a mulher lança um olhar espantado pela janela e manda Connor parar o carro como se tivesse visto alguém mutilado e ensanguentado no acostamento.

Ele vira o volante, controlando a picape como um homem que teve que dirigir no meio de um tiroteio mais de uma vez. A F-150 levanta uma nuvem leitosa de poeira enquanto eles param no acostamento com uma força de tremer os dentes.

Beth estica a cabeça para espiar uma barraca pela janela traseira.

— A placa diz que eles têm ovos de codorna.

Connor olha feio para ela.

— Você não enjoa de ovos de galinha? — pergunta Beth. — Não quer comer alguma coisa diferente na vida?

— Quase acabei de fazer isso — diz Connor. — Quase acabei de comer a porra do volante.

Beth e Jack andam de mãos dadas até a barraca da fazenda, com a luz do sol da manhã nos rostos.

A barraca não passa de uma mesa feita de tábuas apoiada em cavaletes de madeira, coberta por uma toalha de mesa xadrez verde e branca. Cestas de vime guardam um monte de rabanetes e molhos de couve. Uma idosa está sentada em uma cadeira dobrável, parecendo estar cochilando, com o queixo tocando o peito. Jack nota que ela é idosa porque a mulher usa uma camiseta listrada que deixa os braços nus, e esses braços estão cheios de rugas, com veias azuis pálidas visíveis embaixo da pele. Mas ele não consegue ver o rosto porque ela usa um chapéu de palha verde de abas largas e as feições estão ocultas sob a aba enorme. A placa de papelão escrita à mão diz:

Ovos de codorna! Delícia!
Fumo de mascar com sabor de mel!

Manteiga de maçã!
Pequenos bolos, tomates grandes,
Sementes para o seu jardim.

Beth espia dentro de uma caixa de sapatos cheia de feno e se espanta ao ver os ovos sarapintados lá dentro.

— Eu nunca comi ovos de codorna antes — diz ela.

— Tenho o remédio para isso, querida! — fala a velha senhora, que se endireita e levanta a cabeça.

O sol brilha através do material fino do chapéu de palha verde e banha o rosto da mulher com uma luz esmeralda sobrenatural. Quando ela sorri, a boca se abre tanto que parece que a velha foi atacada pelo gás do riso do Coringa. Ela mantém os cabelos grisalhos presos e afastados da testa alta, e tem um nariz romano aquilino; Jack percebe que a mulher se parece um pouco com George Washington. Assim que o pensamento lhe ocorre, ela pisca para Jack, como se ele tivesse mencionado aquilo em voz alta e a idosa quisesse que ele soubesse que não ficou nem um pouco ofendida.

— Já ouvi falar de vocês. São os rebeldes que são contra impostos e que fundaram a própria nação aqui perto. Espero que não queira comprar ovos de codorna com seu próprio tipo de dinheiro; só negocio com dólar americano. — Ela ri, uma gargalhada seca que provoca um calafrio em Jack.

— É um prazer pagar com dólar americano — responde Beth, com um sorriso tenso. — Por que não? Não vale o papel no qual é impresso. Não vale nada desde que abandonamos o padrão-ouro em 1933. É melhor receber pagamento em cigarros. Pelo menos ainda vão valer alguma coisa depois que o país falir.

— Quer me pagar em cigarros? — pergunta a velha. — Vai me poupar uma viagem ao mercado depois que comprar os meus ovos.

— Eu conheço a maioria das pessoas daqui. De onde a senhora é?

— Do governo federal! Sou uma agente disfarçada do FBI e estou usando uma escuta agora mesmo! — A idosa ri de novo. — Sou a mais velha agente do FBI da história. O J. Edgar Hoover me deu o distintivo e o vestido que estou usando! Tínhamos o mesmo gosto para roupas.

Beth pergunta quanto custa uma dúzia de ovos de codorna, e a velha responde que o preço é 4,80 dólares. Beth pergunta que gosto tem o fumo de mel, e a idosa responde que tem gosto de mel.

— Bem, o que tem de especial nele então?

— Mastigue o suficiente e ele vai lhe dar um belo câncer — fala a velha, se divertindo.

Beth abre a bolsa de cânhamo e tira uma nota amassada de dez.

— Quero o meu troco.

— Tem certeza? A gente não acabou de concordar que o dinheiro americano vale só o que imaginamos? Que tal eu lhe dar um centavo e você imaginar que é um dólar?

— Não tenho uma imaginação tão boa assim — diz Beth.

— Ah, que tristeza. O verdadeiro sobrevivencialista, alguém que realmente fez da sobrevivência sua principal preocupação, vai descobrir que a imaginação é mais útil do que balas ou feijões. A falta de imaginação costuma levar a um infortúnio evitável.

— Preciso pagar por toda essa sabedoria? — pergunta Beth. — Ou é por conta da casa?

A velha retira uma caixa de metal de baixo da mesa e conta o dinheiro de Beth. Ela dá o troco com o seu grande sorriso rasgado.

— Uma boa conversa é ainda melhor do que ovos de codorna, e ficar sentada aqui sozinha por tanto tempo abriu o meu apetite. Espero que não tenha me achado muito chata.

Enquanto as mulheres conversam, Jack examina a mesa de mercadorias. Ele admira algumas caixas de morangos silvestres do tamanho de botões e um caixote de pimentões verdes lustrosos. Pega uma caixa de madeira cheia de pequenos envelopes de sementes e faz uma pausa diante de um envelope escrito "Jujuba de Milho" com um desenho rabiscado que mostra uma espiga de milho com grãos de cor amarela e laranja.

— Não é possível plantar jujuba de milho — diz Jack para si mesmo.

A idosa responde como se ele estivesse falando com ela:

— É possível plantar qualquer coisa. É possível plantar uma ideia. Eu morava perto de uma usina de biocombustível, que gera energia a partir das plantas; quem sabia que era possível plantar combustível? Assassinos, às vezes, plantam provas falsas para despistar a polícia.

Jack lança um olhar assustado para a mulher, com o coração acelerado, mas, se ela quis insinuar alguma coisa com essa última afirmação, não há como dizer pelo sorriso maluco e pelos olhos brilhantes. Ele mexe um pouco mais nas sementes. Outro envelope está marcado como "Foguete". O desenho mostra a ponta de um míssil saindo do chão.

— Também não é possível plantar isso.

— Existem foguetes plantados em todo o país. O suficiente para matar o planeta dez vezes.

O envelope seguinte está marcado como "Mães". O desenho mostra um crisântemo dourado com um rosto sorridente saindo dele. A flor, chamada de mãe naquela região, usa um vestido e segura a mão de uma criança.

— Vinte e cinco centavos — diz a velha. — Vá em frente e plante uma mãe para você. Plante um monte. Todas as mães que pode querer na vida.

— Vamos lá, amigo — fala Beth, carregando a compra em um saco de papel marrom, segurando-o junto ao belo busto.

A idosa pega o envelope das mães e o estende para Jack.

— As mães mais bonitas que já viu. Bonitas e *vigorosas*. Dê um pouquinho de água, um pouquinho de sol, um pouquinho de amor, e elas vão brotar logo, logo e devolver esse amor, Jack.

Os ombros do garoto saltam em um gesto nervoso de surpresa. Pensar que a velha sabe o nome dele o deixa assustado. Mas não... Espere. Ela não sabe, não tem como saber, o nome de Jack. A senhora apenas falou "já" e ele ouviu "Jack".

Ele tira uma moeda de 25 centavos do bolso do macacão. A velha pega a moeda como um pássaro arrancando uma semente da terra. Ela olha avidamente para a moeda, depois vira para que Jack possa ver a imagem em relevo de George Washington.

— Olha, é o meu retrato! — diz a idosa com a voz esganiçada e rouca. — Uma semelhança perfeita!

— Jack! — grita Beth na picape, um pé no estribo. — Vamos!

O garoto pega o envelope de mães e corre para o carro.

— Tudo que é bom deve ser pago — fala a velha. — E tudo que é ruim também... especialmente tudo que é ruim. A gente sempre colhe o que planta. O milho cai para a foice, tão certo quanto a água desce ladeira abaixo! Haha!

Ela bate palmas como se tivesse dito algo muito inteligente.

— Velha doida — fala Beth quando a F-150 volta para a estrada. — Ainda bem que ela não mordeu a gente.

Ela vê Jack virando o envelope de papel pardo na mão.

— O que você comprou? Algumas flores?

— O pai disse que eu poderia plantar algo para Flora — responde ele, que passou a chamar a mãe pelo primeiro nome, como todo mundo.

— Ah — diz Beth. — Você é um amor. Posso ajudar?

Ele concorda com a cabeça e fica agradecido quando ela o abraça. Beth segura o garoto assim pelo resto do caminho até a Suprimentos Agrícolas de Cordia, onde ele desce para ajudar Connor a empilhar sacos de vinte quilos de nitrato de amônio no carro. Depois que Connor fecha a porta traseira, Jack e Beth compram jujubas na máquina de doces.

— Hum — fala Beth, triturando uma jujuba nos pequenos dentes brancos. — Azeda. Adoro essas. Elas têm gosto de radioatividade. Como se devessem brilhar. Isso faz sentido?

Jack concorda com a cabeça, incapaz de responder. Ele está chupando um bocado de jujubas azedas radioativas. Da maneira como o açúcar faz o coração do garoto disparar, é fácil imaginar que a corrente sanguínea de Jack é composta só de veneno doce agora. A estufa tem um telhado curvo como o de um hangar de avião, só que as paredes são feitas de plástico resistente. O mundo do lado de fora parece desfocado, o desenho de uma criança retratando o campo e o céu. Beth leva Jack para uma das mesas de madeira e encontra alguns vasos de plástico baratos.

— Pena que não começamos a plantar as sementes algumas semanas atrás — diz Beth. — Tivemos geada no solo ontem de manhã, mas acho que o Senhor Inverno foi embora para valer agora. O tempo está mudando, e as mães precisam de uma boa vantagem inicial na primavera. Vamos cultivá-las na estufa, por via das dúvidas, e, em seis semanas, elas vão estar grandes o suficiente para que possamos levá-las para fora.

Beth é formada em ciências agrícolas pela Universidade de Iowa e sabe do que está falando. Ela é a encarregada de ensinar biologia e as ciências naturais para Jack há anos. Flora ensinava inglês, história e educação cívica. O pai deveria estar cuidando dessas matérias agora, mas os dois se encontram apenas algumas vezes por semana, quando Hank não está ocupado com a fazenda ou visitando amigos no movimento Patriota. Jack preferia a lista de leitura de Flora. Eles liam Harry Potter e os livros de Nárnia. Por causa do pai, Jack está encarando *Behold a Pale Horse*, que está mais para uma colagem de manifestos, ideias extravagantes e confissões do que para um livro.

Até Connor dá aulas para Jack. Connor ensinou o menino a dirigir a F-150 por uma pista de obstáculos, como montar uma AR-15 com os olhos vendados e como fazer uma bomba caseira. É claro que as lições de Connor são as melhores, mas são raras, pois o primo de Jack em geral está fora do estado fazendo "reconhecimento". Jack perguntou a Connor certa vez que tipo de reconhecimento ele fazia. Connor aplicou uma gravata no garoto e disse: "O que você não sabe, não pode dizer, mesmo durante um interrogatório avançado como este." E torceu o mamilo de Jack até o garoto gritar.

Beth levanta um saco plástico branco de terra, e Jack fica de pé para ajudá-la. Os dois enchem os vasos com terra tão úmida e preta como migalhas de um bolo de chocolate. Jack abre o envelope de papel pardo e enfia um dedo para retirar as sementes.

— Ai! — grita ele, puxando o polegar de volta.

Por um instante, Jack teve a impressão de ter sido mordido por um pequeno animal — um rato — e sangue vermelho brilha nas bordas da unha do seu polegar.

Ele sacode o envelope para jogar as sementes na palma da mão e, quem sabe, talvez elas o tenham mordido mesmo. Com o sangue de Jack, as sementes se parecem com os dentes de um carnívoro, manchados da última refeição.

— O que você está fazendo, Jack? — pergunta Beth. — É melhor regar elas com água, não com sangue.

— "A árvore da liberdade deve ser regada de tempos em tempos com o sangue de patriotas" — entoa Jack em tom ameaçador, e os dois caem na gargalhada, embora Beth lance um olhar de vergonha em volta ao rir.

Essa citação é uma das favoritas de Hank McCourt e, portanto, é uma grande alegria — e uma espécie de deslealdade — zombar dela.

6

Beth diz que as mães não vão estar prontas para o jardim até o início de maio, mas, duas semanas depois de colocá-las nos vasos, Jack verifica as sementes e sai correndo para procurá-la. O amanhecer mal começou a pintar o céu de rosa, mas é raro o dia em que Beth não acorde ao nascer do sol. Se estiver prestando atenção, ela deve conseguir ouvi-lo, mesmo da choupana no final da rua de brita. Ele atravessa o alpendre e desce para o pátio. O grande carvalho no quintal parece pesado com as folhas, mas, quando Jack grita o nome dela, as folhas entram em erupção na manhã escarlate com uma centena de pardais decolando de uma só vez.

— Que pressa é essa, rapaz? — pergunta Beth, e ele se vira.

Ela já está dentro do casarão, observando o garoto do outro lado da porta de tela agitada pelo vento.

Por um brevíssimo momento, Jack fica surpreso ao vê-la ali. A essa hora, ele esperaria que Beth estivesse de camisola andando pela casa, ajudando Connor com a perna dele e fazendo as obrigações matinais. Mas, por outro lado, ela costuma servir o café da manhã dos três homens na cozinha do casarão, e talvez ela quisesse ter sido a primeira a pegar os biscoitos.

Jack corre de volta ao alpendre, pega a mão dela e arrasta Beth em direção à estufa. Ele dá uma olhada nela e não se atreve a dar outra. O cabelo de Beth está despenteado de sono e, com o suéter felpudo e a calça jeans desbotada, ela está tão linda que o deixa sem fôlego. Jack volta o olhar para os pés descalços da moça, que são brancos, limpos e delicados.

Ela franze a testa ao ver as plantas nos vasos. As mães já estão com brotos verdes felpudos saindo da terra, grandes como mãos.

— Caramba! Bem, eu me pergunto se aquela velha doida enganou você, garoto.

— Não são mães?

— Parecem mães, mas não podem ter crescido tanto em tão pouco tempo. Não em dez dias. Não sei se são mães ou salada, mas tenho minhas suspeitas. Desconfio que essas sementes sejam uma porcaria. Você quer manter o nosso grande experimento de jardinagem ou jogar tudo fora?

Jack pisca para ela, como viu Connor fazer quando está prestes a falar algo engraçado.

— Acho que elas precisam de um mamão para crescer.

Beth leva um minuto para entender e, quando consegue, bate no ombro de Jack com o nó de um dedo.

— Acho melhor *noz* dois levarmos as mães para fora então. Sacou? *Noz*? Sacou?

— Hum-hum — diz ele. — Você veio até aqui descalça? Seus pés devem estar gelados.

— Sim. Você sabe que estou sempre com pressa de vir aqui e começar outro dia para arrancar o seu couro magro. Falando nisso, vamos comer alguma coisa, que tal? As mães não são as únicas coisas que estão desabrochando por aqui.

O coração de Jack está tão leve e o ânimo tão alto que ele fica irritado consigo mesmo por se perguntar por que não tinha terra ou grama nos pés de Beth se ela veio da choupana até ali com os pés descalços. É como um bocado de leite azedo — não há nada a fazer com um pensamento desse tipo a não ser cuspi-lo.

7

Eles batem a terra ao redor da muda e se ajoelham diante do túmulo de Flora. O ar está tomado pelo aroma do barro remexido. A lápide é feita de mármore rosa e, por alguma alquimia moderna, tem uma fotografia impressa: uma Flora de 19 anos sorri timidamente, com olhos baixos e flores no cabelo, no dia do casamento.

A brisa agita as folhas verdes do que podem ou não ser mães, agrupadas sob a pedra que bate na cintura.

Jack está satisfeito com o efeito e orgulhoso do serviço que os dois fizeram na manhã de hoje e é pego de surpresa quando vê lágrimas escorrendo pelo nariz arrebitado de Beth. Ele coloca um braço em volta dela — um gesto não de todo altruísta.

A mulher passa as mãos pelas bochechas e funga de uma maneira maravilhosamente nada feminina.

— Gostaria de que a Flora estivesse aqui. Ela não amava só você. Ela também me amava, mais do que eu merecia. Se eu a amasse tanto quanto ela me amava, a Flora ainda estaria viva.

— Não — diz Jack. — Isso não é verdade.

— É, sim. Eu sabia o que aconteceria com a Flora se ela nos deixasse. Eu devia ter me ajoelhado e implorado para o seu pai deixar ela voltar para casa. Eu sabia que a sua mãe não podia ter ficado sozinha lá fora, não com todas as coisas podres na cabeça dela. E mesmo assim eu deixei a Flora ir embora. Que tipo de pessoa eu sou?

Jack a abraça.

— Não fique triste, Beth. Você não fez a minha mãe escorregar no banho.

Ela emite um som entre um soluço e um coaxo e devolve o abraço apertado. Todo o corpo magro dela, com os músculos rijos se mexendo sob a pele, estremece.

— Além disso — fala Jack —, você ajudou com as flores. Está dizendo para a minha mãe como ela era importante para você agora, só por plantá-las comigo. Nada diz adeus melhor do que flores.

8

Jack acorda de sonhos inquietos e quentes demais e descobre que está doente. Há uma grande sensação de peso no peito, que dificulta a respiração. Ele se senta na beirada da cama, no escuro do quarto, avaliando a situação. O garoto tosse, hesitante, e produz um ruído grave.

Ele precisa ser regado, pensa. Não — ele franze a testa. Ele precisa *beber* água, não ser *regado*.

Jack cruza o chão frio de tábuas com os pés descalços. Na porta, bate no esterno com o punho, pigarreia e tosse novamente. Jack expele pontinhos marrons na palma da mão. Sangue? Ele vira a mão de um lado para o outro e decide que está olhando para terra.

O garoto desce a escada. Sente a pressão aumentando no peito, outra tosse se preparando para explodir. Ouve vozes, mas elas estão abafadas, como se os ouvidos estivessem cheios de terra.

Ao pé da escada, Jack dobra o corpo e agarra os joelhos para tossir mais forte — e algo fica preso na sua garganta. Ele tenta respirar e não consegue, e, de repente, está sufocando. Algo duro e fibroso ficou entalado no esôfago. Jack abre a boca, enfia um dedo para forçar o vômito e encontra fios saindo da garganta. Ele os agarra entre o polegar e o indicador e puxa. Jack emite sons molhados, enjoativos e sufocantes enquanto retira o que parece ser uma raiz: marrom, peluda, suja de terra. Ele puxa sem parar, e continua puxando, e então a coisa termina de sair: o caule de uma planta com algumas vagens esverdeadas em uma extremidade e um fio de cuspe pendurado nela.

Jack joga o caule longe com nojo, dá meia-volta e dispara em direção à cozinha. Ele está em pânico para encontrar ajuda e desesperado para tirar o gosto de terra da boca e, como costuma acontecer nos sonhos, percorre partes da casa que não existem. Ele corre por uma sala onde as tábuas do piso foram removidas para deixar a terra à mostra. Alguém andou cavando covas ali. Ele corre por uma sala onde Beth se reclina nua em uma banheira com pés de garra, ensaboando uma perna rosa no vapor. Ela não está usando um *sabonete*, mas uma *flor*. *Um gerânio*, pensa Jack, e a ideia se enraíza na sua mente com uma força oculta desconcertante. *Um gerânio!* Beth pergunta se ele quer entrar na banheira com ela, mas Jack continua correndo. Ele passa pela porta vaivém da cozinha, corre para a pia e abre a torneira. Ela sacode e treme, só que nada mais acontece — e então começa a borbulhar água enferrujada. Jack olha fixo. A água escurece e ganha mais cor, tornando-se viscosa. Ela fede, não a sangue, mas a terra revolvida.

— Lave o rosto — diz a mãe em tom delicado, para a seguir pegá-lo pelos cabelos e enfiar a cabeça do menino na água.

A água fria acorda Jack.

Ele cambaleia diante da pia da cozinha, pegando água limpa, potável e gelada com as mãos em concha para depois jogar no próprio rosto. A cada punhado de água, lava um pouco mais os pesadelos. Quando está no meio de um, aquilo parece tão real quanto a vida — mais real ainda, de certa forma, mais nítido. Porém, os terrores noturnos derretem tão rápido quanto flocos de neve contra a pele nua. Ele bebe direto da torneira e, quando endireita as costas e seca a boca, o coração não está mais acelerado, e ele se sente sonolento e calmo. Jack sabe que passou a noite vagando porque não consegue se lembrar de ter descido pela escada, mas não se recorda quase nada das fantasias confusas, a não ser de Beth assando o corpo nu em um banho quente. O relógio no fogão informa que são apenas três minutos depois da uma da manhã.

Enquanto Jack enche um copo d'água — ele ainda sente sede, a garganta parece *empoeirada*, e o garoto se pergunta se está no quintal comendo terra de novo —, vozes masculinas baixas na sala de jantar chamam a sua atenção: seu pai e Connor. Os dois não o ouviram perambulando pela casa. Ele cruza o espaço escuro da cozinha até a porta vaivém, que está sendo mantida entreaberta por um antigo calço, uma espiga de milho feita de ferro fundido. Jack está prestes a dizer oi, mas depois fecha a boca. Ele permanece na escuridão da cozinha, espiando em silêncio o pai e o primo.

O laptop de Hank está aberto, e a tela mostra uma imagem do prédio do governo em Oklahoma City, depois que a bomba de Timothy McVeigh fez toda a parte dianteira da estrutura desabar. Jack tinha ouvido o pai dizer, mais de uma vez, que Oklahoma City foi o primeiro movimento em um jogo demorado, mas, quando Jack pergunta que jogo é esse e quem está jogando, o pai apenas dá um tapinha na cabeça dele e sorri com astúcia.

Hank está com uma das mãos nos ombros do sobrinho. Connor se inclina sobre a mesa, de costas para a cozinha. Os dois estão estudando mapas. Um deles é a impressão de uma área urbana. O outro é um diagrama desenhado à mão de um edifício.

— … é a maneira mais fácil de conseguir um passe para entrar na garagem. Estacione no nível A-1, deixe as chaves no carro e saia a pé.

— A polícia federal fica no último andar?

A mão direita de Hank faz pequenos círculos nas costas de Connor.

— E tem um escritório da receita federal no mesmo prédio, no quarto andar. Pequeno, mas saboroso... como a cereja do bolo.

Connor pensa a respeito. De repente, ele ri e levanta o queixo. O rosto está quase de perfil, os olhos brilham de empolgação, a boca está ligeiramente aberta. Jack vê algo, um aspecto do primo que nunca tinha observado antes, mas que supôs sempre ter estado ali: estupidez.

— Imagine só! — diz Connor, que bate palmas, *bang*! — Vamos ver pedaços deles voando por três estados. Vai chover pedaços.

— Vai ter pedaços deles em órbita — concorda Hank.

Connor abaixa a cabeça para examinar os mapas mais uma vez. Quando ele fala de novo, a voz é lúgubre:

— Você vai cuidar da Beth?

— Eu já faço isso.

— É verdade. Sim, você cuida. Melhor do que eu. — Isso é dito com certa amargura.

— *Shhh*. O que fizeram com você no deserto foi um crime, mas você não voltou para casa menos homem. Você voltou para casa *mais* homem, e a pequena Bethy sabe disso. Ela sabe do que você é capaz, e eu também. E um dia todos vão saber.

Connor se endireita.

— Eu gostaria que fizéssemos isso amanhã logo.

— A grande assembleia regional da polícia federal ocorre em outubro. É perto o suficiente.

— Se tivermos até outubro. Se *ela* não contou para ninguém.

— Ela não contou.

— Não dá para ter certeza disso.

— E, ainda assim, eu tenho. Tenho certeza. A Beth arrancou tudo dela. A Flora sabia o que aconteceria se os federais invadissem a nossa casa de novo. Ela sabia que seria como colocar uma arma na cabeça do filho. Eu avisei. Mais de uma vez. Disse que, se os federais aparecessem aqui, eu não hesitaria: eu mesmo mataria o garoto antes de deixar a lei tirá-lo de mim. Não. Ela era louca, Connor. Mas não era burra.

O copo de Jack escorrega. Os dedos agarram firme antes que ele possa cair no porcelanato.

Ele pousa o copo com muito cuidado na pia de aço inoxidável e volta correndo para a cama, como a sombra de uma coruja se movendo através de um campo banhado pelo luar.

9

Jack não consegue dormir. Às 4h50, ele levanta de novo e sai do casarão, com as pernas trêmulas e o estômago embrulhado.

O céu brilha no tom suave de um cravo-da-índia. Uma névoa passa e reluz acima dos campos amplos e inclinados, onde caules verdes de trigo estão apenas começando a brotar. Jack considera que deveria ter uma conversa com Flora sobre o que ouviu e anda descalço pela grama molhada até o cemitério da família. Ele entra pelo portão de ferro fundido e coberto de orvalho, encontra a sepultura da mãe e cai de joelhos diante dela. As mães estão aparecendo em bandos de talos verdes e oleosos, com folhas largas e escuras. Nenhum sinal de flores. Ainda não. Elas precisam de um pouco mais de tempo antes de estarem prontas para florescer.

Ele não consegue pensar no resto agora: alguma coisa sobre a polícia federal, algo sobre o que aconteceu com Connor no Afeganistão, onde ele quase foi morto por um fogo amigo, vítima de um ataque de drone operado pelo governo americano. O que aconteceu com o primo abaixo da cintura nunca é discutido, mas Jack sabe que a perna ausente não é a pior parte. Ele já viu Connor com as calças abaixadas, viu o coto cheio de cicatrizes do pênis, uma coisa horrível sem cabeça.

Eu mesmo mataria o garoto antes de deixar a lei tirá-lo de mim. Esse pensamento surge na mente de Jack sem parar, e cada vez é como um tiro, uma bala na cabeça. Isso e *A Beth arrancou tudo dela.* Há vários significados nesta declaração que Jack não quer examinar.

Ele tem que descarregar a energia horrível e revoltante que toma conta de seu corpo. Parece que, se não quebrar alguma coisa, Jack vai vomitar, mas, como não há nada por perto que possa ser quebrado, ele agarra um punhado dos talos que se projetam do chão.

As raízes da mãe estão enterradas de maneira incrivelmente profunda. Jack range os dentes e *puxa*, e a terra começa a cair. É quase como se os talos verdes estivessem presos a uma cabaça bastante pesada. Ele puxa — fecha os olhos — puxa com mais força — e abre os olhos — e não consegue gritar porque não há ar nos pulmões.

Jack puxou uma cabeça do chão.

Não uma cabeça inteira. Apenas a parte superior, do nariz para cima. É o rosto de uma mulher. Não, mais do que isso. É o rosto da mãe dele, embora a pele seja esverdeada e tenha aparência de cera e o cabelo não seja cabelo de maneira alguma, mas fios longos e duros de fibra verde; são talos de plantas. Os olhos da mulher estão fechados.

Jack se joga para trás, quase ao pé da cova. Ele luta para gritar e não consegue arrancar nenhum som da garganta.

Os olhos dela se abrem. Os globos oculares parecem cebolas brancas macias. Não há íris ou pupilas. A mulher pisca.

Jack enfim consegue gritar e corre.

10

Ele se aproxima de mansinho para dar outra olhada, pouco antes do almoço, durante a pausa nas tarefas da manhã, depois que o sol tinha espantado a névoa. Jack consegue enxergar o ponto onde arrancou a mãe do chão, mas ela afundou de novo, a terra cedeu e caiu para cobrir... o quê? Ele pode ver a curva de uma coisa que talvez seja um crânio ou talvez não seja nada além de um grande graveto descascado. Jack chuta a terra solta por cima para encobri-lo. Quando termina, espalha a terra e passa a mão para nivelá-la.

Ele tenta não sentir o topo da cabeça da mulher embaixo da terra, mas a mão se move por vontade própria até as outras plantas. Sente uma curva rígida de crânio atrás da outra. Seis ao todo.

Desta vez, quando vai embora, ele se obriga a andar, embora as pernas não parem de tremer.

11

Três dias depois, ele está apertado no banco da frente da picape, entre Connor e o pai, e os três vão às quitinetes em Stalwart, onde a mãe passou as últimas semanas da vida. A polícia enfim autorizou Hank McCourt a recolher os pertences da falecida esposa. O prédio fica em uma ampla avenida de lojas vagabundas: uma de empréstimos pessoais, outra de cigarros eletrônicos e uma igreja batista com uma placa branca na frente que diz Toda a carne é grama e Jesus é o cortador de grama.

Hank conduz a F-150 sob um arco de estuque branco e entra no pátio de estacionamento. O edifício tem dois andares e envolve os recém-chegados por três lados. Há uma piscina no centro do pátio, protegida por uma cerca de arame, mas a água está baixa e tem uma cueca branca imunda flutuando na parte rasa.

O pai de Jack estaciona a picape ao lado de uma viatura da polícia. Um policial está encostado nela, com uma prancheta de aço em uma das mãos e o quepe na outra. A última vez que Jack viu esse cadete, ele estava inspecionando uma garrafa de gim. Assim como naquela ocasião, ele tem um bastãozinho fino e branco saindo pelo canto da boca.

Hank desce do lado do policial. Jack segue Connor pelo outro. O cadete entrega a prancheta para Hank e mostra a ele onde assinar.

— O moleque quer ficar aqui fora comigo? — pergunta o jovem policial.

— Ele vai ficar bem.

O policial encara Jack.

— Quer um cigarro?

Ele oferece a caixa. Naquele momento, Jack percebe o que o policial tem na boca: um doce em formato de cigarro. Hank faz um gesto tolerante com a cabeça, embora não aprovasse açúcar processado.

— Obrigado, senhor — diz Jack e pega um cigarro.

O lugar tem um único cômodo com um tapete sujo, cor de terra, que vai de parede a parede. Em frente à porta de entrada há uma porta de vidro deslizante aberta para o dia. De alguma forma, o brilho da tarde faz a sala parecer ainda mais sombria.

Jack sai da entrada para o espaço aberto. Há um catre no canto, com os lençóis desarrumados. O ar tem um odor azedo, como chulé. Um saco de papel marrom cheio de garrafas vazias de gim está encostado em uma parede. Moscas zumbem em torno de uma caixa aberta de comida chinesa, ao lado de um livro chamado *Como lutar por seus filhos e vencer — Um guia de campanha para o divórcio*. Jack se aproxima e espia dentro da caixa de comida chinesa. A princípio, parece que o macarrão está se contorcendo. Então ele percebe que não é macarrão.

Os três empacotam os pertences de Flora enquanto o policial assiste.

Jack encontra as roupas da mãe em pilhas arrumadas debaixo da cama e coloca dentro de uma caixa. Ele descobre um frasco de comprimidos vazio: Clozaril. Na hora vem a ele a rima com a palavra "reprimiu", o que faz sentido, porque era o que ela usava para reprimir os maus pensamentos. Jack descobre outra garrafa de gim, praticamente vazia, no meio do emaranhado de lençóis.

— O engraçado é que tem uma loja de bebidas aqui do lado — fala o cadete —, e o cara que administra o local diz que nunca viu a mulher lá.

— As pessoas não gostam de cagar onde comem, não é? — diz Connor, coçando a nuca.

Quando eles carregam a última caixa de papelão até a picape, o cadete fecha a porta de vidro deslizante e vira o ferrolho. Assim que ele dá um passo para trás, a porta estremece e abre alguns centímetros.

— Que beleza — fala. — A tranca está quebrada. Que lugar de merda. Ela provavelmente deu sorte de ter bebido até morrer antes que alguém pudesse entrar e matá-la.

— Meu filho está aqui — diz Hank, naquele tom suave que é mais assustador do que se ele gritasse.

O policial abaixa a cabeça e bate com ela no vidro. Ele olha envergonhado para trás.

— Ai, caramba — fala o cadete. — Desculpe.

Jack retira do canto da boca o último doce em formato de cigarro e o ergue em um gesto que ele espera que seja entendido como *Tudo está perdoado.*

No caminho para a picape, porém, ele descobre que as mãos estão grudentas por causa do doce. Jack pede um momento e volta para lavá-las no banheiro.

O lugar é um pequeno armário com uma banheira rosada, um vaso sanitário e uma pia enfiados ali de um jeito impossível. Ele não olha para a banheira, desvia o olhar do lugar em que a mãe se afogou, nem sequer observa o reflexo dela no espelho. Em vez disso, Jack olha para a pia, onde alguns cabelos de Flora ainda entopem o ralo. Eles se parecem com as fibras de raízes sujas: um pensamento ruim. Ele abre a água morna, esfrega as mãos e ensaboa. Então faz uma pausa, abaixa a cabeça, cheira o odor das mãos escorregadias e tenta pensar onde já havia sentido a fragrância antes, esse perfume de gerânio com cheiro adocicado e picante.

12

Eles têm que fazer mais uma parada antes de voltarem para casa. Hank entra com a picape no estacionamento da Motorsports Madnezzz, e Connor sai com dificuldade para o asfalto. O veterano deficiente entra mancando e deixa Jack sozinho com o pai.

Hank se inclina para trás, com um braço pendurado para fora da janela e vira a cabeça para olhar o filho com carinho. Música country toca no rádio.

— Está sabendo, Jack? — pergunta o pai.

O coração de Jack dá um pulo, e, por um momento, ele acha que Hank, de alguma forma, adivinhou a terrível certeza que começou a amadurecer nos pensamentos dele.

— Nada — responde o garoto. — Eu não estou sabendo nada.

— Não é verdade — diz o pai. — Você sabe seus direitos de acordo com a Constituição. Sabe como arrancar ervas daninhas e como dirigir essa picape. Sabe como operar com segurança uma arma de fogo e como criar um explosivo improvisado ou um simples detonador do zero. Sabe que a sua mãe amava e morreria por você.

— Ela fez isso? — pergunta Jack.

— Hã...?

Morreu por mim, mas Jack não falou isso, e sim:

— Ela me amava? Minha mãe foi embora e bebeu até a morte. Que nem o policial disse. Ela "reprimiu".

Hank ri sem achar graça.

— Sua mãe tomou Clozaril. Ela teria enchido *você* dessas coisas se pudesse. A Comunidade Médica gostaria que todos nós tomássemos esses comprimidos, para a gente ficar menos propenso a questionar ou resistir. — Ele olha pela janela aberta, tamborila os dedos na ombreira de aço. — Sua mãe amou você do jeito dela. O amor de uma mãe tem raízes profundas. Não é possível arrancá-lo. Não há ninguém que possa substituí-la. Embora *você tenha* a Beth. Deus sabe que ela gosta muito de você. E é um bom exemplo de como uma mulher pode ser honesta e obediente. Fico feliz que você tenha a Beth na sua vida. É uma garota que sabe manter as mãos limpas.

— Claro — fala Jack. — Ela usa sabonete.

E ele se surpreende rindo — uma gargalhada cacarejante e levemente enlouquecida. De repente, Jack se lembrou de onde sentiu pela última vez aquele cheiro doce e específico de gerânios. Se Hank soubesse metade do que havia na cabeça do filho, ele talvez não achasse que Clozaril fosse uma ideia tão ruim.

O pai de Jack franze a testa, mas eis que as portas do Motorsports Madnezzz se abrem e Connor aparece. Ele carrega um grande tanque branco de duzentos litros de nitrometano líquido. Um homem usando uma camisa do Lynyrd Skynyrd vem atrás de Connor, carregando outro tanque. Hank sai e abaixa a porta traseira, e eles empilham os tanques lá dentro.

— Tenho mais dois para você — diz o cara da camisa do Lynyrd Skynyrd; ele tem a barba espessa e os cabelos oleosos espetados em lugares estranhos. — Mal posso esperar para ver você correndo de novo, Connor. Já estava na hora. Quando vai cair na pista?

— Procure por mim em Caledônia em agosto. Mas não pisque ou não vai me ver.

— Com o mesmo Road Runner? Sempre achei que aquele carro bombava.

Connor sorri.

— Irmão, você não faz ideia.

13

A leitoa teve filhotes, e, à tarde, Jack gosta de sair e jogar restos para eles, vê-los dançar nas patinhas de porco. Mais de uma vez ele cochilou na grama macia do lado de fora do chiqueiro, o sono invadido pelos guinchos estridentes e afeminados dos leitões, um som parecido com crianças sendo esfoladas vivas. Jack se sente um pouco sonolento agora, debruçado sobre o cercado, alimentando os leitõezinhos com pele de porco tirada de uma sacola, e demora alguns minutos para perceber que está faltando um. Há quatro filhotes pulando aos pés dele, com sorrisos de duendes, quando deveriam ser cinco. A mãe dos porquinhos, com seus quase trezentos quilos, ronca do outro lado do cercado. Uma orelha se mexe para espantar moscas.

Jack pula o cercado e entra no chiqueiro, um galpão comprido, com a fachada aberta. O interior está tomado pelo cheiro intenso de estrume de porco. Ele chuta o feno que a porca usa como cama, se perguntando se vai encontrar um leitão morto com o rosto inchado de sangue. Não seria a primeira vez que uma porca se sentava sem querer em uma das crias e a sufocava. Mas não foi o caso.

Jack volta para a claridade intensa do dia. Ele está com uma multidão de porquinhos aos pés, pulando nos tornozelos, grunhindo por atenção e esperando que Jack jogue mais pele de porco. O garoto ignora os animais e percorre a cerca. Quando se aproxima do canto mais ao sudoeste do chiqueiro, os leitões ficam para trás e deixam ele prosseguir sozinho.

Os porcos pisotearam o chão do chiqueiro até se tornar uma lama banhada pelo sol, exceto nos cantos, onde há tufos de ervas daninhas e capim pálido. Ao se aproximar do canto mais próximo, Jack vê o que parece ser uma linguiça gorda e rosada, emaranhada na grama. Ele diminui a velocidade. Sente um cheiro ruim, como de miúdos podres, como de tripas mornas expostas ao sol. Jack protege os olhos com a mão.

O leitão desaparecido está enredado em raízes e ervas daninhas. Há raízes resistentes e fibrosas enroladas em volta da garganta. Cada patinha está amarrada com mais nós de ervas. As raízes dão a volta para encher sua boca aberta e se enfiam fundo na garganta.

Enquanto Jack olha, as raízes parecem apertar. Surge uma gavinha se contorcendo como uma cobra, que penetra no olho direito semiaberto do leitão com um estouro levemente audível.

Jack não percebe que deixou a sacola com pele de porco cair até se ver do outro lado do chiqueiro, ofegante, com o corpo dobrado e se apoiando nos joelhos.

Os leitões se aproximam de mansinho, com cuidado, em direção à bolsa caída, monitorando, nervosos, a massa de raízes contorcidas no canto do chiqueiro. O mais corajoso deles agarra a sacola por uma aba e foge com ela, guinchando triunfante, enquanto os outros o perseguem.

14

Jack McCourt nunca sentiu tão pouca vontade de dormir. Há um relógio digital ao lado da cama, mas ele mal olha para o aparelho. Em vez disso, observa um retângulo de luar prateado subir pela parede. O retângulo sobe cada vez mais, se move da direita para a esquerda do outro lado da sala e passa pelo teto. Ele então vai em direção à escrivaninha de Jack, cada vez mais baixo, até desaparecer. Quando o garoto enfim vê a hora, são quase três da manhã.

A mãe dele acreditava em espíritos astrais, e talvez haja alguma verdade nisso. Jack está sendo tão silencioso ao descer a escada dos fundos que poderia ser um fantasma. Ele entra na estufa — o ar é tão quente e úmido que é como entrar no banheiro depois que alguém tomou um banho quente e demorado — e encontra uma espátula. Jack leva a ferramenta para o cemitério.

Ele pensa em arrancar as mães quando chegar à cova da mãe para ver que são apenas plantas. Algo se soltou na mente de Jack, como uma rosca que se afrouxou em um cano, e os pesadelos estão vazando. Ele não está surpreso. É de família. Não foi à toa que a mãe quis tomar Clozaril.

Porém, quando chega à lápide de mármore rosa dela, ele compreende que não vai encontrar plantas comuns com raízes peludas e sujas.

A cabeça do leitão abatido está aqui, equilibrada com cuidado em cima da lápide. Os olhos se foram, e as cavidades oculares foram preenchidas com margaridas brancas e amarelas. O porquinho sorri de um jeito idiota.

As mães embaixo da lápide têm um metro de altura e ocultam tudo que foi inscrito no mármore, exceto o primeiro nome da mãe de Jack, que agora parece uma placa de indicação: FLORA. Ele não consegue imaginar, de início, como a cabeça decapitada do leitão poderia ter ido parar ali, a menos que alguém a tivesse trazido. O chiqueiro fica a mais de dois campos de futebol de distância. Então Jack tem a ideia de que as mães devem ter raízes que chegam até o casarão. Talvez esse pedaço de porco tenha sido carregado tão longe *por baixo da terra*. Será possível? Tem muita sujeira seca no rosto do leitão.

Jack agarra um punhado de caules e puxa. O que quer que esteja embaixo do solo é pesado, muito pesado. A terra cede.

O topo da cabeça da mãe dele sai da terra. Os olhos de Flora estão fechados. O rosto dela está ensebado, e há uma lagarta na testa imunda.

Jack usa as mãos para tirar a terra do nariz dela, para desenterrar a boca de Flora. Os olhos se abrem. As cebolas na cabeça olham às cegas para ele.

— Jack — sussurra ela e sorri.

15

— Você não é a minha mãe — diz ele quando recupera o fôlego.

— Todas somos a sua mãe — responde ela, e os olhos se voltam para as outras plantas. — Nós criamos você. Antes de você nos criar.

— Minha mãe está na terra — fala o garoto.

— Sim, mas não precisamos ficar aqui.

— Estou imaginando você.

— Me dê a sua mão.

Jack estende a palma da mão perto do rosto dela. No último instante, ele acha que a boca vai se distender de repente, vai se abrir como uma grotesca bocarra de filme de terror, cheia de dentes, e a mãe vai decepar a mão de Jack.

Em vez disso, ela fecha os olhos e apoia a bochecha na palma da mão dele. A textura não está muita certa, não é igual à de carne. É mais elástica, como a casca de uma berinjela. Mas a mãe é quente e beija o polegar de Jack, como a mãe dele fez mil vezes na vida. Ele estremece de alívio e prazer.

Até então, Jack não sabia o quanto sentia a falta de Flora.

16

— Jack — diz a segunda mãe quando ele puxa a cabeça dela para fora do solo preto, que parece massa de bolo.

— Jack — fala a terceira.

— Jack, Jack, Jack — cantam as mães noite adentro enquanto o garoto limpa a sujeira das cabeças, seis ao todo, enterradas até o pescoço na terra.

Uma delas cresceu com defeito. Ela tem uma mossa no lado direito do rosto e o olho não abre. O rosto inteiro parece uma cabaça deformada, e há centenas de formigas entrando e saindo de uma fenda negra na têmpora. Ela sorri sem dentes. Quando tenta dizer o nome dele, sai algo mais ou menos assim: "*hhhHHhhack! Haaa-ack!*"

17

— Você é uma planta? Ou é um animal? — pergunta Jack.

— Essas são apenas categorias diferentes na cabeça das pessoas. Na verdade, existem apenas duas categorias, Jack. Vivo... e morto.

— A primeira cabeça que ele desenterrou é a única que conversa; as outras olham para ela com os olhos de cebola branca. — Eu não queria partir. Não queria deixar você.

— Não foi culpa sua.

— Não foi? — A mãe sorri, e as pálpebras se fecham com uma certa sugestão maliciosa.

O garoto olha de volta para o casarão e cospe.

— Eles vão fazer uma coisa ruim, Jack — diz ela. — Seu pai vai fazer uma coisa ruim.

— Ele já fez uma coisa ruim.

— *ffffffFFFFFOORmigas! Fooormigas! Foooormigas são minhas a-a--a-amigas!* — exclama a mãe com formigas entrando e saindo da cabeça.

— Não, querida — diz a mãe número dois. — Elas não são suas amigas. Estão comendo sua massa cinzenta.

— Nojenta? — pergunta a mãe deformada. — N-nojenta? Foo-ormigas são nojentas!

Algumas das outras mães suspiram.

— Seu pai vai fazer uma coisa pior do que o que foi feito comigo — fala a mãe número um.

— Eu sei. Sei o que ele vai fazer e como vai fazer. Ele colocou tudo no celeiro: o fertilizante e o nitrometano. O Connor vai usá-los para explodir pessoas.

Jack quase acrescenta: *E vai se matar enquanto faz isso, e assim o meu pai vai poder se casar* — mas ele nem se permite terminar o pensamento.

— Você precisa ir. Precisa avisar as pessoas.

— Por que *você* não avisou as pessoas?

A mãe número um dá um sorriso triste e melancólico.

— Ele tinha você. Seu pai disse que mataria você se eu falasse. Ele daria um tiro em você e depois se mataria. Pensei que a vó poderia nos ajudar, mas ela só chegou aqui depois que eu fui embora.

— Ela não chegou aqui.

— Chegou, sim — diz ela, e o sorriso é malicioso novamente. — Você já encontrou a vó.

As outras cabeças assentem. Uma centopeia preta de dez centíme-tros sai do emaranhado de raízes sujas do cabelo da mãe número dois e cai sobre a testa. A centopeia se arrasta pelo nariz e, em seguida, a língua da mãe sai da boca, se estica e pega o bicho. Há um estalo quando ela crava os dentes na centopeia.

— Você era uma semente — fala Jack. — Eu mesmo plantei você. Não pode ser a minha mãe de verdade. Está apenas fingindo. É como aquele filme. Aquele em que as plantas embrulham as pessoas que dormem e criam cópias delas.

— Estamos enraizadas no seu sangue, Jack McCourt. E no dela. Estamos tirando força da sua mãe neste exato momento. Nossas raízes são duras e resistentes e crescem rápido, para encontrar o que precisamos.

Jack pensa no porquinho e estremece.

— Vocês devem estar com sede. Estamos em um período de seca. Quer que eu pegue o regador?

— Não temos sede disso — confessa a mãe número um.

— Não — diz o garoto. — Querem outro leitão?

— Talvez alguma coisa com um pouco mais de energia — diz ela. — Estamos quase fortes o suficiente, Jack, para nos desenraizar e nos divertir um pouco. Podemos pintar a fazenda de vermelho hoje à noite, garoto!

— Ela já é vermelha.

— Ainda mais vermelha — fala a mãe número três, que solta uma risada rouca de fumante.

— Diga o que você quer — diz Jack.

— Que tal trazer aquela porca para cá? — sugere a mãe número um.

— Porca! — exclama a cabeça com formigas no rosto, colocando a língua para fora e babando. — Porca... *agora*!

— Tudo bem — fala Jack. — Eu entendo. Mãe? Não quero ficar aqui mais uma noite.

— Não — diz ela. — E não precisa ficar. Basta fazer esta última coisa para a gente. Traga a porca para ganharmos um pouco de força. E então, Jack...

— Ajudaremos você a fazer o resto — falam cinco das seis cabeças ao mesmo tempo, enquanto a sexta, a mãe deformada, tira formigas da bochecha com a língua e as mastiga.

Enquanto o garoto sai do cemitério, a primeira faixa venenosa de luz vermelha aparece no leste. A extremidade do mundo brilha como brasa.

18

Jack está na cozinha quando Beth entra, os cabelos despenteados e os pés descalços. Ele sempre espera que ela entre pela varanda, pela porta de tela, mas, em vez disso, Beth entra na cozinha pelo corredor, fechando o botão de cima da blusa de flanela enquanto se aproxima. É a camisa de flanela *dela*? Parece uma camisa masculina. Parece uma camisa do pai dele.

Quando Beth vê o garoto do outro lado da bancada da cozinha, seu rosto pálido e rechonchudo fica ruborizado, e os dedos perdem o controle do botão. A camisa de flanela se abre e revela o esterno bonito e sardento.

— Jack, eu... — diz ela, mas o menino não tem tempo para as explicações de Beth ou, pior, para a confissão.

Ele dá a volta pela bancada da cozinha, cambaleando e erguendo a mão direita no gesto que significa "Olá", mas também "Pare". O sangue cai em grandes gotas do corte reluzente que atravessa a palma da mão.

— Ah, Beth. Ah, Beth, rápido, rápido, venha comigo. Eu fiz uma besteira. Fiz uma coisa muito, muito ruim — diz ele, e se surpreende ao descobrir que está à beira de verter lágrimas genuínas, com os olhos formigando e o mundo ficando embaçado.

— Jack! Você está sangrando. Temos que ver a sua mão...

— Não, não, *não*, por favor, só venha comigo, só venha ver o que eu *fiz*, Beth, você tem que me ajudar, por favor...

— Claro que sim — diz ela, que o abraça e aperta o rosto dele no busto sem pensar duas vezes.

Há apenas algumas semanas, essa intimidade teria deixado Jack tonto, mas agora ele a considera tão repulsiva quanto uma centopeia rastejando pelo seu rosto.

Com a mão ilesa, Jack puxa Beth pelo cotovelo até a porta dos fundos. Sangue pinga e cai no porcelanato.

— Eu a deixei sair do chiqueiro, e ela não quer voltar — fala o garoto com a voz embargada. — Eu pensei que conseguiria assustá-la.

— Ai, Jack — diz Beth. — Um dos porcos?

— A leitoa — responde ele, levando-a para a luz perolada e acobreada do amanhecer. O garoto faz Beth correr pela grama úmida, e eles passam pela horta da cozinha e entram pelo portão aberto do cemitério. — Eu sou tão idiota. Acho que ela vai morrer.

Ele diminui a velocidade quando os dois se aproximam da lápide de Flora e das plantas que crescem em um tumulto selvagem diante dela. As mães foram inteligentes e se esconderam no solo, de maneira que nada está visível a não ser a terra remexida e os ramos com tufos verdes. Jack solta Beth, e ela dá mais alguns passos à frente, olhando ao redor, intrigada. Quando a mulher franze a testa, ele nota que ela tem um segundo queixo em formação e lhe ocorre que um dia ela será muito gorda. Então Jack pensa: *Não, ela nunca será gorda*.

— Jack — fala Beth, e a voz tem um toque de cautela. — Não estou vendo nada. Que brincadeira é essa?

Ele mete a mão atrás das costas e pega o cabo da espátula, enfiada na parte de trás da calça jeans. Jack pretende enfiar a ponta da lâmina na panturrilha dela, mas Beth se vira no último instante e ele crava na coxa, acima do joelho esquerdo, fazendo um ruído violento. Ela grita e se senta entre as mães com um baque. A moça respira fundo com nervosismo e prende o fôlego, olhando para a espátula enterrada na perna. Ela apoia os ombros contra a lápide de Flora McCourt.

— Peguem a Beth — diz Jack para as mães. — Acabem com ela! Ela é de vocês!

As plantas não se mexem.

Beth ergue a cabeça e encara o garoto com olhos perplexos, cheios de lágrimas.

— Você está maluco? — pergunta ela.

— Peguem a Beth! Matem a porca! — grita Jack para as mães, com algo quase parecido com histeria na voz, mas não há resposta.

— Você está maluco, *cacete?* — pergunta Beth de novo.

Jack encara o rosto pálido da mulher, os olhos úmidos e o queixo trêmulo e feminino.

— Ah, merda — responde ele. — Acho que sim.

A mão de Jack encontra o cabo da espátula. Ele arranca a ferramenta da perna dela. A seguir, Jack a enterra de volta, desta vez no peito de Beth. Ela tenta gritar, mas o terceiro golpe acerta sua boca e a rasga. O quarto encontra a garganta dela.

Por um longo tempo, há apenas o som de escavação, embora Jack não enfie a espátula no solo nem uma vez sequer.

19

Depois de terminar de transformar os seios e o rosto de Beth em uma argila vermelha e amassada, ele tenta desenterrar as mães. Jack arranca planta atrás de planta e encontra apenas as garras brancas e retorcidas das raízes, com terra caindo delas. A sexta planta está doente, com folhas cheias de buracos, formigas subindo e descendo pelas raízes.

Jack toca a própria cabeça, que parece estranha, e deixa impressões digitais vermelhas no rosto. Se ele se sujou com o sangue de Beth ou com o próprio, não sabe dizer. Ele se pergunta se é assim que é estar de ressaca. O braço está dolorido por ter golpeado Beth tantas vezes. Massacrar uma mulher adulta é um trabalho cansativo.

O que exatamente ele estava pensando quando trouxe Beth para cá, afinal de contas? Já é difícil lembrar. Jack nunca consegue se recordar dos terrores noturnos quando eles desaparecem. São como uma daquelas flores que só se abrem ao luar, e a noite já acabou há um tempo, o céu está brilhando e ganhando um tom de lima.

Beth, com a boca cortada e escancarada, encara boquiaberta o amanhecer, sem enxergá-lo.

20

Jack está há um tempo no celeiro. Os sacos plásticos de vinte quilos de nitrato de amônio estão empilhados contra uma parede, com as latas brancas de nitrometano alinhadas ao lado. O garoto trabalha junto à luminária sobre a mesa de madeira compensada, criando um explosivo simples com alguns centímetros de cano de cobre, pólvora, cotonetes e outras miudezas. Ele tampa as duas pontas do tubo e enfia um fusível por um buraco em uma das extremidades. Jack trabalha em uma espécie de transe meio acordado, sem duvidar de si mesmo, sem pensar duas vezes. Não há como voltar agora. Só há como seguir em frente.

Após pensar um pouco, ele aninha os tanques de nitrometano aqui e ali, entre os sacos plásticos pesados de fertilizantes. Jack usa fita isolante para fixar o explosivo caseiro a uma das latas, diretamente abaixo da válvula — depois gira o tanque para que o tubo de cobre reluzente fique fora de vista, de frente para a parede.

Quando sai do celeiro, o sol está preso nos galhos do grande carvalho atrás da casa e a árvore inteira brilha como uma mão da glória esquelética, em chamas. A grama sussurra na brisa, cem mil filamentos ardentes de luz verde.

21

— Pai — diz Jack e afasta a cortina do chuveiro. — Pai! Eu fiz uma coisa ruim, fiz uma coisa muito, muito ruim. Preciso de ajuda.

O pai, de ombros largos e físico corpulento, está parado embaixo do jato quente e espumante. O rosto dele parece curiosamente nu sem os óculos. O homem vira a cabeça e estreita os olhos para ver o filho. O rosto surpreso de Hank McCourt é quase inocente.

— Eu saí, fui ao túmulo da mãe... às vezes, eu saio de manhã, só para passar tempo com ela... só que ouvi algo se mexendo no milharal — fala Jack, com as palavras quase se atropelando enquanto lágrimas escorrem pelo rosto. — Entrei para ver o que era, e um homem tentou me agarrar. Um homem de capacete preto e colete à prova de balas, e ele estava armado. O homem tentou me agarrar, e eu acertei o pescoço dele, eu... eu...

Jack mostra a espátula pegajosa de sangue na mão trêmula, oferece a ferramenta a ele por um momento e a deixa cair no chão.

— Acho que matei o homem, pai — diz.

Hank desliga a água e pega uma toalha.

— Tinha alguma coisa escrita no colete à prova de balas? — pergunta Hank.

— Eu não sei, eu não sei — geme o garoto. — Acho... Acho que estava escrito PF? Pai, tem um monte deles lá fora. Vi outros dois capacetes pretos no milharal e, pai, ai, pai, a Beth veio me procurar, e acho que eles a pegaram — diz Jack, sem fôlego. — Eu ouvi a Beth gritar.

Hank passa por ele. No quarto, o homem pega a calça jeans do chão, veste e aperta o cinto. A Glock está no coldre, como sempre. Jack colocou a arma de volta depois de descarregar o pente de balas.

— Pai, acho que nenhum dos outros homens no milharal sabe daquele que eu machuquei, acho que ainda não encontraram o corpo dele, mas o que vai acontecer quando encontrarem?

A voz de Jack sobe de tom e vira um lamento, e seu corpo inteiro está tremendo. Não é difícil se sentir doente de tristeza. A mãe dele está embaixo da terra, e ela não é nem mesmo uma planta, só um alimento para as plantas. Flora nunca mais vai voltar. Além disso, o cérebro de Jack está coçando. Ele tem se perguntado nos últimos momentos se pode haver formigas dentro da sua cabeça. O cérebro de Jack está coçando desde que terminou de matar Beth.

— O que vai acontecer — responde o pai — é que vamos machucar esses homens como nunca imaginaram que poderiam ser machucados. Mas, primeiro, precisamos das armas no celeiro.

Ele nem se incomoda em colocar uma camisa ou os sapatos, irrompendo para fora do quarto com nada além da calça jeans, deixando para trás uma nuvem de vapor e cheiro de sabonete Ivory. Sabonete Ivory, e não sabonete de quarto de hotel barato com perfume de gerânio. Talvez a velha louca na barraca da fazenda fosse apenas uma velha louca, e não a avó bruxa de 100 anos de idade que apareceu para lhe dar sementes mágicas de modo que Jack pudesse criar uma nova mãe. Talvez não exista nada no jardim além de terra, raízes e plantas, o cadáver de Beth e um porquinho que o próprio Jack matou durante o sono.

Mas Flora McCourt não bebia mais, a porta de vidro deslizante do quarto de hotel não trancou e Jack conhece o cheiro que sentiu nas mãos de Beth. Ele não sonhou aquilo. Seu pai mandou Beth visitar Flora como uma amiga compreensiva, a fim de descobrir para quem a mãe poderia ter contado sobre os materiais explosivos no celeiro.

Depois que Beth se certificou de que Flora não havia confessado a ninguém, ela golpeou a cabeça da mãe de Jack, ficou olhando ela se afogar e colocou as garrafas vazias de gim no local. Jack pode sofrer de terrores noturnos, mas não de idiotice, e já faz algum tempo que os fatos estão na cara dele.

Ele sai correndo atrás do pai. Quando Hank atravessa o alpendre, ele pega o badalo do velho sino enferrujado e toca uma vez, duas, uma terceira vez: o sinal para uma invasão.

O pai atravessa o piso pavimentado e sujo diante do casarão e toma a direção do celeiro. Ele não parece perceber que Jack mudou a F-150 de lugar. Quando Hank chega às grandes portas duplas, o garoto vê Connor subindo a estrada, em um passo manco e saltitante, com os olhos frenéticos, a camisa desabotoada e um rifle de caça nas mãos.

— O quê...? — berra Connor.

— Eles estão aqui! — diz o pai de Jack. — Está acontecendo. Pegaram a Beth, então ela está fora. Se a gente for rápido, podemos acabar com eles, abrindo caminho a bala, e chegar ao lado leste de Long Field. O velho jipe está estacionado no galpão de milho. Podemos estar em Iowa na hora do almoço. Tem muita gente no movimento que pode nos esconder. Mas precisamos das armas enterradas embaixo do trator.

— Porra! — exclama Connor, que entra cambaleando na escuridão do celeiro.

O pai de Jack sobe e entra no John Deere. Connor corre para o compressor de ar, liga o aparelho e agarra a grande escavadeira. Se trabalharem rápido, podem pegar as metralhadoras automáticas em cinco minutos. Jack observa das portas duplas abertas por tempo suficiente para ter certeza de que ambos estão ocupados e depois caminha até a pilha de nitrato de amônio contra a parede. Há uma caixa de fósforos sobre uma bancada, ao lado de uma lamparina a óleo. Jack acende o pavio da bomba improvisada, construída exatamente da maneira que Connor lhe ensinara.

O garoto volta para as grandes portas duplas do celeiro como um sonâmbulo, mas não está dormindo — está de olhos bem abertos, e a manhã é brilhante, azul e límpida. Ele fecha as portas e as tranca com um cadeado enorme. Os dois homens também não vão conseguir sair pela porta lateral. Ele já deu ré com a Ford F-150 do pai contra a porta, para que ela não possa ser aberta à força.

Jack anda pela estrada de brita, um garoto americano de 13 anos de tênis All-Star, com terra no nariz e sangue nas mãos. Um filho do solo que o criou.

Atrás dele, alguém grita de surpresa. Connor? Um dos dois se joga contra as portas duplas, que estremecem, mas permanecem fechadas. O pai grita o nome de Jack. Agora, os dois batem nas portas duplas, com um estalo quebradiço. Alguns pedaços de madeira voam, mas a fechadura aguenta. Jack se vira, no meio do caminho, para ver se eles vão conseguir arrombar a porta — e é aí que nota videiras esverdeadas, parecidas com cordas, saindo do solo, longos cabos de raiz que sobem pelas laterais do celeiro e cruzam as portas duplas em fios trêmulos, atando-as. Quando os homens batem novamente nas portas, os painéis mal se movem. Os cabos se esticam ao redor da base do celeiro, como uma rede em torno de um peixe. Jack sorri e esfrega a estranha sensação do lado esquerdo da cabeça. Ela prometeu que ajudaria.

O celeiro desaparece em um clarão silencioso e obliterador. Uma rajada de vento ergue Jack como uma folha e o joga no céu.

22

Quando Jack McCourt acorda, ele está deitado em um grande canteiro de violetas. Acabou indo parar em um dos canteiros de Beth, em frente à choupana que ela dividia com Connor. Belas folhas verdes acariciam as bochechas do garoto, e uma flor felpuda beija a sua têmpora esquerda. Ele não consegue ouvir nada, e há um filete de sangue escorrendo de um ouvido. Sente gosto de sangue na boca.

O celeiro explodiu. É difícil até olhar para o lugar onde a construção esteve. Há uma orquídea de luz se erguendo ali, uma haste de fogo, com pétalas em chamas se espalhando do alto. A F-150 foi jogada trinta metros para o leste, uma ferragem preta e carbonizada, virada de lado. Metade do casarão desmoronou, uma casa de bonecas de madeira frágil chutada por um gigante. Vigas enegrecidas saem da ruína, soltando fumaça na claridade do dia.

Uma parte de Jack não quer se levantar. Ele não se sente tão em paz desde a manhã em que saiu de casa com Flora para ir conhecer a família dela. Lá entre as flores, o garoto se sente tão feliz e à vontade quanto uma criança enrolada ao lado da mãe em uma manhã preguiçosa de verão. Quando Jack enfim se obriga a ficar de pé, é com um suspiro preguiçoso de arrependimento.

O equilíbrio está esquisito. Ele cambaleia durante metade do caminho de terra batida e depois se apoia no capô do belo Road Runner 1971 de Connor, o carro que Jack sempre quis. Bem. Agora é dele. O garoto pode não ter a perna descolada, feita de fibra de carbono, e não quer mais Beth, mas o carro é todo dele. Jack pode ter apenas 13 anos, mas é alto o suficiente para alcançar os pedais e já é um motorista competente.

Jack conduz o Road Runner pela estrada e entra na pista, longe do casarão em colapso e das ruínas do celeiro. O celeiro não é mais um celeiro. É uma cratera: um prato cheio de chamas. As telhas ainda estão caindo, junto com as faíscas.

Ele abaixa a janela e toma a estrada. O ar quente entra, carregando uma rajada do verão fresco e perfumado, com todas as árvores em flor. A luz solar abraça Jack, tão quente, gentil e amável quanto o toque de uma mãe.

Jack McCourt não leva muito tempo atrás do volante até ver uma mulher com um chapéu de palha verde de abas largas, parada na margem da estrada, segurando uma mala. Quando o carro passa por ela, a mulher levanta a cabeça e mostra para ele um sorriso largo e cheio de dentes, o sorriso de alguém que foi atacado pelo gás do riso do Coringa. Ela está de perfil para Jack. É como olhar para o rosto em uma nota de dólar.

Ele passa pela mulher, mas tira o pé do acelerador e começa a ir mais devagar para o acostamento. Jack percebe que ainda está inconsciente, nunca ficou totalmente acordado depois que foi atingido pela explosão do celeiro, e esse é um dos seus sonhos acordados, como as fantasias já meio esquecidas sobre plantas falantes. A tataravó dele é mais velha do que a televisão, velha demais para ter viajado até aqui. E, no entanto, Jack acha que essa pode ser a própria tataravó e acredita que ela esperou a manhã inteira que ele terminasse o que tinha que fazer na fazenda para vir buscá-la. A mulher caminha na direção do carro, sorrindo para si mesma enquanto se aproxima. O que quer que ela seja — fruto da loucura de Jack ou parente de verdade —, a companhia é bem-vinda. É melhor, acredita ele, do que viajar sozinho.

CAMPO DO MEDO

COM STEPHEN KING

←→

ELE QUERIA SILÊNCIO em vez de ouvir o rádio, então pode-se dizer que a culpa foi dele. Ela queria ar fresco em vez do ar-condicionado, então pode-se dizer que a culpa foi dela. Mas, como eles nunca teriam ouvido a criança sem esses dois elementos, então pode-se dizer que foi uma combinação, um ato Cal-e-Becky perfeito, porque ambos passaram a vida toda juntos. Cal e Becky DeMuth, nascidos com dezenove meses de diferença. Os pais os chamavam de "praticamente gêmeos".

"A Becky atende ao telefone e o Cal diz alô", gostava de dizer o sr. DeMuth.

"O Cal pensa em uma festa e a Becky já fez a lista de convidados", gostava de dizer a sra. DeMuth.

Eles nunca discutiram, mesmo quando Becky, na época em que era uma caloura morando em um dormitório de faculdade, apareceu um dia no apartamento de Cal fora do campus para anunciar que estava grávida. Cal aceitou bem a notícia. Já os pais deles não foram tão otimistas assim.

O apartamento fora do campus ficava em Durham, porque Cal escolheu cursar a Universidade de New Hampshire. Quando Becky (naquele momento, ainda sem estar grávida, mesmo que não fosse necessariamente virgem) escolheu a faculdade dois anos depois, foi uma surpresa para um total de zero pessoas.

"Pelo menos ele não vai precisar voltar para casa todo fim de semana para ver a irmã", disse a sra. DeMuth.

"Talvez tenhamos um pouco de paz por aqui", falou o sr. DeMuth. "Depois de vinte anos, mais ou menos, todo esse grude fica um pouco cansativo."

É claro que eles não faziam *tudo* juntos, porque Cal com certeza não era responsável pela gravidez da irmã. E tinha sido ideia apenas de Becky perguntar ao tio Jim e à tia Anne se ela poderia morar com os dois por um tempo — até o bebê nascer. Para o sr. e a sra. DeMuth, que estavam atordoados e confusos com essa reviravolta nos acontecimentos, isso pareceu uma atitude tão razoável quanto qualquer outra. E quando Cal sugeriu que ele *também* tirasse férias no semestre da primavera para que eles pudessem cruzar o país dirigindo juntos, os pais não causaram muita confusão. O sr. e a sra. DeMuth até concordaram que Cal ficasse com Becky em San Diego até o bebê nascer. Calvin talvez pudesse conseguir um emprego de meio período e ajudar a pagar as despesas.

"Grávida aos 19", falou a sra. DeMuth.

"*Você* ficou grávida aos 19", disse o sr. DeMuth.

"Sim, mas eu era *casada*", salientou a sra. DeMuth.

"E com um sujeito muito legal", falou o sr. DeMuth.

A sra. DeMuth suspirou.

"A Becky vai escolher o primeiro nome, e o Cal, o segundo."

"Ou vice-versa", falou o sr. DeMuth, também com um suspiro. (Às vezes, os casais também são praticamente gêmeos.)

A mãe levou Becky para almoçar um dia, pouco antes de os filhos partirem para a costa oeste.

"Tem certeza de que quer colocar o bebê para adoção?", perguntou ela. "Eu sei que não tenho o direito de perguntar, sou só sua mãe, mas seu pai está curioso."

"Ainda não decidi", respondeu Becky. "O Cal vai me ajudar a decidir."

"E o pai, querida?"

Becky pareceu surpresa.

"Ah, ele não tem direito de dar opinião. Ele é um idiota."

A sra. DeMuth suspirou.

E assim sendo, lá estavam eles no Kansas, em um dia quente de primavera em abril, andando em um Mazda de 8 anos com placa de New Hampshire e uma mancha da estrada da Nova Inglaterra ainda marcando a chapa lateral do estribo. Silêncio em vez do rádio, janelas abertas em vez do ar-condicionado. Como resultado, os dois ouviram a voz. Era fraca, mas nítida.

— Socorro! *Socorro!* Alguém me *ajude!*

Irmão e irmã trocaram olhares assustados. Cal, naquele momento ao volante, parou. Areia bateu no chassi.

Antes de sair de Portsmouth, os dois decidiram que evitariam as estradas principais. Cal queria ver o dragão Kaskaskia em Vandalia, Illinois; Becky queria testemunhar a grandeza da Maior Bola de Barbante do Mundo em Cawker City, Kansas (ambas as missões foram cumpridas); os irmãos acharam que precisavam passar por Roswell e ver alguma coisa extraterrestre. Agora estavam bem ao sul da Bola de Barbante — que era peluda, cheirosa e muito mais impressionante do que os dois haviam pensado — em um trecho da Rota 73. Era uma estrada bem conservada de asfalto de duas pistas que os levaria pelo resto do caminho através da planície do Kansas até o limite do Colorado. À frente deles, havia quilômetros de estrada sem nenhum carro ou caminhão à vista. A mesma coisa para trás.

À margem da rodovia, havia algumas casas, uma igreja com a porta lacrada com tábuas chamada Rocha Preta do Redentor (Becky achou um nome estranho para uma igreja, mas, bem, *era* o Kansas), e um boliche decadente que parecia ser da época em que os Trammps lançaram "Disco Inferno". Do outro lado da 73, não havia nada além de grama verde alta. Ela se estendia até um horizonte que era ao mesmo tempo infinito e entediante.

— Isso foi um...? — disse Becky.

Ela usava um casaco leve com o zíper aberto sobre uma barriga que estava começando a inchar; era o sexto mês de gravidez.

Ele ergueu a mão sem olhar para a irmã. Cal estava observando o mato.

— *Shhh*. Escute!

Eles ouviram uma música fraca vindo de uma das casas. Um cachorro soltou um latido triplo fleumático — *au-au-au* — e ficou quieto. Alguém estava martelando uma tábua. E havia o sussurro constante e suave do vento. Becky percebeu que podia *ver* o vento, penteando a grama do outro lado da estrada. Ele fazia ondas que se afastavam dos irmãos até se perderem ao longe.

Apenas quando Cal estava começando a pensar que eles não tinham ouvido nada — não seria a primeira vez que os dois imaginavam alguma coisa juntos —, o grito voltou.

— *Socorro! Por favor, me ajude! Estou perdido!*

Dessa vez, o olhar que eles trocaram estava cheio de compreensão assustada. A grama estava bastante alta (um campo com grama de mais de um metro e meio de altura naquele início de estação era uma anomalia que somente lhes ocorreria mais tarde). Algum moleque havia entrado na grama, provavelmente enquanto explorava, quase com certeza saído de uma das casas no final da rua. Ele ficou desorientado e foi ainda mais para dentro do campo. O menino parecia ter cerca de 8 anos, o que o tornaria pequeno demais para pular e reencontrar o caminho.

— A gente devia tirar ele de lá — disse Cal.

— Pare no estacionamento da igreja. Vamos sair do acostamento.

Ele deixou a irmã na beira da estrada e entrou no estacionamento de terra da Redentor. Havia alguns carros empoeirados espalhados pelo estacionamento, com o para-brisa reluzindo ao sol. Todos, exceto um, pareciam estar parados ali havia dias — até semanas. Essa foi outra anomalia que não lhes ocorreu no momento. Mas lhes ocorreria mais tarde.

Enquanto Cal cuidava do carro, Becky atravessou a estrada. Ela colocou as mãos em concha na boca e gritou:

— Garoto! *Ei, garoto!* Está me ouvindo?

Depois de um momento, ele respondeu:

— *Sim! Socorro! Estou aqui há DIAS!*

Becky, que se lembrava de como as crianças pequenas julgavam a passagem do tempo, imaginou que isso devia significar mais ou menos vinte minutos. Ela procurou uma trilha de grama quebrada ou pisoteada por onde o menino havia entrado (talvez copiando na cabeça dele um videogame ou um filme idiota de selva) e não conseguiu ver uma. Mas tudo bem; Becky identificou a voz como se viesse da esquerda, por volta das "dez horas", se usasse um relógio como referência espacial. Não muito dentro do campo também. O que fazia sentido; se ele tivesse ido longe, não teriam ouvido o menino, mesmo com o rádio desligado e as janelas abertas.

Ela estava prestes a descer até a beira da grama, quando ouviu uma segunda voz, a de uma mulher — rouca e confusa. Era o tom grogue de alguém que acabou de acordar e precisava urgentemente de um copo d'água.

— Não! — gritou a mulher. — *Não!* Por favor! *Fique longe!* Tobin, pare de chamar! Pare de chamar, meu amor! Ele vai ouvir você!

— Olá? — berrou Becky. — O que está acontecendo?

Atrás dela, Becky ouviu uma porta bater. Era Cal, vindo do outro lado da estrada.

— Estamos perdidos! — gritou o garoto. — Por favor! Por favor, minha mãe está machucada, por favor! Por favor, ajude!

— Não! — disse a mulher. — Não, Tobin, não!

Becky olhou ao redor para ver por que Cal estava demorando tanto.

Ele atravessou alguns metros do estacionamento de terra e depois hesitou perto do que parecia ser um Prius de primeira geração. O carro estava coberto por uma camada pálida de poeira, que obscurecia quase por completo o para-brisa. O rapaz se curvou um pouco, protegeu os olhos com as mãos e olhou pela janela lateral para alguma coisa no banco do carona. Ele franziu a testa por um momento e depois recuou, como se fugisse de uma mosca.

— Por favor! — disse o garoto. — Estamos perdidos, e não consigo encontrar a estrada!

— Tobin! — gritou a mulher, mas a voz ficou embargada, como se ela não tivesse coragem de falar.

A menos que isso fosse uma brincadeira, algo estava muito errado ali. Becky DeMuth não percebeu a própria mão descendo para acariciar a curva firme como uma bola de praia do abdômen. Tampouco se conectou da maneira como se sentia com os sonhos que a vinham incomodando havia quase dois meses, sonhos que Becky não tinha contado nem mesmo para Cal, sonhos sobre dirigir à noite. Uma criança também gritava nesses sonhos.

Ela desceu o aterro da rodovia com dois passos largos. Era mais íngreme do que parecia, e quando Becky chegou à parte mais baixa, ficou claro que a grama era ainda mais alta do que ela pensava, com mais de dois metros em vez de 1,80 metro.

A brisa soprou. A parede de grama subiu e recuou em uma maré delicada e silenciosa.

— Não procure pela gente! — gritou a mulher.

— Socorro! — disse o garoto, contradizendo a mulher, quase gritando *mais alto* do que ela; a voz dele estava mais próxima.

Becky ouviu o menino logo à esquerda. Não perto o suficiente para esticar o braço e agarrá-lo, mas com certeza a menos de dez ou doze metros da estrada.

— Estou aqui, garoto — falou ela. — Continue andando na minha direção. Você está quase na estrada. Você está quase fora.

— Socorro! Socorro! Ainda não consigo encontrar você! — disse ele, com a voz ainda mais perto agora.

Isso foi acompanhado por uma risada histérica e chorosa que fez a pele de Becky se arrepiar.

Cal desceu o aterro em um pulo, escorregou e quase caiu de bunda. O chão estava molhado. Se Becky hesitou em entrar na grama fechada e ir buscar o garoto, foi porque não queria molhar o short. Uma grama tão alta assim retinha água suficiente, suspensa em gotas reluzentes, para formar um pequeno lago.

— O que você está fazendo? — perguntou Cal.

— Tem uma mulher com ele — disse Becky. — Ela está estranha.

— Cadê você? — choramingou garoto, quase balbuciando, a uma curta distância na grama.

Becky procurou por um vislumbre da calça ou da camisa dele, mas não viu nada. O menino estava um pouco longe demais para isso.

— Você está vindo? *Por favor!* Não consigo encontrar a saída!

— Tobin! — gritou a mãe, com a voz distante e tensa. — Tobin, *pare!*

— Espere, garoto — disse Cal ao entrar na grama. — Capitão Cal, ao resgate. Ta-dááá!

A essa altura, Becky já estava com o celular na mão, abrindo a boca para perguntar a Cal se eles deveriam ligar para a patrulha rodoviária ou quem quer que fosse policial por aquelas bandas.

Cal deu um passo, depois outro, e, de repente, tudo que Becky conseguia enxergar do irmão era a parte de trás da camisa jeans azul e a bermuda cáqui. Por nenhum motivo racional, a ideia de perder Cal de vista fez a pulsação dela disparar.

Ainda assim, Becky olhou para a tela do pequeno Android preto e viu que a barra de sinal estava completa. Ela ligou para o número de emergência. Enquanto levava o telefone ao ouvido, deu um longo passo na grama.

O telefone chamou uma vez e, em seguida, uma voz de robô anunciou que a ligação estava sendo gravada. Becky deu outro passo, sem querer perder de vista a camisa azul e a bermuda marrom. Cal sempre foi tão *impaciente*. Ela também, claro.

A grama molhada começou a chiar contra a blusa, o short e as pernas nuas de Becky. *"Da máquina de banho veio um pio"*, pensou ela, cujo subconsciente cuspiu parte de um poema humorístico de Edward Gorey. *"Como uma alegria interior. O barulho foi ouvido pelo campo vazio, e a maré, blá-blá-blá."* Becky tinha escrito um artigo sobre poemas humorísticos para a aula de literatura do primeiro ano que tinha considerado bastante inteligente, mas tudo que conseguiu pelo esforço foi uma cabeça cheia de rimas idiotas e um inesquecível 7,5.

Uma voz humana substituiu o robô.

— Emergência do condado Kiowa, qual é a sua localização e a sua emergência?

— Estou na rota 73 — respondeu Becky. — Não sei o nome da cidade, mas há uma igreja, a Rocha do Redentor ou algo assim… e uma velha pista de patinação decadente… não, acho que é um boliche… e um garoto está perdido na grama. A mãe dele também. Estamos ouvindo os dois gritando. A criança está próxima, a mãe nem tanto. O menino parece assustado, a mãe parece…

Esquisita, ela pretendia terminar, mas não teve chance.

— A ligação está muito ruim. Por favor, repita a…

A seguir, nada. Becky parou para olhar o telefone e viu uma única barra. Enquanto observava, a barra desapareceu e foi substituída por

SEM SERVIÇO. Quando ergueu os olhos, o irmão havia sido engolido pelo verde.

No alto, um jato deixava um rastro branco no céu, a dez mil metros de altura.

❧

— *Socorro! Me ajude!*

O garoto estava perto, mas talvez não tão perto quanto Cal pensara. E um pouco mais para a esquerda.

— *Volte para a estrada!* — gritou a mulher, que *agora* parecia mais perto também. — *Volte enquanto ainda pode!*

— *Mãe! Mamãe! Eles querem AJUDAR!*

A seguir, o garoto apenas berrou. O berro virou um grito estridente, oscilou e, de repente, se transformou em risadas histéricas. Surgiram sons agitados — talvez de pânico, talvez de briga. Cal disparou naquela direção, certo de que iria irromper em uma clareira de grama pisoteada e descobrir o garoto — Tobin — e a mãe sendo atacados por um maníaco com uma faca, saído de um filme de Quentin Tarantino. Ele chegou a dez metros e estava percebendo que *devia* ter ido longe demais quando a grama se enroscou no tornozelo esquerdo. Cal agarrou mais grama ao cair e não fez nada além de arrancar um punhado que babou suco verde pegajoso nas suas mãos até os pulsos. Ele caiu no chão úmido e conseguiu meter lama nas duas narinas. Que maravilha. Por que nunca havia uma árvore quando se precisava de uma?

O rapaz ficou de joelhos.

— Moleque? Tobin? Grit...

Ele espirrou lama, limpou o rosto e agora sentia cheiro de gosma de grama quando respirava. Cada vez melhor. Um verdadeiro buquê sensorial.

— Grite! Você também, mamãe!

A mãe não gritou; Tobin, sim.

— *Socorro, por favooor!*

Agora, o garoto estava à *direita* de Cal e parecia muito mais no interior do campo do que antes. Como poderia ser? *Antes, ele parecia estar perto o suficiente para ser agarrado.*

Cal se virou, esperando ver a irmã, mas havia apenas grama. Grama *alta*. Ela deveria estar amassada onde ele passou, mas não. Havia apenas o ponto esmagado onde tinha caído, e mesmo ali a vegetação já estava voltando a se erguer. A grama era resistente ali no Kansas. Resistente e *alta*.

— Becky? Beck?

— Calma, eu estou aqui — respondeu ela, e, embora ele não pudesse vê-la, Cal a veria em um segundo; a irmã estava praticamente em cima dele. Ela parecia enojada. — Perdi a moça da emergência.

— Tudo bem, só não *me* perca. — Ele se virou na outra direção e colocou as mãos em concha na boca. — Tobin!

Nada.

— *Tobin!*

— *O que foi?*

Fraco. Meu Deus, o que o garoto estava fazendo? Indo para o Nebraska?

— *Você está vindo? Você tem que continuar! Não consigo encontrar você!*

— MOLEQUE, FICA PARADO! — gritou Cal, tão alto e forte que machucou as cordas vocais; era como estar em um show do Metallica, só que sem a música. — *NÃO IMPORTA O MEDO QUE VOCÊ ESTEJA SENTINDO, FICA PARADO! DEIXE QUE A GENTE CHEGUE ATÉ VOCÊ!*

Ele se virou, mais uma vez esperando ver Becky, mas viu apenas grama. Cal dobrou os joelhos e pulou. Conseguiu ver a estrada (mais longe do que ele esperava; devia ter percorrido uma boa distância sem perceber). Conseguiu ver a igreja — a Casa de Aleluia de São Hank, ou como quer que fosse chamada — e conseguiu ver o boliche, mas só. Cal não esperava conseguir ver a cabeça da irmã — ela tinha apenas 1,58 metro de altura —, mas esperava ter uma visão da rota de passagem de Becky pela grama. Porém, o vento varria o gramado com mais força do que nunca, fazendo parecer que havia dezenas de trilhas possíveis.

Ele pulou de novo. O chão encharcado fazia um som úmido cada vez que Cal aterrissava. Aquelas espreitadelas na rodovia 73 eram enlouquecedoras.

— *Becky? Cadê você, porra?*

Becky ouviu Cal gritar para o garoto ficar parado, não importando o medo que estivesse sentindo, e para deixar que os dois chegassem até ele. Aquele parecia um bom plano, se ao menos o idiota do seu irmão a deixasse alcançá-lo. Ela estava sem fôlego, toda molhada e, pela primeira vez, se sentia realmente grávida. A boa notícia era que Cal estava perto, à direita dela, à "uma hora".

Tudo bem, mas os meus tênis vão ficar acabados. De fato, a Beckster acha que já estão acabados.

— Becky? Cadê você, porra?

Ok, isso foi estranho. Cal ainda estava à direita, mas agora parecia mais perto das "cinco horas". Tipo, quase *atrás* dela.

— Aqui — respondeu Becky. — E vou ficar *aqui* até você me encontrar.

Ela olhou para o Android.

— Cal, você tem sinal no seu telefone?

— Não faço a menor ideia. Deixei o celular no carro. Continue tagarelando até eu chegar a você.

— E o menino? E a mãe maluca? Ela está em silêncio agora.

— Vamos nos reunir… e *então* vamos nos preocupar com eles, tá bom? — falou Cal.

Becky conhecia o irmão e não gostava do jeito que ele estava falando. Cal estava preocupado e tentava não demonstrar.

— Por enquanto, só converse comigo — disse ele.

Becky considerou, depois começou a recitar, batendo os tênis enlameados no ritmo.

— "Era uma vez um cara chamado *Nicolau*, que derramou um pouco de gim no *pau*. Só para mostrar que era *educado*, adicionou um pouco de gelo *raspado*, e a seguir serviu um martíni para a prima de primeiro *grau*."

— Ah, que bonito — falou Cal.

Agora a voz veio de trás dela, quase perto o suficiente para estender a mão e tocar. Por que ela sentia aquilo como um alívio? Aquilo era apenas um *campo*, pelo amor de Deus.

— *Ei, pessoal!* — O garoto. Fraco. Não estava rindo agora, apenas parecia perdido e aterrorizado. — *Vocês estão procurando por mim? Estou com medo!*

— *SIM! SIM! AGUENTA FIRME!* — berrou o irmão dela. — Becky? Becky, continue falando.

As mãos de Becky foram para a protuberância — ela se recusava a chamar de barrigão, parecia um termo de revista de fofocas — e a embalou levemente.

— Aqui vai outra: "Era uma vez uma mulher chamada *Diva*, que engoliu uma pílula *explo...*"

— Pare, pare. De algum jeito, eu passei por você.

Sim, a voz do irmão agora vinha da frente. Becky se virou novamente.

— Pare de brincar, Cal. *Não* tem graça.

A boca estava seca. Ela engoliu em seco, e a garganta também estava seca. Quando a garganta fez aquele clique, deu para notar que estava seca. Havia uma garrafa grande de água mineral no carro. E duas Cocas no banco de trás. Becky conseguia visualizá-las: latas vermelhas, letras brancas.

— Becky?

— O que foi?

— Tem algo errado aqui.

— Como assim? — disse ela, pensando *Como se eu não soubesse.*

— Preste atenção. Você consegue pular?

— *É claro* que consigo! O que você acha?

— Acho que você vai ter um filho neste verão, é isso que eu acho.

— Mas ainda posso... Cal, pare de se afastar!

— Eu nem andei — respondeu ele.

— Você andou, só pode ter andado! Ainda *está* andando!

— Cale a boca e preste atenção. Vou contar até três. No três, levante os braços e pule o mais alto que puder. Vou fazer a mesma coisa. Você não precisa pular muito alto para eu ver as suas mãos, ok? E aí vou até você.

"Ah, assobie e eu irei até você, meu rapaz", pensou Becky. Não fazia ideia de onde tinha vindo aquilo, outra coisa saída dos tempos de caloura de literatura, talvez, mas uma coisa que ela *sabia* era que o irmão podia estar dizendo que não estava andando, mas estava, estava se afastando o tempo todo.

— Becky? *Beck...*

— *Tudo bem!* — gritou ela. — *Tudo bem, vamos nessa!*

— *Um! Dois!* — berrou Cal. — *TRÊS!*

Aos 15 anos, Becky DeMuth pesava 37 quilos — o pai a chamava de "Graveto" — e disputava corrida de obstáculos no time do colégio. Aos 15, ela conseguia andar de um lado da escola para o outro apoiada nas mãos. Becky queria acreditar que *ainda* era aquela pessoa; alguma parte dela esperava continuar sendo aquela pessoa por toda a vida. Sua mente ainda não tinha assimilado o fato de ter 19 anos e estar grávida — de estar com 58 quilos em vez de 37. Ela queria alçar voo — *Houston, decolamos* —, mas era como tentar pular enquanto carregava uma criança pequena nas costas (pensando bem, era quase isso).

A linha de visão passou pelo topo da grama por apenas um momento e proporcionou um brevíssimo vislumbre do caminho por onde ela veio. O que viu, no entanto, foi suficiente para deixá-la quase sem fôlego de medo.

Cal e a estrada. *Cal... e a estrada.*

Ela desceu, sentiu um choque de impacto subir dos calcanhares até os joelhos. O chão encharcado embaixo do pé esquerdo derreteu. Becky caiu sentada na lama negra espessa com outro choque, uma batida na bunda.

Becky achou que tivesse dado vinte passos dentro da grama. Talvez trinta, no máximo. A estrada deveria estar perto o suficiente para ser atingida por um frisbee. Em vez disso, era como se tivesse percorrido um campo de futebol e mais um pouco. Um Datsun vermelho surrado, que passou correndo pela estrada, não parecia maior do que um carrinho de brinquedo. Cento e cinquenta metros de grama — um oceano que fluía suavemente feito de seda verde — estava entre Becky e aquela faixa fina de asfalto.

O primeiro pensamento dela, sentada na lama, foi: *Não. Impossível. Você não viu o que acha que viu.*

O segundo pensamento foi sobre uma nadadora ruim, pega por uma maré, sendo puxada cada vez mais para longe da costa, sem entender o tamanho do problema em que se encontrava até começar a gritar e descobrir que ninguém na praia podia ouvi-la.

Por mais abalada que Becky estivesse pela visão da estrada impossivelmente distante, o breve vislumbre do irmão foi tão desorientador quanto. Não porque Cal estivesse longe, mas porque ele estava perto.

Becky tinha visto o irmão saltar acima da grama a menos de três metros dela, mas os dois estavam gritando a plenos pulmões apenas para serem ouvidos.

A lama era quente, pegajosa, placentária.

A grama zumbia com insetos.

— *Cuidado!* — gritou o garoto. — *Não vão se perder também!*

Isto foi acompanhado por outra gargalhada curta — um soluço eufórico e nervoso de hilaridade. Não era Cal nem o garoto, não desta vez. Também não foi a mulher. Essa risada veio de algum lugar à esquerda de Becky, depois desapareceu, engolida pela canção dos insetos. Era uma gargalhada masculina e tinha um toque de embriaguez.

Ela de repente se lembrou de uma das coisas que a Mãe Bizarra tinha gritado: *Pare de chamar, meu amor! Ele vai ouvir você!*

Que porra é essa?

— *Que porra é essa?* — gritou Cal, como se estivesse repetindo a irmã.

Ela não ficou surpresa. "Hal e Val, eles pensam igual", a sra. De-Muth gostava de dizer. "Otto e Esopo, eles têm duas cabeças, mas apenas um corpo", o sr. Demuth gostava de dizer.

Uma pausa em que havia apenas o som do vento e o zumbido dos insetos. A seguir, um berro a plenos pulmões:

— *QUE PORRA É ESSA?*

✔

Durante um breve período, cerca de cinco minutos depois, Cal perdeu um pouco a cabeça. Isso aconteceu após ele ter feito uma experiência. Cal pulou e olhou para a estrada, aterrissou e esperou; a seguir, depois de contar até trinta, pulou e olhou de novo.

Se a pessoa quisesse insistir na precisão, era possível dizer que ele já estava perdendo um pouco da cabeça, por sequer pensar que precisava *fazer* essa experiência. Mas, àquela altura, a realidade estava começando a parecer muito com a lama: líquida e traiçoeira. Cal não conseguia executar o simples comando de caminhar em direção à voz da irmã, que vinha da direita quando ele ia para a esquerda, e vinha da esquerda quando ele ia para a direita. Às vezes, estava à frente, e outras, atrás. E não importava em qual direção Cal seguisse, ele parecia sempre se afastar da estrada.

Cal pulou e fixou o olhar no campanário da igreja. Era uma lança branca e reluzente contra o fundo de um céu azul brilhante, quase sem nuvens. Igreja caindo aos pedaços, campanário divino e altivo. *A congregação deve ter pagado um rim para construir essa belezura*, pensou ele. Embora, daquele ponto — talvez a uns quinhentos metros de distância, sem considerar que aquilo já era uma loucura, pois Cal tinha andado menos de trinta metros —, ele não conseguia enxergar a pintura descascada ou as tábuas nas janelas. O rapaz não conseguia sequer distinguir o próprio carro, escondido entre os outros automóveis encolhidos pela distância no estacionamento. Ele conseguia, no entanto, ver o Prius empoeirado. Aquele veículo estava na primeira fileira. Cal tentava não pensar no que havia vislumbrado no banco do carona — um detalhe horrível que ele não estava pronto para examinar ainda.

Naquele primeiro pulo, Cal estava virado para o campanário e, em qualquer mundo normal, deveria ter sido capaz de chegar lá andando pela grama em linha reta, pulando de vez em quando para fazer pequenas correções no caminho. Havia uma placa enferrujada e cravejada de balas entre a igreja e o boliche, em forma de losango com uma borda amarela, provavelmente dizendo DEVAGAR CRIANÇAS FAZENDO ALGUMA COISA. Ele não tinha certeza — também havia deixado os óculos no carro.

Cal caiu de volta na lama encharcada e começou a contar.

— Cal? — Era a voz da irmã, de algum lugar atrás dele.

— Espere — gritou Cal.

— Cal? — disse Becky mais uma vez, de algum lugar à esquerda.

— Quer que eu continue falando?

E quando o irmão não respondeu, ela começou a cantar com uma voz irregular, de algum lugar à frente dele:

— "Era uma vez uma garota que foi estudar em Yale…

— Cale a boca e espere! — berrou ele.

A garganta de Cal estava seca e apertada, e engolir exigiu um esforço. Embora fossem quase duas da tarde, o sol parecia pairar quase acima da cabeça dele. Cal podia sentir o calor no couro cabeludo e na parte superior das orelhas, que estavam começando a queimar. Ele achou que se conseguisse beber alguma coisa — um gole de água mineral ou uma das Cocas — talvez não se sentisse tão desgastado, tão ansioso.

Gotas de orvalho queimavam na grama, eram como cem lupas em miniatura refratando e intensificando a luz.

Dez segundos.

— Moleque? — chamou Becky, de algum lugar à direita de Cal. (*Não. Pare. Ela não está andando. Não perca a cabeça.*) Ela parecia estar com sede também. Rouca. — Você ainda está aqui?

— Sim! Você encontrou a minha mãe?

— *Ainda não!* — gritou Cal, pensando que já fazia algum tempo desde que ouviram a mulher falar alguma coisa. Não que ela fosse sua principal preocupação naquele momento.

Vinte segundos.

— Moleque? — disse Becky, cuja voz surgiu atrás dele. — Vai ficar tudo bem.

— *Você viu o meu pai?*

Cal pensou: *Um novo elemento. Formidável. Talvez William Shatner também esteja aqui. Mike Huckabee... Kim Kardashian... o cara que interpreta o Opie em* Sons of Anarchy *e todo o elenco de* The Walking Dead.

Ele fechou os olhos, mas, no momento em que fez isso, se sentiu tonto, como se estivesse em pé no topo de uma escada que começava a balançar. Ele desejou não ter pensado em *The Walking Dead*. Devia ter ficado com William Shatner e Mike Huckabee. Cal abriu os olhos e se viu cambaleando. Ele se firmou com um pouco de esforço. O calor fez o rosto formigar com suor.

Trinta. Cal esteve parado naquele local por trinta segundos. Ele achou que deveria esperar um minuto inteiro, mas não podia, e então deu um pulo a fim de olhar para a igreja.

Uma parte dele — uma parte que o rapaz tentava ignorar com toda a força — já sabia o que iria ver. Esta parte estava fazendo um comentário quase jovial: *Tudo vai ter mudado de lugar, Cal, meu amigo. A grama flui, e você flui também. Pense nisso como se estivesse se fundindo com a natureza.*

Quando as pernas cansadas ergueram Cal no ar mais uma vez, ele viu que o campanário da igreja estava agora à *esquerda*. Não muito, só um pouco. Ele havia se desviado o suficiente para a direita, de modo que não estava mais vendo a frente da placa em forma de losango, mas sim o alumínio prateado *da parte de trás* dela. Além disso, embora não tivesse certeza, Cal achava que tudo estava um pouco mais longe do que antes. Como se ele tivesse recuado alguns passos enquanto contava até trinta.

Em algum lugar, o cachorro latiu de novo: *Au, au.* Em algum lugar, um rádio tocava. Cal não conseguiu distinguir a música, apenas a batida do baixo. Os insetos zumbiam sua única nota lunática.

— Ah, não pode ser — disse ele.

Cal nunca gostara muito de falar sozinho — na adolescência, manteve uma atitude skatista-budista e se orgulhava de quanto tempo conseguia ficar em silêncio —, mas estava falando sozinho naquele momento, e nem percebia isso.

— Ah, não pode ser, *porra.* Isso é... isso é *loucura.*

Cal estava andando também. Caminhando na direção da estrada — de novo, quase sem perceber.

— Cal? — gritou Becky.

— É loucura — repetiu ele, respirando com dificuldade, empurrando a grama.

O pé de Cal acertou alguma coisa, e ele caiu de joelhos na água pantanosa. Água quente — não morna, *quente*, tão quente quanto água de banho — espirrou na virilha da bermuda, dando a sensação de que ele tinha acabado de se mijar.

Aquilo o derrotou um pouco. Cal ficou de pé em um pulo. Estava correndo agora. A grama chicoteava no rosto. Era uma grama afiada e resistente, e quando uma espada verde o atingiu embaixo do olho esquerdo, ele sentiu uma pontada aguda. A dor lhe deu um susto desagradável, e Cal correu mais, indo o mais rápido que podia agora.

— *Me ajuda!* — berrou o garoto.

E agora isso? "Me" veio da esquerda, "ajuda", da direita. Era a versão Kansas do som Dolby estéreo.

— *Isso é loucura!* — repetiu Cal. — *É loucura, é loucura, é loucura, porra!*

As palavras foram pronunciadas juntas, "issoéloucura", que coisa idiota de se dizer, que observação incoerente, mas ele não conseguia parar de gritar.

Cal caiu de novo, com força desta vez, esparramando o peito no chão. A essa altura, as roupas dele estavam salpicadas de terra tão quente e escura que parecia e até cheirava mais ou menos como matéria fecal.

Cal ficou de pé outra vez, correu cinco passos, sentiu a grama se enroscar nas pernas — era como colocar os pés em um ninho de arame farpado — e, porra, claro que caiu pela terceira vez. A cabeça zumbiu como uma nuvem de moscas.

— Cal! — Becky estava gritando. — Cal, pare! *Pare!*

Sim, pare. Se não você não parar, vai gritar "me ajuda" junto com a criança. A porra de um dueto.

Ele tomou fôlego. O coração disparou. Cal esperou que o zumbido na cabeça passasse, depois percebeu que o barulho não estava dentro da cabeça, afinal de contas. Eram as moscas. Ele conseguiu vê-las entrando e saindo da grama, um enxame ao redor de alguma coisa dentro da cortina verde-amarela em movimento, logo à frente.

Cal enfiou as mãos na grama e a separou para ver.

Um cachorro — parecia um golden retriever — estava deitado de lado na lama. O pelo vermelho-acastanhado reluzia embaixo de um tapete de moscas-varejeiras. A língua inchada pendia entre as gengivas, e as bilhas opacas dos olhos saíam da cabeça. O identificador enferrujado da coleira brilhava em meio ao pelo. Cal voltou a olhar para a língua. Ela estava revestida de um branco esverdeado. Ele não queria pensar no motivo. A pelagem suja, molhada e esvoaçante do animal parecia um tapete dourado imundo jogado sobre uma pilha de ossos. Um pouco desse pelo flutuava — pequenos tufos — na brisa quente.

Controle-se. Era o pensamento dele, mas na voz firme do pai. Fazer essa voz ajudou. Ele olhou para o estômago afundado do cão e viu movimentos lá dentro. Um ensopado fervente de vermes. Como os que ele viu se contorcendo nos hambúrgueres comidos pela metade no banco do carona daquele maldito Prius. Hambúrgueres que estavam lá havia dias. Alguém os deixou, se afastou do carro e os deixou, e nunca mais voltou, e nunca...

Controle-se, Calvin. Se não for por si mesmo, pela sua irmã.

— Vou me controlar — prometeu ele ao pai. — Eu vou.

Cal arrancou o mato enroscado nos tornozelos e nas canelas, quase sem sentir os pequenos cortes provocados pela grama. Ficou de pé.

— *Becky, cadê você?*

Nada por muito tempo — tempo suficiente para o coração dele sair do peito e subir à garganta. Então, incrivelmente distante:

— *Aqui! Cal, o que a gente faz? Estamos perdidos!*

Ele fechou os olhos de novo por um segundo. *Essa fala é do garoto.* A seguir pensou: *Le garoto, c'est moi.* Foi quase engraçado.

— Continuamos gritando — disse Cal, indo em direção à voz dela. — Continuamos gritando até estarmos juntos de novo.

— *Mas estou com muita sede!*

A irmã parecia mais perto agora, mas ele não confiava nisso. Não, não, não.

— Eu também — respondeu Cal. — Mas vamos sair dessa, Beck. Só temos que manter a cabeça no lugar.

Que ele já tinha perdido a própria sanidade — um pouco, apenas um pouco — era uma coisa que nunca diria a Becky. A irmã nunca contou para ele o nome do cara que a engravidou, afinal de contas, e isso deixava os dois meio quites. Um segredo para ela, agora um para ele.

— *E o moleque?*

Ai, Jesus, agora Becky estava desaparecendo de novo. Cal estava tão assustado que a verdade surgiu sem nenhum problema, e no volume máximo.

— *Foda-se o moleque, Becky! O que importa é a gente agora!*

↓

As direções derretiam na grama alta, assim como o tempo: um mundo de Dalí com som Dolby. Os irmãos perseguiam a voz um do outro como crianças cansadas, teimosas demais para desistir do jogo de pique e entrar em casa para jantar. Às vezes, Becky parecia perto, às vezes, parecia longe; ele não vislumbrou a irmã uma única vez. De vez em quando, o garoto gritava por ajuda, uma vez tão perto que Cal irrompeu na grama com as mãos estendidas para pegá-lo antes que pudesse fugir, mas não havia garoto algum. Apenas um corvo com a cabeça e uma asa arrancadas.

Não tem manhã ou noite aqui, pensou Cal, *apenas uma tarde eterna.* Mas, mesmo quando essa ideia lhe ocorreu, ele viu que o azul do céu estava ficando mais fechado e que o solo ensopado embaixo dos pés encharcados estava ficando escuro.

Se tivéssemos sombras, elas ficariam compridas e ao menos poderíamos usá-las para nos mover na mesma direção, pensou Cal, mas não havia sombras. Não na grama alta. Ele olhou para o relógio e não ficou surpreso ao ver que ele tinha parado, mesmo sendo digital. A grama havia parado o relógio. Cal tinha certeza disso. Algum astral maligno na grama, algum lance paranormal tipo *Fringe*.

Já era qualquer hora e meia quando Becky começou a soluçar.

— Beck? *Beck?*

— Preciso descansar, Cal. Preciso me sentar. Estou com muita sede. E estou com cólicas.

— Contrações?

— Acho que sim. Ai, Deus, e se eu tiver um aborto aqui nesta merda de campo?

— Apenas se sente onde você estiver — disse ele. — Elas vão passar.

— Ah, obrigada, doutor, eu vou…

Nada. Então ela começou a gritar:

— *Sai daqui! SAI DAQUI! NÃO TOQUE EM MIM!*

Cal, cansado demais para correr, correu de qualquer maneira.

Mesmo em choque e terror, Becky sabia quem era o louco quando ele afastou a grama e ficou diante dela. O sujeito estava vestindo roupas de turista — calças cáqui e mocassins cheios de lama. A revelação, no entanto, foi a camiseta dele. Embora estivesse suja de lama e com uma crosta marrom-escura que com certeza devia ser sangue, Becky notou a bola de barbante parecida com espaguete e sabia o que estava impresso acima dela: A Maior Bola de Barbante do Mundo, Cawker City, Kansas. Ela tinha uma camiseta igual àquela dentro da sua mala.

O pai de Tobin. Em carne e osso manchados de lama e grama.

— Sai daqui! — Becky ficou de pé em um pulo, com as mãos protegendo a barriga. — *SAI DAQUI! NÃO TOQUE EM MIM!*

O pai sorriu. As bochechas dele tinham uma barba rala, os lábios eram vermelhos.

— Calma. Quer ver a minha esposa? Ou, melhor ainda, quer sair? É fácil.

Ela olhou para o sujeito, boquiaberta. Cal estava gritando, mas Becky não prestava atenção.

— Se você pudesse sair — disse ela —, não estaria *aqui*.

Ele riu.

— Raciocínio certo. Conclusão errada. Eu só estava indo encontrar o meu filho. Já encontrei a minha esposa. Quer conhecê-la?

Becky não disse nada.

— Ok — disse o homem, dando-lhe as costas.

Ele começou a entrar na grama. Logo o sujeito desapareceria, assim como o irmão dela, e Becky sentiu uma pontada de pânico. Ele era claramente louco — bastava olhar seus olhos ou ouvir o tom de sua voz para saber —, mas era *humano*.

O sujeito parou e se virou para ela, sorrindo.

— Esqueci de me apresentar. Foi mal. Ross Humbolt é o nome. Mercado imobiliário é o jogo. Poughkeepsie é a cidade. Natalie é a esposa. Tobin é o menino. Garoto bacana! Inteligente! Você é a Becky. Cal é o irmão. Última chance, Becky. Venha comigo ou morra. — Os olhos dele desceram para a barriga dela. — O bebê também.

Não confie nele.

Ela não confiou, mas foi atrás assim mesmo. No que esperava que fosse uma distância segura.

— Você não tem ideia de para onde está indo.

— *Becky? Becky!*

Cal. Longe. Em algum lugar na Dakota do Norte. Talvez Manitoba. Becky achou que deveria responder, mas a garganta estava áspera demais.

— Eu estava tão perdido na grama quanto vocês — disse o sujeito. — Não mais. Beijei a pedra.

Ele se virou por um segundo, lançou a ela um olhar transtornado e maroto e continuou:

— Abracei também. *Nossa*. Foi quando eu vi. Todos os pequeninos dançando. Vi tudo. Claro como o dia. De volta à estrada? Linha reta! Bola quicou, eu chuto. A esposa está bem ali. Você tem que conhecê-la. É um amor. Faz o melhor martíni do país. Era uma vez um cara chamado Nicolau, que derramou um pouco de gim no... *aham!* Só para mostrar que era educado, adicionou um pouco de gelo raspado. Acho que você conhece o resto. — O homem piscou para ela.

No ensino médio, Becky fez uma eletiva de educação física chamada Autodefesa para moças. Agora tentava se lembrar dos golpes e não conseguia. A única coisa que Becky conseguia se lembrar...

No fundo do bolso direito do short havia um chaveiro. A chave mais longa e grossa que cabia na porta de entrada da casa onde ela e o irmão haviam crescido. Becky a separou das outras chaves e colocou entre os dois primeiros dedos da mão.

— *Aqui* está ela! — proclamou Ross Humbolt, jovial, afastando a grama alta com as duas mãos, como um explorador em um filme antigo. — Diga olá, Natalie! Esta jovem vai ter uma *cria*!

Havia sangue espirrado na grama atrás dos ramos que ele estava segurando, e Becky queria parar, mas os pés a levaram à frente, e o homem até se afastou um pouco, como em um daqueles outros filmes antigos em que o cara conquistador diz "Depois de você, boneca", e os dois entram na boate chique onde a banda de jazz está tocando, só que ali não era nenhuma boate chique, era um trecho de grama batida, onde a mulher, Natalie Humbolt, se esse era o nome dela, estava caída, toda contorcida com os olhos esbugalhados, e o vestido fora erguido, revelando grandes mordidas vermelhas nas coxas, e Becky achou que agora sabia por que Ross Humbolt, de Poughkeepsie, tinha lábios tão vermelhos, e um dos braços de Natalie tinha sido arrancado do ombro e estava caído a três metros dela na grama amassada que já voltava a ficar em pé, e havia outras grandes mordidas vermelhas no braço, e o vermelho ainda estava molhado porque... porque...

Porque ela não está morta há tanto tempo assim, pensou Becky. *Nós a ouvimos gritar. Nós a ouvimos* morrer.

— A família está aqui há algum tempo — disse Ross Humbolt em um tom amigável e confidencial, enquanto os dedos manchados de grama se acomodavam na garganta dela. O homem soltou um soluço. — As pessoas acabam ficando com fome. Não tem McDonald's aqui! Não. Dá para beber a água do chão; ela é arenosa e quente, mas, depois de um tempo, a pessoa se acostuma, só que a gente está aqui há *dias*. Estou cheio agora, no entanto. Cheio como um carrapato.

Os lábios manchados de sangue do homem se aproximaram da orelha de Becky, e a barba por fazer provocou cócegas na pele dela quando ele sussurrou:

— Quer ver a pedra? Quer se deitar nua sobre ela e me sentir dentro de você, sob as estrelas em forma de cata-vento, enquanto a grama canta os nossos nomes? Poesia, hein?

Becky tentou respirar fundo para gritar, mas nada desceu pela traqueia. Nos pulmões havia um vazio repentino e terrível. Ross Humbolt apertou os polegares na garganta dela, esmagando músculos, tendões e tecidos moles. Ele sorriu. Os dentes estavam manchados de vermelho, mas a língua tinha um tom verde-amarelado. O hálito tinha cheiro de sangue e de gramado recém-aparado.

— A grama tem coisas para lhe dizer. Você só precisa aprender a ouvir. Precisa aprender a falar *grama alta*, minha linda. A rocha sabe. Depois de ver a rocha, você vai entender. Aprendi mais com essa rocha em dois dias do que em vinte anos de educação.

Ele inclinou Becky para trás, e ela ficou com a coluna arqueada. Becky se curvou como uma folha alta de grama ao vento. O hálito verde dele jorrou no rosto dela novamente.

— "Vinte anos de educação e eles *vão* colocar você no turno do dia" — falou Ross Humbolt, rindo. — Esse é um bom e velho rock, não é? Dylan, filho de Javé. Bardo de Hibbing. Tenho uma sugestão. A pedra no centro deste campo é uma *boa e velha* rocha, mas tem *sede*. Está trabalhando no turno da noite desde antes de os peles-vermelhas caçarem no Osage Cuestas, desde que uma geleira a trouxe para cá durante a última era glacial e, ah, menina, a pedra está com uma *puta* sede.

Becky queria enfiar o joelho no saco dele, mas era esforço demais. O melhor que conseguiu fazer foi levantar o pé alguns centímetros e, em seguida, descê-lo de novo. Levantar o pé e descê-lo. Levantar e descer. Becky parecia estar batendo os pés em câmera lenta, como um cavalo pronto para sair da baia.

Constelações de faíscas pretas e prateadas explodiram nas bordas do seu campo de visão. *Estrelas em forma de cata-vento*, pensou. Era estranhamente fascinante ver como novos universos nasciam e morriam, apareciam e se apagavam. Becky compreendeu que ela mesma logo estaria se apagando. Isso não parecia uma coisa tão ruim. Ação urgente não era necessária.

Cal gritava o nome da irmã a uma distância muito grande. Se ele estava em Manitoba antes, agora se encontrava no fundo de um poço em Manitoba.

A mão de Becky apertou o chaveiro no bolso. Os dentes de algumas das chaves se cravaram na palma de sua mão. Rasgando.

— Sangue é bom, mas lágrimas são melhores — disse Ross — para uma pedra velha e sedenta como aquela. E quando eu trepar com você na pedra, ela vai ter um pouco dos dois. Tem que ser rápido, no entanto. Não quero fazer isso na frente do moleque.

O hálito dele *fedia*.

Ela tirou a mão do bolso, com a ponta da chave da casa saliente entre o indicador e o dedo médio, e enfiou o punho no rosto de Ross Humbolt. Becky só queria afastar a boca dele, não queria que o homem respirasse em cima dela, não queria mais cheirar aquele fedor verde. O braço dela estava fraco, e o soco saiu preguiçoso, quase amigável — mas a chave pegou Ross embaixo do olho esquerdo e arranhou a bochecha dele, desenhando uma linha irregular de sangue.

Ross se encolheu e jogou a cabeça para trás. As mãos dele afrouxaram; por um instante, os polegares não estavam mais cravados na pele macia na cavidade da garganta de Becky. Um momento depois, Ross voltou a apertar as mãos, mas, a essa altura, ela já havia tomado um bocado de fôlego. As faíscas — as estrelas em forma de cata-vento — que explodiam e espocavam na visão periférica dela desapareceram. A mente ficou clara, como se alguém tivesse jogado água gelada no seu rosto. Na outra vez em que socou Ross, ela impulsionou o golpe com o ombro e afundou a chave no olho dele. Os nós dos dedos de Becky roçaram contra o osso. A chave varou a córnea e penetrou no globo ocular.

Ross Humbolt não gritou. Ele emitiu uma espécie de latido, um grunhido (*Au!*), e puxou Becky com força para o lado, tentando levantá-la. Os antebraços do homem estavam queimados de sol e descascando. De perto, ela notou que o nariz dele também estava descascando, e a ponte do nariz fervia com uma queimadura de sol. Ross fez uma careta, mostrando os dentes manchados de rosa e verde.

A mão de Becky caiu e soltou o chaveiro, que continuou pendendo da cavidade do olho esquerdo do sujeito, com as outras chaves dançando umas contra as outras e batendo na bochecha dele. O sangue desceu pelo lado esquerdo inteiro do rosto de Humbolt, e aquele olho agora era um buraco vermelho reluzente.

A grama se agitou em volta dos dois. O vento aumentou, e as lâminas altas se debateram e açoitaram as costas e as pernas de Becky.

O homem deu uma joelhada na barriga dela. Era como ter sido golpeada por uma tora. Becky sentiu dor e algo pior que dor em um lugar baixo onde o abdômen se encontrava com a virilha. Era uma espécie de contração muscular, uma contorção, como se houvesse uma corda amarrada ao útero e alguém a tivesse puxado com força, mais apertado do que deveria.

— Ai, Becky! Ai, menina! Você vai comer grama pela raiz agora! — gritou ele, com um tom de hilaridade louca tremendo na voz.

Ross deu outra joelhada na barriga dela, e uma terceira vez. Cada golpe provocava uma nova explosão preta e venenosa. *Ele está matando o bebê*, pensou Becky. Algo escorreu pelo lado interno da perna esquerda. Se era sangue ou urina, ela não sabia dizer.

Os dois dançaram juntos, a mulher grávida e o louco caolho. Dançaram na grama, os pés no chão ensopado, as mãos dele na garganta dela. Ambos haviam cambaleado em um semicírculo vacilante ao redor do cadáver de Natalie Humbolt. Becky estava ciente do corpo morto à esquerda, vislumbrou as coxas pálidas, mordidas e ensanguentadas, a saia jeans amarrotada e a calcinha de vó exposta de Natalie, manchada de grama. E o braço dela — o braço de Natalie na grama, logo atrás dos pés de Ross Humbolt. O braço desmembrado e sujo (como ele decepou o braço? Arrancou como uma coxa de frango?) estava com os dedos levemente contraídos, com terra embaixo das unhas rachadas.

Becky se atirou em Ross, jogando o próprio peso para a frente. Ele deu um passo para trás, colocou o pé naquele braço desmembrado, que girou embaixo do calcanhar. O homem soltou um grito angustiado e irritado enquanto caía, puxando Becky com ele. Ross não soltou o pescoço dela até cair no chão, e seus dentes se chocaram com um estalo audível.

Ele absorveu a maior parte do impacto, a massa elástica da pança suavizando a queda. Becky se afastou do sujeito e começou a engatinhar na grama.

Só que ela não conseguiu se mover rápido. As entranhas pulsavam com um peso terrível e uma sensação de tensão. Becky queria vomitar.

Ross pegou o tornozelo dela e puxou. Becky caiu de bruços sobre o estômago dolorido. Uma lança de dor varou o abdômen, a sensação de algo estourando. O queixo dela bateu na terra molhada. A visão estava cheia de pontinhos pretos.

— Para onde está indo, Becky DeMuth?

Ela não dissera o sobrenome para ele. O homem não tinha como saber disso.

— Eu vou encontrar você de novo — falou ele. — A grama vai me mostrar onde está se escondendo, os pequenos dançarinos vão me levar até você. Venha cá. Você não precisa ir para San Diego agora. Nenhuma decisão sobre o bebê será necessária. Tudo está resolvido.

A visão de Becky ficou clara. Ela viu, bem à frente, um trecho de grama achatada, uma bolsa de palha feminina, o conteúdo despejado e, em meio à bagunça, uma pequena tesoura de manicure — mais parecia um alicate do que uma tesoura. As lâminas estavam cheias de sangue. Ela não queria pensar como Ross Humbolt, de Poughkeepsie, podia ter usado aquela ferramenta ou como ela própria poderia usá-la agora.

Mesmo assim, Becky fechou a mão em torno da tesoura de manicure.

— Eu estou mandando voltar! — disse Ross a ela. — *Agora*, vadia.

Ele puxou o pé de Becky, que se contorceu e se jogou em cima do homem, com a tesoura de manicure de Natalie Humbolt na mão. Ela atingiu Ross no rosto, uma, duas, três vezes, antes que ele começasse a gritar. Era um grito de dor, mesmo que, antes que Becky terminasse, tivesse se transformado em grandes gargalhadas. Ela pensou: *O garoto riu também*. Então, por um bom tempo, ela não pensou em nada. Não até depois do nascer da lua.

→

Na última luz do dia, Cal se sentou na grama, limpando as lágrimas.

Ele nunca tinha cedido ao choro completo. Apenas caiu de bunda, depois de sabe-se lá quanta busca inútil chamando por Becky — a irmã já havia parado de responder —, e, por um tempo, os olhos de Cal estavam úmidos e formigando, e a respiração, um pouco difícil.

O crepúsculo foi glorioso. O céu era de um azul escuro e austero, quase chegando ao preto, e a oeste, atrás da igreja, o panorama estava iluminado com o brilho infernal de brasas moribundas. Ele via o horizonte às vezes, quando tinha energia para pular e olhar e quando podia se convencer de que havia algum sentido em procurar.

Os tênis estavam encharcados, o que os tornava pesados, e os pés doíam. O interior das coxas coçava. Cal tirou o calçado direito, virou e derramou um filete de água suja. Ele não estava usando meias, e o pé descalço tinha o horrível aspecto branco e enrugado de algo afogado.

Cal tirou o outro calçado, estava prestes a virá-lo e então hesitou. Ele levou o tênis aos lábios, inclinou a cabeça para trás e deixou a água suja — água que tinha gosto do seu pé fedorento — correr sobre a língua.

Cal ouvira Becky e o Homem, bem longe na grama. Tinha ouvido o Homem falando com a irmã com uma voz alegre e embriagada, quase lhe dando uma lição, embora ele não tivesse conseguido entender muito do que foi dito. Algo sobre uma rocha. Algo sobre homenzinhos dançando. Algo sobre estar com sede. Um trecho de alguma antiga música folk qualquer. O que ele estava cantando? *"Vinte anos de escrita e eles colocam você no turno da noite."* Não — não era isso. Mas era algo parecido. Música folk não era a especialidade de Cal; ele era mais fã do Rush. Os dois irmãos estavam ouvindo o álbum *Permanent Waves* na viagem pelo país.

Então ele ouviu os dois se debatendo e lutando na grama, ouviu os berros sufocados de Becky e o Homem vociferando para ela. Enfim, vieram os gritos — gritos que eram terrivelmente parecidos com risadas. Não de Becky. Do Homem.

A essa altura, Cal já estava histérico, correndo, pulando e chamando pela irmã. Ele esbravejou e correu por um longo tempo antes de recuperar o autocontrole e se obrigar a parar e escutar. Cal dobrou o corpo, apertou os joelhos e ficou ofegando, com a garganta doendo de sede, e voltou a atenção para o silêncio.

A grama farfalhou.

— Becky? — chamou ele, com a voz rouca. — Beck?

Nenhuma resposta, exceto pelo vento deslizando no mato.

Cal andou um pouco mais. Chamou de novo. Sentou. Tentou não chorar.

E o crepúsculo foi glorioso.

Ele procurou nos bolsos, pela centésima vez, dominado pela fantasia terrível de descobrir um pedacinho seco de goma de mascar Juicy Fruit. Cal havia comprado um pacote de Juicy Fruit na Pensilvânia, mas ele e Becky haviam consumido antes de chegarem à fronteira de Ohio. Juicy Fruit era um desperdício de dinheiro. Aquele lampejo cítrico de açúcar sempre desaparecia depois de quatro mascadas e...

... sentiu uma ponta dura de papel e retirou uma caixa de fósforos. Cal não fumava, mas os fósforos foram distribuídos de graça na pequena loja de bebidas do outro lado da rua do dragão Kaskaskia, em Vandalia. A caixa tinha uma foto do dragão de aço inoxidável de dez metros de comprimento. Becky e Cal pagaram um punhado de fichas e passaram a maior parte do início da noite alimentando o grande dragão de metal a fim de ver jatos de propano em chamas irromperem das narinas. Ele imaginou o dragão pousando no campo e ficou tonto de prazer ao pensar na criatura exalando uma coluna de fogo na grama.

Virou a caixa de fósforos na mão, manuseando o papelão macio. *Queime o campo*, pensou. *Queime a porra do campo.* A grama alta queimaria como toda palha quando tocada pela chama.

Ele visualizou um rio de grama queimada, faíscas e fragmentos de mato tostado flutuando no ar. Foi uma imagem mental tão forte que Cal pôde fechar os olhos e quase *cheirá-la*, sentir o cheiro de alguma maneira benéfico de mato queimando no fim do verão.

E se as chamas se voltassem contra ele? E se o fogo pegasse Becky? E se ela estivesse desmaiada e acordasse com o cheiro do próprio cabelo queimado?

Não. Becky ficaria à frente das chamas. *Ele* ficaria à frente das chamas. Havia em Cal a ideia de que precisava *machucar* a grama, mostrar que não aceitaria outro desaforo e, então, a grama o deixaria — deixaria os dois — partir. Toda vez que uma folha roçava na bochecha de Cal, ele achava que a grama estava provocando, se divertindo com a sua cara.

Cal se levantou com as pernas doloridas e puxou a grama. Era como uma corda velha, resistente e afiada que machucava as mãos, mas ele arrancou um pouco, amassou, fez uma pilha e se ajoelhou diante dela; era como um penitente em um altar particular. Cal tirou um palito da caixa, colocou na tira de lixa, dobrou a tampa para segurar o fósforo no lugar e puxou. Surgiu fogo. Como o rosto estava próximo, ele inalou um cheiro ardente de enxofre.

O palito se apagou no momento em que Cal o colocou em contato com a grama molhada, pois as hastes estavam pesadas com um orvalho espesso que nunca secava.

A mão dele tremia quando acendeu o fósforo seguinte.

O palito sibilou quando tocou na grama e se apagou. Jack London não havia escrito uma história sobre isso?

Outro. E mais outro. Cada palito produzia uma baforada de fumaça assim que tocava o mato úmido. Um fósforo nem chegou a entrar na grama, pois foi apagado pela brisa suave assim que acendeu.

Por fim, quando restavam seis fósforos, Cal acendeu um e, em desespero, colocou-o em contato com a própria caixa. Feita de papel, ela se acendeu em um clarão branco radiante, e ele a jogou no ninho de grama chamuscada, mas ainda úmida. Por um momento, a caixa ficou no topo daquela massa de grama verde-amarela, emitindo uma língua longa e reluzente de chamas.

A seguir, a caixa de fósforos fez um buraco na grama úmida, caiu na lama e se apagou.

Ele chutou toda aquela bagunça em um espasmo de desespero aflito e vergonhoso. Foi a única maneira que encontrou de não voltar a chorar.

Depois ficou sentado imóvel, de olhos fechados, com a testa apoiada no joelho. Cal estava cansado e queria descansar, queria deitar de costas e ver as estrelas aparecerem. Ao mesmo tempo, não queria se apoiar na lama, não queria que ela sujasse o seu cabelo, que encharcasse as costas da camisa. Ele já estava imundo o suficiente. As pernas nuas estavam riscadas pelo açoitamento que as pontas afiadas da grama haviam lhe dado. Cal pensou que deveria tentar caminhar em direção à estrada — antes que não tivesse mais nenhuma —, mas mal podia suportar ficar de pé.

O que fez com que ele se levantasse foi o som distante de um alarme de carro. Mas não o alarme de um carro *qualquer*. Este não fazia *uá-uá-uá* como a maioria; esse alarme era *UÍ-ón, UÍ-ón, UÍ-ón*. Até onde Cal sabia, apenas os velhos Mazdas buzinavam daquele jeito quando eram arrombados, piscando os faróis no ritmo do alarme.

Como o carro em que ele e Becky saíram para cruzar o país. *Uí-ón, Uí-ón, Uí-ón.*

As pernas estavam cansadas, mas Cal ficou de pé mesmo assim. A estrada estava mais perto de novo (não que isso importasse), e, sim, ele conseguiu ver um par de faróis piscando. Não havia muito além disso, mas Cal não precisava ver mais para adivinhar o que estava acontecendo. As pessoas ao longo desse trecho da estrada sabiam tudo sobre o campo de grama alta em frente à igreja e ao boliche. Sabiam que tinham que manter os próprios filhos no lado seguro da estrada. E quando um turista ouvia gritos de socorro e desaparecia na grama alta, determinado a bancar o bom samaritano, os moradores locais davam uma olhada nos carros e pegavam o que valia a pena levar.

Eles provavelmente adoram esse campo. E o temem. E o veneram. E...

Ele tentou calar a conclusão lógica, mas não conseguiu.

E fazem sacrifícios para ele. Os espólios que encontram nos porta-malas e porta-luvas? São só um pequeno bônus.

Cal queria Becky. Ah, Deus, como ele queria Becky. E, ah, Deus, como ele queria alguma coisa para comer. Não conseguia decidir o que queria mais.

— Becky? *Becky?*

Nada. No alto, as estrelas começaram a brilhar.

Ele caiu de joelhos, pressionou as mãos no chão lamacento e pegou mais água. Bebeu, tentando filtrar a terra com os dentes. *Se Becky estivesse comigo, poderíamos dar um jeito nisso. Sei que poderíamos. Porque Hal e Val, eles pensam igual.*

Ele pegou mais água, desta vez se esqueceu de filtrá-la e engoliu terra. E também algo que se contorceu. Um inseto ou talvez um verme. Bem, e daí? Era proteína, certo?

— Eu nunca vou encontrar a minha irmã — disse Cal, que olhou para a grama que se mexia e ficava mais escura — porque você não vai deixar, não é? Você mantém as pessoas que se amam separadas, não é? Esse é o trabalho principal, certo? Vamos ficar dando voltas e voltas, chamando um ao outro, até ficarmos loucos.

Só que Becky havia *parado* de chamar. Como a mãe do menino, Becky tinha se cala...

— Não precisar ser assim — disse uma voz baixa.

A cabeça de Cal se virou. Um garotinho em roupas manchadas de lama estava parado ali. O rosto estava contraído e imundo. Na mão direita, ele segurava um corvo morto por uma pata amarela.

— Tobin? — sussurrou Cal.

— Sou eu.

O menino ergueu o corvo até a boca e enfiou o rosto na barriga da ave. Penas estalaram. A cabeça morta do corvo se moveu como se dissesse: *Isso mesmo, bem aí, chegue até a carne.*

Cal teria dito que estava cansado demais para saltar após o último pulo, mas o horror tem seus próprios imperativos, e ele saltou. Cal arrancou o corvo das mãos enlameadas do garoto e mal notou as tripas que se desenrolavam do bucho aberto, embora tenha visto a pena colada no lado da boca da criança. Ele viu aquilo muitíssimo bem, mesmo na penumbra crescente.

— Você não pode comer isso! *Credo*, moleque! Você está maluco?

— Não estou maluco, só com fome. E os corvos não são ruins. Eu não consegui comer nada do Freddy. Eu amava o Freddy. O papai comeu um pouco, mas eu não. Claro que eu não tinha tocado na pedra até então. Quando você toca na pedra, tipo um abraço, entende, você simplesmente sabe muito mais. Mas fica com mais fome. E, como o meu pai diz, o homem é feito de carne e o homem come carne. Depois que fomos para a rocha, nós nos separamos, mas ele disse que poderíamos nos encontrar de novo a qualquer momento.

Cal tinha se perdido no começo.

— Freddy?

— O nosso golden retriever. Pegou muito frisbee. Que nem um cachorro de TV. É mais fácil encontrar as coisas aqui depois que estão mortas. O campo não move os mortos. — Os olhos do garoto brilhavam na luz fraca, e ele observou o corvo mutilado, que Cal ainda estava segurando. — Acho que a maioria dos pássaros se mantém longe da grama. Acho que eles sabem e contam uns para os outros. Mas alguns não devem dar ouvidos. Os *corvos* são os que menos escutam, creio eu, porque tem uma porrada de corvos mortos aqui. Ande por aí e você vai encontrá-los.

— Tobin, você atraiu a gente para cá? — perguntou Cal. — Fale. Eu não vou ficar bravo. Seu pai obrigou você a fazer isso, aposto.

— Ouvimos alguém gritando. Uma menininha. Ela disse que estava perdida. Foi assim que *nós* entramos. É assim que *funciona*. — Ele fez uma pausa. — Aposto que o meu pai matou a sua irmã.

— Como você sabe que ela é minha irmã?

— A pedra — respondeu o menino. — A pedra ensina a escutar a grama, e a grama sabe tudo.

— Então você deve saber se ela está morta ou não.

— Eu poderia descobrir — disse Tobin. — Não, posso fazer melhor do que isso. Posso mostrar. Quer ir ver? Dar uma olhada nela? Vamos. Vem comigo.

Sem esperar pela resposta, o garoto se virou e entrou na grama. Cal largou o corvo morto e disparou atrás dele, não querendo perdê-lo de vista nem por um segundo. Se perdesse, poderia perambular para sempre sem encontrá-lo. *Eu não vou ficar bravo*, Cal tinha dito, mas *estava* bravo. *Muito* bravo. Não o suficiente para matar uma criança, é claro que não (*provavelmente* não), mas também não deixaria o pequeno Judas desaparecer de vista.

Só que ele deixou o menino desaparecer, porque a lua surgiu sobre a grama, inchada e alaranjada. *Ela parece grávida*, pensou Cal, e quando olhou para baixo, Tobin tinha ido embora. Ele forçou as pernas cansadas a correr, empurrou a grama, encheu os pulmões para chamar. E, de repente, não havia mais grama para empurrar. Cal estava em uma clareira — uma clareira de verdade, não apenas uma grama derrubada e pisoteada. No meio, uma enorme rocha preta se projetava do chão. Era do tamanho de uma caminhonete e estava toda inscrita com pequeninos homens de palitinhos, dançando. Eles eram brancos e pareciam flutuar. Pareciam se *mexer*.

Tobin estava ao lado da rocha, depois estendeu a mão e a tocou. Ele estremeceu — não de medo, pensou Cal, mas de prazer.

— Ah, como isso é bom. Vamos, Cal. Experimente. — Ele acenou para chamá-lo.

Cal caminhou em direção à rocha.

↗

O alarme do carro soou por um tempo, mas depois parou. O som entrou nos ouvidos de Becky, mas não fez nenhuma conexão com o cérebro. Ela rastejou. Fez isso sem pensar. Cada vez que uma cólica nova a atingia, parava com a testa pressionada contra a lama e o traseiro empinado para o alto, como um fiel saudando Alá. Quando a cólica passava, ela se arrastava um pouco mais. Os cabelos manchados de lama estavam grudados no rosto. As pernas estavam molhadas com o que quer que estivesse escorrendo de dentro dela. Becky sentia a coisa saindo, mas não deu mais atenção àquilo do que dera ao alarme do carro. Ela lambeu a água da grama enquanto se arrastava, virando a cabeça de um lado para o outro, sacudindo a língua como uma cobra, *schlep-schlep*. Fez isso sem pensar.

A lua surgiu, enorme e laranja. Becky girou a cabeça para olhar e, ao fazer isso, foi atingida pela pior cólica até então. Essa não passou. Ela caiu de costas e desceu o short e a calcinha com gestos bruscos. Ambos estavam encharcados. Por fim, surgiu um pensamento claro e coerente, percorrendo a mente como um relâmpago: *O bebê!*

Becky estava deitada de costas na grama, com as roupas ensanguentadas nos tornozelos, as pernas abertas e as mãos na virilha. Uma substância pegajosa grudou nos dedos. Então veio uma cólica paralisante, e, com ela, algo redondo e duro. Um crânio. A curva dele coube nas mãos de Becky com uma perfeição agradável. Era Justine (se fosse menina) ou Brady (se fosse menino). Ela estava mentindo para todo mundo a respeito de não ter tomado uma decisão; Becky sempre soube que ficaria com o bebê.

Ela tentou gritar, e nada saiu além de um som sussurrado de *hhhhaaaahhh*. A lua espiou Becky como um olho injetado de dragão. Ela fez a maior força possível, a barriga parecia uma tábua, a bunda se enfiou no chão lamacento. Algo rasgou. Algo *deslizou*. Algo chegou às mãos de Becky. De repente, ela estava vazia lá embaixo, mas pelo menos suas mãos estavam cheias.

Sob o luar vermelho-alaranjado, Becky ergueu o bebê até o corpo, pensando: *Tudo bem, mulheres de todo o mundo dão à luz em campos.*

Era Justine.

— Ei, garota — disse ela com a voz rouca. — Ah, você é tão pequena.

E tão calada.

De perto, era fácil ver que a rocha não era do Kansas. Tinha o aspecto escuro e vítreo de pedra vulcânica. O luar lançava um brilho iridescente nas superfícies angulosas, criando manchas em tons de jade e pérola.

Os homens e as mulheres de palitinhos dançavam de mãos dadas em ondas curvas de grama. Ele não sabia dizer se essas imagens haviam sido esculpidas ou pintadas na pedra.

A oito passos de distância, eles pareciam flutuar um pouco acima da superfície daquela grande rocha do que provavelmente não era obsidiana.

A seis passos de distância, eles pareciam estar suspensos imediatamente *abaixo* da superfície obscura e vítrea; eram objetos esculpidos pela luz, semelhantes a hologramas. Era impossível mantê-los em foco. Era impossível desviar o olhar.

A quatro passos de distância, Cal conseguiu ouvi-la. A rocha emitia um zumbido discreto, como o filamento eletrificado de uma lâmpada de tungstênio. Não conseguia senti-la, no entanto — Cal não percebeu que o lado esquerdo de seu rosto começava a ficar rosado, como se fosse uma queimadura de sol. Ele não tinha nenhuma sensação de calor.

Afaste-se disso, pensou, mas achou difícil dar um passo para trás. Os pés dele não pareciam mais se mover naquela direção.

— Achei que você fosse me levar até a Becky.

— Eu disse que íamos dar uma olhada nela. E vamos. Usando a pedra.

— Eu não me importo com a sua maldita... Eu só quero a Becky.

— Se você tocar na pedra, não estará mais perdido — disse Tobin. — Nunca mais vai se perder. Será redimido. Isso não é ótimo?

Ele distraidamente removeu a pena que estava presa no canto da boca.

— Não — falou Cal. — Acho que não. Prefiro ficar perdido.

Talvez fosse apenas a imaginação dele, mas o zumbido pareceu ficar mais alto.

— Ninguém prefere ficar perdido — disse o garoto em tom cordial. — A Becky não quer ficar perdida. Ela sofreu um aborto. Se não conseguir encontrá-la, acho que provavelmente vai morrer.

— Você está mentindo — falou ele, sem nenhuma convicção.

Cal talvez tenha se aproximado meio passo. Uma luz suave e fascinante começou a subir no centro da rocha, atrás daquelas figuras flutuantes de palitinhos — como se aquele zumbido vibrante que ele ouvia estivesse embutido cerca de um metro abaixo da superfície da pedra e alguém estivesse aumentando o volume devagar.

— Não estou — disse o garoto. — Olhe de perto e vai poder ver.

No interior de quartzo esfumaçado da rocha, Cal viu o traçado turvo de um rosto humano. De início, pensou que estivesse olhando para o próprio reflexo. Mas, embora fosse semelhante, não era o rosto dele. Era Becky, com os lábios contraídos em uma careta de dor, parecida com um cachorro. Havia manchas de sujeira na lateral do rosto dela. Tendões estavam retesados no pescoço.

— Beck? — falou Cal, como se a irmã pudesse ouvi-lo.

Ele deu outro passo à frente — não conseguiu se conter — e se inclinou para ver. As mãos estavam erguidas diante de si, em uma espécie de gesto de *Não siga adiante*, mas Cal não conseguiu sentir que a pele começava a formar bolhas por causa do que a pedra estava irradiando.

Não, perto demais, pensou, e tentou dar meia-volta, mas não conseguiu. Em vez disso, os calcanhares escorregaram, como se estivesse em cima de um monte de terra macia cedendo embaixo dele. Só que o chão era plano; Cal deslizou para a frente porque a *pedra* o pegou, ela tinha gravidade própria e o atraiu como um ímã atrai limalha de ferro.

No fundo da enorme bola de cristal irregular da grande rocha, Becky abriu os olhos e pareceu encará-lo com espanto e terror.

O zumbido aumentou na cabeça dele.

O vento aumentou com o zumbido. A grama se atirava de um lado para o outro, em êxtase.

No último instante, Cal percebeu que sua carne estava queimando, que a pele estava fervendo no clima sobrenatural que existia no espaço ao redor da rocha. Ele soube quando tocou a pedra que seria como colocar as palmas em uma frigideira aquecida e começou a gritar...

... e a seguir parou, pois o som ficou preso na garganta repentinamente contraída.

A pedra não estava quente. Estava fria. Estava fria, ainda bem, e Cal encostou o rosto nela. Ele era como um peregrino cansado que chegou ao seu destino e podia finalmente descansar.

←→

Quando Becky levantou a cabeça, o sol estava nascendo ou se pondo, e o estômago doía, como se estivesse se recuperando de uma semana de gastroenterite. Ela secou o suor do rosto com o antebraço, se colocou de pé e saiu da grama, direto para o carro. Ficou aliviada ao descobrir que as chaves ainda estavam na ignição. Becky saiu do estacionamento e entrou na estrada, dirigindo em ritmo lento.

No começo, ela não sabia para onde estava indo. Era difícil pensar além da dor no abdômen, que vinha em ondas. Às vezes, era uma pulsação monótona, como a dor de músculos sobrecarregados; outras vezes, o incômodo se intensificava sem aviso prévio e virava uma dor aguda, de algum modo diluída, que varava as entranhas e queimava a virilha. O rosto estava quente e febril, e nem mesmo dirigir com as janelas abertas a refrescava.

Agora a noite estava chegando, e o fim do dia cheirava a grama recém-cortada, churrascos no quintal, meninas se preparando para sair com os namorados e partidas de beisebol sob refletores. Ela dirigiu pelas ruas de Durham, sob o brilho vermelho opaco do sol, que era uma gota inchada de sangue no horizonte. Becky passou pelo parque Stratham, onde tinha corrido com a equipe de atletismo no ensino médio. Fez a curva em volta no campo de beisebol. Um bastão de alumínio retiniu. Meninos gritaram. Uma figura escura correu para a primeira base com a cabeça baixa.

Becky dirigiu distraída, cantando para si mesma um dos seus poemas humorísticos, apenas semiconsciente do que estava fazendo. Ela sussurrou cantarolando o mais antigo que conseguiu encontrar quando estava pesquisando para o trabalho de literatura do primeiro ano, um poema humorístico que havia sido escrito muito antes de o gênero descambar para alusões grosseiras a sexo, apesar de apontar o caminho nessa direção:

— "Na grama alta se escondeu uma garota" — cantou Becky. — "Para emboscar qualquer garoto que dormisse de touca. Assim como leões comem gazelas, homens morrem por suas mazelas, cada um com um sabor que a deixava louca."

Uma garota, pensou Becky, quase de maneira aleatória. *A garota dela*. Veio à mente de Becky, então, o que estava fazendo. Ela estava procurando pela garota, de quem deveria estar cuidando e... Ah, Jesus, que situação horrível do caralho — a criança tinha se perdido, e Becky tinha que encontrá-la antes que os pais chegassem em casa, e estava escurecendo rápido, e ela não conseguia nem se lembrar do nome da porcaria da criança.

Becky se esforçou para relembrar como aquilo poderia ter acontecido. Por um momento, o passado recente era um espaço em branco enlouquecedor. Então veio à mente dela. A garota queria brincar no balanço do quintal, e Becky disse: *Vá em frente, beleza*, mal prestando atenção. Na época, ela estava trocando mensagens de texto com Travis McKean. Eles estavam brigando. Becky nem ouviu a porta da tela traseira se fechar.

o que vou dizer para a minha mãe, disse Travis, nem sei se quero continuar na faculdade, quanto mais formar uma família. E essa pérola: se a gente se casar, tenho que dizer ACEITO para o seu irmão também? ele está sempre sentado na sua cama lendo revistas de skate, fico surpreso que ele não estivesse sentado lá na noite em que engravidei você. se quer uma família, deveria fazer uma com ele.

Ela soltou um gritinho no fundo da garganta e jogou o telefone na parede, deixando uma mossa no gesso, e torceu para que os pais da criança voltassem bêbados e não percebessem. (Quem eram os pais dela, afinal? De quem era aquela casa?) Becky tinha ido até a janela que dava para o quintal, afastou os cabelos do rosto, tentando recuperar a calma — e viu o balanço vazio se movendo na brisa, com as correntes se agitando suavemente. O portão dos fundos estava aberto para a entrada de garagem.

Ela saiu pela noite com cheiro de jasmim e berrou. Berrou na entrada da garagem. Berrou no quintal. Berrou até o estômago doer. Becky ficou parada no meio da rua vazia e gritou *Ei, menina, ei!* com as mãos em concha. Desceu o quarteirão, entrou na grama e passou o que pareceram dias empurrando o mato alto, procurando a criança desobediente, sua responsabilidade perdida. Quando enfim saiu da grama, o carro estava esperando por Becky, e ela foi embora. E lá estava a criança desobediente, sua responsabilidade perdida, dirigindo sem rumo, observando as calçadas, com um pânico desesperado e animalesco aumentando por dentro. Ela havia perdido a garota. A menina tinha escapado dela — criança desobediente, responsabilidade perdida — e quem sabia o que iria acontecer com a garota, o que poderia estar acontecendo com ela agora? Não saber aquilo fez o estômago de Becky doer. Fez o estômago doer *muito*.

Uma tempestade de passarinhos atravessou a escuridão acima da estrada.

A garganta dela estava seca. Becky estava com tanta sede que mal podia suportar.

A dor a esfaqueou, entrou e saiu, como um amante.

Quando ela passou pelo campo de beisebol pela segunda vez, todos os jogadores tinham ido para casa. *Jogo encerrado por conta da escuridão*, pensou Becky, uma frase que fez os braços formigarem com arrepios, e foi quando ela ouviu uma criança gritar.

— BECKY! — gritou a menina. — É HORA DE COMER.

Como se fosse Becky quem estivesse perdida.

— É HORA DE VIR COMER.

— O QUE VOCÊ ESTÁ FAZENDO, MENINA? — berrou Becky de volta, parando no meio-fio. — VENHA CÁ! VENHA CÁ AGORA!

— VAI TER QUE ME ENCONTRAAAR! — gritou a garota, com um tom eufórico de prazer. — SIGA A MINHA VOZ!

Os gritos pareciam vir do outro lado do campo, onde a grama era alta. Ela já não tinha olhado ali? Já não tinha pisoteado a grama tentando encontrá-la? Ela mesma já não havia se perdido um pouco na grama?

— "DE LEEDS SAIU UM VELHO FAZENDEIRO!" — berrou a menina.

Becky começou a atravessar o campo. Deu dois passos, teve uma sensação de dilaceramento no ventre e gritou.

— "QUE COMEU UM SACO DE SEMENTES INTEIRO!" — cantarolou a garota, com a voz em *vibrato* e risos mal contidos.

Becky parou, aguentou a dor e, quando o pior passou, deu outro passo cauteloso. Na mesma hora a dor voltou, pior do que antes. Ela teve uma sensação de coisas se rasgando por dentro, como se o intestino fosse um lençol esticado demais que começava a rasgar no meio.

— "GRANDES TUFOS DE GRAMA" — disse a menina — "BRO-TARAM DO SEU TRASEIRO!"

Becky soluçou de novo e deu um terceiro passo cambaleante, quase até a segunda base agora. A grama alta não estava muito longe, e então ela foi varada por outro raio de dor, que a fez cair de joelhos.

— "E AS BOLAS VIRARAM COCOS DE UM COQUEIRO!" — berrou a garota, com a voz tremendo de tanto rir.

Becky agarrou o odre flácido do estômago, fechou os olhos, abaixou a cabeça e esperou por alívio. Quando se sentiu um pouquinho melhor, abriu os olhos

↓↑

e Cal estava lá, na luz cinzenta do amanhecer, olhando para ela. Os próprios olhos do irmão estavam alertas e ávidos.

— Não tente se mexer — disse ele. — Não por enquanto. Apenas descanse. Estou aqui.

Cal estava sem camisa, ajoelhado ao lado dela. O peito magro estava pálido na meia-luz cor de chumbo. O rosto estava queimado pelo sol — queimado demais, havia uma bolha bem na ponta do nariz —, mas, tirando disso, o irmão parecia descansado e bem. Não, mais do que isso: parecia ansioso e contente.

— O bebê — Becky tentou falar, mas não saía nada, apenas um estalo, como o som de alguém tentando arrombar uma fechadura enferrujada com ferramentas enferrujadas.

— Está com sede? Aposto que sim. Aqui. Pegue isso. Coloque na boca.

Ele enfiou a camiseta encharcada e fria na boca de Becky. Cal havia molhado o tecido e enrolado como uma corda.

A irmã chupou desesperadamente, como uma criança mamando.

— Não — disse ele —, agora chega. Ou vai ficar enjoada.

Cal afastou o algodão molhado e deixou a irmã ofegando como um peixe em um balde.

— O bebê — sussurrou ela.

Cal deu o seu melhor sorriso bobo para a irmã.

— Ela não é *incrível*? Estou com ela. Ela é perfeita. Saiu do forno assadinha da maneira certa!

Ele estendeu a mão para o lado e levantou um embrulho feito com a camiseta de outra pessoa. Becky viu um pedacinho de nariz azulado saindo da mortalha. Não, não uma mortalha. Mortalhas eram para cadáveres. Era um embrulho de panos. Ela deu à luz uma criança ali, na grama alta, e nem precisou do abrigo de uma manjedoura.

Cal, como sempre, falou como se tivesse uma linha direta com os pensamentos particulares da irmã.

— Você é mesmo uma pequena Maria. Imagino quando vão chegar os reis magos! Imagino que presentes trarão para nós!

Um garoto sardento e queimado pelo sol, com os olhos um pouco afastados, apareceu atrás de Cal. Ele também estava sem camisa. Provavelmente era a camisa dele enrolada no bebê. O menino dobrou o corpo, com as mãos nos joelhos, a fim de olhar para o bebê enrolado.

— Ela não é maravilhosa? — perguntou Cal, mostrando ao garoto.

— Deliciosa — respondeu o menino.

Becky fechou os olhos.

→ ←

Ela dirigiu no crepúsculo, com a janela aberta, e a brisa afastava os cabelos do rosto. A grama alta margeava os dois lados da estrada e se estendia à frente até onde era possível enxergar. Becky dirigiria por ela pelo resto da vida.

— "Na grama alta se escondeu uma garota" — cantou para si mesma. — "Para emboscar qualquer garoto que dormisse de touca."

A grama farfalhou e arranhou o céu.

← ←

Becky abriu os olhos por alguns momentos, mais tarde na manhã.

O irmão segurava a perna de uma boneca em uma mão, imunda de lama. Ele a encarava com um fascínio animado e estúpido enquanto mastigava. Era uma coisa realista, gordinha e de aparência fofa, mas, ao mesmo tempo, um pouco pequena e com uma cor azul pálida engraçada, como leite quase congelado. *Cal, você não pode comer plástico*, pensou em dizer, mas era muito trabalho.

O garotinho se sentou atrás dele, de lado, lambendo algo das mãos. Geleia de morango, parecia.

Havia um cheiro forte no ar, um odor semelhante a uma lata de peixe recém-aberta. Isso fez o estômago de Becky roncar. Mas ela estava fraca demais para se sentar, fraca demais para dizer qualquer coisa, e, quando baixou a cabeça no chão e fechou os olhos, Becky afundou de volta no sono.

← ← ←

Desta vez, não sonhou.

← ← ← ←

Em algum lugar, um cachorro latia: *Au, au*. Um martelo começou a bater, uma batida retininte após a outra, chamando Becky de volta à consciência.

Os lábios estavam secos e rachados, e ela estava com sede de novo. Com sede *e* fome. Becky sentiu como se tivesse levado chutes no estômago algumas dezenas de vezes.

— Cal — sussurrou ela. — Cal.

— Você precisa comer — respondeu o irmão, que colocou um fio de algo frio e salgado na boca da irmã.

Havia sangue nos dedos dele.

Se ela tivesse o mínimo de juízo naquele momento, talvez tivesse se engasgado. Mas a coisa tinha um sabor gostoso, era um fio de algo meio salgado, meio doce, com a textura gordurosa de uma sardinha. Até cheirava um pouco como uma. Becky chupou tanto quanto chupou a camisa molhada de Cal.

O irmão soltou um soluço enquanto ela chupava o fio do que quer que estivesse na boca, chupou como espaguete e engoliu. O gosto que ficou na boca era ruim, amargo, mas até isso era meio bom. Era como lamber um pouco de sal da borda do copo de uma margarita após bebê-la. O soluço de Cal soou quase como uma risada.

— Dê outro pedaço para ela — disse o menino ao se debruçar sobre o ombro do irmão.

Ele deu outro pedaço para Becky.

— Nham-nham. Come logo esse bebê.

Ela engoliu e fechou os olhos.

←←←←→

Quando se viu acordada, Becky estava em cima do ombro de Cal e em movimento. A cabeça dela balançava, e o estômago pesava a cada passo.

— Nós comemos? — sussurrou Becky.

— Sim.

— *O que* nós comemos?

— Uma coisa deliciosa.

— *Cal, o que nós comemos?*

O irmão não respondeu, apenas afastou a grama salpicada de gotas de cor avermelhadas e entrou em uma clareira. No centro, havia uma enorme rocha preta. Parada ao lado dela, estava uma criança.

Aí está você, pensou Becky. *Corri atrás de você pelo bairro inteiro.*

Só que não tinha sido uma rocha. Não era possível correr atrás de uma *rocha*. Tinha sido uma *garota*.

Uma garota. *Minha* garota. Minha responsa…

— *O QUE NÓS COMEMOS?* — Ela começou a socar o irmão, mas os punhos estavam fracos. — *AI, DEUS! AI, DEUS!*

Cal colocou a irmã no chão e olhou para ela primeiro com surpresa e depois achando graça.

— O que acha que comemos? — Ele olhou para o garoto, que sorria e balançava a cabeça, do jeito que se faz quando alguém diz uma besteira hilariante. — Beck… amor… nós apenas comemos um pouco de *grama*. Grama, sementes e assim por diante. As vacas fazem isso o tempo inteiro.

— "De Leeds saiu um velho fazendeiro" — cantou o garoto, que levou as mãos à boca para reprimir as risadas.

Seus dedos estavam vermelhos.

— Não acredito em você — disse Becky, mas a voz parecia fraca.

Ela estava olhando para a rocha. A pedra inteira estava inscrita com pequenas figuras dançantes. E naquela luz de início do dia, elas pareciam dançar. Pareciam estar se movendo em espirais ascendentes, como as listras em um poste de barbearia.

— Sério, Beck. A bebê está... está *ótima*. Em segurança. Toque a pedra e você vai ver. Vai entender. Toque a pedra e você vai ser...

Ele olhou para o garoto.

— *Redimida!* — gritou Tobin, e os dois riram juntos.

Hal e Val, pensou Becky. *Eles riem igual.*

Ela caminhou em direção à pedra... estendeu a mão... mas a recolheu. O que Becky havia comido não tinha gosto de grama. Tinha gosto de sardinha. Como o último gole doce e salgado de uma margarita. E como...

Como eu. Como lamber o suor da minha própria axila. Ou... ou...

Becky começou a guinchar. Ela tentou se virar, mas Cal a segurou por um braço e Tobin pelo outro. Becky devia ter conseguido se libertar da criança, pelo menos, mas ainda estava fraca. E a pedra. Becky estava sendo puxando para a pedra.

— Toque — sussurrou o irmão. — Você vai parar de ficar triste. Você vai ver que a bebê está bem. A pequena Justine. Ela está mais do que bem. Ela é *elementar*. Becky... ela *flui*.

— Sim — disse Tobin. — Toque na pedra. Você vai ver. Não vai estar mais perdida aqui. Vai entender a grama. Fazer *parte* dela. Como a Justine.

Os dois escoltaram Becky até a rocha. Ela zumbia sem parar. Alegremente. De dentro, veio o brilho mais maravilhoso do mundo. Do lado de fora, os homens e as mulheres de palitinhos dançavam com as mãos erguidas. Havia música. Ela pensou: *Toda carne é grama.*

Becky DeMuth abraçou a pedra.

→ → → →　　→

Havia sete pessoas dentro de um velho trailer mantido em uma peça só por cuspe, arame e — talvez — pela resina de toda a maconha que tinha sido fumada dentro de suas paredes enferrujadas. Impressa na lateral do veículo, em meio a uma profusão de imagens psicodélicas vermelhas e laranjas, estava a palavra FURTHUR, em homenagem ao ônibus escolar da International Harvester, modelo 1939, no qual os Merry Pranksters de Ken Kesey haviam visitado Woodstock durante o verão de 1969. Naquela época, todos os hippies modernos ainda não tinham nascido, a não ser os dois integrantes mais velhos do grupo.

Recentemente, os Pranksters do século XXI estiveram em Cawker City, prestando homenagem à Maior Bola de Barbante do Mundo. Desde que partiram, haviam consumido quantidades homéricas de maconha, e todos estavam com fome.

Foi Twista, o mais novo deles, que avistou a Rocha Preta do Redentor, com seu campanário branco altivo e um estacionamento tão conveniente.

— Piquenique na igreja! — gritou ele do lugar ao lado de Pa Cool, que dirigia.

Twista ficou quicando no banco, as fivelas do macacão retinindo.

— Piquenique na igreja! Piquenique na igreja!

Os outros repetiram o brado. Pa olhou para Ma pelo retrovisor. Quando ela deu de ombros e assentiu, ele entrou com o *Furthur* no estacionamento e parou ao lado de um Mazda empoeirado com placa de New Hampshire.

Os Pranksters (todos vestindo camisetas da lojinha de lembranças da Bola de Barbante e cheirando a maconha) saíram aos borbotões. Pa e Ma, como os mais velhos, eram os líderes do bom navio *Furthur*, e os outros cinco — MaryKat, Jeepster, Eleanor Rigby, Frankie, o Mago, e Twista — estavam perfeitamente dispostos a seguir suas ordens. Eles retiraram a churrasqueira, o isopor cheio de carne e — é claro — a cerveja. Jeepster e o Mago estavam preparando a churrasqueira quando ouviram a primeira voz fraca.

— Socorro! *Socorro!* Alguém me ajude!

— Parece uma mulher — disse Eleanor.

— *Socorro! Alguém, por favor! Estou perdido!*

— Não é uma mulher — falou Twista. — É uma criança pequena.

— Que demais — disse MaryKat.

Ela estava completamente chapada, e foi tudo que conseguiu pensar em dizer.

Pa olhou para Ma. Ma olhou para Pa. Os dois tinham quase 60 anos e estavam juntos havia muito tempo — tempo suficiente para ter telepatia de casal.

— O garoto entrou na grama — disse Ma Cool.

— A mãe ouviu o filho gritar e foi atrás — falou Pa Cool.

— Talvez sejam baixos demais para ver o caminho de volta à estrada — disse Ma.

— E agora...

— ... os dois estão perdidos — falou Pa.

— Caramba, isso é péssimo — falou Jeepster. — *Eu* me perdi uma vez. Em um shopping.

— Que demais — disse MaryKat.

— *Socorro! Alguém!* — Essa era a mulher.

— Vamos pegar eles — falou Pa. — Vamos encontrar essas pessoas e dar uma comida para elas.

— Boa ideia — disse o Mago. — Bondade humana, cara. Bondade humana, porra.

Ma Cool não tinha um relógio havia anos, mas era boa em contar as horas pelo sol. Ela franziu os olhos, medindo a distância entre a bola avermelhada e o campo de grama, que parecia se estender até o horizonte. *Aposto que o Kansas inteiro parecia assim antes de as pessoas chegarem aqui e estragarem tudo*, pensou.

— É uma boa ideia — falou ela. — São quase cinco e meia da tarde, e aposto que estão com fome. Quem vai ficar e preparar o churrasco?

Não houve voluntários. Todos estavam com larica, mas ninguém queria ficar de fora da missão de misericórdia. No final, todos atravessaram a estrada e entraram na grama alta.

FURTHUR.→ → → →

VOCÊ ESTÁ LIBERADO

GREGG HOLDER NA CLASSE EXECUTIVA

Holder está no seu terceiro uísque, fingindo desinteresse na mulher famosa sentada ao lado dele quando todas as TVs da cabine ficam escuras e uma mensagem dentro de uma caixa de texto branca aparece nas telas. ANÚNCIO EM ANDAMENTO.

O sistema de som emite zumbidos de estática. O piloto tem uma voz jovem, a voz de um adolescente hesitante se dirigindo a uma multidão em um funeral.

— Pessoal, aqui é o capitão Waters. Recebi uma mensagem da nossa equipe de solo e, depois de refletir sobre ela, parece adequado compartilhá-la com vocês. Houve um incidente na Base da Força Aérea de Andersen, em Guam, e...

O sistema de som para. Há um longo silêncio de suspense.

— ... segundo me disseram — fala Waters abruptamente —, o Comando Estratégico dos Estados Unidos não está mais em contato com as nossas forças lá ou com o gabinete do governo da ilha. Existem relatórios do exterior de que... houve um clarão. Um tipo de clarão.

Inconscientemente, Holder pressiona as costas contra o assento, como se reagisse a uma turbulência. O que diabos aquilo significa? "Houve um clarão"? Clarão de quê? Tantas coisas podem provocar um clarão. O sorriso radiante de uma garota pode ser um clarão. Um carro com farol alto na contramão pode ser um clarão. Relâmpagos caem com um clarão. Sua vida inteira pode passar como um clarão diante dos olhos. Guam pode provocar um clarão? Uma ilha inteira?

— Diga logo que eles foram bombardeados com um míssil nuclear, por favor — murmura a mulher famosa à esquerda, com aquela voz educada, cheia de dinheiro e charme.

O capitão Waters continua:

— Desculpe por não saber mais, e pelo que sei ser tão... — A voz dele se interrompe de novo.

— Horrível? — sugere a mulher famosa. — Desanimador? Assombroso? Impactante?

— Preocupante — diz Waters.

— Que ótimo — diz a mulher famosa, com certa insatisfação.

— É tudo que sei no momento — fala Waters. — Compartilharemos mais informações com vocês assim que chegarem. Nesse momento, estamos navegando a 37 mil pés de altura e estamos na metade do voo. Devemos chegar a Boston um pouco antes do previsto.

Há um chiado e um estalo agudo, e os monitores voltam a reproduzir filmes. Cerca de metade das pessoas na classe executiva está assistindo ao mesmo filme do Capitão América arremessando o escudo como um frisbee com borda de aço, fatiando monstros que parecem ter saído de debaixo da cama.

Uma garota negra de 9 ou 10 anos está sentada do outro lado do corredor do assento de Holder. Ela olha para a mãe e diz, com uma voz que ecoa:

— Onde fica Guam, precisamente?

O uso da palavra "precisamente" incomoda Holder — é tão professoral e atípico para uma criança.

— Não sei, amor. Acho que fica perto do Havaí — responde a mãe da menina.

Ela não está olhando para a filha. Está olhando de um lado para o outro com uma expressão confusa, como se estivesse lendo um texto invisível para obter instruções. *Como discutir um conflito nuclear com seu filho.*

— Fica mais perto de Taiwan — fala Holder, inclinando o corpo pelo corredor para abordar a criança.

— Logo ao sul da Coreia — diz a mulher famosa.

— Fico me perguntando quantas pessoas moram lá — diz Holder.

A celebridade arqueia uma sobrancelha.

— Você quer dizer nesse momento? Com base no relatório que acabamos de ouvir, acho que poucas.

ARNOLD FIDELMAN NA CLASSE ECONÔMICA

O violinista Fidelman acha que a adolescente muito bonita e com aparência doente ao lado dele é coreana. Toda vez que ela tira os fones de ouvido — para falar com uma comissária de bordo ou para ouvir o anúncio recente — ouve o que soa como K-pop vindo do Samsung da menina. O próprio Fidelman esteve apaixonado por um coreano por vários anos, um homem dez anos mais novo do que ele, que amava histórias em quadrinhos e tocava uma viola bastarda brilhante, ainda que aguda, e que cometeu suicídio ao se jogar diante de um trem da Linha Vermelha. O nome dele era So, como em "sou". O hálito de So era doce, como leite de amêndoa, e os olhos eram tímidos, e ser feliz o deixava constrangido. Fidelman sempre pensou que So era feliz, até o dia em que ele pulou como uma bailarina no caminho de uma locomotiva de 52 toneladas.

Fidelman quer consolar a garota e, ao mesmo tempo, não quer invadir a privacidade dela. Ele luta com o que dizer, se é que há algo a ser dito, e enfim a cutuca com gentileza. Quando a garota tira os fones de ouvido, Fidelman diz:

— Você precisa de algo para beber? Tenho meia lata de Coca que não acabei. Não tem germes... eu estava bebendo de um copo.

Ela dá um sorrisinho assustado.

— Obrigada. Estou com um nó enorme no estômago.

A garota pega a lata e dá um gole.

— Se o seu estômago estiver embrulhado, o gás vai ajudar — fala ele. — Eu sempre disse que, no meu leito de morte, a última coisa que quero provar antes de deixar este mundo é uma Coca-Cola gelada.

Fidelman já disse isso para outras pessoas muitas vezes antes, mas, assim que a frase sai da boca, ele deseja poder retirar o que falou. Nas atuais circunstâncias, parece uma ideia um pouco infeliz.

— Eu tenho família lá — diz ela.

— Em Guam?

— Na Coreia — responde a garota, que lhe dá o sorriso nervoso de novo.

O piloto nunca disse nada sobre a Coreia no anúncio, mas quem assistiu à CNN nas últimas três semanas sabe qual é o problema.

— Qual Coreia? — pergunta o grandalhão do outro lado do corredor. — A boa ou a ruim?

O grandalhão usa uma gola alta ofensivamente vermelha que destaca a cor de melão do rosto dele. O homem é tão grande que não cabe no assento. A mulher sentada ao lado dele — pequena, de cabelo preto e com o ar de nervosismo de um galgo — estava imprensada contra a janela. Há um broche esmaltado com a bandeira americana na lapela do paletó dele. Fidelman já sabe que os dois nunca poderiam ser amigos.

A garota lança um olhar assustado para o homenzarrão e ajeita o vestido sobre as coxas.

— A Coreia do Sul — responde ela, se recusando a entrar no jogo de bem contra o mal do sujeito. — Meu irmão acabou de se casar em Jeju. Estou voltando para a faculdade.

— Onde fica a sua faculdade? — pergunta Fidelman.

— MIT.

— Estou surpreso que tenha conseguido entrar — diz o grandalhão. — Eles têm que aceitar um determinado número de moleques desqualificados da periferia para cumprir a cota. Isso significa muito menos espaço para pessoas como você.

— Que tipo de pessoa? — pergunta Fidelman, enunciando lenta e propositalmente.

Que. Tipo. De. Pessoa? Quase cinquenta anos sendo gay o ensinaram que era um erro deixar certas declarações passarem sem contestação.

O grandalhão não tem vergonha.

— Pessoas qualificadas. Pessoas que mereceram a vaga. Pessoas que sabem somar e subtrair. Há muito mais na matemática do que saber dar o troco quando alguém compra uma trouxinha de maconha. Muitas comunidades de imigrantes modelo sofreram por causa de cotas. Os orientais, especialmente.

Fidelman ri — um riso agudo, tenso e incrédulo. A garota do MIT fecha os olhos e fica quieta. Fidelman abre a boca para dar um fora naquele grande filho da puta e, a seguir, a fecha. Fazer uma cena seria deselegante com a garota.

— É Guam, não Seul — fala Fidelman. — E não sabemos o que aconteceu lá. Pode ser qualquer coisa. Pode ser uma explosão em uma usina de energia elétrica. Um acidente normal e não uma... catástrofe de algum tipo.

A primeira palavra que lhe ocorreu foi "hecatombe".

— Bomba suja — diz o grandalhão. — Aposto cem dólares nisso. Ele está bravo com o tiro que tentamos dar nele na Rússia.

"Ele" é o Líder Supremo da República Popular Democrática da Coreia. Há rumores de que alguém atirou no Líder Supremo enquanto ele fazia uma visita oficial ao lado russo do lago Khasan, um corpo d'água na fronteira entre as duas nações. Há relatos não confirmados de que ele foi atingido no ombro, ou no joelho, ou que nem sequer foi atingido; que um diplomata ao lado do Líder Supremo foi atingido e morto; que um dos sósias dele foi morto. Segundo a internet, o assassino era um anarquista radical contra Putin ou um agente da CIA disfarçado de membro da Associated Press, ou um astro de K-pop. O Departamento de Estado dos Estados Unidos e a mídia norte-coreana, em um raro caso de concordância, insistem que não houve disparos durante a visita do Líder Supremo à Rússia, nenhuma tentativa de assassinato. Como muita gente que acompanha a notícia, Fidelman entende que isso significa que o Líder Supremo chegou bem perto de morrer.

Também é verdade que, há oito dias, um submarino americano patrulhando o mar do Japão abateu um míssil de teste norte-coreano no espaço aéreo norte-coreano. Um porta-voz da República Popular Democrática da Coreia considerou este um ato de guerra e prometeu retaliar de maneira equivalente. Bem, não exatamente isso. Na verdade, prometeu encher a boca de todos os americanos de cinzas. O próprio Líder Supremo não falou nada. Não era visto desde a tentativa de assassinato fracassada.

— Eles não seriam tão idiotas assim — fala Fidelman ao grandalhão, conversando por cima da coreana. — Pense no que aconteceria.

A mulher pequena, magra e de cabelos escuros olha com orgulho servil para o homenzarrão sentado ao lado dela, e Fidelman de repente percebe por que a mulher tolera a pança invadindo seu espaço pessoal. Os dois estão juntos. Ela o ama. Talvez o adore.

O grandalhão responde com calma:

— Cem dólares.

LEONARD WATERS NA CABINE DO PILOTO

Dakota do Norte está em algum lugar abaixo deles, mas tudo que Waters consegue ver é um corpo montanhoso de nuvens se estendendo até o horizonte. O piloto nunca visitou a Dakota do Norte e, quando tenta visualizá-la, imagina velhos equipamentos agrícolas enferrujados, Billy Bob Thornton e atos furtivos de sodomia em silos de grãos. No rádio, o controlador em Mineápolis instrui um 737 a subir para o nível de voo três-seis-zero e aumentar a velocidade para 7,8 Mach.

— Você já esteve em Guam? — pergunta a copiloto, em um tom alegre falso.

Waters nunca voou com uma copiloto mulher antes e mal consegue olhá-la, pois ela é linda a ponto de partir o coração. Com um rosto daqueles, ela deveria estar em capas de revistas. Até o momento em que a conheceu na sala de conferências do Aeroporto de Los Angeles, duas horas antes do voo, ele não sabia nada sobre ela, exceto que seu nome era Bronson. Ele estava imaginando alguém como o cara do *Desejo de matar* original.

— Já estive em Hong Kong — responde ele, desejando que ela não fosse tão adorável.

Waters está na casa dos 40 e parece ter 19 anos: um homem esbelto com cabelos ruivos em um corte militar e um monte de sardas no rosto. Ele é recém-casado e logo será pai: uma foto da esposa bem redonda em um vestido de verão foi afixada ao painel. Waters não quer se sentir atraído por mais ninguém. Ele se sente envergonhado até de olhar para uma mulher bonita. Ao mesmo tempo, não quer ser frio, formal, distante. O capitão se orgulha da companhia aérea por empregar mais mulheres como pilotos, quer aprovar, dar apoio. Todas as mulheres lindas são uma angústia para a alma dele.

— Sydney. Taiwan. Mas Guam, não — diz ele.

— Eu e meus amigos costumávamos praticar mergulho livre na praia de Fai. Uma vez cheguei perto o suficiente de um tubarão-galha-preta para acariciá-lo. Fazer mergulho livre nua é a única coisa melhor do que voar.

A palavra "nua" passa por Waters como se acionasse uma campainha de choque. Essa é a primeira reação dele. A segunda é que é claro que ela conhece Guam — Bronson veio da Marinha, foi lá que aprendeu a voar. Então o capitão olha de lado para a copiloto e fica chocado ao encontrar lágrimas nos cílios dela.

Kate Bronson nota o olhar de Waters, dá um sorriso torto e envergonhado que mostra o pequeno espaço entre os dois dentes da frente. Ele tenta imaginá-la com a cabeça raspada e plaquetas de identificação. Não é difícil. Apesar da beleza de garota de capa de revista, há uma coisa um pouco selvagem por baixo, algo enérgico e imprudente nela.

— Não sei por que estou chorando. Tem dez anos que não vou lá. Não é como se eu tivesse amigos em Guam.

Waters considera várias afirmações possíveis para tranquilizá-la e descarta todas. Não há gentileza em dizer que a situação pode não ser tão ruim quanto ela pensa, quando, na verdade, é provável que seja bem pior.

Há uma batida à porta. Bronson fica de pé, seca as bochechas com as costas da mão, olha através do olho mágico e abre as trancas.

É Vorstenbosch, o chefe dos comissários de bordo, um homem gordo e afeminado, com cabelos louros ondulados, um jeito detalhista e olhos pequenos por trás dos grossos óculos de armação dourada. Ele é calmo, profissional e pedante quando está sóbrio, mas uma bichona de boca suja quando está bêbado.

— Alguém jogou uma bomba nuclear em Guam? — pergunta ele sem preâmbulos.

— Não recebi nada do solo, exceto que perdemos contato — responde Waters.

— O que isso significa? — indaga Vorstenbosch. — Estou com um avião lotado de gente assustada e não tenho nada a dizer para eles.

Bronson bate a cabeça ao passar por baixo dos controles para se sentar. Waters finge não ver. Finge não perceber que as mãos dela estão tremendo.

— Significa que...

Waters começa a falar, mas um alerta soa e surge a voz do controlador de voo com uma mensagem para todo mundo que se encontra no espaço aéreo do controle de Mineápolis. A voz vinda de Minnesota é aveludada, suave, imperturbável. Ele poderia estar comentando sobre uma região de alta pressão à frente. Os controladores são ensinados a falar dessa maneira.

— Aqui é o Centro de Controle de Mineápolis, com instruções de alta prioridade para todas as aeronaves nessa frequência. Estejam cientes de que recebemos instruções do Comando Estratégico dos Estados Unidos para liberar este espaço aéreo para operações partindo de Ellsworth. Começaremos a direcionar todos os voos para o aeroporto apropriado mais próximo. Repito, estamos aterrando todas as aeronaves comerciais e recreativas no espaço aéreo de Mineápolis. Por favor, mantenham-se alertas e prontos para responder nossas instruções. — Há um chiado momentâneo e, então, com o que parece ser um pesar sincero, Mineápolis acrescenta: — Peço desculpas por isso, senhoras e senhores. O Tio Sam precisa do céu na tarde de hoje para uma guerra mundial não programada.

— Aeroporto de Ellsworth? — diz Vorstenbosch. — O que tem no Aeroporto de Ellsworth?

— A 28ª Esquadrilha de Bombardeiros — explica Bronson, esfregando a cabeça.

VERONICA D'ARCY NA CLASSE EXECUTIVA

O avião vira de repente, e Veronica D'Arcy olha para o edredom amarrotado de nuvens embaixo. Raios de sol cegantes atravessam as janelas do outro lado da cabine. O bêbado bonito ao lado dela — ele tem uma mecha solta de cabelos escuros na testa que a faz pensar em Cary Grant, em Clark Kent — aperta os braços do assento. Ela se pergunta se o homem é alguém que tem medo de voar ou está apenas bêbado. Ele bebeu o primeiro uísque assim que atingiram a altitude de cruzeiro, três horas atrás, logo após as dez da manhã.

As telas ficam pretas e surge outro ANÚNCIO EM ANDAMENTO. Veronica fecha os olhos para ouvir e se concentra como se estivesse em uma leitura conjunta de roteiro enquanto outro ator lê as falas pela primeira vez.

CAPITÃO WATERS (ALTO-FALANTE)

Passageiros, aqui é o capitão Waters mais uma vez. Infelizmente, recebemos um pedido inesperado do controle de tráfego aéreo para redirecionar o voo para Fargo e pousar no Aeroporto Internacional Hector. Pediram para liberar o espaço aéreo, a partir de agora...

(batida inquieta)

... para manobras militares. É claro que a situação em Guam criou... hã... complicações para todos no céu hoje. Não há motivo para pânico, mas teremos que pousar. Esperamos chegar a Fargo em quarenta minutos. Terei mais informações para vocês assim que possível.

(batida)

Peço desculpas, pessoal. Essa não é a tarde que nenhum de nós esperava.

Se aquilo fosse um filme, o capitão não soaria como um adolescente passando pelo pior da puberdade. Eles teriam escalado algum ator rude e autoritário. Hugh Jackman, talvez. Ou um britânico, se quisessem sugerir erudição, uma pitada de sabedoria adquirida em Oxford. Derek Jacobi, provavelmente.

Veronica vem atuando ao lado de Derek por quase trinta anos. Ele a abraçou nos bastidores na noite em que a mãe dela morreu e falou um murmúrio suave e tranquilizador para ajudá-la a superar. Uma hora depois, ambos estavam vestidos como romanos diante de 480 pessoas, e, meu Deus, ele foi bem naquela noite, assim como Veronica — e foi naquela noite que ela descobriu que era capaz de atuar sob qualquer circunstância. Dessa forma, também seria capaz de atuar na situação atual. Por dentro, ela já está ficando mais calma, deixando de lado todas as inquietações e preocupações.

— Pensei que você estivesse bebendo muito cedo — diz Veronica para o homem ao lado. — Na verdade, fui eu que comecei a beber tarde demais.

Ela levanta o pequeno copo plástico de vinho que lhe foi servido no almoço e faz tim-tim antes de esvaziá-lo.

O homem abre um sorriso adorável e afável para ela.

— Eu nunca estive em Fargo, apesar de ter assistido à série de TV. — Ele estreita os olhos. — Você trabalhou em *Fargo*? Acho que sim.

Fez algo com perícia criminal, e então o Ewan McGregor estrangulou você até a morte.

— Não, meu caro. Você está confundindo com *Contrato: assassinato*, e era o James McAvoy com um garrote.

— Isso mesmo. Eu sabia que já tinha visto você morrer uma vez. Você morre muito?

— Ah, o tempo todo. Fiz um filme com o Richard Harris, ele levou o dia todo para me espancar até a morte com um castiçal. Cinco montagens de cena, quarenta tomadas. O pobre homem estava exausto no final.

Os olhos do colega de assento se arregalam, e Veronica sabe que ele viu o filme e se lembra do papel dela. Veronica tinha 22 anos na época e ficou nua em todas as cenas. A filha de Veronica uma vez perguntou: "Mãe, quando exatamente você descobriu as roupas?", e Veronica respondeu: "Logo depois que você nasceu, amor."

A filha de Veronica é bonita o suficiente para fazer filmes, mas faz chapéus. Quando Veronica pensa nela, o peito dói de prazer. Veronica nunca mereceu ter uma filha tão sã, tão feliz, com os pés tão no chão. Quando Veronica se julga — quando julga o próprio egoísmo e narcisismo, a indiferença à maternidade, a preocupação com a carreira —, parece impossível que tenha uma pessoa tão boa na vida.

— Meu nome é Gregg — fala o vizinho. — Gregg Holder.

— Veronica D'Arcy.

— O que a trouxe a Los Angeles? Um papel? Ou mora lá?

— Tive que estar lá para o apocalipse. Eu interpreto uma velha sábia das terras devastadas. Ou presumo que serão terras devastadas. Tudo que vi foi uma tela verde. Espero que o verdadeiro apocalipse demore tempo suficiente para que o filme seja lançado. Você acha que isso vai acontecer?

Gregg olha a paisagem das nuvens.

— Claro. É a Coreia do Norte, não a China. Com o que eles vão nos acertar? Não vai ter apocalipse para nós. Para eles, talvez.

— Quantas pessoas vivem na Coreia do Norte?

Quem pergunta isso é a garota do outro lado do corredor, aquela com óculos comicamente enormes. Ela escutou os dois e agora se inclina para eles de uma maneira muito adulta.

443

A mãe da menina oferece um sorrisinho para Gregg e Veronica e dá um tapinha no braço da filha.

— Não incomode os outros, amor.

— Ela não está incomodando — diz Gregg. — Eu não sei, garota. Mas muitos norte-coreanos vivem em fazendas e estão espalhados pelo interior. Acho que só existe uma cidade grande. Aconteça o que acontecer, tenho certeza de que a maioria deles vai ficar bem.

A garota se recosta e leva em consideração a informação, depois se vira na cadeira para sussurrar para a mãe. A mulher fecha bem os olhos e balança a cabeça. Veronica se pergunta se ela sabe que ainda está dando tapinhas no braço da filha.

— Eu tenho uma filha com mais ou menos a idade dela — fala Gregg.

— Eu tenho uma filha com mais ou menos a *sua* idade — diz Veronica. — Ela é minha coisa favorita no mundo.

— Sim. Eu também. A *minha* filha, quero dizer, não a sua. Mas tenho certeza de que a sua é ótima também.

— Você está indo para casa encontrá-la?

— Sim. Minha esposa ligou para perguntar se eu encurtaria uma viagem de negócios. Ela está apaixonada por um homem que conheceu no Facebook e quer que eu cuide da menina para poder ir até Toronto e conhecê-lo.

— Ai, meu Deus. Não pode estar falando sério. Você recebeu algum aviso?

— Eu percebi que ela estava passando muito tempo on-line, mas, para ser justo, ela percebeu que eu estava passando muito tempo enchendo a cara. Acho que sou alcoólatra. Acho que vou ter que fazer alguma coisa sobre essa questão agora. Acho que vou começar terminando isso aqui. — E ele bebe o último gole de uísque.

Veronica se divorciara duas vezes e sempre teve plena consciência de que ela própria foi a principal agente da ruína doméstica. Quando pensa em como se comportou mal, em como usou Robert e François, sente vergonha e raiva de si mesma e, portanto, fica feliz em oferecer compaixão e solidariedade ao homem injustiçado ao lado. Aproveitar qualquer oportunidade para expiar um pecado, por menor que seja.

— Eu sinto muito. Que bomba terrível caiu no seu colo.

— Como é? — pergunta a garota do outro lado do corredor, que se inclina na direção dos dois de novo. Os olhos castanho-escuros por trás daqueles óculos nunca parecem piscar. — Vamos jogar uma bomba em cima deles?

Ela parece mais curiosa do que com medo, mas, ao ouvir isso, a mãe solta um suspiro intenso de pânico.

Gregg se inclina na direção da criança, sorrindo de uma maneira ao mesmo tempo gentil e irônica, e Veronica de repente deseja que tivesse vinte anos a menos. Ela poderia ter sido boa para um sujeito como ele.

— Não sei quais são as opções militares, então não posso afirmar com certeza. Mas...

Antes que possa terminar, a cabine é tomada por um uivo sônico estridente.

Um avião passa rápido, depois passam outros dois voando em conjunto. Um está tão perto da asa do bombordo que Veronica tem um vislumbre do homem na cabine, de capacete, com o rosto tapado por algum tipo de aparelho de respiração. Essas aeronaves têm pouca semelhança com o 777 que os leva para o leste — são imensos falcões de ferro, com o tom cinza de pontas de balas, de chumbo. A força da passagem faz a aeronave tremer. Os passageiros gritam, se abraçam. O som doloroso dos caças passando por eles pode ser sentido nos intestinos, nas entranhas. Então os aviões vão embora, após deixarem longas esteiras de fumaça no azul brilhante.

Um silêncio chocado e abalado se segue.

Veronica D'Arcy olha para Gregg Holder e vê que ele amassou o copo de plástico, fechou o punho e o quebrou em pedacinhos. Gregg percebe o que fez, ri e coloca os destroços no apoio de braço.

Então ele se volta para a garotinha e termina a frase como se não tivesse havido interrupção.

— Mas eu diria que todos os sinais apontam para um "sim".

SANDY SLATE NA CLASSE ECONÔMICA

— B-1s — diz o amor de Sandy, em um tom de voz relaxado, quase satisfeito. Ele toma um gole de cerveja e estala os beiços. — *Lancers.* Eles costumavam levar carga nuclear, mas o Jesus preto, o Santo Obama, acabou com elas. Os B-1s ainda têm poder de fogo suficiente para cozinhar cada cachorro em Pyongyang. O que é engraçado, porque em geral se a pessoa quer cachorro cozido na Coreia do Norte, precisa fazer reservas.

— Eles deveriam ter se revoltado — fala Sandy. — Por que não se revoltaram quando tiveram a chance? Eles *queriam* campos de trabalho forçado? Queriam morrer de fome?

— Essa é a diferença entre as mentalidades ocidental e oriental — explica Bobby. — Lá, o individualismo é visto como uma coisa bizarra.

Em um murmúrio, ele acrescenta:

— Tem um certo caráter de colônia de formigas no pensamento deles.

— Com licença — diz o judeu no corredor do meio, sentado ao lado da menina asiática. Não dava para ele ser mais judeu, nem se tivesse barba, aqueles cachinhos engraçados e xale de oração sobre os ombros. — Você poderia baixar a voz, por favor? Minha vizinha de assento está incomodada.

Bobby *tinha* baixado a voz, mas, mesmo quando está tentando falar baixo, tem a tendência a trovejar. Não era a primeira vez que isso colocava o casal em uma situação chata.

— Ela não deveria estar — fala Bobby. — Amanhã de manhã, a Coreia do Sul vai poder parar de se preocupar com os psicopatas do outro lado da zona desmilitarizada. Famílias serão reunidas. Bem. Algumas famílias. Bombas genéricas não discriminam civis e militares.

Bobby fala com a certeza espontânea de um homem que passou vinte anos produzindo noticiários para uma empresa de telecomunicações que possui mais ou menos setenta emissoras de TV locais e é especialista em distribuir conteúdo sem a distorção da mídia convencional. Ele esteve no Iraque, no Afeganistão. Foi à Libéria durante o surto de ebola para investigar uma conspiração do ISIS usando o vírus como arma. Nada assusta Bobby. Nada o abala.

Sandy era uma mãe solteira grávida que havia sido expulsa de casa pelos pais e estava dormindo no estoque de um posto de gasolina no dia em que Bobby comprou para ela um Quarterão e falou que não se importava com quem era o pai da criança. Bobby disse que amaria o bebê como se fosse dele. Sandy já tinha até agendado o aborto. Bobby falou, com calma e em voz baixa, que, se Sandy fosse com ele, daria a ela e à criança uma vida boa e feliz, mas, se Sandy fosse à clínica, ela mataria uma criança e perderia a própria alma. Sandy foi com Bobby, e tudo aconteceu como ele prometeu. Bobby a amava, a adorava desde o início; ele foi o milagre de Sandy. Ela não precisava acreditar em pães e peixes. Bobby era o suficiente. Sandy fantasiava, às vezes, que um esquerdista — uma pacifista do grupo Code Pink, talvez, ou um dos apoiadores de Bernie Sanders — tentaria assassiná-lo, e ela conseguiria ficar entre Bobby e a arma para levar a bala. Sandy sempre quis morrer por ele. Beijá-lo com o gosto do próprio sangue na boca.

— Eu queria que tivéssemos telefones — diz de repente a menina asiática bonita. — Alguns desses aviões têm telefone. Eu gostaria de poder ligar... para alguém. Quanto tempo leva para os caças chegarem lá?

— Mesmo que pudéssemos fazer ligações a partir dessa aeronave — fala Bobby — seria difícil completá-la. Uma das primeiras coisas que os Estados Unidos vão fazer é acabar com as comunicações na região, e isso pode não se limitar apenas à República Popular Democrática da Coreia. Eles não vão querer arriscar que agentes na Coreia do Sul, um agente infiltrado, coordenem um contra-ataque. Além disso, todos com família na península coreana estarão fazendo ligações agora. Seria como tentar ligar para Manhattan no Onze de Setembro, só que agora é a vez *deles*.

— A vez deles? — diz o judeu. — A vez *deles*? Devo ter perdido o noticiário que dizia que a Coreia do Norte foi a responsável por derrubar as Torres Gêmeas. Pensei que tivesse sido a Al-Qaeda.

— A Coreia do Norte vendeu armas e informações para a Al-Qaeda durante anos — diz Bobby. — Está tudo conectado. A Coreia do Norte é o principal exportador da febre Morte aos Estados Unidos há décadas.

Sandy apoia o ombro em Bobby e diz:

— Ou costumavam ser. Acho que eles foram substituídos pelo pessoal do Vidas Negras Importam.

Na verdade, ela está repetindo algo que Bobby disse aos amigos há algumas noites. Sandy achou que era uma frase espirituosa e sabe que ele gosta quando repetem suas melhores tiradas.

— Uau. Uau! — diz o judeu. — Essa é a coisa mais racista que já ouvi na vida. Se milhões de pessoas estão prestes a morrer, é porque milhões de pessoas como *você* colocam idiotas desqualificados e cheios de ódio no governo.

A menina fecha os olhos e se recosta no assento.

— Minha esposa é o *quê*? — pergunta Bobby, levantando uma sobrancelha.

— Bobby — adverte Sandy. — Estou bem. Não fico incomodada.

— Eu não perguntei se você ficou incomodada. Perguntei a esse cavalheiro com que tipo de pessoa ele acha que está falando.

O judeu fica com manchas vermelhas nas bochechas.

— Pessoas cruéis, presunçosas… e ignorantes.

Ele vira o rosto, tremendo.

Bobby beija a têmpora da esposa e solta o cinto de segurança.

MARK VORSTENBOSCH NA CABINE

Vorstenbosch passa dez minutos acalmando as pessoas na classe econômica e outros cinco secando cerveja da cabeça de Arnold Fidelman e ajudando o homem a trocar o suéter. Ele diz para Fidelman e Robert Slate que, se voltar a vê-los fora dos seus assentos antes de aterrissar, vai mandar prender os dois no aeroporto. O tal Slate aceita isso com calma, apertando o cinto de segurança e colocando as mãos no colo, olhando serenamente para a frente. Fidelman parece querer reclamar. O judeu está tremendo sem conseguir se controlar, está pálido e só se acalma quando Vorstenbosch coloca um cobertor em volta das pernas. Ao se inclinar para o assento de Fidelman, Vorstenbosch sussurra que, quando o avião pousar, os dois vão fazer uma denúncia juntos e que Slate será advertido por agressão verbal e física. Fidelman lança um olhar de surpresa e apreço para ele, de um gay para outro, se protegendo mutuamente em um mundo cheio de Robert Slates.

O próprio chefe dos comissários se sente enjoado e entra no banheiro por tempo suficiente para se controlar. A cabine cheira a vômito e medo, de proa a popa. Crianças choram sem parar. Vorstenbosch viu duas mulheres rezando.

Ele toca os cabelos, lava as mãos e respira fundo aos poucos. O modelo de vida de Vorstenbosch sempre foi o personagem de Anthony Hopkins em *Vestígios do dia*, um filme que ele nunca encarou como uma tragédia, mas como uma apologia a uma vida de serviço disciplinado. Vorstenbosch às vezes deseja que tivesse nascido na Inglaterra. Ele reconheceu Veronica D'Arcy na classe executiva logo de cara, mas o profissionalismo exige que ele resista a reconhecer o status de celebridade dela de maneira pública.

Após se recompor, ele sai do banheiro e começa a se dirigir à cabine do piloto para informar ao capitão Waters que vão precisar da segurança do aeroporto ao desembarcar. Então, faz uma pausa na classe executiva para cuidar de uma mulher que está hiperventilando. Quando ele pega a mão da passageira, Vorstenbosch se lembra da última vez em que segurou a mão da avó — ela estava no caixão, e os dedos estavam igualmente frios e sem vida. Ele sente uma indignação nervosa quando pensa nos caças — aqueles exibidos idiotas — voando tão perto da aeronave. A falta de consideração humana deixa Vorstenbosch revoltado. Ele pratica a respiração profunda com a mulher e garante que em breve estarão no solo.

A cabine do piloto está cheia de tranquilidade e calma. Ele não fica surpreso. Tudo sobre o trabalho é projetado para transformar até uma crise — e *é* uma crise, embora uma para a qual eles nunca tenham treinado nos simuladores de voo — em uma questão de rotina, de listas de verificação e procedimentos adequados.

A copiloto é uma moça travessa que trouxe com ela um almoço dentro de um saco pardo. Quando a manga esquerda dela estava levantada, Vorstenbosch vislumbrou parte de uma tatuagem — um leão branco, logo acima do pulso. Ele olha para Bronson e vê no passado dela um estacionamento de trailers, um irmão viciado em drogas, pais divorciados, um primeiro emprego no Walmart, uma fuga desesperada para as Forças Armadas. Vorstenbosch gosta de Bronson na mesma hora — como não gostar? A infância dele foi a mesma, só que, em vez de fugir para o Exército, ele foi para Nova York para ser gay. Quando ela abriu a porta da cabine para ele da última vez, estava tentando esconder as lágrimas, fato que lhe dá um aperto no coração. Nada lhe deixa mais angustiado que a angústia dos outros.

— O que está acontecendo? — pergunta Vorstenbosch.

— No solo em dez — diz Bronson.

— Talvez — fala Waters. — Tem meia dúzia de aviões à nossa frente.

— Alguma notícia sobre o outro lado do mundo? — pergunta Vorstenbosch.

Por um momento nenhum dos dois responde. Então, com uma voz formal e distraída, Waters diz:

— O Serviço Geológico dos Estados Unidos relata um evento sísmico em Guam que registrou cerca de 6.3 na escala Richter.

— Isso corresponderia a 250 quilotons — diz Bronson.

— Foi uma ogiva — fala Vorstenbosch. Não é exatamente uma pergunta.

— Algo também aconteceu em Pyongyang — diz Bronson. — Uma hora antes de Guam, a televisão estatal mudou para o padrão de barras coloridas. Há informações sobre um monte de autoridades do alto escalão sendo mortas em questão de minutos entre uma e outra. Então, ou estamos falando de um golpe interno ou tentamos derrubar a liderança com alguns assassinatos, e eles não aceitaram muito bem.

— O que podemos fazer por você, Vorstenbosch? — pergunta Waters.

— Teve uma briga na econômica. Um homem derramou cerveja no outro…

— Ah, caralho — diz Waters.

— … e eles foram avisados, mas é melhor a polícia de Fargo estar por perto quando pousarmos. Acredito que a vítima vai querer registrar uma queixa.

— Vou avisar Fargo pelo rádio, mas não prometo nada. Tenho a sensação de que o aeroporto vai estar um hospício. A segurança pode estar ocupada.

— Uma mulher na executiva está tendo um ataque de pânico também. Ela está tentando não assustar a filha, mas não consegue respirar direito. Eu mandei que a passageira respirasse em um saco de vômito, mas gostaria que os serviços de emergência deixassem um tanque de oxigênio preparado quando descermos.

— Feito. Algo mais?

— Há uma dúzia de outras minicrises em andamento, mas a equipe tem a situação sob controle. Há outra coisa, creio eu. Algum de vocês gostaria de beber um copo de cerveja ou vinho, violando todos os regulamentos?

Os dois devolvem o olhar para ele. Bronson sorri.

— Quero ter um filho com você, Vorstenbosch — fala ela. — Seria uma criança linda.

— Eu também — fala Waters.

— Isso é um sim?

Waters e Bronson se entreolham.

— Melhor não — decide ela, e o capitão concorda com a cabeça. A seguir, Waters acrescenta:

— Mas vou tomar a cerveja mais gelada que você encontrar assim que tivermos pousado.

— Você sabe qual é o meu aspecto favorito sobre voar? — pergunta Bronson. — Sempre está um dia ensolarado a essa altitude. Parece impossível que algo tão terrível possa estar acontecendo em um dia tão ensolarado.

Todos os três admiram a paisagem das nuvens quando o chão branco e fofo embaixo deles é perfurado uma centena de vezes. Cem pilares de fumaça branca se projetam no céu, surgindo de todos os lados. É como um truque de mágica, como se as nuvens tivessem espinhos escondidos que de repente brotaram. Um momento depois, o trovão os atinge e, com ele, turbulência, e o avião é *chutado*, virado para cima e de lado. Uma dezena de luzes vermelhas pisca no painel. Alarmes berram. Vorstenbosch vê tudo isso em um instante enquanto é levantado no ar. Por um momento, o chefe dos comissários flutua, suspenso como um paraquedas, um homem feito de seda, cheio de ar. A cabeça dele bate na parede. Vorstenbosch cai com tanta força e rapidez que é como se um alçapão tivesse sido aberto no chão da cabine e o mergulhasse nas profundezas brilhantes do céu abaixo.

JANICE MUMFORD NA CLASSE EXECUTIVA

— Mãe! — grita Janice. — Mãe, olha! O que é isso?

O que está acontecendo no céu é menos alarmante do que o que está acontecendo no avião. Alguém está gritando: um fio prateado e reluzente de som que se costura na cabeça de Janice. Os adultos gemem de uma maneira que faz a menina pensar em fantasmas.

O 777 se inclina para a esquerda e, em seguida, balança para a direita. O avião navega através de um labirinto de pilares gigantescos, são como os claustros de uma catedral imensa. Janice teve que soletrar "claustros" (uma palavra fácil) na etapa regional de Englewood.

A mãe dela, Millie, não responde. A mulher está respirando em ritmo constante em um saco de papel branco. Millie nunca voou antes, nunca saiu da Califórnia. Janice também não, mas, ao contrário da mãe, estava ansiosa pelas duas coisas. Janice sempre quis voar em um grande avião; ela também gostaria de mergulhar em um submarino um dia, apesar de se contentar em dar uma volta em um caiaque com fundo de vidro.

A orquestra de desespero e horror se reduz em um diminuendo suave (Janice soletrou "diminuendo" na primeira rodada das Finais Estaduais e chegou pertinho assi-*i-i-i-m* de errar e encarar uma derrota humilhante no início). Ela se inclina para o homem bonito que vem tomando chá gelado durante toda a viagem.

— Eram foguetes? — pergunta Janice.

A mulher do cinema responde, falando com seu adorável sotaque britânico. Janice só ouviu sotaque britânico em filmes e adora.

— MBIs — responde a estrela de cinema. — Estão indo para o outro lado do mundo.

Janice percebe que a estrela de cinema está de mãos dadas com o homem mais jovem que bebeu todo o chá gelado. As feições dela formam uma expressão de calma quase de pedra, enquanto o homem ao lado da atriz parece querer vomitar. Ele está apertando a mão da mulher mais velha com muita força.

— Vocês dois são parentes? — indaga Janice, que não consegue pensar em outro motivo pelo qual os dois poderiam estar de mãos dadas.

— Não — diz o homem bonito.

— Então por que estão de mãos dadas?

— Porque estamos com medo — fala a estrela de cinema, embora não pareça assustada. — E isso faz a gente se sentir melhor.

— Ah — diz Janice, e logo pega a mão livre da mãe.

A mãe olha para ela com gratidão por cima do saco que continua inflando e esvaziando como um pulmão de papel. Janice olha de volta para o homem bonito.

— Você gostaria de segurar a minha mão?

— Sim, por favor — responde o homem, e eles se dão as mãos pelo corredor.

— O que significa MBI?

— Míssil balístico intercontinental — explica ele.

— Essa é uma das minhas palavras! Eu tive que soletrar "intercontinental" na etapa regional.

— Sério? Acho que não consigo soletrar "intercontinental" de cabeça.

— Ah, é fácil — fala Janice, soletrando a palavra para ele.

— Eu acredito em você. Você é a especialista.

— Estou indo para Boston para um concurso de soletrar. São as semifinais internacionais e, se eu me sair bem *lá*, vou para Washington e aparecer na televisão. Nunca pensei em ir a qualquer um desses lugares. Mas também nunca achei que fosse a Fargo. Ainda vamos pousar em Fargo?

— Não sei o que mais faríamos — fala o homem bonito.

— Quantos MBIs eram? — pergunta Janice, esticando o pescoço para olhar as torres de fumaça.

— Todos — diz a estrela de cinema.

— Será que vamos perder o concurso de soletrar? — fala Janice.

Desta vez, é a mãe dela que responde. A voz de Millie está rouca, como se estivesse com dor de garganta ou chorando.

— Acho que sim, querida.

— Ah — lamenta Janice. — Ah, não.

Ela se sente um pouco como quando teve amigo oculto no ano passado e foi a única que não recebeu um presente, porque o amigo secreto de Janice era Martin Cohassey, e Martin tinha faltado naquele dia, com mononucleose.

— Você teria ganhado — diz a mãe e fecha os olhos. — E não só as semifinais.

— Elas só vão acontecer amanhã à noite — fala Janice. — Talvez a gente possa pegar outro avião pela manhã.

— Não sei se alguém vai voar amanhã de manhã — diz o homem bonito, em tom de desculpas.

— Por causa de que aconteceu na Coreia do Norte?

— Não — responde a amiga do outro lado do corredor. — Não por causa do que aconteceu lá.

Millie abre os olhos e diz:

— *Shhh*. Você vai assustá-la.

Mas Janice não está assustada — ela apenas não entende. O homem do outro lado do corredor balança a mão de Janice para a frente e para trás, para a frente e para trás.

— Qual foi a palavra mais difícil que você já soletrou na vida? — pergunta ele.

— Antropoceno — responde Janice prontamente. — Eu perdi com essa no ano passado, nas semifinais. Pensei que fosse com "ss". Significa "na era dos seres humanos". Como na frase "a era antropocena parece muito curta quando comparada a outros períodos geológicos".

O homem olha para ela por um momento e depois solta uma gargalhada.

— Você está coberta de razão, menina.

A estrela de cinema observa as enormes colunas brancas pela janela.

— Ninguém nunca viu um céu como esse. Essas torres de nuvens. O grande dia claro enjaulado em barras de fumaça. Elas parecem sustentar o céu. Que tarde adorável. Talvez em breve o senhor me veja atuando em outra morte, sr. Holder. Não sei se posso prometer desempenhar o papel com meu talento habitual. — Ela fecha os olhos. — Sinto saudades da minha filha. Acho que não vou conseguir...

Veronica D'arcy abre os olhos, encara Janice e fica quieta.

— Eu tenho pensado o mesmo sobre a minha filha — fala Holder, que a seguir vira a cabeça e olha para a mãe de Janice por cima da menina. — Sabe como você tem sorte?

Ele olha de Millie para Janice e retorna o olhar para a mãe, e quando a menina vê, Millie está assentindo, fazendo um pequeno gesto de reconhecimento com a cabeça.

— Por que você tem sorte, mãe? — pergunta Janice.

Millie aperta a filha e beija a cabeça dela.

— Porque estamos juntas hoje, bobinha.

— Ah — diz Janice.

É difícil ver a sorte nisso. Elas estão juntas *todos* os dias.

Em dado momento, a menina se dá conta de que o homem bonito soltou a mão dela e, quando volta a olhar, ele está abraçando a estrela de cinema, e a atriz devolve o abraço, e os dois estão se beijando, com ternura, e Janice está chocada, simplesmente *chocada*, porque a estrela de cinema é muito mais velha do que o vizinho de assento. Eles estão se beijando como namorados no fim de um filme, logo antes dos créditos subirem e todos terem que ir para casa. É tão ultrajante que Janice começa a rir.

A RA LEE NA CLASSE ECONÔMICA

Por um momento, durante o casamento do irmão em Jeju, A Ra pensou ter visto o pai, morto sete anos antes. A cerimônia e a recepção foram realizadas em um imenso jardim particular, um lugar encantador, dividido por um rio artificial, de águas profundas e frias. As crianças jogavam punhados de pedrinhas na correnteza e observavam a água se agitar com a carpa do arco-íris, cem peixes brilhantes que nadavam devagar com todas as cores do tesouro: ouro-rosé, platina e cobre recém-cunhado. O olhar de A Ra foi das crianças para a ponte de pedra ornamental que cruzava o riacho, e lá estava o pai dela em um dos seus ternos baratos, encostado na parede, sorrindo para a filha, com o grande rosto rústico marcado por linhas profundas. A Ra ficou tão assustada ao vê-lo que desviou o olhar, perdeu o fôlego por um segundo com o choque. Quando voltou a olhar, ele tinha sumido. Ao se sentar para a cerimônia, concluiu que tinha visto Jum, o irmão mais novo do pai, que tinha o mesmo corte de cabelo. Teria sido fácil, em um dia tão emocionante, confundir um com o outro — sobretudo tendo em vista a decisão de A Ra de não usar óculos no casamento.

No solo, a estudante de linguística evolucionária do MIT deposita a fé no que pode ser provado, registrado, conhecido e estudado. Mas agora está no ar e se sentindo mais receptiva a outras ideias. O 777 — com toda as suas trezentas toneladas — dispara pelo céu, sustentado por imensas forças invisíveis. Nada carrega tudo nas costas. O mesmo acontece com os mortos e os vivos, o passado e o presente. *Agora* é uma asa, e a história está embaixo dela, sustentando-a. O pai de A Ra adorava brincadeiras — ele administrou uma fábrica de brinquedos por quarenta anos, então brincadeira era mesmo seu trabalho. Ali no céu, ela está disposta a acreditar que o pai não deixaria a morte ficar entre ele e uma noite tão feliz.

— Estou com tanto medo agora — diz Arnold Fidelman.

A Ra concorda com a cabeça. Ela também está.

— E com raiva. *Muita* raiva.

A Ra para de assentir. Ela não está com raiva e escolhe não estar. Naquele momento, mais do que qualquer outro, A Ra escolhe não estar com raiva.

— Aquele filho da puta, eleitor da porra do Trump — fala Fidelman. — Eu gostaria que pudéssemos trazer de volta o pelourinho, apenas por um dia, para que as pessoas atirassem terra e repolhos nele. Você acha que isso estaria acontecendo se o Obama fosse presidente? Qualquer parte dessa… *dessa*… loucura? *Preste atenção.* Quando descermos… *se* descermos… você ficaria comigo na ponte? Para relatar o que aconteceu? Você é uma voz imparcial nessa situação. A polícia vai dar ouvidos a você. Eles vão prender esse gordo cretino por derramar cerveja em mim, e ele vai poder curtir o fim do mundo dentro de uma cela úmida, abarrotada com bêbados que não param de falar merda.

Ela fechou os olhos, tentando se colocar de volta no jardim do casamento. A Ra quer parar ao lado do rio artificial, virar a cabeça e ver o pai de novo. Não quer ter medo dele neste momento. Quer fazer contato visual e sorrir de volta.

Mas A Ra não consegue ficar no jardim da própria mente. A voz de Fidelman vem aumentado junto com a histeria dele. O grandalhão do outro lado do corredor, Bobby, ouve a última parte do que Fidelman disse.

— Enquanto faz a sua declaração à polícia — diz Bobby —, espero que não deixe de fora a parte em que chamou a minha esposa de presunçosa e ignorante.

— Bobby — fala a esposa do grandalhão, a mulher pequena com olhar de devoção. — Não faça isso.

A Ra solta um suspiro longo e lento e diz:

— Ninguém vai denunciar nada à polícia de Fargo.

— Você está errada quanto a isso — fala Fidelman com a voz e as pernas trêmulas.

— Não — diz A Ra —, não estou. Tenho certeza disso.

— Por que tem tanta certeza? — pergunta a esposa de Bobby, que tem olhos brilhantes e gestos rápidos como os de um pássaro.

— Porque não vamos pousar em Fargo. O avião parou de dar voltas pelo aeroporto alguns minutos após o lançamento dos mísseis. Não notou? Abandonamos o circuito de espera há algum tempo. Estamos indo para o norte.

— Como você sabe? — indaga a mulher pequena.

— O sol está do lado esquerdo do avião. Portanto, norte.

Bobby e a esposa olham pela janela. A mulher faz um som baixo de interesse e compreensão.

— O que fica ao norte de Fargo? — pergunta a esposa. — E por que estamos indo para lá?

Bobby leva a mão à boca devagar, um gesto que pode indicar que ele está ponderando a questão, mas que A Ra vê como freudiano. O grandalhão já sabe por que eles não estão pousando em Fargo e não tem a intenção de dizer.

A Ra precisa apenas fechar os olhos para ver na mente exatamente onde as ogivas devem estar agora, bem fora da atmosfera da Terra, já tendo passado pela crista da parábola mortal e voltando ao poço gravitacional. Talvez haja menos de dez minutos antes que elas atinjam o outro lado do planeta. A Ra viu o lançamento de pelo menos trinta mísseis, vinte a mais do que o necessário para destruir uma nação menor que a Nova Inglaterra. E os trinta que todos eles testemunharam subindo ao céu são com certeza apenas uma fração do arsenal que foi lançado. Um ataque violento assim só pode gerar uma reação proporcional e, sem dúvida, os MBIs dos Estados Unidos passaram por centenas de foguetes voando para o outro lado. Alguma coisa deu muito errado, algo inevitável, quando o pavio era aceso nessa série de fogos de artifício geopolíticos.

Mas A Ra não fecha os olhos para imaginar um ataque e um contra-ataque. Ela prefere voltar para Jeju. A algazarra das carpas no rio. A noite perfumada cheira a flores luxuriosas. O pai de A Ra apoia os cotovelos no muro de pedra da ponte e sorri.

— Esse sujeito... — diz Fidelman. — Esse sujeito e sua maldita esposa. Chama os asiáticos de "orientais". Fala que o seu povo são formigas. Intimida pessoas jogando cerveja nelas. Esse sujeito e sua maldita esposa colocaram pessoas imprudentes e estúpidas iguais a elas no comando deste país, e agora cá estamos nós. Os mísseis estão voando.

A voz dele cede com a tensão, e A Ra percebe como Fidelman está perto de chorar.

Ela abre os olhos mais uma vez.

— Esse sujeito e sua maldita esposa estão no avião conosco. Estamos *todos* no avião. — A Ra olha para Bobby e a esposa, que estão ouvindo. — Não importa como chegamos aqui, estamos *todos* no avião agora. No ar. Em apuros. Correndo o máximo possível.

A Ra sorri. Parece o sorriso do pai dela.

— Da próxima vez que sentir vontade de jogar uma cerveja em alguém, dê para mim. Uma bebida cairia bem.

Bobby encara a mulher por um instante com olhos pensativos e fascinados — e depois ri.

A esposa de Bobby olha para ele e pergunta:

— *Por que* estamos voando para o norte? Você acha que Fargo pode ter sido atingida? Você acha mesmo que poderíamos ser atingidos *aqui*? No meio dos Estados Unidos?

O marido não responde, então ela olha para A Ra.

A Ra avalia se a verdade seria uma misericórdia ou outro ataque. O silêncio dela, no entanto, é resposta suficiente.

A boca da mulher se contrai. Ela olha para o marido e diz:

— Se vamos morrer, quero que saiba que fico feliz por estar ao seu lado quando isso acontecer. Você foi bom comigo, Robert Jeremy Slate.

Ele se vira para Sandy e beija a esposa, recua e diz:

— Você está brincando? Não acredito que um gordo como eu acabou casado com uma gata como você. Seria mais fácil ganhar na loteria.

Fidelman olha para os dois e depois vira o rosto.

— Ah, porra. Não comece a ser humano para cima de mim agora.

O judeu amassa uma toalha de papel ensopada de cerveja e joga em Bob Slate. A bola ricocheteia na têmpora dele. O grandalhão vira a cabeça e olha para Fidelman — e ri. Calorosamente.

A Ra fecha os olhos e apoia a cabeça no encosto do banco.

O pai dela a observa se aproximar da ponte, na noite sedosa de primavera.

Quando A Ra sobe no arco de pedra, ele estende a mão para pegá--la e leva a filha para um pomar, onde as pessoas estão dançando.

KATE BRONSON NA CABINE DO PILOTO

Quando Kate termina de fazer o curativo no ferimento na cabeça de Vorstenbosch, o comissário está gemendo, estendido no chão da cabine. Ela enfia os óculos do rapaz no bolso da camisa dele. A lente esquerda rachou na queda.

— Eu nunca, *jamais* perdi o equilíbrio — diz Vorstenbosch — em vinte anos de serviço. Sou a porra do Fred Astaire dos céus. *Não*. A porra da Ginger Rogers. Eu sou capaz de fazer o trabalho de todos os outros comissários de bordo, só que andando de costas e de salto alto.

— Eu nunca vi um filme do Fred Astaire — fala Kate. — Sempre fui mais uma garota do Sly Stallone.

— Sua caipira — diz Vorstenbosch.

— Até a alma — concorda Kate, que aperta a mão dele. — Não tente se levantar. Ainda não.

Kate se levanta um pouco e se senta na cadeira ao lado de Waters. Quando os mísseis foram lançados, o sistema de imagem acendeu com sinais de aeronaves hostis, uma centena de pontinhos vermelhos e muito mais, porém não há nada agora, exceto os outros aviões nas imediações. A maioria das outras aeronaves está atrás deles, ainda circulando Fargo. O capitão Waters apontou o 777 para um novo rumo, enquanto a copiloto cuidava de Vorstenbosch.

— O que está acontecendo? — pergunta ela.

A expressão dele assusta Kate. Waters está tão pálido que está quase incolor.

— Está acontecendo — responde o capitão. — O presidente foi transferido para um local seguro. O noticiário da TV diz que a Rússia lançou os mísseis.

— Por quê? — indaga Kate, como se aquilo importasse.

Ele dá de ombros, mas responde:

— A Rússia ou a China, ou ambos, colocaram defensores no ar para obrigar nossos caças a recuar antes que pudessem chegar à Coreia. Um submarino no Pacífico Sul respondeu atingindo um porta-aviões russo. E então... E então...

— Então? — diz Kate.

— Sem Fargo.

— Onde?

Parece que Kate não consegue falar mais de uma única palavra de cada vez. Há uma sensação de aperto e falta de ar atrás do esterno.

— Deve ter algum lugar ao norte no qual possamos pousar, longe do... longe do que está vindo atrás da gente. Deve ter um lugar que não seja uma ameaça para ninguém. Nunavut, talvez? Um 777 pousou em Iqaluit no ano passado. Uma pistinha curta no fim do mundo, mas é tecnicamente possível, e talvez tenhamos combustível suficiente para chegar lá.

— Que boba eu sou — fala Kate. — Nem pensei em trazer um casaco de inverno.

— Você deve ser nova em voos de longa distância — diz o capitão. — Nunca se sabe para onde será enviado, portanto sempre deve ter um maiô e roupas de inverno na mala.

Ela *é* nova em voos de longa distância — Kate obteve o brevê de piloto de 777 há apenas seis meses —, mas não acha que vale a pena levar em consideração a dica de Waters. Ela acha que nunca mais vai voar em outro avião comercial. Nem Waters. Não haverá mais lugares para *onde* voar.

Kate nunca mais vai ver a mãe, que mora em Pennsyltucky, mas isso não é uma perda. A mãe vai assar, junto com o padrasto que tentou colocar a mão dentro da calça jeans de Kate quando ela tinha 14 anos. Quando Kate contou à mãe o que ele havia tentado fazer, ela disse que era culpa da filha por se vestir como uma puta.

Kate também nunca mais vai ver o meio-irmão de 12 anos, e isso a deixa triste. Liam é doce, pacato e autista. Kate deu um drone para ele no Natal, e o que Liam mais gosta de fazer no mundo é mandá-lo para o alto e tirar fotografias aéreas. Ela entende o apelo. Essa também era a parte favorita de Kate em relação a voar, aquele momento em que as casas encolhem e ficam do tamanho de miniaturas de um trenzinho de brinquedo. Caminhões do tamanho de joaninhas que brilham e reluzem enquanto deslizam, sem atrito, pelas estradas. A altitude reduz os lagos para o tamanho de espelhos de prata. A partir de um quilômetro e meio de altura, uma cidade inteira fica pequena o suficiente para caber na palma da mão. Seu meio-irmão Liam diz que quer ser pequeno, como as pessoas nas fotos que ele tira com o drone. Liam diz que, se fosse pequeno assim, Kate poderia colocá-lo no bolso e levá-lo com ela.

O 777 sobrevoa o extremo norte da Dakota do Norte, planando como ela varou a água morna da praia de Fai Fai, através do verde vítreo do Pacífico. Como foi bom aquilo, navegar como se não tivesse peso acima do mundo oceânico lá embaixo. Estar livre da gravidade é, pensa Kate, como deve ser a sensação de ser puro espírito, escapar da própria carne.

Mineápolis chama o avião.

— Delta 236, você está fora do curso. Você está prestes a sair do nosso espaço aéreo. Qual é o seu rumo?

— Mineápolis — responde Waters —, nosso rumo é zero-seis-zero, permissão para redirecionar para YFB, Aeroporto de Iqaluit.

— Delta 236, por que não consegue pousar em Fargo?

O comandante se inclina sobre os controles por um longo tempo. Uma gota de suor cai no painel. O olhar se mexe por alguns segundos, e Kate vê Walters encarando a fotografia da esposa.

— Mineápolis, Fargo é um local de primeiro ataque. Teremos uma chance melhor no norte. Há 247 almas a bordo.

O rádio estala. Mineápolis pondera.

E então um clarão de brilho intenso, quase ofuscante, como se uma lâmpada do tamanho do sol tivesse estourado em algum lugar do céu, atrás do avião. Kate vira a cabeça para longe das janelas e fecha os olhos. Há um ruído abafado, sentido mais do que ouvido, uma espécie de tremor existencial na estrutura da aeronave. Quando olha para cima de novo, há manchas verdes na sua visão.

Kate se inclina para a frente e estica o pescoço. Algo está brilhando embaixo da cobertura de nuvens, possivelmente a mais de 150 quilômetros de distância atrás deles. A própria nuvem está começando a se deformar e expandir para cima.

Quando ela se recosta no assento, há outro ruído grave, perturbador e abafado, outra explosão de luz. O interior da cabine do piloto se torna uma imagem negativa de si mesmo por um momento. Desta vez, Kate sente um lampejo de calor no lado direito do rosto, como se alguém tivesse ligado e desligado uma lâmpada ultravioleta.

— Recebido, Delta 236 — diz Mineápolis. — Entre em contato com o Centro de Winnipeg um-dois-sete-ponto-três.

O controlador de tráfego aéreo fala com uma indiferença quase informal.

Vorstenbosch se senta.

— Estou vendo clarões.

— Nós também — fala Kate.

— Ai, meu Deus — diz Waters, cuja voz falha. — Eu devia ter ligado para a minha esposa. Por que não liguei para a minha esposa? Ela está grávida de cinco meses e está sozinha.

— Você não pode — responde Kate. — Você não podia.

— Por que não liguei e *falei* para ela? — pergunta Waters, como se não tivesse ouvido.

— Ela sabe — diz Kate. — Ela já sabe.

Se estão falando sobre amor ou apocalipse, Kate não poderia dizer.

Outro clarão. Outro baque grave, ressonante e significativo.

— Ligue agora para a região de informação de voo de Winnipeg — fala Mineápolis. — Ligue agora para o Nav Canada. Delta 236, você está liberado.

— Recebido, Mineápolis — diz Kate, porque Waters está com o rosto nas mãos e produz pequenos sons angustiados e não consegue falar.

— Obrigado. Cuidem-se, rapazes. Aqui é Delta 236. Estamos partindo.

COMENTÁRIOS SOBRE OS CONTOS E AGRADECIMENTOS

Na Introdução, falei sobre alguns dos artistas que mais me influenciaram. Um que deixei de fora foi o romancista Bernard Malamud, autor de *O faz-tudo* e *O assistente*, que certa vez sugeriu que um cadáver em um caixão talvez seja a obra de arte perfeita, porque "a pessoa vê forma, mas também vê conteúdo".

O primeiro bom conto que escrevi, "Pop Art", foi bastante influenciado por "The Jewbird", de Malamud, e minhas ideias sobre coletâneas foram moldadas pelas dele. Um livro de contos não é um romance e não pode ter o impulso narrativo de um romance. Ainda assim, acho que uma coletânea deve tentar passar uma sensação de progressão, de conexão. É como uma viagem de carro. A pessoa fica em um lugar diferente todas as noites: em uma, ela se hospeda em uma romântica pousada vitoriana com um gazebo supostamente assombrado nos fundos; na noite seguinte, fica em um motelzinho de estrada com o que parece ser manchas de sangue no teto. Os lugares onde a pessoa para a fim de descansar e sonhar são singulares — mas a estrada é a mesma, sempre esperando para levá-la ao que está por vir. E quando a viagem acabar, a pessoa chegou a um lugar novo, em algum ponto (ela espera) com uma vista bonita. Um lugar para respirar fundo e absorver tudo.

Espero que tenha sido uma viagem rápida e divertida para você. Espero que você tenha corrido a toda velocidade. Demorou um pouco mais para mim: escrevi a mais antiga dessas histórias em

2006, enquanto a mais recente foi terminada poucos meses antes de publicarmos. Isso é pouco mais de uma década, que também é quase o mesmo tempo que levei para escrever os contos da minha última coletânea, *Fantasmas do século XX*. Nesse ritmo, a não ser por uma tragédia (e quem pode impedir uma tragédia?), espero escrever mais ou menos de trinta a cinquenta contos antes de morrer.

Isso pode ser mórbido, mas se você leu até aqui, é tarde para reclamar.

Alguns leitores estão sempre curiosos para saber como uma história foi escrita e o que estava na mente do escritor quando ele a escreveu. Como essas manchas de sangue foram parar no teto do quarto 217? E há alguma *prova* de que uma mulher pálida em um vestido lilás assombra o velho gazebo no quintal? Eu não tenho todas as respostas, mas talvez tenha algumas. Os interessados devem prosseguir. Aqueles que estão satisfeitos apenas com as histórias, agradeço por terem vindo comigo até aqui. Espero que tenham sentido fortes emoções. Vamos fazer isso de novo algum dia.

INTRODUÇÃO: QUEM É O SEU PAI?

Eu posso ouvir você dizendo *Como é que éééé?*, a Introdução ganha o próprio comentário do autor? É verdade, mas apenas para mencionar que ela é a expressão de alguns pensamentos que venho tendo há alguns anos. Elementos de "Quem é o seu pai?" apareceram de forma um pouco diferente em ensaios como "The Truck" (em *Road Rage*, da IDW Publishing) e "Bring on the Bad Guys" (que apareceu pela primeira vez no Goodreads). Tenho certeza de que também falei sobre a influência de Tom Savini no meu trabalho em outros lugares. Provavelmente é bom que eu me mantenha só na ficção — não tenho tantas histórias assim sobre mim e apenas algumas maneiras diferentes de contá-las.

ALTA VELOCIDADE

Richard Matheson voltou da Segunda Guerra Mundial, sentou-se à máquina de escrever e criou várias obras-primas simples e selvagens de suspense: *Eu sou a lenda, O incrível homem que encolheu* e *A casa da noite eterna*, entre elas. Embora navegasse por vários gêneros — ele escreveu romances policiais, faroeste, guerra e ficção científica, incluindo um dos melhores episódios da série original de *Jornada nas estrelas* —, Richard Matheson deixou a marca mais profunda no gênero terror. Uma boa história de Richard Matheson se move como um caminhão, trovejando ladeira abaixo, sem freios, e Deus ajude o que estiver no caminho.

De fato, uma das histórias mais famosas de Matheson, "Encurralado", apresentava um caminhão-tanque como antagonista e foi a inspiração para o filme de Spielberg que discutimos na Introdução.

Em 2008, me perguntaram se eu queria escrever uma história para uma antologia em homenagem ao trabalho de Matheson. A ideia era que cada escritor pegasse um dos conceitos de Matheson e o reinventasse, levando a uma direção nova e inesperada. Ninguém teve que me torturar. Eu mal tinha terminado de ler o e-mail e já sabia o que queria fazer. Na hora imaginei um conto sobre um caminhoneiro sem rosto enfrentando uma gangue de motociclistas fora da lei, em uma perseguição que logo se transformaria em uma guerra na areia.

Logo vi que teria um problema ao escrever a história: eu nunca havia pilotado uma motocicleta na vida. Mas o meu pai tinha — ele andava em Harleys desde que era adolescente. Então, apresentei minha ideia a ele e perguntei se queria escrever comigo. Ele aceitou. E lá estávamos nós, brincando de caminhão novamente, 26 anos após nossa última brincadeira.

No verão depois de escrevermos "Alta velocidade", tirei a habilitação de moto e acabei comprando uma Triumph Bonneville. Meu pai está mais para um cara que anda de Harley. Em um verão, saímos para passear juntos, eu na minha Bonnie, e ele na Fat Boy. Foi uma boa tarde. Quando voltamos, meu pai disse: "Essa sua moto aí é boa — mesmo que o motor pareça uma máquina de costura."

CARROSSEL SOMBRIO

Um livro de contos não pode ser um romance, mas, como eu disse, acho que deve passar uma sensação de progresso, de uma coisa fluindo naturalmente para a próxima. Então, acho que faz sentido passar da primeira história que escrevi com meu pai para "Carrossel sombrio", que é provavelmente a coisa mais parecida, de uma maneira sem vergonha, com Stephen King que já escrevi na vida. É praticamente um cover de "Andando na bala" ou "O vírus da estrada vai para o norte". Eu não tentei fugir dos tipos de histórias que inspiraram "Carrossel sombrio" — apenas deixei que o conto fosse o que ele queria ser. Até batizei minha trágica dupla de irmãos com o nome Renshaw, em homenagem a Renshaw, o assassino implacável na história "Campo de batalha", escrita por meu pai, e também vejo ecos dessa história em "Carrossel sombrio".

Músicos podem fazer covers de artistas que eles admiram. Os Black Crowes podem fazer uma versão de "Hard to Handle" de Otis Redding, e os Beatles são capazes de tocar Buddy Holly sempre que quiserem. Mas escritores não têm o mesmo privilégio (quando a pessoa faz um "cover" de outro escritor frase por frase, isso se chama plágio, e o autor que a pessoa admira vai entrar em contato com ela através do advogado dele). Isso aqui é a melhor coisa possível, um ato de imitação literária — talvez esteja menos para um cover e mais para um ator que interpreta uma figura conhecida da vida real (Gary Oldman fazendo Churchill, Rami Malek fazendo Freddie Mercury).

"Carrossel sombrio" foi lançado pela primeira vez como um audiolivro *em vinil*, como um álbum duplo do caralho, lido por Nate Corddry. Legal para cacete, cara. E enquanto falamos sobre roqueiros fazendo versões de outros artistas, o álbum *Carrossel sombrio* incluiu um cover sensacional de "Wild Horses", dos Rolling Stones, por um guitarrista americano chamado Matthew Ryan. Vale a pena procurar um exemplar e tirar o pó da velha vitrola para ouvi-lo: Matt vai direto ao núcleo emocional da canção dos Stones e da minha história de uma vez só.

ESTAÇÃO WOLVERTON

Eu escrevi "Estação Wolverton" enquanto viajava pelo Reino Unido para divulgar *O pacto*. Passei aqueles dias na companhia de Jon Weir, um relações-públicas espirituoso e tímido que me arrancou do caminho de um ônibus de dois andares na primeira manhã da nossa turnê. Ele ficou tão abalado pelo quase acidente que teve que se sentar no meio-fio para recuperar o fôlego.

Passamos a maior parte da semana andando de trem pelas ferrovias britânicas de um extremo ao outro do país. No início da viagem, meio que vislumbrei uma parada que se aproximava — Wolverhampton — e de repente Warren Zevon uivou na minha cabeça.

Jon e eu entramos em uma livraria naquela tarde para uma sessão de autógrafos e, enquanto eu estava lá, comprei um caderno. O primeiro manuscrito de "Estação Wolverton" foi escrito nos cinco dias seguintes, rabiscado à mão nos trens. Hogwarts poderia ter passado pela janela e eu nem teria percebido.

E onde termina a história? Sob vários aspectos, creio que, tematicamente, ela se encerra quase no local exato em que *O lobisomem americano em Londres* começa: o pub.

A bebida é por minha conta, rapaziada.

ÀS MARGENS PRATEADAS DO LAGO CHAMPLAIN

Assim como "Alta velocidade" foi escrito para homenagear Richard Matheson, "Às margens prateadas" apareceu pela primeira vez em *Shadow Show*, uma coletânea organizada pelos editores Sam Weller e Mort Castle para homenagear Ray Bradbury. Teoricamente, o conto foi inspirado em "The Foghorn", uma das histórias mais famosas de Bradbury. Mas (não conte a Mort ou Sam) o conto é realmente culpa da minha mãe. Bradbury não entrou na equação, não a princípio.

Eu fui criado no Maine, mas as minhas primeiras lembranças são do Reino Unido, nos meses após o nascimento do meu irmão mais novo, Owen. Meus pais eram hippies desgrenhados, e, depois que Ford perdoou Nixon, eles queriam sair dos Estados Unidos, estavam cansados daquele lugar. Acho que meu pai também foi atraído pela ideia de ser um escritor expatriado, como Hemingway ou Dos Passos. Então eles nos arrastaram para uma casinha úmida e escura nos arredores de Londres.

Eu era um menininho na época, empolgado com a possibilidade de ter um dinossauro à espreita nas profundezas do lago Ness. Eu não parava de falar nisso. Então, minha mãe colocou o meu irmão, a minha irmã e eu em um trem, e fomos para a Escócia. Meu pai ficou em Londres para ajudar Peter Straub a beber um engradado de cerveja.

Só que caíram chuvas torrenciais do tipo que anunciam o fim dos tempos, e as estradas para o lago ficaram alagadas. Chegamos ao meio do caminho e tivemos que voltar. E essa é a minha primeira lembrança de infância — a chuva escorrendo pelo para-brisa, uma inundação criando uma correnteza sobre o asfalto, cones alaranjados bloqueando o nosso caminho. E mais tarde, eu me lembro do arrepio de assombro que tomou conta de mim quando vi o espigão gótico e enegrecido do Monumento Walter Scott, varando as nuvens baixas e inchadas.

Décadas depois — na estrada com Jon Weir para a mesma turnê de lançamento de *O pacto* —, vislumbrei o Monumento Scott, e tudo aquilo voltou à memória, toda a missão inútil para chegar ao lago Ness. Que estranho que, mesmo com 6 anos de idade, eu tinha fixação com monstros.

Fiquei pensando nas memórias daquela tentativa de viagem de família ao lago Ness por dias e, no final da turnê, criei uma história que nunca iria escrever sobre algumas crianças encontrando o cadáver de Nessie encalhado na margem. Não ousei tentar escrevê-la — eu poderia escrever as crianças e o monstro, mas não tinha certeza de que poderia escrever de forma convincente sobre a Escócia.

Os Estados Unidos têm alguns monstros de lago, no entanto. O mais famoso é o Champ, um plesiossauro que habita o lago Champlain, dizem. Em dado momento, eu me deparei com uma notícia aparentemente verdadeira de meados da década de 1930, sobre uma balsa ter atingido uma criatura meio submersa, colidindo com força suficiente para danificar a embarcação. Em um instante, tive uma explicação para a morte do monstro e uma maneira de transplantar a minha história para os Estados Unidos, onde me sentia mais à vontade como escritor. Eu já tinha um primeiro manuscrito quando fui convidado a contribuir para a *Shadow Show*, e então o temperei com um pouco mais de Bradbury para demonstrar o meu apreço por um escritor cuja obra me ajudou tanto a encontrar a minha própria voz.

Às vezes, a vida é mesmo como um romance; as cenas anteriores prenunciam o que está por vir e certos temas aparecem de tempos em tempos. Há muito tempo, em um século diferente, passei uma semana com Tom Savini no set de *Creepshow — Show de horrores* e tive minha primeira noção do que eu gostaria de ser quando crescesse.

Aqui em 2019, *Creepshow* está retornando como seriado de TV em uma emissora de terror via *streaming* com o nome de Shudder. O pupilo de Tom Savini, Greg Nicotero, é a força criativa por trás do programa, e "Às margens prateadas do lago Champlain" é uma das histórias que decidiram trazer à vida. E você acreditaria que o próprio Savini está dirigindo? Fique de olho nisso.

FAUNO

Essa história, por outro lado, é um descendente bastante consciente de "Um som do trovão", de Bradbury. Nas histórias de Oz, Nárnia e o País das Maravilhas, a portinha para a terra de altas confusões é sempre descoberta por uma criança que precisa de alguma coisa: aprender o valor do lar, ou servir a uma causa maior do que ela ou evitar velhos bizarros como Charles Lutwidge Dodgson. Não pude deixar de me perguntar, no entanto, o que poderia acontecer se um portal encantado fosse encontrado por alguém com um coração mais capitalista e com muito menos fibra moral.

Há uma dívida aqui com C.S. Lewis, mas a história também deve muito à obra de Lawrence Block. Block tem um talento especial para a virada final selvagem. Quando ele me pediu para contribuir com uma história para uma antologia que estava organizando, *At Home in the Dark*, eu sabia que queria escrever algo que refletisse os valores e instintos dele. Espero que "Fauno" cumpra esse papel. Que prazer ter lido e apreciado Larry por tantos anos e agora poder trocar e-mails com ele!

DEVOLUÇÕES ATRASADAS

Eu odeio a ideia de morrer na metade de um livro.

TUDO O QUE ME IMPORTA É VOCÊ

Um dia desses, vou aprender a escrever uma história com final feliz.

Escrevi muito nesta coletânea sobre pais criativos e o poder da influência. Nietzsche tinha um belo ditado, no entanto: retribui-se mal a um mestre quando se continua a ser sempre um aluno. "Tudo que me importa é você" é um conto com vida própria, creio eu, com seus ritmos, suas ideias e sua textura emocional. Ele apareceu em *The Weight of Words*, uma antologia de histórias inspiradas na arte multiforme de Dave McKean, mas, assim como em "Às margens prateadas do lago Champlain", eu já tinha um manuscrito antes de ser convidado a participar. Os colaboradores receberam uma seleção de ilustrações para escolher uma e escrever uma história sobre ela. Por ironia, no entanto, havia uma ilustração entre elas que parecia ter sido criada especificamente para "Tudo que me importa é você", quase como se McKean soubesse o que eu ia escrever antes de escrever. E talvez soubesse mesmo.

Eu não estou brincando. As melhores obras de arte tendem a cair no tempo de maneira diferente dos seres humanos. Elas lembram, mas também anteveem. Uma boa obra pode significar coisas diferentes para pessoas diferentes em momentos diferentes, e todos esses significados são verdadeiros, mesmo que se contradigam. McKean não sabia o que eu ia escrever e não precisava saber. A imaginação dele sabia o que poderia ser escrito, e isso bastou.

IMPRESSÃO DIGITAL

"Impressão digital" é a história mais antiga aqui. Foi escrita em 2006, depois que a PS Publishing lançou a edição de *Fantasmas do século XX*, mas antes da publicação de *A estrada da noite*. Naquela época, eu estava vagamente consciente de que estava em apuros. Profissionalmente, a situação nunca tinha estado melhor, mas, psicologicamente, estava começando a lidar com a ansiedade e a pressão para escrever outro romance. Eu já tinha começado algumas coisas que não passaram da página dez. As histórias ganhavam vida e eram abatidas antes de darem os primeiros passos. "Impressão digital" foi a única coisa que conseguiu passar pelo fogo, uma história malvada sobre uma mulher esforçada e adaptável que voltou do Iraque com sangue na consciência e se vê perseguida por um caçador invisível nos Estados Unidos. Em retrospecto, acho que Mal foi forte o suficiente para voltar do deserto e forte o suficiente para me levar por essa história em especial. "Impressão digital" foi publicado em *Postscripts* em 2007. Mais tarde, o escritor de quadrinhos Jason Ciaramella e o desenhista Vic Malhotra adaptaram o conto em uma graphic novel inescrupulosa, com muita guerra e pouca paz.

O DIABO NA ESCADARIA

```
aposto
que esse foi
o primeiro conto
que você leu este ano
e que foi escrito assim em
escadas em vez de em parágrafos.
```

O primeiro manuscrito dessa história foi escrito à mão enquanto eu estava de férias em Positano. Como eram férias, não pretendia escrever nada, pois uma definição convencional de férias é "um período de tempo em que você não está trabalhando". Só que fico inquieto quando não escrevo. Não me sinto como eu mesmo. Alguns dias após o início da viagem, em uma subida pelas escadarias vertiginosas da costa de Amalfi, essa ideia surgiu na minha cabeça e, na manhã seguinte, já estava rabiscando.

Esse primeiro manuscrito parecia com qualquer outra história. Mas, quando comecei a digitar um segundo manuscrito, o título ficou assim, antes de centralizá-lo:

```
O diabo
  na escadaria
```

Que, aos meus olhos, pareciam dois degraus. Eu me lembrei do comentário de Malamud sobre o conteúdo correspondendo à forma e pus mãos à obra para transformar meu lance imaginativo em lances de escada.

Uma curiosidade para os entusiastas de design: as escadas funcionam apenas quando impressas em uma fonte como a Courier, onde cada letra ocupa exatamente o mesmo espaço que qualquer outra. Reimprima minhas escadas de palavras em uma fonte como Caslon ou Fournier e elas derretem.

TWITTANDO DO CIRCO DOS MORTOS

Cometi um erro nesta história. Quando escrevi, pareceu razoável imaginar que uma criança enfrentando hordas de mortos-vivos se voltaria para as mídias sociais em busca de ajuda. A verdade é que, em 2019, está mais claro do que nunca que as mídias sociais não vão nos salvar de zumbis — elas vão nos transformar neles.

MÃES

Às vezes, acho que a colheita nacional não é de trigo ou de milho, mas de paranoia.

CAMPO DO MEDO

No momento em que escrevo esse texto, o diretor Vincenzo Natali acaba de concluir uma adaptação em longa-metragem dessa história para a Netflix, e quando este livro estiver nas livrarias, *Campo do medo* provavelmente estará disponível para transmissão em quase 190 países. Esse é um resultado bastante doido para um conto que foi escrito em... seis dias.

Tanto aqui quanto em "Alta velocidade", a experiência de trabalhar com o meu pai foi a mesma. Você já viu um daqueles desenhos animados do Coiote e do Papa-Léguas? Eu sempre me sinto como o Coiote amarrado ao foguete, e meu pai é o míssil. Criamos essa história enquanto comíamos panquecas em uma IHOP, em uma semana em que nós dois estávamos fazendo um intervalo entre um projeto e outro. Começamos a escrever na manhã seguinte. "Campo do medo" foi publicado pela primeira vez em duas edições da *Esquire*.

Meu irmão, Owen, também trabalhou com o nosso pai. Eles escreveram um romance inteiro, *Belas adormecidas*, uma história grande e pungente à la Charles Dickens, cheia de maravilhas, suspense e ideias. Esse livro parece mais uma salva de mísseis balísticos do que um único foguete. Confiram.

VOCÊ ESTÁ LIBERADO

Alguém disse alguma coisa sobre lançamento de mísseis?

Meu pai sempre teve medo de avião, e, em 2018, ele coeditou uma coletânea de histórias sobre terror nos céus (seu copiloto foi o crítico de horror e fantasia Bev Vincent). Também viajo bastante de avião — eu gosto, embora nem sempre tenha sido assim —, e durante uma viagem transatlântica, olhei pela janela e imaginei a paisagem de nuvens repentinamente perfurada por dezenas de foguetes. Quando o meu pai perguntou se eu queria contribuir com alguma história para *Flight or Fright*, essa ideia já estava bem desenvolvida.

"Você está liberado" é, acho, minha tentativa de escrever uma história de David Mitchell. Mitchell é o autor de *Atlas de nuvens*, *Black Swan Green* e *Os mil outonos de Jacob de Zoet*, e, durante a última década, eu meio que me apaixonei pelas frases dele — que flutuam, mergulham e pairam como pipas — e pelo dom para narrativas caleidoscópicas que rapidamente mudam de tempo, local e perspectiva. Aprendi muito sobre o ofício de piloto em um livro chamado *Skyfaring*, de Mark Vanhoenacker, que tem um tom um pouco à la David Mitchell. Foi Vanhoenacker quem chamou a atenção para a frase bastante comovente "Você está liberado", que é o que o controle de tráfego sempre diz para uma aeronave quando ela sai do espaço aéreo dele.

Meus agradecimentos ao piloto de aviação civil aposentado Bruce Black por me explicar sobre o procedimento adequado na cabine do piloto. Sua atenção meticulosa aos detalhes tornou essa uma história bem melhor. A advertência de sempre, no entanto: quaisquer erros técnicos são meus e apenas meus.

Isso pode ser uma coisa esquisita a se dizer sobre uma história que diz respeito ao fim do mundo, mas quero agradecer a Bev e ao meu pai por me darem um motivo para escrevê-la — isso me deixou feliz.

Este livro não existiria se não fosse pelo apoio, pela generosidade e pela gentileza dos editores que publicaram pela primeira vez nove das histórias contidas aqui: Christopher Conlon, Bill Schafer, Sam Weller, Mort Castle, Lawrence Block, Peter Crowther, Christopher Golden, Tyler Cabot, David Granger e Bev Vincent. Jennifer Brehl, minha editora na William Morrow, leu, editou e melhorou bastante cada um desses contos. Uma história nestas páginas foi escrita especificamente para Jim Orr — sou grato a ele por me permitir compartilhá-la com um público mais amplo e devo acrescentar que o conto em questão não existiria se não fosse a generosa contribuição de Jim para o Pixel Project, uma organização dedicada a reduzir a violência contra as mulheres (acesse: thepixelproject.net).

Jen Brehl trabalha com algumas das melhores pessoas no mercado editorial, muitas das quais não mediram esforços para criar e apoiar o lançamento deste livro: Tavia Kowalchuk, Eliza Rosenberry, Rachel Meyers, William Ruoto, Alan Dingman, Aryana Hendraawan, Nate Lanman e Suzanne Mitchell. A editora Liate Stehlik faz tudo acontecer. Sou particularmente grato à revisora Maureen Sugden, que resolveu minhas catástrofes gramaticais em todos os livros, desde lá atrás em *A estrada da noite*. Sou igualmente grato à equipe que trabalha com a equivalente de Jen no Reino Unido, o editor Marcus Gipps. Meus agradecimentos a eles também: Craig Leyenaar, Brendan Durkin, Paul Hussey, Paul Stark, Rabab Adams, Nick May, Jennifer McMenemy e Virginia Woolstencroft — estou em dívida com vocês. O romancista Myke Cole deu uma olhada em alguns contos aqui para garantir que, quando eu escrevesse sobre armas, fizesse isso com um mínimo de precisão. Se fiz merda, não é culpa dele.

Sou muito grato a Vincenzo Natali por todo o empenho para levar *Campo do medo* para a tela — e a Rand Holsten, que abriu caminho no matagal de Hollywood para o fechamento do acordo em primeiro lugar. Agradecemos também a Greg Nicotero e sua equipe por incluir "Às margens prateadas do lago Champlain" na primeira temporada de *Creepshow*.

Meu amigo Sean Daily é meu agente de audiovisual há cerca de uma década e já fechou um número enorme de acordos para adaptações de cinema e TV no meu nome, desde romances de oitocentas páginas até postagens de blog com mil palavras. Meus agradecimentos a ele por representar essas histórias.

Os contos mais antigos deste livro foram agenciados pelo meu amigo de longa data, o falecido Michael Choate. A história mais recente foi oferecida ao mercado por Laurel Choate, que mantém a parte da minha vida que envolve negócios em boas condições. Meu amor e obrigado a ambos.

Quanto devo a todos os livreiros que disseram coisas tão gentis sobre as minhas histórias e fizeram tanto para conectar os meus livros a um grande público? Meus mais profundos agradecimentos a todo vendedor de livraria que se alegra em conectar leitores com histórias. Seu trabalho é importante e é um bem puro.

E ei, que tal um pouco de agradecimento para você, leitor? Você poderia estar no Twitter, assistindo a alguma coisa no YouTube ou debulhando um controle de PlayStation, mas decidiu ler um livro. Sou grato a você por dividir comigo um pouco de espaço na sua cabeça. Espero que tenha se divertido. Já estou ansioso pelo nosso próximo encontro.

A felicidade dos meus dias é o resultado de um esforço colaborativo com algumas das pessoas mais atenciosas e amorosas que conheço: meus pais, minha irmã, meu irmão e a família dele. Quero agradecer especialmente aos meus três filhos, Ethan, Aidan e Ryan, pelo humor, pela bondade e pela paciência com o pai muitas vezes distraído. Finalmente, meus agradecimentos a Gillian, por ter se casado comigo e por me deixar ter um lugar na vida dela e ao lado dela. Eu te amo muito. Quando estamos juntos, sempre me sinto como um rei.

Joe Hill
Exeter, Nova Hampshire
Temporada das Bruxas, 2018

SOBRE O AUTOR

JOE HILL escreve roteiros, romances, quadrinhos e muitos contos, incluindo este:

PEQUENA TRISTEZA

Um homem chamado Atkinson, solitário como um náufrago e tão vazio quanto um armário abandonado, caminha até uma loja de curiosidades no final de um beco úmido e desconhecido e pergunta ao lojista se ele tem algo para a dor.

O lojista coloca a mão em uma criança doente, com olheiras sob seus olhos sem vida.

— Eu posso te vender uma Pequena Tristeza. É para toda a vida, requer pouca manutenção e é muito fiel. Esta aqui tem um leve odor de naftalina. Também temos de hortelã, caso queira.

Eles logo concordam com um preço, e Atkinson se ajoelha para que a Pequena Tristeza possa subir em suas costas, onde permanecerá pelo resto da vida. A criança sussurra que Atkinson não era bom, que sua vida tinha sido em vão, que sua mãe sentia nojo dele desde o primeiro momento em que Atkinson mamou em seu seio.

Pequena Tristeza repete isso com grande solenidade e uma convicção taciturna.

Atkinson cambaleia ao se levantar e logo sente dores nas costas, devido ao peso e à fadiga. Ele inspira profundamente (um fedor estonteante de naftalina) e solta um grande suspiro de esforço... e alívio.

— Finalmente uma companhia — diz ele, carregando os sussurros da criança, sentindo-se muito mais leve do que quando tinha entrado.

Este livro foi impresso pela Santa Marta,
em 2021, para a HarperCollins Brasil.
O papel do miolo é pólen soft 70g/m^2,
e o da capa é cartão 250g/m^2.